第三八册　大乘經　五大部（七）

月燈三昧經
與前月燈三昧經第八卷同本
劉宋沙門釋先公譯
佛說象腋經
劉宋罽賓三藏法師曇摩蜜多譯

清刻龍藏佛說法變相圖

二經同卷

月燈三昧經

佛說象腋經

月燈三昧經（與前月燈三昧經第八卷同本）

劉宋沙門釋先公譯

聞如是一時佛在舍衛國遊於祇樹給孤獨園與大比丘衆比丘五百六萬菩薩俱及無央數諸天人爾時文殊師利菩薩在其衆會中坐時佛告文殊師利言童子菩薩行布施有十事何等爲十一者諦除嫉妬意二者常清淨意布施三者無數百千萬不能奪其財四者持上妙而終亡五者生大豪貴家六者所生處好布施七者爲四部衆所愛念八者

無所畏入衆會亦無礙十方皆聞其名聲九者年少手足柔輭十者常樂善知識乃至坐佛樹下童子是爲菩薩行布施十事佛於是説偈言

已遠除於嫉妬　意常好布施者
持上妙而終亡　生即於豪富家
所生處意常樂　而好喜於布施
爲衆生所愛念　居家者及出家
於衆會無所畏　所至處無疑難
其名聲遠而聞　於郡國及縣邑
其手足常柔輭　所欲得不復難
即爲得善知識　諸佛及其弟子
終不得生嫉妬意　意常好樂欲布施
以持上妙而終亡　於是行事無嫉妬
即生於大豪富家　意常喜樂而布施
爲若干億人所愛　好布施者有是行
得善知識不復難　常見諸佛及弟子
見已即樂供養之　其布施者有是行

佛語童子菩薩持戒清淨有十事何等爲十一者具足其願二者學佛道三者常尊樂於黠慧四者死怖不妄語五者見世不轉意六者棄生死七者求泥洹八者寂寞行九者得三昧十者無貧窮行童子是爲菩薩十事清淨持戒佛於是説偈言

即具足其所願　學諸佛之道行
常樂於尊智慧　亦無有恐懼時
不復轉其所願　亦不轉慎諸行
常棄遠於生死　則求索泥洹道
常在寂寞處行　即便得於三昧
而無有貧窮時　即立於持戒品

其人即具所可願　是菩薩學諸佛道
慧者於人不自稱　其人如是戒清淨
持願甚堅不復離　終不復動所來建
以見生死無數惡　便棄捎求泥洹道
其意不復著所念　其人如是立戒疆
得正刹土無不可　清淨戒者有是行

佛語童子菩薩立忍辱有十事何等爲十一者火不能燒二者刀不能害三者毒不能行四者水不能殺五者非人護之六者得莊嚴其身相七者閉塞諸惡道八者得生梵天不難九者晝夜得安隱十者安樂不移童子是爲菩薩十事住忍辱佛於是說偈言

火不能燒其人　刀亦不能傷害
其毒不能得行　水亦不能漂殺
諸非人悉護之　即得三十二相
便閉塞諸惡道　忍辱者得如是
求索諸梵及釋　彼亦不而難致
常得安隱之行　悉覺於非常事
刀及火亦不能傷　行於毒中不能害
諸天及人鬼神護　其忍辱者有是行
即身得三十二相　其人不復畏惡道
於是死生即梵天　行慈心者有是道
晝夜即得安隱行　常好喜身得安定
於一切有清淨意　終無有瞋恚志行

佛告童子菩薩精進有十事何等爲十一者有威神二者爲諸佛所護三者非人悉亦護之四者聞法終不轉忘五者所未聞法而得聞六者得高明智慧七者得種種三昧八者終無病時九者飲食得安隱十者得柔輭如優鉢不剛童子是爲精進行菩薩十事佛於

是說偈言

常爲得有威神　終不轉犯諸惡
諸非人悉護之　即疾得成佛道
聞經法亦不忘　未聞者求得了
其人即得高明　精進者有是德
得同諸三昧行　終無有疾病時
精進者智慧俱　其人得佛道行
所飯食得安隱　即得爲精進行
譬如優鉢在水　稍稍長而大成
清白法亦如是　令菩薩稍稍成
終無有能當者　得在天安樂處
多陀竭精進行　以進越無數劫
諸菩薩勤力行　所修奉悉說之
其精進者有威神　常爲諸佛所擁護
而皆奉受是道行　其人得佛道不久
所聞者終不復忘　及復得餘衆法行
其人智慧稍增益　精進行者有是事
種種三昧當自增　彼終無有疾病時
諸所可飯食之者　一切則得爲安隱
晝夜成就清白行　精進之者無有休
其人不久疾得佛　行精進者尊如是

佛語童子坐禪菩薩有十事行何等爲十一者專行住二者行道事三者無有恐難四者諦正諸根五者爲人所愛六者遠離欲七者不轉一心八者脫於魔界九者住佛界十者得解脫童子是爲坐禪菩薩十事行佛於是說偈言

其人不轉所行　即爲住諦之行
專行諸道之事　其人捨不正行
所修無所復著　諸根已爲寂定

即爲得安隱喜　坐思惟道行事
其人已離愛欲　安隱坐於一心
以遠離魔境界　即住於佛境界
專行者有是持　其獨樂樹間者
即便解脫之行　便成得十事句
其菩薩住轉不行　皆棄捐於不當行
棄不正行樂正行　念三昧者有是事
其人終無貪著時　行安隱者賢不貪
身意善覺而持戒　行三昧者有是事
行空樹間無所畏　其人終無著貪時
諸非人皆愛念之　如是遠離欲獨行
終不著欲亦不貪　如是即脫魔境界
便住於如來境界　其人解脫邪事竟

佛語童子菩薩行般若波羅蜜有十事何等爲十一者一切所有悉布施無所希望二者不復犯戒不以戒自縛三者住忍辱力無人想住四者行精進不貪身命五者行禪不住禪六者降伏弊魔七者九十六種道不能動之八者自得知生死九者於衆生有悲意十者不求弟子緣一覺地童子是爲菩薩行般若波羅蜜十事佛於是說偈言

其人所施皆等　亦不念望其報
護經戒不敢犯　亦不有想著求
行忍辱及智慧　終無有人之想
見人即有精進　身志意無所著
行一心及智慧　無所住無有想
以降伏於衆魔　智慧者有是德
九十六種之道　皆無能動搖者
得知了生死事　智慧者有是事
於一切衆生所　有大悲哀之行

於弟子緣一覺　皆不念所求行
所有皆施無希望　爲不犯戒不念惡
行忍辱者無人想　奉智慧者有是事
精進爲在空閑處　禪無有想亦無住
其人智慧降伏魔　行智慧者有是事
諸外道者不能動　其人即爲知生死
於衆人民有哀傷　行智慧者有是事
諸弟子及緣一覺　於彼終無念求索
其人住佛道如是　行智慧者有是事

佛語童子多智菩薩有十事行何等爲十一者知惡道二者知善道三者解疑事四者爲現直道五者棄捐惡道六者住正道七者在甘露門八者得坐佛樹下九者爲人民現明道十者不畏惡道童子是爲多智菩薩十事行佛於是說偈言

爲知了諸塵勞　悉曉了是兩事
其人便棄塵勞　即隨佛道之行
慧而解諸狐疑　便爲現直見事
則棄捐惡道行　即得在於正道
見在於甘露門　則得坐佛樹下
爲人民解現正　令不畏諸惡道
曉了無數塵勞法　知解兩事爲如是
其人便棄捐塵勞　便於彼學上善法
爲一切人解其疑　便爲得見善正直
即棄捐去惡道事　其多智常在道住
常爲住在甘露門　得坐在無量佛樹
爲無量億人現明　其人終不畏惡道

佛語童子菩薩尊法施持法與他人者有十事何等爲十一者棄捐惡二者奉行善三者修正士四者淨其佛刹五者生佛樹下六者

布施衆用七者降伏諸塵勞八者與一切人智九者行慈心十者現在得安隱意童子是爲菩薩持尊法施十事以法施與他人者佛於是說偈言

諸不善皆捐之　諸善事悉奉行
得在住法智慧　意常好喜布施
便淨其佛國土　即得無上之國
便則坐佛樹下　與法施譬如實
布施一切所有　便學於諸法王
則遠除諸塵勞　其人得佛不難
布施於一切人　常有慈心之行
其無有嫉妬行　爲安隱諸非人
多智便棄諸不善　其人常爲在善住
於尊法堅不可動　其多智者常與法
即常得清淨之國　常奉行佛道之事

爲常得在佛樹下　與法施者有是事
無有塵勞布施衆　便即知了已身事
皆解脫諸世之事　其人終無所罣礙
其人自知而發意　爲一切人如是施
有慈心者無嫉妬　見諸法安無有我

佛語童子菩薩行空有十事何等爲十一者行佛道二者無所著行三者不願所生四者不犯戒法五者不誹謗賢者六者不爲諍行七者無所得八者獨行道九者不諍佛十者受法行童子是爲菩薩行十空事佛於是說偈言

其諸上人所行　得上尊之世界
勇猛者於彼行　諸所不可得命
皆不著諸世界　於禅思安隱坐
亦不願諸所生　便曉知諸空法

終不復犯戒法　持於戒無有呵
其盡壽不説惡　不誹謗餘賢者
其行道無所諍　終無有諸諍訟
其便知諸所事　譬如法而習行
乃至亡失其命　終不謗於世尊
積累於一切法　自保意無所畏
於一切諸世界　佛道不可思議
即奉持諸佛法　不復疑於空法
其人之行而上妙　住不在於諸外道
行禪安隱無所著　諸所無命亦無人
其人終無有貪著　行一心者無所想
以知無人無我法　終復無有於所願
悉曉諸空之法事　於衆所用終不著
其人終無貪著念　於佛常有淨信意
其人終無諍訟事　獨處行者空衆用
其人爲住於佛道　便持如來諸所法

佛語童子菩薩在獨處行有十事何等爲十一者有清淨意二者無有欲三者念諸佛四者信行五者不疑慧六者有反復於諸佛七者不誹謗法八者寂寞行九者得調住十者智四解事童子是爲菩薩獨處行十事佛於是説偈言

終無有愛欲行　常有清淨之意
便奉無所欲事　於獨處一心行
思念普世間明　其人轉而成信
於智慧一無疑　佛慧不可思議
於諸佛有反覆　佛終不棄捐法
即而作寂定行　便爲住於寂法
其人即得解事　獨自樂於樹間
便棄捐於財利　在一處而行道

其人即爲有清意　常皆棄捐諸惡事
其人行寂無有上　終不復疑諸佛慧
其人思念佛無上　信於諸天中天行
亦不復疑諸佛慧　寂寞行者有是事
於諸上人有反復　終不復棄諸法行
獨處行者而寂寞　閑處行者有是事
便得善諦寂寞地　即疾解了諸證事
常解說無央數經　其人無有罣礙時

佛語童子菩薩在閑處行有十事何等爲十一者寂行二者遠離衆人三者無諍訟四者無瞋恚五者不入諸行六者不入人罪七者念解脫事八者安隱一心行九者疾作證解脫十者以無所著故得三昧童子是爲菩薩閑處尊行十事佛於是說偈言

常有寂寞之事　便遠離衆會人
終無有諍訟時　而獨自作於行
常無有瞋恚意　終不轉著諸界
亦不復作諍訟　在閑處是有德
便爲寂寞之行　常在於獨處行
即有解脫之事　便疾得過度去
獨自在上閑處坐　常棄捐惡衆會人
其人終不入人罪　樹間坐者有是事
便猒於一切生死　其人無有貪衆用
亦不有衆畏之事　在樹下坐有是事
終不與人共諍訟　常獨行者樂寂寞
常護守於身口意　其在閑處德無數
便得上妙解脫事　即好坐在寂三昧
其於樹間習寂行　在閑處者有是德

佛語童子菩薩行分衛有十事何等爲十一者不欲令知其行二者不令人知其功德三

者不欲有財利四者不有自稱亦無諛諂五者在賢聖道住六者不自說功德七者不從他人取足八者至他家舍亦不喜亦不憂九者離衣食施持法施與人十者住令德無諛諂皆取於其法施童子是爲菩薩行分衛住十事佛於是說偈言

彼不欲令知行　亦不著所爲事
利無利而等意　其人住於教令
亦不犯賢聖事　不有稱諛諂行
亦不自說其善　復不說他人惡
亦不愁不歡喜　說法離於衣食
所說皆令歡喜　分衛者有是德
不欲令稱不求名　常住在四賢聖行
亦無諛諂求財利　受教令者有是事
不自稱譽不說惡　初不說惡惡舌者
聞人功德常歡喜　其分衛者知止足
離衣食善與法施　亦不求索於財利
所說善人皆歡喜　受尊教者有是事

佛說是經時七萬二千人發無上正真道菩薩得無所從生法忍佛說如是文殊師利童子及一切衆會天龍世間人皆歡喜前爲佛作禮而去

月燈三昧經

佛說象腋經

劉宋罽賓三藏法師曇摩蜜多譯

如是我聞一時佛在王舍城耆闍崛山與大比丘衆五百人俱菩薩六萬衆所知識得陀羅尼樂說無礙說法無二成就不可思議神通其名曰無減進意菩薩過名聲威德藏菩薩寶月華菩薩大雲雷燈菩薩無量觀出一切世菩薩山勇菩薩樂喜生菩薩淨辟無礙光明菩薩解度衆生心菩薩金剛得堅菩薩解一切衆生語離菩薩梵音勇威德菩薩名稱面威無礙覺菩薩一切善根寶聚菩薩文殊師利童子與如是上首六萬菩薩俱爾時大德舍利弗於日晡時從禪定起來詣佛所爾時世尊坐異樹下入寂靜三昧爾時大德舍利弗遥見世尊威儀寂靜即疾取草敷以爲座跏趺而坐正身起頂爾時大德舍利弗即於坐處生是思惟未曾有也如來如是寂靜之行安樂之本安樂衆生亦知一切法性三昧爾時世尊從於三昧安詳而起發謦欬聲爾時舍利弗聞於如來謦欬之聲受歡喜樂亦得悲心即往佛所到已住立佛前敬禮佛已而說偈言

若有衆生無分別　乃至於法不憶想
入於三昧常行世　常忍樂於如是法
不見衆生有差別　同於幻性解脫者
分別諸法虛空體　彼無我想受安樂
於和合中無想著　無有愚癡物所想
亦非有起非不起　彼不見命受安樂
於諸衆生無憶想　是諸衆生非衆生
於諸衆生想無聲　無我見者彼安樂

智不分別於衆生　是得無諍之法界
分別丈夫一切想　無量覺者彼安樂
當善住於施持戒　常行覺了無慳垢
住於無染汙法中　無高下見彼安樂
彼忍得者甚勇猛　無有憎愛二見者
不得精進及懈怠　無思想者彼安樂
修行禪定住堅固　亦不思惟是散亂
是善知於禪定法　無禪想者彼安樂
無有憶想無智慧　亦非無智得自在
亦非聰慧非愚癡　無異想者彼安樂
若在空野聚亦然　彼一切處平等行
於村聚中無猒惡　空處無憍彼安樂
於乞食事悉具足　亦終無有乞食想
亦不曾想我乞食　無乞想者彼安樂
若有之棄糞掃衣　收取聚集以覆身
亦無愛畜弊衣想　不輕慢他彼安樂
善逝所讚佛聽許　善受持用三法衣
無有憶想我正行　無異想者是安樂
若說法者勝善妙　亦無有我及衆生
亦無有心我說法　不著不實者安樂
於諸善根無實想　非有物想無愛想
不思分別諸結使　無二行者彼安樂
於生起中無起想　見所住處過患想
晝夜常勤行精進　無戲論者彼安樂
亦無妄想住非處　亦不分別增上智
如來外道無差別　無貢高妙彼安樂
無量無數無有限　亦不捨離等虛空
我及衆生無異想　無增減見彼安樂
若有得於或夢行　得於辯才化愚癡
行於世間如水月　無進行者一切樂

種種方便第一義　不著生死堅牢想
覺於微細寂靜法　無想行者彼安樂
爾時世尊讃舍利弗善哉善哉汝深慧行能
轉於法汝舍利弗是耆闍崛山所有比丘諸
菩薩等入禪定者勑令集會舍利弗白佛言
世尊我不堪任何以故如是等者皆是威德
大龍爾時世尊即放身光所放光明徧照無
量無邊諸佛世界諸菩薩悉皆來詣耆闍崛
山到已皆住於虛空中此諸比丘及諸菩薩
從禪定起來詣佛所王舍城中無量千衆來
詣佛所爾時世尊知於一切衆會已集觀文
殊師利童子面已即便微笑爾時文殊師利
即從座起整於衣服偏袒右肩右膝著地合
掌向佛白佛言世尊何因何緣而微笑耶諸
佛如來應供正遍知非無緣笑佛告文殊師
利過去於此耆闍崛山有十千佛説象腋經
爾時大德阿難聞佛所説疾從座起整於衣
服偏袒右肩右膝著地合掌向佛白佛言善
哉世尊善哉善逝今當演説此象腋經是經
難聞若如來説者令無有疑此深經典有深
光明世尊何故觀文殊面已而微笑也爾時
世尊讃阿難言善哉善哉阿難善慧分別汝
今阿難諦聽諦聽善思念之我今當説阿難
從佛受教勑已佛告阿難若有衆生解此經
者如大象力如大龍力是諸衆生解此經者
亦復如是阿難諸衆生等解此經者如師子
遊步進趣勝道阿難此經典者當來菩薩能
愛樂之阿難此經能令菩薩勇猛我去世後
當來菩薩手得此經手書此經此經牀座非
旃陀羅菩薩手所執持亦非戲論菩薩手得

亦非假名菩薩手得爾時世尊現如文殊師利之像作是像已文殊師利亦如是解我今當請問於世尊甚深之法非是聲聞緣覺之地是菩薩地爾時文殊師利童子即白佛言世尊我今欲少問於如來應供正遍知若佛聽許乃敢諮請文殊師利如是請已佛告文殊師利恣汝所問隨意所喜一切衆集爾時文殊師利童子白佛言世尊何謂菩薩善能安住諸功德法示現一切諸菩薩行教化無量阿僧祇衆生現諸佛形如水月影文殊師利如是問已佛即讚言善哉善哉文殊師利能總畧問如來是義我今當爲廣分別説文殊師利諦聽諦聽善思念之吾今當説文殊師利白言如是受敎而聽佛告文殊師利菩薩成就六法者得具安住諸功德法何等爲六文殊師利是菩薩施能一切捨不見自已離慳垢行安住於戒不見我能離破戒業成就忍辱不見我能離瞋恚行有於精進非身心進知入一切禪定解脱三昧方便亦不自念成就一心有慧行明了自見解脱一切諸道文殊師利菩薩成就如是六法善能安住一切功德復次文殊師利復有六法善能安止一切功德何等爲六文殊師利是菩薩住地獄中攝取衆生受於天樂生畜生身攝取畜生受人妙樂生卑賤家受轉輪王樂現入諸道受勝道樂善知往返一切佛刹如水月影出一切語無所言説各不親近文殊師利菩薩成就此六法者能安止一切功德爾時文殊師利白佛言世尊云何菩薩住地獄中受於天樂作是問已佛告文殊師利若是菩

薩入於三昧名大蓮華住地獄中攝取衆生受於天樂見諸衆生受種種苦各現其形而爲說法令無量衆生悉得解脫文殊師利菩薩如是住地獄中受於天樂文殊師利復白佛言云何菩薩生畜生中攝取畜生受人天妙樂佛言文殊師利而是菩薩入於三昧名曰寂靜現生畜生而不失心受人天妙樂各隨其形而爲說法菩薩安止無量千衆令住於法文殊師利菩薩如是受畜生身受人妙樂文殊師利復白佛言世尊云何菩薩生卑賤家受轉輪王樂佛言文殊師利而是菩薩入於三昧名曰靜過是三昧力故生卑賤家受轉輪王樂文殊師利菩薩如是生卑賤家受轉輪王樂文殊師利白佛言世尊云何菩薩現入諸道受勝道樂佛言文殊師利而是菩薩入於三昧名見一切行無作光明菩薩住是三昧示入諸道受勝道樂文殊師利菩薩如是現入諸道受勝道樂爾時文殊師利白佛言世尊云何菩薩善知往返一切佛剎不動本處亦無去來現諸佛剎如水月影佛言文殊師利而是菩薩入於三昧名曰過於一切言說是菩薩住此三昧時東西南北四維上下一切十方世界之中示現其身不動本處亦無去來住是三昧得見諸佛亦聞說法文殊師利菩薩如是善知往返一切佛剎不動本處亦無去來現諸佛剎如水月影爾時文殊師利白佛言世尊云何菩薩出一切語無所言說各不親近佛言文殊師利而是菩薩得陀羅尼名曰無量得是持已入無量心知無量語是菩薩得旋陀羅尼力故出一

切語各不親近文殊師利菩薩如是出一切語無所言説各不親近爾時文殊師利白佛言世尊是菩薩方便甚難世尊若有菩薩入此經時入何等法佛言文殊師利若有菩薩欲入此經如解虛空文殊師利言虛空何也佛言文殊師利是虛空者不染於欲不瞋不癡文殊師利一切諸法亦復如是無染瞋癡文殊師利是虛空者非施成就非戒成就非忍成就非進成就非禪成就非慧成就如是文殊師利一切諸法亦復如是非施成就非戒忍進禪慧成就文殊師利猶如虛空非智非斷文殊師利一切諸法亦復如是非智非斷文殊師利猶如虛空非修非證文殊師利一切諸法亦復如是非修非證文殊師利猶如虛空非闇非明文殊師利一切諸法亦復如是非闇非明文殊師利猶如虛空遍一切處而不可捉文殊師利一切諸法亦復如是遍一切處而不可捉文殊師利猶如虛空非進正道非進邪道文殊師利一切諸法亦復如是非進正道非進邪道文殊師利猶如虛空非聲聞乘非緣覺乘亦非佛乘文殊師利一切諸法亦復如是非聲聞乘非緣覺乘亦非佛乘文殊師利猶如虛空非思非智文殊師利一切諸法亦復如是非思非智文殊師利猶如虛空非動非發非不動發文殊師利一切諸法亦復如是非動發非不動發文殊師利猶如虛空無有衆生能汙染者文殊師利一切諸法亦復如是是涅槃分究竟無染非寂靜非不寂靜文殊師利猶如虛空住無住處不動不搖不住處故文殊師利諸菩薩

等亦復如是見諸衆生住無住處得實不動不摇不住文殊師利是實相法欲見如來是名邪見如是邪見即是正行若是正行是中布施無有大果亦無大報若其施中無大果報是世福田若世福田是中所施無有果報若施無果報是則滿足不實之智若其滿足不實之智是等疾得無生法忍爾時衆中六十比丘增上慢者聞如是法作是思惟是道闇昧如如來説同外道説是外道等富蘭那迦葉末伽梨憍舍利阿耆多翅舍欽婆羅珊闍耶毗羅坻子波復多迦旃延尼揵陀若提子等所説如是佛亦如是爾時世尊知是六十增上慢比丘心之所念即告文殊師利童子曰文殊師利如是如是我如來説法同於外道然是外道不解佛説法爾時六十增上慢比丘聞是説已增益受苦憂惱不悦其心不樂不知如是所説法故從座而去爾時大德舍利弗問諸比丘大德汝等今欲何去當解如來如是説法何因緣故如來爾時説大德且住我問如來以何因緣如是説也爾時諸比丘聞於大德舍利弗語即還各各復於本座爾時大德舍利弗白佛言世尊如來何緣説如是事願當演説斷比丘疑佛告舍利弗於意云何若有比丘諸漏已盡心得解脱是比丘等聞此言説生驚畏不舍利弗言不也世尊若有比丘見聖諦者聞一切聲不驚怖畏何況諸漏已盡心得解脱者佛告舍利弗或有癡人妄想分別於不實法得虚空行舍利弗言願世尊説是法句義令斷衆疑佛告舍利弗若見如來如夢如幻是名正見若

正見者於如來所不作實想不作堅想不作物想不作名想不作聚想若於如來不作實想不作堅想不作物想不作名想不作聚想如是等行一切諸行悉是妄見若一切行悉是妄見是知一切諸法是邪見若知一切諸法是邪見佛説是等滿足邪見又知一切諸見是邪是亦邪見如是舍利弗以是緣故欲見如來名爲邪見舍利弗是等不見如來容身是邪分別於如來身爲舍利弗如來之想舍利弗若有如是見於如來名爲邪智爾時舍利弗白佛言世尊云何邪見名爲正行佛言舍利弗一切凡夫正起覺觀妄想分別起依止動發不動發起我見衆生見命見人見著我勝我所勝知是諸事小凡夫等動摇忽務生於戲論知如是等悉皆不實舍利弗無者名爲不實舍利弗不實者名妄語舍利弗妄語者名曰爲邪舍利弗如是等事攝取不實是等邪見名爲正行舍利弗以是緣故所謂邪見名爲正行爾時舍利弗白佛言世尊頗有正行所有布施無小果大果也佛言舍利弗若如是等正行成就有所施與趣向涅槃受於涅槃齊分涅槃舍利弗而是涅槃無小果大果非少功德何以故是涅槃者離一切果無有齊分不可齊分舍利弗言世尊若其涅槃無齊分者云何如來説增益無量無邊功德佛告舍利弗諸凡夫具煩惱行我論衆生論命論丈夫論爲如是等諸衆生故説言涅槃無有分齊涅槃增益無量功德乃至令生於欲樂心舍利弗假聖福田非入涅槃又舍利弗離欲聖人各見福田舍利弗譬如

農夫種下穀種因生稗莠亦生餘草舍利弗於汝意云何而是農夫所得稗草是果報不不也世尊佛言舍利弗譬如農夫依因穀種生稗餘草生相似穀如是舍利弗施聖福田自然大報後斷諸漏乾燋愛果舍利弗而是農夫本期爲穀見餘稗草心不生喜非果故非所利故如是舍利弗非有爲田安止於施得大果報舍利弗以是因緣施正行者無大果大報舍利弗言世尊若其布施無大果大報云何名爲世福田也佛言舍利弗非少果想非大果想是施不生若施不生是能受於世間天人阿修羅供舍利弗於無盡田不取果報不與果報是故舍利弗非大報非小果是世福田舍利弗言世尊云何是世福田不得果報佛言舍利弗汝意云何若爲涅槃有果報不舍利弗言無也世尊若施爲涅槃得果報者一切聖人不名無爲佛即讚言善哉善哉舍利弗以是事故施世福田無有果報爾時舍利弗白佛言世尊若施無果報云何具足於妄想智佛言舍利弗於意云何若知於一切法性是實不也舍利弗言世尊知一切法猶如幻性世尊若知幻性是不實智何以故如來演說一切諸法猶如幻性如幻性者即是不實世尊若知一切法性如此是不實智所以者何無有一法而是實者爾時佛復讚舍利弗善哉善哉舍利弗如是如是舍利弗若法有實有物有真則無衆生入於涅槃舍利弗一切諸法亦非是實非物非真是故舍利弗恒沙衆生入於涅槃永不復生亦不知盡衆生不實故舍利弗若一切衆生無

有實相是名具足於不實智是故舍利弗施無果報能得具足滿於不實智爾時舍利弗白佛言世尊云何知滿於不實智而疾獲得無生法忍佛言舍利弗若知不實而亦不證舍利弗何等是不實者我見衆生見命見人見斷見常見有不實者佛想法想僧想涅槃想舍利弗若心動揺戲論怱務皆是不實舍利弗如是執不實中而得解脱舍利弗以是事故具不實智而疾得於無生法忍説是法時四萬二千人得無生法忍六萬優婆塞發於無上正真道心三萬六千天子得向智證是六十增上慢比丘斷於諸漏心得解脱心解脱已俱共同聲説如是言世尊我今始於六師出家從今日往佛非我尊亦非念法又非念僧世尊我從今日説於無作説無因緣説無有業説無調伏爾時衆中若干衆生各作是言是諸比丘或捨佛戒受外道服所説顛倒爾時大德舍利弗覺知衆心語諸比丘言大德何緣説如是語我今始於六師出家諸比丘言大德舍利弗從今已往六師諸師等同一相無增無減大德舍利弗我等今知諸師不異於出家中無所分别故言出家舍利弗言大德何緣説言從今佛非我尊諸比丘言大德舍利弗我從今往自然明了熾然明熾不假餘明我自歸依非餘歸依自歸自尊是故説言佛非我尊何以故我不離佛佛不離我舍利弗言大德何緣説如是言不念於法不念於僧諸比丘言大德舍利弗我從今日無法可得若念若攝是故我言從今日往不念於僧舍利弗言大德何緣説言我從

今往說於無作諸比丘言大德舍利弗我從今往知於一切諸法無作是中非作非不作以是故言我從今日說於無作舍利弗言大德何緣說言我從今說無因無緣諸比丘言大德舍利弗我從今日一切有道生因緣盡是中無因是故說言我從今說無因無緣舍利弗言大德何故說言我從今往說無有業諸比丘言大德舍利弗我從今往知一切法究竟涅槃是中無有調伏無非調伏以是故言我說無業是增上慢諸比丘等說是法時有三千六百比丘悉斷諸漏心得解脫爾時世尊讚諸比丘善哉善哉是實惶怖中無法可得爾時文殊師利童子白佛言世尊所言得者何法名得佛言文殊師利得者名曰無生法忍文殊師利言世尊菩薩欲得無生法忍當云何學云何行云何住云何修進爾時世尊答於文殊師利童子所問無生法忍義故即說偈言

若有求佛智　一切諸智者　無有法可取
亦無法可捨　無有法可得　若生是有者
無有和合法　凡夫欲和合　若可知可斷
說法爲衆生　凡夫生諸行　不信無生法
捨離於魔法　菩提道最上　凡夫著二法
不知無二法　種種幻無實　凡夫人見異
是中無有異　一切同一相　若有凡夫說
無二無二作　同幻化平等　凡夫人或說
我不時盡欲　斷瞋及愚癡　我當善思惟
非物生物想　計斷爲涅槃　壞貪欲瞋癡
說示於空法　無盡亦無生　是說名涅槃
精進者進生　是去我法遠　布施持戒想

樂於菩提想　是不入菩提　是等行想行
凡夫虛妄覆　不知於空法　諸法等一相
當各各異説　若解知此法　其體性無異
如五指名手　得菩提不難　無遠菩提者
無近菩提者　別無分別者　是去菩提遠
凡夫各異行　各各相是非　此持戒成就
此是破戒惡　諸法猶如夢　諸有爲無實
慧最不牢固　知之如幻化　是中戒不實
破戒亦不實　諸法因緣生　是中無有我
於千億劫中　布施與受者　護持無上戒
諸佛不記我　我時離於想　布施想無餘
離一切顛倒　爾時我得記　説施得大富
持淨戒生天　是中無所得　是無上菩提
凡夫依止有　愚癡妄憶想　我等得於忍
無爲無有生　是無生法中　不思惟生者

於千億劫中　是得忍不難　假名爲説法
法無有作者　無根本住處　悉如空閑相
多億數諸佛　斷貪瞋癡故　演説無上法
是法不可盡　實法無虛妄　速疾歸於盡
如是不實法　是實際叵得　婬欲瞋無邊
愚癡亦無邊　若不得實者　亦復不得中
種子中無芽　何處有果葉　若其不得葉
華亦不可得　無生法如是　衆生當生子
不生亦不出　此見於如實　猶之如石女
是終無有子　以其無子故　亦無有子憂
慧如是分別　一切法無生　是無有恐怖
受於生死苦　憂妄覆凡夫　不知法如幻
重荷擔虛空　非智慧者疑　若知於此法
無實無有邊　無量阿僧祇　於此無有疑
如所言本際　我説是無際　後際亦復爾

衆生際叵思　無際憶想際　空無有邊際
以知此義故　其智無有二　如虛空際相
衆生際叵思　本際如鏡像　是智無所知
是分別行者　其心如是思　我何時盡惡
我何時成佛　諸佛無有生　是中無和合
法無和合者　凡夫欲和合　無能空造者
亦無止住處　虛空無住故　無礙無有物
如是說虛空　如是知菩提　知衆生亦爾
菩提虛空界　衆生界同等　若知如是等
得菩提不難　若人不進慈　不思惟於善
於法無所來　得菩提不難　是菩提難求
斷於一切求　無有心能得　覺無上菩提
思惟布施者　布施得菩提　終不得菩提
不得成菩提　思惟著戒者　憶想精進實
非佛法妙進　如是憶想著　一切法顛倒
我不非顛倒　未始有動發　是善無有上
若有憶想者　此法是有漏　此人心不善
不思惟法者　是同如虛空　無縛亦無解
是慧無有上　想此是持戒　想此破戒惡
說二俱破戒　無上戒無二　諸法無有異
滅無增減想　是見於性者　是護持佛法
若心無著者　猶如空中鳥　如是知具足
是實沙門法　若無思憶想　不思惟一切
無心無我命　得菩提不難　欲出貪欲者
不爲欲所牽　亦無捨婬欲　得菩提不難
不猒往想著　於無畏怖際　生死無驚怖
得菩提不難

爾時世尊說是偈已告文殊師利童子言文殊師利若有菩薩信解此經無有疑惑受持讀誦令通利已爲他廣說是人得於二十功

德何等二十諸天愛護諸龍常護夜叉守護常無亂心命終生處自識宿命命終生處得於五通命終生處見彌勒菩薩念此經法其心不亂唯除眠時夢中見佛亦見菩薩信解此經者得於順忍念此經者現世斷瞋持此經者處毒蛇中得無所畏念此經者得降怨家念此經者得遍照三昧學此經者得盡一切諸惡業障説此經時得於無量百千法門是得不失菩提之心具得無量旋陀羅尼念此經者一切魔事未曾得起亦得生於現在佛前得具一切善吉諸願念此經者無足二足三足四足諸毒蟲中皆得愛護念此經者無非人怖王瞋得護文殊師利此是説法比丘二十功德以持此經心無疑惑讀誦通利爲他廣説故爾時文殊師利童子白佛言世尊喻諸藥樹除一切病世尊此經亦爾斷一切病佛言如是如是文殊師利善説此語此經能斷於一切病何以故文殊師利本過去世阿僧祇劫復過阿僧祇劫爾時有佛號師子遊步如來應供正遍知出現于世於無量百千大衆之前演説此經文殊師利爾時衆中有一菩薩名金剛幢從是師子遊步如來應供正遍知聞此經法心無疑惑受持於是妙功德經通利解入得勢力故在於村落城邑王宫而自唱言我是良醫時有無量百千衆生種種病逼悉來詣是金剛幢菩薩所是時金剛幢菩薩慈心善解以此經法陀羅尼章句攝取護持諸衆生等文殊師利何等是陀羅尼章句

阿蘭一波嗏羅二毗尼那三修喝咃四修復

多五阿㝹嗏六毗尼那醯七呿伽留他八摩
移宿伽九阿㝹那折陀十那賴陀十一蜜羅修
蜜囉十二素囉醯陀十三薩婆多羅十四瞢伽瞢伽
十五暍吔猶呵十六摩仇摩伊呵十七
以是陀羅尼章句守護攝取彼諸衆生除種
種病若毒蛇螫若癩病若風病文殊師利是
金剛幢菩薩以此經法安止衆生除去諸病
文殊師利汝謂爾時金剛幢菩薩豈異人乎
莫作異觀何以故我是爾時金剛幢菩薩也
我解此經多利衆生爾時文殊師利童子白
佛言世尊菩薩受持於此陀羅尼章句讀誦
通利當行何儀何法則也佛言文殊師利若
有菩薩欲通達此陀羅尼章句當好淨行不
食於肉不油塗足不往多衆常於衆生起於
慈心莫作非法不淨之人而讀此經亦莫在
於不淨處讀爾時文殊師利童子白佛言世
尊若有菩薩讀此經時不惜身命佛言如是
如是文殊師利如汝所說爾時佛告阿難阿
難汝受持此經此經當來多利衆生阿難白
佛言世尊如佛所說我已受持爾時世尊讚
阿難言善哉善哉阿難汝於來世爲衆尊導
彼時衆生讚說此經如從我受爾時大德阿
難大德舍利弗文殊師利童子及諸天人阿
修羅乾闥婆等聞佛所說皆大歡喜

佛說象腋經

音釋

腋羊益切　輭而兗切柔也　謦欬謦棄挺切欬苦蓋切謦欬逆氣聲也　坻都禮切　稗䅎稗蒲拜切似穀草也䅎正作莠與久切似稷草也　嗏同都切　咃土多切　㝹奴候切　呿丘伽切　瞢莫登切　暍於歇切　吔音㐌　螫施隻切蟲行毒也

佛說無所希望經

西晉三藏法師竺法護譯

清刻龍藏佛說法變相圖

佛說無所希望經一名象步經

西晉三藏法師竺法護譯

聞如是一時佛遊王舍城靈鷲山與大比丘衆俱比丘五百菩薩六萬一切大聖神通已達逮得總持所成辯才而無罣礙班宣經道常無二言神足變化不可思議衆行備悉普無不入其名曰無損進意菩薩度音響雷震威菩薩夜月華菩薩大雨電言辭菩薩觀無底度境界菩薩超山頂菩薩欣樂令悅菩薩多離垢莫能當光菩薩決衆生性誼度菩薩得堅强如金剛菩薩於諸音響最妙菩薩越梵威聲菩薩稱自在可畏莫能犯菩薩積諸德本如疊寶菩薩文殊師利童真菩薩如是上首六萬開士於時賢者舍利弗在於獨處一心禪思從宴坐起往詣佛所彼時世尊坐

於樹下逮寂隨響三昧正定時舍利弗住遠世尊遥見大聖威儀禮節寂然和雅尋即求草敷一面坐而結跏趺直正其身而不傾倚適坐竟心自念言至未曾有如來至真威神光儀不可稱載安隱道本猶是之故羣生得安所可逮致無上正慧咨嗟功勲皆了諸法靡不通達於時大聖靜然安和從三昧起謦欬發音時舍利弗聞佛世尊謦欬發音善心生焉得其本願前進佛所一心而住稽首歸命志懷踴躍尋歎此偈而讚頌曰

若有衆生　不懷妄想　未曾著念　於諸經典
遊步世間　平等獨歡　則能常忍　於斯經法
衆生無能　見其瑕短　斯等信解　如幻自然
選擇諸法　了如虚空　不見吾我　爾乃大安
其不思想　一切衆生　不念衆生　若無衆生
未曾逮得　一切思想　不見吾我　乃爲大安
從始已來　不想合會　不爲有想　之所迷惑
不令興立　亦無所住　不見壽命　爾乃安隱
若有明智　不倚衆生　則於法界　而無鬬諍
棄捐一切　衆人之想　無若干念　乃爲安隱
其常建立　於禁戒者　能仁一切　不懷慳嫉
而住於法　無有計數　不見怯弱　爾乃爲安
若以忍辱　安和超衆　彼未曾有　諍訟之貪
不得精進　亦不懈怠　不想忍辱　爾乃爲安
諦住堅固　一心禪思　心無所念　除其憒亂
曉了諸法　而在等定　其不想禪　爾乃爲安
若不明達　亦無智慧　亦復不從　無智之教
不懷了了　亦無愚冥　無智慧想　爾乃爲安
如處閑居　聚落亦然　於斯二事　而修平等
亦不惟惡　是爲聚落　不思閑居　是乃爲安

假使行索 具足分衛 亦不念言 吾身求食
不自咨嗟 我行乞食 無分衛想 是乃爲安
其從久遠 著弊壞衣 受取執持 於斯身形
不自歎言 我著麤服 不憍慢人 爾乃爲安
諸佛所教 安住勅示 三品之衣 不離其體
不自想念 我不違禮 不自欣豫 爾乃爲安
其能班宣 微妙之法 不計吾我 不著衆生
不自譽言 我爲講法 不倚音聲 爾乃爲安
諸於德本 不懷妄想 不堅固想 不念居業
心中所懷 不思清濁 身不造行 是乃爲安
若以興起 無興起想 有所住立 不想其處
夙夜精進 經行應節 其無言辭 是乃爲安
設不思念 住與不住 常無妄想 奇特之念
如來外學 不以殊別 不懷勝想 是乃爲安
其不計數 安隱之想 等如虛空 無所踰越
心不懷念 吾我衆生 不見殊特 爾乃爲安
若了幻化 如夜所夢 逮得辯才 志不忽忘
遊於世間 如水中月 無有進退 爾乃爲安
若了善權 明見真諦 其言有身 無一堅固
則能覺了 寂然之法 不行妄想 爾乃爲安

於是世尊讃舍利弗曰善哉善哉所知深遠奉行慧義極究竟矣以法談言應道妙歸何其快乎今舍利弗諸所遊止耆闍崛山周旋學者比丘菩薩普令會此啓受道教時舍利弗尋即白佛我不堪任請令集會所以者何諸大士等威勢過龍道智無盡非吾所及於時世尊從身放光明照於三千大千世界尋時佛界諸菩薩衆蒙此明曜如一念頃皆來集會於靈鷲山行詣佛所稽首足下繞佛三帀還住空中閑居比丘及諸菩薩來詣佛所

稽首於地還坐一面王舍大城無數人民百千之衆行詣佛所稽首足下却坐一面於是世尊見無數衆皆來集會舉其尊顔瞻文殊面尋復即笑文殊師利即從座起偏出右肩右膝著地叉手問佛向者所笑爲何變應如來至真未曾虚欣佛告文殊今靈鷲山有萬菩薩俱講經典經名喻象於往古昔亦曾所論賢者阿難聞佛所説即從座起更整衣服長跪叉手稽首自歸善哉世尊愍傷衆生令致永安唯當班宣此喻象經斯法難值衆所希聞願欲時説一切諸部皆來雲集聽此經典必當逮得深入光明幽奥玄妙所以者何如來至真尊無雙比三界無侶向者尊顔觀文殊師利面應時即笑此非虚妄會當有意佛言善哉善哉阿難汝乃覩察殊異德本所可識者慧不可限阿難諦聽善思念之當爲汝説向者笑意於是阿難與諸大衆受教而聽佛告阿難若有衆生信樂斯法舉動進止如象遊步信此法者彼等之類如大象遊亦如龍步愛喜此法真諦義者爲師子步舉動進止尊無儔匹佛語阿難此經典要悦諸菩薩是經法敎順菩薩衆應當諮受本宿功德現於目前我逝之後此經典者歸諸菩薩令手執持志静意定所以歸空口誦心思是菩薩藏不歸海德閉塞菩薩不歸懷毒諂僞菩薩之身也亦復不歸多願妄想菩薩之手也爾時世尊即顯瑞應感動文殊文殊師利應時知之即自念言我欲啓問如來至真深邃之法一切聲聞及與縁覺所不能逮諸菩薩衆履迹瑞應爲何等類文殊師利前白佛言

唯然世尊今欲啓問如來至真平等正覺設見聽者乃敢自陳佛告文殊師利恣所欲問諸大衆會悉來集此并當蒙恩文殊師利即白佛言何謂菩薩而得建立諸功勲法普現一切諸菩薩行開化無數不可計會衆生之類現諸佛國如水中月佛言善哉善哉文殊師利向所問者粗舉其要如來當爲具足分別令致建立功勲之德諦聽諦聽善思念之文殊師利與諸大衆受教而聽佛告文殊師利若有菩薩當行六法爾乃能具足道義之教立於一切功勲之德何謂爲六若有菩薩奉行於度無極一切所有施而不倦無所貪惜具足順行不自見身建立禁戒不犯衆惡不見吾我而曉了義成就忍辱柔和安雅心不懷恨覩已解脱不在結滯殷勤精進身無所行心無所懷分別一切一心正行志於解脱門曉了便宜定意正受心常永安不慕一意解暢智慧以爲道業自覩其身不離五趣諸所生處皆令蒙度是爲六法菩薩所行備悉此法具足一切功勲之德佛告文殊師利復有六法具足此事建立一切功勲之法何等爲六一曰菩薩往詣地獄攝護拔濟燒炙之患使生天上其在畜生擾攘不安迷惑憒亂不識義理攝取其性顯以柔和微妙之法其在下賤庶民小姓則以開示轉輪聖王豪貴之位皆以普現諸生五趣而等開度所生之處與衆超異明曉隨時入諸佛土而於法身無所動移無來無去而悉徧現諸佛國土演萬億音暢出言教各令得聞其心常定不徧不黨志性蕩蕩是以六法菩薩建立一切

功勳文殊師利復問佛言何謂菩薩攝護地獄使生天上佛告文殊師利菩薩大士以大蓮華三昧正受將護地獄就往拔濟則令于彼一切得享天祚之安用以衆生被苦惱故顯示忉利最選之宫見此戹難因則患猒而得度脱諸所受惱爲地獄人而説經典令無央數百千之衆度地獄痛是爲菩薩攝護地獄令得拔濟燒炙之患已常順法無所違失文殊師利復問佛言何謂菩薩攝護擾攘拔濟畜生迷憒之戹生於人間安樂之處佛告文殊師利菩薩大士有三昧定名曰寂滅以是三昧正受之時因能攝護在畜生者令心不亂志性和悅則得安隱生於人間守護三事爲説經法令無央數衆生之類建立道法是爲菩薩攝護畜生迷憒之戹令生人間文

殊師利復問佛言何謂菩薩生於下賤庶民小姓而得更受轉輪聖王安隱之德佛告文殊師利有三昧名入於清澄定意正受因其三昧越諸種衰使皆清淨雖生小姓則得更受轉輪聖王安隱之德是爲菩薩生於下賤庶民小姓而受轉輪聖王安隱之德文殊師利又問何謂世尊菩薩普顯生諸五趣與衆超異佛告文殊師利有三昧名遣諸行照明殊特以此定意正是菩薩住斯定時普顯五趣導御衆生令得超異殊特之行皆發無上正真道也文殊師利復問佛言何謂菩薩隨時方便普入一切諸佛國土於本法身不動移處不來不去普顯一切諸佛國土如月現水佛告文殊師利有三昧名咸入諸音菩薩以是定意正受立時能現已身在於十方東

西南北四維上下不動移處不來不去住彼定意覩見十方諸佛世尊開所說經是爲菩薩不動移處隨時方便普顯一切諸佛國土如月現水不來不去菩薩如是所周旋化亦無往來文殊師利復白佛言何謂菩薩演萬億音暢出言教各令得聞佛言文殊師利於是菩薩逮得無量迴轉總持達知無限衆生志性隨其言語各暢辭聲分別無數諸響言教而解其意達其所趣逮此總持演一切音普令得聞各各開解辭不錯謬是爲菩薩演萬億音暢出言教各令得所於是文殊師利前白佛言唯然世尊諸菩薩等善權方便難及難及超絶無侶是經典要諸菩薩學常所啓受當以何業至信脫門佛告文殊師利菩薩欲學斯經典者則當信解虛空之門又問世尊何謂虛空佛告文殊師利其虛空者則謂虛無無有塵汙無恚害心亦不忽忘一切諸法亦復如是無汙無害亦無忽忘猶如虛空不成布施不具持戒忍辱精進一心智慧永無所生如是文殊師利一切諸法不成施戒忍進寂慧猶如虛空以是之故無解無除一切諸法亦復如是無解無除猶如虛空有所行者無所造證一切諸法亦復如是則無所行亦無造證猶如虛空無有闇冥亦無明耀諸法如是無闇無明猶如虛空曠然無際不可捉持諸法如是普無齊限不可捉持猶如虛空無有正路亦無邪徑諸法如是無路無徑亦無邪正猶如虛空不建立身離諸漏行不學聲聞不志緣覺不著諸佛無上大乘諸法如是不學聲聞緣覺大乘猶如虛空無

有思想無所分別諸法如是無有妄想亦無分別猶如虚空無舉無下無進無怠諸法如是無進無怠猶如虚空無應無不應無雙無不雙諸法如是無應不應無雙不雙猶如虚空普照衆生無能塵汙令不淨者諸法如是至於滅度永無塵汙以是之故不可滅除無能移去猶如虚空無所建立亦無所住不動不揺無處所故佛告文殊師利菩薩大士解諸衆生無有住處不當觀察見有處所逮致本際不動不揺無住無不住佛言如是文殊師利彼法自然其欲得見如來至真則爲邪見其邪見者求入正見入正見者是爲泥洹非大德果無大功勲其至泥洹非大德果無功勲已則世衆祐其世衆祐則於衆祐無所希望其於衆祐無希望已則能具足虚靜之慧已具靜慧則能速成無所從生法忍時彼衆會六十比丘皆懷甚慢各心念言今者如來班宣冥路迷惑之訓諸外邪學悉有是辭何以爲行向者世尊復演此教亦如不蘭迦葉摩訶離瞿耶樓阿夷帝基耶今離披休迦旃先比盧持尼揵子等悉説此言何縁如來亦演斯辭有何殊別云何則之所當導修以何爲業爾時世尊知諸比丘六十人等懷甚慢者心之所念尋時即告文殊師利佛爲如來至真正覺班宣經典亦與外道異學俱同等無差特又外異學不能分別如來説法義之所歸六十比丘適聞此言益懷憂慼意不歡喜甚不欽樂講是經義即從座起無何而去文殊師利告諸比丘諸賢者等欲何所湊時諸比丘報文殊師利曰吾等不解是法所

說爲何所歸時舍利弗告諸賢者等斯義善哉當以此事重白其意且待須臾我當啓問如來至真何故說此時諸比丘聞舍利弗宣如是教還復故坐時舍利弗則前問佛何故如來班宣此言令諸比丘皆懷猶豫唯願世尊加哀垂恩爲決結網彼時世尊告舍利弗於意云何其有比丘漏盡意解無餘縛結聞此言教寧懷狐疑心怖懅乎答曰不也世尊以見諦者奉比丘行於一切音諸所言辭不恐不怖亦不懷懅何況比丘漏盡意解無餘縛結懷疑恐也佛告舍利弗或有愚人意塞沉冥於未曾有法而懷妄想逮虛空行時舍利弗復問佛言唯願大聖發遣斯教章句所趣令諸會者蠲除沉吟心中坦然佛告舍利弗其有夢中見如來者爲寧審見真人形乎如來謂此夢中所覩則非真實不爲堅要皆因思想計所思想審無有想無合會想無所有已則解如來無所分別想無審諦想不懷想想無合會想無所有則解一切衆生萬物皆爲虛妄不見真實便能曉了諸法迷惑顛倒放逸以能曉了諸法迷惑是故如來具足宣暢迷惑邪見以能分別一切諸法皆爲邪見則不復隨迷惑邪疑六十二見是爲舍利弗若有欲觀如來至真則墮邪見是故舍利弗如來說此若有欲觀如來身者則墮邪見除見聞想爲觀如來乃無邪見時舍利弗復問佛言何謂世尊其邪見者令入正見佛告舍利弗一切愚戇凡夫之士諸所妄想念應不應所可發起立在處所則於此事而不信之無所建立精進懈怠無雙無隻起自見身

我人壽命依倚計吾而貪著我曉了分別如此色像見聞念知喜樂所説悉無所有如是所有審無所有是爲所生此無所生是爲虛妄是眞實言皆無所有其虛妄者則當知之爲無儔匹無像之謂以無儔匹則成邪見佛謂舍利弗其如是像見諸虛妄了不以惑是謂邪見則與外道邪見俱同以是之故舍利弗知其墮邪見緣致正見時舍利弗復問佛言何謂正見施與彼者其福不大功勳不遠佛告舍利弗假使有人如是像施彼衆祐則成無爲親近無爲其無爲者無有少福無大功勳無小名稱亦不大稱所以者何其無爲者皆離一切功德之報無有處所時舍利弗復問佛言如來至眞云何講説無爲而無處所本歎無爲最爲奇特功勳無限佛告舍利

弗愚騃凡夫衆行茂盛計有吾我及人壽命如來故爲咨嗟無爲功勳無量顯其處所欲令衆人斷終始患故歎殊特又舍利弗當察賢聖非賢非聖亦非衆祐當作斯觀成就賢聖離欲衆祐猶如農夫隨其所種各得其類及依穀苗或生荆棘草穢之瑕於舍利弗所志云何爲是農夫所報實乎本種荆棘草穢瑕耶舍利弗答曰不也世尊佛言如是舍利弗設如農夫下種于田依倚於此誕生荆棘地之荒穢若變爲苗如是舍利弗施於賢聖欲立功德不能歡悦此非好種不成爲果將無所獲若不建立無爲之田則當知之生死果報是故舍利弗欲致平等無爲則非大福非大功勳時舍利弗復問佛言唯然世尊何修無爲非有大福非大功勳布施田等其福

云何在世衆祐佛告舍利弗假使不懷小福之想無大福想是爲種植衆祐之德以能種植衆祐之德明靡不曜不受果報是則天上世間諸類之大衆祐若舍利弗建此施者無盡德田不受其華不獲其實以是之故如此施者非有大福非大功勲是世衆祐不受果報舍利弗復問佛言云何世尊爲世衆祐入於衆祐無受果報乎佛言於舍利弗所志云何所施衆祐依於無爲又計其法有報應乎舍利弗白佛無也世尊其以無爲施於衆祐不受報應則無果證其無爲者則無所求賢聖之士亦無所望時佛讃曰善哉善哉舍利弗誠如所云在世衆祐也假使有人施此衆祐則無希望報時舍利弗復問佛言云何世尊有所施者而無報應具足空慧佛告舍利弗其能曉了一切諸法悉自然者彼義爲實爲是虛耶白世尊曰其能曉了諸法自然則能分别自然如幻其能曉了諸法如幻彼應虛無了虛無慧所以者何一切諸法自然如幻是佛所説其如幻者彼謂虛無虛無之慧是故世尊曉了諸法自然如幻所以者何計於法不有所成亦無所獲佛言善哉善哉舍利弗如汝所云假使有法實有處所有者念行真諦則不復知衆生滅度無爲之義用一切法虛無無諦而無真實以是之故開化度脱如江沙等五趣衆生令得滅度衆生之類而無損減悉由衆生因虛無出也如是舍利弗以故衆生所想虛無其所思想無所逮得是故名曰具虛無慧因此所學用施衆祐無報應果具虛無慧也時舍利弗復問佛言云

何具足虛無之慧以是之故能疾逮成無所從生法忍佛言其於虛無而不造證是則名曰具虛無慧又舍利弗何謂虛無知身虛無我人壽命亦復虛無見於斷滅而計有常衆事牽連亦復虛無佛法聖衆無爲之想療治心意諸念思想心所遊逸皆悉虛無故舍利弗其能諮受如是像比當了斯慧以至解脫此舍利弗具虛無慧分別若斯則能疾逮無所從生法忍說是語時四萬菩薩尋時皆逮無所從生法忍時六千人發大道意三萬六千天子值遇慧時當近道迹其六十比丘懷甚慢者漏盡意解至無趣餘異口同音而俱舉聲白佛言我等世尊從今已往奉六師教而因出家佛非我師不奉受法不歸聖衆從今已往悉無所作亦無報應不與罪釁亦無惡趣一切衆會聞說斯義無央數人悉懷驚愕不知云何各心念言斯等比丘將求迷惑遠佛違法捨於禁戒就外異學所以如是今演此辭時舍利弗知諸衆會心之所念即時告此諸比丘言仁等何故發於斯言吾等之身從今已往無佛世尊因從異學出爲沙門時諸比丘報舍利弗吾從今始敬事六師一切所歸爲一相耳不倚六入是以不見若干種師不想出家沙門也舍利弗復問何故諸賢復發此言從今日始不以佛爲聖師諸比丘報曰從今日始自在其地不在他鄉自歸於已不歸他人已爲師主不用他師是以故往不以佛爲聖師所以者何其佛正覺不離吾我其吾我者不離於佛時舍利弗又復更問諸比丘衆賢者等何故復言從今已往不

啓受法不歸聖衆比丘答曰不得諸法所可歸念亦無合集故不歸法衆舍利弗復問諸比丘何故發言從今已往無所造業亦無所作諸比丘曰從今日始曉了諸法一切無作其無作者亦無非作以是之故從今已往無所造業舍利弗應時復問仁等何故向者説言從今已往無有果報諸比丘答曰用愚不解故趣生死纏綿終始吾等愚盡無緣無報以是之故從今已往無有果報時舍利弗復問之曰仁等何故復發此言從今已往無有殃疊諸比丘曰吾等曉了一切諸法皆寂滅度吾等解了一切諸法無法無報所以諸法無有果報因是之故而發斯言從今已往無有殃疊時舍利弗復問言曰諸人何故復發此言從今已往無有惡趣諸比丘曰吾等從今曉了一切諸法所趣永無惡趣其無開化無不開化無律不律以是之故從今已往無有惡趣亦無不趣無律不律時諸比丘説如是比棄自大義時彼聞者三千六百比丘漏盡意解至無趣餘於是世尊讃諸比丘曰善哉善哉其於諸法無所得者乃爲真得又問世尊何謂於法有所逮得佛告文殊所謂得者謂逮無所從生法忍文殊師利又問若有菩薩欲樂逮得無所從生法忍當云何學如何建立何謂奉行佛時欲解文殊師利學法無上遊一切智諸通慧義常當遵習無所從生法忍佛爾時頌曰

欲慕學佛慧　一切慧中尊　不受於諸法
亦復無所捨　法者無所得　亦不起成就
諸法無所有　愚者欲令有　欲爲除此言

故爲衆說法　反志樂所生　不信無所起
若能棄魔事　佛道尊無上　著已生愚冥
故不了此義　以興若干種　愚者見各異
其生無若干　一切爲一相　佛者世間慧
爲凡夫說之　用計吾我故　不能奉修道
念言當久如　滅盡於貪婬　遠離瞋愚冥
令吾無塵勞　無有而想有　斷滅於滅度
開化貪欲恚　故說寂然空　演盡無所生
故歎於泥洹　方便讚滅盡　離佛法甚遠
想施奉禁戒　若希望樂道　是不修佛教
爲慕學思想　愚者惑虛妄　不解空無法
諸法一等相　反懷若干念　若曉了此法
諸法自然相　如人觀五指　得道然不難
道不離人遠　亦復不在近　精勤求妄想
以故離人遠　愚者行各異　展轉相求短
是人奉禁戒　此者凶犯惡　善施行正法
有爲悉虛無　不復受神識　如幻無所見
無有奉戒相　亦復無犯惡　諸法因緣合
彼亦無吾我　若於億千劫　布施無等雙
將養上禁戒　導師不受決　若以去思想
無施無所望　棄捐諸希求　然後見授莂
說布施得富　持戒生天上　其無所逮得
此乃無上道　愚者倚顛倒　妄想有所求
吾當致法忍　無起無爲業　無所從生法
心不念所生　逮法忍不難　不更億千劫
假宣有法名　諸法所無作　無本無所作
想皆如虛空　無數億諸佛　班宣上妙法
令除婬怒癡　諸法亦無盡　諸法假使實
則當歸盡傷　以無所有故　是以不可得
婬怒癡無量　計之無涯底　設有無涯底

彼則無根本　所種無有芽　何因生華實
設不得葉者　何緣當有華　無所從生法
則無有人種　衆生無衆生　不生亦不滅
猶如婬女人　彼則無有子　以無有子者
則無有子憂　明智觀如是　諸法無所生
彼便無恐懼　周旋生死苦　愚爲虛僞惑
不解法如幻　受取虛空擔　患猒聖善教
若分別此法　無量無邊際　無數不可限
爾乃不患猒　如佛說本際　宣暢無涯底
當來際亦然　中際爲一相　無際想有際
無底際虛無　吾已了此義　則解無二分
本際虛空想　人際不可議　其際譬如影
斯慧不可了　因以行妄想　由是退轉心
當盡斯羅網　何緣當成佛　正覺無所想
彼則無所成　諸法無所生　愚者欲令成
虛空不可捉　及宿諸處所　虛空無所住
無爲無形像　如咨嗟虛空　解道亦當然
如分別了道　曉衆生亦如　衆生界悉等
平若虛空界　其能了此等　成佛道不難
不精進求度　不思念隨順　不求願諸法
成佛道無難　道離諸所願　一切斷要誓
心不抱求願　諸佛道最上　布施心自念
所施用得道　道者無所得　上道無所獲
志常懷禁戒　想精進有實　彼不承佛教
欲求望報故　諸法無勤修　而反現精進
其無所行者　此上度精進　其數如是想
此法無諸漏　斯法爲有法　彼心不隨順
所講無念法　讚之如虛空　不縛亦無脫
是慧爲無上　其希望奉戒　亦想犯禁者
此二俱犯禁　無二爲上禁　諸法無有異

無想無殊特　若解達無見　此乃奉佛教
其心無所生　譬之如虛空　等受如是決
乃爲真寂志　其無所想者　一切無所念
無心無所生　佛道不難得　其不受貪欲
不爲欲所使　貪則無所生　佛道不難得
若不猒劫數　不畏億本際　不懼生死難
佛道不難得

於是世尊說此頌竟告文殊師利若有菩薩凡夫篤信斯經典者聞之不疑不懷猶豫受持諷誦爲他人說具足解義則當現致二十事功德之勳何謂二十事一曰諸天神明悉宿左右二曰諸大神龍而來護之三曰諸大鬼神咸共衛之四曰心常安隱未曾見亂五曰所生之處爲衆尊長六曰世世所在常識宿命七曰生生所處常得五通八曰速得法忍加當復見彌勒菩薩九曰專精修此經典之要心損睡寐疲極之意十曰若卧寐時常於夢中得見諸佛亦復當得見諸菩薩十一曰用以篤信此經典故當疾逮得柔順法忍十二曰若有受此經典本者現世得致滅除諍訟十三曰若行蛇虺毒害之蟲念是經典經無恐懼十四曰思此經卷則能降伏怨讎嫌隙十五曰若能專惟斯經典者便即逮得普光三昧十六曰若能曉了斯經典者則當知之除一切罪十七曰若講斯經便能獲致不可稱計百千法門十八曰世世所在不失道心十九曰所生之處面見諸佛致無量轉總持之要彼若思惟斯經典時諸魔波旬未曾得便所至受身常見諸佛二十曰思此經者所願必成二足四足含血毒蟲悉共護之

若有非人欲來恐之王者羣臣蜚尸惡鬼欲來恐之自然有護無能犯者佛語文殊師利是爲二十功德之勳不懷猶豫法師比丘聞此經典欣然篤信而不以疑不以疑故不懷猶豫受持諷誦抱在心懷具足分別爲他人説功德如是文殊師利復白佛言譬如藥樹名曰普療皆悉除愈一切疾病斯經如是療治一切婬怒癡疾衆想之患佛言文殊師利如仁所言誠無有異斯經典者實爲消除一切衆生五陰六衰三毒五蓋十二因縁九十六徑六十二疑邪見之礙所以者何乃往過去久遠世時其劫無限不可計會其數過此時世有佛號樂師子步會無央數無限人民大衆之中講説經典時樂師子步如來至真等正覺有一菩薩名金剛幢於其佛所聞是經典其心不疑不懷猶豫即時啓受於斯經典功德之勳持諷誦讀篤信執翫不離其心行入郡國縣邑村落州域大邦見之歡喜皆言良醫當來治我衆患之疾一心相信豫懷欣然時百千人共相聚會皆俱往詣於金剛幢菩薩之所各欲求護時金剛幢則以篤信悲哀之心用斯經典呪於衆人取此經中神呪諸句將護衆人以德勞之而以宿衛文殊師利彼爲何謂神呪句耶以辭呪曰

無揺　離僞　以律舍　善度　不有實
無有處　離迷惑　尊虛空　嗤如幻　無
所生　不可得　慈善慈　愍衆生　一切
下　求徑路　義精進　斯無梵　此神呪

是時神呪章句將護衆生若得惱病至於困疾衆患之苦痛不可言若干諸疾悉得除愈

諸天龍神及與非人所見嬈者并除毒蟲蟒蛇虎狼蚤蝱蚑蜂慈念此經無能觸者病瘡疽癩若得水疾悉得除愈佛語文殊師利時金剛幢菩薩大士作此經典爲衆生類皆療衆疾莫不安隱於文殊師利意所志云何時金剛幢菩薩大士爲異人乎莫作斯觀所以者何則吾身是吾於彼世受斯經典篤信愛樂持諷誦讀開化饒益一切衆生是故文殊師利當觀此經如普藥樹文殊師利復問佛言其有菩薩受此神呪章句義者持諷誦讀當云何行佛告文殊師利若有菩薩受斯神呪章句義者持諷誦讀其人發意奉行是經不復食肉不以香油塗熏其身常懷慈心慜於衆生饒益一切如普藥樹常當親近一切智諸通普慧令無惱害得其便者若誦此經常當清淨柔和其心無穢濁行諷是經時淨掃除地令無塵埃見者悅豫文殊師利復白佛言若有菩薩讀是經時棄捐貪愛不惜身命忽如無形爾乃隨教佛告文殊師利誠如所云一無有異彼時世尊告賢者阿難受此經典持諷誦讀以用加益無數衆生斯經典者所益無量阿難白佛唯諾當受如聖尊教宣如佛説佛言善哉善哉賢者阿難若受此經奉持諷誦爲諸衆生施作佛事佛説如是賢者舍利弗賢者阿難文殊師利諸天世人阿須倫鬼神龍聞佛所説莫不歡喜作禮而退

佛説無所希望經

音釋

誼魚記切 壘力洧切 憒古對切心亂也 擾攘擾而沼切攘如兩切擾攘煩亂也 懅其據切懼也 蠲古玄切除也 戇陟降切愚也 騃五駭切癡也 療力嶠切治也 釁許覲切隙也 愕五各切驚遽貌 儩息利切盡也 虺許偉切蝮蛇也 隙綺戟切怨隙也 蜚匪微切與飛同 嚝呼光切 蟒莫朗切大蛇也 蚉蝱蚉無分切蝱莫耕切 蚑蜂蚑翹移切長蚑也

佛說大乘同性經
宇文周三藏闍那耶舍共僧安譯

清刻龍藏佛說法變相圖

佛說大乘同性經卷上

宇文周三藏闍那耶舍共僧安譯

如是我聞一時婆伽婆住在大摩羅耶精妙山頂摩訶園林華池沼邊大持呪神所居止處人不能行最得道者所居之處共大比丘千二百五十人俱一切皆是摩訶聲聞所作已辦已過一切凡夫之地其名曰尊者阿若憍陳如尊者阿說示尊者摩訶迦葉尊者舍利弗尊者摩訶目揵連與如是等諸大聲聞復有菩薩摩訶薩衆皆大菩薩悉得一切菩薩三昧陀羅尼行一切已住諸菩薩地其名曰聖者彌勒菩薩摩訶薩大意菩薩摩訶薩益意菩薩摩訶薩堅意菩薩摩訶薩定意菩薩摩訶薩無盡意菩薩摩訶薩無邊意菩薩摩訶薩海意菩薩摩訶薩正定意菩薩摩訶

薩淨意菩薩摩訶薩智意菩薩摩訶薩如是等一切各各佛刹已得受記爲阿耨多羅三藐三菩提轉法輪故復有最上最勝天龍夜叉乾闥婆阿脩羅迦樓羅緊那羅摩睺羅伽并持呪神及非人等種種形容天冠衣服執持器仗并諸幢蓋及諸鬼神仙人衆等皆來集坐爲欲聽法爾時世尊衆如大海前後圍遶有所説法初中後善其義深遠其語巧妙具足廣説清淨梵行爾時楞伽大城之中有羅刹王名毗毘沙那治化於彼時毗毘沙那楞伽王聞佛今住大摩羅耶精妙山頂摩訶園林華池沼邊大持呪神所居之處人不能行最得道處與千二百五十比丘現説梵行時毗毗沙那楞伽王即生念言如來名字世間希有如優曇華於無數時乃一得聞何況值佛我於是中無量無數時不得聞法猶如盲龜遇浮木孔是中諸佛及以佛法入佛境界證佛道者如是之事倍復最難我若賫持多諸珍寶及真珠貫無量香華末香塗香華冠衣服寶幢旛蓋并及繒束音樂歌讃與我眷屬往詣佛所到佛所已以此種種供養之具供養如來欲問正法報我一生時毗毗沙那楞伽王普皆宣告諸羅刹衆汝等可共同心和合捉持豐足勝妙金銀摩尼寶珠珂玉瑠璃珊瑚碼碯真珠瓔珞并赤真珠種種精妙無量香華作諸音樂及以歌讃須向佛所如來法王三界最勝無上福聚具足衆相一切知見無上福田我等向彼持此供具以用供養所以者何於無數時值佛出世得見佛難離八難難聞三寶難作此念已爾時毗毗

沙那楞伽王於其衆中說偈告言

無量無數時　佛乃現世間　欲離於八難
復經無量世　百千億劫中　希逢於世尊
譬如優曇華　無數時乃出　地獄與畜生
最苦餓鬼道　往來於六趣　展轉如車輪
令此衆生類　離諸八難厄　利益衆生故
故出世間燈　智日光所照　能破無明盲
相隨至彼處　供養無上尊　敎天人世中
供養獲大果

爾時毗毗沙那楞伽王說此偈已佛神力故於虛空中放百千億那由他大光明網遍照楞伽大城照已毗毗沙那及一切羅刹衆皆悉踊躍爾時彼大光明焰中演出甚深法相之偈

諸法本寂空無我　衆生初中後叵得
譬如虛幻夢泡焰　霧雹水沫旋火輪
世諦緣法悉非真　無明愛根世間現
真觀無愛及無明　諸法如空淨叵說

爾時毗毗沙那楞伽王聞彼光明網中演出如是法相偈已即得甚深無我法忍彼羅刹衆中或得忍者或有發於菩提心者或有發順忍者有實見者時毗毗沙那楞伽王於佛法中明了無疑旣著菩提堅甲鎧已復發此願而說偈言

天人及與阿脩羅　一切梵王上天衆
如此無上最妙法　彼等未曾得覺見
我應未來得斯法　具足一切無礙智
此世界中成佛道　度脫無量億衆生
演說諸佛微妙法　最勝無漏八聖道
令我所作無邊智　三十二相莊嚴身

若有精勤行善行　及佛功德行滿足
利益衆生脫怖畏　持諸功德滅有塵
面如日月淨光明　於三界中得作佛

爾時毗毗沙那楞伽王於阿耨多羅三藐三菩提得不退轉即隨其意應念出生種種精妙華香塗香末香華冠衣服寶幢旛蓋摩尼繒束真珠瓔珞作諸妓樂擊掌歌讚妙聲遍滿讚歎如來功德相好持如是等諸供養具與其眷屬於虛空中如鵝王行來向佛所至佛所已從空而下時毗毗沙那楞伽王與眷屬俱向佛合掌接世尊足頂禮百徧禮拜訖已遶佛三帀乃至千帀時毗毗沙那楞伽王即於佛所五體投地如斫樹倒復說此言南無無量功德莊嚴最上法身師子丈夫三界最勝世尊釋迦牟尼至真等正覺出此語已即起合掌於世尊前說偈讚歎

昔世億生專精事　難行苦行求菩提
布施飲食及衣乘　億數七珍與乞者
不思議劫無悔吝　捨國聚落及臣民
王宮莊嚴寶豐滿　億劫難捨皆能捨
昔名王子須大拏　於山林中施妻子
前捨自身救產虎　割其身肉濟窮鴿
挑眼施盲婆羅門　於彼生中無怨恨
施頭爲求菩提因　心於索者常歡喜
爲護戒品長清淨　不犯聖行順無爲
不斷生命盜他物　常順梵行世無妬
離於飲酒不妄語　護諸衆生如己身
昔不兩舌諸惡口　亦無瞋恚說綺語
世尊離邪常調順　於前衆生無惱觸
功德如意離邪見　供養三寶無壞心

出家無垢除五欲　依順佛戒解脫行
前行忍辱受諸苦　誹謗毀訾及困責
往昔所受諸苦痛　爲衆生故無恨心
若在佛邊起殺惱　於彼慈心視如子
佛生於世常修忍　解脫億數苦衆生
如來往昔求道時　作大仙人名曰忍
彼所生中被割截　忍痛於王無害心
爲彼國王及夫人　演說白法令歡喜
不思億劫常精進　懈怠邪意狹劣除
昔諸苦行皆能忍　廣大精進覺菩提
經行不睡亦無乏　尊重供養無量佛
衆生所須常隨順　熏修成佛無上法
昔行禪定爲伏心　已善四禪無色定
三昧念五神通力　往昔行滿無漏禪
如來智慧滿無漏　知法如幻悉虛假
無我衆生命及人　煩惱網纏因業轉
欲界不淨四種惑　衆生煩惱界本淨
既知實淨衆生本　得具六種波羅蜜
誰能說此智方便　勤求無盡佛福聚
發勝三業向如來　來世得佛我頂禮

爾時毗毗沙那楞伽王說此偈已復以無量種種最妙及以香華末香塗香華冠衣服寶幢旛蓋音樂歌詠讚歎如來尊重恭敬具足承事供養於佛并諸聲聞大菩薩衆彼羅刹衆亦復如是如法發起供養如來稱可佛意爾時毗毗沙那楞伽王供養訖已白佛言世尊我今有疑欲問如來至真等正覺唯願世尊爲我開解說此語已佛告楞伽王言楞伽王吾常開汝問佛所疑隨汝意樂當爲解說令心歡喜時楞伽王得開許已白佛言世尊

衆生者以何義故名爲衆生佛言楞伽王衆生者衆緣和合名曰衆生所謂地水火風空識名色六入因緣生又衆生者猶如束竹緣業故報緣業得果我人衆生壽命畜養衆數知者見者作者觸者受者是名衆生毗毗沙那楞伽王言世尊彼衆生者以何爲本依何而住以何爲因佛言楞伽王此衆生者無明爲本依愛而住以業爲因毗毗沙那楞伽王言世尊業有幾種佛言業有三種何等爲三身口意業復有三相淨不淨非淨非不淨時毗毗沙那楞伽王復白佛言世尊云何衆生捨此壽命受彼壽命捨此故身受彼新身佛言楞伽王衆生捨此身已業風力吹移識將去自所造業而受其果若善及不善非善非不善衆生如此造業行者即於彼處而受新身或受卵生或受濕生或受胎生或受化生皆是一切業風所造而業亦不自知而造各自受報楞伽王衆生如是捨此身命受彼新身楞伽王言世尊衆生捨此身命未受彼身於其中間識停何處佛言楞伽王於汝意云何田中種子至生芽時爲當子先滅已然後芽生爲當其芽先生然後子滅爲當惟子滅時其芽即生毗毗沙那王言不也世尊佛言楞伽王是義云何楞伽王言世尊其子若滅其芽即生非先子滅然後芽生非先生芽然後子滅佛言如是楞伽王非前識先滅後識方生楞伽王亦非先生後識前識方滅楞伽王唯前識滅後識即生楞伽王如步屈蟲先安頭足次後足隨其形屈伸間無斷絶如是如是楞伽王此之神識見前有中生處了已

識即令移託就於彼間無斷絶毗毗沙那楞伽王言世尊若如是者無中陰耶佛言楞伽王一種衆生卵生是也捨此身已入於卵中而是神識業風所捉停住卵中昏鈍不覺及至覆成識方覺了當知彼卵已爲熟也何以故卵生衆生法如是故未成熟時不覺不了所以者何爲業力故楞伽王復有衆生福力純厚得於轉輪王家作子而彼在胎不爲胎汙亦不與胎不淨共住亦不汙染楞伽王其轉輪王所生子者多受化生設受胎者初入胎中結子已成及生出後破膜出身楞伽王是因緣故説有中陰時毗毗沙那楞伽王言世尊衆生神識爲當幾大爲作何色佛言楞伽王衆生神識無邊大無色無相不可見無礙無形無定處不可説毗毗沙那言世尊識相如此無有邊大無色無相不可見無礙無形無定處不可説者豈非斷絶佛言楞伽王吾今問汝隨汝意答當爲汝説楞伽王譬如大王在宮殿中或高樓上婇女圍繞安樂坐時著種種衣及諸瓔珞時大園林阿輸歌樹種種雜華莊嚴精麗其園在處有細輭風或大駛風吹彼園林阿輸歌樹衆華香氣至王所者王聞之不毗毗沙那白言世尊我聞此香佛言楞伽王汝聞此香分別知不王言世尊我能得知佛言楞伽王此華香氣王言知者見大小耶定作何色楞伽王言不也世尊何以故此香氣相無色無現無礙無相無定處不可説是故不見大小形色佛言楞伽王於意云何若不見彼香氣大小非斷絶相耶毗毗沙那言不也世尊何以故若此衆香是

斷相者無人得聞佛言如是如是楞伽王識相亦爾應如是見楞伽王若識斷相則無生死而可得知如是楞伽王識相清淨惟是無明貪愛習氣業等諸客煩惱之所覆障楞伽王譬如清淨虚空之界唯有四種客塵汙染何等爲四所謂煙雲塵霧楞伽王識相如是本清淨故無邊不可捉無有色染唯是諸客煩惱之所覆染所以者何楞伽王若正觀時不得衆生無我無衆生無壽命無畜養無人無衆數無知者無見者無覺者無受者無聽者乃至無色受想行識等楞伽王若正觀時無有分别而可得者楞伽王諸法和合無有實相汝雖得是衆生實相亦莫捨此生有曠野云何名得衆生實相所謂得彼大智同性爾時世尊而説偈言

衆生業力自廻轉　不得入聖最上道
若離諸業證無漏　行無上行利衆生

時毗毗沙那言世尊有無量恒河沙等衆生於此三界稠林有海到彼岸者復欲到者有證聲聞法者有證緣覺法者亦有若干已證無上大智同性者於未來世亦有無量無邊不可數阿僧祇過是數恒河沙等衆生乘此三乘各各别乘得入涅槃而衆生界無增無減如是世尊我知如是心生猒惓佛言楞伽王汝莫於此生猒惓想所以者何諸衆生界前後不可盡故虚空界法界亦爾是故楞伽王諸衆生界不可言説以是得知不增不減如是三界稠林有爲海中已得度者當欲度者而衆生界亦無增減楞伽王譬如虚空界不增不減無前無後亦無中間是故虚空不

可得知徧一切處無礙無形無作無相如是如是楞伽王非衆生界有初中後求之可得楞伽王唯有已得聖法同性是名盡於衆生界耳而有爲道不盡不滅楞伽王亦不離彼有解脫道何以故是衆生界法如此故是故無初無中無後毗毗沙那復問佛言世尊衆生有爲行海相貌何似佛言楞伽王衆生有爲行海猶如大海復問佛言世尊諸佛之法復似何等佛言楞伽王諸佛之法猶如船舶復問佛言世尊出家比丘受具戒法復似何等佛言楞伽王出家比丘受具戒法似治生人乘於船舶復問佛言世尊如世尊說依佛戒法具足奉行無毀破者復似何等佛言持戒精進愛法知足似治生人乘堅牢船成就具足楞伽王有能如佛所說戒法不破不犯具足行者亦復如是復問佛言世尊善知識者復似何等佛言楞伽王善知識者猶如船師復問佛言世尊勤行八聖道復似何等佛言楞伽王勤行八聖道者似正疾風吹於船舶毗毗沙那復問佛言世尊禪定三昧及諸神通復似何等佛言楞伽王神通三昧猶如寶國毗毗沙那復問佛言世尊七菩提分復似何等佛言楞伽王七菩提分猶如七種寶性復問佛言世尊得七菩提分證大乘同性者復似何等佛言楞伽王得七菩提分證大乘同性者譬如值得七種寶性巨富貨賄稱意滿足善哉善出家者於我法中證於無礙無上佛果爾時世尊復說偈言

觀察諸有苦　自苦衆生苦　亦捨諸有縛
我法中出家　即名爲佛子　衆中最大德

勤苦如法行　當得爲世尊

爾時毗毗沙那復問佛言世尊若有衆生於佛法中得出家已不能持戒或有犯戒或有破戒犯欲行者或有脫於法服捨戒還俗世尊如是癡人譬如何等佛言楞伽王若有衆生於我法中得出家已受於戒法作諸毀犯是癡人輩多墮惡道如治生人在大海中船舶破壞没命於水毗毗沙那言世尊若有破戒犯戒犯欲行者復説我行精進梵行復有損棄法服捨戒還俗彼一種人命終亡已或生好處彼似何等佛言如治生人於大海中船舶破壞没溺水中或有得船板者或有得死屍者或有自力浮者楞伽王是治生人得船板者因風力吹得至洲島捉死屍者海波所推漸到彼岸何以故大海之法不宿死屍若其自力能浮得渡隨意所至此是海神慈悲濟彼如是如是楞伽王若我法中得出家者不能依戒如法護持若捨戒法著於俗服得生善處者或因我邊得正信者或復内淨或雖破戒恒有慈行或有精進是故楞伽王雖是破戒及還俗者還因我法得生善處爾時世尊而説偈言

往昔已作多罪業　無邊千億世生中
發露懺悔更不造　滅無增長故清淨

時毗毗沙那復問佛言世尊凡有幾種助菩提法佛言楞伽王有三十七品助菩提法何者名爲三十七品所謂四念處四正勤四如意足五根五力七覺分及八聖道楞伽王是名三十七助菩提法復問佛言世尊解脫門者爲有幾許佛言楞伽王有三解脫門何者

爲三所謂空無相無願復問佛言世尊須念何法佛言念猒滅入涅槃復問佛言世尊諸對治法凡有幾許佛言楞伽王總而言之三種對治何者爲三謂貪欲心者不淨觀瞋恚心者慈悲觀愚癡心者因緣觀是名三種對治之法復問佛言世尊幾許巧能應須念持佛言楞伽王須念持者巧知陰巧知界巧知入巧知方便復問佛言世尊須作何觀佛言楞伽王須觀甚深十二因緣及四聖諦因果證等爾時毗毗沙那楞伽王復更圍遶世尊三帀以諸雜色七寶之華散於佛上散已右膝著地合掌向佛敬歎如來而說偈言

云何菩薩諸聖行　生精進意利世間
施戒忍辱及精進　發最上意爲菩提
求彼無漏智慧時　攝化多億諸衆生
衆寶莊嚴無垢濁　精妙剎中得成佛

爾時世尊告毗毗沙那楞伽王言善哉善哉楞伽王汝能諮問如來此事諦聽諦聽善思念之當爲解說楞伽王菩薩摩訶薩當須行六波羅蜜於一切衆生邊不生惡心楞伽王菩薩行如是法時不減不少於諸佛法常得增長亦不染著世間之法攝受教化無量衆生亦能清淨如來剎土復能具得大乘同性於佛法中無障無礙爾時毗毗沙那楞伽王白佛言世尊云何修行云何得住阿耨多羅三藐三菩提佛言放捨憍慢貢高嫉妬常行四種清淨梵行歡喜普爲一切衆生恒行正真須捨殺盜妄言綺語兩舌惡口飲酒婬泆莫使暫忘菩提之心意樂勤行六波羅蜜所作恒爲安樂衆生於有爲中心常寂靜欲度

有海多諸怖畏汝當正觀三界衆生令得度脱復次楞伽王汝若欲求菩提之者須如是知言菩提者但有名字言語謂菩提耳何以故楞伽王無有是菩提無根是菩提無住是菩提無垢是菩提無塵是菩提無我是菩提不可捉是菩提無色是菩提無形是菩提無此是菩提無彼是菩提無憂是菩提無惱是菩提無著是菩提無染是菩提無邊是菩提無僞是菩提無濁是菩提已過一切根是菩提除一切憶想念是菩提已過一切有行是菩提無底是菩提難知是菩提甚深是菩提無字是菩提無相是菩提寂靜是菩提清淨是菩提無上是菩提無譬喻是菩提無求是菩提無斷是菩提不壞是菩提無破是菩提無思惟是菩提無物是菩提無爲是菩提無見是菩提無害是菩提無明是菩提無流注是菩提常住是菩提虚空是菩提無等等是菩提不可説是菩提楞伽王欲求菩提者若不求法是求菩提何以故楞伽王若無有著得證阿耨多羅三藐三菩提又無我相衆生相命相人相畜養相衆數相作相受相知相見相乃可得證阿耨多羅三藐三菩提若不得世諦相者不執著法不執著陰界乃至不執著諸佛菩薩乃可得證阿耨多羅三藐三菩提何以故楞伽王無所執著即是菩提若不執著物若不執著常若不執著斷者於未來世證成菩提所以者何楞伽王一切諸法後際滅故時毗毗沙那楞伽王復白佛言世尊云何得知一切世諦法耶佛言楞伽王知一切世諦法如幻如化如夢如焰如水中月

如乾闥婆城一切世諦法應如是知如是覺如是觀爾時毗毗沙那楞伽王即得菩薩三昧名無等等法光明智相得陀羅尼名一切巧音得如是等無量無邊諸三昧陀羅尼已時毗毗沙那楞伽王即白佛言世尊我今得此三昧陀羅尼已覺知一切世諦之法佛言楞伽王云何覺知毗毗沙那言世尊一切世諦之法如夢如幻如響聲等如山水駛如水中月如風吹空華如秋雲起如珠光明如燈火焰如華上露如乾闥婆城如水上泡如虹如焰世尊我已覺知世諦諸法現皆無常爾時世尊即放頂上百千億那由他種種妙色光明所謂青黃赤白紅紫玻瓈及金等色普照無量無邊阿僧祇諸佛刹土既徧照已還入頂上爾時尊者大目揵連即從座起偏袒右肩右膝著地合掌向佛說偈問言

佛上妙德非無因　開放清淨光明網
今意精妙覺發誰　放百光網願佛說

佛告目揵連言汝見此毗毗沙那楞伽王在於我前合掌正立以此廣大供養之具用供養我及聲聞衆諸菩薩衆因此功德發阿耨多羅三藐三菩提心不目揵連言世尊我見世尊我見佛言目揵連是毗毗沙那楞伽王從我已去乃至當欲供養承事百千億那由他諸佛過是已後彼身功德本力具足今有世界名蓮華城彼有世尊號蓮華功德相震聲威王如來阿羅訶三藐三佛陀現在彼住遊行說法彼佛如來壽命無量世界清淨此毗毗沙那楞伽王化生彼刹生彼中已即得菩薩歡喜之地如是乃至得菩薩十地過無

量劫數已於後生此娑婆世界當得成佛號曰善妙震聲金威善淨光明現功德寶蓋莊嚴頂相毗盧遮那王如來應供正徧知明行足善逝世間解無上士調御丈夫天人師佛世尊是最後生彼世界者名電寶冠除諸山阜坑坎崖坂土石糞穢無有女身及惡道等而彼佛刹清淨勝彼現在阿彌陀如來佛刹諸菩薩衆充滿彼國劫名善觀明彼佛如來壽命無量目揵連是故如來至真等正覺微笑時毗毗沙那楞伽王得受阿耨多羅三藐三菩提記時以爲法故歡喜踊躍徧體戰慄飛上虛空高七多羅樹於虛空中説此偈言

一切諸法空如夢　清淨非有同虛空
我及無我悉皆無　我知如化如電光
衆生有中自生滅　諦求一法不可得
初中後等無所有　畜養衆生命亦然
衆生隨業得果報　有中展轉不休息
若行如此菩提行　得知諸法體皆空

爾時毗毗沙那楞伽王説是偈已從空中下遶佛三帀遶三帀已蒙佛威神却坐一面時海衆中或有天龍阿脩羅等證法得果者或有夜叉羅刹發菩提心者或有緊那羅摩睺羅伽於諸佛法得無疑者或有迦樓羅乾闥婆及呪神等得陀羅尼證法得果於一切法得不退轉者即時大地震動自然光明徧滿佛刹乃至大小鐵圍山間普皆明照一切惡道諸苦悉除上虛空中雨諸天華響擊天鼓叫嘯等聲并諸衣服空中舒卷自然顯現如是種種不思議事時毗毗沙那楞伽王觀其自衆如是告言汝等一切相與和合來向世

尊生恭敬心發於阿耨多羅三藐三菩提心時彼無量百千羅刹相與和合向佛合掌白言世尊我等聚集相與和合從今已去歸依於佛及以法僧發菩提心世尊我等從今已去行大乘行如來證知世尊我等於未來世在此娑婆刹中得成正覺定斷惡業爲無上尊爲一切衆生作利益故佛言善哉善哉汝等若能發菩提心者汝等當行四種善法凡善行者行此四法得不忘彼菩提之心何等爲四一者所有願行不違不失二者於諸衆生常行慈心三者一日三時供養三寶晝夜不絶四者不願聲聞辟支佛果此爲汝等四法具足不忘失彼菩提之心爾時海龍王從座而起偏袒右肩右膝著地向佛合掌白言世尊毗毗沙那楞伽王往昔造何善根乃能如是廣供養具供養於佛及無數聲聞菩薩衆等供養訖已發菩提心發菩提心已證不退轉得受阿耨多羅三藐三菩提記作是語已佛告海龍王言龍王往昔過無量阿僧祇劫數時彼有佛號大悲所生智相幢如來至真等正覺應供正徧知明行足善逝世間解無上士調御丈夫天人師佛世尊而彼如來亦還生此娑婆世界五濁世中而彼如來至真等正覺於衆生中演說分別三乘之法龍王時彼如來亦還住此摩羅耶山頂上與五百比丘大聲聞衆無量天龍及非人等衆中說法龍王時有羅刹童子名毗毗沙歌亦還住此楞伽大城形貌雄猛大腹巨力其性硬惡面目鄙醜唯食肉血口牙可畏龍王時彼毗毗沙歌羅刹童子聞佛世尊住摩羅耶山

頂上即作是念我不欲此沙門及比丘衆在摩羅耶山頂上居住何以故若彼沙門住在摩羅耶山頂上者我不能攝大海雜類亦無衆生可殺害者我今住此則恒饑餓龍王時彼毗毗沙歌羅剎童子即告其衆諸羅剎言汝等有大力者宜可速來著堅牢甲各執刀杖槌弩斧戟弓箭鉾盾并金剛杵�輪矟等嚴持如是種種器仗何以故我今應當驅彼沙門及沙門衆去我境界令其捨離我所住處龍王時毗毗沙歌羅剎童子帶好堅甲及羅剎衆各持種種別色器仗飛行虛空向彼大悲所生智相幢如來往至彼巳住在虛空與其徒衆語世尊言去去沙門我不用汝住此山頂莫復令我殺汝沙門及汝衆等龍王爾時大悲所生智相幢如來即現神通現神

通巳時毗毗沙歌羅剎童子及其徒衆各見自身被五繫縛又見十方鐵網羅布欲走無路禁然定住龍王時毗毗沙歌羅剎童子及羅剎衆心驚惶怖即生是念我等今者欲何處去求歸命誰向誰求救誰脫我等龍王爾時彼佛衆中有呪神王名正定深滿功德威與彼毗毗沙歌羅剎童子宿作善友在彼世尊衆中集坐龍王爾時正定深滿功德威持呪神王語毗毗沙歌羅剎童子言善友諸佛世尊教化人天所得無量諸功德法三界獨尊衆生中寳有大悲行汝善友及羅剎衆此可歸依及以法僧汝等歸依三寶發菩提心一切繫縛即得解脫說是語巳龍王爾時正定深滿功德威持呪神王教化力故及佛神力即時毗毗沙歌羅剎童子及羅剎衆俱共

合掌出如是言南無無邊功德莊嚴身者南無最上大慧覺者我等與汝今日已去歸依於佛及以法僧我等恒行歸依三寶發阿耨多羅三藐三菩提心龍王時毗毗沙歌羅剎童子及一切羅剎衆出此言已一切繫縛即得解脱從虛空來向大悲所生智相幢王如來至彼世尊三帀圍繞時毗毗沙歌羅剎童子及羅剎衆一切俱時頂禮佛足於彼如來乞求懺悔乞懺悔已各還本處龍王於汝意云何汝今當知是時世中毗毗沙歌羅剎童子者豈異人乎今毗毗沙那楞伽王是也時彼世中羅剎衆者更非別衆今毗毗沙那楞伽王羅剎衆者是也龍王於汝意云何時彼世中正定深滿功德威持呪神王者亦非別人即是海妙深持自在智通菩薩摩訶薩是也作是語已此三千大千世界即時震動猶如船舶在大海中隨波動揺衆生類中無見驚怖及以害者唯得一切安隱快樂一切衆生持十善行時此娑婆佛剎除去高山須彌大海國土聚落山林海島黑山龕窟稠林園池河泉陂澤丘陵坑坎崖隴石壁沙鹵棘刺泥糞臭穢可惡悉除閻浮檀金大光普照此三千大千世界所有一切大小鐵圍山中一切諸暗一切光明及以日月所不照處彼明徧照隱蔽日月況餘光明一切諸影是時不現滅除一切地獄畜生餓鬼等苦即時此娑婆世界諸天人等若有苦惱一切皆得安隱受樂若有衆生饑者得食渴者得飲裸者得衣貧者得寶盲者見色聾者聞聲瘂者能語六根殘缺悉得具足閉在牢獄晋皆解脱

佛說大乘同性經卷上

音釋

齋祖稽切持也　鎧苦亥切甲也　呰將几切毀也　膜慕各切　駛踈士切疾也　舶傍陌切大船也　賄呼罪切財也　泆夷質切淫放也　揵渠焉切　慄力質切懼也　鉾盾鉾莫浮切勾兵也盾食尹切干櫓之屬　矟所角切兵器也　禁渠錦切寒貌　鹵郎古切沙鹵謂确薄之地也　祼郎果切赤體也　瘂烏下切口不能言也

佛說大乘同性經卷下

宇文周三藏闍那耶舍共僧安譯

是時雜類衆生無有貪欲瞋恚愚癡慳妬等心各各惟有善心慈心安樂之心猶如父母兄弟姊妹當於是時一切衆生得如是等心行安樂歡喜踊躍徧滿諸根無復寒熱及以憂愁如是一切衆生樂心具足不聞高聲及諸大聲復此大池平正如掌瑠璃所成化出種種深廣妙池七寶爲砌金沙布底八功德水清淨盈滿彼諸池中自然化出無量蓮華大如車輪彼諸妙華有七寶色開敷微妙其葉柔軟或復化出無量蓮華廣一由旬雜色精妙香氣柔軟如迦陵伽衣又復化出百千億那由他多諸種種蓮華莊嚴或復化出無量蓮華廣二由旬或三四五乃至一十二十三十四十五十及百由旬或復化出無量蓮華廣千由旬是時娑婆佛刹雨大香雨灑散於地彼水香氣柔軟微妙能令衆生歡喜踊躍諸微妙風吹彼種種天妙華雨自然墮落所謂曼陀羅華摩訶曼陀羅華曼殊沙華摩訶曼殊沙華月華大月華意華大意華雨如是等廣大諸華復有勝妙諸末香雨復有沉水香多伽羅香黑沉水香牛頭栴檀此等香煙如是出現處處徧滿又復出生過無量百千億那由他阿僧祇數大如意樹七寶所成縱廣高下或一由旬乃至百由旬最勝端嚴悉皆樂見其諸寶樹以種種寶衣服繒綵白拂垂旄鈴網莊嚴彼諸寶樹雨於種種精妙七寶所謂金銀瑠璃摩尼真珠硨磲碼碯赤真珠貫如是等雨又諸寶樹雨種種柔軟雜

色衣服所謂歌奢衣俱奢衣憍奢耶衣歌尸歌衣如是等雨又諸寶樹雨諸瓔珞以閻浮檀金所作成就種種雜寶間錯微妙所謂鐶釧耳璫天冠臂印珠繩寶纓金鎖瓔珞如是等雨又彼諸寶如意樹下出生百千億那由他師子之座各以種種七寶所成彼師子座高於七仭菩薩坐上三十二相莊嚴其身容貌端嚴衆所喜見其身内外自然明徹彼一切諸菩薩前出生百千億那由他塔各七寶成彼諸塔上各千天子而坐其上奏五音樂并出歌歎其聲精妙能令聞者心意喜躍其音聲中出諸歌讃説是偈言

平等無等等　我所悉皆無　具功德莊嚴
一切世希有　精進諸苦行　此法如是生
微妙莊嚴事　故現一切世　能除地獄等
此法如是生　微妙事莊嚴　故現一切世
能除地獄等　所有生道苦　及諸有等苦
是時皆得滅　除彼塵垢穢　諸人等癡垢
善勝微妙事　故現諸人中　今者無邊剎
是時皆平廣　大山及諸河　須彌海悉無
以瑠璃爲地　清淨平如掌　諸寶雜色樹
精妙普樂見　剎中復有此　嚴淨焰光明
金色諸精妙　翳障於日月　多種雜寶座
有諸菩薩坐　威光如百日　衆相莊嚴身
無量諸池邊　周帀摩尼寶　八分功德水
清淨盈滿中　百千種蓮華　莊嚴彼池裏
廣大如車輪　展轉倍於前　復有堅牢座
一切寶所成　百千億千天　天衆悉端嚴
奏諸微妙音　讃歎及歌詠　如來神力故
出此衆妙聲

出如是等音樂歌詠事相偈法有過無量無邊阿僧祇法句爾時世尊集會之中所有諸天及以人等有大乘行者樂大乘者信廣大意者因此無邊光明力故見彼一切佛刹如是功德莊嚴清淨其中天人有行聲聞辟支佛行者不見不知佛刹功德莊嚴清淨其諸菩薩摩訶薩等在此刹中悉得無量無邊阿僧祇三昧陀羅尼神通法句復有諸大聲聞得入一切寂滅三昧爾時有師子座縱廣正等高百億由旬自然而現七寶所成天衣敷上時有如來身大無邊現於座上跏趺而坐其身相好端嚴無譬顯現具足有大蓮華縱廣正等高八萬四千由旬七寶所作出現佛前有無量百千億那由他蓮華莊嚴圍繞開敷柔軟精妙端嚴復有過無量阿僧祇數幢旛懸蓋種種雜寶間錯而成於虛空中懸無量無邊真珠等貫及諸繒束復懸無量無邊寶鈴羅網有如是等功德莊嚴於此佛刹自然顯現如是不可說無量無邊阿僧祇未曾有事於此娑婆佛刹中現又不可說不可量不可數大莊嚴神通之力昔所未見本未曾聞於此娑婆世界中現如是等最大最勝希有之法爾時彌勒菩薩摩訶薩即發此念何因何緣此佛刹中顯現希有不可思議大莊嚴事神通之力令衆踊躍我當問佛至真等正覺破此疑心爾時彌勒菩薩摩訶薩從座而起偏袒右肩以其右膝置蓮華上向佛合掌而白佛言世尊我今有疑欲問如來願開疑網佛告彌勒如來至真等正覺常開汝問若有疑惑當爲解説爾時彌勒菩薩摩訶薩

蒙佛許已白佛言世尊是誰因緣有此事相於此娑婆佛刹顯現如是希有奇特踊躍之法所謂現神通力一切功德莊嚴佛刹勝淨嚴飾明徹無垢一切惡心悉已除滅乃至不可稱説無有窮盡未曾聞見世尊此菩薩衆見如是等神通爲法世間顯現一切疑惑世尊欲爲何事爾時彌勒菩薩摩訶薩説偈問佛

世間希有今是何　顯現如是大世尊
驚怪未曾有斯法　今於此事生疑惑
震動大地并巨海　或有安住淨世界
開敷清淨金光網　除滅世間一切暗
蓮華百千無有邊　復有雜華妙寶樹
億數幢蓋及繒幡　并真珠貫鈴網等
無量種福慧光明　滅除一切惡道苦
世尊何事現此相　妙淨娑婆佛刹中

説此語已佛告彌勒菩薩摩訶薩言汝可復座吾當爲汝分别解説何因何緣大希有法世間現者彌勒東方過阿僧祇恒河沙等佛刹彼有佛刹名清淨光輪功德莊嚴寶縷界厠彼佛刹有佛名開敷精妙具莊嚴神通法界輪一蓋吼聲毗盧遮那藏安自在王如來至真等正覺現在遊行演説法要世界清淨除滅慳貪瞋癡一切煩惱諸惡道等彼佛刹中十住菩薩摩訶薩之所居住彼佛刹中有菩薩摩訶薩名海妙深持自在智通得一切菩薩禪定三昧神通陀羅尼是爲第一持一切寶莊嚴殿與過無邊數諸菩薩摩訶薩從虚空中欲來至此娑婆佛刹是善丈夫威神力故於此世界作大莊嚴神通自在先現是

事爾時世尊説此事已海妙深持自在智通菩薩摩訶薩及其徒衆即時現大威德光輪莊嚴之中有無量億光明羅綱具足圍繞虚空中行作百千種音樂歌詠部别各各雨衆天華復放百千億那由他光明來至於此娑婆佛刹即以寳莊嚴殿安置欲色二界空中既安置已與其徒衆從空中下至於佛所合掌向佛接足頂禮圍繞三帀爾時海妙深持自在智通菩薩摩訶薩與其徒衆合掌恭敬白佛言世尊唯願如來憐愍我等納受坐此寳莊嚴殿世尊於此寳莊嚴殿爲大菩薩衆説無等等深妙之法爾時世尊告海妙深持自在智通菩薩摩訶薩言善哉善哉善丈夫汝今以此寳莊嚴殿奉施如來至真等正覺善丈夫汝於此賢劫中毗婆尸佛已來乃至賢劫千佛以此一切寳莊嚴殿過去亦施現在亦施未來亦施善哉丈夫乃能以此大寳莊嚴嚴飾此中娑婆佛刹爾時海龍王白佛言世尊寳莊嚴殿今在何處復若大小爾時世尊告龍王言龍王彼寳莊嚴殿置在欲色二界空中縱廣三千大千世界龍王彼寳莊嚴殿一切諸佛菩薩神通三昧力故出彼寳殿一切菩薩安樂之處堪以供養奉獻如來龍王復彼寳殿佛所居處又是如來福力故生能令菩薩心得清淨復能照明十方世界使諸衆生心意歡喜隱翳一切諸天宮殿不可説無邊莊嚴之事成就具足普告十方一切菩薩皆令覺知龍王彼寳莊嚴殿白瑠璃爲上閻浮檀金爲壁功德藏寳以爲女牆碼碯藏寳以爲却敵摩尼寳藏以爲欄楯淨光

明實以爲欄柱普光明寶以爲其輦一切衆寶以爲其座一切雜寶如半月形光明無邊以覆殿上八萬四千億那由他柱雜色端嚴衆寶所成精妙具足最勝供養稱可如來龍王其彼寶殿懸諸雜寶無量無邊真珠繒綵金鈴羅網立正妙幢懸諸旛蓋牛頭栴檀以塗其地燒堅栴檀及以沉水最上妙香以之爲熏龍珠寶華間錯莊嚴以種種華徧散其地龍王彼寶莊嚴殿一切所有諸殿柱上無數千億諸天子坐作天五音最妙歌讚出聲踊躍諸法明門從音樂出龍王彼寶莊嚴殿周帀輪迴大風所持有百千億七寶妙池金沙爲底八功德水清淨盈滿一一池中無數百千億那由他蓮華開敷七寶填飾妙色端正是諸蓮華大如車輪龍王彼寶莊嚴殿有

寶樹園周帀圍繞有如意樹種種雜寶華果莊嚴懸諸鈴網及真珠貫繒綵細氎以爲莊飾出微妙香令心踊躍種種寶塔妙色端正以爲莊嚴龍王一一樹下各有七寶師子之座天迦尸迦衣以爲敷具彼師子座高廣微妙成就具足稱可一切諸佛菩薩龍王十方所有一切諸佛刹土所有瓔珞莊嚴及諸華雨一切現彼寶莊嚴殿龍王彼寶莊嚴殿如是等大及以安住爾時世尊告菩薩衆言諸善丈夫為滿海妙深持自在智通菩薩摩訶薩願故汝等隨我向於寶莊嚴殿彼處俱坐爾時世尊從座而起與不可數諸菩薩摩訶薩前後圍繞時海妙深持自在智通菩薩在於右邊彌勒菩薩在於左邊於虛空中安詳而去向寶莊嚴殿至彼處已爾時世尊與菩薩

衆入彼寶莊嚴殿殿中東面有師子座高無數由旬縱廣正等是時世尊即坐其上世尊坐於師子座時彼寶莊嚴殿六種震動出百千億那由他無量種種大光明網所謂青黄赤白紅紫金色彼諸天子作天音樂及以歌讃雨大天華然諸天香恒不斷絶爾時世尊告菩薩衆言諸善丈夫汝等各各敷蓮華座而坐其上世尊勑已彼菩薩衆各就蓮華座上而坐佛及菩薩摩訶薩衆皆悉坐已時海妙深持自在智通菩薩摩訶薩作是思惟我於今者供養如來至真等正覺兼復諮請問於佛地時海妙深持自在智通菩薩摩訶薩即從座起隨意所生種種無量無邊阿僧祇華香塗香末香華冠衣服幢旛寶蓋音樂歌歎供養世尊及菩薩衆恭敬尊重承事供養生希有心供養訖已又復出此勝供養具所謂寶真珠貫牛頭栴檀七寶爲華以大寶珠名師子無礙寶藏清淨明徹以手執持供養世尊及菩薩衆爲供養故散於如來徧覆其上散已禮世尊足繞百千帀向佛合掌以偈讃曰

顯現無量妙相身　平正端嚴無闕少
螺髻孔雀烏蜂色　額平悦澤而廣開
毫相圓開如妙華　雙眉形似初生月
鼻高隆直妙無譬　眼如日照青蓮色
耳埵妙如芭蕉莖　齒齊如白拘勿頭
舌廣紅色得勝味　脣厚圓滿赤朱色
妙肩洪滿現無闕　垂臂如風吹娑羅
爪甲長妙赤銅色　手指縵網如鵝王
足下千輻妙輪相　皆由徃昔大施生

功德勝形師子臆　體相莊嚴妙端正
腰如弓弝金剛杵　陰相不現如馬藏
髀脛圓滿如象鼻　脚踝端正而平滿
指掌輪相鵝王網　進止徐詳師子步
如來具此一切相　是故頂禮功德王

爾時海妙深持自在智通菩薩摩訶薩讚歎說已復白佛言世尊我今有疑欲問如來至真等正覺若佛世尊開我疑問乃敢請說作是語已佛告海妙深持自在智通菩薩摩訶薩言善丈夫今若有疑恣汝樂問吾當爲汝分別解說令心歡喜爾時海妙深持自在智通菩薩摩訶薩白佛言世尊佛地有幾一切菩薩及聲聞辟支佛所不能行作是語已佛告海妙深持自在智通菩薩摩訶薩言善哉善哉善丈夫汝今欲令一切諸菩薩能作明了利益安樂顯現佛智乃能問於如來此事汝善丈夫諦聽諦受善思念之吾當爲汝分別解說善丈夫佛有十地一切菩薩及聲聞辟支佛等所不能行何者爲十一名甚深難知廣明智德地二名清淨身分威嚴不思議明德地三名善眀月幢寶相海藏地四名精妙金光功德神通智德地五名火輪威藏明德地六名虛空內清淨無垢焰光開相地七名廣勝法界藏明界地八名最淨普覺智藏能淨無垢徧無礙智通地九名無邊億莊嚴迴向能照明地十名毗盧遮那智海藏地善丈夫此是如來十地名號諸佛智慧不可具說善丈夫佛初地者一切微細習氣除故復一切法得自在故第二地者轉法輪故說深法故第三地者說諸聲聞戒故又復顯說三

乘故第四地者說八萬四千法門故又復降伏四種魔故第五地者如法降伏諸外道故又復降伏慠慢及衆數故第六地者敎示無量衆生六通中故又復顯現六種大神通故謂現無邊清淨佛刹功德莊嚴顯現無邊菩薩大衆圍繞顯現無邊廣大佛刹顯現無邊佛刹自體顯現無邊諸佛刹中從兜率天下託胎乃至法滅亦現無邊種種神通第七地者爲諸菩薩如實說七菩提分無所有故復無所著故第八地者授一切菩薩阿耨多羅三藐三菩提四種記故第九地者爲諸菩薩現善方便故第十地者爲諸菩薩說一切諸法無所有故復告令知一切諸法本來寂滅大涅槃故世尊說此如來十地名已即時此娑婆佛刹乃至十方不可說諸佛刹等一切現大十八種相所謂地動中動大動小搖中搖及以大搖小震中震及以大震小聲中聲及以大聲小吼中吼及以大吼小涌中涌及以大涌是諸佛刹或東傾西起西傾東起或南傾北起北傾南起或中没邊起邊没中起一切佛刹如是旋轉現十二相其中無一衆生有惱害者放大勝光照諸佛刹滅除一切世間諸暗普得光明所有一切諸佛刹土皆悉於此佛刹中現或佛刹中有佛無佛若成若壞亦皆於此佛刹中現彼諸佛刹雨大天華徧滿十方不可說不可說諸佛刹中所謂曼陀羅華摩訶曼陀羅華曼殊沙華摩訶曼殊沙華盧遮華摩訶盧遮華月華大月華善月華等乃至一切刹中所有音樂不鼓自鳴大希有事皆悉出現諸佛刹中彼諸佛刹所

有侍者悉從座起各問如來諸希有事時彼諸如來爲其廣說解所疑問爾時此寶莊嚴殿中海妙深持自在智通菩薩摩訶薩及諸菩薩集坐衆等咸悉驚怪奇哉奇異何因何緣世尊說此佛深境界如來所行甚深難知微密難見一切菩薩非所行處况諸聲聞及辟支佛何以故我等未曾得聞如此如來十地不可思議諸佛境界我等爲此善事和合相隨請於如來至真等正覺廣說佛地諸菩薩摩訶薩各從座起合掌向佛說偈請言

最勝無上尊　此間無等說　一切佛諸地
向者已說名　我等今驚怪　未曾聞此法
聞諸地名已　心意俱踊躍　如饑思美食
渴者念甘泉　如是我欲聞　願佛說諸地

說此語已彼諸菩薩繞佛三帀禮世尊足各各在於蓮華座坐爾時世尊如師子王安詳顧視觀察十方觀十方已告海妙深持自在智通菩薩摩訶薩言善丈夫如來諸地甚深難知不可得底難可覺了出過一切文辭言說何以故善丈夫聲聞辟支佛等諸地尚不可說何况菩薩諸地一切如來佛地名地時海妙深持菩薩白佛言世尊聲聞諸地爲有幾多佛言善丈夫聲聞之地凡有十種何等爲十一者受三歸地二者信地三者信法地四者内凡夫地五者學信戒地六者八人地七者須陀洹地八者斯陀舍地九者阿那含地十者阿羅漢地善丈夫是名十種聲聞之地海妙深持菩薩復問佛言世尊辟支佛地復有幾許佛言善丈夫辟支佛地有其十種何等爲十一者昔行具足地二者自覺甚深十

二因縁地三者覺了四聖諦地四者甚深利智地五者八聖道地六者覺了法界虚空界衆生界地七者證寂滅地八者六通地九者徹祕密地十者習氣漸薄地善丈夫是名十種辟支佛地海妙深持菩薩復問佛言世尊諸菩薩地復有幾種佛言善丈夫菩薩諸地有其十種何者爲十一者歡喜地二者離垢地三者發光地四者焰慧地五者難勝地六者現前地七者遠行地八者不動地九者善慧地十者法雲地善丈夫是名菩薩十種諸地海妙深持菩薩復問佛言世尊一切自地從何處生佛言善丈夫一切自地從佛地生海妙深持菩薩復問佛言世尊解脱解脱彼此何異佛言善丈夫河水海水彼此異不海妙深持菩薩言世尊河水海水廣狹有異佛言如是如是善丈夫聲聞辟支佛解脱如彼河水如來解脱如大海水海妙深持菩薩復問佛言世尊諸大小河流入海不佛言如是如是善丈夫如汝所説何以故所有聲聞法辟支佛法菩薩法諸佛法如是一切諸法皆悉流入毗盧遮那智藏大海海妙深持菩薩復問言世尊唯願世尊現初佛地住彼初地顯現一切如來境界令諸聲聞辟支佛等歡喜踊躍爾時世尊現自佛刹名無邊阿僧祇功德諸寶具蓋不思議莊嚴佛刹土縱廣百千億那由他恒河沙數三千大千世界微塵等諸佛刹是時諸佛刹入無邊阿僧祇功德諸寶具蓋不思議莊嚴佛刹中皆同一名所有小須彌中須彌大須彌一切黒山及小河中河大河及諸大海諸山林谷磐石峯崖糞

穢沙鹵險惡之處悉皆除滅無有地獄畜生餓鬼等道及天龍夜叉乾闥婆阿脩羅迦樓羅緊那羅摩睺羅伽人非人等亦悉除滅無有舊佛刹土功德莊嚴諸瓔珞等此佛刹中所有地際皆瑠璃成平整如掌大因陀羅紺色金剛爲佛刹中出最上微妙莊嚴寶華阿輸歌林名菩提樹王七寶所成有雜妙色此菩提樹王高無邊恒河沙佛刹微塵世界縱廣正等彼菩提樹王種種妙寶以爲華葉果實枝柯師子無礙摩尼雜寶以爲莊嚴毗瑠璃赤真珠貫鈴網繒綵彼菩提樹出電光焰不斷不絶或放金光或摩尼光或因陀羅紺光或玻瓈光或日寶光或月寶光彼菩提樹王出最妙香所謂沉水香多伽羅香黑沉水香多摩羅跋香黑栴檀香龍栴檀香牛頭栴檀等香香氣出時徧彼佛刹其菩提樹王出歌讃聲或雨寶雨徧諸世界彼菩提樹下於其東面出生大池七寶所成清淨無濁名曰摩訶菩提池王深無邊恒河沙等三千大千微塵等世界縱廣正等以閻浮檀金沙布底八功德水具足盈滿池四方面各四階道衆寶所填種種雜寶欄楯具足彼池水中出大蓮華名善開敷菩提蓮華相王七寶所成縱廣無邊恒河沙等三千大千微塵等世界七寶所作復有百千億那由他無量無邊諸寶蓮華周帀圍繞衆妙七寶莊嚴爲葉柔軟妙香令人愛樂其蓮華王臺上出菩提輦王名無邊寶嚴飾七寶所成高阿僧祇恒河沙等三千大千微塵數等世界縱廣正等彼寶嚴飾菩提輦王所有服飾最勝最多上中之上

彼寶莊嚴殿中所有服飾所有莊嚴及神通力百分千分百千億分不及其一譬如螢火在日光前其明隱翳如是如是寶莊嚴殿在無邊寶莊嚴菩提輦王前時全不復現如是種種無量無邊莊嚴瓔珞所有服飾神通莊嚴及以光明能令一切日月光明悉不能照無有精光一切帝釋光一切梵天光一切首陀會天光於彼無邊寶嚴飾菩提輦王前所有若明若光若精若照者無有此事於彼輦中出摩訶菩提師子座王名善照無礙師子莊嚴七寶所成光色無等衆事具足迦尸迦天衣以覆其上高百億恒河沙等微塵等世界縱廣正等釋迦牟尼即便坐彼師子座上轉名無垢威功德師子月光毗盧遮那藏瑠璃幢圓通光明功德威聚日月智光王如來大身正等如百億恒河沙佛剎微塵數三千大千世界等一切身分皆悉具足滿三十二大人之相八十種好莊嚴其身項背輪光莊嚴其頭不可見頂其身清淨譬如日月照鏡中光彼如來身亦復如是無有肉血及以骨髓非因父母歌羅邏時其身化生清淨如彼閻浮檀金及淨瑠璃因陀羅寶紺光等色彼如來身清淨如是無有一切微細習氣彼佛世尊衆相具足一切智師諸法自在度於彼岸無上等覺最勝大慈是最大人師子丈夫已得漏盡堅金剛身百福德聚具足十力及四無畏十八不共法正師子吼壽命無量清淨佛剎成道自在光明自然無量無邊菩薩之衆前後圍繞彼諸菩薩各各色身皆得具足在寶樹下於彼池中蓮華輦上坐師子座

其身相稱菩薩各各而自莊嚴猶如如來莊嚴具足如是佛刹功德嚴淨身清淨衆清淨劫名無邊際莊嚴摩訶劫王其劫清淨若欲説此廣大佛刹及佛行者無有是處若如是覺名爲如來住佛初地爾時世尊告海妙深持自在智通菩薩摩訶薩言善丈夫汝見如來神通智不海妙深持自在智通菩薩答言見也世尊見也如來佛言善丈夫此是佛之初地名甚深難知廣明智德善丈夫汝今當知有正真願莊嚴功德相一蓋震聲主威王如來寶德明徹藏功德身相淨如來不動離難光明如來有神通力蓮華生功德威相勝瓔珞摩尼王如來在喜樂刹中天人尊重復有阿彌陀如來蓮華開敷星王如來龍主王如來寶德如來有如是等生淨佛刹所得道

者彼諸如來得初佛地如來在此地中作是神通如我今日神通無異海妙深持自在智通菩薩復問佛言世尊若有五濁刹中諸佛如來現得道者當成道者而彼世尊現得當得如來地不佛言善丈夫若諸佛菩薩能現善巧方便者得所以者何爲諸衆生起大慈心見諸衆生閉在三有稠林之中是諸衆生無明暗中愛網所覆信其不淨顛倒邪見無量諸苦臨三惡岸輪迴六道煩惱展轉無有前際不知本際彼諸衆生不知諸佛及諸佛法諸菩薩法亦不如實知諸解脱善丈夫諸佛菩薩如是知彼一切衆生多受諸苦善丈夫爾時應佛出現五濁世界或兜率下入胎住胎初生及長宫中喜樂出家苦行向於道場降魔成佛轉大法輪與諸外道共論議時

依法降伏慠慢衆數乃至促壽現大涅槃入涅槃已三昧力故顯現自身分布舍利大如芥子天龍人非人等生其喜心爲供養故造作無量百千億那由他諸舍利藏或有於彼法中出家修持苦行或爲菩提而作種子度於煩惱有海彼岸善丈夫一切諸佛有如此法令無量無邊諸衆生等度於煩惱有海彼岸善丈夫汝今當知若五濁世中如來所現神通之力皆佛應化或諸菩薩神通力故善巧方便應化所出海妙深持自在智通菩薩復問佛言世尊佛身幾種佛言善丈夫略說有三何等爲三一者報二者應三者真身海妙深持自在智通菩薩復問佛言世尊何者名爲如來報身佛言善丈夫若欲見彼佛報者汝今當知如汝今日見我現諸如來清淨佛刹現得道者當得道者如是一切即是報身海妙深持自在智通菩薩復問佛言世尊何者名爲如來應身佛言善丈夫猶若今日踊步健如來魔恐怖如來大慈意如來有如是等一切彼如來穢濁世中現成佛者當成佛者如來顯現從兜率下乃至住持一切正法一切像法一切滅法善丈夫汝今當知如是化事皆是應身海妙深持自在智通菩薩復問佛言世尊何者名爲如來法身佛言善丈夫如來真法身者無色無現無著不可見無言說無住處無相無執無生無滅無譬喻如是善丈夫如來不可說身法身智身無等身無等等身毗盧遮那身虛空身不斷身不壞身無邊身至真身非虛假身無譬喻身是名真身海妙深持自在智通菩薩復問佛言

世尊若諸佛真體無色無現乃至不可說不可說者豈非斷相也佛言善丈夫於汝意云何虛空界者可有斷絕及有相不海妙深持自在智通菩薩答言世尊虛空界者不可斷絕亦無有相世尊何以故若虛空界有斷絕者彼虛空界不名無礙世尊虛空界無有相處聚處邊處色處及以物處是故世尊彼虛空界不可斷絕非是有相世尊是虛空界徧一切處佛言善哉善哉善丈夫如是如是善丈夫如來真實身無有斷絕亦無有相何以故善丈夫若如來真實身有斷絕者亦無佛出及現無邊神通之力若有相者即有聚處及以處所可執可捉一切凡夫悉皆一時即得成佛不應依時而有次第善丈夫是故如來真實之身非可斷絕亦非有相惟是普爲一切衆生作其佛事海妙深持自在智通菩薩復問佛言世尊供養如來真身報身及以應身所得福業何者最多佛言善丈夫若供養一如來身即是供養一切佛身何以故善丈夫一切光明能破諸暗普使得明而此光明不共暗住如是如是善丈夫若有各各供養如來身者所造福業能破一切是無明暗開解脫明路亦復不共諸暗障住海妙深持自在智通菩薩復白佛言世尊唯願顯現第二佛地佛言善丈夫汝能見不海妙深持自在智通菩薩言世尊我於今者欲依相見爾時世尊一毛孔中即放光明名無相照乃至不可說不可說諸佛剎所有諸色一切除滅爾時世尊問彼一切菩薩衆言汝等今者有何所見諸菩薩言世尊都無所有唯見光明

佛言諸善丈夫汝等見此光明何似諸菩薩言世尊我唯徧見無量百千億那由他恒河沙微塵等諸佛刹一大光明爾時世尊還攝光明佛刹如舊如是安住是時世尊告一切諸菩薩衆言如來若說第二佛地汝等一切尚難知聞何況得見如來三地乃至十地善丈夫譬如日月光明與一切衆生作大利益彼日月力令衆生知有一日半日一月半月乃至一年及以時分衆生不能分別見彼日月色身汝等唯見光輪形相如是如是如來至真等正覺一切衆生作大利益是如來力令彼衆生得知諸法若罪若福若世間若出世間若有漏若無漏知諸法已彼如實證得度一切諸有曠野彼諸衆生不能分別得見如來報身色相唯觀神通力用應化之形是故汝等應如是知如來諸地出過於一切音聲語言唯有名字而可說耳爾時海妙深持自在智通菩薩摩訶薩白佛言世尊誰是過度一切惡道佛言善丈夫若有於此一切佛智行入毗盧遮那藏甚深如來十地大乘同性經典聞已生信信已受持讀誦書寫若教他書廣爲人說乃至受持此經典名善丈夫所有應墮諸惡道者即皆得度菩薩復問佛言世尊誰是發菩提心者佛言善丈夫若能受持如此經典乃至受持名字者是菩薩復問佛言世尊誰是行菩薩行者佛言善丈夫若有受持此經者是菩薩復問佛言世尊誰是速滿具足六波羅蜜者佛言善丈夫若能受持此經典者是菩薩復問佛言世尊誰是當得值如來者佛言善丈夫若有能聽此經

典者是菩薩復問佛言世尊誰是值佛得受記者佛言善丈夫持此如來祕密者是菩薩復問佛言世尊誰是爲諸衆生作大商主佛言善丈夫若有持此如來與藏者是菩薩復問佛言世尊誰是佛子佛言善丈夫有能信此經典者是菩薩復問佛言世尊誰是當得一切菩薩地佛言善丈夫有能聽此經典者是菩薩復問佛言世尊誰是得一切諸佛法者佛言善丈夫有能供養此妙法明者是菩薩復問佛言世尊誰是知聲聞辟支佛法而不取彼涅槃佛言善丈夫有能受此妙法藏者是菩薩復問佛言世尊云何名此經我等云何奉持佛言善丈夫此經名爲大乘同性亦名説一切佛智行入毗盧遮那藏如是受持爾時世尊而説偈言

欲覺佛菩提　無上勝精進　欲轉聖無漏
難思智法輪　若欲建法幢　欲打於法鼓
欲得然法燈　欲得吹法螺　欲得智明照
欲滅愚癡暗　欲奪諸衆生　安立菩提智
欲降伏魔軍　供養一切佛　欲照諸世間
尊勝妙清淨　不染世諸法　欲得無漏智
行行利衆生　欲生清淨刹　教寫聽受持
如是妙經寶　爲令通佛地　讀誦及宣揚

爾時世尊説此經已海妙深持自在智通菩薩摩訶薩并及一切諸菩薩衆聞佛所説歡喜奉行

佛説大乘同性經卷下

音釋

毦仁志切以毛羽爲飾也　環釧環戶關切釧尺絹切　璫都郎切充耳珠也　縷力主切綫也　欄楯楯食尹切欄檻也　螺髻螺洛戈切髻古詣切　弝博駕切　髀傍禮切股也　脛胡定切脚脛也　踝胡瓦切腿兩旁曰內外踝　慠慢慠五到切倨也慢莫晏切惰也　紺古暗切深青也　塡徒年切　輦力展切

佛說證契大乘經
唐中天竺國沙門地婆訶羅等奉　詔譯

清刻龍藏佛說法變相圖

證契大乘經序

唐　武　則　天　製

朕聞真空無象非象教無以譯其真實際無言非言緒無以詮其實是以龍宫法鏡圓照帀於三千鷲嶺玄門方廣周於百億師無師之智必藉修多學無學之宗終資祇夜自金人感夢寶偈方傳貝葉靈文北天之訓逾遠貫華微旨西秦之譯更新大乘小乘逗根機而演教半字滿字逐權實而相曉敵唐之御寓載叶昌期代傳三聖年將七十舜河與定水俱清堯燭與慈燈並照緇衣西上寧惟法顯之流白馬東來豈直摩騰之輩大弘釋教諒屬兹辰朕爰自幼齡歸心彼岸務廣三明之路思崇八正之門往者夙遘閔凶遽違嚴廕近以孝誠無感復背慈顔露草之恨日深

風樹之悲鎮切凡是二親之所蓄用兩京之所舊居莫不總結招提之宇咸充無盡之藏仍集京城大德等凡有十人共中天竺國三藏法師地婆訶羅於西太原寺同譯經論法師等並業隣初地道架彌天爲佛法之棟梁乃慧海之舟檝前後翻譯凡有十部以垂拱元年歲次大梁月旅夷則汗青方就裝縹畢功甘露之旨既深大雲之喻方遠庶永垂沙劫廣濟塵區傳火之義自明瀉瓶之辯逾潤朕以虛昧欽承顧託常願紹隆三寶安大寶之鴻基發揮八聖固先聖之丕業所以四句微言極提河之深智一音妙義盡菴園之奥旨擊大法鼓響振於無間吹大法螺聲通於有頂爲暗室之明炬實昏衢之慧月菩提了義其在兹乎部帙條流列之於後

佛説證契大乘經卷上

唐中天竺國沙門地婆訶羅等奉　詔譯

如是我聞一時薄伽梵在摩羅耶頂大山勝處園林廣茂池流皎潔諸大持明遊萃棲託靈神所居非人所履獲果仙通上成就域與大比丘衆千二百五十人俱皆大聲聞所作已辦所謂超度一切婆羅凡夫等地其名曰長老阿若憍陳如阿説視多摩訶迦葉舍利弗大目乾連如是等而爲上首復與大菩薩衆一切皆是極超越者一切菩薩三昧陀羅尼咸證現前自在無礙住於一切菩薩之地其名曰聖者彌勒菩薩大慧菩薩勝慧菩薩堅慧菩薩寂慧菩薩無盡慧菩薩無邊慧菩薩海慧菩薩安慧菩薩無垢慧菩薩智慧菩薩如是等菩薩摩訶薩而爲上首皆獲授記各於世界成正等覺而轉法輪及餘諸大天龍夜叉乾闥婆阿脩羅迦樓羅緊那羅摩睺羅伽仙通鬼神種種形貌種種衣服種種冠飾持種種仗種種幢幟俱來聽法咸在會坐爾時世尊大衆如海圍繞瞻仰恭敬供養敷演妙法初善中善後善善義善顯惟一圓滿具足開説白淨梵行爾時楞迦大城有羅刹王名毗毗產爲其城主時毗毗產聞佛世尊在摩羅耶頂大山勝處大園池沼仙通遊止非人所行上成就城與大比丘衆千二百五十人俱并諸菩薩及諸天等大會圍繞敷演妙法乃至開顯白淨梵行於是毗毗產主作如是念佛聲難聞如優曇華況逢佛出聽受正法如海盲龜遇浮木孔斯爲甚難佛極難遇正法難聞聞法見道見佛世尊獲大菩提

覺悟衆生甚難甚難希得逢遇我於今者難遇得遇應速嚴齋種種珍寶真珠瓔珞無量華鬘燒塗末香衣服繖蓋幢旛帷幛及笙鼓等衆樂妓人種種供養并率部屬同詣佛所供養於佛請問正法是不虛生便於此身獲大利益爾時毗毗產普告部屬汝等宜速多齎財寶金銀摩尼真珠瑠璃珊瑚碼碯赤珠珂玉珠頸瓔珞上妙華香乃至笙鼓諸音樂等及諸妓戲衆雜供養咸速嚴持與我同詣如來法王三界勝尊無上福聚具最勝相一切知見最勝福田一切智所親修供養所以者何佛出甚難時或一現與福時會刹那希遇三寶之聲世間難聞時不可失毗毗產主以偈告曰

時或佛出世　刹那會極難　百千俱胝劫
希有逢遇者　導師難值遇　猶如優曇華
無邊衆生界　輪轉乘六趣　地獄受苦毒
畜生及鬼道　生於八難中　棄捨諸如來
聖光出於世　普利諸衆生　以大智慧日
照滅無明暗　今當俱詣彼　同修大供養
摩訶那伽尊　一切世間導　天人之大師
供養獲大果

時毗毗產說此偈已佛神力故俱胝那由他百千光明從佛所出騰耀空中入楞迦大城照毗毗產及其部屬毗毗產等遇此光明踊躍歡喜大光網中出妙伽他演甚深法

諸法本寂　性空無我　一切衆生　皆不可得
無初無中　亦無終後　虛假不實　猶如幻夢
如雲如電　陽焰浮泡　如旋火輪　如水聚沫
因緣生法　皆無自性　一切有爲　當知悉爾

無明渴愛　是生死本　諦觀熏修　無無明愛
一切諸法　離於言説　最實淨性　猶若虚空
光網聲中演伽他已楞迦大城毗毗産主即
得無我甚深法忍其餘部屬有得忍者或有
發菩提心者有得順忍者有見諦者毗毗産
主於佛法僧獲無疑信作如是念我當著堅
信甲以取佛果即説偈言
天人阿脩羅　無上最勝解　梵主諸天衆
不見不能知　我當於世間　獲得如是法
一切智之智　決定無有礙　當於此世界
成佛度衆生　無邊俱胝數　開顯佛淨法
無漏八解支　勝上真正道　無邊智備顯
三十二相具　成佛證菩提　以此莊嚴身
普令諸衆生　修行清淨業　超度生死流
滅除衆怖畏　荷持德智行　拯濟廣饒益
日身開月面　滅塵破生死　持德當成佛
顯示三有中
時毗毗産説此偈已即於阿耨多羅三藐三
菩提得不退轉齎持無量如心所欲奇妙異
物種種顯現種種華鬘燒香塗香末香衣幢
旛繖摩尼衆寶繒幰帷帳真珠寶頸諸莊嚴
具笙鼓衆音歌唱唄讚美聲悦意徧滿虚空
而來供養歎佛功德色相莊嚴率其部屬從
空中下猶如鵝王前詣佛所同於佛前右膝
著地頂禮佛足數百拜已起右繞佛復數千
帀毗毗産主便於佛前投身布地如大樹倒
作如是言南無南摩無邊妙德莊嚴身尊最
上丈夫丈夫師子三界最勝婆伽婆低釋迦
牟尼如來阿羅訶三藐三佛陀言已而起合
掌一心頌佛功德

無量俱胝生 積修清淨行 行於難行行
難得菩提因 飲食衣騎乘 珠瓔金七寶
施諸求乞者 無量百千億 棄捨國城邑
親愛及部屬 福勝富王都 豐樂財寶積
志勇無狹劣 拯濟不思議 百千萬億劫
常行難捨施 往昔爲王子 名曰須達拏
止於苦行林 捨妻及男女 昔見饑乳虎
慈悲捨身肉 又爲救鴿命 不悋自屠割
見盲婆羅門 乞眼便挑與 未曾生苦惱
亦無悔恨心 見來求乞者 大喜恭敬施
爲修菩提因 捨頭奉乞者 長夜護戒聚
不濁不虧缺 純一淨聖行 不與衆惡雜
不害衆生命 不盜他財物 梵行常清淨
不染悋戀著 口不出妄語 禁酒酒飲類
等觀諸衆生 與已一無别 終不行間説
讒搆破於他 不出兇暴言 語不綺無義
常行善利行 禁除諸損害 不於諸衆生
而暫起嫌怒 常斷諸邪見 專持正善德
佛法僧之所 徹誠修供養 昔捨諸五欲
出家遠愛染 奉佛清淨戒 波羅提木叉
昔行於忍德 安受衆苦痛 淩打瞋駡詈
嚴毒苦皆忍 曾無恨悔心 心不暫生惡
於諸衆生所 無害無嫌忿 慈眼觀衆生
普視猶如子 令脱大苦毒 無量百千億
生生世世中 常修大忍行 昔爲忍辱仙
修道演白法 王妃宮妓等 歡喜來聽受
王瞋害大忍 大忍心安悦 聖尊建大進
不思俱胝劫 狹劣邪息心 常禁不令起
大志廣精進 開悟佛菩提 以佛大菩提
覺照於一切 昔行難行行 勤策不懈息

供養諸尊重　及無量如來　乃至爲衆生
而處於生死　隨順作僮僕　種種方便導
無量百千生　爲大勤苦行　積修佛真法
以祈無上果　往昔修禪定　寂靜調伏心
四禪與五通　無色等咸達　正思三摩提
無漏定圓滿　昔時修般若　滿足無漏智
了諸法無性　幻僞假誑惑　無我無衆生
壽者養育者　生者因業轉　煩惱網連續
欲界常不淨　四染煩惱俱　衆生界清淨
乃知煩惱本　速得實清淨　斯見衆生始
施戒忍進定　般若等超邁　以何義開顯
方便及智度　無邊勝福聚　大進正覺尊
勤身語意業　令獲佛真果　我今稽首禮
世界大依父　願我於未來　當得佛正覺

時毗毗産主偈頌佛已以無量種種上妙華鬘燒香塗香末香衣服繖蓋幢旛笙鼓衆雜音樂歌唱頌讚與其部屬最上尊重如法至誠同供養佛及諸聲聞諸菩薩衆時毗毗産白佛言世尊欲少請問如來應正等覺願垂聽許佛告毗毗産主恣汝所問當如汝心爲汝解說毗毗産主蒙佛聽許即白佛言世尊衆生（梵音薩埵舊譯爲衆生或爲有情）衆生者是何義佛告楞迦主言衆生者是有性想衆和合故所謂地水火風空識名色界入緣起及因業果會對而生猶如蘆束或執爲我或曰衆生生者養育者丈夫者或稱富伽羅或稱摩那婆或稱知者或稱視者或稱作者受者想者楞迦主當知此皆是衆生想毗毗産復白佛言世尊彼諸衆生以何爲根何所止住復何流運佛言一切衆生無明爲根止住於愛隨業流運

毗毗產言世尊業有幾種佛言楞迦主業有三種三相云何三種謂身業語業意業云何三相謂善相不善相善不善相毗毗產言世尊云何衆生死已而更受生云何捨身更取新身佛言楞迦主衆生身死識遷隨業風運受已業果善及不善善不善等如業所引以取身報或受卵生或受胎生濕生化生皆業風運不勞而至毗毗產言世尊衆生死已受中陰身新身未受云何而住佛言楞迦主於意云何如種生芽爲先種滅而後芽生爲先芽生而後種滅爲種滅經久而芽乃生毗毗產言世尊非種滅已而後芽生非芽生已而後種滅生滅同時無先無後佛言如是楞迦主非舊身後識滅已而新身初識生亦非新身初識生已而舊身後識滅生滅同時無先無後楞迦主如吉彌蟲行頭有所至身總隨之一著不移步易乃去如是先識託身識總隨之一託不離死方遷捨毗毗產言若如是者有中陰不佛言楞迦主如卵生衆生棄身託卵以業風力在於卵中凝沍無知至卵熟時識方有覺所以者何業法如是以業力故卵生衆生熟時未至無所覺知又轉輪王及轉輪王子以福業故受身之時不爲胎穢所汙不與胎穢和雜無胎穢染故多化生如或胎生便有胎卵不染胎穢熟時至已剖卵而出楞迦主應當以是而表中陰毗毗產言世尊識量如何作何形色佛言楞迦主識無限量無色無形不可顯現無礙無似無住無表毗毗產言世尊識體若無限量無色無形不可顯現無礙無似無住無表豈非是斷相耶

佛言不也楞迦主我今以譬開喻汝心當令汝悟如汝在已宮中處堂殿上婇妓部屬侍奉圍繞床座卧具敷施適樂種種妙好以莊嚴身是時無憂大園卉木敷榮衆華舒發或和風調吹或猛風暴激無憂林香流入宮殿楞迦主於意云何其風之香可齅知不毗毗産言世尊香可齅知楞迦主亦可別知其華香不毗毗産言可分別知楞迦主以齅可知而便能見香體限量形色等不毗毗産言不也世尊何以故香體無色可顯不可執持無有同似無表無住寧得見其量色等也楞迦主於意云何豈以汝不能見香體量色即是斷相毗毗産言不也世尊若是斷相豈可齅知如是如是楞迦主識體若斷即無生死了別之相楞迦主當知識體至妙清淨而爲客染之所染汙所謂無明渴愛熏習業等如虛空界至妙清淨而爲烟雲塵霧四染所染楞迦主識體淨妙無色無量無所執礙客染穢現亦復如是何以故實智觀察畢竟無有衆生可得無命者無生者無丈夫無富伽羅無知者無視者無想者受者作者聞者乃至無色受想行等楞迦主實智諦觀皆不可得諸法自性皆和合生無有異性楞迦主應當如是修學衆生貞實微妙勿趣空曠生死有野云何衆生貞實所謂逺得證契摩訶若那爾時世尊而説偈言

爲業牽轉者　未具八支道　脱業獲無漏
乃爲世上利

時毗毗産復白佛言世尊衆生界中無量無邊如恒河沙得度三有廣大深海或以聲聞

乘度或以獨覺乘度或有證契無上摩訶若那成等正覺無際無窮無量無數當來亦爾以三乘度逮得涅槃無量無邊如恒河沙而衆生界不增不減世尊我見是事不知所爲如廢業者佛言楞迦主勿爲廢業何以故衆生界無始無終虛空界法界亦復如是是故楞迦主當知衆生界不可說增不可說減此三有廣大生死深海衆生已度當度無量無邊而衆生界無增無減如虛空界無增無減無初中後而虛空界普徧一切無障無勞無作無分別如是楞迦主衆生界若初若中若後皆不可得若得證契聖法則衆生界終而無盡滅然有得度所以者何衆生界法爾如是無始無終毗毗產言世尊云何生死有海佛言楞迦主生死有海猶如大海毗毗產言云何佛大師教佛言諸佛教法當知如船又問云何出家具法比丘佛言具法比丘如商人乘船又問云何大師教戒奉持無鈌佛言愛法奉法知足護戒遵大師教慎守無鈌如修理船關綴牢固什物備足商者乘之欲度大海又問云何善知識佛言善知識者如彼船師將運於船又問云何八正支力佛言八聖正支如正信風持船速進又問云何禪通三昧三摩鉢底佛言禪通三昧三摩鉢底猶如寶洲又問云何七菩提分佛言七菩提分如七性寶又問得七菩提分證契摩訶衍者此復如何佛言譬如商人取七性寶恣意滿足成大豪富楞迦主得七菩提分證契摩訶衍無上修行安隱成佛當知亦爾善哉出家在如來教爾時世尊而說偈言

諸有苦蒙窑　纏縛於衆生　拯已及他人
斷彼有苦縛　出家在佛教　爲真如來子
衆生負大我　積修成世依
時毗毗産復白佛言世尊若有衆生於佛法中出家受戒不善護持毁破制禁或有出家不修梵行戒多虧鈌捨戒歸俗此愚人輩其譬如何佛言譬如商者於大海中所乘船破溺水而死楞迦主愚癡人輩於我法中出家受戒不能善護多有毁破淪諸惡趣當知亦爾世尊其有破戒不修梵行而作清淨梵行容儀或破戒已捨戒歸俗此輩捨身有生善趣其譬如何佛言楞迦主譬如商人在大海中船破漂溺遇得破板或遇死屍或勇進浮度得破板者假於風力而至洲島得死屍者海中法不停屍憑以漂出其專心勇進力浮度者或爲海神哀愍接置岸上如所希望於我法中出家破戒或破戒歸俗有於佛所淨信徹悔或直心淳淨或雖犯戒然不捨慈心願衆生樂或更受戒自新護持楞迦主以是因縁於我法中出家破戒或捨戒歸俗而亦得有生善趣者爾時世尊而說偈言
百千俱胝生　積造衆罪業　徹悔自新受
罪淨不復增
毗毗産復白佛言世尊有幾助菩提法佛言楞迦主助菩提法有三十七謂四念處四正勤四神足五根五力七覺分八聖道是名三十七品助菩提法毗毗産言世尊解脱門有幾佛言解脱門有三謂空無相無願毗毗産言云何修成佛言修成有三謂離染修滅修涅槃度修毗毗産言療法有幾佛言療法略

說有三多欲者以不淨觀療多瞋者以慈觀療愚癡者以緣起觀療毗毗產言善修有幾佛言善修有四謂善陰修善界修善入修善方便修毗毗產言云何觀察佛言楞迦主當深觀緣起及四諦因果時毗毗產三右繞佛以七寶雜華而散佛上右膝著地合掌向佛得未曾有歡喜踊躍以偈問曰

菩薩行何行　勇猛利世間　施戒定忍進
發趣上菩提　求無漏正智　化導諸衆生
成佛最勝田　無垢寶莊嚴

說此偈已佛告毗毗產言善哉善哉楞迦主汝問如來此義諦聽諦聽善思念之當爲汝說楞迦主菩薩常與六波羅蜜相應修行於一切衆生心無罣礙楞迦主菩薩如是之行勿令退減勿染世法當更進修佛法勝行成熟無邊衆生淨佛國土證契摩訶若那無佛法障毗毗產復白佛言世尊我今云何修行當得阿耨多羅三藐三菩提佛言楞迦主當去憍慢過惡不嫉不悋行四梵行心念饒益一切衆生不殺生不妄語不飲酒不婬不盜不兩舌不惡口不非宜語常專修行菩提之心六波羅蜜心利衆生心寂靜淨心觀諸有趣衆多怖畏度脫三有苦惱衆生楞迦主汝今欲求佛果當如是知所言佛者但以名字假施設耳何以故楞迦主佛體無體故佛體無根故佛體無住故佛體至淨故佛體無塵故佛體無我故佛體無取故佛體無形故佛體無相故佛體無入故佛體無出故佛體無勞故佛體無支分故佛體無著故佛體無染故佛體無量故佛體無所緣故佛體無雜故

佛體超一切入故佛體離一切分別妄想計度故佛體超一切有趣故佛體難入故佛體難知故佛體甚深故佛體無字故佛體無色故佛體本寂故佛體妙無垢故佛體無上故佛體無譬故佛體不可得故佛體不可斷故佛體不可破故佛體不可別故佛體不可思故佛體無自性故佛體無處所故佛體無示現故佛體無礙故佛體無似故佛體非斷故佛體非常故佛體等虛空故佛體無等等故佛體不可說故楞迦主佛體如是欲求佛者當以無求而求佛果何以故不可以性想而證阿耨多羅三藐三菩提不可以我想衆生想命者想生者養育者丈夫者富伽羅者作者受者知者視者想者等想而證阿耨多羅三藐三菩提不起有爲想不起法執不起陰界等執乃至不起佛執此菩薩能證阿耨多羅三藐三菩提所以者何楞迦主菩提者不可緣不可以性執非常斷執而能證了何以故楞迦主一切諸法必歸壞故毗毗產言世尊當云何知諸有爲法佛言楞迦主如幻如夢如陽焰如水中月如乾闥婆城諸有爲法應如是知如是覺悟說是法時毗毗產主便獲無等等法炬智光幢菩薩三昧善一切語言陀羅尼等無量三昧陀羅尼毗毗產主得諸三昧陀羅尼已白佛言世尊我今了知諸有爲法佛言楞迦主汝今云何了知諸有爲法毗毗產言如夢如幻如響如山暴流如水中月如大力風而吹空華如秋雲電光荷上水滴如泡如燈乾闥婆城虹霓陽焰我今了知有爲自性皆悉如是爾時世尊頂放青黃

赤白玻瓈銀紫俱胝那由他百千種種雜色無邊光明散照無數諸佛土已還攝光相入於頂中時長老大目乾連從座而起偏袒右肩右膝著地合掌曲躬以偈問曰

勝德世依非無因　開顯無邊淨光網
誰悟勝慧獲佛記　牟尼百光網普照

佛告大目乾連汝見楞迦城主名毗毗產在於我前合掌而住以大供養供養於我及諸聲聞諸菩薩衆以此善根發阿耨多羅三藐三菩提心者不大目乾連白佛言我見世尊我見善逝佛告大目乾連此毗毗產楞迦城主供養我等俱胝那由他百千佛已持此善根捨身化生蓮華生世界佛號蓮華積德幟聲光自在王如來應正等覺以立持安說法教化世界清淨佛壽無量毗毗產生彼佛土即得菩薩歡喜地乃至得菩薩十地過數量劫當於此娑訶世界成等正覺號妙雄猛雷音吼最上莊嚴金光威清淨無垢光明幢幟勝寶積織功德莊嚴頂髻莊嚴開敷妙生無邊光毗盧遮那自在王如來阿羅訶三藐三佛陀出現於世明行足善逝世間解無上士調御丈夫天人師佛世尊世界名電珠鬘其地平正無有高下丘陵坑坎礫石穢惡亦無女人及諸惡趣國土嚴淨菩薩衆多過無邊光如來世界劫名照暗彼佛壽命無量無邊大目乾連此因緣故如來應正等覺熙怡微笑現頂光相時毗毗產蒙佛授阿耨多羅三藐三菩提記歡喜踴躍舉身振肅法樂充徧上昇虛空高七多羅樹於虛空中而說偈言

一切諸法　虛假如夢　自性無性　淨若虛空

我者無我　亦無自性　我知如幻　如流電髮
有趣生死　衆生命壽　初後中内　無少法體
業果異熟　衆生有趣　若修菩提　淨智方了
無自性法

時毗毗産說此偈已從空中下三右繞佛受教而坐是時如海大會天龍阿脩羅有得證契法者夜叉羅刹有發菩提心者緊那羅摩睺羅伽有於佛法得無疑信者迦樓羅乾闥婆持明仙通有得三昧陀羅尼證契法不退轉者於是地大震動妙光普照乃至此佛世界中間暗處皆遇光明一切惡道及諸苦惱咸得休息空中諸天雨華擊鼓歌叫交雜掉曳衣物喜遇奇特爾時毗毗産羅刹主顧已部屬普告之曰汝等咸可同來佛所尊重供養發阿耨多羅三藐三菩提心爾時無量百千羅刹俱詣佛所合掌曲躬白佛言我等今者同於佛前歸依佛歸依法歸依比丘僧發菩提心發趣大乘受持大乘願於未來在此娑訶佛土成佛世尊滅無上罪與一切衆生作大利益佛言善哉善哉汝等今爲求成佛故發菩提心應修四法何等爲四一者所願修行勿令虧缺二者於諸衆生常起慈心三者日日三時至誠供養供給三寶四者心不樂求聲聞獨覺二乘之果汝等專勤修此四法即不迷惑失菩提心爾時娑竭羅龍王從座而起偏袒右肩右膝著地曲躬合掌而白佛言世尊此毗毗産楞迦城主往昔修何善根今作如是廣大供養供給如來及聲聞衆并諸菩薩發菩提心便獲授記於阿耨多羅三藐三菩提得不退轉佛告娑竭羅龍王過

去無量阿僧祇劫此娑訶世界有佛名大悲生智幟幢如來應供正徧知出現於世明行足善逝世間解無上士調御丈夫天人師佛世尊世界亦名娑訶國土五濁猶如今日彼佛以三乘法教化衆生有五百聲聞比丘其時佛在摩羅耶山頂無量天龍乃至非人等衆圍繞説法此毗毗產楞迦城主時爲羅刹少童亦名毗毗產在楞迦大城暴烈勇壯牙齒弊惡形容可畏寬腹小面飲血食肉龍王時羅刹少童聞佛在摩羅耶山頂作如是念我不能忍今當逐彼沙門及比丘衆令離此山去我境界何以故若此沙門在摩羅耶山頂令我不得於大海中捕殺衆生恒受饑餓便告諸羅刹衆汝等有大力勇徤者宜悉嚴備甲棒弓箭狼伽羅都摩羅三鋒利戟長短矛矟金剛鬪輪抛丸鉞斧種種戰具速至我所當共汝等逐彼沙門及其徒衆令出我境禁絶不使重擾壃域於是毗毗產羅刹少童被甲持仗與羅刹衆將諸戰具乘空而往大悲生智幟幢如來之所於空中住與羅刹衆語彼佛言去去沙門離此山頂遠我境界汝及徒衆勿使被殺時大悲生智幟幢如來現大神通佛神力故令諸羅刹皆見己身被五繫縛十面鐵網齊來擁逼逃竄無所復不得住諸羅刹衆戰慄驚怖作如是念我等今者當於何去歸投於誰誰能救護爾時彼佛會中有持明仙王名妙深定德積威光與毗毗產羅刹少童先爲親友時持明仙謂少童曰天人大師無邊德法具足圓滿三界最尊衆生之寶大悲普救佛薄伽梵知友可與部衆

速歸依佛及歸依法并比丘僧具足三歸發菩提心諸縛自解時持明仙作是語已佛神力故羅刹少童與其部衆合掌同聲唱如是言南無南摩無邊妙德莊嚴身尊無上大悲三藐三佛陀我等今者先歸依佛歸依法歸依比丘僧我等歸三歸已住於三歸發阿耨多羅三藐三菩提心作是語時羅刹少童及羅刹衆身諸繫縛咸得解散從空中下至大悲生智幟幢王佛所右繞三帀齊禮佛足幟謝佛已俱還本處龍王汝勿懷疑今此毗毗産主即是往昔羅刹少童名毗毗産者毗毗産主所將部屬即是往昔羅刹少童羅刹之衆少童親友妙深定德積威光持明仙王即是海勝持深遊戲智神通菩薩摩訶薩也說是語時三千大千世界咸大震動搖蕩不定如舟在海時諸衆生無有驚怖損害一切安樂皆修十善此三千大千世界無彌樓須彌及諸河海城邑聚落山川洲島堆阜巖險黑山風窟園林藪澤河池泉湖所有高下崎嶇坑穽土石沙礫蟲刺泥糞諸穢惡物咸悉滌淨此娑訶三千大千世界閻浮檀金大光普照乃至鐵圍山間及諸幽冥皆遇金光照除黑暗以金光故諸光隱蔽日月不現一切畜生及諸鬼趣苦痛咸息天人安樂無諸苦患饑得妙饍渴得美飲裸者得衣貧得寶聚盲者能視聾者能聽瘂者能言病者得愈不完具者皆得具足拘繫囚禁皆得解脫時諸衆生安寧快樂不爲貪瞋愚癡之所逼惱無嫉無悋慈心相向互爲利益如父如母如兄如弟如姊如妹和順喜悅喧囂諍競聲不霑耳

憂愁疲勞一切休息地平如掌瑩若瑠璃種種麗飾廣博莊嚴諸七寶池八支水滿金沙布底澄明皎潔衆蓮美妙鮮潤開敷大如車輪生於池內天七寶蓮種種光色種種香馥其觸細軟如迦遮隣陀上妙適樂億載百千處處布列其寶蓮華或有大一由旬或二由旬或三四五至十由旬二十三十四十五十乃至大百由旬大千由旬天寶蓮華現此娑訶佛土香澤輕灑濡潤安適和風吹拂雨衆妙華曼陀羅華摩訶曼陀羅華曼殊沙華摩訶曼殊沙華月華大月華光明華大光明華廣嚴華等周徧而下細末香雨空中散墜沉水多伽黒沉牛頭龍貞栴檀衆烟流馥徧此佛刹俱胝那由他百千萬億無量阿僧祇過諸數量高廣圓覆七寶體成勝妙劫樹垂懸種種珍寶衣物繒綺連貫雜色旌拂藍婆鈴網衆妙莊嚴雨諸金銀摩尼真珠瑠璃靺羯玻瓈珊瑚碼碯赤珠珠頸瓔珞璧玉種種七寶炫麗暉煥繽紛而下復雨種種雜綵衣物空俱舍高奢伽尸伽憍尸迦等諸天繒綺復雨閻浮檀金種種寶鈿妙莊嚴具冠帽飾華髻珠胭飾半頸全頸半月耳璫臂印指環及手足釧曳縒繻等雨諸劫樹上及四方面各由旬乃至百千由旬周徧而墜諸劫樹下各有衆妙七寶俱胝那由他百千師子之座其座各高七丈夫量諸座之上現菩薩坐三十二相圓滿具足勝好莊嚴光明照爛諸菩薩前各有俱胝那由他七寶之輪諸輪之上各有千天童坐作諸天樂五音諧會歌唱雜舉巧說間和喜悅暢心清音勝妙演伽他曰

無等等等　無性我性　衆德德性　世間奇特
修戒行等　逮極淨法　勝妙莊嚴　顯一切世
去地獄等　衆苦惡道　除滅染恚　愚癡嫉妬
以至清淨　清淨人間　國土廣博　平坦無垠
無山河海　彌樓須彌　其地如掌　淨若帝青
衆色寶林　行列齊直　諸菩薩衆　各坐寶座
金光赫弈　掩蔽日月　無數寶池　八支水滿
寶蓮如輪　敷榮池內　天宮寶殿　煥麗百億
天童衆生　作妙天樂　其音調美　悅耳暢心
如來神力　樂聲演法
衆樂音中演伽他等無量無數微妙法句時
諸天人在佛會中發趣大乘求大乘者皆見
如是功德莊嚴清淨佛刹如來神通無邊光
明其諸天人行聲聞獨覺乘者不見不知佛
刹清淨功德莊嚴諸菩薩衆覩見如來神通
光明嚴淨佛刹便得無量三昧陀羅尼無礙
解脫諸大聲聞不覺不知皆入滅定爾時世
尊現無比具足色身於高廣正等百俱胝由
旬師子座上敷天寶衣結跏趺坐當於佛前
有七寶蓮華高廣正等八十四俱胝由旬復
有無量蓮華俱胝那由他百千莊嚴開敷柔
妙光明顯發復樹無量無數超筭數量種種
殊妙衆寶莊嚴幢旛繖蓋復有無量珠瓔繒
貫衆寶鈴網空中垂下如是等如來廣大神
通功德莊嚴無量無數不可言說不可指示
今未曾見昔未曾聞衆希有法現此佛土

佛說證契大乘經卷上

音釋

序

逗徒候切合也 遘古候切遇也 櫼即涉切 帙直質切書帙也

經

幟昌志切幡也 繖蘇旰切繖絲綾爲蓋也 俱胝梵語也此云百億胝張尼切 綴陟衛切聯綴也 礫郎擊切小石也 鉞王伐切大斧也 壃居良切界也 竄七亂切匿也 崎嶇崎去羈切嶇豈俱切崎嶇不平也 穽疾政切陷穽也 囂許嬌切諠也 馥房六切香氣也 旄莫刀切以氂牛尾著竿頭爲幢也 韎音末 垠疑巾切界也

佛說證契大乘經卷下

唐中天竺國沙門地婆訶羅等奉　詔譯

爾時彌勒菩薩摩訶薩作是念何因緣故佛今現大神通未曾有事莊嚴佛刹當問如來應正等覺決所不了於是彌勒菩薩摩訶薩從座而起偏袒右肩即以右膝跪蓮華上曲躬合掌而白佛言世尊我有所疑欲請開曉願垂聽許佛告彌勒汝有所疑恣汝所問如來應正等覺當爲除斷彌勒菩薩摩訶薩蒙佛聽許白佛言世尊何因何緣是誰之故此娑訶世界現大希奇未曾有法如來神通一切佛土功德莊嚴廣博殊麗清淨光明除一切惡不可言說昔未曾見昔未曾聞世尊當有何事一切菩薩見大神通現此世界咸不能了彌勒菩薩以偈問曰

何大牟尼尊　奇特現於此　地動極海際
世界清淨住　金光網徧照　普滅世間暗
寶蓮無數億　寶樹衆華嚴　俱胝蓋幢旛
珠瓔寶鈴鐸　衆福智慧光　盡除諸惡道
持德誰因緣　娑訶佛土淨

說此偈已佛告彌勒汝可復坐未曾有法現此世界我當爲汝說其因緣彌勒東方過此阿僧祇恒河沙佛土有世界名勝妙清淨功德聚寶莊嚴場作光明佛號最上微妙開敷光明莊嚴神通法界場一蓋顯現吼音自在教智毗盧遮那藏建立神通王如來應正等覺今現在以立持安說法教化世界清淨無諸惡道十地菩薩摩訶薩衆止住其中彼有菩薩摩訶薩名海勝持深遊戲智神通一切菩薩禪定三昧三摩鉢底神通陀羅尼通達

無礙今與衆寶莊嚴之宮及過數量菩薩摩訶薩衆乘空來此娑訶佛土彼正士故現斯莊嚴神通以爲先相佛說此語時大光寶宮無量俱胝光網周帀莊嚴於空中現百千音樂歌唱諧會散衆天華百億那由他種種光明赫奕普照至此娑訶世界爾時海勝持深遊戲智神通菩薩摩訶薩置寶莊嚴宮於欲界色界中間徒衆圍繞從空而下來詣佛所合掌向佛頂禮雙足右繞三帀俱修敬已海勝持深遊戲智神通菩薩摩訶薩白佛言世尊唯願悲愍受我寶莊嚴宮佛坐此宮與諸菩薩摩訶薩衆說無等等甚深妙法佛告海勝持深遊戲智神通菩薩摩訶薩言善哉善哉正士汝以寶莊嚴宮奉獻如來應正等覺毗婆尸佛等及賢劫千佛汝皆以寶莊嚴宮次第供養今供養我善哉正士以此寶莊嚴宮莊嚴娑訶佛刹爾時娑竭羅龍王白佛言世尊寶莊嚴宮今何所在其量大小佛告娑竭羅龍王寶莊嚴宮今於欲色界間虛空中住其量大小如三千大千世界龍王彼寶莊嚴宮是一切佛菩薩神通三昧力生一切菩薩法遊戲樂供養如來佛所行止佛善根成淨菩薩心照明十方世界滿樂無量衆生之心超勝一切諸天宮殿十方菩薩咸悉集會無邊勝色周妙莊嚴龍王寶莊嚴宮白瑠璃爲地閻浮檀金爲壁以勝藏寶爲都欄拏諸門樓觀皆是碼碯摩尼藏寶以爲俠榻無垢光寶爲其欄楯普光妙寶爲臺殿等覆以一切妙寶半月無邊長刹輝赫妙麗其數八十樹於寶宮俱胝那由他百千莊嚴光明顯現

種種妙寶周帀間飾咸是如來所應勝境垂諸瓔珞樹衆幢刹懸無量無邊阿僧祇妙麗旛繖繒貫鈴網龍貞栴檀磨以塗地焚沉水等貞妙之香龍珠寶華種種天華布散供養諸幢刹上有千俱胝諸天童子坐作衆樂五聲間和雜音部次勝妙清亮暢心悅耳普流世界咸悉適樂龍王寶莊嚴宮處積風上千俱胝數衆七寶池金沙布底清明皎潔八支水滿無量俱胝那由他百千衆妙七寶雜色蓮華光明暉煥開敷廣大猶如車輪寶林周布劫樹間列種種寶華種種鈴網珠頸瓔珞繒貫衣物迦羅波等微妙莊嚴衆香流馥寶臺錯峙光明交暎芬芳煥爛諸寶樹下各有高廣勝妙師子之座具足莊嚴敷天妙衣周帀垂覆是佛菩薩之所應坐十方世界所有妙好麗飾殊勝莊嚴及香華寶雨皆悉現此寶宮之中龍王寶莊嚴宮處及形量當知如是爾時佛告海勝持深遊戲智神通菩薩衆言諸正士咸宜與我同昇寶宮我坐寶宮當令海勝持深遊戲智神通菩薩摩訶薩所願滿足於是世尊從座而起過筭數量菩薩摩訶薩衆供養恭敬前後圍繞海勝持深遊戲智神通菩薩侍右彌勒菩薩侍左容與安詳乘空而往佛與諸菩薩衆昇于寶宮正中東面坐高廣無量由旬師子之座佛昇師子座時寶莊嚴宮六種震動俱胝那由他百千青黃赤白銀紫玻瓈種種異色大光明網從宮流出諸天童子擊吹歌唱作衆音樂雨大天華燒天妙香馨馥繽紛散漫流墜佛告諸菩薩汝等宜各坐已蓮華如所施設時諸菩薩

承佛教坐衆皆坐已海勝持深遊戲智神通菩薩首於佛前與菩薩衆俱作是念我等今當供養如來應正等覺請問佛地爾時海勝持深遊戲智神通菩薩摩訶薩即從座起如心而作最上勝妙過人境量無量無邊種種華鬘燒塗末香衣幢旛繖擊吹歌唱衆音和發梵頌唄讚與菩薩衆恭敬尊重竒特至誠供養於佛及菩薩已復更重修無上供養以供養佛寶頸珠瓔龍貞旃檀七寶華蘂不空寶藏清淨光明大摩尼寶持散如來并用數布頂禮雙足右繞世尊數百千帀合掌向佛以偈頌曰

開敷殊勝衆妙相　無等圓滿莊嚴身
頂髻淨髮紺右旋　猶如孔雀黑蜂光
額廣平正淵明顯　毫端皎白開俱茂
雙眉曲半如初月　鼻相端嚴無與比
目若新開青蓮葉　耳埵柔澤芭蕉莖
勝齒光鮮白齊密　皎如俱茂華初發
舌相廣博赤銅輝　第一味中得勝味
面如滿月光照朗　丹脣色類頻婆果
頰頷豐滿洪盛顯　妙臂垂長如娑羅
鵝王網縵脩妙指　勝甲光色如赤銅
掌中安相妙輪文　俱胝積生廣施德
牟尼前分若師子　妙好勝相莊嚴頸
金剛相腰遮波腹　下密祕相隱不現
髀脛順直如象鼻　鵝網妙指勝麗踝
足下平正輪莊嚴　聖尊遊行師子步
具衆勝相逮正覺　我今頂禮德相尊

爾時海勝持深遊戲智神通菩薩摩訶薩偈頌佛已白佛言世尊欲有所問惟願如來應

正等覺垂愍聽許佛言正士恣汝所問當如汝問爲汝解說令汝開曉海勝持深遊戲智神通菩薩蒙佛聽許便白佛言世尊如來地有幾一切菩薩所不能行非諸聲聞獨覺境界佛讚海勝持深遊戲智神通菩薩言善哉善哉正士今問如來此義普與一切菩薩發大光明開佛實智作大利益作大安樂諦聽諦聽善思念之當爲汝說正士如來地有十一切菩薩摩訶薩尚不能行況諸聲聞獨覺如來十地者第一名最勝甚深難識毗富羅光明智作地第二名無垢身威莊嚴不思議光明作地第三名作妙光明月幢寶幟海藏地第四名淨妙金光功德神通智作地第五名光明味場威藏照作地第六名空中勝淨無垢持炬開敷作地第七名勝廣法界藏光明起地第八名最勝妙淨佛智藏光明徧照清淨諸障智通地第九名無邊莊嚴俱胝顧毗盧遮那光作地第十名智海陪盧遮那地正士是名不可言說如來智十地如來初地微細習氣皆悉正斷於一切法自在無礙如來二地轉正法輪顯甚深法如來三地施設聲聞教戒安立三乘如來四地說八萬四千法聚降伏四魔如來五地摧諸異論及其邪法調伏一切行惡道者如來六地安立無邊衆生於六神通及六大通所謂示現無邊佛土以佛功德莊嚴清淨示現無邊菩薩侍奉圍繞示現佛土廣博無邊示現於無邊佛土顯現自身示現滅度乃至現法隱沒示現無邊神力神通變化如來七地七菩提分以無自性無所著故爲諸菩薩如實開顯如來八

地以四記法授一切菩薩阿耨多羅三藐三菩提記如來九地以善方便示諸菩薩如來十地以一切法無性教諸菩薩開大般涅槃聲説一切法究竟般涅槃説此如來十地名時從娑訶佛土乃至十方不可説諸佛國土皆現十八大相所謂動大動普動揺大揺普揺轉大轉普轉聲大聲普聲吼大吼普吼擊聲大擊聲普擊聲一切佛土東涌西没西涌東没南涌北没北涌南没中涌邊没邊涌中没諸佛國土皆現十二相轉而諸衆生無有怖害咸悉安隱一切佛土放大光明一切極暗幽冥乃至世界中間皆大明照一切世界若成若壞有佛無佛皆現此土天諸妙華普雨十方不可言説無邊佛土所謂曼陀羅華摩訶曼陀羅華曼殊沙華摩訶曼殊沙華光華大光華月華大月華乃至一切佛土衆音樂器不作自鳴皆悉大現未曾有法一切佛土佛之親侍皆從座起各問巳佛此大奇特未曾有法諸佛各各如問廣説爾時海勝持深遊戲智神通菩薩等坐寶莊嚴宫菩薩衆會咸悉歎異諸佛所行如來深境最上難知微妙難見一切菩薩所不能行況諸聲聞獨覺何以故此不可思議如來十地我輩昔未曾聞今應同請如來阿羅訶三藐三佛陀廣説斯義時諸菩薩各從座起曲躬合掌以偈請曰

無等世勝尊　說諸佛地號　昔所未曾聞
無上無倫比　踊躍一心請　希廣演地義
如饑思妙膳　渴者思美飲　願佛普垂愍
具説如來地

諸菩薩衆偈請佛已右繞三帀頂禮雙足各各退坐蓮華之座爾時世尊師子頻申周顧十方告海勝持深遊戲智神通菩薩摩訶薩言正士如來地義最上深妙難識難入難悟非言語境出過一切音聲辯說所以者何聲聞獨覺之地尚不可說況菩薩地如來地而得言說海勝持深遊戲智神通菩薩白佛言世尊聲聞地有幾佛言聲聞地有十謂住三歸行地隨信行地隨法行地善凡夫地學戒地第八人地須陀洹地斯陀含地阿那含地阿羅漢地世尊獨覺地有幾佛言獨覺地有十謂衆善資地自覺深緣起地覺四聖諦地勝深利智地八聖支道地知法界虛空界衆生界地證滅地六通性地入微妙地習氣薄地世尊菩薩地有幾佛言菩薩地有十謂歡喜地無垢地明地焰地極難勝地現前地遠行地不動地善慧地法雲地世尊一切自地從何而生佛言正士從如來地生諸自地世尊諸解脫云何差別佛言河水大海水云何差別世尊河水海水大小爲差佛言如是如是正士聲聞獨覺解脫猶如河水如來解脫如大海水世尊大河小河一切衆流豈不皆入海耶佛言如是如是如汝所言若聲聞法若獨覺法若菩薩法若佛法一切同入智海陪盧遮那藏世尊請現住如來初地如來自境非一切菩薩所知況諸聲聞獨覺爾時世尊現自佛土名無邊阿僧祇功德寶蓋不可思議莊嚴其土廣博俱胝那由他恒河沙三千大千世界微塵等佛土一一皆入無邊阿僧祇功德寶蓋不可思議莊嚴佛土王中其

佛土王彌樓須彌摩訶彌樓及諸黑山衆流河海川阜塠險土石毛礫糞汙諸蟲泥穢不淨地獄畜生閻摩鬼界天龍夜叉乾闥婆阿脩羅迦樓羅緊那羅摩睺羅伽人與非人及舊佛土莊嚴咸悉除去地平如掌瑠璃所成佛土王中紺寶之地從金剛際起最上勝妙寶華莊嚴無憂菩提樹王七寶體成挺特煥麗高無量恒河沙佛土微塵等世界廣覆亦爾寶葉寶華寶果種種莊嚴枝幹欑茂皆妙寶成摩尼諸珍不空寶藥光明顯發珠頸瓔珞繒貫鈴綱垂懸蒙覆流電鬘光金光摩尼帝青玻瓈日愛月愛等光又出沉水多伽羅黑沉多摩羅葉迦羅努婆利龍貞梅檀牛頭梅檀種種勝妙悅意之香徧滿佛土衆樂流聲一切世界普雨衆寶菩提樹東有菩提池王名無垢最上清淨其池廣大無量恒河沙三千大千世界微塵等世界之量七寶體成八支水滿閻浮檀金沙徧布其底四隅四階衆寶鈿飾種種寶榻欄楯備設周帀列布菩提池中有菩提蓮華王名妙開敷面廣大無量恒河沙三千大千世界微塵等世界之量其蓮華葉無量俱胝那由他百千種種七寶莊嚴柔潤光澤微妙香潔蓮華臺上有菩提殿王名無邊莊嚴高廣無數恒河沙三千大千世界微塵等世界之量七寶體成勝上妙好神通顯盛過前寶莊嚴宮億俱胝倍譬如螢火而對日輪寶莊嚴宮對菩提殿諸光不現亦復如是菩提殿王無邊勝妙莊嚴神通光明熾盛日月息照無有威色一切帝釋梵天淨居天等光咸隱蔽嚴好不現菩提殿中

有大菩提師子座王名妙光明不空蘂嚴其座之量高廣正等如無量那由他恒河沙世界微塵等世界極妙光色種種七寶周帀莊嚴迦尸迦毗陀訶憍奢耶等微妙天繒覆垂敷布釋迦牟尼佛號無垢光明功德華離染月照陪盧遮那藏幢毗瑠璃場莊嚴圓光妙相功德聚神通勝藏日月智光王如來坐於菩提師子座上身量大如俱胝百恒河沙佛土微塵等三千大千世界體分圓滿三十二相八十種好圓光莊嚴妙髮勝頂無能見者微妙顯淨猶如日光入於明鏡非血肉骨髓迦羅邏身至妙清淨光色赫弈如閻浮檀金皎潔明徹如毗瑠璃帝青等寶滅除一切微細習氣大覺世尊具一切勝一切智師於一切法自在無礙無上度一切解最上大悲最上丈夫丈夫師子極盡漏流金剛之身百福莊嚴具佛十力大功德聚四無所畏佛十八不共法吼正師子吼壽量無邊無有衰老於清淨土證三菩提得自真自光化生無量菩薩摩訶薩衆供養圍繞其諸菩薩各各如已色相資用於寶池中蓮華之臺寶殿之内衆寶樹下師子座上如佛所應莊嚴而現莊嚴此佛世界功德莊嚴勝妙清淨佛身徒衆勝妙清淨劫勝清淨劫名大劫王其劫限量及莊嚴量皆不可說佛土限量如來境界出過言語無有處所如是證三菩提說名住如來地爾時佛告海勝持深遊戲智神通菩薩摩訶薩言正士汝見如來此盛事不海勝持深遊戲智神通菩薩言唯然已見世尊已見修伽多佛言正士最勝甚深難識毗富羅光智

作如來初地佛住此地神通如是如我今現神通其決定願莊嚴功德幟場一蓋音自在威王寶積陪盧遮那藏勝相起頂髻清淨面阿閦無間光如來亦於歡喜世界如是現大神通天人敬奉勝威德蓮華生衆德勝莊嚴摩尼光王如來無邊光如來蓮華開敷宿王神通那伽自在王如來寶積如來如是等佛及餘現在當來諸佛處於勝妙清淨土者當知皆悉住於佛地海勝持深遊戲智神通菩薩白佛言世尊現在當來諸佛於五濁世成正等覺者豈皆不得如來地耶佛言正士諸佛菩薩方便大悲見諸衆生深溺三有處無明暗愛網纏裹邪見顛倒信根虧缺墜於無邊衆苦之内往來六趣諸衆生界漂淪無始莫知其本不知佛不知佛法不知菩薩法不

能如實知出離道諸佛菩薩愍此衆生故以化身現生惡土或示滅遷轉或現處胎生長盛年戲樂遊宫妓内或現猒離出修苦行詣於道場降伏魔軍證三菩提勸請説法轉大法輪摧外道論制破邪法趣惡道者調令歸正乃至示現短壽大般涅槃以三昧力碎身支分猶如芥子建立俱胝那由他百千舍利之藏無量天龍乃至人非人等奇特至誠尊重供養或於教中出家受法修行或植成佛之種出生死海正士如是諸佛微妙法性拔濟無邊阿僧祇流轉生死苦海衆生以神通方便示生穢土或菩薩神通方便化身示現菩薩及菩薩衆海勝持深遊戲智神通菩薩言世尊如來身有幾佛言正士如來身略説有三謂滿資用身化身自性身世尊云何如

來滿資用身佛言正士汝今見我者是如來滿資用身及餘諸佛於清淨土證三佛陀現證當證當知皆是如來滿資用身世尊云何如來化身佛言正士如力超勇佛破魔佛大悲思佛及餘諸佛現於穢土證三佛陀已證當證或示遷逝示衆法住正法像法乃至示現一切佛法隱没滅盡正士汝皆勿作實解何以故如是諸法當知皆爲大悲方便如應化現世尊云何如來法身亦名自性身佛言正士法身者無色無現無礙無似無表無住無依無取不滅不生不可譬喻如是正士如來自性之身不可言說如來之身是法身智身無等身無等等身陪盧遮那身虛空身不斷身不壞身無量身最上身真實身無譬喻身自性身世尊如來自性身若無色無現乃至不可言說者豈非是斷相耶佛言正士於意云何虛空界是斷耶是有耶世尊虛空界非斷非有何以故虛空界若是斷者即無無礙作用若是有者即有積聚量色物體世尊是故虛空界非斷非有普徧一切佛言正士善哉善哉如是如是如來自性身非斷非有所以者何正士如來自性身若是斷者即無佛出世示現無量神通作大利益若是有者即有積聚處所可取與一切婆羅凡夫等無有異應無前後同時得佛是故如來自性之身非斷非有與一切衆生作諸佛事世尊供養如來自性身滿資用身化身何者福大佛言正士若供養一如來身即爲供養一切如來之身何以故一切光明皆能除暗作照無有光明與暗俱者如是正士如來諸身隨供

養者彼皆善根廣大滅除一切無明積暗開照涅槃解脱之路一切障暗皆不與俱世尊請示如來第二之地佛言正士汝能見耶世尊望得觀相於是佛便於一毛孔出無性光乃至普照不可言説諸佛國土無一切色凡所有相皆悉不現佛告諸菩薩汝等今何所見時諸菩薩俱白佛言唯見光明更無所見佛言汝等所見光明其光如何諸菩薩言無量恒河沙俱胝那由他百千佛土微塵等佛土我等唯見一普光塲如是語已佛攝光網諸佛刹土還復如故佛告諸菩薩汝等於如來二地尚不能識不能曉了况能説能見如來三地乃至十地諸正士譬如日月衆生資其光明以自生育由日月流運而有晝夜博叉月歲羅婆謨忽氣序時節使衆生知而諸衆生但見日月宫之光相日月具足色身皆不能見諸正士如是如來應正等覺養育一切衆生由如來故衆生知法善及不善世與出世有漏無漏衆生知已如實修行得度生死衆苦有野而諸衆生皆不能見如來圓滿資用具足身色唯見如來大悲神力方便應化諸正士當知如來之地出過一切音聲言語我今但以名字説耳爾時海勝持深遊戲智神通菩薩白佛言世尊誰能超度一切惡道佛言正士此入一切佛境智陪盧遮那藏最勝甚深如來十地證契大乘法門若聞聞已深信信已受持讀誦書寫爲他解説廣宣流布若但持此法門之名斯皆超度一切惡道衆苦之地世尊誰發菩提心佛言正士受持此法門乃至但持名者發菩提心世尊誰

行菩薩行佛言正士持此法門者行菩薩行世尊誰能少勞滿足六波羅蜜佛言正士持此法門者世尊誰與佛俱佛言聞此法門者世尊誰能易得授記佛言正士持此如來深祕密者世尊誰與一切衆生作大導師佛言正士持此如來藏者世尊誰是佛子佛言正士深信此法門者世尊誰得一切菩薩地佛言正士聽此法門者世尊誰得一切佛法佛言正士供養尊重此法炬者世尊誰知聲聞獨覺乘法而不以其乘度佛言正士修行此正法藏者世尊當何名斯經云何奉持佛言正士此法門名證契大乘亦名入一切佛境智陪盧遮那藏當如是持爾時世尊而說偈言

若欲證悟佛菩提　無上廣勝真實道
開不思議最上智　轉聖無漏妙法輪
欲竪法幟擊法鼓　耀大法炬吹法螺
欲以智光破無明　解脫衆生處覺智
欲降魔軍供養佛　最上光明照一切
世法不著無染智　爲利衆生修淨土
咸當聽持此寶經　書寫讀誦廣流布
宣說思惟佛勝藏　一切如來深妙地

佛說此經已海勝持深遊戲智神通菩薩摩訶薩幷諸菩薩摩訶薩衆聞佛所說歡喜奉行

佛說證契大乘經卷下

音釋

諧戶皆切和也　峙池爾切屹立也　頰頷頰古協切面旁也頷胡感切口下曰頷　塠都回切聚土也　欑昨官切叢木也　鈿堂練切以寶飾器也

持心梵天所問經

西晉三藏法師竺法護譯

清刻龍藏佛說法變相圖

持心梵天所問經卷第一

一名莊嚴佛法經
又名等御諸法經

西晉三藏法師竺法護譯

明網菩薩光品第一

聞如是一時佛遊王舍城迦隣竹園中與大比丘衆俱比丘六萬四千菩薩七萬二千一切大聖神通已達逮得總持辯才無礙三昧已定慧無所畏曉了諸法自然之行得不起法忍其名曰溥首童真寶事童真寶印手童真寶首童真空藏童真發意轉法輪童真明網童真除諸陰蓋童真一切施童真勝藏童真蓮華行童真師子童真月光童真尊意童真自嚴童真賢護之等十六正士賢護寶事恩施帝天水天賢力士上意持意增意善建不虛見不置遠不損意善導日藏持地如是之類七萬二千四大天王天帝釋帝釋翼從

忉利諸天焰天兜術天不憍樂天他化自在天諸梵天等梵身天及餘諸天并龍鬼神揵沓和阿須倫迦留羅真陀羅摩睺勒人與非人悉來集會彼時世尊與無央數百千之衆眷屬圍繞而爲說法於是明網菩薩即從座起偏袒右肩長跪叉手稽首佛足尋時感動三千大千世界普雨雜華散衆會上白世尊曰唯問正覺愚癡所趣若哀聽者乃敢自陳佛告明網恣所欲問諸眩惑者如來至真當爲解說悅可爾心明網菩薩得聽所咨即白佛言唯然世尊如來儀像光觀難當超於日明億百千倍姿顔威嚴而不可逮極上窮下無能諦瞻尊是所修莫能計量又我自念其有得見至真容體思察所行皆佛大聖威神所接有所與發輙到永安世尊告曰明網菩

薩誠如所云見如來身必獲志願不失所僥若有所問亦復如是則謂明網衆祐有光名曰寂然言事假使衆生值斯光明見如來者觀察形色眼根明徹未曾晦冥又如來光名辯才無畏設值斯光堪問如來諮難所趣又如來光名積善德設值斯光能咨問佛轉輪聖王諸所德行又如來光名清淨了設值斯光能咨問佛獲致帝釋所因生事又如來光名逮威然錠設值斯光能啓問佛生梵天事又如來光名脫欲塵門設值斯光能咨問佛聲聞之乘又如來光名曰專一導慴怕行設值斯光能啓問佛緣覺之乘又如來光名曰一切慧持讃容設值斯光能咨問佛大乘之慧正覺佛慧又如來光名曰樂持興步設值斯光如來遊步經行普獲安隱壽終之後得

生天上又如來光名嚴一切清淨瓔珞如來入城若放光明設值斯光一切獲安應時彼城衆寶瓔珞自然莊嚴又如來光名曰壞除假使如來演斯光者感動無量不可稱限諸佛世界舉要言之復次明網如來光明名曰積安若地獄類值斯光者衆惱苦患自然休止又如來光名曰超慈若禽獸類值斯光者未曾興惡轉相危害又如來光名曰濟所造餓鬼儔倫值斯光者不復饑渴又如來光名曰離垢假使盲者值斯光明逮得眼目又如來光名曰耳聞值斯光者聾者得聽又如來光名曰有志設值斯光亂者得正又如來光名曰樂定設值斯光自然改惡修立十善又如來光名曰脫門值斯光明令邪見者逮獲正見又如來光名曰趣天值斯光者令慳貪類好喜惠施又如來光名無熱惱設值斯光其犯惡者奉持禁戒又如來光名曰持心諸瞋恨者逮得忍辱又如來光名曰殷勤其懈怠者逮得精進又如來光名曰正定其放逸者獲致禪定又如來光名曰顯曜諸惡智者逮得黠慧又如來光名曰清澄其狐疑者逮得篤信又如來光名曰總持其少智者令得博聞又如來光名導句跡其無慚愧逮知羞恥又如來光名曰滅除其貪淫者洒釋情態又如來光名曰安樂使瞋恚者無有怒害又如來光名曰照耀令癡行者除去愚冥又如來光名曰普存令等分行悉捨等分又如來光名曰普現色身假使衆生值斯光明見諸如來無央數色不可計數百千形像佛告明網今吾爲汝粗舉其要耳假使一劫苦復過

劫咨嗟講説如來光明論闡經法不能究盡如來光明光明名號明網菩薩白世尊曰至未曾有天中之天如來之身不可限量巍巍之德不可思議隨宜方便敷演經法昔所未聞今乃被蒙其有菩薩聞説斯光名號歡喜而信樂者皆當逮得如如來身巍巍具足又聞世尊演出如來佛所有光名曰勸化諸所遊在他方異國菩薩大士轉相誘進相誘進已盡令來會於斯忍界其有菩薩欲所諮啓便詣如來請問經疑爾時世尊見明網菩薩所可諮請即如其像放身光明光明普照無量佛土不可稱限諸佛世界又其光明招請無數億千菩薩尋會忍界於時東方去是七萬二千諸佛世界國名清淨佛號月明如來其佛之土而有梵天名曰持心菩薩大士而不退轉聖慧神足力自娛樂時彼光明適勸進已則自往詣月明如來至真等正覺所稽首禮足而白佛言唯然世尊欲至忍界奉見能仁如來至真等正覺稽首供侍諮受所問忍界聖尊欲得見我其佛告曰便往梵天宜知是時與無數億諸菩薩衆尋至忍界又謂梵天雖至忍界即當奉行十志性行何謂爲十當受言無言善聞惡聞善與不善一而行悲哀二而等授療下賤中上三若輕易恭敬則一心向四不見他闕不求瑕穢五等以一味於若千乘六而不恐畏惡趣之聲七於諸菩薩興衆祐想八於五濁世佛之國土想九如見如來等正覺十是爲十事佛言梵天懷此志性可遊彼土於是持心白其正覺我於佛前不敢發音爲師子吼不於緣行現奇特

相唯欲淨修志性之行等立定意乃遊彼土時月明佛諸餘菩薩而歎頌曰吾得善利唯然世尊爲獲嘉慶不生彼界衆生患難勞集乃然月明世尊告諸菩薩諸族姓子勿作斯言所以者何於吾之土設百千劫淨修梵行不如忍界從旦至早食不行害心斯爲殊勝於時彼土萬二千菩薩俱誓願曰吾當具足清淨志性各共侍衛梵天大士造覲能仁如來至真等正覺持心梵天即與萬二千菩薩如勇猛士屈伸右臂斯須之頃於其佛土忽然不現則立忍界奉見能仁稽首于地退住一面於是世尊告明網曰汝乃覩見持心梵天乎對曰已見大聖即言斯持心者曉了方便諮啓幽滯分別尊法辯才善妙名冠開士衆會之最慈哀至誠導利勸化遊居所在多所悅可於時持心萬二千菩薩稽首禮畢繞佛三帀各以神力則化作座自處其上持心梵天叉手白佛以頌讚曰

其妙音聲　所在通達　威德流聞　聞于十方
在所國土　見諸最勝　一切咨嗟　大聖之行
我處異土　清淨無垢　其界無有　惡趣之名
尋而捨離　如斯佛土　修濟大哀　故來到此
佛之聖慧　無有損耗　一切如來　皆悉平等
來今往古　降伏志性　將護如是　諸佛國土
恢設異行　一切清淨　嚴修至戒　常導梵行
其懷害者　報之以慈　心意如是　而有殊特
以能清淨　三品之業　而順將護　身口心意
三趣之患　勤苦諸惱　現在爲法　皆以滅盡
若諸菩薩　其生於斯　此等未曾　懷貯危懼
所造之業　至於惡趣　上下道足　皆已永除

其有菩薩　心設患猒　將御擁護　于斯正法
此等後世　所處之地　不失其志　不離智慧
其欲斷截　衆結之縛　假使淨除　塵垢之欲
則當將護　佛土之法　則便超越　至諸通慧
設異佛土　無數億劫　執持正法　若講說者
不如忍界　說經至食　是爲殊勝　則第一尊
吾亦觀見　妙樂世界　及復省察　安樂佛土
彼無苦惱　衆患音聲　設若修善　不足爲性
假使蠲除　衆塵堂室　愚亾害人　常忍所加
當以經法　勸化他人　令至上道　此乃甚難
當稽首彼　無上之尊　行于慜哀　脫勤苦法
斯未曾有　如來所行　心懷毒者　開化以法
設入衆會　則爲導師　是菩薩者　十方聞名
於法無猒　猶如巨海　故爲彼說　斯佛之道
帝釋梵天　及護世者　諸天龍神　須倫真陀
無數悉來　等集于斯　欲求經義　從志解說
比丘丘尼　清信士女　普皆來臻　於此衆會
願佛爲普　講說經法　若有聞者　所趣吉祥
假使志願　信好導師　聲聞之乘　及與緣覺
能仁悉了　隨志化治　唯爲斯黨　決一切疑
今吾勸進　諮啓法王　爲衆生故　志求佛道
其立佛言　而不斷絕　以修慈心　爲無量寶
假使十方　聞佛名德　勇猛逮得　無量之慧
當爲斯等　說無比行　隨其衆生　所知志跡
非諸聲聞　弟子之地　一切緣覺　所不能及
余等信樂　最勝所度　世尊之慧　不可思議
鄙自歸命　於世導師　今願諮問　大聖此義
假使有猒　心惡勞患　唯爲解說　佛之要道

四法品第二

於是持心梵天說此偈讚佛已長跪叉手前

白佛言何謂菩薩志性堅强意不懈猒何謂菩薩所言柔和辭無惱熱何謂菩薩所造德本超諸衆生何謂菩薩威儀安詳而不卒暴何謂菩薩於清白法多所長益何謂菩薩所至土地遊步究縛何謂菩薩在於衆生行權方便何謂菩薩於彼等倫分别教化何謂菩薩能護道心何謂菩薩專在衆生心不憒亂何謂菩薩務求善本存在法義何謂菩薩曉了所念而不捨信何謂菩薩於諸塵勞部分開化何謂菩薩所入衆會能行權便何謂菩薩悏闡法施流演剖判何謂菩薩知報應力失德本者何謂菩薩曉於衆生不起之慧六度無極何謂菩薩暢達方便存於禪定何謂菩薩於諸佛法而不退轉何謂菩薩未嘗違廢諸佛言教佛告持心梵天善哉善哉乃能諮問如來如斯之義諦聽諦聽善思念之甚哉世尊願樂欲聞持心梵天受教而聽佛告梵天菩薩有四事法志性堅强而不懈猒何謂爲四愍哀衆生不猒精進終始如夢平等佛慧是爲四復有四事所言柔和辭無惱熱何謂爲四菩薩專一以一人故分别諸法菩薩專一不樂一切諸趣所生菩薩專一讚揚大乘菩薩專一講說清淨不失淨業是爲四又有四事所造德本超諸衆生何等四禁戒博聞布施捨家是爲四又有四事威儀安詳而不卒暴何等四無利無譽無名無苦是爲四又有四事於清白法多所長益功德之本何等四具足行信勸於他人假使布施不望其報將養護法爲諸菩薩廣說慧地是爲四又有四事所至土地遊步究縛何等四興起

德本棄諸瑕穢曉了勸助殷勤精進是爲四又有四事在於衆生行權方便何等爲四順從衆生勸他德本悔過罪釁解說佛事是爲四又有四事於彼等倫分別教化何等四愍傷人物習已安隱忍辱安詳謙下憍慢是爲四又有四事能護道心何等四意常念佛一切德本至於道心習近善友咨嗟大乘是爲四又有四事專在衆生心不憒亂何等爲四不爲聲聞心若緣覺心求法無猒如所聞法爲他人說是爲四又有四事務求善本存在法義何等四除去一切塵勞之病猶如醫王順於德本而不違失諸義道想滅羣黎苦志泥洹義是爲四又有四事曉了所念而不捨信何等四與不起忍超不滅忍忍緣起報忍無所住亦無異心汲汲之事是爲四又有四事於諸塵勞部分開化何謂四所念順義將護禁戒曉諸法力樂處燕居是爲四又有四事所入衆會能行權便何等四志樂法義不求他短而行恭敬無有憍慢求索善德不爲已施所造德本勸施他人是爲四又有四事恢闡法施流演剖判何等四將護正法化已及彼使入智慧修正士業示現塵勞瞋恨之結是爲四又有四事知報應力失德本者何等四終不截見他人瑕闕奉行慈心攝諸瞋怒顯揚報應於諸法事常念道心是爲四又有四事曉於衆生不起之慧六度無極何等四則以布施如爲黠黨并化他人曉了四恩化於衆生好喜深法順於經典是爲四又有四事暢達方便存於禪定何等四分別心事罪福所趣勤力德本不捨衆生修行權慧是

爲四又有四事於諸佛法而不退轉何等四將護無量生死之患供養奉侍無數諸佛而常遵修無限慈心曉了無際諸佛之慧是爲四入有四事未嘗違廢諸佛言教何等四不釋本慧言行相應捐棄重貪若建立者處於本性是爲四世尊發遣說四事時二恒河沙諸天子等皆發無上正真道意五千人得不起法忍此諸菩薩各從無數佛國來會者供養世尊三千大千世界皆悉周徧華至于膝

分別法言品第三

於是明網菩薩謂持心梵天曰仁者乃問順妙尊義曉了菩薩方便之趣佛分別說何謂菩薩有所問事而應順義持心答曰等於吾我而問事者爲順義問等問他人行之所操爲應順也等問法像爲應順也又明網不計吾我等不計他等不計法等是爲應順也其問起生其問滅盡若問處所爲應順也設有問者法無所起及與滅盡處所之行爲應順也若問他人塵勞之欲若有問鬪諍顛倒爲應順也其問生死問度生死問於無爲爲應順也其不問塵勞亦不顛倒亦不生死亦不度生死亦無泥洹爲應順也所以者何察諸法者亦不寂然不除欲垢顛倒生死無爲爲應順也其問所獲爲應順也設復有問有所造證若有約時有所除斷若有所行爲應順也若有不問所得受證衆想之念不以約時而無所著無斷除想亦無行見爲應順也爲一切故而發是問心無所著志不存問爲應順也其有而問斯衆德善爲如應順斯不善德爲不如應斯爲俗事斯爲度世斯爲罪事

斯無罪業斯爲諸漏斯爲所有斯無所有其有作是二事問者計此一切爲不應順也其不二事不見二問爲應順也其有若干視諸佛者爲如應順計法若干爲如應順聖衆若干爲如應順衆生若干國土若干爲如應順道乘若干不想若干爲如應順法無所屬無有若干而問一義爲如應順一切法如應一切法無應又問梵天何謂一切諸法爲如應順一切諸法爲不應順答曰能分別者一切諸法諸法如應假使心法其心精進彼不應順計一切法諸法相寂空無所有爲應順也其不欣樂寂然法者爲應順也此專精業所當造者斯在憍慢斯有所作如斯行者亦復如應又問何謂諸法有所觀察答曰已性寂然離欲之際爲觀諸法又問梵天少有是類了不應者不離於欲而順道義答曰明網多族姓子族姓女不離欲際而順如應道義之法今已入者甫當入者則於其人不入諸法亦無所得亦無有人亦無當入所以者何大哀世尊不有云乎其聞於佛所說法者若行精進便當如說而奉行之終不復歸於土地處所有所獲致其不歸趣無復生死不至泥洹所以者何世尊所了無有生死亦無泥洹又問梵天佛者不度生死業而說法乎答曰世尊寧復自說吾度生死乎答曰不也故族姓子佛世尊者不捨生死不求泥洹設有生死泥洹之想則不度二彼無生死何所度者不得泥洹所以者何不等生死至泥洹乎梵天答曰亦不生死亦無泥洹也於是世尊讚持心梵天曰善哉善哉梵天欲有所說當作

斯說乃爲是說說是應順語時二千比丘漏盡意解梵天不復得於生死亦無泥洹如來說言示有生死無周旋者亦無滅度亦無所憂亦不見人有滅度者設使梵天入此義者則於其人無生死法無泥洹法於是衆會五百比丘即從座起私竊而去而說此言吾等見中淨修梵行心自念言當得滅度而無有人得滅度者空復志求學斯道乎安成慧耶於是明網菩薩前白佛言唯然世尊假使欲令法起生者則於其人佛不興出彼不超度生死之難也天中天求見泥洹故唯天中天所謂泥洹蠲除一切衆想之念亦不汲汲於諸通慧爲行出家墮外邪見而以志覩泥洹之處譬如麻油酪酥醍醐煞即滅盡諸法世尊永悉滅度其永滅度吾則謂之爲甚慢矣

唯天中天其修行者則無所修逮平等者終不造立所起之法及與滅盡亦無有求欲得法者亦無平等於是明網菩薩謂持心梵天梵天說此五百比丘聞所說法即從座起私竊亡去知斯等類意之所趣何不入法其有信樂若以度脱於諸見網持心答曰族姓子汝往遊至江河沙等諸佛國土劫數求索不能得離如是像法亦無有脱譬如癡子畏於虛空而馳迸走在所至趣不能離空此比丘等亦復如是正使遠行不可稱限空相自然無相之相亦復自然無願之相亦復自然猶如復有第二士夫求於虛空八方上下欲得於空心自念言我欲得空我欲得空所欲遊至口自說空而不知空言與其身行於空中而不覩空如是族姓子斯諸比丘求於滅度

行於泥洹而求滅度不解所入所以者何所謂言曰得滅度者但假號耳猶如虛空若有行空經遊虛空所言亦空其泥洹者假託言耳於是五百比丘聞說是語漏盡意解逮得神通各歎頌曰唯然世尊一切諸法皆悉滅度假使有人求滅度者則於其人佛不興世我等大聖非爲凡夫亦無所學亦無不學不生死不泥洹無滅度法所以者何又諸通慧我等已離所有道慧與諸佛法於是尊者舍利弗謂諸比丘曰仁等已得造立入於斯慧自獲利耶答曰吾等已入造於塵勞而無所作又問何故說此諸比丘曰唯舍利弗設斷塵勞便入欲塵不欲滅度由是之故吾等說言已得入矣造於塵勞而無所作舍利弗言善哉善哉族姓子當咨嗟之諸仁所立衆祐之地諸比丘曰唯舍利弗仁者世尊亦復是卿不淨衆祐何況我等至清淨乎又問此言何謂諸比丘曰佛知諸法界本悉清淨於是持心梵天白世尊曰唯然世尊何謂世之衆祐佛告梵天不爲世法之所迷惑不恥世法又問世尊云何淨畢衆祐之事乎答曰若於諸法無所受故又問誰爲世間之福田乎答曰若有不失佛道故又問何謂衆生之善友答曰不捨一切羣黎故又問誰於如來有反復乎答曰其不違廢佛教命者又問何謂奉事如來乎答曰其曉了解不起際故又問何謂親近如來行乎答曰寧失身命不毀禁戒故又問何謂恭敬於如來者乎答曰設使行者將養諸根故又問何謂世間大財富乎答曰七寶滿具故又問何謂於世知猒足者乎

答曰其已逮得度世智慧故又問何謂曉了乎答曰其於三界悉無所願故又問何謂諫喻於世乎答曰其有休息一切結縛故又問何謂處世而安隱乎答曰其不貪者無受財故又問何謂不貪乎答曰無有陰蓋故又問何謂離於陰蓋乎答曰捨於六入亦無所釋故又問何謂已過乎答曰曉了道慧故又問何謂菩薩爲布施主乎答曰勸化一切衆生之類入諸通慧心故又問何謂禁戒乎答曰不捨道心故又問何謂爲忍乎答曰見心滅盡故又問何謂精進乎答曰若求於心不得處所故又問何謂一心乎答曰心休息故又問何謂智慧乎答曰於一切法無音聲故又問何謂菩薩行慈者乎答曰不隨一切諸想行故又問何謂菩薩行哀者乎答曰無諸法念故又問何謂菩薩行喜者乎答曰不計吾我故又問何謂菩薩行護者乎答曰不計彼我想故又問何謂菩薩立篤信乎答曰不捨諸法清白故又問何謂菩薩博聞住空者乎答曰不倚一切音聲故又問何謂爲慚答曰曉了内法蠲除故也又問何謂爲愧答曰不習外事故也又問世尊何謂菩薩普無不入

於是世尊以頌答曰

其身清淨　不犯衆惡　口言清淨　常說至誠
秉意清淨　常行慈心　斯謂菩薩　普無不入
導修慈行　不倚染塵　專於哀行　無有恚害
加以仁護　無有愚癡　斯謂菩薩　普無不入
若遊聚落　閑居亦然　聚邑燕處　衆會無差
未曾違失　威儀禮節　斯謂菩薩　普無不入
皆悉徧信　諸佛正法　又常樂喜　無我之典

悅喜聖衆　無所有義　斯謂菩薩　普無不入
脫於色欲　不知所行　度於瞋怒　亦無所度
曉了衆行　之所歸趣　斯謂菩薩　普無不入
亦不造著　於欲之界　亦不住立　於形之界
不著無形　皆亦如是　斯謂菩薩　普無不入
信樂諸法　一切悉空　然而衆生　馳騁思想
由是之故　不盡諸漏　斯謂菩薩　普無不入
方便曉了　緣一覺乘　示以音聲　而教化之
於佛大乘　靡不達了　斯謂菩薩　普無不入
一切皆知　所當至處　未曾違失　導師之教
常行等心　於諸憎愛　斯謂菩薩　普無不入
未曾想念　過去之法　當來現在　亦復如是
一切遊居　無所倚著　斯謂菩薩　普無不入

於是持心梵天白世尊曰何謂菩薩度於世法不處世法現入於世度脫衆生於世間法示現世間平等世法因緣遊世雖處於世不壞世法不失道法於是世尊尋時歎頌答持心曰

吾說世五陰　於世無所著　以不貪著世
不捨世間法　菩薩能了彼　解知世自然
諸陰爲無本　不著世間法　有利若無利
嗟歎若謗毀　有名若無名　恥世苦樂法
彼用大智慧　雖遊於世法　不見世所貪
道意不可動　得利不以悅　棄捐亦不慼
堅住如大山　無能動搖者　嗟歎若毀呰
其志常平等　名無名苦樂　堅住於等心
曉知世自然　因從顛倒興　不生於世間
明達獨遊步　若入於世俗　綜了所至處
是故隨習俗　度脫衆生苦　勇猛雖遊世
在俗如蓮華　不破壞世俗　分別了法性

假使行在世　不分別世法　故遊於彼閒
究練世俗相　世相如虛空　亦無虛空相
已能解了此　則不著世俗　隨方俗所知
順而化衆生　貫達世自然　不毀敗於俗
設無有五陰　斯謂世自然　其不曉了者
常倚於世俗　若能除諸陰　不起無所有
雖現於世間　於俗無所著　其不了世法
熾然於諍說　斯虛妄無誠　常立處二想
吾未曾預世　亦無所諍訟　佛以是之故
部分自然法　法者無所諍　諸佛之所說
通了世平等　不虛無至誠　兩舌者誠諦
逮得於教命　假使爲益害　與外道無異
諸法誠審者　無實無有虛　是故世尊說
度世無二法　吾所達世慧　斯爲方俗法
則無虛無實　見世之罪惡　爲世之光明

逮成大名聞　佛所開了世　清淨無瑕穢
假有觀俗者　身以觀自然　則見等正覺
現在十方者　知諸法因緣　諸法無自然
若剖析因緣　則能綜理法　其能解達法
則能曉了空　設能解識空　則能別導師
設分別講世　而求於音聲　雖行世間事
不與世間俱　若墮於諸見　一切不及此
假名遊於世　而不著俗事　佛滅度之後
其樂於忍者　於彼佛現在　導師之法身
若持如此法　則爲供養佛　處世爲世尊
導師之所知　設弊魔波旬　不能得其便
若在於人間　廣說斯經者　是黨大智慧
主布施一切　戒禁爲具足　曉佛導師者
斯度忍力勇　遊步於精進　聰達樂禪定
分別於世間　說佛空無法　其聞斯等類

大士不復久　處道場降魔

解諸法品第四

佛復告持心梵天如來已度世間境界示世俗教習樂於俗欲度於世樂滅方俗是謂世間之五陰也其自念言世我所滅盡於世求於五陰遊於道者則名曰二所慕之徑復次梵天所以名曰五陰者何其五陰者方俗言耳求諸見故捨受方俗其所見者自然之想斯則名曰爲滅盡也滅盡向道不受諸見則爲滅俗欲向正道是故梵天佛説斯言世有三刺之門及三重擔習俗於世滅盡於世間而求度脱於是持心梵天白世尊曰假使如來説四諦事諦何所歸佛告梵天是爲苦諦集諦斯非聖諦是爲盡諦斯非聖諦向道之諦斯非聖諦所以者何假使諸苦爲聖諦者一切牛馬騾驢犬豕畜生獸黨悉獲聖諦若以諸集爲聖諦者一切五趣所生羣黎當獲聖諦若以苦盡爲聖諦者一切衆生見斯滅事便當悉除獲致聖諦至由道諦一切有爲悉當獲致賢聖之道勢力聖諦以是之故梵天觀察苦集盡道以爲聖諦其有曉了苦無所起斯謂聖諦其人行集者不爲聖諦其滅盡法不起不滅斯謂聖諦假使平等一切諸法而無有二等於徑路斯賢聖諦佛告梵天所以曰諦無有虚者何謂爲虚自計有身而念有人而億有壽而言有命著於男女倚於三有離於所有恃於所起依於所滅受於生死怙於泥洹是謂爲虚此諸所受於諸所受無所依倚亦無所求斯謂爲諦欲除苦者則名曰虚滅於集者斯亦爲虚吾當盡證是亦

爲虛修行徑路亦復爲虛所以者何佛所教化八道品者若四意止斯亦謂虛又問何謂佛之所教所當思者答曰無意無念一切諸法亦復如是斯乃名曰佛之所教所當思者爲四意止則無所住不處諸想已不住於一切想者則住真際已住真際則無所住意無所處意有所住則不爲實名曰爲虛以是之故當作斯觀無實無虛乃爲聖諦審者爲諦所謂諦者無所生無所諦如來雖與爲無所起如來亦不住於法性及與泥洹也亦無生死常審諦定所以者何其聖諦者無有生死亦無泥洹佛言梵天若有順時證斯四諦名曰正諦佛告梵天將來之世當有比丘不能慎身不護禁戒不能制心不精智慧而當講說發生苦諦謂趣集諦馳騁於斯壞於三有諸所生處又說當求行於徑路是謂二諦馳騁其行是等愚騃吾則名之異學黠黨非佛弟子非我聲聞志趣邪徑破壞正諦而自放逸吾處道場佛樹下時不歸誠諦亦無虛妄佛於諸法亦無所趣以是之故求如來法勿觀二事勿言有二爲二門也白曰不敢也天中天答曰是爲顛倒迷惑之道不能蠲除一切所趣於是持心白世尊曰如來之法而無顛倒亦無所得所以者何如來逮成佛時所號名曰平等覺者爲何謂耶答曰於梵天意所察云何佛所說法爲有爲無爲實爲虛答曰爲虛天中天無所有也安住至聖又問梵天其虛無法爲有所住爲無所住答曰天尊其虛無者亦無所住亦無不住又曰云何梵天而於諸法亦不有住亦不無住大聖報曰

云何得道答曰彼無得道告曰梵天如來坐於樹下處在道場曉了欲塵所處顛倒本常清淨空無自然所曉了者如無所了亦不不了所以者何以是之故吾所了法逮正覺者無見無聞無念無知無受無著亦無所趣皆以超越一切諸性無言無辭無字無句亦無言教如是梵天諸法如空而爾欲得逮諸法乎答曰不也天中天又復世尊諸佛大聖甚不可及至未曾有具誠諦法諸佛世尊至有大哀分別曉了寂然之法而以文字爲他人說其有信樂如來說法立諸德本具足所當斯等衆生則於諸佛無有罪咎所以者何一切世間悉共信之志無所著又天中天世人信法法是我所倚俗著法法無實無虚無法非法而世俗人依倚泥洹於斯察之無有終始亦無泥洹俗倚善德無有善德亦無不善俗倚安樂無苦無樂俗倚佛興佛亦不生亦不滅度又復說法當得審諦顯揚聖衆以無爲事而爲審諦其經典者於世可信譬如假喻從水生火從火出水悉因緣合佛言如是覺了塵欲則成佛道所由因緣所以者何如來所因覺了塵勞成正覺者無逮正覺既有所說而不見色亦無所念亦不造二亦無所證不得滅度亦無寂然唯然世尊若族姓子族姓女設有曉了信斯法者則能蠲除一切諸見而得解脱當爲稽首歸命作禮奉若如來於過去佛已爲造行則爲善友所見攝護志樂微妙殖衆德本已爲逮得安諦之藏攬持法府則滅衆罪建立道業則致貴姓總持如來言教之宗則爲大施放捨塵垢則獲戒

力無受欲力則致忍力無彊恚勇爲精進力
而無懈猒爲禪定力棄除罪業爲智慧力捨
離邪見一切諸魔莫能迴動仇敵怨讎無得
勝者終不誑惑於世間人所言致誠講說曉
了諸法本淨則爲真實說究竟法則爲如來
之所攝護則樂仁和遊居安處則爲財富於
賢聖業則知止足於賢聖行善見長養慇懃
供事則當見信度於彼岸爲志脫者而勗勵
之樂得脫者即令免濟無所依者而使憑附
樂無爲者從得泥洹樂於道者爲具敷弘慕
超越者而爲示現又諸方術則爲醫王一切
病者爲設良藥致於智慧則爲力援逮獲勢
勢以爲歡樂得出自在不依因人亦不從受
無有恐懼衣毛不竪如師子步致得妙乘爲
如神龍安和其心猶如調象遊在衆中若如

神仙則致勇猛降伏怨敵遊于大會志彊無
懼意果自恣而無所畏所說工諦悉無有難
蠲塵勞法如月盛滿智慧光明如炬遠照如
日之昇無所不燿滅除衆冥若如庭燎離於
諸著無有增減持行如地衆生仰活猶若良
田百穀滋植洗一切垢譬若如水滅除諸想
猶若如火於一切法而無所著猶若如風不
可動揺如須彌山志性堅强猶若金剛鐵圍
之山諸外異學莫能當者聲聞緣覺無能及
者以法等味譬若如海則爲度師蠲除一切
塵勞之渴慕求經法未嘗猒足則於智慧而
無充溢則爲聖皇而轉法輪顏貌姝特如天
帝釋心得自在有如梵天演法雷震猶如天
陰爲雨甘露如霔洪澤則得長益根力覺意
則得超度生死之患便得進入於佛聖慧則

得逮近致佛正道當獲博聞無有倫匹以過於量悉無有量智慧辯才而無等侶逮得總持志性堅强意達聰明覩羣生性循觀諸法其志果暢常行慈愍哀世間人已得超度世俗之事行無所著猶如蓮華不爲俗法之所染汙諸明智者悉愛敬之諸博聞者多信從之爲衆智士常所恭順諸天世人悉奉事之諸禪思衆稽首爲禮諸聖賢衆咸來宗侍聲聞緣覺所共欽嘉則好遠離土地之行則無諂飾不貪利養威神巍巍履賢聖跡端正殊雅色貌難及威曜光光不可稱究則以相好而自莊嚴則能執持佛之言教則能順護諸法訓典亦能將濟聖賢之衆便常逮見諸佛正覺因當速成諸佛之眼而爲諸佛所見授決則當獲致具足三忍尋當得坐於佛樹下便能降伏魔及官屬得諸通慧而轉法輪則能興發造諸佛事趣於深法不恐不畏不難不懅唯天中天吾於一劫若復過劫咨嗟顯揚斯正士等不能究竟得其邊際所行至德諸佛之道深妙若玆難受難解不可覩見難曉難了若有受持而諷誦讀便復奉行若能廣演普令分布於彼法說則能立衆第一篤信也佛告梵天仁所咨嗟諸正士者至真之德安能究盡不能及知如佛所究如來則以無礙之慧申暢其德爾乃達了究盡之耳如來所說句義旨趣斯諸正士悉當了達而普順從不爲逆亂所爲至誠不爲迷惑悉建正義志不馳騁於嚴飾事曉如應辭猶若如來所演言教譬若大聖講誠諦法又若如來所說法者復超於此嚴飾章句不能究盡覺了

所有無循無逆無制無通爾乃達義而不放逸在於嚴飾不循言辭之所知也設無言辭則是如來說法之辭如來所可講說經者方便宣法如來加以興無極哀而爲衆生敷陳經典佛告梵天假使菩薩能分別了如來五力所因療治是爲菩薩則能建立造諸佛事又問世尊何謂如來五力所療大聖答曰謂法言辭一入如應說善權方便二光顯於法三不失句義分別道跡四入於大哀五佛言梵天是爲如來五力所療一切聲聞緣覺之等所不能及又問世尊以何言辭如來演教世尊告曰過去當來現在之教欲塵之語顛倒之言世俗度世有漏無漏所著無著有罪無罪所有無有我人壽命逮造證辭周旋生死滅度之辭是爲梵天諸所言說斯衆辭者觀辭如幻無所成故觀辭如夢見無實故觀辭如響報應緣對聲故觀辭如影現緣合有故觀辭如鏡像照現故觀辭如形印之有故觀辭如焰顛倒見故觀辭如空所有盡故觀辭無言不可得故佛語梵天假使菩薩能曉了此諸法言辭是菩薩者乃能講說諸法言辭又於諸法無所依倚以無所倚則能逮得無礙辯才以能逮得無礙辯才則能爲諸星礙之衆顯曜平等亦與同處講說經法而不躓礙於一切辭不壞法性遊諸言辭及所破壞悉無所倚設使梵天如來所說顯無言辭則爲講法梵天欲知何所菩薩而於如來行誠諦事善權方便于斯梵天如來於塵而現結恨又於結恨而現塵勞菩薩悉當曉了彼趣何謂梵天如來於塵而現結恨塵勞自然

等無差特故又於結恨而現塵勞依於結恨而行惠施泥洹清淨謂諸愚戇不能曉了衆惱之患故又彼菩薩曉了所有布施之事後世大寶故則無所趣者則曰無爲禁戒泥洹悉無所有亦無所行故忍辱無爲虛無所有故精進無爲導修意故禪思無爲無所悅故智慧無爲逺得相故於欲離欲之本際者法性無欲故瞋恚本際計於法性無結恨故愚癡本際計於法性無愚癡故生死無爲之本際者則無所生其無爲者不倚生死至誠虛妄所見言辭虛妄至誠則致慢恣復次梵天如來次第而因真諦隨其因緣而計有常知有吾我則爲蠲除非義之事其邪見者而無篤信興造反業令知反復去於無信悉除所願邪見身者如來悉知便爲斯等分别說之見所應者如來則爲說誠諦教假使衆生棄捐貢高自大事者如來則以已誠諦教而講說之是爲梵天如來至真至真言教菩薩於彼則當曉了斯方便行設使歸此一切所說權方便者如來與者便得解脫於非邪事而篤信者則見諸色之所報應而起衆生便因如來得解脫也若演法身便爲如來真諦之辭解脫邪法而行篤信因法而度敬文字者衆生之類不爲說此脫邪見法未曾信斯亦無所得亦無差别言有泥洹則爲邪信處於顛倒塵勞無爲無有滅度斯則爲信而得解脫無所生法不壞諸法言有人者則爲邪信入於寂然而欲度者便無有人其邪信者即自解說真諦之事是故梵天於斯菩薩不能曉了真諦言辭權方便者於一切音無所恐

畏爲無量人衆生之類開導利義于彼梵天如來至真以何方便爲衆生説法其布施者得大富有持戒生天忍辱端正精進獲明若禪思者致悦不亂學智慧者滅除塵勞愛欲之著若博聞者疾逮智慧行於十善乃得處天及在人間行慈悲喜護致昇梵天觀察寂然憺怕獲果致逮學地得不學地縁覺之地清淨衆祐佛之道地所示現慧無有邊際等於泥洹滅一切苦佛言梵天吾則應時善權方便爲諸衆生布告顯示如是像法如來未曾心懷衆想計吾我人壽命也如來所行亦無所得亦不慳貪亦無所施亦不持戒亦不毀禁亦不忍辱亦不瞋恚亦不精進亦不懈怠亦不禪定亦不亂意亦不智慧亦不愚癡亦無有道亦不滅度亦無所安亦無衆患佛言梵天教化衆生使令精勤專修奉行所因精勤專修奉行當入斯法如本志願或有獲致道迹往來不還無著至於縁覺若復得入逮成無上正真之道至無爲度是爲梵天如來至真善權方便而爲衆生敷陳經典又彼菩薩當爲衆生善權方便興設大哀常以正法而將濟之何謂如來之所説者法無有眼亦無有脱耳鼻身口意亦復如是無有脱者所以者何眼者則空而無有吾亦無我所則悉本淨耳鼻口身意亦復如是彼則爲空便無有吾亦無我所則悉本淨佛言梵天是爲一切悉歸脱門有所歸趣爲之眩惑色聲香味細滑法其六事者亦復如是一切諸法皆悉爲空無相無願無起無滅亦無有住亦不不住所可謂者意不住生本淨自然憺怕寂

寘佛言梵天如來一切悉以文字演爲脱門或以等御癡騃之句普順文字心常觀之爲真諦教如來一切所可分别悉至解脱敢可説者悉誠諦句如來説經無有塵勞所演法者皆無解脱歸滅度也是爲如來所論典籍斯謂菩薩所當學者佛告梵天如來至真以何方便導修大哀而爲衆生講説法乎如來則以三十二事有所發遣而加大哀濟于衆生何謂三十二無有吾我於一切法令衆生類解信無身如來於彼而興大哀一於一切法衆生無受而反有人如來於彼興發大哀二一切諸法則無有命而衆生反計有命如來於彼興顯大哀三一切諸法而無有壽而衆生反計有壽如來於彼興顯大哀四一切諸法爲無所有而衆生反計有處所如來於彼興顯大哀五一切諸法都無所依而衆生反有所倚著六一切諸法悉爲虚無而衆生反志有所樂七一切諸法悉無吾我而衆生反計有吾我八一切諸法悉無有主而衆生反專志貪受九一切諸法悉無可受而衆生反依倚形貌十一切諸法悉無所生而衆生反著於所生一一切諸法悉無有没而衆生反貪於生死二一切諸法悉無欲塵而衆生反没溺塵垢三一切諸法悉無貪欲而衆生反爲所染汙四一切諸法悉無瞋怒而衆生反懷挾結恨五一切諸法悉無愚癡而衆生反爲之迷惑六一切諸法悉無從來而衆生反樂倚所趣七一切諸法悉無所趣而衆生反依于終始八一切諸法悉無造行而衆生反務建所修九一切諸法悉無放逸而衆生

反馳騁縱恣十二一切諸法悉爲空靜而衆生反處於所見一一切諸法悉無有相而衆生反相行爲上二一切諸法悉無有願而衆生反志于所僥三已爲遠離若干種事有所受著世俗所怙瞋怒結恨所獲患猒不與怨敵而集會也及諸不忍處於仁和四導修顛倒爲世所習遊於邪徑則能棄除所生之處五彼則無有審道所趣則爲煩憒得于財利世俗所依則而志慕一切資業當以抑制諸無猒欲即使具足賢聖之貨信戒慚愧聞施智慧建立於此具足七財六吾謂衆生爲恩愛僕以無堅要爲堅要想財業家居妻子之娛便無有安所以謂之爲恩愛僕衆生之類無有堅要爲堅固想當爲講說計有常者爲現無常七吾謂衆生求財利業則爲仇怨而反謂之爲是親友吾爲造立顯親友行而爲蠲除勤苦之患究竟滅度八吾謂衆生以反邪業各各處於若干言教當爲講說清淨微妙無業之命分別說法九吾謂衆生諸塵垢穢而見汙染於居家事多有患害擾攘之務而爲說法當令出去等度三界十三處於所作一切諸法因貪起住衆緣所處諸立之相衆生於彼而修懈廢當爲說法至聖解脫勸令精進度爲堅要而說經法悉使獲安又加於是而復反捨無礙之慧最尊滅度至于下賤聲聞緣覺當爲顯示微妙之行如來因此則於衆生興闡大哀佛告梵天是爲三十二事如來開導順化衆生敷弘大哀斯爲如來謂行大哀佛告梵天若有菩薩奉行於斯三十二事合集大哀如是菩薩爲大士者名大福田

爲大威神樂於巍巍至不退轉爲衆生故而造立行佛說此大哀法門品時三萬二千人發無上正真道意三萬二千菩薩得不起法忍

持心梵天所問經卷第一

音釋

憯怕　憯徒敢切怕傍各切憯怕安靜也　黠胡八切黠慧也　恢苦回切大也　貯展呂切積也　䵣去遣潸切輦也　憊步拜切羸困也　殖常職切種也　務乎刀切俊健也　躓職吏切跲也　僥堅堯切求也

持心梵天所問經卷第二

西晉三藏法師竺法護譯

難問品第五

於是明網菩薩白世尊曰持心梵天而從如來聞說大良所分別法不喜不慼持心答曰設族姓子修知二行彼人則有歡喜愁慼真際所處永無二事由是之故不喜不慼猶如幻師所幻奇異之術又彼化人所行而至無喜無慼是族姓子已得遊入諸法自然之相自然覩於如來所現變化不喜不慼如來所化閩於如來所說辯才不喜不慼假使如是分別諸法一切如幻等無差特不於如來殷勤喜悅不於衆生有下劣意明網又曰仁者已解諸法幻相乎答曰族姓子假使有行諸法有處乃能問斯又問梵天仁何所行答曰一切愚夫所導行者吾之所設行在于彼又問愚夫行婬怒癡狐疑計身是吾軀體是我所有行在邪見云何仁者行在于彼答曰卿爲欲令凡夫之士至無凡夫成就法乎報曰吾不欲樂凡夫之士安當志于諸法成就乎譬族姓子一切諸法無所成就法無所住無積聚處無有結恨無所亡失亦無懷來報應不也答曰族姓子離婬怒癡不行諸法是謂爲相又行凡夫斯賢聖行其有行者則與二事又族姓子一切所行爲無所行一切所教爲無所教一切所處爲無所處一切所趣爲無所趣又問梵天何謂一切所行爲無所行答曰假使導行億百千姟諸劫之數不知法性之所增減以是之故一切所行爲無所行又問梵天何謂爲一切所教爲無所教一切

所處爲無所處答曰一切諸法如來所教如來所處以是之故一切所教爲無所教一切所處爲無所處又問何謂一切所趣爲無所趣計無有人有所趣生以是之故一切所趣爲無所趣爾時世尊讚持心曰善哉善哉若欲說者當造斯講於是明網菩薩問持心曰如向仁者所說一切愚夫所行吾之所修行在于彼設使如是者則爲倒行有所獲矣答曰豈可遊在所生致所行也又問梵天設不由生焉能教化於衆生乎答曰猶若如來之所化生若吾如彼生又問如來所化豈有生乎答曰寧有變現所當現乎佛之境界誰所興耶報曰有現所現及與境界雖有所現爲無所現答曰吾之所生當造斯觀其所生者因緣立界又問仁者豈爲因緣生死行乎答曰吾無因緣生死之行又問以是之故何所因緣而緣境界有所恐懼答曰猶如因緣因緣畏懼亦復如是計無有本者無所退轉於是耆年舍利弗前白佛言唯天中天假使有人而與斯等諸天龍俱入於言辭獲福無量所以者何如今世尊能得遠聞斯諸正士之所名號爲甚快矣何況乃值講說法乎譬如有樹不立於地而於虛空現于莖節枝葉華實如是大聖斯諸正士之所行相當作斯觀住於諸法而現所生終始存沒周旋往來現諸佛土而以上妙如是比慧無礙辯才自在遊已已見如是智慧變化何族姓子及族姓女不發無上正真道乎爾時會中有一菩薩名曰普華謂舍利弗今者耆年豈不得入此法性乎佛說耆年智慧最尊何故不堪如是

感動所變化乎答曰世尊説余於聲聞上知其境界又問衆可解説法境界乎答曰不也又問云何耆年有所講説如其境界答曰如其所入所説亦然又問耆年能令法性無邊際乎而造證耶答曰如是又問何謂隨其所入所説亦然唯舍利弗隨其所入之所節限有所講説節限亦然則爲限節自縛法性也其法性者無有邊際又問普華其法性者無入相乎答曰唯舍利弗假使法性無有入相然於法性無所入相仁何因緣設殷勤法性志解脱乎答曰不也又問何以故答曰爲破法性梵天答曰唯舍利弗若應平等順如所入法性亦如答曰普華吾身欲見亦欲聞之答曰唯舍利弗云何法性爲有所念一切諸法爲有所説有所聞乎答曰不也又問仁者何故説言欲有所見有所聞乎答曰普華世尊説曰則有二人得福無量專精説法一心聽者以是之故仁者講法吾當聽之梵天又問耆年豈能滅於思想而思惟定聽於法乎答曰族姓子其滅定者無有二事聽法之理報曰耆年舍利弗身寧樂志于寂於本淨及諸法乎答曰如是族姓子一切諸法本淨滅寂報曰是故耆年舍利弗不能堪任常定聽法所以者何一切諸法本悉寂靜舍利弗問卿族姓子寧能堪任不從定起而講法乎答曰唯舍利弗省察諸法豈可獲乎而仁説言不從定起能説法耶答曰不然梵天又曰是故仁者一切凡夫愚戇之黨常得定意耆年又曰凡夫愚戇以何定意而三昧乎答曰一切諸法而無所趣斯曰常定又問如是等習

凡夫愚戇及與聖賢無差別乎答曰唯舍利弗誠如所云吾之所察又不欲令凡夫愚戇及與聖賢造若干也所以者何諸賢聖法無所滅除愚戇之法亦無所興猶法性等以斯之故無有度者則復而問族姓子諸法無本爲何謂耶答曰如耆年身所分別知豈復興發聖賢法乎答曰不然又問仁爲滅除凡夫法乎答曰不也又問豈復逮得聖賢法乎答曰不也又問寧復分別凡夫法乎答曰不然又問云何耆年分別知時答曰如所聞法離於凡夫則爲無本平等亦如無有解脱滅度亦如無本亦如答曰唯舍利弗其無本者無有差別不若干也其無本者無所歸趣所謂無本如無本者一切諸法悉入無本於是耆年舍利弗前白佛言唯天中天猶如大火熾盛赫弈無所不燒諸族姓子亦復如是諸所說法皆分別了一切法性處靡不盡世尊告曰然舍利弗諸族姓子講說法性如汝所云爾時明網菩薩謂舍利弗佛嗟仁者智慧爲尊歎於耆年以何智慧答曰明網當知諸聲聞中倚于音聲但自照身而得解脱歎我於中而爲尊耳不在菩薩而有智慧也又問唯舍利弗察於智慧有言相乎答曰不然又問其智慧者行不普乎不平等耶答曰如是誠如所云智慧平等又問何故諸法普等乃爲智慧而反講說智慧之限答曰然族姓子智慧法性無有邊限繫在限者從其境界因本慧行而有所入又問仁之所知其無限者而可限乎答曰不然又問以何齊限而自繫礙有所說乎時舍利弗默然而無言於是賢者

大迦葉承佛聖旨前白佛言唯然世尊明網菩薩何故號曰爲明網也於是世尊見於耆年大迦葉請欲令衆會德本具足告於明網汝族姓子自現本德所造之業而致淨光當爲天上及世間人顯示暉曜令菩薩衆所爲善本志純淑者或發道心使得精進明網菩薩聞佛音詔更整衣服便從右掌縵網指爪尋放光明通徹無量不可稱限照於十方諸佛國土無有邊際而悉普周一切無量不可計會諸佛世界地獄餓鬼畜生聾萌盲聾瘖瘂跛蹇疾病尫羸狂騃愚冥懷婬怒癡裸形不蔽若飢若渴若繫若縛貧匱醜陋老耄年邁法應當死慳貪嫉妬犯戒瞋恚懈怠放意惡知無信而無博聞不知慚愧墮於邪見六十二疑生於八難不閑之處悉蒙斯光尋時皆安彼時衆生則無貪婬不患瞋怒不迷愚癡無有結恨亦無惱熱當爾之時世尊之前諸來衆會菩薩聲聞天龍鬼神揵沓和阿須倫迦留羅真陀羅摩睺勒比丘比丘尼清信士清信女普現一像悉爲金色一切等現相好形容皆如如來普現一等無見頂相身如金剛一切盡坐自然蓮華珠交露帳衆寶之蓋一切悉等而無差別現自然身如佛無異一切色身悉獲安隱猶如菩薩逮得三昧名興歡豫彼時衆會怪未曾有各各相見悉如世尊而無差別不復自覩疵瑕之體適放是光尋時下方有四菩薩自然踊出叉手而住各自念曰今者當禮何所如來空中有聲則語之曰明網菩薩殊特光明普令衆會悉現一色爲如來像時四菩薩得未曾有則舉聲

曰假令至誠吾等所逮如今所覩色像一類無異諸法平等而無差別以斯真諦而無虛者吾等特當覩能仁佛瑞應之體設見如來當奉事之於時世尊蓮華交露師子之座去地七尺時四菩薩稽首佛足俱發聲言至未曾有天中之天如來智慧不可窮極明網菩薩本性清淨德願乃爾演其光明令諸衆生威容顏貌所現若茲於時世尊告明網菩薩汝族姓子還攝光明所顯弘曜以作佛事多所建立令無量人志于道心明網菩薩聞佛敎命則還攝光應時衆會一切如故威儀禮節復現如前如來獨處於師子牀耆年大迦葉前白佛言斯四菩薩從何所來四菩薩曰吾從下方興佛界來又問世界所名答曰衆寶普現又問如來至真其號云何現說法乎答曰號一寶蓋如來于彼講法又問彼之世界去是遠近答曰世尊知之又問仁等何因至此答曰明網菩薩演放光明吾於本土見其光明下方佛國聞于能仁世尊明網之名故詣此土欲覲世尊稽首奉事欲覲正士明網菩薩大迦葉前白佛言衆寶普現世界一寶蓋佛土去是幾所佛告迦葉下方去此七十二江河沙等諸佛國土乃得衆寶普現世界一寶蓋佛所處此四菩薩從彼間來又問世尊幾如之頃乃達到此告曰一發意頃便來至斯迦葉白佛難及大聖菩薩大士所放光明神足聖達巍巍如是明網菩薩演其光明照達無際斯四菩薩尋即至此其誰見是神足威變智慧所爲而不願樂建立大乘世尊告曰如汝所云諸菩薩行不可思議聲聞

緣覺所不能及也

問談品第六

於是大迦葉謂明網菩薩族姓子以何因緣汝現光明猶若如來威容姿顏紫磨金形衆會蒙曜色像普齊答曰唯大迦葉當問世尊而發遣之耆年壽時前問大聖佛告迦葉明網菩薩得爲佛時當爾衆會悉紫金容咸樂一義同心篤信達諸通慧無有聲聞緣覺之名純諸菩薩大士之衆迦葉白佛其有菩薩生彼佛土便當謂之爲如來耶世尊告曰如是迦葉如爾所言便當謂之爲如來也爾時四萬四千人皆發無上正真道意願生彼土異口同音僉共歎曰明網菩薩得佛道時吾等悉當生彼佛土於是迦葉復白佛言明網却後幾如當成無上正真道爲最正覺乎佛告迦葉自問明網久如成佛當爲汝發遣之耆年迦葉問明網曰仁族姓子久如當成無上正真爲最正覺乎答曰唯迦葉若有人問言幻師化人久如當成無上正真爲最正覺乎以何答彼報曰族姓子幻師所化虛而無實何所答乎答曰如是一切諸法猶如幻化自然而成何問如斯仁當久如成最正覺又問云何族姓子猶如幻師所化幻者寂寞不可分別無有想念亦無言辭仁謂諸法亦如是乎以何限節利益衆生開導之乎答曰如道自然人亦自然如人自然幻亦自然如幻自然衆生自然如衆生自然諸法自然亦復如此唯大迦葉以計於斯不當觀採有益無益亦不有利亦不無利無度不度又問不立衆生於佛道乎答曰如來之道有立想乎報

曰不也以是之故吾不建立衆生之類於佛道也亦不令立聲聞縁覺又問族姓子如今仁者於何所立答曰如無本立吾之所立亦復如是又問如無本者則無所立亦無退還答曰如是猶如無本而無所立亦無退還其無本者亦復如兹立無所立以是之故吾謂諸法無立無退又問明網仁者何以開化衆生而言無立無還乎答曰其有解達志有所願微妙之事不化衆生其於諸法有退還者亦不開化又問卿族姓子不還衆生出生死乎答曰吾亦不得於生死事亦無所見況還衆生又問仁者豈不化於終始展轉衆生之倫至泥洹乎答曰吾亦不得泥洹亦無所見何因勸化衆生類乎譬如族姓子設無終始不得滅度今何以故勸化開導無央數人行佛道乎斯等衆生不求滅度耶答曰假使菩薩若得生死者有泥洹也爲衆生想而言有人以行佛道不爲菩薩不當謂之求於佛道也又問卿族姓子於何所行答曰吾身所行不行生死不行滅度無衆生想唯大迦葉向者問言於何所行如化如來之所行者吾之所行亦從于彼答曰族姓子如化如來不有所行答曰一切衆生相亦如是不當觀之而有所行也又問族姓子觀衆生行相如是乎何故衆生行婬怒癡其化如來無所染汙亦無結恨無所忘失是故耆年今欲相問如其所知以報答之又如耆年豈爲有此婬怒癡乎報曰不然又問其婬怒癡寧有盡乎報曰不然假使耆年無婬怒癡亦不滅除其婬怒癡從著何所報曰唯族姓子愚戇凡夫處於

顛倒思想衆念有所慕求應與不應則便習行於婬怒癡又諸聖賢則以法律覺了顛倒便不習行思想衆念無應不應則便無復婬怒癡也於迦葉意所憶云何其處顛倒而生諸法從致法耶因有所生爲無所生報曰族姓子其不有生則無所生答曰唯大迦葉意趣云何其不有生無所有者寧有所生乎報曰不然答曰如是唯迦葉其不有生欲令生者於何所生乎報曰不然又問耆年爲求所生緣是致生婬怒癡乎報曰不然答曰以是之故唯大迦葉何從得致婬怒癡乎衆生倚著致塵勞耶報曰如是如是族姓子一切諸法本爲悉淨無婬怒癡答曰吾以是故而說此言一切諸法悉如幻化如來自然之相說是語時四萬四千菩薩得柔順法忍於是大迦葉白佛言其有目見明網菩薩不歸惡趣諸魔官屬不能得便假使有人聞說法者斯菩薩等終不墮落聲聞緣覺所處之地其見教授有所講者佛已歎於明網菩薩國土之德佛告迦葉明網菩薩所遊佛土則所遊處開化度脫無數衆生迦葉爲見諸族姓子蒙光者乎答曰已見世尊告曰假令三千大千世界滿中芥子斯數可知别其多少明網菩薩所開化人立于佛道不可計量迦葉欲知明網菩薩假使衆生見其光明以權方便而說經法又復迦葉聽我所說此族姓子國土差特名德嚴淨明網處所明網菩薩六百七十萬阿僧祇劫過是數已當得作佛號普明變動光王如來至真等正覺明行成爲善逝世間解無上士道法御天人師爲佛世尊世

界名等集殊勝適詣佛樹則得爲佛其佛國土無有諸魔及諸魔天一切皆志無上正真之道其佛國土以妙栴檀而爲土地世界平正猶如手掌若綱縵也其界衆生身體柔軟土地和良安隱豐熟一切衆寶合成佛國無沙礫石荊棘之穢無有惡趣勤苦之患亦無八難不閑之處其佛境域悉生蓮華斯諸蓮華悉以寶成其華甚香若干種色世界廣大東西南北不可稱限普明變動光王如來有無央數諸菩薩衆隨其音聲佛法聖衆威神變化以光莊嚴逮總持藏辯才無礙智慧名德獲大神通降伏衆魔志意所遊常知羞恥精修聖明以慧教化佛言迦葉又彼佛土不生女人一切菩薩生寶蓮華自然長大斯諸菩薩以禪爲食屋宅經行牀榻卧具宮殿浴池園觀產業譬若天上其普明變動光王如來所講經法無文字說唯諸菩薩蒙佛光明適照其身即便逮得不起法忍光明消竭婬怒癡垢又其餘明至他佛界消滅衆生色欲之塵令無瑕疵斯等順律佛告迦葉其光明中自然演出法門之音三十二事何謂三十二諸法空哉淨一切見故諸法無相哉離想念故諸法無願哉已度三界故諸法無欲哉本淨寂然諸法無怒哉蠲除衆相諸法無癡哉離諸幽冥諸法無來哉都無所起諸法當來哉順於遊觀諸法無住哉爲自然立諸法永度哉無去來今諸法無異哉則爲自然諸法無生哉爲無報應諸法無造報哉無所與故諸法無作哉因行而起諸法無形哉緣念而有諸法無貌哉離諸所生諸法審諦哉覺

了眞實諸法至誠哉爲同一等諸法無人哉無獲人故諸法無壽哉爲眞究竟諸法愚騃哉不受教故諸法護視哉蠲除諸結諸法無著哉爲無熱惱諸法無近哉本淨無塵諸法一品哉眞際寂然諸法憺怕哉爲一等定諸法住本原哉因對而發諸法無本行哉而緣破壞諸法等御法性哉一切普入諸法無緣哉不相雜錯諸法覺哉順如所現諸法無爲哉無衆事對佛言迦葉是爲普明變動光王如來光明出是輩聲以斯光明而照菩薩因作佛事其佛國土無有魔事無所妨廢佛言迦葉又彼如來壽無有量於是賢者大迦葉白世尊曰設使有人欲取佛國當受清淨佛之境界亦當如斯令族姓子即當具足一切普備佛言如爾所云從不可計億百千姟諸如來所志願清淨爾時持心梵天謂明網菩薩今者如來授族姓子決乎答曰梵天如來皆授一切人決又問云何授決答曰隨其所作而受報應斯爲受決又問以何因故授報應決所以授於仁者之決答曰梵天所謂緣者身無所作口無言辭意不可見是爲罪福之所作乎報曰不然又問其佛道者有行相乎報曰不然道無有形亦無所有道即無名而無行相又問設無有行豈可令道有行之貌而有獲乎報曰不然是故梵天當作斯說設無所造無有果報無有行貌無行貌性乃名曰道猶如道者獲者亦如受決亦如不以行貌而授決也又問族姓子不行六度無極然後受決乎答曰如是梵天行六度無極然後受決又復聖賢捨一切塵是則名曰施度無

極設無所行無所造者是則名曰戒度無極靡所不堪是則名曰忍度無極假使憺怕是則名曰進度無極隨如應住是則名曰寂度無極而悉曉了是則名曰智度無極設令梵天若有菩薩而奉行斯六度無極寧有行乎答曰無有行也所以者何如應行者設有行者有所行者則無所行無所行者斯乃為行答曰是故梵天當建斯說無所行者則為道行又如梵言爾已受決至于道乎設使法性已無本者斯無本者所見授決吾之受決亦復如此答曰族姓子其無本者及與法性悉無授決答曰受決之相亦復如是猶如無本及與法性等無差特於是持心梵天白世尊曰其菩薩者為何所行而得受決至於無上正真道乎佛告梵天假使菩薩所行不起於行亦無所滅不行於善亦無有惡不隨世行亦不度世無有罪行亦無有福不犯於行亦無不犯無有漏行亦無不漏無有造行亦無不造不為有行亦不離有不專修行不離專修無斷除行亦無不除無生死行亦無滅度無有見行亦無所聞無意念行亦無所知而不行施亦無慳貪不奉禁行亦無所犯而無忍行亦無不忍無精進行亦無懈怠不行禪定無所專一不行智慧亦無不智亦無達行亦無所入佛告梵天假使菩薩所行若茲如來則為授斯決矣當成無上正真之道所以者何設使梵天應如行者有所行者志有所造若行於道而起想行若無所想而行於道有所造行若無造行行於道者有所放逸無所放逸有所戲樂無所戲樂斯為道者則非

道行以是之故梵天當知莫作斯觀皆度一切諸所造行則爲菩薩乃得受決又復問曰唯然世尊所謂授決而得決者爲何謂耶世尊答曰一切諸法除諸有二則名受決於一切法而不造二則名受決於諸所起而等衆色則名受決其身口意所爲憺怕則名受決佛告梵天吾自憶念往古世時爾時有劫劫名善見而於彼劫供養七十二姟諸如來等斯諸如來不見授決復次有劫劫名善化于彼劫中加復供養三十二億諸如來等不見授決復次有劫劫名梵歎吾於彼劫而復供侍萬八千佛不見授決復次有劫劫名欣樂吾於彼劫加復供養三百二十萬諸如來衆彼如來等不見授決過是然後復次有劫劫名大演而於彼劫亦復興出八百四十萬諸如來衆吾悉供養斯諸如來以若干種隨其所安而奉進之又彼諸佛不見授決佛告梵天今吾一劫若復過劫說諸如來所有名號昔所供養諸佛之數又復在彼淨修梵行一切布施所有供具靡不獻進遵一切戒而悉具足奉忍辱慈離於結恨殺勤精進一切所聞皆包攬持一心定意所行寂寞坐而專思亦有講問音聲智慧斯諸如來不見授決所以者何用所造行而有倚故梵天欲知當造斯觀皆當超度一切諸行斯乃名曰菩薩受決然後值見錠光如來爾乃獲致不起法忍錠光正覺見授決言汝於來世當得作佛號能仁如來至真等正覺明行成爲善逝世間解無上士道法御天人師爲佛衆祐當彼世時乃超衆行具足六度無極所以者何皆悉

棄捨一切想故無有衆想是則名曰施度無極蠲除一切所在緣使名曰戒度無極忍於諸界名曰忍度無極於一切行皆悉寂然名曰進度無極於一切念而無習行名曰寂度無極了本清淨不起法忍是名曰智度無極見錠光如來尋則具足六度無極吾初發意來一切放捨所可施與百倍千倍萬倍億倍巨億萬倍喻五蓮華供養之德不可相比無以爲喻從初發意布施知足奉禁慎戒忍辱仁和究竟受恥堪任於法精進殷勤遵修不倦禪定寂寞常無有著從初發意觀察智慧常不放逸計斯智慧諸度無極百倍千倍萬倍億倍巨億萬倍不可相比無以爲喻是故梵天當造斯觀在彼世時尋即具足六度無極又問世尊云何具足六度無極大聖告曰不念於施不著於戒不想忍辱不專精進禪無所住智慧無二是爲具足六度無極又問假使具足六度無極何所具足答曰設使具足六度無極便即具足於諸通慧又問世尊設具六度云何即便具足諸通慧乎答曰梵天若等布施則等諸通慧如等戒者則等通慧設等忍者則等通慧如等精進則等通慧如等禪者則等通慧等智慧者則等通慧已能等此則等諸法便能平等於諸通慧復次梵天念具足施則具通慧念戒念忍念進念寂念慧悉具足者則具諸通慧矣離諸通慧念斯名具足六度無極備諸通慧也如是梵天已能具足六度無極則便具足諸通之慧又問云何具諸通慧大聖告曰眼不受色耳不受聲鼻不受香口不受味身不受細滑意

不受法其無有內亦無有外而不所由亦無所受亦不自念具足周徧諸通之慧已具足此名曰諸通慧也眼不著色耳聲鼻香舌味身更意法而無所著以故如來慧無罣礙所見無限達諸通慧者則復不受諸通慧也所以者何若欲成就諸通慧器則不成器而無有器已無有器則曰曝露已能平等曝露行者爲諸通慧斯無所受猶如梵天一切所爲悉依倚空空無所倚一切悉達無所不知而志求倚諸通之慧如諸通慧無所倚求又問世尊諸通慧者爲何謂耶何因名曰諸通慧乎世尊答曰諸通慧者假託名耳悉無所著普了衆行無有聲聞緣覺之事名諸通慧探一切念而療治之名諸通慧而皆分別諸所至趣名諸通慧智不可限曉衆生行名諸通慧分識一切隨時而學順有所學不復學緣覺之慧無所不達應時現教名諸通慧等療隨行順不失時名諸通慧曉知諸藥所可療者名諸通慧滅除衆病名諸通慧拔諸罣礙倚著根源名諸通慧常三昧定名諸通慧了一切法無有疑網名諸通慧究竟普達靡所不知開暢世間度世之慧名諸通慧綜練分別所說周備一切敏達梵天是故名諸通慧於是持心白世尊曰至未曾有天中之天諸佛世尊而無有心因慧名心心本清淨如來至真究竟曉了衆生心行唯然大聖若有族姓子族姓女聞諸通慧其誰不發無上正真道乎乃致斯類無量之德興發殊特於是明網菩薩白世尊曰假使菩薩希望名德而志道者則爲不慕佛道不立大乘所以者何一

切諸法則無名德無有黈黨天中天斯非菩薩之名德也天中天無有緣應爾乃名曰建志佛道因於大哀欲滅衆生苦患惱故忍於已勞不以猒倦不畏終始以無量故不斷佛教故護正法故敬聖衆故又以善法除惡法故諸見脫門以解度故療除諸病令滅盡故救濟一切生善處故將順拯拔所愛憎故於世間法無所著故驅逐生死令得出故處於無爲務安隱故唯天中天又諸菩薩不當疑望不爲衆生有所造作而有希望亦無所疑天中天菩薩大士不以苦樂而患猒也天中天何謂菩薩種姓清淨世尊答曰菩薩不以族姓轉輪聖王不以帝釋梵天有所生處種姓清淨菩薩所立能具德本興發他人衆善之源是爲菩薩種姓清淨又在畜生所生之處則離諸見慈悲喜護等與法樂除意瑕穢是則菩薩種姓清淨施爲種姓無所恪故戒爲種姓無熱惱故忍爲種姓離瞋恚故進爲種姓無懈怠故禪爲種姓一心定故慧爲種姓無闇蔽故斯爲菩薩棄諸瑕穢不捨道心則爲菩薩之種姓也不樂聲聞緣覺乘故

談論品第七

於是持心梵天白世尊曰溥首童真在斯衆會默然而坐無所言講亦不談論佛告溥首有豈能樂任說斯法乎有所及處屈意分別溥首白佛世尊所因法義致正覺者又計彼法有言教乎告曰溥首法無言教又問其法寧有言辭有所思念講論說乎告曰法無言辭無所思念亦無論說又問假使諸法無言無念亦無講說則不可講持心梵天謂溥首

曰仁豈不爲他人衆生講説法乎答曰梵天可講法性分别二耶報曰不然又問其法性者不可銜之一切法乎答曰如是報曰若兹梵天法性無二然而法性銜一切法何因當爲他人衆生講説法乎又問溥首其有説法計吾我者豈不謂爲二事者乎答曰假使梵天有所獲致而有所説有聽者乎又問如來豈不講説法乎答曰梵天如來所説則無有二所以者何如來無二不造二事又問假使諸法無有二者誰造爲二答曰衆生倚名而受吾我愚騃凡夫使造二事其二事者終不爲二何況無數以不造二其真際者則無有二不造二事又問其無二者寧可知乎答曰梵天假使可知則爲二事其可知者識無有二法知教者也如來雖説有至誠法如如來者則無所説所以者何又其法者無有文字又問如來説法何所歸趣答曰梵天趣無所趣則爲如來之所説法又問如來説法豈不歸趣於泥洹乎答曰梵天其泥洹者寧有歸趣而反還耶又問其泥洹者無有歸趣亦無還反答曰如是如如來説法趣無所趣又問聽者云何答曰心等之故又問云何心等答曰如無言教亦無有所聞又問如來説法聽者何謂答曰假使於法性無所聞者又問當何因由曉了法乎答曰能分别者則不諍訟又問云何比丘喜諍訟乎答曰斯者如應此不如應是爲諍訟斯有因緣此無因緣是爲諍訟斯爲欲塵此爲結恨是爲諍訟斯爲善事此不善事是爲諍訟斯爲奉戒此爲犯禁是爲諍訟斯當奉行此宜捨離是爲諍訟斯

有所獲此爲時節是爲諍訟又謂梵天有名無名與於有數合會之事是皆名曰爲諍訟事如來說法無有諍訟無有漏失無有異行無衆訟理則爲沙門沙門無欲平等色像又問何謂比丘奉如來教如佛所言答曰假使梵天遭諸驅逐而見教戒不以爲恚順如所教而不放逸不在二慧則順言教設貪衆求入不以惑則順言教不諍所志則順言教若護法者則順言教不亂正辭則順言教又問何謂比丘護正法乎答曰假使普持而不亂者則護正法不違法性則護正法又問何謂比丘親近如來順教行諦答曰設使比丘而於諸法不遠不近亦無所見是比丘者則親如來奉順教也爲次第行又問云何比丘奉事如來而侍從乎答曰梵天設使比丘身無所造亦無所行無言無意則奉如來爲侍從也又問何謂供養如來答曰其不衣食恭敬承順者也又問誰爲見如來耶答曰其無肉眼亦無天眼亦無慧眼無所倚者也又問誰見法乎答曰其不滅盡緣起者也又問誰爲覩見緣起者乎答曰其有平等不見起者也若使平等不復起者則無所生又問誰爲逮神通者答曰其不起漏亦無所滅者又問誰爲學如來所學答曰其無所造若無所起無所捨者又問何謂獲致平等答曰於諸三界皆無所逮也又問何謂善開化乎答曰於諸法所有無所著也又問何謂爲安乎答曰無吾我者也又問何爲脫乎答曰不爲諸縛之所繫綴者也又問誰爲滅度耶答曰不處生死不滅度者也又問漏盡比丘爲何所盡答

曰梵天於諸所盡而無所盡則除盡漏其諸漏者則無有本了知無本此名漏盡又問何謂誠諦蠲諸言辭答曰其能分別解諸難者又問誰為成道答曰愚戇凡夫乃成為道亦不懐來於賢聖事無所歸趣曉了一切終始者也又問其誠諦者當以何見答曰其誠諦者則無有見所以者何其習所見則為虛妄無所觀者為誠諦見又問何所觀者為誠諦見答曰於一切見而無所覩則為諦見又問其誠諦者當於何求答曰當於四顛倒中求又問何故說斯為何謂耶答曰四顛倒者推其本末彼不求存亦無有安亦無吾我無有洙淨及與實事其無常者非常亦然其無安者非安亦然其無身者非身亦然其無空者非空亦然又若梵天於一切法無所樂者為求聖諦其求真諦則不知苦便不斷集不造盡證不念由道又問當以何便念由道乎答曰無念造行無不造行除於二事於道無道而求道者於一切法而不可得斯乃名曰為由道耳若於由道無所起者無所不起亦無所斷無所不斷無有生死亦無滅度所以者何亦無有起無有不起則為名曰賢聖之道爾時梵志大姓之子名曰普行問溥首曰何謂清信士而歸命佛歸命法歸命衆答曰設族姓子不與二見斯清信士則歸命佛應歸命法及與聖衆不自見身不覩他人亦不見佛不自覩已亦不見法則不覩已不見聖衆則不覩已不與諸見則清信士為歸命佛及法聖衆設清信士不入志慕如來之色亦不志于痛想行識亦無造行亦無所知志趣如

來是則名曰歸命於佛而於諸法無所想念而於諸法無所同像亦無比類是則名曰爲歸命法於諸有形而無所倚亦不志樂於有形者亦不志樂於無形者是則名曰歸命聖衆若清信士不得於佛亦不得法及與聖衆則爲歸命佛法聖衆普行菩薩而又問曰假使菩薩志求佛道爲奚所祈答曰則爲祈空所以者何道等如空又問云何菩薩謂求道者答曰設使菩薩於一切求而無所求了知諸法已知諸法則了衆生是爲菩薩志祈佛道於是普行菩薩白世尊曰唯然大聖何故菩薩名爲菩薩佛告族姓子假使菩薩覩邪見類興發愍哀而爲分別正見之事誘進衆生使入正道是故菩薩爲菩薩也所以者何其菩薩者亦無有御亦無不御爲衆生故而

心發願爲若干種墮於邪見衆生之故而逮志願故族姓子菩薩爲墮邪見衆生而發愍哀建立道志故爲菩薩也於是道意菩薩白世尊曰我各志樂所名菩薩佛告若欲樂者可說之耳道意白佛譬如世間男子女人晝夜精進奉八關齋無所毀失亦不缺戒如是大聖行菩薩者從初發意未成正覺常八關齋是故名曰爲菩薩也堅意菩薩曰假使菩薩堅固之性行慈具足是故名爲菩薩也度人菩薩曰譬若如船又如橋梁若有人來悉過度之不以勤勞亦無想念其能有喻心如是行者是故名曰爲菩薩也棄惡菩薩曰假使菩薩適能等立於佛土者則能蠲除一切衆惡斯則名曰爲菩薩也光世音菩薩曰假使衆生適見菩薩則得歸趣志于佛道但察

名號則得解脫斯則名曰爲菩薩也得大勢菩薩曰舉脚經行三千大千佛之世界一切魔宫悉爲之動是則名曰爲菩薩也患猒菩薩曰假使江河沙劫彼於晝夜殷勤精進若十五日旦夕造行若於一月若十二月若於十年設若千年億百千歲乃有佛興若復施與江河沙劫等諸如來淨修梵行然後受決則爲衆生而發大哀建立於道亦不想念無有放逸亦無所疑心不懈猒斯則名曰爲菩薩也導師菩薩曰假使衆生墮邪道者爲發大哀立之正道不以戲逸有所希望斯則名曰爲菩薩也大山菩薩曰其於諸法等如大山而無想念斯則名曰爲菩薩也鈎鎖菩薩曰其有所見亦不覩除一切塵勞斯則名曰爲菩薩也勇心菩薩曰假使以心念一切法而發忍辱無所增減斯則名曰爲菩薩也欲師子變菩薩曰其無恐懼而無畏者於深妙法降化諸外異學斯則名曰爲菩薩也無念菩薩曰假使以心入於心者而無有念亦無不念斯則名曰爲菩薩也善潤天子曰假使生於諸天宫殿而無染汙亦不歸於離欲之法斯則名曰爲菩薩也誠言菩薩曰假使轉行於至誠者其言所入如審諦者亦無不諦斯則名曰爲菩薩也愛敬菩薩曰見一切色悉如佛像斯則名曰爲菩薩也常慘菩薩曰見于衆生没於終始一切諸樂而不與樂我當度脱於衆生類斯則名曰爲菩薩也莫能當菩薩曰唯然世尊不爲欲魔之所危陷斯則名曰爲菩薩也常笑喜根菩薩曰踊躍無量諸根欣悦具足已願所作巳辦斯則名曰

爲菩薩也壞諸疑網菩薩曰其不離意亦無狐疑於一切法斯則名曰爲菩薩也師子童女曰其無女法無男子法而能示現若干種形開化衆生斯則名曰爲菩薩也寶女曰不以珍寶而有所樂唯樂三寶佛法聖衆斯則名曰爲菩薩也離憂施清信士曰設無顛倒亦無迷惑菩薩於道求一切法而無所得亦無所起亦無所滅斯則名曰爲菩薩也賢護長者曰設使菩薩假以名號導御衆生至於佛道斯則名曰爲菩薩也寶月童女曰假使常導童真梵行所施平等無所想念而不習欲何況志求於則富乎斯則名曰爲菩薩也香華菩薩曰如忉利天子而以戒香熏塗已形爲菩薩者無異香流唯以戒禁之法香也斯則名曰爲菩薩也造樂菩薩曰其不志樂於異法者唯志三法奉侍於佛講說經法教化衆生斯則名曰爲菩薩也持心梵天曰假使菩薩不志於法亦不慕於諸佛訓典欽尚光明而入趣者斯則名曰爲菩薩也慈氏菩薩曰假使菩薩覩見衆生行慈三昧得濟衆生斯則名曰爲菩薩也溥首童真曰假使菩薩說一切法亦無所說復無法想亦不興發諸法之念斯則名曰爲菩薩也明網菩薩曰假使菩薩所有光明滅諸欲塵斯則名曰爲菩薩也普華菩薩曰在於十方諸佛國土見諸如來猶如衆華斯則名曰爲菩薩也如是諸菩薩各各辯現陳唱本志於是世尊告普行菩薩假使菩薩爲諸衆生忍衆惱患則不忘失一切德本而不棄捨衆生之類斯則名曰爲菩薩也

持心梵天所問經卷第二

音釋

姟古哀切十溝曰姟 跛布火切足偏廢也 蹇紀偃切跛也 尫烏光切廢疾也 羸力追切瘦也 疵瑕疵疾移切黑纇也瑕胡加切玷也 㯓吐盍切與榻同

持心梵天所問經卷第三

西晉三藏法師竺法護譯

論寂品第八

爾時持心梵天謂普行菩薩曰族姓子仁若以何行爲行答曰其所行者一切有爲悉無所有而隨衆生所著行者又問一切衆生所有爲著行者何謂爲衆生行答曰從諸如來之所行也又問計諸如來爲何所行而以爲行答曰一切永空而以爲行又問一切愚蠢凡夫諸所行者又諸如來之所行者亦如是乎設如斯者何謂如來之境界耶答曰仁欲使空有別異乎報曰不也答曰云何世尊不云諸法空乎報曰如是答曰以是之故一切諸法無有差別又此所行而無有相梵天當知如來不處諸法爲若干也於是持心梵天問溥首曰所謂行者所行爲何答曰行四梵行乃名爲行又復梵天其四梵行而爲行者不爲遊室所在造行常修四梵具足諸行乃爲遊室假使梵天行在閑居若處曠野而常具足於四梵行此乃名曰行遊于室設令復處講堂棚閣紫金牀座敷具重氎而不遵修於四梵行此則不曰遊于室也用不曉了行之所致又問以何等行爲慧見行答曰假使行者空不見身也又問其不見我爲覩慧乎答曰如是梵天其不見我則覩慧矣猶如梵天有聰明王若聖達帝其臣吏者則有智慧而爲帝王之所敬重如是如是其不見我乃覩淨慧又問誰不見我答曰無吾我法斯等之儔則爲具足所有身也如是一類名曰見我又問如今所說吾觀其義不見我者則爲

見佛所以者何吾我自然佛亦自然溥首如來所見何等答曰離吾我見所以者何其不見我則爲見法其見法者即爲見佛又問溥首無我因緣若成就者則致平等答曰梵天假使成就諸有形事寧可謂之致平等乎又問云何溥首爲何所獲得致平等而成就耶答曰無所蠲除亦不造證其奉此者獲致平等又問慧眼何覩乎答曰梵天其慧眼者不有所見其慧眼者不見有爲及與無爲所以者何想念有爲其無想念則爲慧眼光曜達者則已超度所有眼跡以是之故爲無所見又問溥首因緣吾我成就乎等比丘由是不獲果耶答曰梵天寧可使令無平等者得果證乎不爲等療正使遵修不得果證離於想念乃覩獲矣設處憍慢非平等療若有憍慢若不憍慢不得約時又問溥首以何等法而爲約時而云約時答曰其法不生亦不令生亦無當生是則諸法之約時也吾說約時則謂此矣又問溥首如是生者爲何約時答曰如是約時其不生者是謂爲生超度一切諸行所見斯則名曰爲平等也又問其平等者爲何謂乎答曰平等吾我及與滅度而不爲二是則名曰爲平等也其平等者無所倚據是謂平等所演平均是謂平等利與不利義與不義是謂平等蠲除一切所可思念是謂平等於時世尊讚溥首曰善哉善哉快說斯言實如所云說是語時七千比丘漏盡意解二萬二千天子遠塵離垢得法眼淨一萬比丘離於愛欲二百天人發無上正真道意五百菩薩得不起法忍於是持心梵天白世尊

曰溥首童真爲作佛事溥首尋時答梵天曰佛無興出何所爲法若不作法有所處乎又問溥首世尊不爲化無量人至滅度耶仁者不爲不可稱計衆生之類造利義乎答曰梵天無有人類反欲令有乎報曰不也答曰梵天卿反欲令人物之品成就人乎報曰不也答曰梵天卿復欲令如來無礙若無所有令興發乎報曰不也答曰何所人類如來所濟令得滅度報曰溥首其法不生向者所說如茲計之無有生死亦無滅度亦無所獲答曰如是梵天如來至真不得生死亦不滅度又復梵天世尊所化解脱聲聞計於彼等亦無生死亦無滅度則爲滅度所謂梵天爲滅度者方俗言耳假託名號所謂生死亦習俗言而無終始周旋者也亦無滅度報曰溥首誰當肯信此言者乎答曰其於諸法無所著也又問溥首其有所倚爲何著乎答曰梵天其有所倚爲著虚妄假使梵天彼誠諦者則無其慢於此亦不有所樂也何況當復倚著空乎是故見誠諦者則無所著已無所著則無生死已無生死不離生死已不離生死斯乃名曰爲滅度矣又問溥首其滅度者爲何志求於滅度乎答曰梵天其滅度者名轉相因爲諸識行其慧之行諸行憺怕不有所由則無所處其無所處斯乃名曰爲滅度矣無處行者則曰永滅斯爲道約時也無有生者是乃名曰爲四諦矣於是普行菩薩問溥首曰今所説者悉誠諦言也答曰族姓子一切所言皆爲誠諦又問溥首其妄言者虚妄響像亦誠諦乎答曰實爲誠諦所以者何其所言

者言無處所而於所立已得自在名曰誠諦斯一切言悉爲誠諦其諸天人如來至眞亦説言教計斯諸言亦無若干亦無有異所以者何一切所説皆如來辭一切如來亦無所行亦無進退其有言辭若復演教皆亦如是言教爲教以是之故一切所言平等文字巳等文字則能一等於文字矣以能等一切文字者則得自在便能平等一切言辭普行平等又問溥首如來至眞豈不分別賢聖言辭無賢聖辭答曰仁者欲令諸賢聖衆爲文字教乎又復欲令無有文字賢聖教乎報曰如是溥首答曰其賢聖文字無賢聖文字有想念乎報曰不也答曰是故文字無有想念假使棄捨一切想念斯曰賢聖無有言辭其賢聖者不以文字有所説也無有人想亦無法

想猶如妓樂及與大鼓節奏鼓之因緣有聲亦無想念聖賢亦然現有所説而有言辭亦無所著又問溥首如來言曰設聚會者當興二事若講論法若如聖賢而默寂然於彼溥首何謂論法何謂聖寂答曰設不諍於佛不反經法不亂聖衆斯乃名曰爲講法矣若恩法者其志佛者離於色欲所謂法者無爲無形所謂聖衆賢聖寂然也復次族姓子其四意止遵修精勤分別解者斯爲論法心無所念於一切法斯則名曰賢聖寂然族姓子其有精勤分別解説於四意斷斯謂論法所論於法於平等者不爲平等亦不造取斯則名曰聖寂若有遵修講四神足斯爲論法設復無身無言無心斯則名曰聖寂遵修解説五根五力則爲論法又若無聲不信於法則無

聖賢擇取諸法專精一意而自建立等成本淨脫於諸法而悉信之一切所說而悉決了行于智慧是則名曰賢聖解脫導賢聖說於七覺意則謂論法等察於色欲不舉不下得此行者則名聖寂導修精勤解八聖道是則名曰爲論法矣已見種姓之所生處譬如桴筏不著於法不著非法斯則名曰聖寂族姓子知其有解了三十七品法之所歸斯則名曰爲講論法假使於此以法證身則不離身覩於法者則不離法其有見者如無本見若不見二則不覩二如其所見現在智慧之所見者則不有見其不見者乃名聖寂又族姓子其分別說不我同像不他同像不法同像斯則論法論不得法則離於一切文字之教音聲言說棄除憍慢興發憺怕其心寂然究竟於行斯則名曰賢聖寂然又族姓子若他衆生及餘異人各各覩見斯諸人根爲分別說假使定意若心亂者斯諸賢聖爲寂然也有所建立而無憒亂於是普行菩薩問溥首曰如今仁者有所論說吾觀義歸一切聲聞及與緣覺無有法說無賢聖寂所以者何不能曉了衆生根本不究平等又復溥首誰當說彼有平等意誰爲順法住賢聖寂耶當謂如來爲平等也諸佛世尊乃能曉了衆生根本而常專定於時世尊告溥首曰實如普行族姓子之所說也諸佛世尊乃能了耳於是賢者須菩提白世尊曰我親面從世尊啓受告諸比丘若聚會坐當興二事一講論經典二導賢聖寂設聲聞衆不奉行者何因如來爲諸聲聞說斯法言當分別說講論經典若

不爾者賢聖寂然世尊告曰於須菩提意云何諸聲聞衆以無所聞能有講論聖賢寂然而爲行乎答曰不也天中天故須菩提當造斯觀一切聲聞及與緣覺無有法說聖賢寂然於是溥首謂賢者須菩提者舊豈知如來所見衆生本根於此所造八萬四千行分別說者寧諷誦乎耆年於彼以何智慧而觀解脫答曰不及報曰卿便定意有三昧名觀衆生心住此定者便能觀察見衆生心已心他心而不罣礙答曰不及溥首又曰唯須菩提如來有言八萬四千行因其所行而分別說了於醫藥三昧正受而不動揺普知一切衆生之心是故須菩提當造斯觀此非聲聞緣覺地之所能及唯須菩提有婬行人緣以空事而得解脫如來悉知若不因空或復有人而懷怒行覩見瑕疵因其瞋恚而得解脫不以慈心如來悉知或復有人而懷癡行因以講說而得解脫不以說法如來悉知或復有人懷等分行不緣空行亦不以觀而得解脫不以慈心亦不瞋恨而得度世不以勸讃不以說法而得解脫又復如來因隨說法應其行根緣厥形類而得解脫如來悉知是故須菩提當造斯觀如來禪定講說尊法名賢聖寂於時須菩提謂溥首曰緣覺以是不任講法無賢聖寂唯有菩薩具足斯法乃能講說及賢聖寂答曰如來明其所知靡不通達世尊告須菩提有三昧名入一切意整其亂心菩薩以此三昧正受定行普具衆德等備諸行於是溥首問普行菩薩曰族姓子說八萬四千行八萬四千諸品藏者是則名曰講說

經法曉一切想至滅寂定斯乃名曰賢聖寂然又族姓子佛以一劫復過一劫分別決此所說法義斯乃名曰賢聖寂然彼時世尊告普行曰族姓子乃去往昔過無數劫不可計會無有限量不可思議爾時有佛名曰普光如來至真興出于世劫曰名聞世界名愛見普光如來愛見世界豐熟安隱米穀平賤無患快樂天人繁熾其佛世界以一切寶合成爲地以衆香樹而熏香柔軟細好譬如妙衣等以衆寶蓮華莊嚴愛見世界有四百億四域天下一一四域三百三十六萬里一一城郭縱廣四十萬里皆以珍寶自然莊嚴一一大城有二十郡而爲部黨及諸縣邑一一大城所有國主典領無量百千居民又彼人民敢自所覩但見好喜可意所敬一切衆民悉得念佛三昧之定以故彼佛世界名愛見設諸菩薩詣異佛國則不以樂於他世界若普光如來說三乘教爲諸聲聞講說經法廣復加意而解釋義則與二乘宣暢說法聖憺怕行東方世界有二菩薩止在醫王如來佛土一名欲盡二名持意詣普光如來所稽首于地右遶三帀叉手而住彼佛世界名清淨普說三昧以一事故界名清淨假使菩薩逮得斯定則捨一切衆想塵勞便得佛法光明何故世界名曰清淨過去諸法皆悉清淨當來諸法亦悉清淨現在諸法亦皆清淨此名二清淨所以名清淨者謂真清淨真清淨者亦無所生亦無清淨其清淨者本源清淨故名本清淨其本清淨則一切清淨法何所法者而本清淨空則本淨便皆遠離一切諸法悉

爲虛妄無想本淨又一切法則以蠲除諸所思想邪念之事悉爲消滅其無願者則爲本淨一切諸法爲不應行爲無所願堪任究竟以離自然能爲本淨斯則名曰本淨明顯本淨光曜如生死淨泥洹本淨亦復如是如泥洹淨一切諸法本淨亦然斯則名曰爲本淨也心之顯明猶族姓子虛空無處無所志願設性能一療治塵勞心之本淨無有處所無所志求則能蠲去塵勞之欲斯族姓子心本清淨心爲顯明猶如虛空雲霧烟塵不害虛空亦無所壞亦無所汚虛空本淨無能汚者而無塵勞是究竟說永無所汚故曰虛空假使思惟順如應者凡夫愚贛言發塵勞心之本淨無能汚處以無能汚是故名曰本末清淨設不染汚故曰本淨是故解脫爲解說也

斯族姓子清淨世界而普等入彼時世尊爲諸菩薩而分別說聞斯三昧心則趣法光明之曜於時盡意菩薩白普光如來我身曾聞天中天又斯普入當何方便而修行乎普光佛告盡意菩薩諸賢至此爲族姓子當行二行何謂爲二分別說法賢聖寂然憺怕之行又族姓子彼之菩薩因從世尊聞稽首佛足右遶三帀即時而退尋便至於別異遊觀於化棚閣因而導行時有梵天名曰善光與七萬二千諸天梵俱往詣菩薩稽首足下適見此已即問菩薩時族姓子輙有所說普光如來而聚會耶諸比丘坐亦說經言當行二事分別說法賢聖寂然而無所念彼族姓子何謂說法賢聖寂然時彼菩薩謂善光梵天梵天且聽粗答所問如來目覩分別說耳度於

無極是族姓子于彼菩薩衆以此二句而爲衆會廣説其義時七萬二千梵天咸發無上正真之道得不起法忍善光菩薩得普明三昧是族姓子諸菩薩不可制止無礙辯才發興難問雖講説法賢聖寂然而開演説於七萬六千歲宣布二句而發遣之不得一句之邊涯況復二句於時如來住在虚空而發斯言止族姓子勿得言説興於諍訟聞其譬喻諸所言説如呼聲響所因得脱便而順從因響亦入其辯才者有所分別無盡之行不可究竟吾發意頃於一劫中若復過劫答是問義歎彼賢辯才不可究竟不得邊涯卿賢者等不能窮盡辯才之慧又而復次寂靜佛言寂然憺怕無有文字義宜之事又不以利養如供養利是爲義宜有所救濟心念識之從如來聞有所解説則時默然故族姓子菩薩一念之頃能歎誦説百千劫數所演辯才行此然後當造斯念而有菩薩名曰巍巍救護盡意在於人間而説此語普行梵天及二菩薩所入之地省察往昔豈異人乎勿造斯觀所以者何爾時盡意菩薩者今溥首是持意菩薩今普行是善光梵天今持心梵天是也

力行品第九

於是普行菩薩白佛大聖曰至未曾有天中之天諸如來尊道德高妙乃能如是獲大利義因從精進而常勤力其懈怠者雖百千佛無奈之何唯然世尊其爲道者當專精勤溥首童真問普行曰仁族姓子豈能别知何所導修名於菩薩爲精勤乎答曰假使菩薩導修行者而有時節無所思念不捨精勤又問

何謂精勤而有時節亦無所念答曰假使行者不想諸法則而時節爲無所念又問何謂如時而無所念答曰設於諸法悉能奉行覩見平等則爲時節亦無所念又問豈可能令見等行乎答曰不也設見平等者則便墮於六十二見不爲平等持心梵天問溥首曰其平等者不見諸法乃名平等溥首答曰何故梵天而不見乎報曰除於二事故不有見無所見者乃爲等見又問豈在梵宫爲等見乎報曰何等爲見答曰其所見者如色無本不造差別如有所見痛想行識而無有本等不差别設使溥首覩於五陰而無本者則爲示現於世間矣爲平等見也又問在於梵宫行何所行答曰盡於諸相則爲是行是爲溥首世俗所行又問設使諸相滅世心相者云何

盡於心相行乎答曰溥首世間之相不爲盡世又問何謂分别爲諸相行爲世間行答曰其都盡者則無所盡其有盡者而不可盡又問梵天如來至真豈不有云其盡法者謂有爲事答曰其盡法者未曾復盡如來説曰其盡法者謂有爲事又問梵天何謂名曰爲有爲事答曰其盡法者名曰有爲又問梵天有爲之事爲何所立乎答曰住於無爲自然之處則爲有爲又問有爲無爲斯諸法者有何差别答曰有爲無爲諸法之者以方俗事言有差别方俗説斯是爲有爲此爲無爲其有爲法及無爲法則無殊别法無有異又問梵天所言法者爲何謂乎答曰所云法者無有差别是謂爲法又問何謂爲言答曰有所囑累有所講説是謂言説所以者何一切言説

平等相像如來分别爲平等也有所說者不爲差别是故名曰爲言說也又復溥首一切所言爲無所言斯則名曰無所逮得爲佛所言平等覺者不有所獲無所言行又問何謂平等覺佛所念行答曰不行於色不行諸相不行於法又問難獲之相而爲說法爲念行乎答曰不也其有相者法則無本無有真實而不差别此爲如來之所念行其所行者如無所行亦無有本亦無所說亦無所失又問梵天云何如來成平等覺答曰溥首如來曉了一切諸法悉爲本淨自然無本逮平等覺以故因號平等正覺

志大乘品第十

於是普行菩薩白世尊曰何謂大聖名於菩薩志于大乘當以何觀世尊以頌答普行曰

若志求佛道　未曾壞於色　如色道亦然
斯爲意慕道　色與道無異　行者亦如兹
所願無所壞　則道第一慧　無壞義道義
道者無我義　其修第一義　乃爲志求道
於陰求佛道　衆種及諸入　曉是爲等覺
與道無差别　如使不受法　無上下中間
亦無所棄捐　乃爲志求道　若法若非法
不想此二事　以不獲兩緣　乃爲志求道
有爲則二事　無爲則無二　棄捐分别事
乃爲修道行　而超度凡夫　住立於寂然
不得賢聖果　世衆祐無著　觀於世間法
處俗如蓮華　導修尊妙行　乃爲志求道
於世所在遊　于彼而造行　俗人所縛著
明哲則解脱　不畏於生死　菩薩志性强
無怯而堅固　修行於佛道　設使曉了者

分別於法性　於法與非法　一切無所想
不擇離諸法　專修于佛道　未曾有墮落
彼道無有相　諸法無有相　譬之如虛空
無相不無相　明者不念斯　於行勇方便
善權度無極　則令他衆生　具足所志樂
常總持正法　住立於平等　是則爲正法
在典無衆念　諸佛雖興出　則爲無所起
常住於正法　斯能奉經典　一切法現在
如法及非法　所說亦如斯　則住於無本
遵修微妙道　而不了魔事　於諸法亦然
則不受道教　志願於佛道　不以建行慢
則無有慧教　所說無所獲　諸佛慧無量
於法不著法　于彼無所倚　斯道度彼岸
布施志於道　心樂于施捨　降伏一切有
不著施佛道　法不可得勝　亦不可奉受
諸法亦如是　不得心形像　致究竟解脫
曉了一切法　彼修愍哀句　則無有諸見
彼等計吾我　則無有二事　不處於貢高
不慕諸所有　一切行布施　勸助於佛道
布施及道德　不處計有二　禁戒無所行
常立於正道　亦無有想念　言吾立禁戒
無爲無所生　聖達了禁戒　以故戒清淨
鮮潔如虛空　身如鏡中像　言如呼聲響
了心若如幻　不以戒念慢　斯則導師教
彼樂於寂然　滅除一切惡　憺怕度無極
所謂禁戒者　則無有二事　悉分別法性
此戒則無漏　忍辱度無極　堪忍一切惡
衆生亦復然　平等立衆想　不倚於虛空
諸法無所住　彼無有罵詈　則亦無恭敬
設節節解身　心不懷怒恨　其心無所住

亦不處内外　自觀立四種　如能忍怨讎
終不爲惡行　忍辱猶若地　現在逮致此
乃名曰忍辱　斯一切衆生　而不令瞋恚
勸助樂大乘　勢强無所畏　其心意所行
未曾有所著　因從始源際　生死不可知
則以一人故　誓被大力鎧　其法未曾生
豈能有壞乎　顛倒之處力　不了於本際
諸種立天眼　法性無思議　曉了如是者
不起無所盡　衆生不了斯　諸法與非法
常精勤此義　顛倒於放逸　諸佛不得人
究竟無所有　無行常被鎧　觀精進差特
選擇一切法　如幻若野馬　彼獲無堅要
猶如觀虛空　思想於虛僞　倚著無所益
以故説平等　得至于滅度　以此精進義
導修無所壞　行所行離行　精進最爲上

道行爲寂然　導修于空義　勿信於虛僞
厭意畏生死　勇猛樂閑居　明無常如壙
慧者娛樂禪　神通度無極　如聚閙居然
所住志平等　威儀無想念　在在意常定
本淨等于法　寂然無諸漏　信樂於解脱
於度常等定　斯均等懷來　恒立於平正
不諍亂平等　是故曰平均　不爲心見惑
道心一切普　開化於衆生　是故曰平等
常念於諸佛　如來則法身　於色無所著
是故曰平等　意念行經典　若法與非法
其心靡不念　是故曰平等　心念於聖衆
謂衆則無爲　離於數無數　明達於禪定
普見諸佛土　十方諸衆生　於眼無有色
不想行有二　或聞一切佛　所説諸經法
不以耳音聲　退轉爲二想　一切衆生心

一心悉知之　無人亦無意　則無有衆想
識念億萬姟　猶江河沙劫　亦無有前後
所知爲若兹　遊達億千國　現神足無限
於時明哲者　身口心不亂　能分别經典
辯才而獨步　講説億千劫　法性無所失
智慧度無極　方便了五陰　導修無所戲
爲人説經法　曉了因緣便　棄捐所分别
其以塵勞故　則了諸清淨　因緣得解脱
則無有諸見　如是曉衆事　諸法無形像
自覩見佛身　觀空悉能忍　覩終始滅度
一切無所有　了智慧本淨　於世綱所念
以離杳冥衆　乃爲修道行　斯乘爲大乘
佛慧無思議　撫照於衆生　勸此無上乘
計一切諸道　斯乘爲最尊　如是於彼乘
僉了一切學　假使一切人　靡能限此乘

吾等大乘者　聽省濟羣生　其建志大乘
猶譬如虛空　未曾有貪婬　於衆生無惱
虛空無邊限　無色不可見　大乘亦如兹
無限無有漏　假使一切人　志學於此乘
受使亦如斯　是乘爲殊特　設於百千劫
所導行乘者　歎德不能盡　大乘之功祚
則棄捐無礙　廠達得自在　假使此尊經
有人執斯頌　終不墮惡趣　然後得自由
在天上人間　敬斯經亦然　吾當授其決
悉使得佛道　若聞此經者　最後不恐懼
斯等有正法　則立於雅典　便爲轉法輪
住此經如是　一切思惟之　退轉于生死
則近等正覺　持是經如此　其執持斯經
則巨勇猛力　降伏衆魔兵　大進無極慧
猶如定光佛　授決得法忍　其敬此經者

吾亦當授決　諸佛無由生　救世護吼導
若講斯經者　則爲造佛事
佛説此頌時分別音聲行之所趣十千天子
則發無上正真道意二千菩薩得不起法忍
千比丘漏盡意解三萬二千人遠塵離垢諸
法眼生

行道品第十一

爾時溥首白世尊曰今日吾省大聖所説分
別厥義其有志願求佛道者則爲希慕於邪
見矣所以者何唯然世尊因獲邪見遠佛道
耳欲有所得故發志願則爲方便至于邪見
所以者何天中之天又計其道不住欲界不
住形界不住無形界道無所住以是之故不
當志願譬有男子而取段鐵燒著火中又欲
願火不當手觸所以者何燒人手故火不自
燒取者燒耳其有志願求佛道者則爲求火
而自燒耳唯然世尊道無志求以度二事而
無所趣喻如男子志願虛空吾欲遊步行於
空中其人不能行於虛空溥首又曰無能成
立於虛空者其建道意如虛空者道無所住
則度於二假使菩薩無有二想建立道意設
有菩薩興爲二想志求佛者若念佛道念于
終始設念道者則念邪見假使念道念滅度
者則非菩薩不爲行道於是持心梵天問溥
首曰菩薩何行應道行乎答曰梵天若有菩
薩行一切法而於諸範悉無所行是爲菩薩
欽崇道行超諸行界斯謂梵天爲菩薩者遵
尚道行又問溥首何謂菩薩超諸行界奉修
道行答曰離一切著及諸想行亦復釋置眼
耳鼻口身意如是行者則超行界又問設使

超度爲何謂也答曰平等於乘則爲超度等一切法乃爲道耳持心又問道云何住行者方便答曰如彼道矣又問其道云何答曰梵天又其道者無去來今是故菩薩淨于三場住於佛道設如過去若如當來復如現在意綢所起則無行念如是住者則無所住普住一切若此住者則得達至於諸通慧又問何名爲諸通慧答曰悉達一切不以爲智是故名曰爲諸通慧又問何謂爲慧答曰所以謂慧無差別故無異念故又如衆生所有亦如悉無差特又問何謂衆生答曰其名本淨衆生憺怕以是之故其名本淨衆生如是等無差别假使有念道有差别衆生不同則不順道設道如此衆生亦然以是之故無有差别則不得歸爲差别也又吾我等道亦平等道以平等吾我亦等由斯之故無有殊別所以者何衆生無我亦無有身以故無差如身無異一切諸法亦復如是持心又問如來所說至誠無虛所以分別斯諸法矣答曰如來未曾分別說法所以者何如來不得於諸法也況當分別又問如來豈不現法教乎是則有爲是則無爲斯爲世事斯度世行答曰所趣云何孰爲於此分別身行爲言教乎報曰不也溥首又問所謂身者則便起身而滅盡乎答曰不也報曰如是梵天所可言曰法言教者斯則爲與虛空言教其無言教亦復如是有諸法者所可言教法無所起亦無所滅無所言教爲法言教設使無法亦無言教斯則無言所以者何如諸法教其無言教亦復如是是故名曰無所言教如來所住則無所住

無所住者故曰無本

歎品第十二

於是四天王天帝釋梵忍積天來在衆會中則以天華供養散佛致敬已訖而說斯言若族姓子族姓女假使得聞溥首童真所說經法歡喜信者則便降魔及外異學所以者何則離一切諸見之想設令聞此深妙法說不恐不怖亦不懷懅則爲諸佛之所建立法流布處則爲如來遊其土地聞此法者則當察彼爲轉法輪若於郡國丘聚縣邑州域大邦遊步經行觀此經典所流布者終不爲魔之所得便亦不迷惑亦無所倚於往古世悉造行已若人耳聞斯經名者以比丘句不求滅度不用魔事當受斯經唯然世尊斯經典者若逮法眼吾等悉信不敢違失如來溥首梵天之教設若覩見彼法師者吾等當觀如見世尊當從其人聽受法典侍隨法師此族姓子常爲諸天之所擁護假使有人得是經典書讀誦持無央數千諸天子俱共行聽受會中所說

詠德品第十三

爾時世尊讃大衆會及釋梵曰善哉善哉如汝所云假使三千大千世界滿中七寶持用布施若一得聞此經法者斯之功德出彼福上佛言置是三千大千世界滿中珍寶正使江河沙等滿中七寶持用興福不如再聞是經法者其功德本出於彼上族姓子族姓女設能得聞此經典者若爲利養若爲榮色若爲財業若爲眷屬爲法之主生於天上若在人間求望豐饒若爲邪術異學之法若求音

聲博聞多識又志自在爲堅固慧慕得善友若求神通三達之智欲獲一切善法功德若以覺意安立衆生令無苦患若求無爲族姓子族姓女當聞是經受持諷誦廣爲人說吾未曾見有受是經至心奉行而無獲者今佛殷勤囑累汝等若有從人得聞是經從師和尚而聽受者佛不覩見一切世間及俗供養有能奉敬報其恩者所以者何度世之法不以供養而可畢了其度世法俗間之供不可相比則於世間而無所著世俗之法不可淨畢非榮華法非以世俗希僥供法而可畢了一切報應而有反復斯經典者無有異事反復之報如所云法度於馳騁而無所行斯則爲行其有成就則爲恭敬於法師矣則爲淨畢一切報恩若入郡國縣邑有所服習分衛之具多所福度斯等之類奉如來教遵修如命則得超度踰於衆冥則豎幢幡斯等勇猛而能戰鬬多所降伏則爲師子離諸恐怖則爲龍象自抑制心則爲神仙所言至誠則越一切諸邪異學以爲良醫療一切病爲不畏難說深妙法斯等布施捨一切塵則奉淨戒寂然憺怕度於無極以離吾我及所有身爲大精進至於無爲於無數劫患猒終始樂於禪定具足一心爲大智慧而能分別一切章句曉了示現諸慧之義則爲大德無數百千福不可計相自莊嚴慧不可極便爲覆蓋日月之光爲大勢力於十種力總持力要斯等儔倫則爲大雲闡法雷音澍大法雨則能滅除一切塵勞先獲第一無爲滅度則護生死慰除恐懼則爲錠明照曜衆冥畏忌魔網則

爲救濟今得自在則爲一切衆生之度則處佛樹逮得法眼而以得覩諸法無本曉了空法建立大哀住無極慈則得親近一切衆生背卑劣乘向于大乘燒諸顛倒懷來平等超度名字而舉德號則立道場降伏衆魔於諸魔界而得自在則轉法輪詔諸賢聖佛設一劫復過一劫咨嗟歎此正士之事不能究竟得其邊際功祚巍巍嘉慶如是唯有如來辯才具足能歌歎此奉持法者

持心梵天所問經卷第三

音釋

棚（步萌切閣也）僉（七廉切皆也）澍（之戍切霖霔也）

持心梵天所問經卷第四

西晉三藏法師竺法護譯

等行品第十四

爾時于彼衆會之中有一天子名現不退轉白世尊曰何謂奉法遵經典者世尊告曰天子欲知奉法遵經典者能崇順諸法是則名曰奉遵於法若能崇順一切法者斯則名曰奉修於法所以者何其不崇順於諸法者則不造法亦無不造有所作者爲無所作斯則名曰奉修於法若不遵修諸善德者亦無不善斯則名曰奉修於法亦無有漏亦無不漏亦無有罪亦無不罪亦非世俗亦非度世亦不有形亦不無形亦非生死亦非滅度亦無所行亦無不行斯則名曰奉修於法若能奉行一切諸法斯則名曰奉修於法無有法想而奉行法斯則名曰奉修於法其自說言吾遵行法不爲奉行其奉法者而悉蠲除一切諸法則爲奉法其於所行而無所行奉行於法斯則名曰奉修於法於時現不退轉天子白世尊曰假使大聖而於此中不奉至誠斯等之類不爲遵奉不應順法所以者何奉至誠者無有終没不住生路何所奉行住平等路乃爲行耳唯然大聖奉行平等者則無邪法所以者何一切諸法皆悉平等而無殊特於是持心梵天問現不退轉天子爾爲奉行於此行乎答梵天曰吾當奉行假使世尊說二行者便當奉行於二事矣有所行者若所行已則無所行又復梵天吾以奉行離諸二行猶若諸法奉行諸法亦復如是遵法亦如所修亦如是則名曰奉修法矣又問天子未

曾見斯佛土乎答曰吾未曾見於斯佛土又問豈爲不想斯佛土乎無應不應於所見者而無所見答曰梵天今者吾身亦不有想亦不無想無應不應吾以曾見亦未曾見又問天子天子所見爲云何乎答曰前未曾見諸賢聖士一切凡夫愚戇之類度諸惡趣亦復不度如是梵天其平等者則得度矣名曰正見覩未曾見亦無有名亦無所趣則眼不别識耳鼻口身意意不别識亦復如是其有所見如無本者其如眼者吾我亦然其無本者則無所見斯平等見

授現不退轉天子葪品第十五

爾時天帝釋白世尊曰唯天中天猶摩尼珠所入著處則於其處人目覩見珠之光明如是世尊斯諸正士奉行具足無思議法自在所遊普則悉以法寶光明而自恣照輙便修習顯曜真際堪任自由而演辯才其自恣者則於諸法無所倚著不著彼我自恣辯者則無反耶亦不顛倒常得自在自恣辯者淨於往古不得當來不見現在自恣辯者信諸不信度諸不脱自恣辯者攝諸憍慢開化自大使無異決自恣辯者至令諸魔不得其便有所聽省超度魔事自恣辯者其諸善法未加勸者則令興發善法以生進不違忘塵勞若起便蠲除之塵勞未興令不得生自恣辯者其諸菩薩未被德鎧便得被之其已被者則不退轉自恣辯者不斷正法將護正典以是比例辯才之誼則能降伏一切異學所以者何計於小獸終不能堪師子之吼見於師子不能自進何況入窟遊樹間乎如是世尊一

切異學不能堪任演於無上師子之音於是現不退轉天子問帝釋曰向所云師子吼何謂拘翼師子吼乎答曰天子其於諸法不可倚著亦無言說斯則名曰見師子吼都無所倚言于寂然其有倚著寂然行者師子之吼爲蠱狐鳴見平等處有所說故又復天子爾當復說何謂所說爲師子吼天子答曰拘翼欲知其不倚著於如來者亦無言說何況其餘異因緣耶是故名法爲師子吼奉平等教曰師子吼說講一品曰師子吼聞有所說而不恐畏曰師子吼若說經法不起不滅無有自然曰師子吼處於塵勞而不懷結無有合會亦無解散說如斯法曰師子吼所以言曰師子吼者若能專志不計有人而無吾我一切諸法假習俗言所以言曰師子吼者而以專一顯揚空法所以言曰師子吼者口有所說護于正法所以言曰師子吼者蠲除一切衆生苦患當成佛道宣暢斯教所以言曰師子吼者所念財業清淨之本而知止足讚揚斯教所以言曰師子吼者在於閑居不釋所行布施之本而造元首爲師子吼不捨禁戒爲師子吼等心親友及與怨敵爲師子吼不釋置遠亦無所近爲師子吼除諸塵勞爲師子吼等觀智慧爲師子吼天子說是師子吼時三千大千世界六反震動百千妓樂不鼓自鳴其大光明普照世間及諸天宮百千天人舉聲歎曰吾等爲已於閻浮提再見法輪轉也用此天子師子吼故爾時世尊尋即欣笑佛正覺法假使笑時無數色光從佛口出青黃赤白黑紫紅色照於無量不可計會諸

佛世界靡不周徧上至梵天悉皆覆蔽日月之明繞身三帀還從頂上入霍然不現持心梵天即從座起叉手向佛以偈頌曰

諸通慧殊特　普知一切有　皆悉分別了
三世衆生行　隨其所信意　而以慧解脫
其心有超異　一切悉授決　諸聲聞緣覺
悉非是其地　佛慧爲若茲　無量持無限
曉了衆生心　何因說所趣　度脫于衆生
殊勝難可當　從意之所樂　善句懷除穢
其光明適出　蔽日月釋梵　通照鐵圍山
億姟諸須彌　願說其旨趣　何因而感欣
瞋態已永除　能仁寂憺怕　慈愍普觀察
天上及世間　視佛無猒足　覩體得利安
所因欣笑者　安住說決誼　選擇察諸法
自恣如虛空　若雲霧雹焰　虛若聚沫幻
見所有如夢　若如水中月　善哉演說意
何故而欣笑　除一切想見　能仁超度空
諸通慧消穢　常離諸想著　則無三處願
禪定以平等　所以奮光明　唯垂分別說
無文字言辭　不著於音響　安住爲說經
不慕衆生法　一一了衆會　欲令曉佛慧
知神足根力　最勝善哉說　佛者爲醫王
蠲除一切苦　勇猛御至安　濟愚戇放逸
力勢超鉤鎖　人衆悉歸命　光說人神尊
何因而欣笑

佛告持心梵天見現不退轉天子乎對曰已見天中天佛言梵天現不退轉天子三十二不可計阿僧祇劫當得作佛號曰須彌燈王如來至真等正覺明行成爲善逝世間解無上士道法御天人師爲佛世尊世界名善化

劫曰淨歎其佛國土當有二寶以紺瑠璃紫磨金色純菩薩衆降伏魔怨所居屋宅衣食被服當如第六化自在天如來殷勤多所開化於是持心梵天謂現不退轉天子曰如來已爲授仁者決答曰如來已爲見授決矣猶如無本授無本決及與法性授我之決亦復如是報曰又以本無及與法性則無有決答曰如不授於本無法性之所說決一切菩薩亦復如是不當觀於有所授決又問仁者不從往者正覺淨修梵行分別曉了佛授決乎答曰梵天其無所習斯等儔類乃修梵行又問何謂其無所習乃修梵行答曰其不習于欲界色界及無色界斯等之倫乃修梵行復次梵天無所習居不用我居不習有人不習有壽不習有命斯等之正乃修梵行舉要言之假於諸法不習諸法是乃名曰淨修梵行又問所言淨修梵行爲何謂乎答曰淨修梵行不住二道此之謂也又問不住二道爲何所立答曰不住二道則爲建立一切法言所以者何無所立者則爲賢聖之所導修而得超度又問導修何等爲道行耶答曰導修行者不隨於行亦不離行亦復無有行於法者亦復無有離於法者是則名曰導修道行精順如應又問以何等行而爲道行答曰無見無聞無念無知無教無得亦無造證於一切法而無所行是則名曰導修道行又問何謂菩薩堅强精進答曰假使菩薩而不見法行有一事亦復不見有若干行是謂菩薩堅强精進被戒德鎧設於法性而無所壞已無所壞則無所近亦不離法亦無所逮不見塵勞

亦無結恨是爲菩薩第一之行爲精進也不舉不下於一切法奉修精進假使梵天無身因緣無口因緣無心因緣是爲第一精進之行於是世尊讚現不退轉天子曰善哉善哉如汝所云復告持心如是梵天如今天子之所説者是爲第一精進之行其無身行亦無口行亦無心行佛告梵天吾念過去往古久遠世時一切知節寂寞之德專修精進恭敬奉事處在閑居而學博聞於衆生類而行慈愍以何等行一切導修暴露精進如來不見授於無上正真道決所以者何坐以住於身口意故爾時梵天如是色像導修精進此具足行如今向者天子所言然於後世見錠光佛所見授決當於來世而成爲佛號曰能仁如來至真等正覺明行成爲善逝世間解無

上士道法御天人師號佛世尊是故梵天若使菩薩疾欲受決當以是比導修精進曉知諸法而無所行梵天問曰何謂世尊而無所行世尊告曰究竟平等正均空無而爲精進何謂究竟平等正均空無而爲精進答曰過去心滅當來未至現在無住其滅盡者則不復起設使獲者無有起相如是住者常無所住其爲法者設使正法平等興者則無所起無所起者便無過去當來現在設使無有去來今者便爲真淨則無所起是爲梵天究竟平等正均空無而爲精進如是菩薩疾得受決則逮法忍具足衆行佛謂梵天設使菩薩於一切法而無所習則曰布施而不將護一切法者則曰奉戒若不思念一切諸法則曰忍辱而於諸法無所因緣則曰精進而以平

等一切諸法則曰定意於一切法而無所想則曰智慧斯則名曰不造增益亦不損耗無作不作常行布施無所希望護於禁戒而等同像遵修忍辱内外清淨奉行精進具足成就禪定一心悉無所著欽尚智慧而無有想如是忍辱具足行者菩薩備行普現衆行悉無所著已無所著等於世法得利不喜無利不慼咨嗟毁呰獲名失稱遭樂過苦設以值此不動不揺不以增減不喜不慼已過世間之所有法不以苦患亦不以惱不以肅震無念不念則無二事離諸因緣趣無二法爲墮二見諸衆生等發於大哀而興已心開化衆生是爲梵天第一精進用獲無我爲忍故也則向衆生入大悲哀所生之處攝取救護佛説是精進行時八千菩薩得不起法忍佛悉

授決當得無上正真之道皆同一字名曰堅强精進如來至真等正覺明行成爲善逝世間解無上士道法御天人師爲佛世尊各各興於異佛世界爾時大迦葉白世尊曰譬如大龍而欲雨時雨於大海此諸正士亦復如是天中之天猶如大海而興是像放大法雨諸大正士則爲巨海心亦若斯以真實性而演法雨佛告迦葉如爾所言斯諸大龍不以貪嫉而不雨於閻浮提也用閻浮提天下之地不能堪受大雨之滴設使迦葉斯諸大龍而出大雨雨天下者令閻浮提郡國縣邑山陵谿谷漂没永盡如漂樹葉以是之故諸大龍王不放大雨向閻浮提如是迦葉斯諸正士不惜法雨而不爲人及衆生類演出法澤又復迦葉若器堪任應佛法者斯諸正士則

設海意覺諸衆生如是心念便演法雨譬如迦葉諸龍雨時墮諸大滴猶如車軸大海悉受斯之大雨不以爲足亦無充滿斯諸正士亦復如是若於一劫若百千劫聞所説法又於諸法不增不減不以爲滿譬如迦葉又於大海處處諸水萬川四流歸於海者合爲一味鹹若如鹽斯諸正士若干音聲各演異教而今聞法適省聽已悉歸一誼爲解脫味趣空無味譬如迦葉大海之中而有清淨無垢之寶鮮潔無瑕則以不受不時之水而不受穢斯諸正士亦復如是清淨無垢不受一切結恨懈猒瞋怒之瑕譬如迦葉大海之中而極幽深難得其底邊際難限斯諸正士亦復如是所了聖慧而甚邃遠心入玄妙幽奧難量聲聞緣覺所不能及譬如迦葉大海之中

畜無央數不可計水斯諸正士亦復如是積聚種植不可限量智度無極合會諸法故喻大海如是色像則曰正士譬如迦葉大海之中積累無量若干種寶斯諸正士亦復如是以若干教無量法寶自然充滿譬如迦葉大海之中有三部寶真身之寶清水之寶爲財業寶斯諸正士亦復如是說經法時從人根原心所應脫而令得度得聲聞乘或緣覺乘或至大乘譬如迦葉大海之中稍廣大水漸漸流入轉成深廣菩薩如是志諸通慧行諸通慧漸得成就於大聖道譬如迦葉大海之中不受死屍不與同處斯諸正士亦復如是不習聲聞緣覺之心不與同歸不與貪嫉毀戒結恨懈猒瞋恚心者而與同歸不與懈廢亂意惡智所行心者而同歸也不與吾我人

壽命見者遊居譬如迦葉若火灾變消竭川流大江淵池悉已枯涸然後大海乃盡無餘如是迦葉流布正法普諸土地先以加施行習正法然後施於海意衆覺諸正士等正法歸之又復迦葉斯諸正士寧棄身命不捨正法諸正士黨流布正法不當復爲造如茲觀譬如大海有如意珠名曰金剛諸寶等集踊出七日上至梵天而悉燒化及諸世界三千大千佛土悉盡無餘乃至他方佛言迦葉其如意珠詣異世界當見燒壞未之有也如是迦葉斯諸正士盡一切法興顯發起於七正法令世依怙便復遊至他方佛土何謂爲七諸外異道隨親惡友隨邪見行轉相賊害受隨諸見壞諸德本不得等時是爲興顯發起於此七法斯諸正士爲如應器見衆生本遊彼佛國不離諸佛常見正覺聽聞經典勸化衆生植衆德本譬如迦葉無央數人含血之類依于大海遊居其中菩薩如是無央數人衆庶之類悉來集會而依倚之遊居同歸歸於三趣何謂爲三生於天上具足人間成就滅度譬如迦葉大海之中龍阿須倫而得自在斯諸正士亦復如是普悉降伏一切魔衆於是耆年大迦葉啓問世尊唯天中天計於大海尚可量盡竭極邊際斯諸正士不可限量得其涯底世尊報曰迦葉欲知三千大千世界之中所有諸塵尚可數知斯諸正士至真之行不可思議究所歸趣於時世尊說此頌曰

猶如大海　一切之水　而悉受之　不以猒足

志求法者　亦復如斯　好樂正典　不以充滿

猶如大海　受無量水　悉來歸之　而不拒逆
聰達之等　亦復如斯　不以智慧　而爲具足
大海不惡　汚濁之潦　其諸清流　亦復歸趣
導修行者　亦復如是　而不受諸　塵勞垢穢
猶如大海　不可限量　極廣弘遠　不可卒知
智慧德海　亦復如是　衆生庶人　無能解暢
大海之中　若干歸湊　萬川四流　合爲一味
若干種人　僉來聽法　悉歸一乘　同誼之典
非一品類　號曰爲海　前者成海　而德建立
無所畏者　志願如茲　普爲衆生　而興道意
譬如大海　衆寶積聚　則在於彼　而無所著
諸菩薩衆　亦如積珍　而以顯發　成于三寶
猶如江海　而有三寶　雖爾其海　亦無想念
羣聖達士　說法如斯　則以三乘　開導衆生
猶如江海　稍漸廣大　衆流悉歸　而得充滿
諸菩薩衆　志諸通慧　用衆生故　常導修行
猶如大海　不受死屍　其海之法　則爲如斯
建志菩薩　求道如是　不將順身　不與同歸
猶如海中　而生衆寶　須彌爲妙　處立堅固
劫燒起時　終不能焚　便則超遊　異佛世界
正法滅時　亦復如是　强精進者　而攬持之
已觀察見　無任器者　便即往詣　他方佛所
谿谷江河　衆原枯竭　然後海水　乃爲消涸
劫燒起時　則爲若茲　大千世界　悉亦崩毀
凡夫之衆　行在國土　假使正法　已没盡者
勇猛之徒　護法如斯　朽棄軀體　不惜壽命
已覺正法　欲消滅盡　正覺現在　若滅度後
斯等志性　清淨如是　建立法者　所當導修
如億衆生　依因大海　非一品故　而有斯處
其大名稱　志願如是　一切衆生　心普得解

尚可限量 分别知之 於佛世界 諸有大海
斯等所行 不可别知 緣覺之衆 及諸聲聞
無有等倫 況復出表 諸菩薩行 堅强精進
心如是者 宜爲稽首 當得佛道 開度衆生
斯爲衆寶 譬若巨海 當供養此 常福德田
此爲良工 上妙醫王 療治一切 諸疹疾者
便爲救濟 受歸度脱 將護鐙錠 爲顯光明
於闇昧世 興明徹眼 其得眼者 進成甘露
則爲帝王 常曰法王 斯爲天帝 多思利誼
亦爲梵皇 思惟四禪 則便轉於 正法之輪
斯則導師 開示塗路 處在諍訟 爲現蹊徑
則爲勇猛 多所降伏 蠲除諸塵 爲清淨士
導清白法 如月盛滿 演放光明 猶如日出
智慧超卓 如須彌山 處於三界 爲雨甘露
斯等難當 猶如師子 其心調柔 譬如賢象

若如大地 載諸山陵 降伏一切 諸外異學
行常鮮潔 譬若如水 威曜難當 其若如火
無所罣礙 猶若如風 以離懈廢 又若如地
斯等棄慢 拔猒瞋恚 爲如藥樹 無有想念
其戒清淨 無著蓮華 於世八法 無所依倚
所行譬如 優曇鉢華 無數億劫 音聲難致
於諸人尊 則有反復 爲住佛教 不斷正典
志願堅强 爲懷愍哀 導固慈心 喜悅超絶
則已救護 於五色欲 善求合會 最勝財業
斯等布施 而有殊特 所奉禁戒 則無等倫
以忍辱力 秉意勇猛 精進解達 常不猒倦
斯等禪定 神足通慧 往至佛土 無量億姟
得見諸佛 逮聞經典 如其所聞 則便習持
則能暢了 衆生所行 隨其所應 所信諸根
安隱諦學 善權方便 則爲外道 顯示鐙明

便能通辯　一切諸法　僉然和同　分別報應
而能解了　因緣法律　離吾我見　常在平等
便以觀察　如應順法　則爲曾更　出家學矣
過去當來　一切諸法　已住於法　綜了法性
敏識空慧　而無有形　則能興發　差特矜哀
便能攝護　勤苦衆生　遵修解脫　所當行者
計有吾我　而有望想　愚騃所行　隨邪放逸
斯等曉練　虛僞之法　而則講說　蠲除諸見
無常爲常　空謂爲實　以苦爲樂　非身謂身
凡夫之士　攝取顛倒　而不分別　生死之際
若能整理　攝顛倒原　則知無人　無壽無命
已能淨修　平等行者　則曉非常　苦空非身
迦葉斯等　名稱功德　所趣御之　猶如治地
令聞無量　慧不可限　若能導修　菩薩亦然
設使周滿　三千世界　悉以敬侍　建志菩薩
供養羅漢　復倍是數　終不能及　建菩薩志
吾亦建立　斯等之類　過去正覺　當來如是
又今現在　十方聖尊　爲諸建志　欲得佛者

建立法品第十六

於是持心梵天問溥首童真曰願勸如來至真等正覺令此經典於後末世五濁俗時建立流演溥首答曰於梵天意所趣云何如來豈爲頒宣申暢於此法乎欲令如來建立法耶報曰不也是故梵天一切諸法無所建立亦無有念亦無言說亦無流演亦無所護其欲建立斯經典者則爲欲成立虛空矣設使菩薩歸趣斯典非爲順法菩薩普入一切徑路而無諍訟又菩薩者於諸衆會假現名耳說經法者則當如茲不爲聽經所以者何無所聞者乃爲聽經又問溥首此爲何謂無所

聞者爲聽經乎答曰眼耳鼻口身意無所流開乃爲聽經其有染汙於諸入者則無所聞便在於色聲香味細滑欲法斯等聽經則爲虛妄時衆會中諸天子衆三萬二千比丘五百比丘尼三百清信士八百清信女斯等咸聞溥首之所說法應時逮得不起法忍各各舉聲而歌頌曰

如是溥首　誠如所云　無所聞者　乃爲聽經

持心梵天問諸得法忍菩薩曰卿族姓子豈爲得聞此經典乎答曰已聞梵天無所聞故又問賢者云何曉了斯經典乎答曰如無所知無所不知又問賢者爲何所獲逮法忍乎答曰逮一切法又問當以何緣歸趣法乎答曰無所至者則歸趣法又問諸賢現在目覩法乎答曰梵天於一切法現在已身衆生志性皆爲常淨時衆會中有一天子名離垢英問持心曰假使梵天若得聽聞斯經法者如來則爲授決處乎答曰輒便授決當得無上正真之道所以者何其法典者則爲亡失報應之果積累一切衆德之法便降伏魔及與怨讎斯經典者尋離一切貪欲之諍多所勸化而令喜悅設有信樂斯經典者心懷欣豫而諦執持則獲賢聖平等究竟而善執持斯經典者一切諸佛加威護之設天上世間諸天人民阿須倫而專志向斯經典者得不退轉不見侵欺又斯經典至于道場惠施真諦誦習佛法其有不學則爲斷絕於正法輪又斯經法決諸狐疑至賢聖道諦聽經典至解脫故諦持經典欲執御故諦說經典用福慶故善護經典好法訓故加施安隱爲經典者

歸滅度故不斷絕經典壞魔異學故當曉歸命於斯經典衆祐無著故斯經典者多所悅喜明達法故斯經典者多所踊躍爲慧解故斯經典者御智慧音除一切見所歸趣故斯經典者爲道慧響壞愚冥故斯經典者爲善應順隨其所入故斯經典者善究竟成次第美辭故斯經典者分別誼理說第一故不捨經誼不獲聖慧斯經典者則爲帑藏給諸虛匱無有惱熱濟衆盛暑等諸音響平等爲食遵修慈心樂爲禪定積累精進爲諸懈怠以禪定意濟諸亂意則以光曜照諸邪智梵天欲知斯則建立於經典矣一切諸佛之所將護時天子說此經典功德所訓時三千大千世界六反震動世尊讚彼天子曰善哉善哉如爾所言於是持心梵天白世尊曰今此天子本昔曾聞斯經典乎爲從過去如來至真等正覺啓受之耶佛告梵天斯天子者從六十四億諸佛所悉得聽聞又告持心離垢英身過四十萬劫當得作佛號寶焰如來至真等正覺明行成爲善逝世間解無上士道法御天人師爲佛衆祐世界曰寶跡其於中間諸佛世尊所興起者悉供養之當復得聞於斯經典梵天欲知此諸比丘比丘尼清信士清信女天龍鬼神揵沓和應斯經典逮法忍者皆當生彼寶焰佛之國土而現在於寶跡世界於時離垢英天子白世尊曰今我坦然不逮求道亦不願道設不欣樂於佛道者亦無所依亦不得道無所想念何故世尊而授我決大聖告曰天子知之如以草木莖節枝葉華實著於火中若有人來而與之言勿燒

草木莖節枝葉華實令火不焚未之有也不用彼言而不燋燒如是人子假使菩薩不悅樂道無所依倚志不建立亦不願羨一切諸佛則爲授決設使天子若有菩薩不志樂道無所依倚無所建立無所僥願無所得者斯等菩薩乃爲如來所見授決當得無上正真之道爾時會中五百菩薩白世尊曰余等不建立道無所志願亦無所得無所欣樂無所依倚無所思念無所想執時諸菩薩承佛聖旨察虛空中覩於上方八萬四千佛斯諸如來悉授其決當成無上正真之道彼菩薩等白世尊曰至未曾有天中之天如來善說快乃若茲其於道法無所欣樂無所依倚無所建立無所志願無所得者乃爲如來而見授決唯然世尊吾等今見上方去此八萬四千諸佛國土又斯諸佛授我等決當成無上正真之道

諸天歎品第十七

於是溥首童真白世尊曰唯願如來至真等正覺建立是法使於末後五濁之世流布天下在閻浮提斯等則爲被大德鎧以三品事致耳聞之若族姓子族姓女設使與立魔因緣者不隨其教魔及官屬不得其便以能受此經典要者不退不轉至於無上正真之道佛告溥首善聽思念斯經典者則當久存天龍鬼神揵沓和又有神呪名曰選擇當分別說神呪句義所總持者其有法師族姓子族姓女則得救護爲天龍鬼神揵沓和阿須倫迦留羅真陀羅摩睺勒之所救護若族姓子若行徑路若在閑居若處屋宇若住房舍經

行思惟若在衆會順義憺怕執持辯才尋隨方便志於堅強力勢超異怨家衆賊不得其便彼輙如是寂然經行坐起卧寐如斯溥首號曰神呪之句說也

優頭犂　頭頭犂　末踟　遮踟　彌離　㖒離　㖒隸　彌隸睺樓(短音)　睺樓(長音)　睺留(氏音)　伊拔[目+知]　鉡拔[目+知]　丘丘離　佉羅祇　阿那提(無有實)　揭提(初往至)　摩醯(無心)　摩奈夷(意所念)　摩姊(有意)　袍揵提(多香)　薩披提(一切音)　臘披婆渴提(離於響)　新頭隸(為師子)　南無佛檀(稽首佛)　遮栗提(所行)　南無曇(稽首法)　[目+匿]偈(害除)　南無僧(稽首聖衆)　披醯多(順御)　菩波扇陀(寂然)　薩披披(彼去諸惡)　彌多羅彌浮提儔(修實慈)　薩遮尼陀耶(諦示現)　披羅摩那(淨志)　波世多(教化)　利夷(神仙)　波世多(開導)　阿致單提(無現在)　薩陀浮陀伽羅呵(將攝諸魅)　南無佛陀悉蟬提曼陀鉢(稽首佛所說呪者吉)

佛語溥首童真是為神呪之句設有菩薩遵修奉行此經典者則以安詳尋後將護而不卒暴靡有亂心其行清淨造次第行而知止足卧寐寂寞樂於憺怕不習多事身心寂靜樂于慈哀樂於法樂建立誠諦無所侵欺存在獨處精進說法思惟專精樂于道義棄捐除去非義之念限節燕處以為娛樂則以獲致為他人說向於法門現于終始親及怨仇等心加之棄衆想念不惜身命能觀衆業所行具足樂護禁戒多修忍力而無麤言面目和悅離於憔悴無惡顏色先人談言問訊恭恪棄捐嫉懶樂善柔軟所遊居安是為溥首建立行者族姓子諷誦斯呪其族姓子見法

師者現獲十力何謂爲十已逮心力未曾忘捨至於意力曉了所念所至力者所入經典無不解達堅固之力行在生死慙愧之力彼等悉護博聞之力具足智慧總持之力所聞悉攬辯才之力佛所建立而得擁護深法之力逮得五通不起法忍力具諸通慧佛語溥首若有法師建立是法諷誦奉持則當逮得此十種力佛說於此神呪力業所行術時其四天王驚悸毛竪與無央數百千鬼神眷屬圍繞往詣佛所稽首佛足白世尊曰我之枝黨則奉佛教獲通流跡又我等身各有眷屬將詣族姓子族姓女爲法師者若講說法護斯經典奉勸受持諷誦讀者四天當往將護使得安隱若在郡國縣邑州城大邦居家出家我四天王與其眷屬當擁護此族姓男女供侍奉事令得安隱無危害者亦無伺求得其便者若斯經典所可流布國土處所當令宿衛面四十里諸天龍神鳩桓眷屬子孫無得其便爾時拘維羅大天王說此頌曰

我所有眷屬　諸子及宗親　吾能順堪任
供奉此聰達

時惟樓勒大天王則說頌曰

吾爲法王子　以法而化成　供養諸佛子
奉建道意者

提頭賴大天王即說頌曰

則當爲將護　普周徧十方　其有持斯典
佛正覺所說

惟沙門大天王即說頌曰

若建立道心　供養彼學者　衆生緣供養
不任報其恩

於時息意大天王有太子名曰諦顏以七寶蓋奉上如來尋說頌曰

今我當受斯　如來之經典　輙爲他人說
人心之志性　世尊知我心　曉了宿世行
如意之所建　於世當成佛　今奉正覺蓋
莫能覩尊顏　願我逮如是　無見頂相者
正覺唯采眄　世尊垂慈心　清淨目睞察
哀眼覩衆庶　世尊則授決　智慧度彼岸
於是壽終後　則生兜術天　兜術天上歿
見彌勒最勝　當於二萬歲　供養佛乃至
彼則出家已　淨修于梵行　便於賢劫中
普見一切佛　皆悉供養已　淨修梵行竟
訖六十億劫　當得成正覺　作佛名寶蓋
佛土號莊嚴　純悉諸菩薩　常當講妙法
其命壽一劫　佛滅度之後　慦傷衆生故
正法住半劫

於是釋提桓因與無央數百千天人眷屬圍繞白世尊曰我當擁護於斯法師持此典者供養奉事而順其志其誦說經吾當故往洛受斯法當令法師勢力强盛辯才次第演說如流使無躓礙而不遺漏爾時帝釋太子名曰瞿夷七寶瓔珞奉進如來說此頌曰

世尊我目覩　如來之所行　若干已遵修
志慕求佛慧　古世之所行　所施無所冀
我當學斯教　布惠諸所有　亦爲受此經
然從法王得　數數每講說　當報導師恩
平等以時節　與此經典俱　供養飲食饌
奉侍佛道故　唯聲聞不任　將順斯典誥
我當護正法　調御於來世　唯垂見慰撫
決斷諸天疑　吾身當久如　得成若能仁

於時尊授決　明達諸通慧　汝當得正覺
如今覩佛身　行億千劫中　若復暨百姟
當爲世光明　號曰慧成就

於是梵忍天子白世尊曰唯然大聖捨於禪行則當往詣族姓子族姓女而聽說法若說此經多所降伏釋梵諸天我能堪任供養奉事斯族姓子天上世間諸天人民悉當加敬而奉事之時梵忍天說此頌曰

其執持此經　比丘比丘尼　清信士及女
則爲普濟世　若習斯典者　歎詠諸至誠
吾唯能堪任　講說於是經　敷華當重疊
上至于梵天　以爲法座上　令說斯經法
于彼謦揚聲　善哉所造說　然於後末世
若手執此經　正使億國土　令滿其中火
則當往詣彼　求遠聞斯典　積寶如須彌
以此寶施與　因得聞是經　嚴淨于佛土

囑累品第十八

爾時世尊即如其像而出頂光便現神足感魔波旬與諸兵衆往詣佛所白世尊曰吾與眷屬於如來前而自約盟若斯經典所流布處諸邦國土而有法師敷陳經典宣于法會又吾身誓盡當加護令得暢達不興危害於是世尊紫金色光普照佛土告溥首曰如來已爲建立斯典并及將護持斯法者加以慈恩流布天下閻浮提域至竟正法不爲毁滅于時衆會普持雜華一切名香雜香擣香散如來上各歎斯言當令此法而得久住於閻浮提當令弘普靡不周接爾時世尊告賢者阿難曰當受斯經應曰唯願奉持佛言阿難斯經悉顯至于天上用受持故當爲衆會而

分別説賢者阿難白世尊曰其有受持斯經典者若諷誦讀爲他人説其福如何世尊報曰假使以寶普用周徧滿於虛空以布施者當知其有案如文句説此經典則普供養如來至真及與聖衆一切施安若復有人受斯經典書著竹帛執持供養其人現在獲得十藏何謂爲十見佛之藏逮得天眼聞法之藏獲致天耳聖衆之藏得不退轉菩薩聖賢無盡寶藏逮致寶掌像色之藏則得具相眷屬之藏營從不散無閒寶藏逮得總持志念之藏逮得辯才無畏之藏攝諸異學功德之藏衆生稟仰聖慧之藏普獲一切諸佛之法佛説此經時七十二姟人逮得法忍無量衆人悉起道意不可限人漏盡意解賢者阿難白世尊曰何名斯經云何奉持佛告阿難是經名等御諸法當奉持之又名莊嚴佛法復名持心梵天所問溥首所暢當固奉持佛説如是溥首童真持心梵天普行族姓子賢者大迦葉賢者阿難諸天人民阿須倫聞佛所説莫不歡喜

持心梵天所問經卷第四

音釋

涸下各切竭也　疹丑刃切病也　蹊胡雞切徑路也　帑坦朗切金幣所藏也　跢知陟離切　揥敕細切　吚音伊　蜘音知　鉀賓彌切　䁥質尼切　眄莫甸切視也　睞落代切眄睞也

佛說觀無量壽佛經

劉宋西域三藏法師畺良耶舍譯

清刻龍藏佛說法變相圖

御製無量壽佛贊

西方極樂世界尊　無量壽佛世希有
能滅無始億劫業　令彼苦惱悉消除
若人能以微妙心　嘗以極樂爲觀想
廣與衆生分別說　舉目即見阿彌陀
佛身色相顯光明　閻浮檀金無與等
其高無比由旬數　六十萬億那由他
眉間白毫五須彌　紺眼弘澄四大海
光明演出諸毛孔　一孔徧含諸大千
一界中有一河沙　沙有八萬四千相
一一相中復如是　作者觀者隨現前
以觀佛身見佛心　衆生憶想見化佛
從相入得無生忍　以三昧受無邊慈
佛身無量廣無邊　化導以彼宿願力
有憶想者得成就　神通如意滿虛空

衆生三種具三心　精進勇猛無退轉
即得如來手接引　七寶宮殿大光明
其身踴躍金剛臺　隨從佛後彈指頃
行大乘解第一義　即生七寶蓮池中
阿彌陀佛大慈悲　十力威德難贊説
稱名一聲起一念　八十億劫罪皆除
以是濟拔無有窮　是以名爲無量壽
昔世尊居耆闍崛　與大衆説妙因緣
離憂惱與閻浮提　超脱一切諸苦趣
淨妙國即極樂界　修三福發菩提心
作是念者住堅專　故説無量壽佛觀
如是功德不可説　不可説者妙光明
無量清淨平等施　五濁衆生咸作佛
斷彼一切顛倒想　猶如以水投海中
濕性混合無不同　雖有聖智難分別
人人皆爲無量壽　稽首瞻禮即西方

佛説觀無量壽佛經

劉宋西域三藏法師畺良耶舍譯

如是我聞一時佛在王舍城耆闍崛山中與大比丘衆千二百五十人俱菩薩三萬二千文殊師利法王子而爲上首

爾時王舍大城有一太子名阿闍世隨順調達惡友之教收執父王頻婆娑羅幽閉置於七重室内制諸羣臣一不得往國太夫人名韋提希恭敬大王澡浴清淨以酥蜜和麨用塗其身諸瓔珞中盛蒲萄漿密以上王爾時大王食麨飲漿求水漱口漱口畢已合掌恭敬向耆闍崛山遥禮世尊而作是言大目揵連是吾親友願興慈悲授我八戒時目揵連如鷹隼飛疾至王所日日如是授王八戒世尊亦遣尊者富樓那爲王説法如是時間經三七日王食麨蜜得聞法故顔色和悦時阿闍世問守門者父王今者猶存在耶時守門人白言大王國太夫人身塗麨蜜瓔珞盛漿持用上王沙門目連及富樓那從空而來爲王説法不可禁制時阿闍世聞此語已怒其母曰我母是賊與賊爲伴沙門惡人幻惑呪術令此惡王多日不死即執利劒欲害其母時有一臣名曰月光聰明多智及與耆婆爲王作禮白言大王臣聞毗陀論經説劫初已來有諸惡王貪國位故殺害其父一萬八千未曾聞有無道害母王今爲此殺逆之事汙刹利種臣不忍聞是旃陀羅我等不宜復住於此時二大臣説此語竟以手按劒却行而退時阿闍世驚怖惶懼告耆婆言汝不爲我耶耆婆白言大王慎莫害母王聞此語懺悔

求救即便捨劒止不害母勑語内官閉置深宮不令復出時韋提希被幽閉已愁憂憔悴遥向耆闍崛山爲佛作禮而作是言如來世尊在昔之時恒遣阿難來慰問我我今愁憂世尊威重無由得見願遣目連尊者阿難與我相見作是語已悲泣雨淚遥向佛禮未舉頭頃爾時世尊在耆闍崛山知韋提希心之所念即勑大目揵連及以阿難從空而來佛從耆闍崛山沒於王宮出時韋提希禮已舉頭見世尊釋迦牟尼佛身紫金色坐百寶蓮華目連侍左阿難侍右釋梵護世諸天在虚空中普雨天華持用供養時韋提希見佛世尊自絶瓔珞舉身投地號泣向佛白言世尊我宿何罪生此惡子世尊復有何等因緣與提婆達多共爲眷屬唯願世尊爲我廣説無憂惱處我當往生不樂閻浮提濁惡世也此濁惡處地獄餓鬼畜生盈滿多不善聚願我未來不聞惡聲不見惡人今向世尊五體投地求哀懺悔唯願佛日教我觀於清淨業處爾時世尊放眉間光其光金色遍照十方無量世界還住佛頂化爲金臺如須彌山十方諸佛淨妙國土皆於中現或有國土七寶合成復有國土純是蓮華復有國土如自在天宮復有國土如玻瓈鏡十方國土皆於中現有如是等無量諸佛國土嚴顯可觀令韋提希見

時韋提希白佛言世尊是諸佛土雖復清淨皆有光明我今樂生極樂世界阿彌陀佛所唯願世尊教我思惟教我正受爾時世尊即便微笑有五色光從佛口出一一光照頻婆

婆羅王頂爾時大王雖在幽閉心眼無障遥見世尊頭面作禮自然增進成阿那含爾時世尊告韋提希汝今知不阿彌陀佛去此不遠汝當繫念諦觀彼國淨業成者我今爲汝廣說衆譬亦令未來世一切凡夫欲修淨業者得生西方極樂國土欲生彼國者當修三福一者孝養父母奉事師長慈心不殺修十善業二者受持三歸具足衆戒不犯威儀三者發菩提心深信因果讀誦大乘勸進行者如此三事名爲淨業佛告韋提希汝今知不此三種業乃是過去未來現在三世諸佛淨業正因

佛告阿難及韋提希諦聽諦聽善思念之如來今者爲未來世一切衆生爲煩惱賊之所害者說清淨業善哉韋提希快問此事阿難汝當受持廣爲多衆宣說佛語如來今者教韋提希及未來世一切衆生觀於西方極樂世界以佛力故當得見彼清淨國土如執明鏡自見面像見彼國土極妙樂事心歡喜故應時即得無生法忍佛告韋提希汝是凡夫心想羸劣未得天眼不能遠觀諸佛如來有異方便令汝得見時韋提希白佛言世尊如我今者以佛力故見彼國土若佛滅後諸衆生等濁惡不善五苦所逼云何當見阿彌陀佛極樂世界

佛告韋提希汝及衆生應當專心繫念一處想於西方云何作想凡作想者一切衆生自非生盲有目之徒皆見日沒當起想念正坐西向諦觀於日欲沒之處令心堅住專想不移見日欲沒狀如懸鼓既見日已閉目開目

皆令明了是爲日想名曰初觀次作水想見水澄清亦令明了無分散意既見水已當起冰想見冰映徹作瑠璃想此想成已見瑠璃地内外映徹下有金剛七寶金幢擎瑠璃地其幢八方八楞具足一一方面百寶所成一一寶珠有千光明一一光明八萬四千色映瑠璃地如億千日不可具見瑠璃地上以黄金繩雜廁間錯以七寶界分齊分明一一寶中有五百色光其光如華又似星月懸處虛空成光明臺樓閣千萬百寶合成於臺兩邊各有百億華幢無量樂器以爲莊嚴八種清風從光明出鼓此樂器演說苦空無常無我之音是爲水想名第二觀此想成時一一觀之極令了了閉目開目不令散失唯除睡時恒憶此事如此想者名爲粗見極樂國地若得三昧見彼國地了了分明不可具說是爲地想名第三觀佛告阿難汝持佛語爲未來世一切大衆欲脫苦者說是觀地法若觀是地者除八十億劫生死之罪捨身他世必生淨國心得無疑作是觀者名爲正觀若他觀者名爲邪觀

佛告阿難及韋提希地想成已次觀寶樹觀寶樹者一一觀之作七重行樹想一一樹高八千由旬其諸寶樹七寶華葉無不具足一一華葉作異寶色瑠璃色中出金色光玻瓈色中出紅色光碼碯色中出硨磲光硨磲色中出緑真珠光珊瑚琥珀一切衆寶以爲映飾妙真珠網彌覆樹上一一樹上有七重網一一網間有五百億妙華宫殿如梵王宫諸天童子自然在中一一童子五百億釋迦毗

楞伽摩尼以爲瓔珞其摩尼光照百由旬猶如和合百億日月不可具名衆寶間錯色中上者此諸寶樹行行相當葉葉相次於衆葉間生諸妙華華上自然有七寶果一一樹葉縱廣正等二十五由旬其葉千色有百種畫如天瓔珞有衆妙華作閻浮檀金色如旋火輪宛轉葉間涌生諸果如帝釋缾有大光明化成幢旛無量寶蓋是寶蓋中映現三千大千世界一切佛事十方佛國亦於中現見此樹已亦當次第一一觀之觀見樹莖枝葉華果皆令分明是爲樹想名第四觀

次當想水欲想水者極樂國土有八池水一一池水七寶所成其寶柔輭從如意珠王生分爲十四支一一支作七寶妙色黄金爲渠渠下皆以雜色金剛以爲底沙一一水中有六十億七寶蓮華一一蓮華團圓正等十二由旬其摩尼水流注華間尋樹上下其聲微妙演説苦空無常無我諸波羅蜜復有讚歎諸佛相好者如意珠王涌出金色微妙光明其光化爲百寶色鳥和鳴哀雅常讚念佛念法念僧是爲八功德水想名第五觀

衆寶國土一一界上有五百億寶樓其樓閣中有無量諸天作天妓樂又有樂器懸處虚空如天寶幢不鼓自鳴此衆音中皆説念佛念法念比丘僧此想成已名爲粗見極樂世界寶樹寶地寶池是爲總觀想名第六觀若見此者除無量億劫極重惡業命終之後必生彼國作是觀者名爲正觀若他觀者名爲邪觀

佛告阿難及韋提希諦聽諦聽善思念之吾

當爲汝分別解說除苦惱法汝等憶持廣爲大衆分別解說說是語時無量壽佛住立空中觀世音大勢至是二大士侍立左右光明熾盛不可具見百千閻浮檀金色不得爲比時韋提希見無量壽佛已接足作禮白佛言世尊我今因佛力故得見無量壽佛及二菩薩未來衆生當云何觀無量壽佛及二菩薩佛告韋提希欲觀彼佛者當起想念於七寶地上作蓮華想令其蓮華一一葉上作百寶色有八萬四千脉猶如天畫脉有八萬四千光了了分明皆令得見華葉小者縱廣二百五十由旬如是蓮華具有八萬四千葉一一葉間有百億摩尼珠王以爲映飾一一摩尼珠放千光明其光如蓋七寶合成遍覆地上釋迦毗楞伽寶以爲其臺此蓮華臺八萬金

剛甄叔迦寶梵摩尼寶妙眞珠網以爲校飾於其臺上自然而有四柱寶幢一一寶幢如百千萬億須彌山幢上寶幔如夜摩天宫復有五百億微妙寶珠以爲映飾一一寶珠有八萬四千光一一光作八萬四千異種金色一一金色遍其寶土處處變化各作異相或爲金剛臺或作眞珠網或作雜華雲於十方面隨意變現施作佛事是爲華座想名第七觀佛告阿難如此妙華是本法藏比丘願力所成若欲念彼佛者當先作此華座想作此想時不得雜觀皆應一一觀之一一葉一一珠一一光一一臺一一幢皆令分明如於鏡中自見面像此想成者滅除五萬億劫生死之罪必定當生極樂世界作是觀者名爲正觀若他觀者名爲邪觀

佛告阿難及韋提希見此事已次當想佛所以者何諸佛如來是法界身入一切衆生心想中是故汝等心想佛時是心即是三十二相八十隨形好是心作佛是心是佛諸佛正遍知海從心想生是故應當一心繫念諦觀彼佛多陀阿伽度阿羅訶三藐三佛陀想彼佛者先當想像閉目開目見一寶像如閻浮檀金色坐彼華上見像坐已心眼得開了了分明見極樂國七寶莊嚴寶地寶池寶樹行列諸天寶幔彌覆其上衆寶羅網滿虚空中見如此事極令明了如觀掌中見此事已復當更作一大蓮華在佛左邊如前蓮華等無有異復作一大蓮華在佛右邊想一觀世音菩薩像坐左華座亦作金色如前無異想一大勢至菩薩像坐右華座此想成時佛菩薩像皆放光明其光金色照諸寶樹一一樹下亦有三蓮華諸蓮華上各有一佛二菩薩像遍滿彼國此想成時行者當聞水流光明及諸寶樹鳧鴈鴛鴦皆說妙法出定入定恒聞妙法行者所聞出定之時憶持不捨令與修多羅合若不合者名爲妄想若與合者名爲麤想見極樂世界是爲像想名第八觀作是觀者除無量億劫生死之罪於現身中得念佛三昧

佛告阿難及韋提希此想成已次當更觀無量壽佛身相光明阿難當知無量壽佛身如百千萬億夜摩天閻浮檀金色佛身高六十萬億那由他恒河沙由旬眉間白毫右旋宛轉如五須彌山佛眼如四大海水青白分明身諸毛孔演出光明如須彌山彼佛圓光如

百億三千大千世界於圓光中有百萬億那由他恒河沙化佛一一化佛亦有衆多無數化菩薩以爲侍者無量壽佛有八萬四千相一一相中各有八萬四千隨形好一一好中復有八萬四千光明一一光明遍照十方世界念佛衆生攝取不捨其光相好及與化佛不可具說但當憶想令心眼見見此事者即見十方一切諸佛以見諸佛故名念佛三昧作是觀者名觀一切佛身以觀佛身故亦見佛心佛心者大慈悲是以無緣慈攝諸衆生作此觀者捨身他世生諸佛前得無生忍是故智者應當繫心諦觀無量壽佛觀無量壽佛者從一相好入但觀眉間白毫極令明了見眉間白毫相者八萬四千相好自然當現見無量壽佛者即見十方無量諸佛得見無量諸佛故諸佛現前授記是爲遍觀一切色身相名第九觀作是觀者名爲正觀若他觀者名爲邪觀

佛告阿難及韋提希見無量壽佛了了分明已次亦應觀觀世音菩薩此菩薩身長八十萬億那由他由旬身紫金色頂有肉髻項有圓光面各百千由旬其圓光中有五百化佛如釋迦牟尼一一化佛有五百化菩薩無量諸天以爲侍者舉身光中五道衆生一切色相皆於中現頂上毗楞伽摩尼寶以爲天冠其天冠中有一立化佛高二十五由旬觀世音菩薩面如閻浮檀金色眉間毫相備七寶色流出八萬四千種光明一一光明有無量無數百千化佛一一化佛無數化菩薩以爲侍者變現自在滿十方世界臂如紅蓮華色

有八十億微妙光明以爲瓔珞其瓔珞中普現一切諸莊嚴事手掌作五百億雜蓮華色手十指端一一指端有八萬四千畫猶如印文一一畫有八萬四千色一一色有八萬四千光其光柔輭普照一切以此寶手接引衆生舉足時足下有千輻輪相自然化成五百億光明臺下足時有金剛摩尼華布散一切莫不彌滿其餘身相衆好具足如佛無異唯頂上肉髻及無見頂相不及世尊是爲觀觀世音菩薩眞實色身相名第十觀佛告阿難若欲觀觀世音菩薩者當作是觀作是觀者不遇諸禍淨除業障除無數劫生死之罪如此菩薩但聞其名獲無量福何況諦觀若有欲觀觀世音菩薩者先觀頂上肉髻次觀天冠其餘衆相亦次第觀之悉令明了如觀掌中作是觀者名爲正觀若他觀者名爲邪觀

次觀大勢至菩薩此菩薩身量大小亦如觀世音圓光面各百二十五由旬照二百五十由旬舉身光明照十方國作紫金色有緣衆生皆悉得見但見此菩薩一毛孔光即見十方無量諸佛淨妙光明是故號此菩薩名無邊光以智慧光普照一切令離三塗得無上力是故號此菩薩名大勢至此菩薩天冠有五百寶華一一寶華有五百寶臺一一臺中十方諸佛淨妙國土廣長之相皆於中現頂上肉髻如鉢頭摩華於肉髻上有一寶缾盛諸光明普現佛事餘諸身相如觀世音等無有異此菩薩行時十方世界一切震動當地動處有五百億寶華一一寶華莊嚴高顯如極樂世界此菩薩坐時七寶國土一時動搖

從下方金光佛刹乃至上方光明王佛刹於其中間無量塵數分身無量壽佛分身觀世音大勢至皆悉雲集極樂國土叜塞空中坐蓮華座演說妙法度苦衆生作此觀者名爲觀見大勢至菩薩是爲觀大勢至色身相觀此菩薩者名第十一觀除無數劫阿僧祇生死之罪作是觀者不處胞胎常遊諸佛淨妙國土此觀成已名爲具足觀觀世音大勢至見此事時當起自心生於西方極樂世界於蓮華中結加趺坐作蓮華合想作蓮華開想蓮華開時有五百色光來照身想眼目開想見佛菩薩滿虛空中水鳥樹林及與諸佛所出音聲皆演妙法與十二部經合若出定之時憶持不失見此事已名見無量壽佛極樂世界是爲普觀想名第十二觀無量壽佛化身無數與觀世音及大勢至常來至此行人之所

佛告阿難及韋提希若欲至心生西方者先當觀於一丈六像在池水上如先所說無量壽佛身量無邊非是凡夫心力所及然彼如來宿願力故有憶想者必得成就但想佛像得無量福況復觀佛具足身相阿彌陀佛神通如意於十方國變現自在或現大身滿虛空中或現小身丈六八尺所現之形皆眞金色圓光化佛及寶蓮華如上所說觀世音菩薩及大勢至於一切處身同衆生但觀首相知是觀世音知是大勢至此二菩薩助阿彌陀佛普化一切是爲雜想觀名第十三觀

佛告阿難及韋提希上品上生者若有衆生願生彼國者發三種心即便往生何等爲三

一者至誠心二者深心三者回向發願心具三心者必生彼國復有三種衆生當得往生何等爲三一者慈心不殺具諸戒行二者讀誦大乘方等經典三者修行六念回向發願願生彼國具此功德一日乃至七日即得往生生彼國時此人精進勇猛故阿彌陀如來與觀世音大勢至無數化佛百千比丘聲聞大衆無量諸天七寶宫殿觀世音菩薩執金剛臺與大勢至菩薩至行者前阿彌陀佛放大光明照行者身與諸菩薩授手迎接觀世音大勢至與無數菩薩讚歎行者勸進其心行者見已歡喜踴躍自見其身乘金剛臺隨從佛後如彈指頃往生彼國生彼國已見佛色身衆相具足見諸菩薩色相具足光明寶林演説妙法聞已即悟無生法忍經須臾間歷事諸佛遍十方界於諸佛前次第受記還至本國得無量百千陀羅尼門是名上品上生者

上品中生者不必受持讀誦方等經典善解義趣於第一義心不驚動深信因果不謗大乘以此功德回向願求生極樂國行此行者命欲終時阿彌陀佛與觀世音大勢至無量大衆眷屬圍繞持紫金臺至行者前讚言法子汝行大乘解第一義是故我今來迎接汝與千化佛一時授手行者自見坐紫金臺合掌叉手讚歎諸佛如一念頃即生彼國七寶池中此紫金臺如大寶華經宿則開行者身作紫磨金色足下亦有七寶蓮華佛及菩薩俱時放光照行者身目即開明因前宿習普聞衆聲純説甚深第一義諦即下金臺禮佛

合掌讚歎世尊經於七日應時即於阿耨多羅三藐三菩提得不退轉應時即能飛行遍至十方歷事諸佛於諸佛所修諸三昧經一小劫得無生忍現前受記是名上品中生者

上品下生者亦信因果不謗大乘但發無上道心以此功德回向願求生極樂國行者命欲終時阿彌陀佛及觀世音大勢至與諸菩薩持金蓮華化作五百佛來迎此人五百化佛一時授手讚言法子汝今清淨發無上道心我來迎汝見此事時即自見身坐金蓮華坐已華合隨世尊後即得往生七寶池中一日一夜蓮華乃開七日之中乃得見佛雖見佛身於衆相好心不明了於三七日後乃了了見聞衆音聲皆演妙法遊歷十方供養諸佛於諸佛前聞甚深法經三小劫得百法明門住歡喜地是名上品下生者是名上輩生想名第十四觀

佛告阿難及韋提希中品上生者若有衆生受持五戒持八戒齋修行諸戒不造五逆無衆過患以此善根回向願求生於西方極樂世界臨命終時阿彌陀佛與諸比丘眷屬圍繞放金色光至其人所演說苦空無常無我讚歎出家得離衆苦行者見已心大歡喜自見已身坐蓮華臺長跪合掌爲佛作禮未舉頭頃即得往生極樂世界蓮華尋開當華敷時聞衆音聲讚歎四諦應時即得阿羅漢道三明六通具八解脫是名中品上生者

中品中生者若有衆生若一日一夜持八戒齋若一日一夜持沙彌戒若一日一夜持具足戒威儀無缺以此功德回向願求生極樂

國戒香熏修如此行者命欲終時見阿彌陀佛與諸眷屬放金色光持七寶蓮華至行者前行者自聞空中有聲讚言善男子如汝善人隨順三世諸佛教故我來迎汝行者自見坐蓮華上蓮華即合生於西方極樂世界在寶池中經於七日蓮華乃敷華既敷已開目合掌讚歎世尊聞法歡喜得須陀洹經半劫已成阿羅漢是名中品中生者

中品下生者若有善男子善女人孝養父母行世仁慈此人命欲終時遇善知識爲其廣說阿彌陀佛國土樂事亦說法藏比丘四十八願聞此事已尋即命終譬如壯士屈伸臂頃即生西方極樂世界經七日已遇觀世音及大勢至聞法歡喜得須陀洹過一小劫成阿羅漢是名中品下生者是名中輩生想名第十五觀

佛告阿難及韋提希下品上生者或有衆生作衆惡業雖不誹謗方等經典如此愚人多造惡法無有慚愧命欲終時遇善知識爲說大乘十二部經首題名字以聞如是諸經名故除却千劫極重惡業智者復教合掌叉手稱南無阿彌陀佛稱佛名故除五十億劫生死之罪爾時彼佛即遣化佛化觀世音化大勢至至行者前讚言善男子以汝稱佛名故諸罪消滅我來迎汝作是語已行者即見化佛光明遍滿其室見已歡喜即便命終乘寶蓮華隨化佛後生寶池中經七七日蓮華乃敷當華敷時大悲觀世音菩薩及大勢至菩薩放大光明住其人前爲說甚深十二部經聞已信解發無上道心經十小劫具百法明

門得入初地是名下品上生者
佛告阿難及韋提希下品中生者或有衆生毀犯五戒八戒及具足戒如此愚人偷僧祇物盜現前僧物不淨說法無有慚愧以諸惡業而自莊嚴如此罪人以惡業故應墮地獄命欲終時地獄衆火一時俱至遇善知識以大慈悲即爲讚說阿彌陀佛十力威德廣讚彼佛光明神力亦讚戒定慧解脫解脫知見此人聞已除八十億劫生死之罪地獄猛火化爲清涼風吹諸天華華上皆有化佛菩薩迎接此人如一念頃即得往生七寶池中蓮華之內經於六劫蓮華乃敷觀世音大勢至以梵音聲安慰彼人爲說大乘甚深經典聞此法已應時即發無上道心是名下品中生者

佛告阿難及韋提希下品下生者或有衆生作不善業五逆十惡具諸不善如此愚人以惡業故應墮惡道經歷多劫受苦無窮如此愚人臨命終時遇善知識種種安慰爲說妙法教令念佛彼人苦逼不遑念佛善友告言汝若不能念彼佛者應稱無量壽佛如是至心令聲不絕具足十念稱南無阿彌陀佛稱佛名故於念念中除八十億劫生死之罪命終之時見金蓮華猶如日輪住其人前如一念頃即得往生極樂世界於蓮華中滿十二大劫蓮華方開觀世音大勢至以大悲音聲爲其廣說諸法實相除滅罪法聞已歡喜應時即發菩提之心是名下品下生者是名下輩生想名第十六觀說是語時韋提希與五百侍女聞佛所說應時即見極樂世界廣長

之相得見佛身及二菩薩心生歡喜歎未曾有豁然大悟逮無生忍五百侍女發阿耨多羅三藐三菩提心願生彼國世尊悉記皆當往生生彼國已獲得諸佛現前三昧無量諸天發無上道心爾時阿難即從座起白佛言世尊當何名此經此法之要當云何受持佛告阿難此經名觀極樂國土無量壽佛觀世音菩薩大勢至菩薩亦名淨除業障生諸佛前汝當受持無令忘失行此三昧者現身得見無量壽佛及二大士若善男子及善女人但聞佛名二菩薩名除無量劫生死之罪何況憶念若念佛者當知此人則是人中分陀利華觀世音菩薩大勢至菩薩爲其勝友當坐道場生諸佛家佛告阿難汝好持是語持是語者即是持無量壽佛名佛説此語時尊者目揵連尊者阿難及韋提希等聞佛所説皆大歡喜

爾時世尊足歩虚空還耆闍崛山爾時阿難廣爲大衆説如上事無量諸天龍夜叉聞佛所説皆大歡喜禮佛而退

佛説觀無量壽佛經

音釋

澡　子皓切洗也　酥　素故切酪屬　麨　尺沼切乾粮也　鷹隼　隼思準切鵰屬　憔悴　憔音樵悴音萃憔悴謂憂愁而瘦瘠也　羸劣　羸倫爲切瘦也劣龍輟切弱也　分齊　分扶問切齊才詣切分齊限量也　正觀　觀古玩切　行行　胡郎切　畟塞　畟正作[土則]測力切遏也塞悉則切滿也　誹謗　誹敷尾切非議也謗補曠切毀也

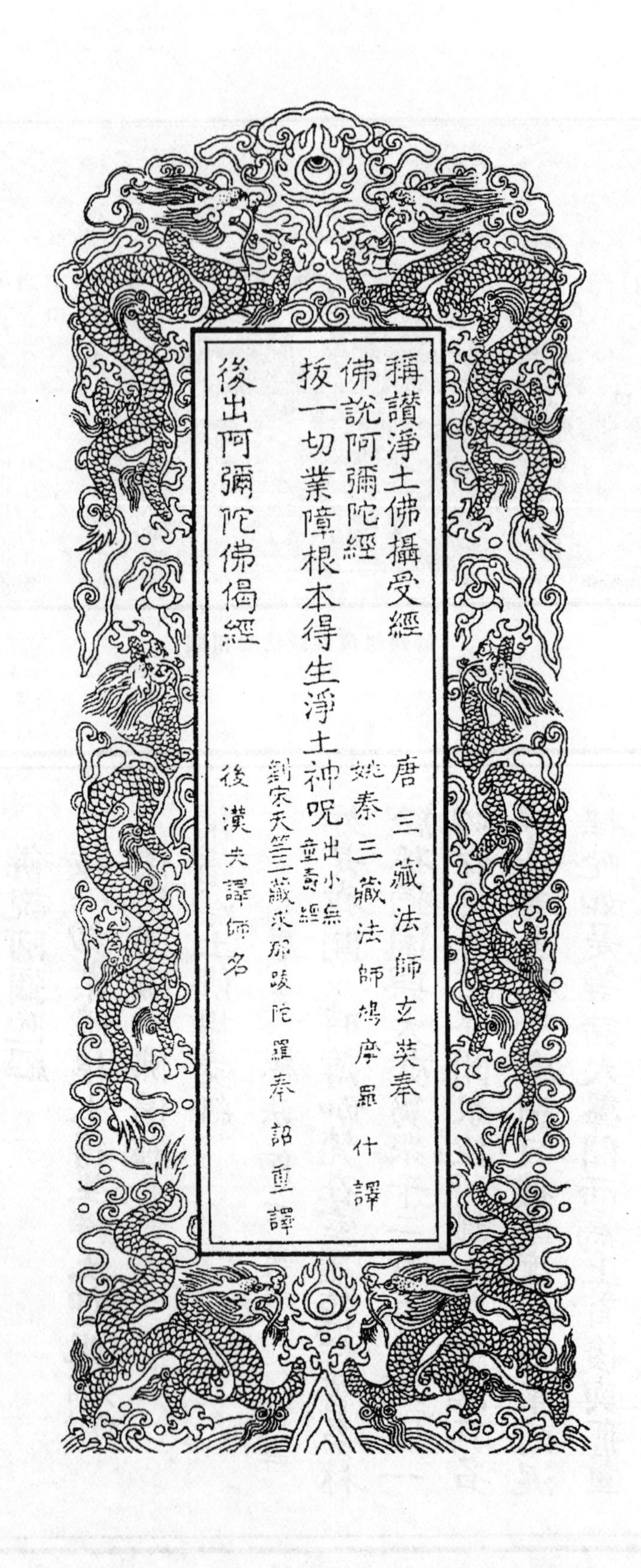

稱讚淨土佛攝受經　唐三藏法師玄奘奉

佛說阿彌陀經　姚秦三藏法師鳩摩羅什譯

拔一切業障根本得生淨土神呪出小無量壽經　劉宋天竺三藏求那跋陀羅奉詔重譯

後出阿彌陀佛偈經　後漢失譯師名

清刻龍藏佛說法變相圖

三經一呪同卷

稱讚淨土佛攝受經

佛說阿彌陀經

拔一切業障根本得生淨土神呪附神力傳

後出阿彌陀佛偈經

稱讚淨土佛攝受經

唐三藏法師玄奘奉　詔譯

如是我聞一時薄伽梵在室羅筏住誓多林給孤獨園與大苾芻衆千二百五十人俱一切皆是尊宿聲聞衆望所識大阿羅漢其名曰尊者舍利子摩訶目揵連摩訶迦葉阿泥律陀如是等諸大聲聞而爲上首復與無量菩薩摩訶薩俱一切皆住不退轉位無量功德衆所莊嚴其名曰妙吉祥菩薩無能勝菩薩常精進菩薩不休息菩薩如是等諸大菩

薩而爲上首復有帝釋大梵天王堪忍界主護世四王如是上首百千俱胝那庾多數諸天子衆及餘世間無量天人阿素洛等爲聞法故俱來會坐爾時世尊告舍利子汝今知不於是西方去此世界過百千俱胝那庾多佛土有佛世界名曰極樂其中世尊名無量壽及無量光如來應正等覺十號圓滿今現在彼安隱住持爲諸有情宣説甚深微妙之法令得殊勝利益安樂又舍利子何因何緣彼佛世界名爲極樂舍利子由彼界中諸有情類無有一切身心憂苦唯有無量清淨喜樂是故名爲極樂世界又舍利子極樂世界淨佛土中處處皆有七重行列妙寶欄楯七重行列寶多羅樹及有七重妙寶羅網周帀圍繞四寶莊嚴金寶銀寶吠瑠璃寶頗胝迦寶妙飾間綺舍利子彼佛土中有如是等衆妙綺飾功德莊嚴甚可愛樂是故名爲極樂世界又舍利子極樂世界淨佛土中處處皆有七妙寶池八功德水彌滿其中何等名爲八功德水一者澄淨二者清冷三者甘美四者輕軟五者潤澤六者安和七者飲時除飢渴等無量過患八者飲已定能長養諸根四大增益種種殊勝善根多福衆生常樂受用是諸寶池底布金沙四面周帀有四階道四寶莊嚴甚可愛樂諸池周帀有妙寶樹間飾行列香氣芬馥七寶莊嚴甚可愛樂言七寶者一金二銀三吠瑠璃四頗胝迦五赤眞珠六阿濕摩揭拉婆寶七牟娑落揭拉婆寶是諸池中常有種種雜色蓮華量如車輪青形青顯青光青影黃形黃顯黃光黃影赤形赤

顯赤光赤影白形白顯白光白影四形四顯四光四影舍利子彼佛土中有如是等衆妙綺飾功德莊嚴甚可愛樂是故名爲極樂世界又舍利子極樂世界淨佛土中自然常有無量無邊衆妙伎樂音曲和雅甚可愛樂諸有情類聞斯妙音諸惡煩惱悉皆消滅無量善法漸次增長速證無上正等菩提舍利子彼佛土中有如是等衆妙綺飾功德莊嚴甚可愛樂是故名爲極樂世界又舍利子極樂世界淨佛土中周遍大地眞金合成其觸柔輭香潔光明無量無邊妙寶間飾舍利子彼佛土中有如是等衆妙綺飾功德莊嚴甚可愛樂是故名爲極樂世界又舍利子極樂世界淨佛土中晝夜六時常雨種種上妙天華光澤香潔細輭雜色雖令見者身心適悅而不貪著增長有情無量無數不可思議殊勝功德彼有情類晝夜六時常持供養無量壽佛每晨朝時持此天華於一食頃飛至他方無量世界供養百千俱胝諸佛於諸佛所各以百千俱胝樹華持散供養還至本處遊天住等舍利子彼佛土中有如是等衆妙綺飾功德莊嚴甚可愛樂是故名爲極樂世界又舍利子極樂世界淨佛土中常有種種奇妙可愛雜色衆鳥所謂鵝鴈鶖鷺鴻鶴孔雀鸚鵡鶡羅頻迦命命鳥等如是衆鳥晝夜六時恒共集會出和雅聲隨其類音宣揚妙法所謂甚深念住正斷神足根力覺道支等無量妙法彼土衆生聞是聲已各得念佛念法念僧無量功德熏修其身汝舍利子於意云何彼土衆鳥豈是傍生惡趣攝耶勿作是見所

以者何彼佛淨土無三惡道尚不聞有三惡趣名何況有實罪業所招傍生衆鳥當知皆是無量壽佛變化所作令其宣暢無量法音作諸有情利益安樂舍利子彼佛土中有如是等衆妙綺飾功德莊嚴甚可愛樂是故名爲極樂世界又舍利子極樂世界淨佛土中常有妙風吹諸寶樹及寶羅網出微妙音譬如百千俱胝天樂同時俱作出微妙聲甚可愛玩如是彼土常有妙風吹衆寶樹及寶羅網擊出種種微妙音聲說種種法彼土衆生聞是聲已起佛法僧念作意等無量功德舍利子彼佛土中有如是等衆妙綺飾功德莊嚴甚可愛樂是故名爲極樂世界又舍利子極樂世界淨佛土中有如是等無量無邊不可思議甚希有事假使經於百千俱胝那庾多劫以其無量百千俱胝那庾多舌一一舌上出無量聲讚其功德亦不能盡是故名爲極樂世界又舍利子極樂世界淨佛土中佛有何緣名無量壽舍利子由彼如來及諸有情壽命無量無數大劫由是緣故彼土如來名無量壽舍利子無量壽佛證得阿耨多羅三藐三菩提已來經十大劫舍利子何緣彼佛名無量光舍利子由彼如來恒放無量無邊妙光遍照一切十方佛土施作佛事無有障礙由是緣故彼土如來名無量光舍利子彼佛淨土成就如是功德莊嚴甚可愛樂是故名爲極樂世界又舍利子極樂世界淨佛土中無量壽佛常有無量聲聞弟子一切皆是大阿羅漢具足種種微妙功德其量無邊不可稱數舍利子彼佛淨土成就如是功德

莊嚴甚可愛樂是故名爲極樂世界又舍利子極樂世界淨佛土中無量壽佛常有無量菩薩弟子一切皆是一生所繫具足種種微妙功德其量無邊不可稱數假使經於無數量劫讚其功德終不能盡舍利子彼佛土中成就如是功德莊嚴甚可愛樂是故名爲極樂世界又舍利子若諸有情生彼土者皆不退轉必不復墮諸險惡趣邊地下賤蔑戾車中常遊諸佛清淨國土殊勝行願念念增進決定當證阿耨多羅三藐三菩提舍利子彼佛土中成就如是功德莊嚴甚可愛樂是故名爲極樂世界又舍利子若諸有情聞彼西方無量壽佛清淨佛土無量功德衆所莊嚴皆應發願生彼佛土所以者何若生彼土得與如是無量功德衆所莊嚴諸大士等同一集會受用如是無量功德衆所莊嚴清淨佛土大乘法樂常無退轉無量行願念念增進速證無上正等菩提故舍利子生彼佛土諸有情類成就無量無邊功德非少善根諸有情類當得往生無量壽佛極樂世界清淨佛土又舍利子若有淨信諸善男子或善女人得聞如是無量壽佛無量無邊不可思議功德名號極樂世界功德莊嚴聞已思惟若一日夜或二或三或四或五或六或七繫念不亂是善男子或善女人臨命終時無量壽佛與其無量聲聞弟子菩薩衆俱前後圍繞來住其前慈悲加祐令心不亂既捨命已隨佛衆會生無量壽極樂世界清淨佛土又舍利子我觀如是利益安樂大事因緣說誠諦語若有淨信諸善男子或善女人得聞如是無

量壽佛不可思議功德名號極樂世界淨佛土者一切皆應信受發願如說修行生彼佛土又舍利子如我今者稱揚讚歎無量壽佛無量無邊不可思議佛土功德如是東方亦有現在不動如來山幢如來大山如來山光如來妙幢如來如是等佛如殑伽沙住在東方自佛淨土各各示現廣長舌相遍覆三千大千世界周帀圍繞說誠諦言汝等有情皆應信受如是稱讚不可思議佛土功德一切諸佛攝受法門又舍利子如是南方亦有現在日月光如來名稱光如來大光蘊如來迷盧光如來無邊精進如來如是等佛如殑伽沙住在南方自佛淨土各各示現廣長舌相遍覆三千大千世界周帀圍繞說誠諦言汝等有情皆應信受如是稱讚不可思議佛土功德一切諸佛攝受法門又舍利子如是西方有現在無量壽如來無量蘊如來無量光如來無量幢如來大自在如來大光如來光焰如來大寶幢如來放光如來如是等佛如殑伽沙住在西方自佛淨土各各示現廣長舌相遍覆三千大千世界周帀圍繞說誠諦言汝等有情皆應信受如是稱讚不可思議佛土功德一切諸佛攝受法門又舍利子如是北方亦有現在無量光嚴通達覺慧如來無量天鼓振大妙音如來大蘊如來光網如來娑羅帝王如來如是等佛如殑伽沙住在北方自佛淨土各各示現廣長舌相遍覆三千大千世界周帀圍繞說誠諦言汝等有情皆應信受如是稱讚不可思議佛土功德一切諸佛攝受法門又舍利子如是下方亦有

現在示現一切妙法正理常放火王勝德光明如來師子如來名稱如來譽光如來正法如來妙法如來法幢如來功德友如來功德號如來如是等佛如殑伽沙住在下方自佛淨土各各示現廣長舌相遍覆三千大千世界周帀圍繞說誠諦言汝等有情皆應信受如是稱讚不可思議佛土功德一切諸佛攝受法門又舍利子如是上方亦有現在梵音如來宿王如來香光如來如紅蓮華勝德如來示現一切義利如來如是等佛如殑伽沙住在上方自佛淨土各各示現廣長舌相遍覆三千大千世界周帀圍繞說誠諦言汝等有情皆應信受如是稱讚不可思議佛土功德一切諸佛攝受法門又舍利子如是東南方亦有現在最上廣大雲雷音王如來如是

等佛如殑伽沙住東南方自佛淨土各各示現廣長舌相遍覆三千大千世界周帀圍繞說誠諦言汝等有情皆應信受如是稱讚不可思議佛土功德一切諸佛攝受法門又舍利子如是西南方亦有現在最上日光名稱功德如來如是等佛如殑伽沙住西南方自佛淨土各各示現廣長舌相遍覆三千大千世界周帀圍繞說誠諦言汝等有情皆應信受如是稱讚不可思議佛土功德一切諸佛攝受法門又舍利子如是西北方亦有現在無量功德火王光明如來如是等佛如殑伽沙住西北方自佛淨土各各示現廣長舌相遍覆三千大千世界周帀圍繞說誠諦言汝等有情皆應信受如是稱讚不可思議佛土功德一切諸佛攝受法門又舍利子如是東

北方亦有現在無數百千俱胝廣慧如來如是等佛如殑伽沙住東北方自佛淨土各各示現廣長舌相遍覆三千大千世界周帀圍繞說誠諦言汝等有情皆應信受如是稱讚不可思議佛土功德一切諸佛攝受法門又舍利子何緣此經名爲稱讚不可思議佛土功德一切諸佛攝受法門舍利子由此經中稱揚讚歎無量壽佛極樂世界不可思議佛土功德及十方面諸佛世尊爲欲方便利益安樂諸有情故各住本土現大神變說誠諦言勸諸有情信受此法是故此經名爲稱讚不可思議佛土功德一切諸佛攝受法門又舍利子若善男子或善女人或已得聞或當得聞或今得聞聞是經已深生信解生信解已必爲如是住十方面十殑伽沙諸佛世尊之所攝受如說行者一切定於阿耨多羅三藐三菩提得不退轉一切定生無量壽佛極樂世界清淨佛土是故舍利子汝等有情一切皆應信受領解我及十方佛世尊語當勤精進如說修行勿生疑慮又舍利子若善男子或善女人於無量壽極樂世界清淨佛土功德莊嚴若已發願若當發願若今發願必爲如是住十方面十殑伽沙諸佛世尊之所攝受如說行者一切定於阿耨多羅三藐三菩提得不退轉一切定生無量壽佛極樂世界清淨佛土是故舍利子若有淨信諸善男子或善女人一切皆應於無量壽極樂世界清淨佛土深心信解發願往生勿行放逸又舍利子如我今者稱揚諸佛讚歎無量壽佛極樂世界不可思議佛土功德彼十方面諸

佛世尊亦稱讚我不可思議無邊功德皆作是言甚奇希有釋迦寂靜釋迦法王如來應正等覺明行圓滿善逝世間解無上丈夫調御士天人師佛世尊乃能於是堪忍世界五濁惡時所謂劫濁諸有情濁諸煩惱濁見濁命濁於中證得阿耨多羅三藐三菩提爲欲方便利益安樂諸有情故說是世間極難信法是故舍利子當知我今於此雜染堪忍世界五濁惡時證得阿耨多羅三藐三菩提爲欲方便利益安樂諸有情故說是世間極難信法甚爲希有不可思議又舍利子於此雜染堪忍界中五濁惡時若有淨信諸善男子或善女人聞說如是一切世間極難信法能生信解受持演說如教修行當知是人甚爲希有無量佛所曾種善根是人命終定生西方極樂世界受用種種功德莊嚴清淨佛土大乘法樂日夜六時親近供養無量壽佛遊歷十方供養諸佛於諸佛所聞法受記福慧資糧疾得圓滿速證無上正等菩提時薄伽梵說是經已尊者舍利子諸大聲聞及諸菩薩摩訶薩衆無量天人阿素洛等一切大衆聞佛所說皆大歡喜信受奉行

稱讚淨土佛攝受經

佛説阿彌陀經

姚秦三藏法師鳩摩羅什譯

如是我聞一時佛在舍衛國祇樹給孤獨園與大比丘僧千二百五十人俱皆是大阿羅漢衆所知識長老舍利弗摩訶目揵連摩訶迦葉摩訶迦旃延摩訶俱絺羅離婆多周利槃陀伽難陀阿難陀羅睺羅憍梵波提賓頭盧頗羅墮迦留陀夷摩訶劫賓那薄拘羅阿㝹樓馱如是等諸大弟子幷諸菩薩摩訶薩文殊師利法王子阿逸多菩薩乾陀訶提菩薩常精進菩薩與如是等諸大菩薩及釋提桓因等無量諸天大衆俱爾時佛告長老舍利弗從是西方過十萬億佛土有世界名曰極樂其土有佛號阿彌陀今現在説法舍利弗彼土何故名爲極樂其國衆生無有衆苦但受諸樂故名極樂又舍利弗極樂國土七重欄楯七重羅網七重行樹皆是四寶周帀圍繞是故彼國名曰極樂又舍利弗極樂國土有七寶池八功德水充滿其中池底純以金沙布地四邊階道金銀瑠璃玻瓈合成上有樓閣亦以金銀瑠璃玻瓈硨磲赤珠碼碯而嚴飾之池中蓮華大如車輪青色青光黄色黄光赤色赤光白色白光微妙香潔舍利弗極樂國土成就如是功德莊嚴又舍利弗彼佛國土常作天樂黄金爲地晝夜六時雨天曼陀羅華其土衆生常以清旦各以衣裓盛衆妙華供養他方十萬億佛即以食時還到本國飯食經行舍利弗極樂國土成就如是功德莊嚴復次舍利弗彼國常有種種奇妙雜色之鳥白鶴孔雀鸚鵡舍利迦陵頻伽

共命之鳥是諸衆鳥晝夜六時出和雅音其音演暢五根五力七菩提分八聖道分如是等法其土衆生聞是音已皆悉念佛念法念僧舍利弗汝勿謂此鳥實是罪報所生所以者何彼佛國土無三惡道舍利弗其佛國土尚無惡道之名何況有實是諸衆鳥皆是阿彌陀佛欲令法音宣流變化所作舍利弗彼佛國土微風吹動諸寶行樹及寶羅網出微妙音譬如百千種樂同時俱作聞是音者自然皆生念佛念法念僧之心舍利弗其佛國土成就如是功德莊嚴舍利弗於汝意云何彼佛何故號阿彌陀舍利弗彼佛光明無量照十方國無所障礙是故號爲阿彌陀又舍利弗彼佛壽命及其人民無量無邊阿僧祇劫故名阿彌陀舍利弗阿彌陀佛成佛已來於今十劫又舍利弗彼佛有無量無邊聲聞弟子皆阿羅漢非是筭數之所能知諸菩薩衆亦復如是舍利弗彼佛國土成就如是功德莊嚴又舍利弗極樂國土衆生生者皆是阿鞞跋致其中多有一生補處其數甚多非是筭數所能知之但可以無量無邊阿僧祇說舍利弗衆生聞者應當發願願生彼國所以者何得與如是諸上善人俱會一處舍利弗不可以少善根福德因緣得生彼國舍利弗若有善男子善女人聞說阿彌陀佛執持名號若一日若二日若三日若四日若五日若六日若七日一心不亂其人臨命終時阿彌陀佛與諸聖衆現在其前是人終時心不顛倒即得往生阿彌陀佛極樂國土舍利弗我見是利故說此言若有衆生聞是說者應

當發願生彼國土舍利弗如我今者讚歎阿彌陀佛不可思議功德之利東方亦有阿閦鞞佛須彌相佛大須彌佛須彌光佛妙音佛如是等恒河沙數諸佛各於其國出廣長舌相遍覆三千大千世界說誠實言汝等衆生當信是稱讚不可思議功德一切諸佛所護念經舍利弗南方世界有日月燈佛名聞光佛大燄肩佛須彌燈佛無量精進佛如是等恒河沙數諸佛各於其國出廣長舌相遍覆三千大千世界說誠實言汝等衆生當信是稱讚不可思議功德一切諸佛所護念經舍利弗西方世界有無量壽佛無量相佛無量幢佛大光佛大明佛寶相佛淨光佛如是等恒河沙數諸佛各於其國出廣長舌相遍覆三千大千世界說誠實言汝等衆生當信是

稱讚不可思議功德一切諸佛所護念經舍利弗北方世界有燄肩佛最勝音佛難沮佛日生佛網明佛如是等恒河沙數諸佛各於其國出廣長舌相遍覆三千大千世界說誠實言汝等衆生當信是稱讚不可思議功德一切諸佛所護念經舍利弗下方世界有師子佛名聞佛名光佛達摩佛法幢佛持法佛如是等恒河沙數諸佛各於其國出廣長舌相遍覆三千大千世界說誠實言汝等衆生當信是稱讚不可思議功德一切諸佛所護念經舍利弗上方世界有梵音佛宿王佛香上佛香光佛大燄肩佛雜色寶華嚴身佛娑羅樹王佛寶華德佛見一切義佛如須彌山佛如是等恒河沙數諸佛各於其國出廣長舌相遍覆三千大千世界說誠實言汝等衆

生當信是稱讚不可思議功德一切諸佛所護念經舍利弗於汝意云何何故名爲一切諸佛所護念經舍利弗若有善男子善女人聞是經受持者及聞諸佛名者是諸善男子善女人皆爲一切諸佛之所護念皆得不退轉於阿耨多羅三藐三菩提是故舍利弗汝等皆當信受我語及諸佛所說舍利弗若有人已發願今發願當發願欲生阿彌陀佛國者是諸人等皆得不退轉於阿耨多羅三藐三菩提於彼國土若已生若今生若當生是故舍利弗諸善男子善女人若有信者應當發願生彼國土舍利弗如我今者稱讚諸佛不可思議功德彼諸佛等亦稱讚我不可思議功德而作是言釋迦牟尼佛能爲甚難希有之事能於娑婆國土五濁惡世劫濁見濁煩惱濁衆生濁命濁中得阿耨多羅三藐三菩提爲諸衆生說是一切世間難信之法舍利弗當知我於五濁惡世行此難事得阿耨多羅三藐三菩提爲一切世間說此難信之法是爲甚難佛說此經已舍利弗及諸比丘一切世間天人阿脩羅等聞佛所說歡喜信受作禮而去

佛說阿彌陀經

拔一切業障根本得生淨土神呪（出小無量壽經）

劉宋天竺三藏求那跋陀羅奉詔重譯

南無阿彌多婆夜哆（多曷切一）他伽跢（都餓切二）夜哆地（途賣切三）夜他阿彌利（上聲四）都婆毗（五）阿彌利哆（六）悉耽婆毗（七）阿彌利哆（八）毗迦蘭諦（九）阿彌利哆（十）毗迦蘭哆（十一）伽彌膩（十二）伽伽那（十三）枳多迦隷（十四）莎婆訶（十五）

若有善男子善女人能誦此呪者阿彌陀佛常住其頂日夜擁護無令怨家而得其便現世常得安隱臨命終時任運往生

阿彌陀經不思議神力傳（隋録未詳作者）

昔長安僧叡法師慧崇僧顯慧通近至後周實禪師景禪師西河鸞法師等數百餘人並生西方西河綽禪師等因見鸞法師得生淨土各率有緣專修淨土之業綽師又撰西方記驗名安樂集流行又晉朝遠法師入廬山三十年不出乃命同志白黒有一百二十三人立誓期於西方鑿山銘願至陳天嘉年廬山珍禪師於坐時見有數百餘人共乘七寶華舫往西方珍禪師遂求附載其船上人報云法師雖講得涅槃經亦大不可思議縁法師未誦得阿彌陀經及呪所以不得同去法師遂廢講業日夜專誦彌陀經及呪計應滿二萬遍未終四七日前夜向四更有神人從西方送一白銀臺來空中明過於日告云法師壽終當乘此臺往生阿彌陀國故來相示令知定生終時白黒咸聞空中如奏音樂并聞異香數月聞香氣不歇其夜峯頂寺僧衆咸見一谷内有數十炬火大如車輪尋

驗古今得生安樂世界者非一多見化佛徒衆來迎靈瑞如傳廣明不可繁録因珍禪師於此經有驗故略述此一條以悟來喆助成往生之志抜一切業障根本得生淨土神呪者乃宋元嘉末年求那跋陀重奉制譯合計五十九字一十五句龍樹菩薩願生安養夢感此呪耶舍三藏誦此呪天平寺銹法師從耶舍三藏口受此呪其人云經本外國不來若欲受持呪法嚼楊枝澡豆漱口然香於佛像前胡跪合掌日夜六時各誦三七遍即滅四重五逆十惡謗方等罪悉得滅除現世所求皆得不為惡鬼神所惑亂若數滿二十萬遍即感得菩提牙生若至三十萬遍即面見阿彌陀佛

後出阿彌陀佛偈經

後漢失譯師名

惟念法比丘　乃從世饒王　發願喻諸佛
誓二十四章　世世見諸佛　姟數無有量
不廢宿命行　功德遂具成　世界名清淨
得佛號無量　國界平夷易　豐樂多上人
寶樹若干種　羅列叢相生　本莖枝葉華
種種各異香　順風日三動　翕習如華生
墮地如手布　雜厠上普平　一切無諸山
海水及諸源　但有河水流　音響如說經
天人入水戲　在意所欲望　令水齊脇肩
意願隨念得　佛壽十方沙　光明普無邊
菩薩及弟子　不可筭稱量　若欲見彼佛
莫疑亦莫望　有疑在胎中　不合五百年
不疑生臺座　叉手無量前　願欲遍十方
須臾則旋還　惟念彼菩薩　姟劫作功勤
本行如此致　得號愴世尊　佛興難得值
須臾會難聞　講說士難遇　受學人難得
若後遺末世　法欲衰微時　當共建擁護
行佛無欲法　佛能說此要　各當勤思行
弘此無量誓　世世稽首行

後出阿彌陀佛偈經

蓋聞紫虛蕩蕩資銀隥而遐昇碧浪滄滄駕寶舟而廣運有菩薩戒品莊嚴者太宗文皇帝之尚儀也賢明早著令德宿昭雪皎意華冰清心鏡才兼六行蕙質久而彌芬位極一時蘭性幽而逾馥有佩稻粱之惠無忘亭育之恩奉為朕躬敬造一切經論龍宮妙旨抒四辯於言泉鷲嶺遺文流一味於法海以茲勝福用彼良因上奉七廟之靈下散十方之衆縱使風炎變起甘露灑而無窮水劫遷移香乳流而不竭云爾

音釋

稱讚淨土佛攝受經

欄楯（欄郎干切勾闌也楯竪尹切檻也）頻胝迦（梵語也亦云頗黎此

云水精頗普禾切胝張尼切）拉（力合切）蔑戾車（梵語也亦云彌離車此云惡見蔑彌列切戾郎計切）殑伽（梵語也此云天堂來河名也殑其陵切伽具迦切）

佛說阿彌陀經

絺（音癡）㝹（奴侯切）馱（唐何切）衣裓（裓古得切衣前襟也）盛（時征切受也）阿鞞跋致（梵語也此云不退轉鞞駢迷切跋蒲撥切）閦（昌六切）沮（慈呂切）

不思議神力傳

叡（以芮切）綽（昌約切）撰（雛產切述也造也）舫（甫妄切方船也）銹（音秀）

阿彌陀佛偈經

姟數（姟正作垓古哀切十京曰垓）翕（迄及切聚也盛也）胳（音各腋下也）隥（丁鄧切登陟之道也）抒（直呂切挹也又引而泄之也）

佛說大阿彌陀經
吳月支優婆塞支謙譯

清刻龍藏佛說法變相圖

大阿彌陀佛經序

大藏經中有十餘經言阿彌陀佛濟度衆生其間四經本爲一種譯者不同故有四名一名無量清淨平等覺經乃後漢月支三藏支婁迦讖譯二曰無量壽經乃曹魏康僧鎧譯三曰阿彌陀過度人道經乃吳月支支謙譯四曰無量壽莊嚴經乃本朝西天三藏法賢譯其大略雖同然其中甚有差互若不觀省者又其文或失於太繁而使人猒觀或失於太嚴而喪其本眞或其文適中而其意則失之由是釋迦文佛所以說經阿彌陀佛所以度人之旨紊而無序鬱而不章予深惜之故熟讀而精考叙爲一經蓋欲復其本也其校正之法若言一事在此本爲安彼本爲杌隉則取其安者或此本爲要彼本爲泛濫則取

其要者或此本爲近彼本爲迂則取其近者或彼本有之而此本闕則取其所有或彼本彰明而此本隱晦則取其明者大槩乃取其所優去其所劣又有其文碎雜而失統錯亂而不倫者則用其意以脩其辭删其重以暢其義其或可疑者則闕焉而不敢取若此之類皆欲訂正聖言發明本旨使不惑於四種之異而知其指歸也又各從其事類析爲五十六分欲觀者易見而喜於讀誦庶幾流傳之廣而一切衆生皆受濟度也予每校正必禱於觀音菩薩求冥助以開悟識性使無舛誤始末三年而後畢既畢乃拜而自喜目之曰大阿彌陀經蓋佛與舍利弗説者亦阿彌陀經彼則其文少故此言大以别之然佛説經非若吾聖人所説也吾聖人所説或深其文而叢其意使人索之而愈見其多或簡其文而晦其意使人思而後得佛則不然必欲詳陳曲布使人人可曉雖至愚下者亦知其意焉然而有辭直而意愈深者經所謂須信佛語深是也切不可以輕其辭而忽其意紹興壬午秋國學進士龍舒王日休謹序

誦淨口業眞言

唵修利修利摩訶修利修修利娑婆訶

次誦五淨眞言

唵尾鼠提娑婆訶

淨身器神呪

唵秫殿都戍陀那耶娑婆訶

次向西頂禮祝云

第子某謹爲盡虛空界一切衆生皈依盡虛空界一切諸佛一切正法一切聖僧西方極樂世界阿彌陀佛觀世音菩薩大勢至菩薩一切菩薩聲聞諸上善人某今爲盡虛空界一切衆生持誦大阿彌陀經及讚佛懺罪迴向發願願如此等衆生各各自誦經讚佛懺罪迴向發願願盡拔濟生於極樂世界乃念

大慈菩薩讚佛懺罪迴向發願偈云

十方三世佛　阿彌陀第一　九品度衆生

威德無窮極　我今大皈依　懺悔三業罪

凡有諸善福　至心用迴向　願同念佛人

盡生極樂國　見佛了生死　如佛度一切

如爲薦亡或禳災或保安則隨意祝願不須如前祈禱亦須誦眞言先皈依三寶及西方四聖然後祝願若爲自身往生則宜一一如前其功德甚大矣

佛説大阿彌陀經卷上

法會大衆分第一

如是我聞一時佛在王舍國靈鷲山中與大弟子衆千二百五十人俱一切大聖神通已達其名曰尊者了本際尊者正願尊者正語尊者大號尊者仁賢尊者離垢尊者名聞尊者善實尊者具足尊者阿難若此皆上首者又大乘衆菩薩普賢菩薩妙德菩薩慈氏菩薩等此賢劫中一切菩薩又賢護等十六正士善思議菩薩信慧菩薩空無菩薩神通華菩薩皆尊普賢大士之德具諸菩薩無量行願安住一切功德之法如是等菩薩大士一時來會

阿難發問分第二

爾時世尊容色光麗異於他日尊者阿難即從座起偏袒右肩長跪合掌而白佛言今日世尊諸根悦豫姿色清淨光顯巍巍如鏡明瑩暢徹表裏自我侍佛以來未嘗獲覩威容有如今日豈非念過去諸佛或現在未來諸佛故致然耶佛言善哉阿難有諸天教汝來問汝自問耶阿難言我自以所見而發此問佛言汝所問者勝於供養一天下聲聞緣覺及布施諸天人民下至蜎飛蠕動之類雖至累劫尚百千萬億倍不可以及所以者何蓋諸天帝王人民下至蜎飛蠕動之類皆因汝所問而得度脱之道阿難如世間有優曇鉢華雖有其實不見其華有佛出世華然後有佛難值遇亦如此華今我出世汝善知吾意特爲發問誠不妄侍佛矣汝當諦聽吾爲汝說對言誠欲聞之

五十三佛分第三

佛言前已過去劫大衆多不可計無邊幅不可議爾時有佛出世名定光如來教化度脫無量衆生皆令得道乃取滅度次有佛名光遠次有佛名月光次有佛名栴檀香次有佛名善山王次有佛名須彌天冠次有佛名須彌等曜次有佛名月色次有佛名正念次有佛名離垢次有佛名無著次有佛名龍天次有佛名夜光次有佛名安明頂次有佛名不動地次有佛名瑠璃妙花次有佛名瑠璃金色次有佛名金藏次有佛名炎光次有佛名炎根次有佛名地種次有佛名月像次有佛名日音次有佛名解脫華次有佛名莊嚴光明次有佛名海覺神通次有佛名水光次有佛名大香次有佛名離塵垢次有佛名捨猒意次有佛名寶炎次有佛名妙頂次有佛名勇力次有佛名功德持慧次有佛名蔽日月光次有佛名日月瑠璃光次有佛名無上瑠璃光次有佛名最上首次有佛名菩提華次有佛名月明次有佛名日光次有佛名華色王次有佛名水月光次有佛名除癡冥次有佛名度蓋行次有佛名淨信次有佛名善宿次有佛名威神次有佛名法慧次有佛名鸞音次有佛名師子音次有佛名龍音次有佛名處世如此諸佛皆已過去

法藏本因分第四

佛言次有佛名世自在王如來應供等正覺明行足善逝世間解無上士調御丈夫天人師佛世尊十號具足在世教化四十二劫爾時有大國王聞佛說法喜悅開悟即弃王位

往作沙門號法藏比丘高才 智慧勇猛無能
及者詣彼佛所稽首禮足右繞三帀長跪合
掌以偈讚佛
如來妙色相 世間無等倫 遠勝日摩尼
火月清淨水 威神無有極 名聲震十方
皆由三昧力 精進成智慧 持覺若溟海
深廣無涯底 無明與貪恚 冰釋巳無餘
從是超世間 歎仰不能巳 端如好樹華
莫不愛樂者 處處人民見 一切皆歡喜
布施及淨戒 忍辱并精進 禪定大智慧
吾誓得此事 一切諸恐懼 普爲獲大安
過度諸生死 無不解脱者 我至作佛時
種種如法王 假使恒沙數 諸佛悉供養
不如求正覺 堅勇必成就 能使無量剎
光明普照耀 濟度越恒沙 威德誰可量
我剎及莊嚴 華好獨超早 凡欲求生者
清淨安以樂 度脱求無窮 幸佛作明證
發願旣如是 力行無懈怠 雖居苦毒中
忍之終不悔

大願問佛分第五

佛言爾時法藏比丘説此偈巳復白世自在
王佛言世尊我發無上菩提之心願作佛時
於十方無央數佛中爲最智慧勇猛頂中光
明照耀十方無有窮極所居剎土自然七寶
極明麗温柔我化度名號皆聞於十方無央
數世界莫有不聞知者諸無央數諸天人民
以至蜎飛蠕動之類來生我剎者悉皆菩薩
聲聞其數不可窮盡比諸佛世界悉皆勝之
如是者寧可得否時世自在王佛知其智識
高明心願廣大即爲説言譬如大海一人斗

量歷劫不止尚可見底況人至心求道精進不止何求不得何願不遂時法藏比丘聞佛所說則大歡喜佛乃選擇二千一百萬佛刹中諸天人民之善惡國土之麤妙隨其心願悉令顯現法藏即一其心遂得天眼莫不徹見

四十八願分第六

佛言爾時法藏比丘乃往一靜處其心寂然俱無所著默坐思惟攝取彼佛刹清淨之行如彼修持復詣佛所而白佛言世尊我已攝取二千一百萬佛刹所以莊嚴國土清淨之行願有數陳惟佛聽察彼佛告言善哉汝可具說諸菩薩衆聞汝志願因以警策亦能於諸佛刹修習莊嚴法藏白言第一願我作佛時我刹中無地獄餓鬼禽畜以至蜎飛蠕動之類不得是願終不作佛第二願我作佛時我刹中無婦女無央數世界諸天人民以至蜎飛蠕動之類來生我刹者皆於七寶水池蓮華中化生不得是願終不作佛第三願我作佛時我刹中人欲食時七寶鉢中百味飲食化現在前食已器用自然化去不得是願終不作佛第四願我作佛時我刹中人所欲衣服隨念即至不假裁縫擣染浣濯不得是願終不作佛第五願我作佛時我刹中自地以上至於虛空皆有宅宇宮殿樓閣池流花樹悉以無量雜寶百千種香而共合成嚴飾奇妙殊勝超絕其香普熏十方世界衆生聞是香者皆修佛行不得是願終不作佛第六願我作佛時我刹中人皆心相愛敬無相憎嫉不得是願終不作佛第七願我作佛時我

剎中人盡無淫泆嗔怒愚癡之心不得是願終不作佛第八願我作佛時我剎中人皆同一善心無惑他念其所欲言皆豫相知意不得是願終不作佛第九願我作佛時我剎中人皆不聞不善之名況有其實不得是願終不作佛第十願我作佛時我剎中人知身如幻無貪著心不得是願終不作佛第十一願我作佛時我剎中雖有諸天與世人之異而其形容皆一類金色面目端正淨好無復醜異不得是願終不作佛第十二願我作佛時假令十方無央數世界諸天人民以至蜎飛蝡動之類皆得爲人皆作緣覺聲聞皆坐禪一心共欲計數我年壽幾千億萬劫無有能知者不得是願終不作佛第十三願我作佛時假令一方各千億世界有諸天人民以至蜎飛蝡動之類皆得爲人皆作緣覺聲聞皆坐禪一心共欲計數我剎中人數有幾千億萬無有能知者不得是願終不作佛第十四願我作佛時我剎中人壽命皆無央數劫無有能計知其數者不得是願終不作佛第十五願我作佛時我剎中人所受快樂一如漏盡比丘不得是願終不作佛第十六願我作佛時我剎中人住正信位離顛倒想遠離分別諸根寂靜所止盡般泥洹不得是願終不作佛第十七願我作佛時說經行道十倍於諸佛不得是願終不作佛第十八願我作佛時我剎中人盡通宿命知百千億那由他劫事不得是願終不作佛第十九願我作佛時我剎中人盡得天眼見百千億那由他世界不得是願終不作佛第二十願我作佛時我

刹中人盡得天耳聞百千億那由他諸佛說法悉能受持不得是願終不作佛第二十一願我作佛時我刹中人得他心智知百千億那由他世界衆生心念不得是願終不作佛第二十二願我作佛時我刹中人盡得神足於一念頃能超過百千億那由他世界不得是願終不作佛第二十三願我作佛時我名號聞於十方無央數世界諸佛各於大衆中稱我功德及國土之勝諸天人民以至蜎飛蠕動之類聞我名號乃慈心喜悅者皆令來生我刹不得是願終不作佛第二十四願我作佛時我頂中光明絕妙勝如日月之明百千億萬倍不得是願終不作佛第二十五願我作佛時光明照諸無央數天下幽冥之處皆當大明諸天人民以至蜎飛蠕動之類見我光明莫不慈心作善皆令來生我國不得是願終不作佛第二十六願我作佛時十方無央數世界諸天人民以至蜎飛蠕動之類家我光明觸其身者身心慈和過諸天人不得是願終不作佛第二十七願我作佛時十方無央數世界諸天人民有發菩提心奉持齋戒行六波羅蜜修諸功德至心發願欲生我刹臨壽終時我與大衆現其人前引至來生作不退轉地菩薩不得是願終不作佛第二十八願我作佛時十方無央數世界諸天人民聞我名號燒香散花然燈懸繒飯食沙門起立塔寺齋戒清淨益作諸善一心繫念於我雖止於一晝夜不絕亦必生我刹不得是願終不作佛第二十九願我作佛時十方無央數世界諸天人民至心信樂欲生我刹

十聲念我名號必遂來生惟除五逆誹謗正法不得是願終不作佛第三十願我作佛時十方無央數世界諸天人民以至蜎飛蠕動之類前世作惡聞我名號即懺悔爲善奉持經戒願生我刹壽終皆不經三惡道徑遂來生一切所欲無不如意不得是願終不作佛第三十一願我作佛時十方無央數世界諸天人民聞我名號五體投地稽首作禮喜悅信樂修菩薩行諸天世人莫不致敬不得是願終不作佛第三十二願我作佛時十方無央數世界有女人聞我名號喜悅信樂發菩提心厭惡女身壽終之後其身不復爲女不得是願終不作佛第三十三願我作佛時九生我刹者一生遂補佛處惟除本願欲往他方設化衆生修菩薩行供養諸佛即自在往生我以威神之力令彼教化一切衆生皆發信心修菩提行普賢行寂滅行淨梵行最勝行及一切善行不得是願終不作佛第三十四願我作佛時我刹中人欲生他方者如其所願不復墜於三惡道不得是願終不作佛第三十五願我作佛時刹中菩薩以香華旛蓋眞珠瓔珞種種供具欲往無量世界供養諸佛一食之頃即可遍至不得是願終不作佛第三十六願我作佛時刹中菩薩欲萬種之物供養十方無央數佛即自在前供養旣遍是日未午即還我刹不得是願終不作佛第三十七願我作佛時刹中菩薩受持經法諷誦宣說必得辯才智慧不得是願終不作佛第三十八願我作佛時刹中菩薩能演說一切法其智慧辯才不可限量不得是願終

不作佛第三十九願我作佛時剎中菩薩得金剛那羅延力其身皆紫磨金色具三十二相八十種好說經行道無異於諸佛不得是願終不作佛第四十願我作佛時剎中清淨照見十方無量世界菩薩欲於寶樹中見十方一切嚴淨佛剎即時應現猶如明鏡覩其面相不得是願終不作佛第四十一願我作佛時剎中菩薩雖少功德者亦能知見我道場樹高四千由旬不得是願終不作佛第四十二願我作佛時剎中諸天世人及一切萬物皆嚴淨光麗形色殊特窮微極妙無能稱量者衆生雖得天眼不能辯其名數不得是願終不作佛第四十三願我作佛時我剎中人隨其志願所欲聞法皆自然得聞不得是願終不作佛第四十四願我作佛時剎中菩薩聲聞皆智慧成神頂中皆有光明語音鴻暢說經行道無異於諸佛不得是願終不作佛第四十五願我作佛時他方世界諸菩薩聞我名號皈依精進皆逮得清淨解脫三昧住是三昧一發意頃供養不可思議諸佛而不失定意不得是願終不作佛第四十六願我作佛時他方世界諸菩薩聞我名號皈依精進皆逮得普等三昧至于成佛常見無量不可思議一切諸佛不得是願終不作佛第四十七願我作佛時他方世界諸菩薩聞我名號皈依精進即得至不退轉地不得是願終不作佛第四十八願我作佛時他方世界諸菩薩聞我名號皈依精進即得至第一忍第二忍第三法忍於諸佛法未不退轉不得是願終不作佛

願後説偈分第七

佛言爾時法藏比丘發此願已復説偈言

我今對佛前　特發誠實願　如獲十力身
威德無能勝　復爲大國王　富豪而自在
常施諸財寶　利樂於貧苦　盡令諸衆生
長夜無憂惱　發生衆善根　長養菩提果
我至成佛時　名聲超十方　人天欣得聞
俱來生我刹　我以智慧光　廣照無央界
除滅諸有情　貪嗔煩惱暗　地獄鬼畜生
亦生我刹中　一切來生者　修習清淨行
如佛金色身　妙相悉圓滿　還以大慈心
普濟諸沉溺　我於未來世　當作天人師
百億世界中　説法師子吼　一切聞音者
解悟復圓明　又如過去佛　所生慈愍行
度脱諸有情　已無量無邊　我行亦如斯
咸使登覺岸　此願若尅果　大千應震動
虚空諸天神　必雨珍妙華

初修善行分第八

佛言爾時法藏比丘於彼佛所諸天魔梵龍神八部大衆之中發斯弘誓應時大地震動天雨妙華以散其上空中讚言決定成佛於是法藏住真實慧勇猛精進修習無量功德以莊嚴其國是故入三摩地歷大阿僧祇劫修菩薩行不生慾想嗔想癡想不生慾覺嗔覺癡覺不著色聲香味諸法忍力成就不計衆苦但樂憶念過去諸佛所修善根行寂靜行遠離虚妄堅守誠正常以和顔愛語饒益衆生於佛法僧信重恭敬依真諦門植衆德本善護口業不譏他過善護身業不失律儀善護意業清淨無染恒以布施持戒忍辱精

進禪定智慧利樂衆生令諸衆生功德成就遠離麤言免自害害彼免彼此倶害修習善語自利利人致人我兼利復教化衆生修行六度於一切法而得自在了空無相無願無爲無生無滅軌範具足善根圓滿隨其生處在意所欲有無量寶藏自然發現以此施惠衆生令生歡喜以行教化致無量無數衆生發無上菩提之心如是善行無量無邊説不能盡

親近諸佛分第九

佛言法藏比丘行菩薩行時於諸佛所尊重恭敬承事供養未甞間斷爲四大天王詣佛所恭敬禮拜承事供養爲忉利天王詣佛所恭敬禮拜承事供養爲夜摩天王兜率天王化樂天王他化自在天王乃至大梵天王等詣佛所恭敬禮拜承事供養其次處閻浮提爲轉輪王受灌頂位及大臣官族等詣佛所恭敬禮拜承事供養爲刹帝利婆羅門等詣佛所恭敬禮拜承事供養如是無量無數百千萬億劫親近諸佛植衆德本以成就所願願成作佛分第十

佛言法藏比丘行菩薩行時容體端嚴三十二相八十種好悉皆具足口中常出栴檀之香身諸毛孔出優鉢羅華香其香普熏無量無邊不可思議那由他由旬衆生聞此香者皆發無上菩提之心又手中恒出一切衣服一切飲食一切幢播寶蓋一切音樂及一切最上所須之物利樂一切衆生令歸佛道如是積功累德無量無數百千萬億劫功德圓滿威神熾盛方得成就所願而入佛位

蜎蝡亦度分第十一

阿難白言法藏比丘爲已成佛而取滅度爲未成佛爲今現在佛言彼佛如來來無所來去無所去無生無滅非過去現在未來但以酬其志願度一切衆生現在西方去此百萬世界其世界名曰極樂其佛號阿彌陀成佛以來于今十劫又在十方世界教化無央數諸天人民以至蜎飛蝡動之類莫不得過度解脱者

光明獨勝分第十二

佛言阿彌陀佛光明最爲遠著諸佛光明皆所不及十方無央數佛其頂中光明有照一里者有照二里者有照三里者如是展轉漸遠有至於照千二百萬里復有佛頂中光明照一世界者有照二世界者有照三世界者如是展轉漸遠有至於照二百萬世界者惟阿彌陀佛頂中光明照千萬世界無有窮極諸佛光明所以有遠近者何以故初爲菩薩時願力功德各有大小至期作佛皆隨所得是故光明亦從而異若威神自在隨意所作不必豫計則無不同阿彌陀佛願力無邊功德超絶故比諸佛光明特爲殊勝

十三佛號分第十三

佛言阿彌陀佛光明明麗快甚絶殊無極勝於日月之明千萬億倍而爲諸佛光明之王故號無量壽佛亦號無量光佛無邊光佛無礙光佛無對光佛炎王光佛清淨光佛歡喜光佛智慧光佛不斷光佛難思光佛難稱光佛超日月光佛其光明所照無央數天下幽冥之處皆常大明諸天人民禽獸蜎飛蝡動

之類見此光明莫不喜悦而生慈心其淫泆嗔怒愚癡者見此光明莫不遷善地獄餓鬼畜生考掠痛苦之處見此光明無復苦惱命終之後皆得解脱不獨我今稱讚阿彌陀佛光明十方無央數佛菩薩緣覺聲聞之衆悉皆稱讚亦復如是若有衆生聞此光明威神功德日夜歸命稱讚不已隨其志願必生其刹復爲諸菩薩聲聞所共稱讚當亦如是我説阿彌陀佛光明威神巍巍殊妙晝夜一劫尚未能盡今爲汝等略言之耳

阿闍世王分第十四

爾時阿闍世王太子與五百長者子各持一金華蓋前以獻佛却坐一面聞説阿彌陀佛功德光明皆大歡喜其心願言我等後作佛時皆如阿彌陀佛佛即知之告諸比丘言阿闍世王太子與五百長者子後無央數劫皆當作佛如阿彌陀佛此等行菩薩道已無央數劫皆各供養四百億佛今復供養於我往昔迦葉佛時皆常爲我弟子今又至此是復會遇也時諸比丘聞是語已莫不喜悦恭敬讚歎

地平氣和分第十五

佛言阿彌陀佛刹中皆自然七寶所謂黄金白銀水晶瑠璃珊瑚琥珀硨磲其體性温柔以是七寶相間爲地或純以一寶爲地光色照耀奇妙清淨超越十方一切世界其國恢廓曠蕩不可窮盡地皆平正無須彌山及金剛圍一切諸山亦無大海小海及坑坎井谷亦無幽暗之所無地獄餓鬼畜生禽虫以至蜎飛蠕動之類無阿須倫及諸龍鬼神亦無

雨露惟有自然流泉亦無寒暑氣象常春清快明麗不可具言有萬種自然之物如百味飲食意有所欲悉現在前意若不用自然化去隨其所念無不得之此娑婆世界有他化自在天其中天人一切所須自然化現以比於此佛剎中自然之物猶萬億倍不可以及

講堂宅宇分第十六

佛言阿彌陀佛講堂精舍皆自然七寶相間而成復有七寶以爲樓觀欄楯復以七寶爲之瓔珞懸飾其側復以白珠明月珠摩尼珠爲之交絡遍覆其上殊特妙好清淨光輝不可勝言其餘菩薩聲聞所居宮宇亦復如是彼諸天及世人衣服飲食華香瓔珞傘蓋幢旛微妙音樂隨意而現所居宮宇樓閣稱其形色高下大小或以一寶二寶乃至無量衆寶悉化現而成然宮宇有隨意高大浮於空中若雲氣者有不能隨意高大止在地上如世間者其故非他能隨意者乃前世求道時慈心精進益作諸善德厚所致不能隨意者乃前世求道時不慈心精進作善微尠德薄所致若衣服飲食則皆平等惟宮宇不同所以別進有勤墮德有大小示衆見之此講堂宮宇初無作者亦無所從來以此佛願大德重自然化生

寶池大小分第十七

佛言阿彌陀佛剎中講堂宮宇勝於此世界中第六天上天帝所居百千萬倍終不可及其內外復有自然流泉及諸池沼與自然七寶俱生有純一寶池者其底沙亦以一寶若黃金池者底白銀沙水晶池者底瑠璃沙珊

瑚池者底琥珀沙有二寶爲一池者其底沙亦以二寶若黄金白銀池者底沙則以水晶瑠璃若水晶瑠璃池者底沙則以珊瑚琥珀若珊瑚琥珀池者底沙則以硨磲瑪瑙若三寶四寶以至七寶共爲一池則底沙亦如是此諸寶池有方四十里者有方五十里者有方六十里者如是展轉漸大以至於方二萬四百八十里若大海然是諸池者皆菩薩聲聞諸上善人生長之所有時浴於其間若彼佛池其方倍此皆七寶相間而成白珠明月珠摩尼珠爲之底沙是諸池者皆八功德水湛然盈滿清淨香潔味如甘露其間復有百種異華枝皆千葉光色既異香氣亦異芬芳馥郁不可勝言

蓮花化生分第十八

佛言十方無央數世界諸天人民以至蜎飛蠕動之類往生阿彌陀佛刹者皆於七寶池蓮華中化生自然長大亦無乳養之者皆食自然之食其容貌形色端正淨好固非世人可比亦非天人可比皆受自然清虛之身無極之壽

佛說大阿彌陀經卷上

音釋

序

識楚禁切 鎧可亥切 紊乂運切亂也 鬱於物切幽也滯也 杌隉杌五忽切隉魚傑切杌隉不安也 槩古代切大率也 訂丁定切評議也 析音昔分也 舛昌充切差錯也

經

蜎隳緣切小飛也 蝡音軟蟲動貌 擣都皓切舂也 浣濯浣胡管切洗垢也濯直角切澣也 淫泆淫夷針切婬放也泆夷質切泆蕩也 軌範軌音鬼則也範音犯模也 尠蘇典切少也 馥郁馥房六切郁於六切馥郁香醲也

佛説大阿彌陀經卷下

匃者比類分第十九

佛言譬如匃者在帝王之側形相容儀寧可類否阿難答言匃者在帝王之側羸陋醜惡無以爲喻百千萬倍不可以及所以然者皆坐前世不植德本積財不施富有益慳但欲唐得貪求無猒不信修善得福益作諸惡如是壽終墮於惡趣受諸長苦得出爲人下賤醜弊示衆見之所以帝王人中尊貴皆由宿世積德所致慈惠温良慱施兼濟損已利物無所違爭是以壽終應生天上享其福樂餘慶猶存遂生王家自然尊貴儀容端正衆所敬事美衣珍饍隨心服御自非宿福何以能然佛言汝言是矣若言形相威光帝王雖人中尊貴比轉輪聖王猶如鄙陋若彼匃者在帝王之側轉輪聖王天下第一比忉利天王又百千萬倍不可以及忉利天王比第六天王又百千萬倍不可以及第六天王比阿彌陀佛刹中諸菩薩聲聞諸上善人又百千萬倍不可以及

澡雪形體分第二十

佛言阿彌陀佛刹中諸菩薩聲聞諸上善人若入七寶池中澡雪形體意欲令水没足水即没足欲令至膝水即至膝欲令至腰至腋以至于頸水亦如是欲淋灌其身悉如其意欲令其水如初即亦如初調和冷暖無不順適開神悦體滌蕩情慮清明澄潔瑩若無形旣出浴已各坐於一蓮華之上自然微風徐動吹諸寶樹或作音樂或作法音吹諸寶花皆成異香散諸菩薩聲聞大衆之上華墮地

者積厚四寸極目明麗芳香無比及至小萎自然亂風吹去諸菩薩聲聞大衆有欲聞法音者有欲聞音樂者有欲聞華香者有皆不欲聞者其欲聞者輙獨聞之不欲聞者寂無所聞各適其意無所違忤其爲快樂常得自然

澡畢進業分第二十一

佛言饒皆浴已各往修進有在地講經者有在地誦經者有在地自說經者有在地口授經者有在地聽經者有在地念經者有在地思道者有在地坐禪一心者有在地經行者仍有在虛空中講經者在虛空中誦經者在虛空中自說經者在虛空中口授經者在虛空中聽經者在虛空中念經者在虛空中思道者在虛空中坐禪一心者在虛空中經行者其間有未得須陁洹者因是得須陁洹未得斯陁含者因是得斯陁含未得阿那含者得阿那含未得阿羅漢者得阿羅漢有未得不退轉地菩薩者乃得不退轉地菩薩各隨其質而有所得莫不欣然適意而悅

池流法音分第二十二

佛言諸寶池中其水轉相灌注不遲不疾波揚無量自然妙聲或作說佛聲或作說法聲或作說僧聲或說寂靜聲說空無我聲說大慈悲聲說波羅蜜聲說十力無畏不共法聲說諸通慧聲說無所作聲說不起滅聲說無生忍聲乃至說甘露灌頂一切妙法如是等聲稱其所欲莫不聞者喜悅無量發清淨心無諸分別正直平等成熟善根永不退於無上菩提於彼世界不復聞於地獄餓鬼畜生

夜叉殺生偷盜鬬諍惡口兩舌如是等一切惡聲聞且絶無況有其實但有自然清淨之音自然快樂之事是故其刹名曰極樂

池岸花樹分第二十三

佛言諸寶池岸上有無數栴檀香樹吉祥果樹花果恒芳香氣流布又有天優鉢羅華鉢曇摩華拘牟頭華分陀利華雜色光茂彌覆水上復有七種寶樹其純一寶樹者根莖枝葉花果皆以一寶二寶爲一樹者根莖枝葉花果間以二寶三寶爲一樹者根莖枝葉花果間以三寶四寶爲一樹者根莖枝葉各以一寶其花與果同於根莖五寶爲一樹者根莖枝葉花各以一寶果則同於其根六寶爲一樹者根莖枝葉花果各以一寶七寶爲一樹者亦復如是惟加其節益用一寶如是諸樹種種各自異行行相植莖莖相望枝枝相准葉葉相向花花相順果果相當如是行列數百千里間以寶池又復如是乃至周遍世界榮色光耀不可勝視清風時發自成微妙音聲無可比者

樹音妙樂分第二十四

佛言如世間帝王有萬種音樂不如轉輪聖王諸音樂中一音之美百千萬倍如轉輪聖王萬種音樂不如忉利天王諸音樂中一音之美百千萬倍如忉利天王萬種音樂不如第六天王諸音樂中一音之美百千萬倍如第六天王萬種音聲不如阿彌陀佛刹中諸七寶樹一音之美百千萬倍復有自然種種妙樂而其音聲無非妙法清暢嘹喨微妙和雅十方世界音聲之中最爲第一

自然飲食分第二十五

佛言阿彌陀佛刹中諸往生者其飲食時有欲銀鉢者有欲金鉢者有欲水晶瑠璃鉢者有欲珊瑚琥珀硨磲碼碯鉢者或欲明月珠摩尼珠白玉紫金等鉢皆隨其意化現在前百味飲食充滿其中酸鹹辛淡各如所欲多亦不餘少亦不缺亦不以美故過量而食惟以資益氣力食已自然消散而無遺滓或但見色聞香意以爲食自然化去再欲食時復現如前極彼刹中清淨安穩微妙快樂次於無爲泥洹之道

景象殊勝分第二十六

佛言阿彌陀佛刹中皆諸菩薩聲聞諸上善人無有婦女皆壽命無央數劫皆洞視徹聽遙相瞻見遙相聞語聲皆求善道者無復異人其面目皆端正淨好無復醜陋其體性皆智慧勇健無復庸愚其所欲言皆豫相知意心所存念無非道德形於談說無非正事皆相愛敬無或憎嫉皆相順序或無差池動合禮義穆若弟兄言語誠實轉相教令欽若承受不相違戾意皆潔清無所貪染婬泆嗔怒愚癡之態盡絕無餘邪心妄念消釋無有神氣和靜體力輕清樂從經道啓迪慧性通其宿命雖歷萬劫已所從來靡不知之復知十方世界去來現在之事復知無央數天上地下人民以至蜎飛蠕動之類心意所念口所欲言復知此等衆生當於何劫何歲盡度脱爲人得生極樂世界或作菩薩或作聲聞皆豫知之其有神智洞達威力自在者能於掌中攣一切世界

道場寶樹分第二十七

佛言阿彌陀佛刹中其道場樹高一千六百由旬四布枝葉八百由旬根入寶地五百由旬及一切衆寶自然合成花果敷榮作無量百千殊麗之色於其樹上復以月光摩尼寶帝網摩尼寶持海輪寶如是等衆寶莊嚴周帀其間復垂愛寶瓔珞大緑寶瓔珞青真珠瓔珞如是等衆瓔珞綴飾復有眞妙寶網羅覆其上成百千萬色種種異變無量光艷照耀無極或時微風徐動演出無量妙法音聲其聲流布遍諸佛刹衆生聞者得深法忍住不退轉地無其耳病以至成就無上菩提若有衆生見此樹者乃至成佛於其中間不生眼病若有衆生聞樹香者乃至成佛於其中間不生鼻病若有衆生食樹果者乃至成佛於其中間舌亦無病若有衆生樹光照者乃至成佛於其中間身亦無病若有衆生觀想樹者乃至成佛於其中間心得清涼遠離貪等煩惱之病皆得甚深法忍住不退轉地彼刹諸天人世人見此樹者得三法忍一者音響忍二者柔順忍三者無生法忍如是樹木花果與諸衆生而作佛事皆以此佛本願力故堅固願故精進力故威神力故

寶網音香分第二十八

佛言阿彌陀佛刹中復有無量寶網彌覆其上皆以金銀眞珠百千雜寶奇妙珍異莊嚴校飾周帀四面垂以寶網光色晃曜盡極嚴麗又有自然德風徐動不寒不暑溫和柔輭不遲不疾吹諸寶網及諸寶樹演發無量微妙法音流布萬種清雅德香其有聞者塵勞

垢習自然不生風觸其身皆得快樂譬如比丘得滅盡定三昧或時風吹散花遍滿其剎隨色次第而不雜亂柔輭光澤馨香芬列足履其上陷下四寸隨舉足已還復如故花用已訖自然化沒

蓮花現佛分第二十九

佛言阿彌陀佛剎中衆寶蓮花周遍世界一一寶花百千萬葉其花光明無量雜色青色青光白色白光玄黃朱紫之色其光亦然煒燁煥爛明耀日月一一花中出三十六百千億光一一光中出三十六百千億佛其身皆紫金色相好殊特一一諸佛又放百千光明普爲十方衆生說微妙法如是諸佛各各安立無量衆生於佛正道

大會說法分第三十

佛言阿彌陀佛爲諸菩薩聲聞及諸天世人廣宣大教敷演妙法之時皆以次序大會於七寶講堂佛初爲諸菩薩聲聞及諸天世人說法莫不欣然恱適心得解悟各隨其資而有所得即時四方自然微風吹諸寶樹作五百音聲復吹諸寶花停結空中枝葉下向以成供養旣而墜地則自然亂風吹去於是第一四天王天諸天人持百千花香百千音樂自空而降以供養佛及菩薩聲聞之衆聽聞說法散諸香花奏諸音樂於是第二忉利天上至欲界諸天以至第七梵天及三十六天如是等天諸天人各持百千香華百千音樂轉相倍勝自空而降皆以前後次序更相開避供養佛及菩薩聲聞之衆聽佛說法散諸香花奏諸音樂諸天人中有未得須陀洹道

者有未得斯陀含道者有未得阿那含道者有未得阿羅漢道者有未得不退轉地菩薩者聞佛說法即心開意解隨所未得而自得之當此之時熈然歡喜不可勝言

十方聽法分第三十一

佛言其次東方恒河沙數諸佛各遣無量無數菩薩及無量無數聲聞之衆持諸香華幢旛寶蓋種種供具前以獻佛各禮足已稱讚寶刹功德莊嚴聽說妙法皆大喜悅作禮而去其次南方世界恒河沙數諸佛各遣無量無數菩薩及無量無數聲聞之衆持諸香華幢旛寶蓋種種供具前以獻佛各禮足已稱讚寶刹功德莊嚴聽說妙法皆大喜悅作禮而去其次西方北方四隅上下亦復如是爾時世尊復說偈言

東方諸世界　數若恒河沙　一一世界中
聲聞與菩薩　無量復無數　各發最勝心
持諸妙供養　往獻阿彌陀　南西北四隅
上下亦如是　悉皆供獻已　旋繞懷愛敬
讚歎大福田　最上復希有　皆由宿願弘
精進無窮極　究達神通慧　遊入勝法門
具足功德寶　妙智無等倫　慧日朗世間
消除生死雲　莊嚴極樂刹　威神叵思議
曠蕩已無邊　佛刹絶無比　稱讚既如是
欽慕不能已　復以天妙花　散空成寶蓋
縱廣百由旬　色相愈新麗　假兹伸供養
自喜還自慶　願我積衆善　致我刹亦然
先了諸法性　夢幻本來空　次度諸衆生
遠大無窮極　如是寶刹者　何憂不可成
爾時佛慈悲　開導一切心　神通化大光

從佛面門出　四散數無窮　普照億佛剎
人天咸覩已　還歸佛髻中　時會諸有情
敬歎未曾有　一一願與沈淪者　盡證菩提道

觀音發問分第三十二

爾時佛說此偈已會中有觀自在菩薩即從座起合掌向佛而作是言世尊以何因緣阿彌陀佛於其面門放無量光照諸佛剎惟願世尊方便解說令諸衆生及他方菩薩聞是語已心生解悟於佛菩提志樂趣求永無退轉佛言汝當諦聽吾爲汝說彼佛如來於過去無量無邊阿僧祇劫前爲菩薩時發大誓言我於未來世成佛時若有十方世界無央數諸天人民以至蜎飛蝡動之類聞我名號或頂禮憶念或稱讚皈依或香花供養如是衆生速生我剎見此光明即得解脫若諸菩薩見此光明即得授記證不退位手持智華及諸供具往十方無邊佛剎供養諸佛而作佛事增益功德經須臾頃復還本剎是故光明而入佛頂

菩薩出供分第三十三

佛言阿彌陀佛剎中諸菩薩承佛威神一食之頃遍至十方無量世界供養諸佛隨心所欲花香妓樂衣蓋幢旛無數供養之具自然化現在前珍妙殊特非世所有輒以奉佛及諸菩薩聲聞之衆或欲獻花者即於空中化成花蓋小者周圓四十里或五十里或六十里如是展轉漸大有至於六百萬里各隨其小大停於空中以成圓象勢皆下向以成供養光色照耀香氣普薰不可勝言既已用已隨其前後以次化沒諸菩薩復於空中共奏

天樂以微妙音歌歎佛德聽受經法喜悅無量既供養已忽然輕舉還至本剎猶爲未食之前

菩薩功德分第三十四

佛言阿彌陀佛剎中諸菩薩衆容貌柔和相好具足禪定智慧通達無礙神通威德無不滿足深入法門得無生忍諸菩薩道究竟明了調伏諸根身心柔輭安住寂靜盡般涅槃深入正慧無復餘習依佛所行七覺聖道修行五眼照眞達俗辯才總持自在無礙善解世間無邊方便所言誠諦深入義味敷演正法廣度有情除彼一切煩惱之患等觀三界空無所有知一切法悉皆寂滅無相無爲無因無果無取無捨無縛無脫去諸分別遠離顛倒堅固不動如須彌山智慧明了如日月朗廣大如海出功德寶熾盛如火燒煩惱薪忍辱如地一切平等清淨如水洗諸塵垢如虛空無邊不障一切故如蓮花出水離一切染故如雷音震響出法音故如雲霔霆降法雨故如風動樹長菩提芽故如牛王聲畏衆牛故如龍象威難可測故如良馬行乘無失故如師子座離怖畏故如尼拘陀樹覆蔭大衆故如優曇鉢華難值遇故如金剛杵破邪山故如梵王身生梵衆故如金翅鳥勝毒龍故如空中禽無住跡故如雪山照功德淨故如慈氏觀法界等故專樂求法心無猒足常欲廣說志無疲倦擊法鼓建法幢曜慧日除癡暗修六和敬常爲師導爲世燈明最勝福田拔諸欲刺以安群生功德殊勝莫不尊重恭敬供養無量諸佛常爲諸佛所共讚歎究

竟菩薩諸波羅蜜修空無相無願三昧及不生不滅諸三昧門遠離聲聞緣覺之地阿難彼諸菩薩成就如是無量功德我但爲汝舉要言之若廣説者雖歷一劫不能窮盡

泥洹去者分第三十五

爾時座中有阿逸多菩薩即從座起合掌問佛阿彌陀佛刹中諸聲聞有般泥洹者否佛言此四天下星汝見之否答云皆已見之佛言如大目揵連飛行四天下一日一夜可盡知其星數彼刹聲聞之衆尚百千億倍於四天下星不可盡知其數其一聲聞般泥洹者猶如大海減去一渧不覺其少其般泥洹者數雖衆多猶如大海減去一溪之水亦不覺其少雖般泥洹者及無央數其現在者與新得聲聞者其數亦無量無極猶如大海減一恒河之水而不覺其少使天下諸水皆入於海亦不能覺海水增多所以者何以海爲天下諸水之王容納無窮彼佛刹中亦復如是使十方無央數佛刹諸天人民以至蜎飛蠕動之類皆往生其中亦不能覺彼刹人數增多所以者何以彼刹獨冠於十方無央數佛刹而至廣至大曠若無邊所以者何本其爲菩薩時志願廣大精進不懈積德無窮故能如是

光明大小分第三十六

佛言阿彌陀佛與其刹中諸菩薩聲聞頂中光明各有大小諸聲聞頂中光明各照七丈諸菩薩頂中光明各照千億萬里有二菩薩尊爲第一其一名觀世音一名大勢至常在佛側坐侍政論佛與二菩薩對議十方世界未來現在之事佛欲使二菩薩往他方佛所

神足而往駃疾如佛分身生此世界助佛揚化於彼刹中不失現在其智慧威神最爲第一頂中光明各照千佛世界世間人民善男子善女人若有急難恐怖或值官事一心皈命觀世音菩薩無不得解脫者其佛頂中光明極大極明彼世界中日月星辰以佛光勝故亦無光耀皆住空中亦不運轉故無一日二日一月二月亦無歲數亦無劫數以此間計之彼佛光明後無數劫無數劫重復無數劫無數劫不可復計劫終無冥晦之時其世界無壞亦復如是

恩德無窮分第三十七

佛言阿彌陀佛於世間教化意欲度脫十方無央數佛刹中諸天人民以至蜎飛蝡動之類皆往生其刹悉令得泥洹之道其間欲作佛者即令修菩薩行以至成佛既成佛已轉相教化度脫十方無央數世界中諸天人民以至蜎飛蝡動之類往生其刹者不可勝數作菩薩以至成佛者亦不可勝數是此佛恩德及於十方世界無窮無極不可思議

佛壽人數分第三十八

佛言汝欲知阿彌陀佛壽命無極否阿逸多對言誠欲聞知佛言明聽悉十方無央數世界諸天人民以至蜎飛蝡動之類皆得爲人又皆作緣覺聲聞共坐禪一心合其智慧爲一智慧以計數彼佛壽命幾千億萬劫無有能知者其諸菩薩聲聞及彼刹諸天世人壽命亦復如是復令十方各千世界中諸天人民以至蜎飛蝡動之類皆得爲人又皆作緣覺聲聞共坐禪一心合其智慧爲一智慧以

計數彼刹中諸菩薩聲聞幾千億萬人莫有能盡知者彼佛壽命浩浩溯溯無窮無極誰能信知惟佛知耳

迊次作佛分第三十九

阿逸多復白佛言阿彌陀佛功德壽命威神光明乃如是耶佛言彼佛至般泥洹時觀世音菩薩乃當作佛掌握化權教化度脫十方世界諸天人民以至蜎飛蠕動之類皆令得泥洹之道欲作佛者則至作佛既作佛已轉相教化轉相度脫如一大師阿彌陀佛無有窮極其恩德所及一無有異復住無央數劫無央數劫不可復計劫一一皆法阿彌陀佛乃般泥洹其次大勢至菩薩作佛掌握化權教化度脫一如阿彌陀佛經歷劫數永無般泥洹時

佛智無極分第四十

阿難復從座起長跪合掌而白佛言他方世界皆有須彌山阿彌陀佛刹中獨無此山何耶佛言汝有疑於佛耶十方世界無窮無極不可思議佛智亦如是其中諸大海水欲以一人斗量而盡汝智亦如是往昔過去世億萬億劫有億萬億佛各各自有名號無有同我名號釋迦文者復經億萬億劫間有同我名號如是積劫不已其同我名號者乃如恒河水邊流沙一沙一佛此屬過去我盡見之今現在面南正坐見南方億萬億世界其中有佛各各自有名號無有同我名號釋迦文者又復過億萬億世界間有同我名號如是過世界不已其有同我名號者乃如恒河水邊流沙一沙一佛東西北方四隅上下亦復

如是此屬現在我盡見之將來億萬億劫中有億萬億佛各各自有名號無有同我名號釋迦文者復經億萬億劫間有同我名號如是積劫不已其同我名號者如恒河水邊流沙一沙一佛此屬未來我盡見之是知佛之智慧能通十方世界去來現在無窮無極不可思議豈可以斗量之智而妄窺測

獨無須彌分第四十一

阿難聞佛所言則大恐怖毛髮聳然復白佛言非敢有疑於佛所以問者以他方世界四天王天及忉利天皆依須彌山而住彼獨無此山恐佛般泥洹後有來問者無以告之故以問佛佛言他方世界第三炎摩天上至第七梵天皆何所依而住對言自然在於空中佛言彼剎中無須彌山其四天王與忉利二天亦復如是天人行業果報不可思議其諸衆生住行業之地亦不可思議況彼佛威神浩大凡有作爲無施不可無須彌山無復何疑

十方稱讚分第四十二

佛告阿難東方有恒河沙世界諸佛出廣長舌相放無量光說誠實言稱讚阿彌陀佛功德不可思議南方亦有恒河沙數世界諸佛出廣長舌相放無量光說誠實言稱讚阿彌陀佛功德不可思議西方北方四隅上下亦復如是所以者何欲令諸天帝王人民盡聞阿彌陀佛名號憶念受持皈依供養求生其剎是人命終必得往生若有衆生聞其名號信心喜悅乃至一念至誠迴向願生其剎必得往生惟除五逆誹謗正法

三輩往生分第四十三

佛言十方世界諸天人民有志心欲生阿彌陀佛刹者别爲三輩其上輩者捨家棄欲而作沙門心無貪慕持守經戒行六波羅蜜修菩薩業一向專念阿彌陀佛修諸功德是人則於夢中見佛及諸菩薩聲聞其命欲終時佛與聖衆悉來迎致即於七寶水池蓮華中化生爲不退轉地菩薩智慧威力神通自在所居七寶宫宇在於空中去佛所爲近是爲上輩生者其中等者雖不能往作沙門大修功德常信受佛語深發無上菩提之心一向專念此佛隨力修善奉持齋戒起立塔像飯食沙門懸繒然燈散花燒香以此迴向願生其刹命欲終時佛亦現其身光明相好與諸大衆在其人前即隨往生亦住不退轉地功德智慧次於上等生者其下輩生者不能作諸功德不發無上菩提之心一向專念每日十聲念佛願生其刹命欲終時亦夢見此佛遂得往生所居七寶宫宇惟在於地去佛所爲遠功德智慧又次於中輩生者

必修十善分第四十四

佛言行菩薩道生阿彌陀佛刹者即得不退轉地菩薩具三十二相紫磨金色八十種好漸次以入佛位欲於何方世界作佛皆如所願若不能大精進禪定盡持經戒必修十善一不殺生二不偷盗三不邪婬四不調欺五不飲酒六不兩舌七不惡口八不妄言九不嫉妬十不貪欲不靳吝不嗔恨不邪見篤於孝順謹於誠信信受佛語深信作善得福奉持如是善法晝夜思惟阿彌陀佛及彼刹種

種功德莊嚴志心皈依頂禮供養是人命終心不顛倒即得往生聞無量無數諸佛稱讚此佛功德永不退轉無上菩提

復有三等分第四十五

佛言其次齋戒清淨一心常念阿彌陀佛欲生其刹十晝夜不斷絕者命終必得往生縱不得晝夜當絕慮去憂勿與家事勿近婦人端身正心斷除愛欲齋戒清淨志心憶念彼佛持誦名號欲生其刹止一晝夜不絕斷者命終亦得往生若有善男子善女人發菩提心持諸禁戒堅守不犯饒益衆生所作善緣悉以施與令得安樂當憶此佛及彼刹境界是人命絕往生即如佛色相種種莊嚴賢聖圍繞速聞無上妙法

一生補佛分第四十六

佛言諸往生者皆具足三十二相究竟深入妙法要義諸根明利其初鈍根者成就二忍利根者得不可計無生法忍皆當一生遂補佛處所以者何彼佛刹中皆住於正定之聚無諸邪聚及不定之聚復無三種過失一者心無虛妄二者住不退轉三者善無唐捐所以生於彼者有進無退直至成佛惟有宿願速度衆生則以弘誓功德而自莊嚴入他方生死界中作師子吼說法度脫爾時阿彌陀佛以威神力令彼教化一切衆生皆發信心乃至成佛於其中間不受惡趣神通自在常識宿命雖生五濁惡世形跡與同其清淨快樂無異本刹

大會寶池分第四十七

佛言十方無央數世界諸天人民比丘僧比

丘尼優婆塞優婆夷往生阿彌陀佛刹者群衆大會於七寶池中人人各坐一大蓮華之上自陳前世所持經戒所作善法所從來生本末其所好法及所得淺深與智慧多寡從上次下轉相言之其人若不豫作諸善不明經理於此應對自然促迫其心慚悔悔亦無及但慷慨發憤慕及等夷

世人極苦分第四十八

佛言世人於劇惡極苦之中勤身營務以自給濟無貴賤貧富無少長男女皆憂財物累念積慮爲心走使無時安息若有田憂田有宅憂宅有牛馬六畜奴婢衣食什物悉共憂之尊貴豪富既有斯患嬰結于心不能自適若貧窮下劣常苦困乏無田亦憂欲有其田無宅亦憂欲有其宅無牛馬六畜奴婢衣食什物無不憂之欲其皆有適有一物復缺一物適有是事復缺是事勤苦若此休息無時不達於道德迷沒於嗔怒貪恨於貨色坐斯不得道當入苦惡趣展轉其中雖數千億劫無有出期痛不可言極可哀愍今語汝等世間之事擇其善者勤而行之愛欲榮華不可常保皆當別離無可樂者乘佛在世當勤精進願生極樂世界

五道昭明分第四十九

佛言苦心與語令得解脫若不信悟無益其人大命將至悔亦何及天地之間五道昭明恢廓浩渺窈窈冥冥業報相生轉相承受美惡慘毒皆自當之孰使如是理之自然善人行善從樂入樂從明入明惡人行惡從苦入苦從暗入暗世人昧此惡道不絕故有自然

地獄餓鬼禽獸蜎飛蝡動之類展轉其中世世累劫無由出離是爲大患痛不可言惟修淨土直得超去

壽數隨意分第五十

彌勒復白佛言今聞佛所說莫不喜悅諸天人民以至蜎飛蝡動之類皆蒙慈恩授解脫法佛語教誡甚善甚深佛言汝從無數劫來修菩薩行欲度諸天人民以至蜎飛蝡動之類從汝得道者無央數至得泥洹之道者亦無央數汝及十方世界諸天帝王人民若比丘僧比丘尼優婆塞優婆夷等從無數劫來流轉五道憂畏勤苦不可具言至于今世生死不絕與佛相值聽受經法又復得聞阿彌陀佛快哉甚善吾助汝喜汝今可厭生老病死痛苦惡露不淨無可樂者宜自決斷端身正行益作諸善修已潔體洗除心垢言行忠信表裏相應人能自度轉相拯濟精明求願積累善本雖一切勤苦亦須臾之間後生阿彌陀佛刹快樂無極長與道德合明永拔生死根本無復貪恚愚癡苦惱之患欲壽一劫百劫千劫萬億劫無央數劫不可復計劫皆隨意所欲無不得之欲衣得衣欲食得食皆如其意次於泥洹之道汝等各宜精進無得狐疑無得中悔自爲過咎以至生於彼刹邊地雖在七寶城中經五百歲受其困謫

八端檢束分第五十一

佛言汝等當自端身當自端心耳目鼻口手足皆當自端束檢中外無隨嗜欲益作諸善當布恩施德不犯道禁忍辱精進一心智慧展轉復相教化使彼爲德立善慈心正意齋

戒清淨如是一晝夜勝於阿彌陀佛刹中爲善百歲所以者何以彼刹中無修營爲物皆自有人悉爲善無毛髮之惡於此修善十晝夜勝於他方佛刹爲善千歲所以者何他方佛刹悉皆爲善無造惡之所故其福德亦皆自然其次有世界爲善者多爲惡者少亦有自然之物不待修營若此世界中爲惡極多爲善極少不自修治物無自有或轉相欺詒勞心苦形如是忽務未甞寧息吾哀世人教誨切至令超彼岸永脫苦趣

衆見佛相分第五十二

佛告阿難汝起整衣合掌恭敬面西爲阿彌陀佛作禮阿難如教作禮白佛言願見阿彌陀佛及極樂世界與諸菩薩聲聞大衆說是語已阿彌陀佛即放大光明普照一切世界其中所有悉皆不現惟見佛光猶如劫水彌滿世界爾特阿難見阿彌陀佛容體巍巍如黄金山高出一切諸世界上相好光明無不照耀會中四衆悉皆覩見佛言我說阿彌陀佛及諸菩薩聲聞及彼刹中自然七寶及一切所有與此相見有無異否對言今此所見與佛所言一無有異爾時諸天人民以至蜎飛蠕動之類皆覩見阿彌陀佛光明莫不慈心喜悅諸地獄畜生餓鬼有拷治痛苦者即皆解脫諸盲者悉皆能視聾者即皆能聽瘖者即皆能言僂者即皆能伸跛蹇者即皆能趨凡病者即皆痊愈諸狂愚者即皆黠慧婬泆者皆修梵行嗔恨者皆慈和爲善有被毒者毒皆不行鐘鼓琴瑟箜篌樂器諸伎不鼓自成五音之聲婦女珠瓔亦皆自然震響百

鳥畜獸皆自然歡鳴當此之時莫不喜悅咸得過度

疑城胎生分第五十三

佛告彌勒汝見彼刹有胎生否對云見胎生者所處宫殿或百由旬或五百由旬各於其中受諸快樂如忉利天人何因緣故彼刹而有胎生佛言若有衆生修諸功德願生彼刹後有悔心亦復疑惑不信有彼佛刹不信有往生者亦不信布施作善後世得福其人雖爾續有念心暫信暫不信志意猶豫無所專據臨命終時佛乃化現其身令彼目見口雖不能言其心即喜乃悔不免作諸善以悔過故其過差少亦生彼刹惟不能前至佛所方入邊地見七寶城即入其中於蓮花中生受身自然長大飲食亦皆自然其快樂如忉利天人惟於城中經五百歲不得見佛不聞經法不見菩薩聲聞聖衆無由供養於佛修習菩薩功德以此爲苦示其小謫是故彼刹名爲胎生當知生疑惑者失大利益若有衆生信受經法奉持齋戒作諸功德至心迴向命終即於七寶池中蓮花中生跏趺而坐須臾之間身相光明智慧威神如諸菩薩安得名爲胎生他方諸大菩薩發心欲見阿彌陀佛及諸菩薩聲聞恭敬供養命終徑於極樂世界七寶蓮花中化生自然即時見佛安得名爲胎生

菩薩往生分第五十四

彌勒復白佛言世尊於此世界有幾何不退轉地菩薩往生阿彌陀佛刹佛言此世界有七百二十億不退轉地菩薩往生彼刹一一

菩薩已曾供養無央數佛以此如彌勒者皆當作佛及諸小菩薩及修習少功德者不可勝計皆當往生不但我刹諸菩薩等往生於彼他方佛刹亦復如是其第一佛名光遠照有八十億菩薩皆當往生第二佛名寶藏有九十億菩薩皆當往生第三佛名無量音有二百二十億菩薩皆當往生第四佛名無極光明有二百五十億菩薩皆當往生第五佛名龍勝有六百億菩薩皆當往生第六佛名勇光有萬四千菩薩皆當往生第七佛名具足交絡有十四億菩薩皆當往生第八佛名離垢光有八十億菩薩皆當往生第九佛名德首有八百一十億菩薩皆當往生第十佛名妙德山有萬億菩薩皆當往生第十一佛名慧辯有十億菩薩皆當往生第十二佛名無上華有無數不可稱計菩薩其地皆不退轉智慧勇猛已曾供養無量諸佛於七日中即能攝取百千億劫大士所修堅固之法斯等菩薩皆當往生第十三佛名樂大妙音有七百九十億大菩薩諸小菩薩及比丘等不可稱計皆當往生不特此十四刹中諸菩薩衆皆當往生十方無量佛刹中其往生者甚多無數不可復計我但說十方無央數佛名號晝夜一劫尚未能盡況其菩薩當往生者今爲汝等乃略言之

聞法因緣分第五十五

佛言世間人民前世爲善乃得聞阿彌陀佛名號功德若慈心喜悅志意清淨毛髮聳然淚即出者皆前世甞行佛道或他方佛所甞爲菩薩固非凡人若不信心亦不信佛語者

乃惡道中來餘殃未盡愚癡不解未當解脫
多有菩薩欲聞此經而不得聞若得聞者於
無上道永不退轉故當信受讀誦如說修行
吾今爲汝等說此經典令見阿彌陀佛及其
國土與一切所有所當爲者必勉爲之當來
之世經道滅盡我以慈悲哀愍特留此經百
歲衆生值遇無不得度若有衆生於此經典
書寫供養受持讀誦爲人演說乃至晝夜思
惟佛剎及佛身功德臨壽終時佛與聖衆現
其人前經須臾間即生彼剎

正法難聞分第五十六

佛言佛世難值正法難聞如來所言必應從
順於此經典作大守護爲諸衆生長夜利益
超生淨剎永離五趣爾時世尊復說偈言

若不往昔修福慧　於此正法不能聞
已曾欽奉諸如來　故有因緣聞此義
聞已受持及書寫　讀誦讚演并供養
如是一心求往生　決定徑歸極樂剎
上品上生復何疑　皆賴平時修積力
彼佛剎樂無邊際　惟佛與佛乃能知
聲聞緣覺滿世間　盡其神智莫能測
假使長壽諸衆生　命住無數俱胝劫
稱讚如來功德身　究竟淺智不能盡
大聖法王宣妙法　濟度一切脫沉淪
若有受持揚說者　眞是菩提殊勝友

佛說是經已時彌勒菩薩長老阿難諸菩薩
聲聞及十方來諸大衆靡不喜悅信受奉行

佛說大阿彌陀經卷下

右龍舒居士王虚中日休校正四譯經文析爲五十六分無量壽尊因地果海綸次焕然安樂世界眞景佳致皎如指掌披卷詳閲端坐靜思則七寶莊嚴混成宇宙聖賢海會聲教儀刑密移於此土矣大哉壽尊之願力奇哉淨域之境象美哉虚中之盛心也第十四分增入阿闍世王太子與五百長者子一段縁起則知如來法門廣大不拒來者凡具是志歸斯受之不意法藏之後復見此人塵劫之外淨刹相望彼旣丈夫我亦爾不應自輕而退屈後學之士覩斯記剪寧無聞風而興起者乎至第三十九分則現在會中二法王子曠劫精勤位鄰等妙次補佛處掌握化權一曰普光功德山王二曰善住功德寶王後無央劫相繼出興到此則安樂舊號轉而爲衆寶善集莊嚴矣此則備見於他經約其依報住處蓋在彼界第四兜率天宫而此書之所未及言者其第三十二分二法王子於彼佛土智慧威神德業輝光最爲第一入則坐侍正論出則揚化他方於彼刹中不失現在故圓通大士元住海山瓔珞童子曾紹祖位法起於此願輪與彼行海雖未之逺而實有志焉方法藏菩薩之發是願也先佛世尊勉而謂曰譬如大海一人斗量歷劫不止尚可見底況人志心求道精進不止何求不得何願不遂至哉斯言與今釋尊所以勸駕阿闍王子五百同盟之意則一而已矣然第六分中尚有一字闕文所當校正而增修者案釋尊所述無量

壽如來本起因地正以然燈出興之時爲彼佛發心起行劫數久近之準蓋泝然燈而上經涉五十三重過量劫數乃至古佛世自在王則然燈以往當更增次前二字以別之然後知其世數懸遠位序著明若但言次有其佛則是沿然燈而下所歷劫數四十九重方至世自在王則佛出之後先發心之久近舛誤多矣故愚以謂當於光遠佛以上各加一前字共加五十二前字則五十三覺皇興世之序無量壽如來因地之的時分條理井然不紊事相顯末了無舛差傳之久遠以詔無窮眞可以會人天於聖域閉惡道於𣳾劫矣余得此書喜不能寐手不停披但讀至此猶有遺恨是用齋心炷熏對越玄元聖母及紫府先生白華老人而題其後焉虛中居士神遷淨域必已位登上地天眼智證必已洞燭此間九原可作同聲相應必有契於斯文

淳祐已酉建日除夕海山舊住空常氏法起謹跋

音釋

匄居太切乞請也　淋灌淋力尋切沃也灌古玩切漑也　萎於危切枯也　遺　淬淬側氏切澱也　煒燁煒于鬼切燁域輙切煒燁光盛貌　靉靆靉於改切靆徒亥切雲暗貌　翅音試金翅鳥名也　冠古玩切爲衆之首曰冠　駃疾駃古穴切駃良馬也　慷慨慷口浪切慨苦蓋切慷慨感傷之意　發憤憤房吻切懣也　窈於兆切深遠也　慘毒慘七感切痛也　謫陟革切罰也　嗜時利切好也　詒徒亥切欺詒誑詐也　僂隴主切背曲也　跛蹇跛補火切足偏廢也蹇居偃切亦跛也　泝蘇故切逆流而上也　沿與專切順流下也

佛說觀彌勒菩薩上生兜率陀天經

劉宋居士沮渠京聲譯

佛說彌勒下生經（一名彌勒當來成佛）

姚秦三藏法師鳩摩羅什譯

清刻龍藏佛說法變相圖

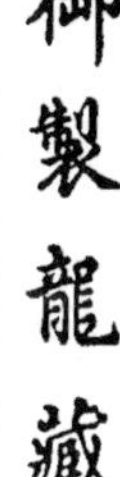

二經同卷

佛說觀彌勒菩薩上生兜率陀天經

佛說彌勒下生經

佛說觀彌勒菩薩上生兜率陀天經

劉宋居士沮渠京聲譯

如是我聞一時佛在舍衛國祇樹給孤獨園爾時世尊於初夜分舉身放光其光金色繞祇陀園周遍七帀照須達舍亦作金色有金色光猶如段雲遍舍衛國處處皆雨金色蓮華其光明中有無量百千諸大化佛皆唱是言今於此中有千菩薩最初成佛名拘留孫最後成佛名曰樓至說是語已尊者阿若憍陳如即從禪起與其眷屬二百五十人俱尊

者摩訶迦葉與其眷屬二百五十人俱尊者大目揵連與其眷屬二百五十人俱尊者舍利弗與其眷屬二百五十人俱摩訶波闍波提比丘尼與其眷屬千比丘尼俱須達長者與三千優婆塞俱毗舍佉母與二千優婆夷俱復有菩薩摩訶薩名跋陀婆羅與其眷屬十六菩薩俱文殊師利法王子與其眷屬五百菩薩俱天龍夜叉乾闥婆等一切大衆覩佛光明皆悉雲集爾時世尊出廣長舌相放千光明一一光明各有千色一一色中有無量化佛是諸化佛異口同音皆說清淨諸大菩薩甚深不可思議諸陀羅尼法所謂阿難陀目佉陀羅尼空慧陀羅尼無閡性陀羅尼大解脫無相陀羅尼爾時世尊以一音聲說百億陀羅尼門說此陀羅尼已爾時會中有一菩薩名曰彌勒聞佛所說應時即得百萬億陀羅尼門即從座起整衣服叉手合掌住立佛前爾時優波離亦從座起頭面作禮而白佛言世尊世尊往昔於毗尼中及諸經藏說阿逸多次當作佛此阿逸多具凡夫身未斷諸漏此人命終當生何處其人今者雖復出家不修禪定不斷煩惱佛記此人成佛無疑此人命終生何國土佛告優波離諦聽諦聽善思念之如來應正遍知今於此衆說彌勒菩薩摩訶薩阿耨多羅三藐三菩提記此人從今十二年後命終必得往生兜率天上爾時兜率陀天上有五百億天子一一天子皆修甚深檀波羅蜜爲供養一生補處菩薩故以天福力造作宮殿各各脫身栴檀摩尼寶冠長跪合掌發是願言我今持是無價寶

珠及以天冠爲供養大心衆生故此人來世不久當成阿耨多羅三藐三菩提我於彼佛莊嚴國界得受記者令我寶冠化成供具如是諸天子等各各長跪發弘誓願亦復如是時諸天子作是願已是諸寶冠化作五百萬億寶宮一一寶宮有七重垣一一垣七寶所成一一寶出五百億光明一一光明中有五百億蓮華一一蓮華化作五百億七寶行樹一一樹葉有五百億寶色一一寶色有五百億閻浮檀金光一一閻浮檀金光中出五百億諸天寶女一一寶女住立樹下執百億寶無數瓔珞出妙音樂時樂音中演說不退轉地法輪之行其樹生果如玻瓈色一切衆色入玻瓈色中是諸光明右旋宛轉流出衆音衆音演說大慈大悲法一一垣牆高六十二由旬厚十四由旬五百億龍王圍繞此垣一一龍王雨五百億七寶行樹莊嚴垣上自然有風吹動此樹樹相振觸演說苦空無常無我諸波羅蜜爾時此宮有一大神名牢度跋提即從座起遍禮十方佛發弘誓願若我福德應爲彌勒菩薩造善法堂令我額上自然出珠既發願已額上自然出百億寶珠瑠璃玻瓈一切衆色無不具足如紫紺摩尼表裏映徹此摩尼珠廻旋空中化爲四十九重微妙寶宮一一欄楯萬億梵摩尼寶所共合成諸欄楯間自然化生九億天子五百億天女一一天子手中化生無量億萬七寶蓮華一一蓮華上有無量億光其光明中具諸樂器如是天樂不鼓自鳴此聲出時諸女自然執衆樂器競起歌舞所詠歌音演說十善四弘

誓願諸天聞者皆發無上道心時諸垣中有八色瑠璃渠一一渠有五百億寶珠而用合成一一渠中有八味水八色具足其水上湧繞梁棟間於四門外化生四華水出華中如寶華流一一華上有二十四天女身色微妙如諸菩薩莊嚴身相手中自然化五百億寶器一一器中天諸甘露自然盈滿左肩荷佩無量瓔珞右肩復負無量樂器如雲住空從水而出讚歎菩薩六波羅蜜若有往生兜率天上自然得此天女侍御亦有七寶大師子座高四由旬閻浮檀金無量衆寶以爲莊嚴座四角頭生四蓮華一一蓮華百寶所成一一寶出百億光明其光微妙化爲五百億衆寶雜華莊嚴寶帳時十方面百千梵王各各持一梵天妙寶以爲寶鈴懸寶帳上時小梵王持天衆寶以爲羅網彌覆帳上爾時百千無數天子天女眷屬各持寶華以布座上是諸蓮華自然皆出五百億寶女手執白拂侍立帳内持宮四角有四寶柱一一寶柱有百千樓閣梵摩尼珠以爲交絡時諸閣間有百千天女色妙無比手執樂器其樂音中演説苦空無常無我諸波羅蜜如是天宮有百億萬無量寶色一一諸女亦同寶色爾時十方無量諸天命終皆願生兜率天宮時兜率天宮有五大神第一大神名曰寶幢身雨七寶散宮牆内一一寶珠化成無量樂器懸處空中不鼓自鳴有無量音適衆生意第二大神名曰華德身雨衆華彌覆宮牆化成華蓋一一華蓋百千幢旛以爲導引第三大神名曰香音身毛孔中雨出微妙海此岸栴檀香其

香如雲作百寶色繞宫七帀第四大神名曰喜樂雨如意珠一一寶珠自然住在幢旛之上顯説無量歸佛歸法歸比丘僧及説五戒無量善法諸波羅蜜饒益勸助菩提音者第五大神名曰正音聲身諸毛孔流出衆水一一水上有五百億華一一華上有二十五玉女一一玉女身諸毛孔出一切音聲勝天魔后所有音樂佛告優波離此名兜率陀天十善報應勝妙福處若我住世一小劫中廣説一生補處菩薩報應及十善果者不能窮盡今爲汝等略而解説佛告優波離若有比丘及一切大衆不猒生死樂生天者愛敬無上菩提心者欲爲彌勒作弟子者當作是觀作是觀者應持五戒八齋具足戒身心精進不求斷結修十善法一一思惟兜率陀天上上妙快樂作是觀者名爲正觀若他觀者名爲邪觀爾時優波離即從座起整衣服頭面作禮白佛言世尊兜率陀天上乃有如是極妙樂事今此大士何時於閻浮提没生於彼天佛告優波離却從十二年二月十五日於波羅奈國劫波利村波婆利大婆羅門家本所生處結加趺坐如入滅定身紫金色光明豔赫如百千日上至兜率陀天其身舍利如鑄金像不動不揺身圓光中有首楞嚴三昧般若波羅蜜字義炳然時諸天人尋即爲起衆寶妙塔供養舍利時兜率陀天七寶臺内摩尼殿上師子床坐忽然化生於蓮華上結加趺坐身如閻浮檀金色長十六由旬三十二相八十種好皆悉具足頂上肉髻髮紺瑠璃色釋迦毗楞伽摩尼百千萬億甄叔迦寶以

嚴天冠其天寶冠有百萬億色一一色中有無量百千化佛諸化菩薩以爲侍者復有他方諸大菩薩作十八變隨意自在住天冠中彌勒眉間有白毫相光流出衆光作百寶色三十二相一一相中五百億寶色一一好中亦有五百億寶色一一相好豔出八萬四千光明雲與諸天子各坐華座晝夜六時常說不退轉地法輪之行經一時中成就五百億天子令不退於阿耨多羅三藐三菩提如是處兜率陀天晝夜恒說此不退轉法輪度諸天子閻浮提歲數五十六億萬歲爾乃下生於閻浮提如彌勒下生經說佛告優波離是名彌勒菩薩於閻浮提沒生兜率陀天因緣佛滅度後我諸弟子若有精勤修諸功德威儀不缺掃塔塗地以衆名香妙華供養行衆三昧深入正受讀誦經典如是等人應當至心雖不斷結如得六通應當繫念念佛形像稱彌勒名如是等輩若一念頃受八戒齋修諸淨業發弘誓願命終之後譬如壯士屈伸臂頃即得往生兜率陀天於蓮華上結加趺坐百千天子作天妓樂持天曼陀羅華摩訶曼陀羅華以散其上讚言善哉善哉善男子汝於閻浮提廣修福業來生此處此處名兜率陀天今此天主名曰彌勒汝當歸依應聲即禮禮已諦觀眉間白毫相光即得超越九十億劫生死之罪是時菩薩隨其宿緣爲說妙法令其堅固不退轉於無上道心如是等衆生若淨諸業行六事法必定無疑當得生於兜率天上值遇彌勒亦隨彌勒下閻浮提第一聞法於未來世值遇賢劫一切諸佛於

星宿劫亦得值遇諸佛世尊於諸佛前受菩提記佛告優波離佛滅度後比丘比丘尼優婆塞優婆夷天龍夜叉乾闥婆阿脩羅迦樓羅緊那羅摩睺羅伽等是諸大衆若有得聞彌勒菩薩摩訶薩名者聞已歡喜恭敬禮拜此人命終如彈指頃即得往生如前無異但得聞是彌勒名者命終亦不墮黑闇處邊地邪見諸惡律儀恒生正見眷屬成就不謗三寶佛告優波離若善男子善女人犯諸禁戒造衆惡業聞是菩薩大悲名字五體投地誠心懺悔是諸惡業速得清淨未來世中諸衆生等聞是菩薩大悲名稱造立形像香華衣服繒蓋幢旛禮拜繫念此人命欲終時彌勒菩薩放眉間白毫大人相光與諸天子雨曼陀羅華來迎此人此人須臾即得往生值遇彌勒頭面禮敬未舉頭頃便得聞法即於無上道得不退轉於未來世得值恒河沙等諸佛如來佛告優波離汝今諦聽是彌勒菩薩當為未來世一切衆生作大歸依處若有歸依彌勒菩薩當知是人於無上道得不退轉彌勒菩薩成多陀阿伽度阿羅訶三藐三佛陀時如此行人見佛光明即得受記佛告優波離佛滅度後四部弟子天龍鬼神若有欲生兜率天者當作是觀繫念思惟念兜率陀天持佛禁戒一日至七日思念十善行十善道以此功德迴向願生彌勒前者當作是觀作是觀者若見一天人坐一蓮華若一念頃稱彌勒名此人除却千二百劫生死之罪但聞彌勒名合掌恭敬此人除却五十劫生死之罪若有禮敬彌勒者除却百億劫生死之

罪設不生天未來世中龍華菩提樹下亦得值遇發無上道心說是語時無量大衆即從座起頂禮佛足禮彌勒足繞佛及彌勒菩薩百千帀未得道者各發誓願我等天人八部今於佛前發誠實誓願於未來世值遇彌勒捨此身已皆得上生兜率陀天世尊記曰汝等及未來世修福持戒皆當往生彌勒菩薩前爲彌勒菩薩之所攝受佛告優波離作是觀者名爲正觀若他觀者名爲邪觀爾時尊者阿難即從座起叉手長跪白佛言世尊善哉世尊快說彌勒所有功德亦記未來世修福衆生所得果報我今隨喜唯然世尊此法之要云何受持當何名此經佛告阿難汝持佛語慎勿忘失爲未來世開生天路示菩提相莫斷佛種此經名彌勒菩薩般涅槃亦名觀彌勒菩薩上生兜率陀天勸發菩提心如是受持佛說是語時他方來會十萬菩薩得首楞嚴三昧八萬億諸天發菩提心皆願隨從彌勒下生佛說是語時四部弟子天龍八部聞佛所說皆大歡喜禮佛而退

佛說觀彌勒菩薩上生兜率陀天經

佛說彌勒下生經（一名彌勒當來成佛）

姚秦三藏法師鳩摩羅什譯

大智舍利弗能隨佛轉法輪佛法之大將憐愍衆生故白佛言世尊如前後經中說彌勒當下作佛願欲廣聞彌勒功德神力國土莊嚴之事衆生以何施何戒何慧得見彌勒爾時佛告舍利弗我今廣爲汝說當一心聽舍利弗四大海水以漸減少三千由旬是時閻浮提地長十千由旬廣八千由旬平坦如鏡名華軟草遍覆其地種種樹木華果茂盛其樹悉皆高三十里城邑次比雞飛相及人壽八萬四千歲智慧威德色力具足安隱快樂唯有三病一者便利二者飲食三者衰老女人年五百歲爾乃行嫁是時有一大城名翅頭末長十二由旬廣七由旬端嚴殊妙莊飾清淨福德之人充滿其中以福德人故豐樂安隱其城七寶上有樓閣戶牖軒窻皆是衆寶真珠羅網彌覆其上街巷道陌廣十二里掃灑清淨有大力龍王名曰多羅尸棄其池近城龍王宮殿在此池中常於夜半降微細雨用淹塵土其地潤澤譬如油塗行人往來無有塵坌時世人民福德所致巷陌處處有明珠柱皆高十里其光照曜晝夜無異燈燭之明不復爲用城邑舍宅及諸里巷乃至無有細微土塊純以金沙覆地處處皆有金銀之聚有大夜叉神名跋陀波羅賒塞迦常護此城掃除清淨若有便利不淨地裂受之受已還合人命將終自然行詣冢間而死時世安樂無有怨賊劫竊之患城邑聚落無閉門者亦無衰惱水火刀兵及諸饑饉毒害之難

人常慈心恭敬和順調伏諸根言語謙遜舍利弗我今爲汝粗略説彼國界城邑富樂之事其諸園林池泉之中自然而有八功德水青紅赤白雜色蓮華遍覆其上其池四邊四寶階道衆鳥和集鵝鴈鴛鴦孔雀翡翠鸚鵡舍利鳩那羅耆婆耆婆等諸妙音鳥常在其中復有異類妙音之鳥不可稱數果樹香樹充滿國内爾時閻浮提中常有好香譬如香山流水美好味甘除患雨澤隨時穀稼滋茂不生草穢一種七穫用功甚少所收甚多食之香美氣力充實其國爾時有轉輪王名曰儴佉有四種兵不以威武治四天下其王千子勇健多力能破怨敵王有七寶金輪寶象寶馬寶珠寶女寶主藏寶主兵寶又其國土有七寶臺舉高千丈千頭千輪廣六十丈又有四大藏一一大藏各有四億小藏圍繞伊勒鉢大藏在乾陀羅國般軸迦大藏在彌提羅國賓伽羅大藏在須羅吒國儴佉大藏在波羅柰國此四大藏縱廣千由旬滿中珍寶各有四億小藏附之有四大龍各自守護此四大藏及諸小藏自然湧出形如蓮華無央數人皆共往觀是時衆寶無守護者衆人見之心不貪著棄之於地猶如瓦石草木土塊時人見者皆生猒心而作是念往昔衆生爲此寶故共相殘害更相偷劫欺誑妄語令生死罪縁展轉增長翅頭末城衆寶羅網彌覆其上寶鈴莊嚴微風吹動其聲和雅如扣鍾磬其城中有大婆羅門主名曰妙梵婆羅門女名曰梵摩波提彌勒托生以爲父母身紫金色三十二相衆生視之無有猒足身力無

量不可思議光明照曜無所障閡日月火珠都不復現身長千尺胷廣三十丈面長十二丈四尺身體具足端正無比成就相好如鑄金像肉眼清淨見十由旬常光四照面百由旬日月火珠光不復現但有佛光殊妙第一彌勒菩薩觀世五欲致患甚多衆生沉沒在大生死甚可憐愍自以如是正念觀故不樂在家時儴佉王共諸大臣持此寶臺奉上彌勒彌勒受已施諸婆羅門婆羅門受已即便毀壞各共分之彌勒菩薩見此妙臺須臾無常知一切法皆亦磨滅修無常想出家學道坐於龍華菩提樹下樹莖枝葉高五十里即以出家日得阿耨多羅三藐三菩提爾時諸天龍神王不現其身而雨華香供養於佛三千大千世界皆大震動佛身光明照無量國

應可度者皆得見佛爾時人民各作是念雖復千萬億歲受五欲樂不能得免三惡道苦妻子財產所不能救世間無常命難久保我等今者宜於佛法修行梵行作是念已出家學道時儴佉王亦共八萬四千大臣恭敬圍繞出家學道復有八萬四千諸婆羅門聰明大智於佛法中亦共出家復有長者名須達那今須達長者是是人亦與八萬四千人俱共出家復有梨師達多富蘭那兄弟亦與八萬四千人出家復有二大臣一名栴檀二名須曼王所愛重亦與八萬四千人俱於佛法中出家儴佉王寶女名舍彌婆帝今之毗舍佉是也亦與八萬四千婇女俱共出家儴佉王太子名曰天色今提婆那是亦與八萬四千人俱共出家彌勒佛親族婆羅門子名須

摩提利根智慧今鬱多羅是亦與八萬四千人俱於佛法中出家如是等無量千萬億衆見世苦惱皆於彌勒佛法中出家爾時彌勒佛見諸大衆作是念言今諸人等不以生天樂故亦復不爲今世樂故來至我所但爲涅槃常樂因緣是諸人等皆於佛法中種諸善根釋迦牟尼佛遣來付我是故今者皆至我所我今受之是諸人等或以讀誦分別決定修妬路毗尼阿毗曇藏修諸功德來至我所或以衣食施人持戒智慧修此功德來至我所或以旛蓋華香供養於佛修此功德來至我所或以布施持齋修習慈心行此功德來至我所或爲苦惱衆生令其得樂修此功德來至我所或以持戒忍辱修清淨慈以此功德來至我所或以施僧常食齋講設會供養飯食修此功德來至我所或以持戒多聞修行禪定無漏智慧以此功德來至我所或有起塔供養舍利以此功德來至我所善哉釋迦牟尼佛能善教化如是等百千萬億衆生令至我所彌勒佛如是三稱讃釋迦牟尼佛然後說法而作是言汝等衆生能爲難事於彼惡世貪欲瞋恚愚癡迷惑短命人中能修持戒作諸功德甚爲希有爾時衆生不識父母沙門婆羅門不知道法互相惱害近刀兵劫深著五欲嫉妬諂曲佞濁邪僞無憐愍心更相殺害食肉飲血汝等而能於中修行善事是爲希有善哉釋迦牟尼佛以大悲心能於苦惱衆生之中說誠實語示我當來度脫汝等如是之師甚爲難遇深心憐愍惡世衆生救拔苦惱令得安隱釋迦牟尼佛爲汝等

故以頭布施割截耳鼻手足支體受諸苦惱以利汝等彌勒佛如是開導安慰無量衆生令其歡喜然後說法福德之人充滿其中恭敬信受渴仰大師各欲聞法皆作是念五欲不淨衆苦之本又能除捨憂慼愁惱知苦樂法皆是無常彌勒佛觀察時會大衆心淨調柔爲說四諦聞者同時得涅槃道爾時彌勒佛於華林園其園縱廣一百由旬大衆滿中初會說法九十六億人得阿羅漢第二大會說法九十四億人得阿羅漢第三大會說法九十二億人得阿羅漢彌勒佛既轉法輪度天人已將諸弟子入城乞食無量淨居天衆恭敬從佛入翅頭末城當入城時現種種神力無量變現釋提桓因與欲界諸天梵天王與色界諸天作百千妓樂歌詠佛德雨諸天華栴檀末香供養於佛街巷道陌豎諸幡蓋燒衆名香其烟若雲世尊入城時大梵天王釋提桓因合掌恭敬以偈讚曰

正遍知者兩足尊　天人世間無與等
十力世尊甚希有　無上最勝良福田
其供養者生天上　稽首無比大精進

爾時天人羅刹等見大力魔佛降伏之千萬億無量衆生皆大歡喜合掌唱言甚爲希有甚爲希有如來神力功德具足不可思議是時天人以種種雜色蓮華及曼陀羅華散佛前地積至于膝諸天空中作百千妓樂歌歎佛德爾時魔王於初夜後夜覺諸人民作如是言汝等既得人身值遇好時不應竟夜睡眠覆心汝等若立若坐當勤精進正念諦觀五陰無常苦空無我汝等勿爲放逸不行佛

教若起惡業後必致悔時街巷男女皆傚此語言汝等勿爲放逸不行佛教若起惡業後必有悔當勤方便精進求道莫失法利而徒生徒死也如是大師拔苦惱者甚爲難遇堅固精進當得常樂涅槃爾時彌勒佛諸弟子普皆端正威儀具足猒生老病死多聞廣學守護法藏行於禪定得離諸欲如鳥出㲉爾時彌勒佛欲往長老大迦葉所即與四衆俱就耆闍崛山於山頂上見大迦葉時男女大衆心皆驚怪彌勒佛讃言大迦葉比丘是釋迦牟尼佛大弟子釋迦牟尼佛於大衆中常所讃歎頭陀第一通達禪定解脱三昧是人雖有神力而無高心能令衆生得大歡喜常愍下賤貧惱衆生救拔苦惱令得安隱彌勒佛讃大迦葉骨身言善哉大神德釋師子大弟子大迦葉於彼惡世能修其心爾時人衆見大迦葉爲彌勒佛所讃百千億人因是事已猒世得道是諸人等念釋迦牟尼佛於惡世中教化無量衆生令得具六神通成阿羅漢爾時説法之處廣八十由旬長百由旬其中人衆若坐若立若近若遠各各自見佛在其前獨爲説法彌勒佛住世六萬歲憐愍衆生令得法眼滅度之後法住於世亦六萬歲汝等宜應精進發清淨心起諸善業得見世間燈明彌勒佛身必無疑也佛説是經已舍利弗等歡喜受持作禮而去

佛説彌勒下生經

音釋

觀彌勒菩薩上生兜率陀天經

佉丘迦切　闋五槩切　振觸振抽庚切耶撞也觸樞玉切抵也　豔赫豔以贍切光豔也赫呼格切赫奕也　鑄之樹切鎔金八範曰鑄

彌勒下生經

坌步悶切塵坋也　塊苦對切　跋陀波羅賒塞迦梵語也此云善教跋蒲撥切賒詩遮切　饑饉饑居希切穀不熟曰饑饉具吝切菜不熟曰饉　穫胡郭切刈禾也　懷佉梵語也此云貝懷汝陽切佉丘迦切　嫉妬嫉音疾妬都故切害賢曰嫉害色曰妬　諂丑琰切佞言曰諂　佞乃定切巧諂捷給也　殼苦角切艸殼也

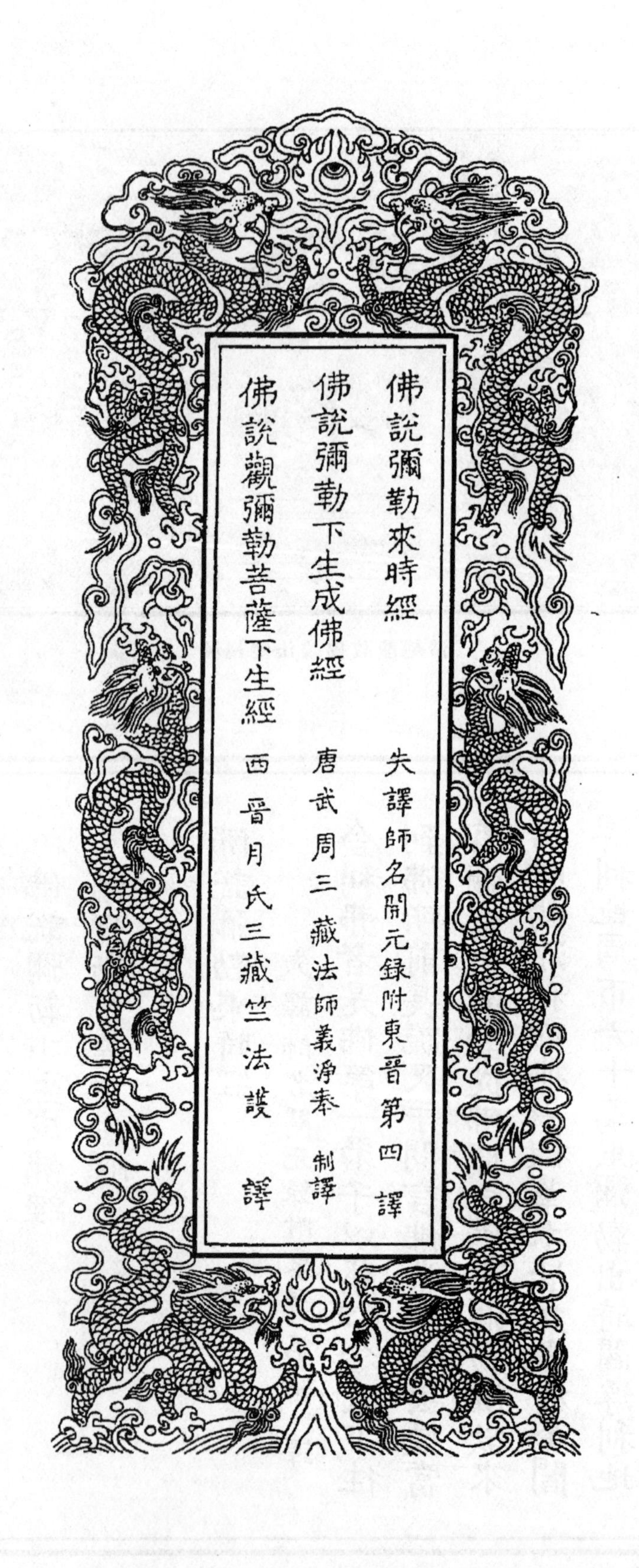
佛說彌勒來時經　失譯師名開元録附東晉第四譯

佛說彌勒下生成佛經　唐武周三藏法師義淨奉　制譯

佛說觀彌勒菩薩下生經　西晉月氏三藏竺法護　譯

清刻龍藏佛説法變相圖

三經同卷
佛説彌勒來時經
佛説彌勒下生成佛經
觀彌勒菩薩下生經

佛説彌勒來時經

失譯師名開元録附東晉第四譯

舍利弗者是佛第一弟子以慈心念天下往到佛所前長跪叉手問言佛常言佛去後當有彌勒來願欲從佛聞之佛言彌勒佛欲來出時閻浮利内地山樹草木皆焦盡於今閻浮利地周帀六十萬里彌勒出時閻浮利地東西長四十萬里南北廣三十二萬里地皆當生五種果蓏四海内無山陵溪谷地平如掌樹木皆長大當是時人民少貪婬瞋恚愚

癡者人民衆多聚落家居鷄鳴展轉相聞人民皆壽八萬四千歲女人五百歲乃行嫁人民無病痛者都盧天下人有三病一者意欲有所得二者飢渴三者年老人民面目皆桃華色人民皆敬重有城名雞頭末雞頭末城者當王國治城周帀四百八十里以上築城復以板著城復以金銀瑠璃水精珍寶著城四面各十二門門皆刻鏤復以金銀瑠璃水精珍寶著之國王名僧羅四海内皆屬僧羅行即飛行所可行處人民鬼神皆傾側城有四寶一者金有龍守之龍名倪擡鋒主護金龍所止地名犍陀二者銀其國中復有守龍名播頭三者明月珠所生地處名須漸守珍龍名賔蝎四者瑠璃所生城名汜羅那夷有一婆羅門名須凡當爲彌勒作父彌勒母名摩訶越題彌勒當爲作子彌勒者種當作婆羅門身有三十二相八十種好身長十六丈彌勒生墮城地目徹視萬里内頭中日光照四千里彌勒得道爲佛時於龍華樹下坐樹高四十里廣亦四十里彌勒得佛時有八萬四千婆羅門皆往到彌勒所師事之則棄家作沙門彌勒到樹下坐用四月八日明星出時得佛道國王僧羅聞彌勒得佛則將八十四王皆棄國捐王以國付太子共到彌勒佛所皆除鬚髮爲沙門復有千八百婆羅門皆到彌勒佛所作沙門彌勒父母亦在其中復有聖婆羅門千八十四人皆復到彌勒佛所作沙門國有大豪賢者名須檀人呼須達復呼人民以黄金持與彌勒佛及諸沙門名聲日布方遠須達復將賢善人萬四千人到彌

勒佛所作沙門復有兄弟二人兄名鼓達弟名扶蘭兄弟皆言我曹何爲住是世間寧可俱到佛所求作沙門耶兄弟皆言我善便到彌勒佛所作沙門復有小女人輩八萬四千人身皆著好衣白珠金銀瓔珞俱到彌勒佛所皆脱著身珍寶以著地白佛言我曹欲持是上佛及諸沙門我欲從佛作比丘尼佛即令作比丘尼彌勒佛坐爲諸比丘僧比丘尼皆無不是釋迦文佛時誦經者慈心者布施者不瞋恚者作佛圖寺者持佛骨著塔中者燒香者然燈者懸繒者散華者讀經者是諸比丘尼皆釋迦文佛時人持戒者至誠者於今皆來會是聞諸比丘所説經處處者皆於龍華樹下得道彌勒佛初一會説經時有九十六億人皆得阿羅漢道第二會説經時有九十四億比丘皆得阿羅漢第三會説經九十二億沙門皆得阿羅漢舉天上諸天皆當持華散彌勒身上彌勒佛當將諸阿羅漢至雞頭末王所治城王皆内宫中飯食舉城皆明夜時如晝日彌勒於宫中坐説經言善不可不作道不可不學經不可不讀佛説經已諸比丘及王百官皆當奉行佛經戒皆得度世佛説如是彌勒佛却後六十億殘六十萬歲當來下

佛説彌勒來時經

佛說彌勒下生成佛經

唐武周三藏法師義淨奉　制譯

如是我聞一時薄伽梵在王舍城鷲峯山上與大苾芻菩薩衆俱爾時大智舍利子法將中最哀愍世間從座而起偏袒右肩右膝著地合掌恭敬而白佛言世尊我今欲少諮問願垂聽許佛告舍利子隨汝所問我當爲說時舍利子即以伽他請世尊曰

大師所授記　當來佛下生　彼號爲慈氏
如前後經說　唯願人中尊　伽他重分別
彼神通威德　我今樂欲聞　佛告舍利子
應至心諦聽　當來慈氏尊　爲汝廣宣說
爾時大海水　以漸減三千　二百踰繕那
爲顯輪王路　贍部洲縱廣　有萬踰繕那
有情住其中　在處皆充滿　國土咸富盛
無罰無災厄　彼諸男女等　皆由善業生
地無諸棘刺　唯生青輭草　履踐隨人足
踰若覩羅綿　自然出香稻　美味皆充足
諸樹生衣服　衆綵共莊嚴　樹高三拘舍
花果常充實　彼時國中人　皆壽八萬歲
無有諸疾苦　離惱常安樂　具相悉端嚴
色力皆圓滿　人患有三種　食衰老便利
女年五百歲　方乃作婚姻　諸有欲便利
地裂而容受　人命將終盡　自往詣屍林
城名妙幢相　輪王之所都　縱十二由旬
廣七由旬量　其中所居者　皆曾植妙因
此城有勝德　住者咸歡喜　樓臺并却敵
七寶之所成　關鑰及門庭　種種寶嚴飾
繞堞諸隍塹　皆營以妙珍　名華悉充滿
好鳥皆翔集　七行多羅樹　周币而圍繞

衆寶以莊嚴　皆懸網鈴鐸　微風吹寶樹
演出衆妙聲　猶如奏八音　聞者生歡喜
處處有池沼　彌覆雜色華　園苑擢芳林
莊嚴此城郭　國中有聖主　其名曰餉佉
金輪王四洲　富盛多威力　其王福德業
勇健兼四兵　七寶皆成就　千子悉具足
四海咸清肅　無有戰兵戈　正法理群生
設化皆平等　王有四大藏　各在諸國中
四藏悉皆有　珍寶百萬億　羯陵伽國內
藏名冰竭羅　蜜絺羅國中　般逐迦大藏
伊羅鉢羅藏　安處揵陀國　婆羅痆斯境
藏名爲餉佉　此諸四伏藏　咸屬餉佉王
百福之所資　果報咸成就　輔國之大臣
婆羅門善淨　四明皆曉達　多聞爲國師
博通諸雜論　善教有聞持　訓解及聲明
莫不咸究了　有女名淨妙　爲大臣夫人
名稱相端嚴　見者皆歡悅　大丈夫慈氏
辤於知足天　來託彼夫人　作後身生處
既懷此大聖　滿足於十月　於是慈尊母
往趣妙華園　至彼妙園中　不坐亦不卧
徐立攀華樹　俄誕勝慈尊　爾時最勝尊
出母右脅已　如日出雲翳　普放大光明
不染觸胞胎　如蓮華出水　光流三界內
咸仰大慈輝　當爾降生時　千眼帝釋主
躬自擎菩薩　欣逢兩足尊　菩薩於此時
自然行七步　而於足履處　皆出寶蓮華
遍觀於十方　告諸天人衆　我此身最後
無生證涅槃　龍降清涼水　澡沐大悲身
天散殊妙華　虛空遍飄灑　諸天持白蓋
掩庇大慈尊　各生希有心　守護於菩薩

褓母擎菩薩 三十二相身 具足諸光明
捧持授於母 御者進雕輦 皆用寶莊嚴
母子昇其中 諸天共持輿 千種妙音樂
引導而還宮 慈氏入都城 天華如雨落
慈尊誕降日 懷姙諸婇女 並得身安隱
皆生智慧男 善淨慈尊父 覩子奇妙容
具三十二相 心生大歡喜 父依占察法
知子有二相 處俗作輪王 出家成正覺
菩薩旣成立 慈愍諸群生 衆苦險難中
輪迴常不息 金色光明朗 聲如大梵音
目等青蓮葉 肢體悉圓滿 身長八十肘
二十肘肩量 面廣肩量半 滿月相端嚴
菩薩明衆藝 善教受學者 請業童蒙等
八萬四千人 時彼餉佉主 建立七寶幢
幢高七十尋 廣有尋十六 寶幢造成已
王發大捨心 施與婆羅門 等設無遮會
其時諸梵志 數有一千人 得此妙寶幢
毀坼須臾頃 菩薩覩斯已 念世俗皆然
生死苦羈籠 思求於出離 祈誠寂滅道
棄俗而出家 生老病死中 救之令得出
慈尊與願日 八萬四千人 俱生猒離心
並隨修梵行 於初發心夜 捨俗而出家
還於此夜中 而昇等覺地 時有菩提樹
號名曰龍華 高四踰繕那 蓊鬱而榮茂
枝條覆四面 蔭六拘盧舍 慈氏大悲尊
於下成正覺 於人中尊勝 具八梵音聲
說法度衆生 令離諸煩惱 苦及苦生處
一切皆除滅 能修八正道 登彼涅槃岸
爲諸清信者 說此四眞諦 得聞此妙法
至誠而奉持 於妙華園中 諸衆如雲集

滿百由旬內 眷屬皆充滿 彼輪王餉佉
聞深妙法已 罄捨諸珍寶 祈心慕出家
不戀止宮闈 至求於出離 八萬四千衆
咸隨而出家 復八萬四千 婆羅門童子
聞王捨塵俗 亦來求出家 主藏臣長者
其名曰善財 并與千眷屬 亦來求出家
寶女毗舍佉 及餘諸從者 八萬四千衆
亦來求出家 復過百千數 善男善女等
聞佛宣妙法 亦來求出家 無上天人尊
大慈悲聖主 普觀衆心已 而演出要法
告衆汝應知 慈悲釋迦主 教汝修正道
來生我法中 或以香華鬘 幢旛蓋嚴飾
供養牟尼主 來生我法中 或鬱金沉水
香泥用塗拭 供養牟尼塔 來生我法中
或歸佛法僧 恭敬常親近 常修諸善行
來生我法中 或於佛法中 受持諸學處
善護無缺犯 來生我法中 或於四方僧
施衣服飲食 并奉妙醫藥 來生我法中
或於四齋辰 及在神通月 受持八支戒
來生我法中 或以三種通 神境記教授
化導聲聞衆 咸令煩惑除 初會爲説法
廣度諸聲聞 九十六億人 令出煩惱障
第二會説法 廣度諸聲聞 九十四億人
令渡無明海 第三會説法 廣度諸聲聞
九十二億人 令心善調伏 三轉法輪已
人天普純淨 將諸弟子衆 乞食入城中
既入妙幢城 衢巷皆嚴飾 爲供養佛故
天雨曼陀華 四王及梵王 并餘諸天衆
香花鬘供養 輔翼大悲尊 大威德諸天
散以妙衣服 繽紛遍城邑 瞻仰大醫王

以妙寶香華　散灑諸衢街　履踐於其上
踰若覩羅綿　音樂及幢旛　夾路而行列
人天帝釋衆　稱讚大慈尊　南謨天上尊
南謨士中勝　善哉薄伽梵　能哀愍世間
有大威德天　當作魔王衆　歸心合掌禮
讚仰於導師　梵王諸天衆　眷屬而圍繞
各以梵音聲　闡揚微妙法　於此世界中
多是阿羅漢　蠲除有漏業　永離煩惱苦
人天龍神等　乾闥阿脩羅　羅刹及藥叉
皆歡喜供養　彼時諸大衆　斷障除疑惑
超越生死流　善修清淨行　彼時諸大衆
離著棄珍財　無我我所心　善修清淨行
彼時諸大衆　毀破貪愛網　圓滿靜慮心
善修清淨行　慈氏天人尊　哀愍有情類
期於六萬歲　說法度衆生　化滿百千億
令度煩惱海　有緣皆拯濟　方入涅槃城
慈氏大悲尊　入般涅槃後　正法住於世
亦滿六萬年　若於我法中　深心能信受
當來下生日　必奉大悲尊　若有聰慧者
聞說如是事　誰不起欣樂　願逢慈氏尊
若求解脫人　希遇龍華會　常供養三寶
當勤莫放逸

爾時世尊爲舍利子及諸大衆記說當來慈氏事已復告舍利子若有善男子善女人聞此法已受持讀誦爲他演說如說修行香華供養書寫經卷是諸人等當來之世必得值遇慈氏下生於三會中咸蒙救度爾時世尊說此頌已舍利子及諸大衆歡喜信受頂戴奉行

佛說彌勒下生成佛經

佛說觀彌勒菩薩下生經

西晉月氏三藏竺法護　譯

聞如是一時佛在舍衛國祇樹給孤獨園與大比丘衆千五百人俱爾時阿難偏袒右臂右膝著地白世尊言如來玄鑒無事不察當來過去現在三世皆悉明了過去諸佛姓字名號弟子菩薩翼從多少皆悉知之一劫百劫若無數劫皆悉觀察亦復知國王大臣人民姓字悉能分別如今現在國界若干亦復明了將來久遠彌勒出現至真等正覺欲聞其變弟子翼從佛境豐樂爲經幾時佛告阿難汝還就坐聽我所說彌勒出現國土豐樂弟子多少善思念之執在心懷是時阿難從佛受教即還就坐爾時世尊告阿難曰將來久遠於此國界當有城郭名曰雞頭東西十二由旬南北七由旬土地豐熟人民熾盛街巷成行爾時城中有龍王名曰水光夜雨香澤晝則清和是時雞頭城中有羅刹鬼名曰葉華所行順法不違正教每伺人民寢寐之後除去穢惡諸不淨者又以香汁而灑其地極爲香淨阿難當爾之時閻浮提地東西南北十萬由旬諸山河石壁皆自消滅四大海水各據一方時閻浮地極爲平整如鏡清明舉閻浮地内穀食豐賤人民熾盛多諸珍寶諸村聚落雞鳴相接是時弊華果樹枯竭穢惡亦自消滅其餘甘美果樹香氣殊好者皆生于地爾時時氣和適四時順節人身之中無有百八之患貪欲瞋恚愚癡不大殷勤人心均平皆同一意相見歡悅善言相向言辭一類無有差別如彼欝單越人而無有異是

時閻浮地内人民大小皆同一嚮無有若千差别異也彼時男女之類意欲大小便時地自然開事訖之後地復還合爾時閻浮地内自然生粳米亦無皮裹極爲香美食無患苦所謂金銀珍寶硨磲碼碯真珠琥珀各散在地無人省録是時人民手執此寶自相謂言昔者之人由此寶故更相傷害繫閉在獄受無數苦惱如今此寶與瓦石同流無人守護爾時法王出現名曰儴佉正法治化七寶成就所謂七寶者金輪寶象寶馬寶珠寶玉女寶典兵寶守藏寶是謂七寶鎮此閻浮地内不以刀仗自然靡伏如今阿難四珍之藏乾陀越國伊羅鉢寶藏多諸珍寶異物不可稱計第二彌提羅國般綢大藏亦多珍寶第三須賴吒大國有大寶藏亦多珍寶第四波羅㮈國儴佉大寶藏亦多諸珍寶不可稱計此四大藏自然應現諸守藏人各來白王唯願大王以此寶藏之物惠施貧窮爾時儴佉大王得此寶巳亦復不省録之竟無財物之想時閻浮地内自然樹上生衣極細柔輭人取著之如今欝單越人自然樹上生衣而無有異爾時彼王有大臣名曰修梵摩是王少小同好王甚愛敬又且顔貌端正不長不短不肥不瘦不白不黒不老不少是時修梵摩有妻名梵摩越玉女中最極殊妙如天帝妃口作優鉢羅華香身作栴檀香諸婦人八十四態永無復有亦無疾病亂想之念爾時彌勒菩薩於兜率天觀察父母不老不少便降神下應從右脅生如我今日右脅生無異彌勒菩薩亦復如是兜率諸天各各唱令彌勒菩

薩已降神生是時修梵摩即與子立字名曰彌勒彌勒菩薩有三十二相八十種好莊嚴其身身黄金色爾時人壽極長無有諸患皆壽八萬四千歲女人五百歲然後出嫡爾時彌勒在家未經幾時便當出家學道爾時去雞頭城不遠有道樹名曰龍華高一由旬廣五百步時彌勒菩薩坐彼樹下成無上道果當其夜半彌勒出家即其夜分成無上道應時三千大千刹土六反震動地神各各而相告曰今彌勒已成佛道其聲轉至聞四天王宮彌勒已成佛道轉聞徹於三十三天燄摩天兜率陀天化樂天他化自在天乃至梵天彌勒已成佛道爾時魔王名曰大將以法治化聞如來名音響之聲歡喜踊躍不能自勝七日七夜不眠不寐是時魔王將欲界無數人天至彌勒佛所恭敬禮拜彌勒聖尊與諸人天漸漸說法微妙之論所謂論者施論戒論生天之論欲不淨想出要爲妙爾時彌勒見諸人民已發心歡喜諸佛世尊常所說法苦集盡道與諸天人廣分別其義爾時座上八萬四千天子諸塵垢盡得法眼淨爾時大將魔王告彼界人民之類曰汝等速出家所以然者彌勒今日已度彼岸亦當度汝等使至彼岸爾時雞頭城中有一長者名曰善財聞魔王教令又聞佛音響將八萬四千衆至彌勒佛所頭面禮足在一面坐爾時彌勒漸爲說法微妙之論所謂論者施論戒論生天之論欲不淨想出要爲妙爾時彌勒見諸人民心開意解如諸佛世尊常所說法苦集盡道爲諸天人廣分別其義爾時座上八萬

四千人諸塵垢盡得法眼淨是時善財與八萬四千人等即前白佛求索出家善修梵行盡成羅漢道果爾時彌勒初會八萬四千人得阿羅漢是時儴佉王聞彌勒已成佛道便往至佛所欲得聞法時彌勒佛與王說法初善中善後善義理深邃爾時大王復於異時立太子爲王賜剃頭師珍寶復以雜寶與諸梵志將八萬四千衆往至佛所求作沙門盡成道果得阿羅漢是時修梵摩大長者聞彌勒已成佛道將八萬四千梵志之衆往至佛所求作沙門得羅漢果唯修梵摩一人斷三結使必盡苦際是時佛母梵摩越復將八萬四千婇女之衆往至佛所求作沙門爾時諸女盡得羅漢唯有梵摩越一人斷三結使成須陀洹爾時諸刹利婦聞彌勒如來出現世間成等正覺數千萬衆往至佛所頭面禮足在一面坐各各生心求作沙門出家學道或有越次取證或有不取證者爾時阿難其不越次取證者盡是奉法之人猒患一切世間不可樂想爾時彌勒當說三乘教如我今也弟子之中大迦葉者行十二頭陀過去諸佛所善修梵行此人當佐彌勒佛勸化人民爾時迦葉去如來不遠結跏趺坐正身正意繫念在前爾時世尊告迦葉曰吾今年已衰耗向八十餘然今如來有四大聲聞堪任遊化智慧無盡衆德具足云何爲四所謂大迦葉比丘君屠鉢歎比丘賓頭盧比丘羅云比丘汝等四大聲聞要不般涅槃須吾法沒盡然後乃當般涅槃大迦葉亦不應般涅槃須待彌勒出現世間所以然者彌勒所化弟子盡

是釋迦文佛弟子由我遺化得盡有漏摩竭國界毗提村中大迦葉於彼山中住又彌勒如來將無數千人前後圍繞往至此山中遂蒙佛恩諸鬼神當與開門使得見迦葉禪窟是時彌勒伸右手指示迦葉告諸人民過去久遠釋迦文佛弟子名曰迦葉今日現在頭陀苦行最爲第一是時諸人見是事已歎未曾有無數百千衆生諸塵垢盡得法眼淨或有衆生見迦葉身已此名爲最初之會九十六億人皆得阿羅漢斯等之人皆是我弟子所以然者悉由受我教訓之所致也亦由四事因緣惠施仁愛利人等利阿難爾時彌勒如來當取迦葉僧伽梨著之是時迦葉身體奄然星散是時彌勒復取種種華香供養迦葉所以然者諸佛世尊有敬心於正法故彌勒亦由我所受正法化得成無上正真之道阿難當知彌勒佛第二會時有九十四億人皆得阿羅漢亦復是我遺教弟子行四事供養之所致也又彌勒第三之會九十二億人得阿羅漢亦復是我遺教弟子爾時比丘姓號皆曰慈氏弟子如我今日諸聲聞皆稱釋迦弟子爾時彌勒爲諸弟子説法汝等比丘當思惟無常之想樂有苦想計我無我想實有空想色變之想青瘀之想膖脹之想食不消想膿血想一切世間不可樂想所以然者比丘當知此十想者皆是過去釋迦文佛爲汝等説令得盡有漏心得解脱若此衆中釋迦文佛弟子過去之時修於梵行來至我所或於釋迦文佛所奉持其法來至我所或復於釋迦文佛所供養三寶來至我所或於釋

迦文佛所彈指之頃修於善本來至此間或於釋迦文佛所行四等心來至此者或於釋迦文佛所受持五戒三自歸法來至我所或於釋迦文佛所起立寺廟來至我所或於釋迦文佛所補治故寺來至我所或於釋迦文佛所受八關齋法來至我所或於釋迦文佛所香華供養來至此者或復於彼聞法悲泣墮淚來至我所或復於釋迦文佛所專心聽法來至我所或復盡形壽善持禁戒來至我所或復盡形壽善持梵行來至我所或復有書讀諷誦來至我所或復承事供養來至我所者爾時彌勒便說偈言

增益戒聞德　禪及思惟業　善修於梵行
而來至我所　勸施發歡心　修行心原本
意無若干想　皆來至我所　欲發平等心
承事於諸佛　飯食於聖衆　皆來至我所
所誦戒契經　善習與人說　然熾於法本
今來至我所　釋種善能化　供養諸舍利
承事法供養　今來至我所　若有書寫經
頒宣於素上　其有供養者　皆來至我所
繒綵及諸物　供養於塔等　自稱南無佛
皆來至我所　供養於現在　諸佛過去者
禪定正平等　亦無有增減　是故於佛法
承事於聖衆　專心事三寶　必至無爲處

阿難當知彌勒如來在彼衆中當說此偈爾時彼衆中諸天人民思惟此十想十一垓人諸塵垢盡得法眼淨彌勒如來千歲之中衆僧無有瑕穢爾時恒以一偈以爲禁戒

口意不行惡　身亦無所犯　當除此三行
速脫生死關

過千歲後當有犯戒之人遂復立戒彌勒如來當壽八萬四千歲般涅槃後遺法當存八萬四千歲所以然者爾時衆生皆是利根其有善男子善女人欲得見彌勒佛及三會聲聞衆及雞頭城及見儴佉王幷四大藏珍寶者欲食自然粳米者并著自然衣裳身壞命終生天上者彼善男子善女人當勤加精進無得懈怠亦當供養承事諸法師名華擣香種種供養無令有失如是阿難當作是學爾時阿難及諸大會聞佛所說歡喜奉行

佛說觀彌勒菩薩下生經

音釋

彌勒來時經

果蓏 蓏郎果切在木曰果在地曰蓏
刻鏤 鏤盧候切雕刻也
倪擡 倪五奚切擡丑戀切
播 補過切
氾 孚梵切

彌勒下生成佛經

諮 即思切訪問也
踰繕那 梵語也亦云由旬此云限量如此方一驛地踰音俞繕時戰切
棘刺 棘紀力切小棗叢生者爲棘刺七自切棘芒也
關鑰 關古還切以木持門曰鑰以灼切關下牡也
隍塹 隍胡光切城池也無水曰隍塹七豔切繞城水也
鐸 徒各切鈴屬
擢 直角切聳也
儴佉 儴汝陽切佉丘迦切
褓 博抱切襁褓也
擎 渠京切舉也
雕輦 雕都條切刻也輦力展切輓車也
懷妊 妊汝鴆切孕也
肘 陟柳切二尺曰肘又尺八為肘
坼 丑格切裂也
羈籠 羈居宜切縻也籠盧紅切笭也
磬 苦定切盡也
闠 雨非切宮中小門也
繽紛 繽紕民切繽紛雜亂貌
闡 昌善切顯也
蠲 古玄切潔也除也
拯濟 拯之夌切救也濟子計切渡也

觀彌勒菩薩下生經

翼從 翼與職切翼衛也從疾用切侍從也 **粳** 古行切稻之不粘者曰粳 **裹** 古火切包裹也 **般綢** 般音班綢直留切 **膖脹** 膖匹絳切脹臭也脹知亮切脹滿也 **嫡** 施隻切女嫁人曰嫡

佛說彌勒成佛經

姚秦三藏法師鳩摩羅什譯

清刻龍藏佛說法變相圖

佛說彌勒成佛經

姚秦三藏法師鳩摩羅什譯

如是我聞一時佛住摩伽陀國遊波沙山過去諸佛常降魔處夏安居中與舍利弗經行山頂而說偈言

一心善諦聽　光明大三昧　無比功德人
正爾當出世　彼人說妙法　皆悉得充足
如渴飲甘露　疾至解脫道

時四部衆平治道路掃灑燒香皆悉來集持諸供具供養如來及比丘僧諦觀如來喻如孝子視於慈父如渴思飲愛念法父亦復如是各各同心欲請法王轉正法輪諸根不動心心相次流住向佛是時比丘比丘尼優婆塞優婆夷天龍鬼神乾闥婆阿脩羅迦樓羅緊那羅摩睺羅伽人非人等各從座起右繞

世尊五體投地向佛泣淚爾時大智舍利弗齊整衣服偏袒右肩知法王心善能隨順學佛法王轉正法輪是佛輔臣持法大將憐愍衆生故欲令脱苦縛白佛言世尊如來向者於山頂上説偈讚歎第一智人前後經中之所未説此諸大衆心皆渴仰淚如盛雨欲聞如來説未來佛開甘露道彌勒名字功德神力國土莊嚴以何善根何戒何施何定何慧何等智力得見彌勒於何心中修八正路舍利弗發此問時百千天子無數梵王合掌恭敬異口同音皆發是問白佛言世尊願使我等於未來世得見人中最大果報三界眼目光明彌勒普爲衆生説大慈悲并八部衆亦皆如此恭敬叉手勸請如來爾時梵王與諸梵衆異口同音合掌讚歎而説頌曰

南無滿月　具足十力　大精進將　勇猛無畏
一切智人　超出三有　成三達智　降伏四魔
身爲法器　心如虚空　靜然不動　於有非有
於無非無　達解空法　世所讚歎　我等同心
一時歸依　願轉法輪

爾時世尊告舍利弗當爲汝等廣分別説諦聽諦聽善思念之汝等今者以妙善心欲問如來無上道業摩訶般若如來明見如觀掌中菴摩勒果告舍利弗若於過去七佛所得聞佛名禮拜供養以是因緣淨除業障復聞彌勒大慈根本得清淨心汝等今當一心合掌歸依未來大慈悲者我當爲汝廣分別説彌勒佛國從於淨命無諸諂僞檀波羅蜜尸波羅蜜般若波羅蜜得不受不著以微妙十願大莊嚴得一切衆生起柔軟心得見彌勒

大慈所攝生彼國土調伏諸根隨順佛化舍利弗四大海水面各減少三千由旬時閻浮提地縱廣正等十千由旬其地平淨如瑠璃鏡大適意華悅可意華極大音華優曇鉢華大金果華七寶果華白銀果華華鬚柔輭狀如天繒生吉祥果香味具足輭如天繒叢林樹華甘果美好極大茂盛過於帝釋歡喜之園其樹高顯高三十里城邑次比雞飛相及皆由今佛種大善根行慈心報俱生彼國智慧威德五欲衆具快樂安隱亦無寒熱風火等疾無九惱苦壽命具足八萬四千歲無有中夭人身悉長一十六丈日日常受極妙安樂遊深禪定以爲樂器唯有三病一者飲食二者便利三者衰老女人年五百歲爾乃行嫁有一大城名翅頭末縱廣一千二百由旬高七由旬七寶莊嚴自然化生七寶樓閣端嚴殊妙莊校清淨於窻牖間列諸寶女手中皆執真珠羅網雜寶莊校以覆其上密懸寶鈴聲如天樂七寶行樹樹間渠泉皆七寶成流異色水更相映發交横徐遊不相妨礙其岸兩邊純布金沙街巷道陌廣十二里皆悉清淨猶如天園衆寶莊嚴有大龍王名多羅尸棄福德威力皆悉具足其池近城龍王宫殿如七寶樓顯現于外常於夜半化作人像以吉祥瓶盛香色水灑淹塵土其地潤澤譬若油塗行人往來無有塵坌是時世人福德所致巷陌處處有明珠柱高十二里光踰於日四方各照八十由旬純黄金色其光照曜晝夜無異燈燭之明猶若聚墨香風時來吹明珠柱雨寶瓔珞衆人皆用服者自然如三

禪樂處處皆有金銀珍寶摩尼珠聚積用成山寶山放光普照城内人民遇者皆悉歡喜發菩提心有大夜叉神名跋陀婆羅賒塞迦晝夜擁護翅頭末城及諸人民灑掃清淨設有便利地裂受之受已還合生赤蓮華以蔽穢氣時世人民若年衰老自然行詣山林樹下安樂憺怕念佛取盡命終多生大梵天上及諸佛前其土安隱無有怨賊劫竊之患城邑聚落無閉門者亦無衰惱水火刀兵及諸饑饉毒害之難人常慈心恭敬和順調伏諸根如子愛父如母愛子語言謙遜皆由彌勒慈心訓導持不殺戒不噉肉故以此因緣生彼國者諸根淡靜面貌端正威相具足如天童子復有八萬四千衆寶小城以爲眷屬翅頭末城最處其中男女大小雖遠若近佛神力故兩得相見無所障礙夜光摩尼如意珠華遍滿世界雨七寶華鉢頭摩華優鉢羅華拘物頭華分陀利華曼陀羅華摩訶曼陀羅華曼殊沙華摩訶曼殊沙華彌布其地或復風吹迴旋空中時彼國界城邑聚落園林浴池泉河流注自然而有八功德水命命之鳥鵝鴨鴛鴦孔雀鸚鵡翡翠舍利美音鳩䴅羅耆婆闍婆快見鳥等出妙音聲復有異類妙音之鳥不可稱數遊集林池金色無垢淨光明華無憂淨慧日光明華鮮白七日香華瞻蔔六色香華百千萬種水陸生華青色青光黄色黄光赤色赤光白色白光香淨無比晝夜常生終無萎時有如意果樹香美無比充滿國界香樹金光生寶山間充滿國界出適意香普熏一切爾時閻浮提中常有好香譬

如香山流水美好味甘除惱雨澤隨時天園成熟香美稻種天神力故一種七穫用功甚少所收甚多穀稼滋茂無有草穢衆生福德本事果報入口消化百味具足香美無比氣力充實其國爾時有轉輪聖王名曰儴佉有四種兵不以威武治四天下具三十二大人相好王有千子勇猛端正怨敵自伏王有七寶一金輪寶千輻轂輞皆悉具足二白象寶白如雪山七支拄地嚴顯可觀猶如山王三紺馬寶朱鬣毛尾足下生華七寶蹄甲四神珠寶明顯可觀長於三肘光明雨寶適衆生願五玉女寶顏色美妙柔輭無骨六主藏臣口中吐寶足下雨寶兩手出寶七主兵臣直動身時四兵如雲從空而出千子七寶國界人民一切相視不懷惡意如母愛子時王千子各取珍寶於正殿前作七寶臺有三千重高十三由旬千頭千輪遊行自在有四大寶藏一一大藏各有四億小藏圍繞伊鉢多大藏在乾陀羅國般軸迦大藏在彌提羅國賓伽羅大藏在須羅吒國儴佉大藏在波羅柰國古仙山處此四大藏自然開發顯大光明縱廣正等一千由旬滿中珍寶各有四億小藏附之有四大龍各自守護此四大藏及諸小藏自然湧出形如蓮華無央數人皆共往觀是時衆寶無守護者衆人見之心不貪著棄之於地猶如瓦石草木土塊時人見者心生猒離各各相謂而作是言如佛所說往昔衆生爲此寶故共相殘害更相偷劫欺誑妄語令生死罪展轉增長墮大地獄翅頭末城衆寶羅網彌覆其上寶鈴莊嚴微風吹動其

音和雅如扣鐘磬演説歸依佛歸依法歸依僧時城中有大婆羅門主名修梵摩婆羅門女名梵摩跋提心性柔弱彌勒託生以爲父母雖處胞胎如遊天宮放大光明塵垢不障身紫金色具三十二大丈夫相坐寶蓮華衆生視之無有猒足光明晃曜不可勝計諸天世人所未曾覩身力無量一一節力普勝一切大力龍象不可思議毛孔光明照耀無量無有障礙日月星宿水火珠光皆悉不現猶如埃塵身長釋迦牟尼佛八十肘（三十二丈）胷廣二十五肘（十丈）面長十二肘半（五丈）鼻高脩直當于面門身相具足端正無比成就相好一一相八萬四千好以自莊嚴如鑄金像一一好中流出光明照千由旬肉眼清徹青白分明常光繞身面百由旬日月星辰真珠摩尼七寶行樹皆悉明耀現於佛光其餘衆光不復爲用佛身高顯如黃金山見者自然脫三惡趣爾時彌勒諦觀世間五欲過患衆生受苦沉没長流在大生死甚可憐愍自以如是正念觀察苦空無常不樂在家猒家迫迮猶如牢獄時儴佉王共諸大臣國土人民持七寶臺有千寶帳及千寶軒千億寶鈴千億寶旛寶器千口寶甕千口奉上彌勒彌勒受已施諸婆羅門婆羅門受已即便毀壞各共分之諸婆羅門覩見彌勒能作大施生奇特心彌勒菩薩見此寶臺須臾無常知有爲法皆悉磨滅修無常想讃過去佛清涼甘露無常之偈

諸行無常　是生滅法　生滅滅已　寂滅爲樂

説此偈已出家學道坐於金剛莊嚴道場龍

華菩提樹下枝如寶龍吐百寶華一一華葉作七寶色色異果適衆生意天上人間爲無有比樹高五十由旬枝葉四布放大光明爾時彌勒與八萬四千婆羅門俱詣道場彌勒即自剃髮出家學道早起出家即於是日初夜降四種魔成阿耨多羅三藐三菩提即說偈言

久念衆生苦　欲拔無由脫　今者證菩提
豁然無所有　亦達衆生空　本性相如實
永更無憂苦　慈悲亦無緣　本爲救汝等
國城及頭目　妻子與手足　施人無有數
今始得解脫　無上大寂滅　當爲汝等說
廣開甘露道　如是大果報　皆從施戒慧
六種大忍生　亦從大慈悲　無染功德得

說此偈已默然而住時諸天龍鬼神王不現其身而雨天華供養於佛三千大千世界六變震動佛身出光照無量國應可度者皆得見佛爾時釋提桓因護世天王大梵天王無數天子於華林園頭面禮足合掌勸請轉於法輪時彌勒佛默然受請告梵王言我於長夜受大苦惱修行六度始於今日法海滿足建法幢擊法鼓吹法螺雨法雨正爾當爲汝等說法諸佛所轉八聖道輪諸天世人無能轉者其義平等直至無上無爲寂滅爲諸衆生斷長夜苦此法甚深難得難入難信難解一切世間無能知者無能見者洗除心垢得萬梵行說是語時復有他方無數百千萬億天子天女大梵天王乘天宮殿持天華香奉獻如來繞百千帀五體投地合掌勸請諸天妓樂不鼓自鳴時諸梵王異口同音而說偈

言
無量無數歲　空過無有佛　衆生墮惡道
世間眼目滅　三惡道增廣　諸天路永絶
今日佛興世　三惡道殄滅　增長天人衆
願開甘露門　令衆心無著　疾疾得涅槃
我等諸梵王　聞佛出世間　今者得值遇
無上大法王　梵天宫殿盛　身光亦明顯
普爲十方衆　勸請大導師　唯願開甘露
轉無上法輪
説此偈已頭面作禮復更合掌殷勤三請唯
願世尊轉於甚深微妙法輪爲拔衆生苦惱
根本遠離三毒破四惡道不善之業爾時世
尊爲諸梵王即便微笑出五色光黙然許之
時諸天子無數大衆聞佛許可歡喜無量遍
體踊躍譬如孝子新喪慈父忽然還活大衆
歡喜亦復如是時諸大衆右繞世尊經無數
帀敬愛無猒却住一面爾時大衆皆作是念
設復千萬億歲受五欲樂不能得免三惡道
苦妻子財産所不能救世間無常命難久保
我等今者於佛法中淨修梵行作是念已復
更念言設受五欲經無數劫如無想天壽無
量億歲與諸婇女共相娱樂受細滑觸會歸
磨滅墮三惡道受無量苦所樂無幾猶如幻
化蓋不足言入地獄時大火烔然百億萬劫
受無量苦求脱叵得如此長夜苦厄難拔今
日遇佛宜勤精進時儴佉王高聲唱言
設復生天樂　會亦歸磨滅　不久墮地獄
猶如猛火聚　我等宜時速　出家學佛道
説是語已時儴佉王與八萬四千大臣恭敬
圍繞及四天王送轉輪王至華林園龍華樹

下詣彌勒佛求索出家爲佛作禮未舉頭頃鬚髮自落袈裟著體便成沙門時彌勒佛共儴佉王與八萬四千大臣比丘僧等恭敬圍繞并與無數天龍八部入翅頭末城足蹹門閫娑婆世界六種震動閻浮提地化爲金色翅頭末大城中央其地金剛有過去諸佛所坐金剛寶座自然湧出衆寶行樹天於空中雨大寶華龍王作衆妓樂口中吐華毛孔雨華用供養佛佛於此座轉正法輪謂是苦苦聖諦謂是集集聖諦謂是滅滅聖諦謂是道道聖諦并爲演說三十七品助菩提法亦爲宣說十二因緣無明緣行行緣識識緣名色名色緣六入六入緣觸觸緣受受緣愛愛緣取取緣有有緣生生緣老死憂悲苦惱等爾時大地六種震動如此梵聲聞于三千大千世界復過是數無量無邊下至阿鼻地獄上至阿迦膩吒天時四天王各各將領無數鬼神高聲唱言佛日出世降霔甘露世間眼目今者始開普令天地一切八部於佛有緣皆得聞知三十三天夜摩天兜率陀天化樂天他化自在天乃至大梵天各各於己所統領處高聲唱言佛日出世降霔甘露世間眼目今者始開有緣之者皆悉聞知時諸龍王八部山神樹神藥草神水神風神火神地神城池神屋宅神等踊躍歡喜高聲唱言復有八萬四千諸婆羅門聰明大智於佛法中亦隨大王出家學道復有長者名須達那今須達長者是亦與八萬四千人俱共出家復有利師達多富蘭那兄弟亦與八萬四千人俱共出家復有二大臣一名梵檀末利二名須曼

那王所愛重亦與八萬四千人俱於佛法中出家學道轉輪王寶女名舍彌婆帝今之毗舍佉母是也與八萬四千婇女俱共出家儴佉王太子名天金色今提婆婆那長者子是亦與八萬四千人俱共出家彌勒佛親族婆羅門子名須摩提利根智慧今鬱多羅善賢比丘尼子是亦與八萬四千人俱於佛法中俱共出家儴佉王千子唯留一人用嗣王位餘九百九十九人亦與八萬四千人於佛法中俱共出家如是等無量億衆見世苦惱五陰熾然皆於彌勒佛法中俱共出家爾時彌勒佛以大慈心語諸大衆言汝等今者不以生天樂故亦復不爲今世樂故來至我所但爲涅槃常樂因縁是諸人等皆於佛法中種諸善根釋迦牟尼佛出五濁世種種訶責爲汝説法無奈汝何教植來縁今得見我我今攝受是諸人等或以讀誦分别決定脩多羅毗尼阿毗曇爲他演説讃歎義味不生嫉妬教於他人令得受持修諸功德來生我所或以衣食施人持戒智慧修此功德來生我所或以妓樂旛蓋華香燈明供養於佛修此功德來生我所或以施僧常食起立僧坊四事供養持八戒齋修習慈心行此功德來生我所或爲苦惱衆生深生慈悲以身代苦令其得樂修此功德來生我所或以持戒忍辱修清淨慈心以此功德來生我所或造僧祇四方無礙齋講設會供養飯食修此功德來生我所或以持戒多聞修行禪定無漏智慧以此功德來生我所或有起塔供養舍利念佛法身以此功德來生我所或有窮困貧窮孤

獨繫屬於他王法所加臨當刑戮作八難業受大苦惱救濟彼等令得解脫修此功德來生我所或有恩愛别離朋黨諍訟極大苦惱以方便力令得和合修此功德來生我所說是語已稱讚釋迦牟尼佛善哉善哉能於五濁惡世教化如是等百千萬億諸惡衆生令修善本來生我所時彌勒佛如是三稱讚釋迦牟尼佛而說偈言

忍辱勇猛大導師　能於五濁不善世
教化成熟惡衆生　令彼修行得見佛
荷負衆生受大苦　令入常樂無爲處
教彼弟子來我所　我今爲汝說四諦
亦說三十七菩提　莊嚴涅槃十二緣
汝等宜當觀無爲　入於空寂本無處

說此偈已復更讚歎彼時衆生於苦惡世能爲難事貪欲瞋恚愚癡迷惑短命人中能修持戒作諸功德甚爲希有爾時衆生不識父毋沙門婆羅門不知道法互相惱害近刀兵劫深著五欲嫉妬諂曲佞濁邪僞無憐愍心更相殺害食肉飲血不敬師長不識善友不知恩報恩生五濁世不知慚愧晝夜六時相續作惡不知猒足純造不善五逆惡聚魚鱗相咀求不知猒九親諸族不能相濟善哉善哉釋迦牟尼佛以大方便深厚慈悲能於苦惱衆生之中和顏美色善巧智慧說誠實語示我當來度脫汝等如是導師明利智慧世間希有甚爲難遇深心憐愍惡事衆生爲拔苦惱令得安樂入第一義甚深法性釋迦牟尼佛三阿僧祇劫爲汝等故修行難行苦行以頭布施割截耳鼻手足支體受諸苦惱爲

八正道平等解脫利汝等故時彌勒佛如是開導安慰無量諸衆生等令其歡喜彼時衆生身純是法心純是法口常説法福德智慧之人充滿其中天人恭敬信受渴仰時大導師各欲令彼聞於往昔苦惱之事復作是念五欲不淨衆苦之本又能除捨憂慼愁恨知苦樂法皆是無常爲説色受想行識苦空無常無我説是語時九十六億人不受諸法漏盡意解得阿羅漢三明六通具八解脫三十六萬天子二十萬天女發阿耨多羅三藐三菩提心天龍八部中有得須陀洹者種辟支佛道因緣者發無上道心者數甚衆多不可稱計時彌勒佛與九十六億大比丘衆幷儴佉王八萬四千大臣比丘眷屬圍繞如月天子諸星隨從步出翅頭末城還華林園重閣講堂時閻浮提城邑聚落小王長者及諸四姓皆悉來集龍華樹下華林園中爾時世尊重説四諦十二因緣九十四億人得阿羅漢他方諸天及八部衆六十四億恒河沙人發阿耨多羅三藐三菩提心住不退轉第三大會九十二億人得阿羅漢三十四億天龍八部發三菩提心時彌勒佛説四聖諦深妙法輪度天人已將諸聲聞弟子天龍八部一切大衆入城乞食無量淨居天衆恭敬從佛入翅頭末城當入城時佛現十八種神足身下出水如摩尼珠化成光臺照十方界身上出火如須彌山流出金光現火滿空化成瑠璃大復現小如芥子許泯然不現於十方踊於十方沒令一切人皆如佛身種種神力無量變現令有緣者皆得解脫釋提桓因三十二

輔臣與欲界諸天梵天王與色界諸天幷餘天子天女脫天瓔珞及以天衣而散佛上時諸天衣化成華蓋諸天妓樂不鼓自鳴歌詠佛德密雨天華栴檀雜香供養於佛街巷道陌豎諸旛蓋燒衆名香其烟若雲世尊入城時大梵天王釋提桓因合掌恭敬以偈讚佛

正遍知者兩足尊　天人世間無與等
十力世尊甚希有　無上最勝良福田
其供養者生天上　未來解脫住涅槃
稽首無比大精進　稽首慈悲大導師

東方天王提頭賴吒南方天王毗留勒叉西方天王毗婁愽叉北方天王毗沙門王與其眷屬恭敬合掌以清淨心讚歎世尊

三界無有比　大悲自莊嚴　體解第一義
不見衆生性　及與諸法相　同入空寂性
善住無所有　雖行大精進　無爲無足跡
我今稽首禮　慈心大導師　衆生不見佛
長夜受生死　墜墮三惡道　及作女人身
今日佛興世　拔苦施安樂　三惡道已少
女人無諂曲　皆當得止息　具足大涅槃
大悲濟苦者　施樂故出世　本爲菩薩時
常施一切樂　不殺不惱他　忍心如大地
我今稽首禮　忍辱大導師　我今稽首禮
慈悲大丈夫　自免生死苦　能拔衆生厄
如火生蓮華　世間無有比

爾時魔王於初夜後夜覺諸天人民作如是言汝等旣得人身俱遇好時不應竟夜睡眠覆心汝等若坐若立當勤精進正念諦觀五陰無常苦空無我汝等勿爲放逸不行佛教若起惡業後必致悔時街巷男女皆效此語

言汝等勿爲放逸不行佛教若起惡業後必有悔當勤方便精進求道莫失法利而徒生徒死如是大師拔苦惱者甚爲難遇堅固精進當得常樂涅槃爾時世尊次第乞食將諸比丘還至本處入深禪定七日七夜寂然不動彌勒弟子色如天色普皆端正猒生老病死多聞廣學守護法藏行於禪定得離諸欲如鳥出㲉爾時釋提桓因與欲界諸天子歡喜踊躍復説偈言

世間所歸大導師　慧眼明淨見十方
智力功德勝諸天　名義具足福衆生
願爲我等群萠類　將諸弟子詣彼山
供養無惱釋迦師　頭陀第一大弟子
我等應得見過佛　所著袈裟聞遺法
懺悔前身濁惡劫　不善惡業得清淨

爾時彌勒佛與娑婆世界前身剛强衆生及諸大弟子俱往耆闍崛山到山下已安詳徐步登狼跡山到山頂已舉足大指躡於山根是時大地十八相動既至山頂彌勒以手兩向擘山如轉輪王開大城門爾時梵王持天香油灌摩訶迦葉頂油灌身已擊大揵椎吹大法螺摩訶迦葉即從滅盡定覺齊整衣服偏袒右肩右膝著地長跪合掌持釋迦牟尼佛僧伽梨授與彌勒而作是言大師釋迦牟尼多陀阿伽度阿羅訶三藐三佛陀臨涅槃時以此法衣付囑於我令奉世尊時諸大衆各白佛言云何今日此山頂上有人頭蟲短小醜陋著沙門服而能禮拜恭敬世尊時彌勒佛訶諸大衆莫輕此人而説偈言

孔雀有好色　鷹鸇鵰所食　白象無量力

師子子雖小　攝食如塵土　大龍身無量
金翅鳥所搏　人身雖長大　肥白端正好
七寶瓶盛糞　汙穢不可堪　此人雖短小
智慧如鍊金　煩惱習久盡　生死苦無餘
護法故住此　常行頭陀事　天人中最勝
苦行無與等　牟尼兩足尊　遣來至我所
汝等當一心　合掌恭敬禮

說是偈已告諸比丘釋迦牟尼世尊於五濁惡世教化衆生千二百五十弟子中頭陀第一身體金色捨金色婦出家學道晝夜精進如救頭然慈愍貧苦下賤衆生恒福度之爲法住世摩訶迦葉者此人是也說此語已一切大衆悉爲作禮爾時彌勒持釋迦牟尼佛僧伽梨覆右手不遍纔掩兩指復覆左手亦掩兩指諸人怪歎先佛卑小皆由衆生貪濁憍慢之所致耳告摩訶迦葉言汝可現神足并說先佛所有經法爾時摩訶迦葉踊身虛空作十八變或現大身滿虛空中大復現小如葶藶子小復現大身上出水身下出火履地如水履水如地坐臥空中身不陷墜東湧西沒西湧東沒南湧北沒北湧南沒邊湧中沒中湧邊沒上湧下沒下湧上沒於虛空中化作瑠璃窟承佛神力以梵音聲說釋迦牟尼佛十二部經大衆聞已怪未曾有八十億人遠塵離垢於諸法中不受諸法得阿羅漢無數天人發菩提心繞佛三帀還從空下爲佛作禮說有爲法皆悉無常辭佛而退還耆闍崛山本所住處身上出火入般涅槃收身舍利山頂起塔彌勒佛歎言大迦葉比丘是釋迦牟尼佛於大衆中常所讚歎頭陀第一

通達禪定解脱三昧是人雖有大神通力而無高心能令衆生得大歡喜常愍下賤貧苦衆生彌勒佛歎大迦葉骨身言善哉大神德釋師子大弟子大迦葉於彼惡世能修其心爾時摩訶迦葉骨身即説偈言

頭陀是寶藏　持戒爲甘露　能行頭陀者
必至不死地　持戒得生天　及與涅槃樂

説此偈已如瑠璃水還入塔中爾時説法之處廣八十由旬長百由旬其中人衆若坐若立若近若遠各自見佛在於其前獨爲説法彌勒佛住世六萬億歲憐愍衆生故令得法眼滅度之後諸天世人闍維佛身時轉輪王收取舍利於四天下各起八萬四千塔正法住世六萬歲像法亦六萬歲汝等宜應各勤精進發清淨心起諸善業得見世間燈明彌勒佛身必無疑也佛説是語已尊者舍利弗尊者阿難即從座起爲佛作禮胡跪合掌白佛言世尊當何名斯經云何奉持佛告阿難汝好憶持普爲天人分別演説莫作最後斷法之人此法之要名一切衆生斷五逆罪淨除業障報障煩惱障修習慈心與彌勒共行如是受持亦名一切衆生得聞彌勒佛名必免五濁世不墮惡道經如是受持亦名破惡口業心如蓮華定見彌勒佛經如是受持亦名慈心不殺不食肉經如是受持亦名釋迦牟尼佛以衣爲信經如是受持亦名若有聞佛名者決定得免八難經如是受持亦名彌勒成佛經如是受持佛告舍利弗我滅度後比丘比丘尼優婆塞優婆夷天龍八部鬼神等得聞此經受持讀誦禮拜供養恭敬法師

破一切業障報障煩惱障得見彌勒及賢劫千佛三種菩提隨願成就不受女人身正見出家得大解脱説是語已時諸大衆聞佛所説皆大歡喜禮佛而退

佛説彌勒成佛經

音釋

諂僞 諂丑琰切佞言曰諂僞于睡切詐也 憺怕 憺音淡怕音泊憺怕恬靜無爲之貌 鵰 丁聊切大鷲鳥也 轂輞 轂古祿切車輻所湊曰轂輞文紡切車之牙輞也 鬣 力涉切馬領毛也 [illegible] 烏貢切[illegible]也 烔然 烔徒東切熱氣貌 躡 昵輒切蹈也 閫 苦本切門限也 葶藶 葶音亭藶音歷

佛說第一義法勝經
元魏天竺婆羅門瞿曇般若流支等初譯

清刻龍藏佛說法變相圖

第一義法勝經翻譯記

夫愛法者必深種善根涅槃經云供佛二恒魏尚書令儀同高公重法心成生上財想博採梵文廣崇翻譯且第一義法勝經者諸法門中此其髓也公意殷誠感之題額沙門曇林瞿曇流支與和四年歲次壬戌九月一日甲子換文始末四功質義乃定五千五百七十六字

佛說第一義法勝經

元魏天竺婆羅門瞿曇般若流支等初譯

如是我聞一時婆伽婆住伽耶城成道未久與勝中勝諸比丘俱九十九億諸菩薩衆復有二十八億諸天八萬六千比丘比丘尼優婆塞優婆夷六萬力士有十二億尼乾陀衆八萬四千五通仙人五熱炙身羸瘦肉盡唯有皮骨腹皮著脊頭髮成毯傴身曲體著鹿皮衣若樹皮衣手執澡鑵俱至佛所爲欲諍鬪爾時世尊光明勝出端嚴殊特超過諸仙如黑山中須彌山王如羊群中六牙象王如螢火蟲顯於日月如芀華中曼陀羅華如鳥群中迦樓羅王兩重端嚴佛於諸仙亦復如是爾時世尊入捨寶三昧示現無量無數神通左右皆放無量光明出無量億如來之身出無量億菩薩之身出無量億帝釋天王大梵天王世界尊主復出無量百千羅漢復出無量多千比丘諸比丘尼諸優婆塞諸優婆夷復出無量轉輪聖王大轉輪王小轉輪王漢不鄰那及陀毗羅南國土人得呪仙人邊地處人刹利大姓及婆羅門長者居士人非人等種種異類諸色莊嚴如是一切有名字者乃至天衆一切皆從如來身出爾時大衆皆生疑心云何遍相瞻視彼大衆中一切菩薩皆生歡喜雨種種寶乃至普雨一切莊嚴爾時世尊起捨寶三昧師子奮迅觀察十方即觀察時周遍十方乃至佛眼所見境界一切十方諸佛世界諸佛世尊彼一切佛觀察娑婆如觀手掌彼一切佛皆現神通如此世尊釋迦牟尼所現無異彼諸如來身所化出

乃至一切皆悉如是來到世尊釋迦牟尼衆會之所既到此已皆入世尊大衆會中爾時此會無量菩薩與恒河沙多諸比丘諸比丘尼諸優婆塞優婆夷俱以不可說諸供養具供養世尊既供養已近如來住如是天龍及諸夜叉諸乾闥婆諸阿脩羅諸迦樓羅諸緊那羅摩睺羅伽人非人等既見世尊神通事已皆至佛所爾時十方諸來菩薩無上供養供養世尊既供養已六波羅蜜究竟所作座上而坐如是乃至人非人等隨自相似座上而坐世尊所化上去乃至阿迦尼吒諸天宮殿下去乃至阿鼻地獄又到阿鼻地獄處已彼十方佛身所化出一切皆入釋迦牟尼一切毛根此處世尊釋迦牟尼身所化出一切皆入十方佛身爾時會中有一菩薩摩訶薩名曰勝陰從座而起整服一廂右膝著地合掌向佛以偈讃言

人主甚希有　速示諸世間　本未曾有此
魔軍隱不現　遮相瞻說言　此事甚希有
我何因來此　爲令破壞故　我仙今非仙
身瘦唯有皮　尼乾無有樂　不得此神通
現神通不說　除佛法棘刺　佛弟子朝喜
尊作佛法主　衆生希有想　心清淨歡喜
諸天衆皆言　願得佛人主　此衆會中住
文殊師利嚮　無量佛弟子　相隨在此會
此文殊師利　已多佛供養　佛於此大衆
現種種神通　此是何法相　牟尼欲何爲
此衆有疑心　願愍衆生說

爾時如來以威神力令衆會中一大仙人名光明炬語彼勝陰大菩薩言童子嘿然童子

嘿然我今難問若能解釋自清淨者如一切智相應得名若那羅延摩醯首羅所作幻化陀毗羅呪如是作者此非奇特如是幻化凡人能成不必是佛爾時世尊怡然微笑觀仙衆已即告大仙光明炬言慧命大仙汝當難問隨汝力分我能清淨爾時大仙光明炬言我問瞿曇瞿曇爲我一一解説一切衆生從何處生何者衆生何因緣故劫盡燒然衆生過去何處和合而生人中何相得知衆生身中微細内我爲一肘量爲二肘量爲二指量爲一指量爲如大麥爲如小麥爲當如豆爲如胡麻爲如芥子爾時世尊讃光明炬大仙人言善哉大仙善哉善哉汝大仙人六十劫壽恒常修行今者如是相似問難諸仙衆中復有大仙如是思惟我常林行不覺不知此

光明炬大仙命量未有人説沙門瞿曇云何得知爾時世尊告光明炬大仙人言大仙諦聽善思念之今爲汝説如汝所問一切衆生何處生者如是之義無字無説無明因緣次第乃至生老死等而生衆生又復大仙從於因緣而生衆生所謂父毋因緣而生又復大仙父毋和合是衆生因謂經劫起業風所吹墮女根中此是因緣又復大仙謂苦聖諦苦集苦滅及苦滅道聖諦所攝名爲衆生又五取陰十八界等名爲衆生大仙當知彼諦陰界即是衆生不異於業如是業者不異衆生大仙當知衆生不減衆生不增時大仙人問言瞿曇若諸衆生不減不增衆生何故人天自在後時作狗復作人天得自在耶佛言大仙如汝所言是義不然若有自在則不屬他

如是大仙若身自在云何後時得不自在大仙當知如螢火蟲起如是意我此光明能悉普遍照閻浮提彼螢火蟲所有光明無有因緣能悉普遍照閻浮提如是一切不調御心無實自在又復大仙若自在者煩惱減少垢煩惱多垢則自在則不自在亦爲自在是則自在亦不自在若垢自在煩惱平等是則衆生不減不增大仙人言瞿曇豈不斷煩惱耶佛言大仙煩惱不了我了煩惱非斷煩惱大仙人言若如是者汝則自在佛言大仙如是如是以不實故我則自在大仙人言瞿曇此言且止且住若瞿曇子向者説言父母和合生衆生者多有衆生多相和合多受欲樂少生衆生是義云何佛言大仙我今當以譬喻問汝如一種子則生一樹一子一樹生無量果彼無量果有任種子有不任者此復云何答言瞿曇風勢因緣散失樹子佛言大仙諸衆生果亦復如是業風所散大仙當知有在藏中爲蟲齧食有爲業風之所散壞大仙當知樹等少障衆生多礙又復大仙諸衆生界從分別起大仙當知諸衆生界心心數法處處轉行皆有攀緣此義已説如是大仙諸衆生界從分別起大仙聞已作如是言如是如是瞿曇已淨此一難問又復瞿曇應當更説何義劫燒佛言大仙以無常故我如是説法界劫燒大仙當知若地劫燒法界則二如是有常亦有無常若如是者一切如來不實語説又復大仙若一切法皆悉無常變異不住如來得名一切智人大仙聞已爲摩那婆如是説言此名乃是如實相應一切智名佛言

大仙若使如來不放劫燒一切衆生不知時節不識劫名不識鬪時不識善時大仙當知若使如來不放劫燒若善不善業果報異皆無知者又復大仙應知此是如來方便放劫盡燒大仙當知諸衆生等信劫盡燒畏當燒故皆攝福德信於如來又復大仙譬如有蟒名曰涎呼彼涎呼蟒眼亦能呼耳亦能呼鼻亦能呼口亦能呼如是大仙如來亦爾以布施攝愛語利益同事等攝又復大仙譬如有人置金火中非瞋金故置之在火爲令善熟實相應故若實相應則爲貴價大仙當知以是因緣打熱明淨如是大仙諸佛如來非無因緣放劫盡燒非有衆生劫火所燒爾時大仙光明炬言希有世尊放劫燒火無一衆生劫火所燒佛言大仙無一衆生爲如來燒又復大仙譬如十方雨微細雨如來之數復多於是十地菩薩亦復如是在上而住如是住已皆以自手救諸衆生令使解脫大仙當知如是衆生見諸如來及諸菩薩身色端嚴如是見已復見劫盡大火燒已見自脫已心生歡喜清淨心生如是願言我亦如是度諸衆生我亦如是身色端嚴我亦如是身作金色衆生既起如是心已有心解脫即時證得阿羅漢者有見劫火心生猒離或有證得須陀洹者或有證得斯陀含者或有證得阿那含者或有證得阿羅漢者或有證得緣覺道者或有證得無生法忍或有得上不退地者或有得生四天王處或有得生三十三天或有得生夜摩天者或有得生兜率陀者或有得生化樂天者有生他化自在天者有生梵天

梵輔梵衆如是次第乃至有生阿迦尼吒如是有得轉輪聖王力轉輪王天竺小王如是大仙乃至刹利若婆羅門若長者等大仙當知以此方便令見如來色身相已自見已身生大怖畏得解脱已知如來恩報如來恩親近如來聽聞正法既聞法已如法修學不放逸行以此方便令諸衆生不入惡道又復大仙乃至幾許十地菩薩彼眼境界所有地界復過於此諸衆生界彼諸衆生見生死過一切無餘涅槃界入大仙當知以此因緣放劫盡燒爾時大仙名光明炬心即思惟比釋迦子六波羅蜜具足大人第一勝人不喚我字稱言大仙我自試看是一切智非一切智我今實知是一切智我今應當稱其實名爾時大仙名光明炬既思惟已即白佛言大功德聚無量智者一切智者更爲我説彼諸衆生何處和合佛言大仙當知衆生無處和合當知衆生平等和合是名和合當知衆生一乘和合是名和合一切皆是菩薩和合謂在無餘涅槃界處大仙當知衆生如是無處和合大仙當知譬如種種小河大河入大海已皆同一味如是大仙諸衆生界諸漏盡已皆解脱味一切平等菩薩和合又復大仙若諸衆生生生死海中而和合者我説彼合非是和合又復大仙譬如飛蛾風吹和合離風則散如是大仙諸衆生界遮互業縛行地獄行生地獄中地獄和合大仙當知衆生如是迫互業縛行餓鬼行生餓鬼中餓鬼和合行畜生行生畜生中畜生和合行人天行生人天中人天和合大仙復言一切自在一切智者世間

應供更爲我說云何得知此人中生某甲衆生何處和合而來生此佛言大仙若有衆生於地獄中和合而來生人中者遞互相見則生惡心彼此相憎遞互相見或有頭痛或放大便或失小便大仙當知此是地獄和合衆生人中生相人中若有如是相者於地獄中和合而來應如是知大仙復言世界光明一切智者更爲我說云何得知於畜生中彼此和合來生人中復有何相佛言大仙若人前身於畜生中和合而來生人中者遞互相見則生瞋心更求過短常相伺便欲爲惱亂大仙當知此是畜生和合衆生人中生相人中若有如是相者於畜生中和合而來應如是知又復大仙若人前身於餓鬼中和合而來生人中者愛樂臭氣性貪飲食慳惜不施於餓鬼中同處來者見其富樂則生嫉心希望他物大仙當知此是餓鬼和合衆生人中生相人中若有如是相者於餓鬼中和合而來應如是知又復大仙若人前身於人道中異處和合復爲人者彼人相見則生染心人中若有如是相者本於人中和合而來應如是知彼大仙人問言世尊若天和合退生人中彼有何相復云何知佛言大仙若人前身天中和合來生人者遞互相見樂看不捨人中若有如是相者本於天中和合而來應如是知大仙當知衆生如是和合因相爾時大仙名光明炬聞佛說已心生歡喜而白佛言世尊若有不求一切智者如是衆生一切所作空無所獲爾時世尊告光明炬大仙人言如汝所問衆生身內微細我者大仙當聽若有

分別得衆生者彼則分別衆生細我大仙當知譬如有人生盲無眼有人問言何者白色於意云何彼生盲人不曾見色能説如是一種色不大仙答言不能説也佛言如是如是大仙彼生盲人眼不曾見故不能説我亦如是不見衆生微細内我是故不説又復大仙眼非衆生如是非耳非鼻非舌非身非意得衆生名又復大仙非五取陰得衆生名非十八界非十二分十二因緣得衆生名又復大仙亦非内空得衆生名亦非外空非内外空得衆生名大仙當知眼念不住變異不停如是耳鼻舌身意等皆念不住變異不停如是大仙五陰亦爾一念不住變異不停如是大仙三十六種不淨之物皆念不住變異不停如是等中無衆生名又復大仙色物和合數名衆生若人思量分分觀察彼不得命不得養育富特伽耶亦不得人摩那婆等大仙當知若有衆生如來不説四聖諦法若無衆生則是如來若不知法如和集取如心取得爾時大仙光明炬言世尊我光明炬自從今日求一切智世尊若一大劫爲一日夜數如是日三十爲月數如是月十二爲歲數如是歲以成一劫世尊我寧如是無邊劫中常住火坑須彌樓山高大乃至阿迦尼吒我寧如是無邊劫中在彼山上念念自墮投身在地如劫火燒五處熾然我寧如是無邊劫中常以如是五火自炙世尊我寧忍受如是等苦而終不能捨一切智求一切智因緣精進我不休息爾時五通諸仙人等皆近世尊復從座起白世尊言我從今日求阿耨多羅三藐三

菩提如力所堪發勤精進爾時世尊即於仙人如是語已眉間放光其光名曰毗尼婆帝此光出已普照十方彼十方處一切諸佛眉間亦放如是光明毗尼婆帝光明勢力令此大地六種震動謂震平等震動平等動起平等起西高東下南高北下十方一切諸佛如來在上雨華散此佛會天鼓妙聲甚可愛樂乾闥婆王作五分樂供養如來讚嘆世尊風吹天香以熏如來菩薩歡喜以諸瓔珞擲置空中在如來上華香燒香妙鬘塗香散種種香種種妙衣幢蓋繒旛供養如來諸天歡喜於虛空中雨曼陀羅大曼陀羅一切大衆心生歡喜以已所著妙好衣服用奉如來爾時此處釋迦如來毗尼婆帝光明上去乃至遍到阿迦尼吒諸天宫殿下去乃至阿鼻地獄如是照已圍繞十方諸佛世尊然後還來入世尊頂爾時慧命須菩提以妙伽他請如來曰

朝日釋迦子　放光照十方　此非無因緣
唯願爲我説　見人主奮迅　此衆皆生疑
亦有歡喜意　清淨心希望　或有人合掌
或有言善哉　唯願如來説　除斷衆生疑
空中帝釋王　梵王世界主　心皆生歡喜
讚歎實功德　諸天虛空中　雨種種妙華
多有諸音樂　不擊自然鳴

爾時世尊即告慧命須菩提言汝須菩提見光明炬大仙人不須菩提是人未來月光世界當得成佛號毗婆尸如來應正遍知此賢劫中一千如來最後如來同時出世須菩提若有衆生聞毗婆尸如來名者皆蒙威力如

如意珠須者皆得須菩提八萬四千諸大仙人聞此法門得不退地須菩提是等一切彌勒世尊佛法之中當得十地復三百劫生自燈明如來應正遍知佛之世界須菩提無量菩薩聞此法門即時皆得首楞嚴三昧音聲智三昧受勝位三昧如幻三昧界勝三昧慧王三昧海藏三昧地藏三昧虛空藏三昧得光明三昧須菩提有恒河沙億數諸天一切皆得無生法忍無量比丘比丘尼優婆塞優婆夷證阿羅漢須菩提恒河沙數天龍夜叉乾闥婆阿脩羅迦樓羅緊那羅摩睺羅伽人非人等發阿耨多羅三藐三菩提心須菩提見是因緣如來放此毗尼婆帝光明普照爾時世尊怡然微笑出自舌根遍覆已面從舌根中出無量色出種種色所謂青黃赤白等色紫玻瓈色遍至無量無邊世界然後還來入世尊足爾時無盡意菩薩從座而起整服一廂右膝著地合掌向佛白言世尊若無因緣如來不笑今者世尊何因緣笑爾時世尊告無盡意菩薩言善男子我爲饒益不信衆生出舌而笑非妄語人有如是舌爾時無盡意菩薩白佛言世尊若善男子若善女人此法門中能爲他人演說一偈得幾許福佛言善男子十方世界盡佛所見佛眼境界所有諸佛一切供養一切樂具皆以供養乃至諸佛入涅槃已爲作寶塔所有功德若復有能爲他說此實義句法門一偈得福甚多勝前福德善男子若於說此勝法門者生清淨心讚言善哉如是之人則爲讚歎一切諸佛若復有能供養之者與供養我等無有異爾時

世尊普遍觀察一切衆會旣觀察已說如是言我今實語善男子當有地處隨於何處有此法門住彼地處爲一切佛之所觀察善男子此法門者於當來世閻浮提中衆生如藥若有能於如是法門三種修行若讀若誦若爲他說彼人則與佛在世時請轉法輪無有差别善男子若能書寫如是法門彼人易得阿耨多羅三藐三菩提則爲不難一切佛藏皆能住持善男子行惡道者如是法門不經其耳善男子若有衆生如是法門一經耳者捨人身已則生清淨佛之世界善男子若有供養一千諸佛種諸善根如是法門乃經其耳善男子若善男子若善女人聞此法門聞已生信受持讀誦能爲他說我說彼人菩提在手我說彼人必得五眼自是已後諸根不劣臨命盡時不失正念彼人當得一切諸佛和集三昧毗盧遮那奮迅三昧陀羅尼藏三昧珠印髻三昧授記三昧觀世印三昧無字篋三昧得一切法勝陀羅尼斷疑陀羅尼得第一義決定陀羅尼得如是等無量百千陀羅尼門當得五通隨心憶念退生自在爾時世尊告文殊師利法王子言文殊師利汝已供養多佛世尊則能護念如是法門復能處處廣爲他說文殊師利汝所供養恭敬給侍幾許諸佛尊重讚歎所有善根文殊師利於意云何如是善根爲有邊際爲無邊際可數量不文殊師利答言世尊不可數量佛言文殊師利若能於此娑婆世界五濁亂時爲他廣說如是法門其福過彼文殊師利若汝唯以衣服飲食牀敷卧具病藥所須供養爾許

諸佛如來不爲他說如是法門汝於彼佛則爲得罪文殊師利若汝不曾供養一佛爲他廣說如是法門汝則供養一切如來世尊說巳文殊師利法王之子光明炬等諸大仙人一切衆會并諸天人及阿脩羅乾闥婆等聞佛所說歡喜讚歎

佛說第一義法勝經

音釋

毯（吐敢切毛席也）澡鑵（澡子皓切洗也鑵古玩切瓶屬也）芀華（芀宇凋調二音葦花也又靜也）奮迅（奮方問切揚也迅思晉切疾也）嘿（莫北切嘿然不語也）摩醯首羅（梵語也此云大自在醯馨夷切）齧（吾結切噬也）蟒（摸朗切大蛇也）擲（直炙切投也）篋（乞業切）

佛說大威燈光仙人問疑經
隋天竺三藏法師闍那崛多譯

清刻龍藏佛說法變相圖

佛說大威燈光仙人問疑經

隋天竺三藏法師闍那崛多譯

如是我聞一時婆伽婆在伽耶城成道未久與諸比丘一切衆俱其中或有得於一果及以二果三四果者隨其得果所有功德皆悉明淨復有九十九億諸菩薩衆及二十八億諸天衆等復有比丘比丘尼優婆塞優婆夷無量衆數及六萬力士十二億等諸尼乾子復有八萬四千五通仙人復有五百諸外道等皆悉以灰塗於身體露現胷臆肉盡脂消惟餘皮骨傴僂曲背結髮自裹披樹皮衣手執瓶鑵處處尋求語言論義爾時世尊如須彌山處黒山内光明照耀威德絶倫如來世尊亦復如是於諸仙中爲最第一又如六牙清淨白象獨自在於白羊群内如月夜朗映

蔽衆螢如曼陀華生蘆葦町如金翅鳥處在烏群世尊於彼諸仙衆中亦復如是威德照明倍復殊勝爾時世尊即便入於寶捨三昧現無量神通普放淨光遍身明曜於身左右逓相交繞又於自身出無量億諸化佛身一一化身復出無量億諸化佛復自身中出無量億諸菩薩身無量帝釋身無量梵王身無量四天王身無量百千阿羅漢身無量百千比丘比丘尼優婆塞優婆夷身無量大轉輪王身無量小轉輪王身無量粟散諸小王身無量東海洲中邊地人身無量南天竺等所有諸地一切人身無量刹利大姓諸婆羅門等大富長者一切人身如是等種種形類種種服飾種種言說所有一切諸天界分一切皆從如來身出爾時一切大衆各懷疑心逓共相觀時諸菩薩皆大歡喜雨諸珍寶供養之具乃至瓔珞供養如來爾時世尊現是瑞已還從寶捨三昧起起三昧已如師子王嚬呻顧視普觀十方觀十方已即時見彼十方世界一切所有諸佛刹土及此娑婆大千世界以佛眼觀分明顯現猶如掌中如此釋迦如來放大神通種種變現十方一切諸佛亦復如是現化佛身從化佛身示化佛身彼諸如來所有化佛皆來雲集世尊大會復有無量恒河沙等諸菩薩衆比丘比丘尼優婆塞優婆夷過諸譬喻各執種種供養之具隨其所應堪供養者來詣佛所復有天龍夜叉乾闥婆阿脩羅迦樓羅緊那羅摩睺羅伽人非人等一切大衆隨其住處皆見如來神通力已從彼而來赴此海會爾時十方諸來菩薩

各以無上供養之具供養如來設供養已各以六波羅蜜之所成就師子高座隨其身量稱座而坐乃至人非人等各稱身座復座而坐釋迦如來所教化者上至阿迦尼吒天下至阿鼻地獄所有化類皆悉而還還已當於是時以佛力故皆見十方諸佛世界猶如一會所有十方一切諸佛所教化者一切皆從釋迦如來諸毛孔入釋迦如來所教化者皆從彼佛身諸毛孔入現如是已當爾之時於彼衆中有一菩薩名曰勝分從座而起進止庠序容貌端嚴偏袒右肩右膝著地合掌向佛而說偈言

佛世甚希有　爲衆故顯現　此事未曾有
覆蔽一切魔　遍共相觀面　唱言希有事
我等何故來　出言我破壞　我等輩可憐
惟首骸骨消　我等既羸瘦　枯老復失樂
無言字神通　覆翳我道刺　大神通佛子
今自顯佛法　此衆生疑心　復生大歡喜
此會皆出言　我等願作佛　文殊在衆中
佛子衆圍繞　文殊侍多佛　來顯說神通
爲何法現相　今佛說何法　咸生是疑心
願爲我衆說

爾時彼衆中以魔力故有一仙人名威燈光即白勝分菩薩言童子汝且默然我今發問若是沙門能決於我心所疑者乃可得名爲薩婆若若不能決我疑心者云何得名一切智也如是神變若幻作者摩醯首羅那羅延等所說呪咀凡世間人用是法故亦能成就諸如是等無量之事豈足爲奇作是語時如來世尊熈怡微笑既微笑已普觀諸仙一切

大衆觀察衆已即告威燈光大仙人言汝威燈光今正是時恣汝所問如我智力爲汝解說爾時威燈光大仙人即問佛言瞿曇沙門先與我說衆生體者從何處生幾麤幾細衆生内體性者爲一搩耶一尺耶一指耶乃至若大麥小麥大豆小豆等分耶乃至芥子許衆生内體性耶作是問已爾時世尊即讃威燈光大仙人言善哉善哉汝威燈光快問是義如六萬劫壽命者爾時世尊作是語時諸仙人等皆大驚怪作是念言我等與彼大仙久居共在一處猶尚未知大威燈光壽命筭數今是瞿曇云何速得如是覺知爾時世尊即復告於彼威燈光大仙人言汝大仙人諦聽諦受善思念之吾當爲汝具足善說汝問我言衆生體者從何處生大仙當知實無言說無有字句可說衆生有所從來但以無明行等諸因緣故起彼衆生乃至生老病死等諸因緣故起彼衆生大仙復有因緣能起衆生所謂以母爲因以父爲緣得生衆生復次父母和合以之爲因邪念妄想起諸業風吹識種子置胎藏中即是彼緣復次苦聖諦集滅道聖諦是衆生也復次五陰分十八界和合故是衆生也復次大仙不離衆生有業不離業有衆生衆生是業業是衆生汝當知之衆生界者不增不減大仙人言瞿曇若衆生界不增不減者何故衆生捨垢身已得自在身佛言汝大仙人如汝所言是大不可何以故若自在得自在者應不墮落常在自在中若自在身不得自在者云何名得自在也大仙人譬如螢火蟲作是心念我光明焰悉能

遍照於閻浮提假使螢火蟲實能放光遍照閻浮提者終亦不能使無伏心者得名眞自在復次大仙若自在得自在者應盡諸煩惱垢不自在故應長諸煩惱若諸煩惱垢與自在等共有者是故衆生界無有增減而可見也時大仙人復言瞿曇汝可不作盡諸煩惱耶佛言汝大仙人我亦不作盡諸煩惱亦復不增諸煩惱大仙人言今汝瞿曇若如是者亦不應言我得自在佛言大仙如是如是大仙當知我亦不言我得自在何以故我無實故亦不自在大仙人言汝瞿曇且置是語瞿曇如汝前言父母和合得衆生生者何故多人共和合少有衆生而得生耶此義云何佛言大仙我今爲汝所引譬喻隨汝所能爲我解說汝大仙人如有一子中多有樹生復一樹中有無邊枝一一枝中復無量華是一一華應各結果何故有結有不結者若已結者皆應成熟中作種子何故復有熟不熟者此義云何大仙人言瞿曇由風吹故有結不結若已結者墮落不熟不任爲種佛告大仙人以業風自轉吹業衆生果墮落故少有衆生而得生耶大仙人汝當知之若在胎中或爲蟲食或爲業風轉爲碎末汝當知之樹灾墮落少不足言所有衆生爲灾墮落多不可說復次大仙人以邪心故起衆生界若諸衆主能有幾許心想轉者還復爾數受後有生是故我言邪心故起衆生界爾時大仙人言瞿曇如是如是如我所問汝已答我此義得成瞿曇更復爲我解說何以故有劫燒盡也佛言大仙人汝當知之無作故名爲法界若劫

盡時大地不燒者法界便有二種少有分是無常少有分是常若如是者是諸如來則亦不成爲實語者若一切無常無爲法中不可思量者是故如來得名一切智爾時大仙人聞是語已迴首顧語自諸弟子言汝知之不此瞿曇者眞成是於一切智也爾時世尊復更重告大仙人言若劫盡時一切大地不被燒者不得分別此是初時此是末時亦復不知好醜業果善惡等報汝當知之此劫燒時焚蕩盡者是諸如來大方便力之所爲也所有衆生若能聞信劫當燒盡洞皆然者爾數衆生諸如來邊受諸攝受汝當知之如大蟒蛇身分所有眼耳口鼻以毒力故悉能攝受一切飛走雜類衆生應知如來亦復如是以布施愛語利行同事法毒力故悉能攝受調伏一切諸衆生也大仙人又如有人以其金鋌置在火中不以瞋恨置於火中以不熟故欲令成熟爲欲成就眞實物故爲令價大得多財故置金火中連椎交打柔軟清淨如是一切諸衆生輩莫不皆因諸佛如來放劫盡燒而得調伏如是劫盡大地燒時實無衆生受苦惱者大仙人言世尊希有可得劫盡火焚燒然大地壞時無一衆生受苦惱者佛言不也大仙人諸佛如來不令一衆生受逼切惱何以故大仙人譬如十方微細雨滴彼諸雨滴寧爲多不大仙人言甚多世尊佛言大仙人諸佛如來十地菩薩倍多於彼當爾劫盡大地燒時於上虛空中以慈悲智慧身手解救衆生不令有苦而觸身也所以者何以彼諸佛如來一切菩薩妙身廣大相好端嚴

衆生見者無不歡喜生正信心唱如是言我等願於未來世中皆得成就如是除拔還得成就如是形色如是相好端嚴之身當於是時又有心解脫已得阿羅漢果者或有猒離心生得須陀洹果斯陀含果阿那含果證者或復有得無生法忍者有得不退轉地者有得生於四天王天上者有得生於忉利天上夜摩天上兜率天上化樂天上他化自在天上者略說乃至有得生於阿迦膩吒天上者當於是時所有一切大轉輪聖王小轉輪王及諸方域粟散小王大仙人等乃至刹利大家大婆羅門大冨長者如是次第以見如來妙色之身復見已身於大恐怖生死海中得解脫故生大踊躍歡喜之心於如來邊起知恩心起報恩心於如來邊聽受法已各各皆於十業道中作不放逸行以是方便力因緣故於十惡道中速得捨離當於是時所得十地大菩薩者以此菩薩眼道所及照了之處大地微塵彼等微塵雖復甚多而彼時節諸衆生界乃至知於煩惱體性汙染不淨從於無爲涅槃道中入彼無餘涅槃道者倍多於彼汝今當知諸佛如來爲如是等大利益故方便顯示刼燒盡也爾時一切大仙人等聞是語已生驚怪心嗚呼奇哉甚大希有大德釋子向者喚我爲大仙人發我壽命我時雖聞如是之事猶謂非眞一切智也今以世間難中之難具足施已我今始知釋子眞是一切智也我於今者以於眞實名號稱之爾時一切大仙人等即發是言大功德聚者無邊大智者知一切智者我見衆生持業星流各

各别異何處得成眞實聚集惟願世尊爲我解説令得開悟爾時世尊即告大仙人言汝大仙人當知無有時方亦無處所令得衆生眞聚集也大仙人惟平等中衆生得聚集一乘道中衆生得聚集菩薩地中衆生得聚集無餘涅槃界中衆生得聚集汝今當知如有衆流河泉渠瀆一切川源皆歸大海入大海已得一味住謂一鹹味無差别也大仙汝今當知所有衆生界若得漏盡者一切彼處於解脱味中會一味住汝今當知我雖説言煩惱平等中衆生得聚集者亦非聚集也所以者何譬如大風旋起吹諸蚊蝱一切聚集若風定已各各星散如是諸類一切衆生各各皆爲業風縛故或墮地獄中彼輩得聚集業風縛故或時餓鬼中彼輩得聚集或有畜生

中彼輩得聚集如是等仙人復言一切識一切智者願爲我説若有如是如是等輩已於先世俱人中生共同聚集今日現在云何可知乃至一切若在畜生若在餓鬼已於先世曾聚集者云何可知願爲解説佛言大仙人所有衆生若先世時共地獄中曾聚集者於現在世若相見時心不歡喜生瞋結恨或時頭痛或復失禁大小便利當知是輩已於先世地獄之中曾聚集相若有如此相貌現時應當覺知彼與我身決定已曾於地獄中一處居來時大仙人復白佛言一切能人證大寂者一切智者更爲我説若先世中曾在畜生共千萬身一處來者云何可知佛告大仙人若彼等輩生人中者各相見時結成瞋怨常覓其便我當何處覓得其便是名相貌在

畜生中一處同居多身之相應知決定我已共彼在畜生中一處居來若餓鬼中一處居來者常樂臭穢復多貪食自設欲與他心不去離生慳貪著或復見彼富貴勢力心生嫉妬常復欲得彼人財物見是相時決定知彼與我同在餓鬼之中一處居來若有先世同在人中共一處者於現世中若相見時更生欲心爾時威燈光大仙人復白佛言若先世時共在天中同一處者今世人中若相見時云何可知佛言大仙人若有先世共天中生現在人中若相見時各以眼道遠相攝取共相眷愛若有是相決定天中共聚集來若以如是相觀察者得知衆生聚集相也爾時大仙人聞是語已歡喜踊躍生希有心即白佛言世尊我今始知彼衆生輩成實可言大虛誑也云何迷没不求修學薩婆若也爾時世尊更復重告大仙人言汝向問我内衆生體有幾微細者大仙人若有衆生體可得者彼衆生體可得作分微細長短汝今當知譬如有人從生盲聾復有一人問彼人言人者白色爲似何者於汝意云何彼既不見可得説言此色如是如是色也仙人答言彼人既不明了見色何敢如此決定判也佛言如是如是大仙人是諸凡夫人如似生盲者不見衆生體不可言道如是衆生微細内體長短麤澀復次大仙人眼非衆生耳鼻舌身意等亦非衆生有爲陰分亦非衆生十八界十二因緣亦非衆生衆生名字亦不可得亦非内空外空内外空得名衆生也所以者何大仙當知眼即假名暫時不相合故耳鼻舌身意等

假名暫時不相合五陰法假名暫時不相合三十六種不淨之物一切假名暫時不相合如是等無有衆生而可得也亦非色等諸塵共相和合故有衆生色等諸塵各各别異分張離散彼等諸法亦非衆生非命非養育無主無人亦無有我皆不可得復次大仙人若有衆生者是諸如來則不應説四種四諦法以實無有衆生性故是故一切諸佛如來得是諸法如是隨順如是修行得如來身爾時威燈光大仙人爲欲求得一切智故發大弘誓作如是言世尊設我今者有大火坑盡其劫際應處其中復有大山猶如須彌其山巖峻高遠峙立乃至上到阿迦尼吒天於彼時中我身在上自墜而下復有大火其聚猶如劫盡時火如是等火猛焰熾然五熱炙身其日長遠一日時分等於一劫如此劫時以三十日持作一月滿十二月以爲一年如是時節盡彼劫際修此苦行歡喜甘受終不因是暫捨精進而不求於一切智也爾時威燈光大仙人作是語時於大會中所有一切五通仙人皆悉從座恭敬而起合掌向佛作如是言世尊我等諸仙從今已去皆各勇猛勤力精進所欲求於阿耨多羅三藐三菩提是諸仙輩作此言已爾時世尊即從眉間放諸光明其光名曰無能降伏者十方一切諸佛世尊眉間白毫放諸光明亦復如是當於是時以佛光明力因縁故是諸大地六種震動所謂動遍動等遍動涌遍涌等遍涌覺遍覺等遍覺起遍起等遍起震遍震等遍震吼遍吼等遍吼東涌西没西涌東没南涌北没北涌

南没中湧邊没邊湧中没乃至上下湧没亦復如是爾時十方諸佛世尊於虛空中在於釋迦如來佛上雨種種華種種妙香種種天樂隨心所愛令衆見聞復有乾闥婆王并及無量諸天衆等皆悉作於五種音樂以樂如來復於一切諸樂音中出於種種讚歎之聲歌詠如來是諸天香又有微風徐徐而動吹是香氣靉靆垂布於如來前遍覆虛空復有十方諸來菩薩摩訶薩等一切大衆踊躍歡喜各於佛上雨種種華種種瓔珞種種珍寶種種雜香種種華鬘種種塗香種種末香種種衣服種種旛蓋諸如是等無量無邊供養之具供養如來復有餘方無量無邊諸天衆等皆大歡喜亦於空中雨天上妙曼陀羅華及於摩訶曼陀羅華諸如是等供養之具以供如來時諸大衆生希有心復以自已所著種種殊勝衣服普散佛上供養如來爾時無能降伏大光明焰上至阿迦尼吒天下至阿鼻地獄遍照十方一切諸佛大會之衆圍繞一切彼諸如來作圍繞已是大光明從彼而來還至世尊頂上而入爾時長老須菩提即從座起前至佛所頂禮佛足禮佛足已右膝著地長跪合掌以偈頌曰

無有不因今釋迦　放妙光明遍諸刹
願佛憐愍我等故　大衆因說除疑心
以覩世尊現威容　或更懷疑或歡喜
是中或復舉一手　踊躍讚歎佛世尊
帝釋梵衆四天王　充遍虛空歎佛德
雨天香華瓔珞具　樂器不鼓出妙聲

爾時世尊即告長老須菩提言汝今見是威

燈光大仙人不須菩提言唯然世尊我已見之眞正行者我已見之爾時世尊復更重告須菩提言須菩提汝今當知是威燈光大仙人者於未來世過是賢劫千佛世已復更有劫還名爲賢刹名月主於彼界中當得作佛號毗婆尸如來應供正遍知十號具足須菩提汝當知之彼毗婆尸如來出現於世之時其有得聞是佛名者無不獲利猶如意珠隨心願滿復次須菩提汝當知之今此會中八萬四千諸仙人輩聞是法本已悉皆獲得不退轉地當於彌勒下生之時一切滿足十地願行過三千劫已當得作佛號曰威燈如來至眞等正覺今此大會之中復有無量億諸菩薩衆聞是法本已皆得首楞嚴三昧上上智威三昧如來受位三昧如幻化三昧四大難降伏三昧意王三昧海藏三昧調伏莊嚴三昧眞心藏三昧清淨三昧如是等復有億恒河沙等諸天之衆皆得住於無生法忍無量百千比丘比丘尼優婆塞優婆夷皆悉得於阿羅漢果恒河沙數天龍夜叉乾闥婆阿脩羅迦樓羅緊那羅摩睺羅伽人非人等未發心者皆得發於阿耨多羅三藐三菩提心須菩提汝今當知我見是等大利益故放是光明爾時世尊復出舌相遍覆面門彼舌相中出種種色種種光明所謂青黃赤白紫紺瑠璃紅縹金色玻瓈色等是光明曜遍到十方無量無邊諸世界已還從如來足下而入爾時無盡意菩薩從座而起偏袒右肩右膝著地長跪合掌而白佛言世尊如來無有無因緣故現於舌相惟願世尊爲我等說何因

何緣出現舌相放是光明佛告無盡意菩薩言善男子我爲無信諸衆生等出是舌相如來世尊終不以此舌根相故作妄語也爾時無盡意菩薩復白佛言世尊若未來世諸善男子及善女人於此經中若以一句若以一偈爲他顯說其福幾何惟願說之佛言善男子所有十方諸佛剎中諸佛世尊眼所見者彼等一切資生樂具悉以供養十方一切諸佛世尊乃至入於大般涅槃般涅槃後復以一切種種寶物起舍利塔若復有人於此真如法本之中乃至一句及以一偈分別爲他而顯說者所得福德乃多於彼復次善男子若有說是法本之時能於是中讚言善哉快哉之者當知彼人一切諸佛皆共讚歎若有供養是經典者當知彼人即是供養於我身也爾時世尊普觀大衆觀大衆已即告之言諸善男子若此經典所在之處如是地分一切諸佛皆共憶念諸善男子當知是經於未來世閻浮提內諸衆生邊爲大良藥若人能於是經典中若自轉讀若教人讀一遍二遍及三遍者當知是人自請如來轉妙法輪若有善男子於是經典若自抄寫若教人抄當知彼人即是受持一切諸佛甚深法藏常得歡喜速獲安樂於未來世當得作佛若有善男子善女人應墮地獄者終不聞是微妙經典諸善男子及善女人若得聞是妙經典者捨是身已必得生於清淨國土復次善男子善女人等得聞是經聞已歡喜信樂受持廣爲他人讀誦解說當知彼人速得菩提畢定不久六根具足五眼清淨臨命終時不忘正

念復當得彼無量無邊百千三昧陀羅尼門所謂入於一切諸佛三昧普照奮迅三昧總持藏三昧髻珠印三昧灌頂位三昧觀印三昧復得無字篋陀羅尼一切法無能降伏陀羅尼決疑陀羅尼眞如決義陀羅尼如是等無量無邊百千陀羅尼復得五神通於生死處正念不亂爾時世尊即告文殊尸利菩薩摩訶薩言善男子汝已供養無量無邊百千諸佛故我以此法付囑於汝汝當來世廣爲他說如是法本文殊尸利於汝意云何汝已過去於諸佛所種種供養種種恭敬種種奉迎是諸福德可得邊際可得思量不文殊尸利言不也世尊佛言文殊尸利若汝於未來世於此娑婆世界五濁世中廣宣流布如是法本所得福德倍多於彼文殊尸利汝於過去諸世尊所雖復以於種種衣服四事供養常令豐足而汝未曾於是法本爲他人故方便顯說以如是故於彼佛邊猶多過咎若汝於彼過去佛邊乃至一佛未曾供養但能於是深妙法本爲他廣說當知即是於一切佛諸世尊所具足供養無有過咎佛說是經時文殊尸利諸菩薩等及威燈光一切仙人并餘眷屬天龍八部諸鬼神等一切大衆聞佛所說歡喜奉行

佛說大威燈光仙人問疑經

音釋

傴 委羽切傴僂不伸也
町 徒鼎切田區畔埒也
嚬呻 嚬符眞切呻失人切
撚 陟華切正作磔張伸日撚謂一磔手也
劫燒 燒失照切劫燒謂劫火也
金鋌 鋌待鼎切朴也
盲瞽 盲莫庚切目無童子也瞽公户切目但有眹也
澀 色入切不滑也
峻 私閏切高也
峙 直里切山立也
縹 匹沼切帛青白

色也

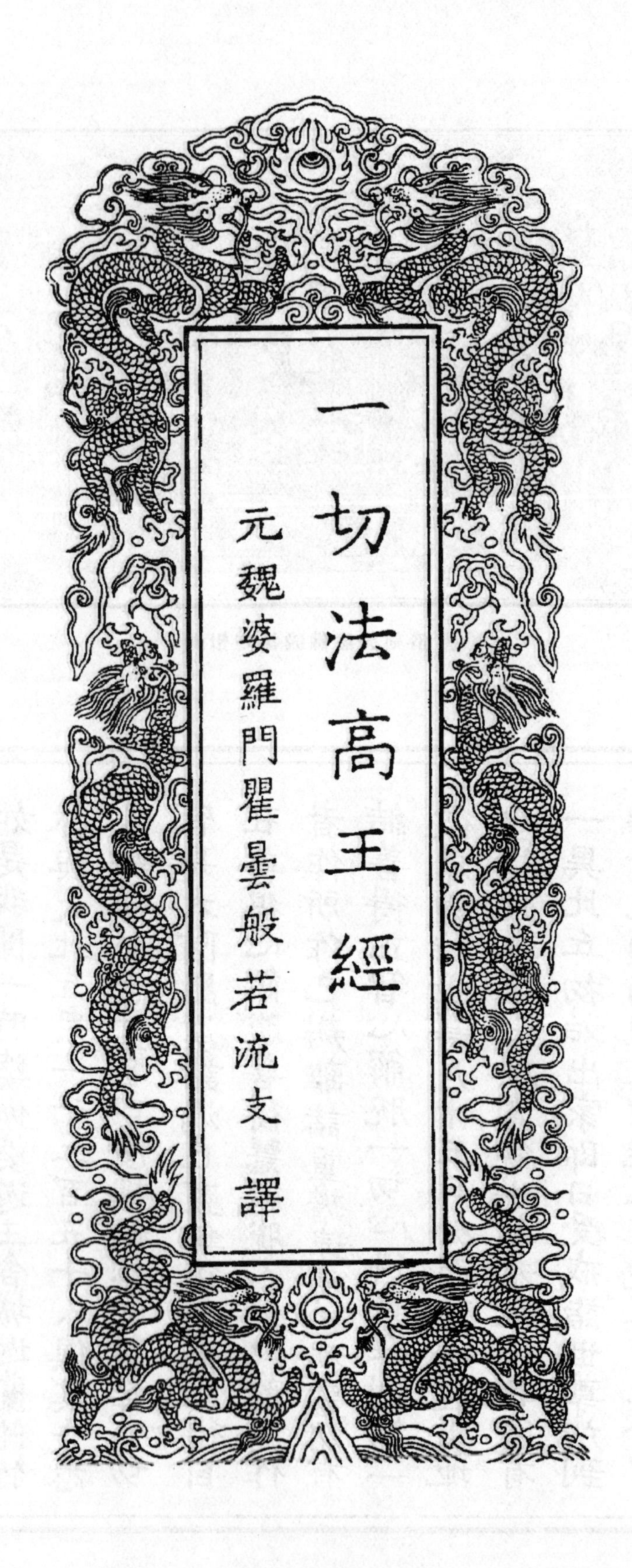

一切法高王經

元魏婆羅門瞿曇般若流支譯

清刻龍藏佛說法變相圖

一切法高王經

元魏婆羅門瞿曇般若流支譯

如是我聞一時婆伽婆遊王舍城迦蘭陀竹林與大比丘衆一千二百五十人俱其先悉是辮髮梵志其名曰優樓頻螺迦葉等一切皆是大阿羅漢諸漏已盡無復煩惱心得自在善得心解脫善得慧解脫人中大龍應作者作所作已辦離諸重擔逮得已利盡諸有結善得正智心解脫一切心得自在到第一彼岸爾時世尊月十五日於布薩時在露地坐諸比丘衆之所圍繞供養恭敬彼時復有一異比丘初始出家即日受戒詣世尊所到佛所已頭面禮足右繞三帀繞三帀已合掌向佛白言世尊我新出家朝日受戒惟願教我我於僧中云何而食僧中食已云何可消

既食食已云何消施又善男子信何義故捨家出家得彼饒益彼與比丘即以偈頌問如來曰

我既新出家　朝日始受戒　惟願爲我說

云何消僧食　何義故捨家　出家入佛法

惟願說勝義　云何消他施

如是問已如來即答彼比丘言比丘當知若比丘成就三法應食僧食食已消施彼善男子信何義故捨家出家得彼饒益何等爲三比丘當知謂入衆僧作衆僧業僧利相應比丘當知比丘成就此三法者應食僧食食已消施彼善男子信何義故捨家出家得彼饒益爾時世尊即說偈言

若人入衆僧　造作衆僧業　衆僧利相應

彼人能消施

如是說已彼比丘言如是之義世尊略說我不能解世尊云何比丘名入衆僧作衆僧業又復云何僧利相應時彼比丘即以偈頌問如來曰

云何入衆僧　云何衆僧業　云何衆僧利

願說令得知

如是請已佛言比丘諦聽諦聽善思念之我今爲汝廣說衆僧說衆僧業說衆僧利彼比丘言如是世尊願樂欲聞佛言比丘所言僧者四行四得八富伽羅比丘當知此名爲僧應受世間天人供養合掌恭敬無上福田爾時世尊偈重說言

有四行四得　八種富伽羅　此等名爲僧

無上勝福田

如是說已彼比丘言未知世尊何者僧業佛

言比丘謂四念處及四正勤四如意足五根五力七菩提分八聖道分比丘當知此名僧業爾時世尊而說偈言

若常勤修習　寂靜八聖道　如是修勝道
是名爲僧業

如是說已彼比丘言未知世尊何者僧利佛言比丘謂僧利者四沙門果何等爲四四者所謂須陁洹果斯陁含果阿那含果阿羅漢果比丘當知此名僧利爾時世尊而說偈言

大人有大利　僧中富伽羅　謂四沙門果
彼人能消施

如是說已彼比丘言如世尊說比丘入僧作衆僧業僧利相應如是比丘能消他食旣食食已能消他施彼善男子信何義故捨家出家得彼饒益世尊若人希望一切智智捨家出家未知世尊彼富伽羅爲入僧不作僧業不得僧利不佛言比丘善哉善哉汝善思量汝善能問汝善辯才能問如來如是之義利益多人安樂多人饒益多人憐愍世間利益安樂憐愍天人故如是問如汝所問若人希望一切智智捨家出家彼富伽羅爲入僧不作僧業不得僧利不如是問者我爲汝說比丘當知彼富伽羅不入衆僧非作僧業與衆僧利問不相應爾時世尊偈重說言

若人希菩提　彼不入衆僧　非修衆僧業
非僧利相應

如是說已彼比丘言未知世尊彼富伽羅若不入僧非作僧業非利相應云何世尊聽其出家聽食僧食云何消施佛言比丘汝且止止勿作此語此不須問彼異比丘復言世尊

若此比丘不入衆僧非作僧業非利相應云何消施爾時世尊復言比丘此不須問彼異比丘更復第三問言世尊若此比丘不入衆僧非作僧業非利相應云何消施爾時世尊以彼比丘殷勤三問即放眉間白毫光相照此三千大千世界光明徧滿山河石壁皆悉不現惟見光明徧此三千大千世界而此三千大千世界海中衆生所謂諸魚摩伽羅魚舒舒摩羅鼀等衆生昔未曾見見光明巳皆生驚怖又此三千大千世界諸大海中若龍龍女若阿脩羅阿脩羅女若迦樓羅迦樓羅女昔未曾見見光明巳皆生驚怖如是光明皆悉徧至四大王天三十三天焰摩兜率化樂自在梵身梵輔梵衆大梵光明少光無量光天光音淨天及少淨天無量淨天徧淨廣果不煩不熱善見善現阿迦尼吒乃至非想非非想處多千天子覩佛光明一切皆來乃至三千大千世界四天王天次第乃至淨處天衆一切專心來詣佛所到佛所巳頭面禮足尊重恭敬合掌向佛住虛空中爾時復有衆多比丘遊行人中旣覩光明往詣佛所到佛所巳頭面禮足右繞三帀一心正念却坐一面爾時復有比丘比丘尼優婆塞優婆夷旣覩光明往詣佛所到佛所巳頭面禮足右繞三帀一心正念却坐一面爾時復有三千大千世界諸龍夜叉乾闥婆阿脩羅迦樓羅緊那羅摩睺羅伽人非人等覩佛光明往詣佛所到佛所巳頭面禮足右繞三帀一心正念却坐一面爾時慧命舍利弗從坐而起整服一㒱右膝著地合掌向佛白言世尊此多

比丘比丘尼優婆塞優婆夷等皆來集會世尊此多天龍夜叉乾闥婆阿脩羅迦樓羅緊那羅摩睺羅伽人與非人四天王天三十三天夜摩兜率化樂自在并梵身天乃至無量淨處淨身多千天子覩佛光明皆來集會世尊何故放眉間光願爲解說爾時慧命舍利弗即以偈頌問如來曰

多千數衆生　復億那由他　覩佛光明故
皆來見世尊　世尊以何因　復以何因緣
此多千億衆　今來集此處　世尊知其義
何故來至此　願導師憐愍　爲我說其因

如是問已佛告慧命舍利弗言舍利弗此新出家朝日受戒比丘問言若有比丘行大乘行專心希求一切智智彼人云何食衆僧食能消他施舍利弗我今欲答彼比丘問爲是義故如是無量億千衆生和集來此爾時慧命舍利弗言惟願世尊惟願善逝今答此問佛言舍利弗若說此義有人迷没何以故舍利弗一切大龍不可思議有大神通大師子吼不可思議師子之吼不可思議大衆生法不可思議此非一切愚癡凡夫聲聞緣覺所能信解故汝三問我皆默然不答此義慧命舍利弗白佛言世尊今此會中有比丘比丘尼優婆塞優婆夷天龍夜叉乾闥婆阿脩羅迦樓羅緊那羅摩睺羅伽人非人等能信此義惟願世尊利益彼人答我所問佛言舍利弗若說此義衆生迷没爾時慧命舍利弗復以偈頌請如來曰

善哉願今說　菩薩何功德　若行菩提者
聞已勤精進

如是請已佛告慧命舍利弗言舍利弗菩薩摩訶薩天人世間無上福田舍利弗非菩薩摩訶薩不消布施何以故舍利弗菩薩摩訶薩畢竟消施舍利弗若菩薩摩訶薩日日常食一切衆生所施飲食摶如須彌被其袈裟廣長之量如閻浮提刧刧常爾菩薩摩訶薩恒常如是畢竟消施舍利弗若菩薩摩訶薩三千大千世界衆生一一衆生於日日中施其牀座廣長之量如四天下高如須彌七寶間錯何等七寶所謂金銀及毗瑠璃私頗胝迦赤色眞珠硨磲碼碯以用莊嚴師子之座天衣覆上舍利弗若菩薩摩訶薩一一衆生於日日中如是布施菩薩受取隨意受用若坐若卧等舍利弗菩薩摩訶薩常如是受常如是用畢竟消施何以故舍利弗乃至初發菩提之心菩薩摩訶薩即發心日已是一切聲聞緣覺衆生福田舍利弗菩薩摩訶薩一一衆生於日日中以如是色七處宫殿其量廣長如四天下謂閻浮提西瞿耶尼東弗婆提北鬱單越廣長如是一一别處垂七寶簾彼一一處七寶網縵高幢旛蓋種種天寶以爲莊嚴彼殿高大乃至他化自在天處彼一一處種種寶樹處處徧有彼一切樹隨意所須一切皆得一一樹中皆出樂音彼諸樹中有樹能出種種諸香有樹能出種種妙華有樹能出種種諸果彼殿彼處多有池水八分相應滿彼池中底布金沙彼池多有七寶蓮華充滿其中彼一切池用毗瑠璃以爲階道普池周帀七寶欄楯彼池岸邊多有無量師子座處億那由他百千敷具以敷其上以天

妙華徧散地處舍利弗若菩薩摩訶薩如是色殿如是色座如是色處若坐若卧若行若住若語若默皆悉隨意舍利弗若菩薩摩訶薩一切衆生於日日中如是色殿如是色座如是色處得已受用舍利弗如是菩薩摩訶薩於一切衆生畢竟消施如是乃至初發心者何以故舍利弗菩薩摩訶薩一切衆生無上福田舍利弗汝今見此種姓尊貴大富饒財有大安樂所謂刹利大姓婆羅門大姓長者大姓居士大姓人中之王轉輪聖王七寶成就四天王天三十三天釋提桓因焰摩天子兜率天子化樂天子如是他化自在天子梵娑婆主次第乃至色無色中生處衆生若人得住初果二果三果四果復有獲得辟支佛道若人欲學阿耨多羅三藐三菩提舍利弗此如是等一切皆於菩薩中生菩薩所化應如是知何以故舍利弗菩薩摩訶薩行菩薩已次第獲得阿耨多羅三藐三菩提覺轉于法輪於菩薩所得聞法已如是得入須陀洹果斯陀含果阿那含果阿羅漢果辟支佛道次第乃至阿耨多羅三藐三菩提覺聞布施已則能布施以布施故則得生於刹利大姓婆羅門大姓長者大姓得爲人王轉輪聖王聞說戒已能受持戒受持戒故則得生於四天王天三十三天焰摩兜率化樂自在聞四無量故得修行以修行故生色界天舍利弗此門如是應當善知此一切法皆依菩薩菩薩所化舍利弗譬如阿那婆達多龍王池處出四大河何等爲四所謂强伽辛頭博叉斯陀大河彼四大河入四大海何者爲四强

伽大河五百眷屬流滿東海辛頭大河五百眷屬流滿南海博叉大河五百眷屬流滿西海斯陀大河五百眷屬流滿北海舍利弗於意云何此四大河流向四方如彼次第入四大海舍利弗彼四大河流向四方頗有衆生隨須用不慧命舍利弗言無量衆生受用得力所謂沙門及婆羅門人非人等世尊彼四大河悉能徧滿稻田豆田若摩沙田大小麥田異異種種諸穀豆等悉能充徧彼穀豆等多人受用所謂沙門及婆羅門人非人等佛言舍利弗於意云何彼四大海頗有衆生隨須用不慧命舍利弗白佛言世尊無量衆生受用得力謂勝衆生陸地衆生水中衆生所謂魚龜摩伽羅魚坻彌冝羅蝦蟇鵝鴨及魚師等復是無量大衆生處所謂諸龍乾闥婆阿脩羅迦樓羅等無量衆生人與非人受用得力謂珠眞珠及毗瑠璃珂與珊瑚因陀尼羅大青寶珠牟娑羅寶迦羅婆寶碼碯寶等復有大價異大寶珠在大海中爲人受用佛言舍利弗於意云何彼四大海以何因緣有如是力慧命舍利弗白佛言世尊阿那婆達多龍王池水因緣如是勢力佛言善哉善哉舍利弗阿那婆達多龍王離三種畏何等爲三所謂得離迦樓羅畏離熱沙畏若餘龍王行欲之時無此形相舍利弗阿那婆達多龍王行欲法時蛇形色相彼阿那婆達多龍王宫中坐禪比丘住在彼處舍利弗阿那婆達多龍王宫中神通比丘有威德者住在彼處舍利弗阿那婆達多龍王隨住何宫若有入者無諸衰惱慧命舍利弗白佛言世尊希有

世尊阿那婆達多龍王宮殿成就如是未曾有法希有世尊如是龍宮彼三種過一切皆無希有世尊隨何衆生入彼宮者免三種過希有世尊彼龍王宮神通威德坐禪比丘入彼處住希有世尊彼龍池處出四大河多人受用彼四大河生四大海大衆生處無量百千諸衆生等受用之處所謂沙門及婆羅門人非人等受用之處世尊阿那婆達多龍王成就如是無量功德佛言舍利弗菩薩摩訶薩亦復如是舍利弗譬如阿那婆達多龍王離三種畏舍利弗菩薩摩訶薩亦復如是已得出過三惡道畏何等三畏一地獄畏二餓鬼畏三畜生畏舍利弗譬如阿那婆達多龍王池水出四大河多人受用舍利弗菩薩摩訶薩亦復如是有四攝法攝取衆生何等爲四布施愛語利益同事此四攝法菩薩所行多人受用又舍利弗譬如阿那婆達多龍王池處因緣有四大海如是如是舍利弗菩薩出生薩婆若智又舍利弗譬如大海無量衆生依住安樂如是如是舍利弗三有衆生依薩婆若得安樂住三有所謂欲有色有及無色有舍利弗此門如是應當善知舍利弗所有三千大千世界衆生安樂一切皆因菩薩而生依菩薩有何以故舍利弗發菩提心常行不斷次第相續乃至受記得受記已阿耨多羅三藐三菩提覺阿耨多羅三藐三菩提覺已轉于法輪若諸沙門若婆羅門若天若魔若梵若餘皆不能轉如是正法以聞法故出生四衆所謂比丘比丘尼優婆塞優婆夷以彼因緣得無量樂得天人樂得解脫樂舍

利弗汝意云何此法何生慧命舍利弗白佛言世尊從菩薩生佛言舍利弗汝意云何三有所攝若利若養隨何等物一切皆是菩薩先時所作之恩豈有人能報恩者不慧命舍利弗言世尊無能報也何以故菩薩出生一切法故佛言舍利弗譬如有人貧無財物有大富者多有財物以悲愍心捨而施之多百多千無量無數百千萬億皆能捨與如是次第施第二人施第三人施第四人乃至百千乃至無量百千衆生如是乃至一切衆生彼大富者所有財物一切捨與又復施與一切無畏令除怖畏所有怨憎繫縛鬬諍如是等畏皆令免脱又復令離惡道怖畏又與無量天人安樂彼受施中有一衆生為報恩故破已一物以為百分以一分物與前施者既與物已作如是心我已報恩舍利弗汝意云何若此丈夫如是饒益一切衆生如是利益一切衆生彼一衆生所破之物百分中一與前施者報恩盡不慧命舍利弗言世尊不能盡也佛言如是如是舍利弗菩薩亦爾舍利弗如悲心者利益一切而一衆生一物百分與悲心者一分之物如是如是舍利弗有一施者一切欲樂供養瞻視大乘行者乃至命盡彼人雖作如是供養猶不報恩爾時世尊告慧命舍利弗言善哉善哉舍利弗汝今真是我之弟子隨順我教善解我語舍利弗一切衆生於菩薩所若捨自肉若皮若筋若骨若身如是乃至百千到捨於菩薩恩百分之中不報其一如是乃至千分億分百千億分乃至數分不報其一筭數譬喻所不能及何以

故舍利弗菩薩之恩世間天人阿脩羅等所不能報舍利弗若善男子若善女人發起如來一切智心則能報恩何以故舍利弗若有能發阿耨多羅三藐三菩提心者一切衆生之所受用舍利弗譬如此處閻浮提中生栴檀樹始生芽時已能除滅童男童女藥相應病及其葉生能除婦女男子之病又時增長成栴檀樹若有人來住其陰中彼人離病彼栴檀樹若出華時能與天樂彼栴檀樹若生果時光明周徧十方世界光明既出隨何衆生心憶念者則得不老不病之法彼栴檀樹若有斫伐分析破裂取其材木而將去者不畏貧窮彼栴檀樹若有人能取其材木用爲屋舍入其中者不寒不熱不飢不渴如是如是舍利弗彼栴檀樹皆悉有用無不用者樹始生時已任受用生已有用增長有用華出有用果出有用斫伐破裂材木有用作屋有用舍利弗菩薩摩訶薩亦復如是初發阿耨多羅三藐三菩提心修四攝法與衆生樂如栴檀芽既發心已三解脫門心得增長何等爲三謂空無相無願等門如樹生葉次後得住無生法忍如樹增長次復成就一切智智如樹華出次入無餘涅槃界中如樹有果碎身舍利量如芥子住持利益諸衆生界如人斫伐彼栴檀樹將木而去如來舍利利益衆生亦復如是如栴檀樹取木作舍入者安樂如是如來入涅槃已諸修行人入如來寺除熱清涼舍利弗此門如是應當善知舍利弗若善男子若善女人其有能發阿耨多羅三藐三菩提心者佛法不斷一切衆生得天人

樂及解脫樂常行不斷舍利弗若天人樂及解脫樂常不斷行舍利弗豈有能說與其相似與等者不慧命舍利弗白佛言世尊無能與等彼富伽羅人天并梵脩羅世間雖與喜樂不能報恩若於一劫若於百劫若於千劫若於億劫若億千劫不能報恩佛言如是舍利弗若善男子若善女人欲報無上一切恩者彼人應發阿耨多羅三藐三菩提心舍利弗此發心者無上報恩如恩相似相似報恩無相似衆生無譬喻衆生欲報其恩者生不相似心生此無上心舍利弗欲報過去如來恩者惟應發此阿耨多羅三藐三菩提心舍利弗欲報未來如來恩者亦惟發此阿耨多羅三藐三菩提心舍利弗欲報今時十方世界諸佛世尊現在現命現住如來無上恩者亦惟發此阿耨多羅三藐三菩提心舍利弗二富伽羅供養如來無上供養何等爲二有富伽羅一切漏盡有富伽羅發阿耨多羅三藐三菩提心爾時世尊即說偈言

說二富伽羅　供養於如來　菩薩阿羅漢
是二富伽羅　非世間財物　三有中資生
能作善供養　供養彼大人　若以天人中
勝色聲味觸　捨施彼大人　不名善供養
若資生供養　非無上供養　若發菩提心
是無上供養　若天人世間　及以魔世間
一切欲者與　非是勝報恩　大人不乏少
不生希望心　如是之大人　更無勝供養
若人心希望　無上供養佛　彼發菩提心
取未來成佛　若人常希望　欲作無量福
彼發菩提心　堅固勤精進　若人欲希望

發心修無量　彼人發精進　欲得佛菩提
若人希天樂　捨離一切苦　彼人則修習
佛菩提因緣　若欲見無量　阿僧祇諸佛
正信殷重心　欲取佛菩提　若人欲行到
無量異世界　彼人勤精進　欲取佛菩提
若欲見過佛　有如是憶念　彼發菩提心
修行菩提行　若人欲得見　未來世諸佛
彼發菩提心　修行菩提行　若欲見供養
現在世諸佛　彼人心樂欲　利益諸衆生
若人悲心普　愍一切衆生　彼人欲發起
無上佛菩提　若欲與衆生　無上無量樂
彼人欲發起　第一佛菩提　若見苦衆生
而生於悲心　彼人欲發起　佛菩提因緣
若生如是心　我覺無上道　彼無量功德
一切不可說

如是說已慧命舍利弗白佛言世尊世尊向來說如是法幾許衆生發阿耨多羅三藐三菩提心佛告慧命舍利弗言舍利弗汝且止止舍利弗汝今何用問如是義何以故舍利弗若使如來一切智智說此義者衆生迷惑何以故舍利弗以佛如來有無量戒無量三昧有無量慧無量神通有無量智舍利弗譬如虛空不可量取云何虛空可思議不慧命舍利弗言世尊不可思議何以故以彼虛空無人已知今知當知佛言如是如是舍利弗如來所知一切衆生一切聲聞一切緣覺不能已知今知當知何以故佛之所知非諸聲聞緣覺境界慧命舍利弗白佛言世尊希有世尊彼諸衆生乃有如是善決定意發阿耨多羅三藐三菩提心佛言如是如是舍利弗

當有菩薩善決定意慧命舍利弗言世尊菩薩云何善決定意佛言舍利弗如閻浮提所有衆生若在陸行若在水行若在空行若在地行彼如是等一切衆生本身盡已皆得人身若有一人教彼諸人令住五戒十善業道舍利弗汝意云何彼富伽羅以是因緣得多福不舍利弗言甚多世尊彼人福德不可譬喻佛言舍利弗我復更説汝今應知如是之人教閻浮提一切衆生令住五戒十善業道所有福德若復有人令一衆生住信行法其福勝彼舍利弗汝意云何若復有人令閻浮提一切衆生住信行法彼富伽羅以是因緣得福多不舍利弗言甚多世尊彼人福德不可少分譬喻而説佛言舍利弗如是之人令閻浮提一切衆生住信行道所有福德若復有人令一衆生住法行道其福勝彼舍利弗汝意云何若復有人令閻浮提一切衆生住法行道彼富伽羅以是因緣得福多不舍利弗言甚多世尊彼人福德不可譬喻佛言舍利弗如是之人令閻浮提一切衆生住法行道所有福德若復有人令一衆生住於初果其福勝彼舍利弗汝意云何若復有人令閻浮提一切衆生住於初果彼富伽羅以是因緣得福多不舍利弗言甚多世尊彼人福德不可譬喻佛言舍利弗如是之人令閻浮提一切衆生住於初果所有福德若復有人令一衆生住第二果其福勝彼舍利弗汝意云何若復有人令閻浮提一切衆生住第二果彼富伽羅以是因緣得福多不舍利弗言甚多世尊彼人福德不可譬喻佛言舍利弗如

是之人令閻浮提一切衆生住第二果所有福德若復有人令一衆生住第三果其福勝彼舍利弗若復有人令閻浮提一切衆生住第三果所有福德若復有人令一衆生住羅漢果其福勝彼舍利弗若復有人令閻浮提一切衆生住羅漢果所有福德若復有人令一衆生得縁覺道其福勝彼舍利弗若復有人令閻浮提一切衆生住縁覺道所有福德若復有人令一衆生住阿耨多羅三藐三菩提其福勝彼舍利弗若復有人令閻浮提一切衆生住阿耨多羅三藐三菩提所有福德若復有人令一衆生住不退法其福勝彼舍利弗若復有人令閻浮提一切衆生住不退法所有福德若復有人令一衆生畢竟安住無生法忍其福勝彼舍利弗若復有人令閻浮提一切衆生畢竟安住無生法忍所有福德若復有人令一衆生速疾安住一切智智其福勝彼舍利弗若復有人令閻浮提一切衆生速疾安住一切智智所有福德若復有人爲他廣説能生菩提能破壞魔示陰無我能離諸界破散諸入盡滅煩惱淨分種子破壞染分此一切法高王法門其福勝彼舍利弗置閻浮提一切衆生舍利弗譬如乃至徧四天下世界衆生如是乃至一千世界二千世界三千世界乃至無量百千世界東西南北四維上下如是十方於一一方恒河沙等世界衆生有色無色陸行水行卵生胎生濕生化生如是乃至有想無想彼如是等一切衆生本身盡已皆得人身若有一人教彼諸人令住五戒十善業道舍利弗彼富伽羅以

是因緣得福多不舍利弗言甚多世尊甚多善逝彼得無量阿僧祇福佛言舍利弗汝今應知如是譬喻舍利弗如是十方諸世界中一切衆生若人令住信行法行須陀洹果斯陀含果阿那含果阿羅漢果辟支佛道住阿耨多羅三藐三菩提住不退法無生法忍一切智智所有福德若復有人爲他廣說此一切法高王法門所得福德舍利弗此福德聚勝前福德第一清淨無上無比舍利弗此勝法門善決定意菩薩摩訶薩之所修行菩薩之行如是應知舍利弗若人得聞此一切法高王法門當知是人即是菩薩摩訶薩也彼人不退阿耨多羅三藐三菩提是福田者無等等者不相似者是憶念者是過度者是寂靜者是調御者性寂靜者是解脱者是丈夫者是師子者第一男者勝丈夫者大丈夫者龍者天者天中天者無障礙者是不縛者作所作者所作辦者一切所作皆悉辦者即是無邊功德聚者爾時世尊即說偈言

若人行菩提　是決定衆生　彼人無惡意
有無明如來　若發菩提心　其福不可喻
一切世間福　無如菩提福　無邊世界中
所有諸衆生　若人令勝上　轉轉更增上
彼人轉上上　上上得福利　於此菩提心
彼福如微塵　若人廣說此　無上修多羅
及學此經者　彼人是福田　若人聞此經
盡本性清淨　彼人名寂靜　是佛之眞子
若聞此經時　勇健審丈夫　名調御解脱
天中天師子　若人說此經　經中無上經
天中天之天　衆生中無上

如是說已慧命舍利弗白佛言世尊希有世尊如來乃能於此經中如是略說菩薩之行菩薩乃於阿僧祇劫行菩薩行猶故未得無上佛智世尊此經中說無上佛智世尊若有衆生從如來口聞此法門如是衆生快得善利第一善利慧命舍利弗白佛言世尊如我解佛所說法義乃至過去已入涅槃諸佛世尊已爲衆生說此法門此法門者彼過去佛所說法中最爲第一世尊於未來世諸佛世尊當爲衆生說此法門此法門者彼未來佛所說法中最爲第一謂一切法高王法門世尊於今現在現命現住諸佛世尊今爲衆生說此法門此法門者彼現在佛所說法中最爲第一世尊我從世尊先已曾聞多多法門善哉世尊今復爲我說此法門佛告慧命舍利弗言舍利弗此修多羅佛自知時如衆生心信解之相知心而說舍利弗是佛所知非諸聲聞緣覺境界舍利弗說此法時八萬四千人先未曾發菩提之心今聞此經發菩提心六十千衆生得無生法忍有七十億欲界諸天先未曾發菩提之心今聞此經發菩提心三億衆生得柔順忍無量地諸天諸龍夜叉先未曾發菩提之心今聞此經發菩提心舍利弗如來觀知如是義故廣爲衆生說此法門爾時無量百千衆生比丘比丘尼優婆塞優婆夷合掌向佛瞻仰尊顔目不暫捨爾時世尊怡然微笑於面門中放無量色種種色光徧照三千大千世界此勝光明徧已還入世尊面門爾時慧命舍利弗白佛言世尊云何世尊何因何緣如是微笑惟願世尊爲

我解說佛告慧命舍利弗言舍利弗此多比丘比丘尼優婆塞優婆夷合掌觀佛目不暫捨汝爲見不舍利弗言已見世尊佛言舍利弗此四部衆行大乘行行菩薩行舍利弗如彼心行我悉知之舍利弗若以如來過去不得未來不得現在不得舍利弗此衆生行陰中不得界中不得入中不取舍利弗此菩薩行無上無等如來說此菩薩行時於此三千大千世界皆悉大動謂動徧動等徧動湧徧湧等徧湧吼徧吼等徧吼起徧起等徧起覺徧覺等徧覺魔王波旬退其宮殿餘異魔身皆悉退墮此有偈言

朝壞魔軍力　不能更復起　以正覺所說
一切無有餘　陰魔煩惱魔　瘦弱無勢力
以聞如來說　一切法空故　見諸魔驚怖
聞不戲論法　彼法既不生　云何得有死

彼魔波旬既墮地已即向如來而說偈言

善哉獨大佛　願速安慰我　我今恐命盡
愁憂之所縛

時魔波旬得佛安慰忽然不現如來既說此法門已慧命舍利弗心意歡喜彼新出家無憂比丘并諸天人及阿脩羅乾闥婆等聞世尊說皆大歡喜

一切法高王經

音釋

辮（婢典切交也）網縵（網文兩切縵莫半切）坻彌宜羅（梵語亦云帝彌紙羅此云大身魚坻音池彌音彌）蝦蟇（蝦胡加切蟇莫加切蝦蟇蛙屬）筋（舉欣切骨絡也）斫（之若切斬也）

佛說諸法勇王經

劉宋罽賓三藏法師曇摩蜜多譯

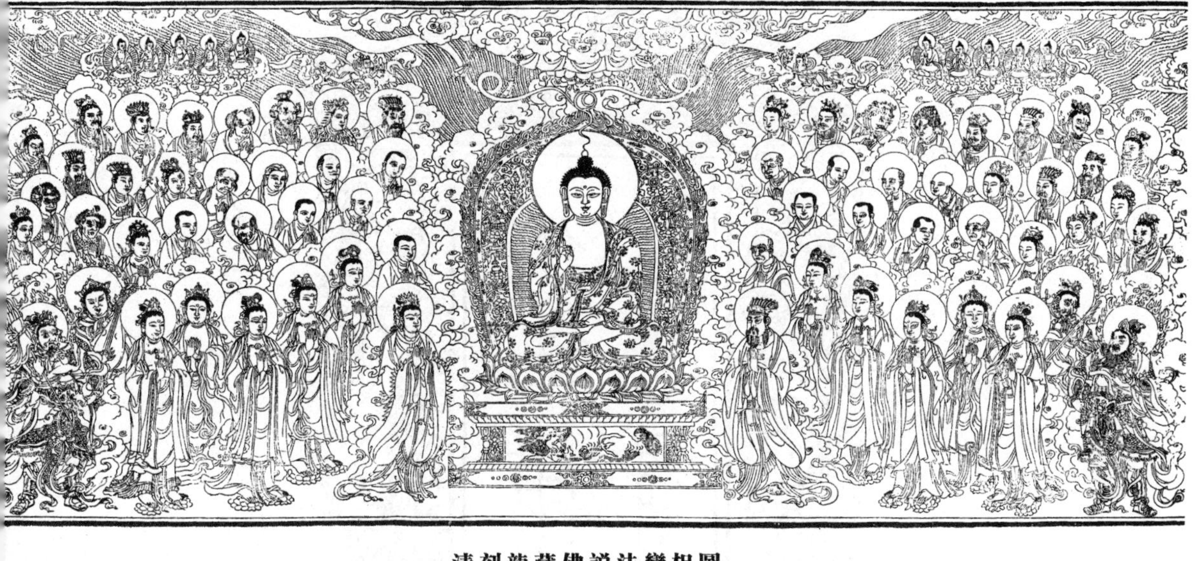

清刻龍藏佛說法變相圖

佛說諸法勇王經

劉宋罽賓三藏法師曇摩蜜多譯

如是我聞一時佛在王舍城迦蘭陀竹林與大比丘僧千二百五十人俱其先悉是結髮梵志優樓頻螺迦葉優婆崛舍憍律陀等而爲上首一切皆是大阿羅漢諸漏已盡無復煩惱心得解脫慧得解脫其心調柔自在無礙摩訶那伽所作已辦離於重擔逮得己利盡諸有結得正解脫通達諸法到於彼岸惟除一人尊者阿難爾時世尊於十五日說禁戒時在顯露處結跏趺坐大衆圍遶恭敬尊重是時會中有一比丘出家未久便受具戒即於其日來至佛所頂禮佛足右遶三帀合掌瞻仰而白佛言世尊我於今日出家未久已受具戒於出家事遺疑未了惟願如來哀

愍解說云何比丘受人信施無有愚癡既受
施已云何復得畢報施恩若善男子有生淨
信發心出家所期之法云何復得具足成就
即於佛前重說偈言
我出家未久　已受具足戒　於此事未了
惟願哀愍說　云何受信施　畢竟清淨報
信心出家已　具足諸所願
爾時如來告比丘言若有比丘成就三法受
諸信施無有愚癡受已則能清淨畢報諸善
男子信心出家所願之法悉得具足何等爲
三一者人於僧數二者勤修僧業三者得僧
善利比丘若能成就如是三法受人信施無
有愚癡受已則能清淨畢報信心出家所願
具足爾時世尊欲重宣此義而說偈言
若有入僧數　僧業中勤進　獲得僧善利

與心而相應　如是之人等　畢能報信施
出家所願法　而悉得具足
爾時比丘復白佛言世尊如來今者略說此
義我猶未解惟願世尊重垂廣說云何比丘
入於僧數云何比丘勤修僧業云何比丘獲
僧善利復於佛前而說偈言
云何入僧數　僧業中勤進　獲得僧善利
惟垂分別說
爾時世尊讃是比丘善哉善哉能問斯義諦
聽諦聽善思念之當爲汝說僧數僧業及僧
善利是時比丘即蒙許可渴仰欲聞佛告比
丘四向四得是名爲僧常爲世間之所稱讃
世人八部合掌恭敬天人之中無上福田爾
時世尊欲重宣此義而說偈言
我今說四向　及以四得等　是名爲衆僧

無上之福田

復次比丘云何僧業四念處四正勤四如意足五根五力七覺分八聖道分是名僧業爾時世尊復說偈言

常勤行精進　最勝八聖道　如是則得入
如上四雙僧

復次比丘云何名爲僧善利也所謂四沙門果何等爲四須陀洹果斯陀含果阿那含果阿羅漢果是名僧利爾時世尊復說偈言

大士之善利　是則入僧數　具四沙門果
則能畢報恩

爾時比丘聞是語已即作是言如佛所說若有比丘入於僧數勤修僧業獲僧善利如是之人乃能堪受一切信施無有愚癡受已畢能報其施恩信心出家所願具足世尊若有善男子發大乘心求一切智淨信出家如是之人得在僧數勤修僧業得僧利不佛言比丘善哉善哉汝有大智能作如是微妙善問汝今以爲多所利益安樂天人能問如來如是深義復告比丘善持憶念諦聽諦聽善思念之當爲汝說比丘白佛唯然世尊願樂欲聞惟願如來分別善說佛言比丘若有諸人發大乘心修行大乘求一切智信心捨家如是之人不入僧數不修僧業不得僧利爾時世尊復說偈言

不入於僧數　不勤修僧業　不得僧善利
是修於菩提

爾時比丘復白佛言世尊如來何緣聽如是人出家受具受人信施世尊如是之人不入僧數不勤僧業不得僧利云何而得畢報施

恩佛言比丘汝今不應問如是事比丘復言若如是人不入僧數不勤僧業不得僧利云何而得畢報施恩佛言止止不復須問如第一請第二第三亦復如是佛告比丘汝已三請豈得不説宣是語已以神通力放於眉間白毫相光其明焰熾有百千色悉照三千大千世界幽闇黑冥未曾覩見諸色之處悉令大明諸大海水其中衆生所謂魚鼈走獸摩羅龍王龍女諸阿脩羅阿脩羅女諸迦樓羅迦樓羅女如是等衆悉蒙其光心驚毛竪怪未曾有其光亦照四天王忉利天焰摩天兜率天化樂天他化自在天梵天梵衆天梵輔天大梵天光天光音天少光天無量光天淨天少淨天徧淨天無量淨天果實天少果天廣果天無量果天無想天無惱天無熱天善見天妙見天阿迦膩吒天是眉間毫相悉皆徧照乃至三千大千世界亦復如是從四天王乃至阿迦膩吒諸天莫不大明如是諸天見如來光神通變化已各來佛所恭敬供養尊重讃歎頂禮佛足却在一面合掌而住爾時復有無量比丘遊行諸國遇斯光已皆悉集來至於佛所恭敬供養尊重讃歎頂禮佛足却在一面合掌而住爾時比丘比丘尼優婆塞優婆夷皆見如是變化神通見已於佛生清淨信至佛所恭敬供養尊重讃歎頂禮佛足却坐一面合掌而住乃至三千大千世界天龍鬼神乾闥婆阿脩羅迦樓羅緊那羅摩睺羅伽人及非人如是大衆悉見如來神通變化各各來到佛世尊所恭敬供養尊重讃歎頂禮佛足却坐一面合掌而住爾時大

德舍利弗即從座起偏袒右臂右膝著地合掌向佛而白佛言世尊今日無量比丘比丘尼優婆塞優婆夷一切大衆悉共聚集并及諸天龍神乾闥婆阿脩羅迦樓羅緊那羅摩睺羅伽人非人等從四天王乃至阿迦膩吒諸天悉皆和合端坐佛前如來何緣放此眉間白毫相光惟願哀愍説其因緣爾時舍利弗即於佛前而説偈言

多有諸衆生　其數那由他　見是大神變
悉能來聚集　何緣放光明　集是諸大衆
惟願垂哀愍　分別説其因

爾時佛告舍利弗是一比丘出家未久已受具戒來問我言世尊若有人發大乘之心求一切智剃除鬚髮出家修道云何善受一切信施受已必能報其施福若善男子發於信心出家學道所願不久悉得成就舍利弗以是因緣有如是等無量大衆而來聚集舍利弗言今正是時惟願如來分別演説如是之義佛告舍利弗我今若説如是義者多有無量百千衆生心生疑惑何以故是諸天龍神通道力不可思議是諸師子無所畏吼亦不可思議是諸大人所有法界亦不可思議舍利弗諸佛世尊所有法界不可思議一切凡夫聲聞緣覺不能信解舍利弗如來見是諸因緣故默然不説時舍利弗乃至三請如來默然亦不許可時舍利弗復白佛言世尊是大衆中已有無量無邊比丘比丘尼優婆塞優婆夷諸天龍神乾闥婆阿脩羅迦樓羅緊那羅摩睺羅伽人非人等久於佛所心生淨信惟願如來哀愍如是諸衆生等分別演説

如是之義復於佛前而説偈言
善哉無上尊　惟願垂哀愍　廣爲諸菩薩
善説頂功德　有諸衆生等　深願求菩薩
已於是法中　生厚善欲心
爾時佛告舍利弗菩薩摩訶薩應受一切諸
天世人阿脩羅迦樓羅緊那羅摩睺羅伽人
非人等恭敬供養舍利弗菩薩摩訶薩不畢
報施恩何以故舍利弗菩薩摩訶薩本已清
淨畢報施故舍利弗假使菩薩摩訶薩日日
受取一切衆生所施衣食一一衆生所施之
食摶如須彌一一衣服覆四天下一日之中
受一切衆生如是衣食亦能清淨畢報施恩
何以故舍利弗是諸菩薩於衆生中最是福
田應受世間之供養者舍利弗汝見世間大
富之人多有珍寶金銀瑠璃玻瓈眞珠硨磲

碼碯種種之物柔輭敷具所謂刹利大姓婆
羅門大姓居士大家粟散小王轉輪聖帝七
寶成就人中自在若四天王三十三天釋提
桓因焰摩天子化樂天子他化自在天子梵
自在天王及餘色無色界諸天若須陀洹果
斯陀含果阿那含果阿羅漢果辟支佛果若
阿耨多羅三藐三菩提舍利弗如是等衆生
由菩薩教化因緣出現於世何以故舍利弗
菩薩摩訶薩發心行於菩提之道次得作佛
成阿耨多羅三藐三菩提成已復當轉於法
輪一切世間若沙門婆羅門及梵天王魔王
波旬所不能轉爾時當有無量衆生聞是法
已當得須陀洹果斯陀含果阿那含果阿羅
漢果發緣覺心有發阿耨多羅三藐三菩提
心聞説布施則勤修行以施因緣生刹利大

姓婆羅門大姓居士大家若小王家轉輪聖帝七寶具足人中自在聞説持戒則便堅持以是因縁生四天王天三十三天焰摩天兜率天化樂天他化自在天聞説四無量心隨順修行以是因縁生於色界聞四空定隨順行之以是因縁生無色界舍利弗以是義故當知皆由菩薩因縁一切善法出現於世舍利弗譬如阿耨達多龍王福德力故其池流出四大河水東方恒河南方辛頭西方博叉北方私陀此四大河流出四方投四大海恒河眷屬具五百河入于東海辛頭眷屬具五百河入于南海博叉眷屬具五百河入于西海私陀眷屬具五百河入于北海舍利弗於意云何此四大河流出四方次第入于四大海中於此四方爲能利益諸衆生不舍利弗言世尊實大利益無量衆生所謂飛鳥走獸人與非人舍利弗言世尊近此河邊有諸稻麥粟豆諸田亦得潤漬如是諸田多獲穀麥復能利益無量衆生所謂飛鳥走獸人非人等舍利弗於意云何是四大海由何而有舍利弗言世尊是四大海皆由四河佛復告舍利弗於意云何是四大海於諸衆生有利益不舍利弗言如是世尊是海實能利益無量無邊衆生謂水陸性水性衆生謂大小魚走獸摩羅黿鼉蝦蟇鵝鴈鴛鴦亦爲其餘無量無邊水性之屬而作窟穴舍利弗如是大海復爲餘衆而作住處所謂諸龍乾闥婆阿脩羅迦樓羅亦出無量無邊珍寶利益一切人非人等所謂眞珠珂貝璧玉珊瑚瑠璃青毗瑠璃及出其餘種種珠寶悉爲衆生之所受

用而作利益舍利弗於意云何此四大海由何而有舍利弗言世尊是海皆由阿耨達池爾時佛讚舍利弗言善哉善哉阿耨達多龍王永離三怖何等爲三一者金翅鳥二者熱沙三者諸龍若行欲時便爲蛇身阿耨達多龍王無如是事舍利弗阿耨達多龍王所居宫殿乃是坐禪神通之人所居住處舍利弗若有人能住是處者當知是等亦得無惱舍利弗白佛言世尊甚爲希有阿耨達多龍王宫殿成就如是上善功德於三怖畏尚無一事況當具三若有衆生在此宫殿亦復具得無是三事若是神通善思惟仁所住處者是處必能出四大河於諸衆生多所利益以是因縁四大海水爲諸衆生之所受用而作窟宅所謂卵生諸飛鳥等及餘禽獸人與非人

世尊是阿耨達池成就如是無量功德佛告舍利弗譬如阿耨達多龍王永離三怖菩薩亦爾永離三怖何等三一地獄怖二畜生怖三餓鬼怖舍利弗如因阿耨達池出四大河利益無邊無量衆生菩薩亦爾以四攝法攝取衆生一者布施二者愛語三者利行四者同事舍利弗菩薩摩訶薩以四攝法利益衆生舍利弗如因阿耨達池出四大海菩薩亦爾因菩提心出一切智海舍利弗如因大海爲諸衆生而作安隱快樂住處舍利弗一切種智亦復如是爲三界衆生而作安隱快樂住處何等三界欲界色界無色界也舍利弗皆由菩薩周旋教化故令三千大千世界所有衆生得受安樂何以故舍利弗若有菩薩出現於世行菩薩道因修行道則得受記因

得受記則便得成阿耨多羅三藐三菩提轉于法輪一切世間沙門婆羅門及梵天王魔王波旬所不能轉衆生聞已則有四衆所謂比丘比丘尼優婆塞優婆夷是四衆等以是因緣於天人中而受種種微妙快樂及離欲樂舍利弗於意云何如是之法因何而出舍利弗言皆由菩薩因緣而出舍利弗於意云何三界繫法復因誰出舍利弗言亦由菩薩因緣而出佛告舍利弗於意云何於是繫法頗有一法能報菩薩所作恩不舍利弗言無也世尊何以故由於菩薩如是之法出於世故世尊譬如有人多饒珍寶有慈悲心以已庫藏無量珍寶百千億萬那由他物施於貧人如是展轉給二人三人四人五人十人二十人三十四十五十百人千人百千萬人如是乃至無量衆生及色非色悉捨一切所有財寶給施如是無量衆生亦爲除其怖畏繫縛鞭杖呵責諸惡趣等兼復安止於人天樂而是衆中有一士夫析破一錢以爲百分以一分錢欲報是人所施之恩世尊於意云何是大施主於諸衆生多所利益是人方便以一分之錢欲報其恩寧得報不不也舍利弗舍利弗言菩薩摩訶薩亦復如是如彼富人利益一切無量衆生及爲斷滅一切諸惡以一分錢而報其恩世尊行大乘者亦復如是以如是等無量衆生所受種種隨意快樂欲報菩薩發意之恩亦如彼人以一分錢報施主恩爾時佛讚舍利弗言善哉善哉汝今則爲隨順我行舍利弗一切衆生若於百世千世萬世百千萬世一一世中盡其形壽捨身

皮肉骨髓筋脉奉上菩薩尚不能報如是菩薩百分千分百千億分乃至算數所不能知分中一分之恩何以故舍利弗我觀一切人天大衆及阿脩羅無有能報是菩薩恩惟除善男子善女人發阿耨多羅三藐三菩提心何以故舍利弗若有善男子善女人發阿耨多羅三藐三菩提心則爲一切無量衆生之所受用多所利益舍利弗如閻浮提出栴檀樹其芽生時能除一切嬰孩男女所有病苦其葉生時復能療治童男童女所有患苦若樹增長枝葉扶踈能陰涼時衆生在中悉能除滅一切病苦其華開敷能令人天成就快樂其果熟時有大光明徧照十方若有衆生見已生念識其光明即得除斷生老病死及其壞時有諸衆生取其樹身終不畏有貧窮之苦若取枝葉還至家中則無復有飢渴之患舍利弗是栴檀樹出現於世常益衆生無有不作利益之時從芽生時乃至取其枝葉還家常爲利益舍利弗菩薩摩訶薩亦復如是初發何耨多羅三藐三菩提心時以四攝法攝取衆生既發心已其心常緣於三解脫何等爲三空無相願樹增長者謂無生忍法華開敷者謂已成就一切種智果實熟者謂於如來入般涅槃樹破壞者謂涅槃已以神通力碎身舍利如葶藶子取其枝葉而還家者謂於如來既涅槃已收取舍利起諸塔廟衆生入中衰惡消除舍利弗是故當知善男子善女人發阿耨多羅三藐三菩提心者有諸衆生於中所種一切善根則得畢報何以故舍利弗若有善男子善女人發阿耨多羅

三藐三菩提心則爲欲令行佛種者共相紹繼亦欲令彼聲聞緣覺無有斷絶能與一切無量衆生人天快樂及離煩惱無漏之樂舍利弗若有能與一切衆生人天快樂及離煩惱無漏之樂如是之人可得說喻明其比不舍利弗言不也世尊世尊無有天人沙門婆羅門若魔若梵及餘一切無量之衆或於一劫百劫千劫百千萬劫乃至無量阿僧祇劫能報菩薩發心之恩舍利弗以是故善男子善女人欲得無上畢報施恩應發阿耨多羅三藐三菩提心舍利弗若善男子善女人欲報過去諸佛恩者亦當如是發阿耨多羅三藐三菩提心舍利弗若善男子善女人欲報未來諸如來恩亦當如是發阿耨多羅三藐三菩提心舍利弗若善男子善女人欲報今現在十方諸佛恩者亦當如是發阿耨多羅三藐三菩提心舍利弗惟有二人能報佛恩何等爲二一者盡漏二者發阿耨多羅三藐三菩提心舍利弗是二種人善能供養諸佛如來善報諸佛所有恩惠爾時世尊欲重宣此義而說偈言

所說二種人　能供養諸佛　所謂阿羅漢
菩薩摩訶薩　是名曰二人　供養諸世尊
而於三界中　更無第三人　若有能平等
觀察一切法　如是等人輩　是則名智者
悉以妙五欲　可愛諸所須　供養是菩薩
猶不報其恩　若供養離愛　後身阿羅漢
及發無上心　行於菩提者　是則爲第一
無上之福田　天人及諸梵　各以已所愛
供養是菩薩　亦不報其恩　如是二種人

其實無所須　雖得上供養　而心無貪著
以是因緣故　雖奉不能報　世間諸智者
若欲供養佛　應發菩提心　修行於忍辱
若欲作功德　數數無有量　當爲菩提故
行於無上業　若欲得禪定　修四無量心
是人應精進　爲於佛智慧　欲得一切樂
消除諸苦惱　如是諸人等　應於佛法中
而生厚重欲　畢求無上道　若欲得覲見
無量諸世尊　應生恭敬心　深求正眞道
若欲從一界　至於無量界　應生勤精進
深欲於菩提　欲見過去佛　應生欲精進
爲於菩提故　善順而修學　若欲得疾見
未來世諸佛　亦應爲菩提　至心專修道
若復欲得見　現在諸世尊　亦應於菩提
生於善欲心　當知是人等　最上非凡下
若欲於衆生　普行慈心者　是人勤應進
速求無上道　若欲令衆生　悉除諸苦惱
應學無上智　中間莫廢捨　若欲與衆生
一切諸快樂　智者爲菩提　應發深善欲
若欲滅衆生　無量諸惡趣　智者應攝取
畢竟菩提心　是人之所得　無量諸功德
一切無有人　能說其譬喻　謂發菩提心
欲成無上道

爾時世尊說是偈已大德舍利弗白佛言世尊今說此經得幾功德幾所衆生發阿耨多羅三藐三菩提心佛告舍利弗汝今不應問如是義何以故舍利弗如來若說一切智事令多衆生生於疑惑何以故舍利弗諸佛世尊有無量戒禪定智慧無邊神力舍利弗於意云何如來能說虛空邊際分界限齊可知

可計可籌量不不也世尊何以故世尊虛空邊際無有人能已知今知當知佛告舍利弗佛智亦爾聲聞緣覺已不知今不知當不知何以故舍利弗如來所有無上智慧非諸聲聞緣覺境界所行處故舍利弗言是諸衆生甚爲希有善能分別無上菩提而能發於阿耨多羅三藐三菩提心佛告舍利弗如是如是如汝所說是諸衆生甚爲希有善能分別無上菩提而能發阿耨多羅三藐三菩提心舍利弗於意云何閻浮提中所有水陸空行衆生盡得人身若有一人教是諸人令其安住五戒十善舍利弗於意云何是人以此因緣得福多不甚多世尊是人得福不可以譬喻爲比我今當說若善男子善女人教一閻浮提所有衆生令其安住五戒十善所得功德不如有人教誨一人令得信行舍利弗且置是事若有善男子善女人教一閻浮提所有衆生令得信行不如有人教誨一人令得法行舍利弗復置是事若有善男子善女人教一閻浮提所有衆生令得法行不如有人教誨一人令得八人舍利弗復置是事若有善男子善女人教一閻浮提所有衆生令得八人不如有人教誨一人令得須陀洹果舍利弗復置是事若有善男子善女人教一閻浮提所有衆生令得須陀洹果不如有人教誨一人令得斯陀含果舍利弗復置是事若有善男子善女人教一閻浮提所有衆生得斯陀含果不如有人教誨一人令得阿那含果舍利弗復置是事若有善男子善女人教一閻浮提所有衆生得阿那含果不如有人

教誨一人得阿羅漢果舍利弗復置是事若有善男子善女人教一閻浮提所有衆生令得阿羅漢果不如有人教誨一人令得緣覺舍利弗復置是事若有善男子善女人教一閻浮提所有衆生令得緣覺不如有人教誨一人令發阿耨多羅三藐三菩提心舍利弗復置是事若有善男子善女人教一閻浮提所有衆生發菩提心不如有人教誨一人令不退轉舍利弗復置是事若有善男子善女人教一閻浮提所有衆生令得不退轉不如有人教誨一人令得無生法忍舍利弗復置是事若有善男子善女人教一閻浮提所有衆生得無生法忍不如有人勤教一人令得速成無上智慧舍利弗復置是事若有善男子善女人教一閻浮提所有衆生令得速成無上智慧不如有人精勤修習如是經典何以故是經能壞一切魔衆能破諸陰不近諸界分散諸入滅除煩惱發白淨性除却黑法若能以是一切諸法勇王經典爲他衆生廣分別說所得功德無量無邊不可稱說舍利弗置一閻浮提所有衆生置四天下所有衆生置小千世界所有衆生置中千世界所有衆生置三千大千世界所有衆生舍利弗若於東南西北方四維上下如恒河沙等所有世界其中衆生若有色若無色有想無想水陸虛空卵生胎生濕生化生是諸衆生漸漸次第得成人身若有善男子善女人悉教爾所無量衆生令得安住五戒十善舍利弗於意云何是善男子善女人以是因緣得福多不舍利弗言甚多世尊是人所得功德不可

以譬喻爲比舍利弗復置是事若教十方如恒河沙世界衆生令得信行法行八人須陀洹果斯陀含果阿那含果阿羅漢果辟支佛道發阿耨多羅三藐三菩提心不退轉無生法忍速成無上一切智慧不如有人以是一切法勇王經典爲他衆生分別廣説所得功德於前勸化衆生功德最爲殊勝最尊無上最妙最善最勝無過無有比類無與等者舍利弗當知如是無上方便能令菩薩畢定修行於菩提道何以故舍利弗若有菩薩聞一切法勇王經典聞已即得不退轉於阿耨多羅三藐三菩提當知是人能爲衆生而作福田無有等等無有比類已得解脱到于彼岸清淨調柔寂滅涅槃爲佛眞子應受供養是爲勇健師子丈夫過出人天是人中龍天中之天是無所著是不繫縛是無罣礙所作已辦成一切業是無量功德成就具足爾時世尊欲重宣此義而説偈言

若發菩提心　畢竟到彼岸　如是諸大人
心無有疑惑　若施是等人　得福報無量
欲得如是福　當發菩提心　既發菩提心
所得福德聚　欲稱其少分　不可得計量
教無量世界　所有諸衆生　悉令住五戒
乃至轉增上　雖作如是教　不如發菩提
其餘更無等　惟除解是經　若學是經典
即是良福田　應受人天供　寂滅善調伏
若聽是經典　即是佛眞子　亦名勤精進
寂靜到彼岸　是天龍師子　故名爲大人
亦是天中天　衆生之最尊　若有能宣説
如是妙經典　是則得名爲　人中之無上

佛説偈已大德舍利弗白佛言世尊未曾有也世尊於今一切法勇王經中略説菩薩所有教誨世尊菩薩摩訶薩雖於無量阿僧祇劫奉修菩薩所應之行猶難得成無上菩提世尊而今於此經中説無上道則爲不難世尊是諸衆生快得善利第一之利世尊若有衆生得聞是經讀誦通利爲他廣説當知是人則爲已向阿耨多羅三藐三菩提世尊善哉善哉是妙經典惟願如來復垂重説何以故如我解佛所説義理若過去諸佛所説經法是經於中最爲殊勝未來諸佛所説經法是經於中亦爲最勝若現在十方諸佛所轉無上法輪是經於中亦爲殊勝世尊我亦曾説無量經典及其文字亦從如來聞無量經及其義味未曾得聞如是經典善哉世尊惟願哀愍數數廣説如是經典佛告舍利弗如是之義如來自知隨有衆生生信解心我於爾時當爲廣説而攝取之舍利弗如此皆是如來所知非是聲聞辟支佛等所能及遠舍利弗我今説是微妙經典八萬四千梵天與人三十六億欲界諸天未發阿耨多羅三藐三菩提心者今悉發心三十億諸天得無生忍法因地諸天諸龍鬼神無量無數未發阿耨多羅三藐三菩提心今悉發心舍利弗我見如是利益義故時時廣説如是經典爾時會中有無量百千衆生比丘比丘尼優婆塞優婆夷合掌長跪瞻仰如來目不曾瞬爾時如來熈怡而笑諸佛常法不以無縁而微笑也既微笑已從其面門放種種光青黄赤白紫玻瓈色照于無量無邊世界上至梵天遶

身三帀從頂而入爾時大德舍利弗即從座起偏袒右肩右膝著地長跪合掌白佛言世尊諸佛不以無因緣笑世尊今者有何因緣而微笑也佛告舍利弗汝今見此無量無數百千衆生比丘比丘尼優婆塞優婆夷向我合掌侍立瞻仰目不瞬不已見世尊佛告舍利弗是諸大衆願樂欲聞菩薩所修無上之行舍利弗如來隨知一切衆生所念所行是故我今當爲説之舍利弗若人不見過去現在未來世心是則名爲菩薩之行復次舍利弗若復不見諸陰性相不貪諸界不著諸入舍利弗是名菩薩所行之法是則如來正覺所説是菩薩所行法已三千大千佛之世界六種震動爾時波旬及其眷屬處在魔宮驚怖戰慄尋即落地各於佛前而説偈言

我及眷屬等　今者悉破壞　一切皆落地
無有能還者　若佛演説此　經典無遺餘
能破煩惱魔　陰魔及死魔　令其勢力喪
一切無有殘　以聞諸法空　魔力遂羸損
得於無我智　死魔則退散　悟法性空故
更不受後生

爾時波旬復説偈言

善哉勤精進　無上之大龍　我今與眷屬
悉受無量苦　惟願慈哀顔　矜愍見慰諭
我今緣是因　不入於死門

爾時如來即爲波旬而説偈言

波旬汝眷屬　若欲脱死門　應於此經典
深生信淨心　一切世間中　少有能信者
是故汝今應　信受奉行之

爾時波旬聞是偈已歡喜踊躍忽然不現佛

說經已大德舍利弗及所問比丘并餘比丘比丘尼優婆塞優婆夷一切大衆天龍鬼神人非人等聞佛所說莫不歡喜讚言善哉作禮而去

佛說諸法勇王經

音釋

鼈并列切介蟲也　阿迦膩吒梵語也此云質礙究竟膩女利切吒陟嫁切　珂苦何切螺屬　璧必益切瑞玉也　筋脉筋舉欣切骨絡也脉莫白切幕也　葶藶葶特丁切藶郎擊切葶藶藥草名　熙怡熙許羈切怡弋支切熙怡和樂也

順權方便經
西晉三藏法師竺法護譯

清刻龍藏佛說法變相圖

順權方便經卷上

西晉三藏法師竺法護譯

沙門法品第一

聞如是一時佛在王舍城靈鷲山中與大比丘衆俱比丘五百菩薩八千一切大聖神通已達已逮總持辯才無礙獲無所畏得不起忍奉無數佛植衆德本皆志大乘至不退轉弘無蓋哀救濟十方其名曰空無菩薩持土菩薩持人菩薩持祠身菩薩觀意菩薩淨意菩薩上意菩薩信樂意菩薩持意菩薩增念意菩薩喜見菩薩善見菩薩可意見菩薩普利可見菩薩彌勒菩薩普及一切賢劫菩薩咸來集會悉共俱坐爾時世尊在王舍城開化一國國王大臣百官群僚長者梵志凡庶人民僉共一心奉事供養衣被飲食醫藥牀

卧一切所安莫不欣然於時賢者須菩提明旦著衣持鉢欲行分衛未入城門行詣佛所稽首足下退住一面前白佛言唯然大聖我夜卧寐夢中見已坐佛樹下而見如來稽首足下還住一面時佛以紫金色手摩我頂上須宣斯言而告於我今日須菩提當得逮聞古昔已來所未聞法唯聖垂愍敢説此意是則何等先之瑞應佛告須菩提有法典名曰順權方便諸族姓子及族姓女所宜奉行以斯比像先現瑞應仁當逮聞未曾有法時須菩提前白佛言我今欲入王舍大城因行分衛佛言從意順時無違道節善哉行矣時須菩提見佛聽之入城分衛普行求食尋到諸家貴姓長者梵志因入其舍在門中庭默然而住時長者家有一女人普莊嚴身珠璣瓔

珞服栴檀香以紫金寶文飾其體端正姝好威發晃昱光澤第一淨如蓮華從其室出問須菩提賢者何緣住門中庭須菩提報曰姊欲知之故來分衛其女答曰今須菩提故復懷抱分衛想乎未斷思食耶須菩提答曰姊欲知之食想已斷又有是身父母遺體在胞胎中飲食養之而至成長習之來久不可離食女又問曰須菩提賢者未斷生死衆行故有終始愁慼悲泣不可意惱不造證乎須菩提答曰已造證矣身口心寂又問賢者爲滅滅身乎須菩提答曰其滅度者無有身也法無所除亦無所行女又問曰若使諸法皆無除無所行者賢者須菩提云何捨身而分衛乎安和成就也須菩提答曰其滅定者當普觀之休息興立顯身亦復非造女又問曰其

滅定者所在定行則不滅度若以滅定則無所生亦無所滅女又問曰若無所生無所滅者云何賢者離身分衛不以安和須菩提答曰如來聲聞行分衛時爲捨身耶女又問曰佛歎賢者於聲聞中行空第一空有處耶須菩提答曰然如姊來言女又問曰其所行空豈往反乎須菩提答其行空者無有往反女又問曰假使空行無有往反賢者何故周旋行來而分衛乎須菩提答曰雖行分衛不貪養身欲以休息痛痒苦故而行分衛也女又問曰賢者復有痛痒懷惱衆難厄乎須菩提答曰無痛痒不懐衆難又欲休息飢虛痛痒故行分衛其女答曰賢者今行不等空業所以者何其行空者不以痛痒而爲苦患一切三界無所有故又行空者不倚身心不生念身心亦無所染無樂不樂其行空者悉無諸法乃處閑居女又問曰賢者處在閑居行空第一以何等故名曰空閑須菩提答曰所以曰空不以因緣捨欲衆塵乃曰閑居女又問曰其行空者捨貪欲乎須菩提答曰其行空者不捨貪欲耶女又問曰云何捨欲名曰行空須菩提答曰所可說者是假言辭又問賢者行空豈有辭乎而仁說之須菩提答曰假託辭耳賢聖聲聞本之言教也女又問曰咨嗟言辭心存言辭則墮顛倒其墮顛倒則處諍訟其處諍訟則非沙門不應法義須菩提問姊何謂名曰沙門法義其女答曰無有言辭乃沙門法若無言辭則無顛倒無顛倒者則無諍訟無諍訟者是沙門法所致法者永離二行乃謂一法謂沙門法無想不想永寂

衆想乃謂沙門無爲無散遠離合散超越邪迹入平等道謂沙門法無有境土離於分界無爲滅度謂沙門法以知止足不貪道俗永無所著亘然無迹謂沙門法無著無縛亦無有脫等猶虛空謂沙門法亦無心念除心意識謂沙門法常知節限少欲少事無所悕望謂沙門法消去貪欲心無所慕志若太山不可傾動謂沙門法棄捨欲樂心不虛渴不好三界謂沙門法皆離分界十方境土越諸所作無所起生謂沙門法捨五陰魔及有形體無有衆難無有塵勞謂沙門法越度魔界貪欲所消心無所生亦不馳逸謂沙門法以超死魔而無所著不懷望想謂沙門法不慕天魔心無所思志等如地謂沙門法不著吾我解一切空寂然惔怕謂沙門法心無所倚以

無想行而不增損謂沙門法以捨望想心無所願不有取捨謂沙門法遊在三界而無所行決衆疑網謂沙門法消衆入無無有諸衰陰蓋永滅謂沙門法捨于調戲不存放逸降伏其心謂沙門法不抱瞋恚心不懷恨寂寞定意謂沙門法無有飢渴不存虛乏心無合會謂沙門法無有二行已捨三業而等同像不高不卑不舉不下謂沙門法以棄兩事行無所著無所罣礙謂沙門法斷除俗業却衆陰蔽不貪四大謂沙門法分別五陰諸種本末無有諸入謂沙門法頒宣一切十方法界無有境土謂沙門法曉了諸入自然如化本無處所謂沙門法自然如空而暢無爲不好有爲謂沙門法永以棄去一切諸數無有取捨謂沙門法自於已利而知止足不有諍訟

謂沙門法和心一切顯現衆生等行忍辱謂沙門法無所亡失心不忘捨逮得解脫謂沙門法心已解脫而無所怙亘然寂寞謂沙門法猶若虛空不可譬喻等無有侶謂沙門法女說於是行沙門法時諸天子等集會門庭四十天子遠塵離垢諸法眼淨五百天子舉聲歎曰篤信微妙聞於上法至心和雅悉發無上正眞道意

見諦品第二

爾時賢者須菩提而口歎曰至未曾有是姊辯才慧明巍巍所頒宣法音聲和雅必佛威神將是如來所化不疑於時彼女知須菩提心念本末報須菩提如今賢者所識察之其沙門法離於分界無有境土無著無縛亦無所脫心自念言必如來化誠如所云今吾觀身如來所化現作女像悉了本無所以者何如來至眞解暢本無吾身本無等無有異由是之故如來所化如來色本無我色本無無二亦復然矣以是之故如來所化痛痒行識皆爲本無五陰本同自然無際悉爲本無以是之故如來所化如來本無一切衆生其無本無諸聖本無吾身本無等無有異以故名曰如來所化如來本無一切諸法亦復本無一切道義亦復本無身亦同然以是之故如來所化如來本無悉無所生無有處所如來本無悉無所生亦無所滅吾身本無不起不滅以是之故如來所化如來本空一切如幻吾身本無本無同然本空不起不滅以是之故如來所化如來所化一切本無一切衆生本無處所諸法本無其本審諦眞實本無等

無有異悉虛無形又須菩提舉要言之一切諸法皆住本無吾以是故如來所化時須菩提問其女言云何今姊以佛聖威知我心念爲以己力明見之耶其女答曰今須菩提能知他人衆生心所念乎聲聞緣覺諸菩薩衆五通仙人外學異法皆佛威神而有所知所以者何一切應時從佛受教如今尊者須菩提知於他人衆生心念以是之故亦佛威神而能知之猶如天下一切衆生因以日月大炬燈火十方衆焰諸有光明緣覩諸色如是須菩提諸佛弟子見衆生心照以聖慧消愚癡冥使逮道明皆佛威神於時賢者須菩提謂其女曰唯爲我說今女爲誰從何而來乃有此辯女答須菩提假使有人問如來化今汝爲誰從何而來於時化佛以何發遣須菩提答曰無所發遣其女答曰如是須菩提其化自然解諸法相一切如是亦無所知女又問曰今問仁者爲有學業爲是凡夫是羅漢乎若作是問以何答之須菩提答曰吾非學業亦非凡夫亦非羅漢其女問曰今須菩提以心相倚而答我耶報曰如是須菩提曰女何報我女曰若深山中聞所呼聲乎以用心意而相答耶答曰不也響因虛空而有其音女曰如須菩提豈可逮致乎緣其法行得入道耶因立證明成就道德而可處當也音聲本無吾我言辭亦復如是悉亦本無時虛空中自然有音歎於此辯女說是言令須菩提遥聞虛空自然之音宣揚答曰向者仁言吾非學業亦非凡夫亦非羅漢行得執持何法諸漏已盡至於等持以致羅漢耶須菩提答

曰若如來化行得處所我執持行其宜若斯其女答曰仁須菩提非羅漢乎諸漏不盡耶佛歎仁者諸聲聞中行空第一須菩提答曰吾非羅漢諸漏不盡亦不行空不歎第一女又問賢者心樂堪任云何自誤而竊妄語須菩提答曰假使我見智達諸法已得羅漢衆漏化盡世尊歎詠行空第一爾乃我墮妄語兩舌我不知法不覩所在以是之故不爲妄言所言至誠女又問曰仁者須菩提此諸天子其見諦者來會門下聽受經法謂仁不實須菩提答曰其見諦者諸天世人莫能欺者女又問曰賢者若有所見爲不至誠須菩提問曰其有所見爲不諦乎女曰其覩誠諦不可見也女又問曰耆年須菩提能見真諦乎須菩提答曰假如女言我悉不見欺詐之業

況復覩見至誠諦耶所以者何一切皆空於時須菩提謂其女曰所言至誠爲何謂耶女答曰唯須菩提所云至誠於一切法悉無所生其見誠者則覩顛倒須菩提問女爲誰說斯如是言教其女答曰唯須菩提處在顛倒不起塵勞不起見諦乃爲真諦以覩在顛倒不見真諦時諸天子會在門下覩其女身微妙之業則稽首女禮須菩提口宣斯言聞須菩提親覩此女聽其辯才各自歎曰爲得善利無極之慶若聞是教篤信愛樂亦復難遇況復好喜而奉行者德不可量女復謂須菩提猶如斯地無所不忍淨與不淨香潔臭穢不以增損若有行者修平等心悉忍苦樂不以進退猶如淨水無所不洒淨不淨物不以憎愛行者如是心猶若水洒除衆惡三垢之

穢在於善惡不用增損猶若火然在所燒盡無所去就行者如是消除禍福若遭二難等無增損猶若風起在所而飄不有愛惡行者如是若遇苦樂賢愚淨穢不以增損猶若腧空靡所不忍空不念是忍與不忍行者如是心平如空無有增損所值善惡不以喜怒猶若橋船一切衆人王者小人貧貴尊卑皆猶之度無所分別行等心者亦復如是志若橋船無有瞋喜怨友無二明智賢士於忍凡夫聖慧坦然心不有二所以者何若須菩提發起瞋恚厭恨之心同於學士皆當忍之不當怒報也令不瞋恨猶若火熾尋時滅之不當使感如是須菩提若貪欲與塵勞然熾制伏其心令不馳逸乃逮正定爾時賢者須菩提問其女曰汝何志求而乃如是師子吼乎其

女答曰若有志求未曾能暢師子吼也其無志求乃師子吼所以者何有所求者則墮顛倒以墮顛倒無師子吼有所志求便爲貪身輙墮諸見無師子吼又賢者問女何志求而乃如是師子吼乎賢者何求漏盡意解須菩提答女姊欲知之不用志求而致解脱女又答曰耆年本時無所志求致得漏盡意解乎吾亦如是逮無所逮其法界者行無所獲須菩提曰如今觀女必志大乘終無疑也以是之故大師子吼舉動進止言談以類大乘之學女又問曰豈能識別大乘行迹舉動進止爲何等類須菩提答女曰聲聞雖聽不能頒宣大乘所覩唯女堪任敷演大乘所行深妙廣爲分別女曰賢者其大乘者無所罣礙慧無陰蓋其明無二此之謂也猶日月前健行

諸天自恣無礙無能蔽者住於虛空而飄疾行所遊天下周徧四域照閻浮利衆生蒙明莫不被荷大乘如是正士廣學無所罣礙無能蔽者其心等住住無所住其心奉行六度無極顯示十方一切法明故曰大乘猶轉輪王所遊行處輒君四域菩薩大士至若干種衆生類中在衆邪行等修慈心其大正士如是所至到處常能獨步沙門梵志諸天人民郡國縣邑州域大邦利益衆生菩薩常行四恩之業救攝一切修若干敬故曰大乘諸天龍神揵沓惒阿須倫迦留羅眞陀羅摩休勤釋梵四天明智賢聖正士聰達以諸平等正行之原逮成眞諦所見奉敬故曰大乘其大乘者唯須菩提而不可盡悉無所生不斷佛教三寶之訓諮受佛慧道法之業奉順聖衆以大慧明勸化衆生善具弘妙無雜碎行所作眞正解暢備悉六度無極以四恩行救攝危厄寂然庠序修八正道意止意斷奉無極慈修無蓋哀堅住大道於一切智永棄畏難降伏衆魔捨諸闇昧顯智慧明富衆德本諸行具足諸天人民阿須倫所見歸命衆魔外學莫不降伏一切聲聞諸緣覺等莫能當者化衆不信令篤樂法慈悲愍念諸懷瞋害以布施攝慳貪以持戒攝犯禁以忍辱攝瞋恚以精進攝懈怠以一心攝亂意以智慧攝愚癡以財寶攝貧窮以安和攝苦患以歡悅從明智故曰大乘

分衛品第三

於是賢者須菩提問其女曰快歎大乘須宣行業瑞應本末其女答曰正使我身一劫過

劫咨嗟大乘不能究暢得其邊涯如大乘業不可限量其德至淳功勳名稱不可得計又須菩提謂其女曰姊問我言賢者何故而行分衛如來至眞亦行分衛從如來緣奉不違命其女答曰唯須菩提能知諸佛善權方便欲開化衆故行分衛須菩提問女女亦堪任諸佛若干行隨時之義吾身不能唯說其意修權方便行分衛乎女復報曰賢者復聽如來至眞以二十事觀察法儀而行分衛何謂二十一曰現已身色形像微妙端正二曰順從如來分衛學法三曰若有衆生欲習嚴佛三十二相四曰觀如來身具足莊飾五曰如法備悉身相種好六曰令發無上正眞道意七曰念於如來而行分衛如法效之八曰若如來入郡國縣邑郡國縣邑普得安隱九曰

盲者得目悉覩諸色十曰聾者得聽別若干意十一曰心亂迷惑者伏定其意十二曰若裸形者得自然衣十三曰飢得食粮十四曰渴得水漿十五曰病者得愈十六曰無怒無癡十七曰無貪無嫉十八曰不恨不恚亦無自大十九曰心不懷惱普慰衆生二十曰念無央數衆生之類如身父母是謂二十若使如來入郡國縣邑坵聚行分衛者令諸衆生有所見聞發無上正眞道心又須菩提世尊大哀未化衆生無數衆苦悉至三界隨時救護如來現義因得自在故行分衛唯須菩提如來所入郡國縣邑行分衛時無數諸天龍神揵沓和阿須倫迦留羅眞陀羅摩休勒釋梵四王皆隨侍之奉事供養承佛威神皆發道心又須菩提諸天龍神釋梵四王供養如

來見如來身道明無邊寂然庠序心自念言至未曾有如來至眞所宣正典我等諮受所奉經法愛樂自歸如來至眞發大道心以是之故而行分衛唯須菩提如來分衛無數衆人慕官貪仕好財志豪求端正色欲多眷屬見佛世尊捨轉輪位出家爲道心自念言覩佛大哀詣貧匱家而行分衛棄世榮祿發無上正眞意故行分衛唯須菩提諸大尊神天子梵天承佛威神觀見如來心自念言如來常充未曾飢渴用愍衆生故與眷屬而行分衛我等慕樂夙夜精進成至正覺與眷屬俱而行分衛作是念已發大道意唯須菩提若懈怠衆嬾惰不勤見於如來入郡國縣邑州域大邦心中歡悅稽首自歸發平等心慕最正覺唯須菩提見諸佛尊終不虛妄衆人覩

聞其音響者一發意頃以爲道本因是究竟得至滅度以故如來而行分衛唯須菩提如來入郡國縣邑諸在縛繫閉在牢獄而得解脫衆生若聞如來名號承其聖旨自然得解欲報慈恩發無上正眞道意以是之故而現分衛唯須菩提族姓子族姓女若聞如來功勳之德歎詠名稱適承其號奉上如來餚饍異味衣被牀臥及他異供敬護父母兄弟姊妹夫婦子孫若無因緣不得故往奉覲如來以故如來入於郡國縣邑而行分衛心懷踊躍貢上供養皆發無上正眞道意唯須菩提其四天王奉如來鉢若貧窮衆少於財寶欲薄布施者見如來鉢自然而滿大財富者欲廣施者見如來鉢空因供施佛皆發無上正眞道意以故如來現行分衛唯須菩提假使

如來取若干饍悉齊合著百千億鉢還著一鉢不令雜錯各如本故無數諸天龍神揵沓惒阿須倫迦留羅真陀羅摩休勒覩於如來變化示現得未曾有善心生矣皆發無上正真道意以是之故而行分衛唯須菩提如來身者金剛之數無量福會如來身者無有生藏及與熟藏亦無不淨大小之便不用飢渴而行分衛現有所食不覩所入而見如來顯明大慧真正之法皆發道意又須菩提若有衆生施如來食多少麤細甘美不好所貢上饍在於如來所種德本所立福祐不可限量無有邊際況復廣施受天人福衆祐不盡至得滅度以是之故而行分衛又須菩提如來一定三昧正受無數神尊諸天子等衆梵天王色行天子見於如來而行分衛不捨三昧心自念言今佛愍哀衆生之故而行乞食不用飢乏諸天人民覩斯義利皆發道意以故如來現行分衛又須菩提如來常懷賢聖自在而行分衛無有貪嫉亦不飲食爲諸信者須宣經道令出家學化族姓子女故行分衛未曾飲食其饑饉者不能自致至於道德欲令此等所願具足故現分衛又須菩提如來執懷聖賢自行分衛救諸不賢濟衆罣礙使無所著令與大道至無極慧又須菩提如來愍念將來之世邊地諸國故行分衛得無後世不信道法長者梵志心自念言此等聖師不行分衛弟子何故横行乞食見諸比丘及比丘尼懷恚不喜由是之故佛現分衛心自念言佛無上尊愍衆分衛弟子法之因供咨嗟手自斟酌施與比丘此等學士承佛至敎

而行分衛見之欣然供養一切比丘比丘尼以故如來而現分衛又須菩提諸王帝主太子長者梵志大臣百官諸子見於如來無上正眞不乞食者若有衆人信樂道法棄家行學而作沙門恥於分衛我等家門姓貴豪尊出爲沙門反從庶民貧家下劣乞分衛乎以故如來現行分衛心自念言如來大德猶如虚空慇行分衛況我等乎念此不懃哀諸下劣樂行分衛又須菩提如來普隨世間習俗而勸化之因其勸樂各從衆生應受化律而授道教如來各隨而建立之緣其方便未曾飢虚無有衆患飢渴之難不以羸劣無有慳嫉無有衆惡決諸疑網如是須菩提如來以此無量方便欲救衆生故行分衛度衆闇塞使見道明女謂須菩提賢者寧能以是隨時方便用斯大哀如此衆祐建修清淨行分衛乎須菩提答曰姊我不堪任猶如一切野狐狸兔衆獸小蟲不能當任師子鹿王不能獨步而現其前師子吼也如是一切聲聞緣覺之乘不任如來威神禮節善權方便普安一切大慈大哀女說此善權方便如來大哀時其女父母長者家中大小及餘長者來入舍中聞所說法二萬八千人皆發無上正眞道意

順權方便經卷上

音釋

僚（力昭切官僚也）璣（居依切珠璣也）慼（倉歷切憂也）惔怕（惔徒感切怕傍各切安靜貌）欺詐（欺去奇切謾也詐陟駕切僞也）罣礙（罣古賣切礙牛代切）坵（丘鳩切）餚饍（餚胡交切饍時戰切）饑饉（饑居依切穀不熟也饉渠吝切菜不熟也）

順權方便經卷下

西晉三藏法師竺法護譯

假號品第四

於是須菩提謂女言姊寧出門有夫壻乎其女答曰賢者唯聽我夫非一所以者何假使衆生好樂勤修放逸自恣亦能奉順善權方便斯等衆生皆我夫主須菩提問姊何謂好樂順權方便其女答曰唯須菩提或有衆生先以一切欲樂之樂而娛樂之然後乃勸化以大道若以衆生因其愛欲而受律者輒授愛欲悅樂之事從是已去現其離別善權方便隨時而化須菩提問姊如來從始以何好樂隨其時宜不違法教須菩提謂女曰如來至眞未曾教人隨愛欲也其女答曰賢者不聞乎如來法教若有比丘隨心所好衣食牀臥具病瘦醫藥慈心之種乞匃諸家所到居業與其同等志所慕樂和尚教師追學務訓因化入道須菩提報曰唯然如姊今者來言女曰以是之故賢者當了如來聽之隨其時宜不違所樂以斯善權而濟度之須菩提問女衆生之類以何善權樂隨類教其女答曰可數三千世界所有星宿我所開化隨欲所度衆生之限使發無上正眞道意不可稱計須菩提問姊以何方便令人歡樂其女答曰或有衆生樂于梵天我修梵行隨無量禪欣然志安從樂授之然後乃化勸佛大道或慕帝釋現天帝位甚可愛樂示斯自在無常之法因而勸化發大道意或有衆生慕好諸天龍神揵沓惒阿須倫迦留羅眞陀羅摩睺勒我悉示之斯位所樂然後現變皆虛不實勸

化各使發大道意或有慕樂轉輪王位或有慕樂大臣百官州牧郡守令長四鎮公卿君子梵志工師細民或有好樂於色聲香味細滑法或樂華香安息塗香衣服播蓋大幢或好金銀明月眞珠水精琉璃硨磲碼碯白玉珍琦如是所樂不可計量若干品業或有好樂鼓儛歌戲婬樂悲聲若干種妓我則隨意取令充飽各得所願然後爾乃勸發道意度脱衆生隨上中下各使得所須菩提問女曰姊當知之欲得求習於賢聖道則爲陰蓋無所求法乃無所礙一人得入隨受律化離于因緣得未曾有所作甚難菩薩大士所爲無量乃以是法造無上業爲衆生故彼以斯法周化衆生得順法律我代欣慶時有二尊者子俱來會彼門前中庭聽所演法見其女姊宣說宿本所樂行順權方便所開化衆勸於無上正眞之道時二童子謂尊者須菩提仁者勿以己身之智度他人慧於須菩提所趣云何螢火之光寧能照己身掌乎除其冥耶須菩提答曰族姓子其螢火光明不足名適可照掌耶如是須菩提學聲聞乘族姓女族姓子德薄智尠光燿功勳智慧明樂一思不遠得致寂滅猶如劫燒其恒河水泉源諸流寧能滅乎須菩提曰正使一切百千巨億大海江河衆水不能消滅劫燒盛火況復江水大河流乎其女答曰如是須菩提諸菩薩衆智慧光明不可限量功德威燿而不可計假使菩薩江河沙劫以五所欲而自娛樂不可盡極菩薩智慧光明功德威燿迴邈巍巍無量猶如須菩提貧匱之士得疾甚困醫來治

之應病與藥從其輕重莫不除愈其藥易得薄德之士獨自遭苦困而得安所以者何用財不豐如是須菩提諸聲聞乘行止足德少欲無貪處在閑居去於慳嫉所知甚少隨一切惱爾乃得致漏盡意解當作是觀唯須菩提如貧匱士得見療治困而得愈謂聲聞乘之解脱也猶大國王頂有威相而得疾病醫來療之以帝王藥應病療治其藥色妙香美向面面愈項順悉安身無衆患諸味具足帝王財寶華香雜香擣香熏身以衆妓樂自然爲鳴帝王將無恐懼以用懷憂答曰不也若干品藥常服治病以衆妓樂而自娱樂并娱一切至使病疾除愈永安如是須菩提或有菩薩以所娱樂善權方便好於一切道法之樂而自娱樂已心修行皆以一切普安道乘逮至無上正真之道爲最正覺唯須菩提以是之故如醫療治病菩薩如是現智慧時而開化之又須菩提以五所欲用本無故而無所住其在是忍能自曉了我何所造以五所樂無有福祚横爲功勲不可逮致悉無所有斯一切智逮無所得亦無名勲若斯忍者已身達想何謂有道何謂無道五陰空寂寂然亦空以逮忍者則無所欲患猒已欲悉無所樂無所求習乃曰志道五陰犇逸不能定意是則無道於是尊者須菩提問二尊者子今此女人與仁何親二尊者子俱共义手説斯頌曰

是我之父母　斯慈施弘安　此家室親厚
亦無上世尊　以是威德故　而致諸功勲
如是合集行　緣脱無數苦　須宣此經法

普具衆行業　施吾道慧樂　心行於空無
因斅演經法　悉周徧精進　加我等法樂
訓誨于空行　棄捨於家居　猶火燒骨體
以用斯方便　損裂衆結網　爲蛇蚖所齧
滅除衆毒害　其貪欲如是　恩愛之所傷
如人火所灾　有來救火厄　塵勞熱若斯
能脫婬欲難　曉了諸法義　而消大恐畏
以斷此諸難　明智所解脫　吾不慕貪欲
以義解智慧　諸義無有義　所謂世間欲

爾時賢者須菩提問其女曰姊以何所善權方便而不棄捨一切衆生隨時之宜悉開化之女言仁者當曉此意女人在世多慕欲樂而不以厭踰於男子女人情興好於欲樂以故菩薩行權方便而導利之故現女像因敎誨之男子之身不可現入貴人婬女須菩提問今姊何故女人之像化衆女人乎於彼世時轉女菩薩現女人像須臾一時由十二年現其像貌爲尊者子清淨衣被著男子服問須菩提仁爲凡夫從學致乎須菩提答曰吾非學也亦非凡夫其女報曰如是如是唯須菩提我無所持時尊者子念須菩提若斯成就深妙智慧菩薩之業修平等行以是相問時族姓子知須菩提心之所念謂須菩提我以斯問唯須菩提云何漏盡分別部居意之所歸須菩提答曰吾非漏盡女又問曰何謂其漏不盡去來今現過去已盡當來未至現在無住諸未來盡不可得是亦無盡又現在者已歸於盡而無所住亦不可盡須菩提答曰唯族姓子我不堪任發遣諸問　曰時且中餘有少許食時欲到今欲分衛將無失時時

族姓子有三昧名普周佛土妙華以是三昧而以正受其族姓子適三昧已遥見須菩提其身現在一切十方不可計限諸佛國土住於佛邊而住侍焉在於彼土猶如日出照於天下或旦食時未至日中或過早食或不復从旦至食時造立日中或撾揵椎時或施坐飯食或以住立現取鉢洒或在佛土遊行分衛適日中時或現晡時或在初夜或以夜半或已向曉或有佛土無有日月衆生人物各有光明所現功德巍巍如是於時族姓子謂尊者須菩提仁者何時當就食乎且觀今時日在何所須菩提答曰族姓子今不是時不應飯食在餘佛國亦不得時時族姓子即如其像三昧正受顯示神足使日還東如日早食謂須菩提賢者且觀其時極早是故賢者

恣安所審坐自服食須菩提答曰今我屬累問族姓子名曰何等唯須菩提我之名號又當啓問於佛世尊而見發遣唯須菩提一切諸名皆無有名所以者何一切諸名悉從思想不眞虛僞其所妄想亦悉不眞無有名號當作是說一切本無須菩提曰又族姓子其一切智亦假號耳因思想有而不眞正何謂一切智名因想而興不眞正也所以者何以一切智不可限量亦假號耳各各遊行於諸佛國又無本末須菩提問何謂族姓子一切智不可限量而假號耳其女答曰唯須菩提一切智光普照佛土何謂一切智攝取佛土何謂一切智攝取一切智何謂普智光明所照何謂消垢何謂普現諸義何謂爲上何謂爲大何謂目見何謂持難何謂大捨何謂須

菩提佛土大施何謂佛國名曰假號別諸想字假使須菩提其一切智不可限量假號者也如是色像各各如是名號無量如其名色無量難限痛想行識不可限量陰種諸入意止意斷神足根力覺意八道亦不可量皆假號耳一切道品諸法如是諸佛國土各不可限量悉假號矣何所眞號以是之故唯須菩提當作是觀一切諸名皆無有名因其思想悉非眞正若宣名號亦由思想而有是辭皆悉本無爾時須菩提問族姓子仁者善利加益一切羅閱祇長者梵志致如是比衆祐居士皆蒙濟度又須菩提尊者知之所謂衆祐爲何謂也須菩提曰如我今者當敷演之其有奉戒遵眞正法心定不亂是則名曰世之衆祐答曰唯須菩提斯等則非眞正衆祐如仁所云若於衆生與大悲哀衆生人物悉不可得斯等乃是世之衆祐常以一定不斷三寶佛法聖衆乃曰衆祐若能消除一切衆生塵勞之厄悉解衆結乃曰衆祐其慧無量智不可盡乃曰衆祐功德無窮辯才無底法藏無極乃曰衆祐其等凡夫賢聖之黨無有二心乃曰衆祐又曰須菩提衆生適覩慧見清淨三垢忽化乃曰衆祐爾時諸天常侍衛須菩提者歡然恒隨而奉事之歸其威神彼時得聞衆祐訓誨至心和雅悉發無上正眞道意是諸天衆適發心已稽首自歸禮須菩提足責已悔過唯願仁者我等遇時族姓子問諸天子今諸天子何故懺悔歸須菩提諸天子曰族姓子我之身侍衛須菩提已來十二年未曾得聞如是像法衆祐地說今適得聞

至心和雅發無上正真道意以是之故我自心念所在土地逮得聽服如是像經亦當承斯衆祐之地聞清淨行以是攝護諸菩薩業咸歸道法於是須菩提勸化諸天所發道心謂諸天曰諸天於今爲獲善利心入妙法我亦須宣當何所作以自危害違失道心於一切智無器可受佛法雅訓諸天當了設令我心不至解脱必當發興無上正真道意今已敗種無所加設又諸天當習追慕如是比像諸善親友稽首歸命如諸正士承聽古來未曾有法已得聞法尋輒奉行無所違失時族姓子謂諸天言無上正真之道甚難甚難不可取爾所被德鎧得逮深遠玄妙之法又族姓子諸佛世尊本樂道慧將復造立而奉行是無上正真因應解脱又問天曰何謂奉行天曰等心衆生而濟度之棄于一切衆蓋重擔悉令解脱普使衆生不遭苦樂是族姓子所謂奉行又問天曰等心衆生非人想乎衆生無塵及獄繫縛亦無解脱不猗五陰即棄重擔其諸本德而無妄想開化衆生無彼我想雖遭苦樂不以增損時諸天人爲族姓子所見勸發即時逮得柔順法忍於是諸天散衆華供養族姓子兩門中庭時須菩提問諸天人亦當忍我如吾志性或能不逮所宣不及勸諸天人行聲聞法諸天人曰唯須菩提向所須宣何悔過以爲攝受何衆生性演說勞言所以者何唯須菩提今復殊勝以無所聞慕求緣覺聽聲聞業猶如有人志懷妙願心在飢渴服食甘味不與雜毒如是須菩提聞殊妙義斯菩薩法玄邈若茲其聲聞學不

利佛道若如雜毒不聞緣覺叉族姓子猶如向者今此女人端正姝好色像第一人適見之無不亘然時彼女人謂須菩提賢者所歸禮習乞匃莫餘分衛我當相施時彼女人自入其舍出百味食謂須菩提賢者受斯分衛供具勿以懷欲亦莫離欲乃應服食勿懷怒癡亦勿與俱勿離塵勞亦莫與俱假使賢者須菩提不斷苦集不造盡證惟道之行乃受分衛亦不奉行四意止四意斷四神足五根五力七覺意八正道行乃受分衛若不以明亦非無明而造立證行色名識六入習更痛愛受有生老病死無大苦患合與不合無有識著漏盡意解若干名色無有形像以度三界超越六情曉了空行志存脫門習無所生而無妄想不得痛痒而所志願證於脫門以暢本無不逮愛欲不念所受亦無所生已無所生了諸所生分別有無老病無言曉十二品如是應受分衛之業若使賢者不隨凡夫無賢聖俱等法不斷乃應受食若不有生亦無終沒行空之業等於貪婬瞋恚愚癡亦等於空乃應受食若以賢者不越凡地不處賢聖若無光焰亦不闇昧不度所生不得生死不至滅度言不誠信亦無虛妄乃應受食於諸所盡而無所盡不合不散於陰諸種衰入不動以無所著行寂禪思常於衆生心不懷害遊一切法而無所縛乃應受食所以本時出家已得成就如法等施出家學業亦以斯等得至滅度乃應受食若須菩提行空無義無欲之業順從空矣不勤行空甚宜衆祐乃應受食若以興發衆祐之想輙隨欺詐不從

大聖若使賢者不畢衆祐亦不耗損奉行法義無有進退乃應受食爾時須菩提伸其右臂稽首爲禮宣傳此言如今者姊所言至誠當奉行斯如女所言爲我身演平等之辭適說是已便受分衛時女以食施須菩提須宣斯教謂須菩提唯且賢者衆祐難致乃能遵是受等分衛又此世人多有自大棄斯平等緣是之故故墮地獄不以清淨心懷篤信而受分衛時諸天人問其女曰從何因緣解一切法而心奉行其女答曰於諸天意所趣云何能知我身是男子乎爲何所行耶以是緣故從其本因天答曰不斂也其女答曰如是諸天常導修行如幻之業斯身所暢何所我行猶若呼響又諸天人隨諸衆生若有虛實演是言教是一切法悉爲平等所以者何一切言辭衆諸名號本無所有自然出辭說是行分衛章句教時彼諸天衆百千天人遠塵離垢諸法眼淨其時女姊謝賢者須菩提仁者往詣飯訖已當到佛所我等亦行至彼聽經時須菩提受供饍已出羅閱祇城心懷闇法忻然大悅志不馳越而自念言我分衛食當著何所令此篤信不墮罪難時有菩薩名施衆與法知賢者須菩提心念本末往到其所稽首須菩提足下因前問之唯須菩提以是供具而見惠施以用篤信不成諍訟須菩提曰仁族姓子建立何戒答曰一切諸法悉無有所受戒皆不可得亦無犯禁又須菩提我好殺主不喜布施習於邪婬常行妄語又犯兩舌須宣惡口樂乎綺語恒懷瞋恚志存貪嫉常墮邪見所以者何有所行者皆爲犯

法悉無所行乃應平等時須菩提心自念言聽如今者族姓子所宣言辭之教是不退轉菩薩不疑我寧可從問其所說時須菩提問族姓子便以供饍而相惠與口自宣言唯然正士不以是食信施之饍歸惡趣乎時須菩提與食已後坐寂然宴處晡時而起往詣佛所稽首足下所可問法具以啓佛與其女姊諸所談意世尊告須菩提卿具解者禮於菩薩須菩提白佛心本不斂佛言有菩薩名曰轉女即以此宜順權方便開化衆生正使摩竭國中諸有大車各各得受百千斛滿中芥子是尚可數知其多少因以勸樂順權方便在忍世界開化衆生轉女人身使發無上正眞道不可稱計令生天上及在人間不可限極也時彼女姊與五百女人俱詣佛所眷屬圍遶出羅閱大城到耆闍崛山往至佛所佛遥見女人來謂賢者須菩提汝寧見乎五百女人俱來須菩提白佛見之世尊佛言是五百女人眷屬圍遶行詣佛所時賢者須菩提從座起往迎其女叉手禮之女前禮佛足右遶三帀却住一面時舍利弗問須菩提仁者爲獲何賢聖法而以身立非賢聖義反迎女人行禮自歸於時女人謂舍利弗於賢者意所趣云何何世聖賢誰非聖賢而以如是與發若斯無義之辭舍利弗曰姊復知之世之聖賢不聖賢乎其女答曰我悉了之聖與不聖舍利弗曰何謂也其女答曰唯舍利弗其不斷除賢聖訓敎其不違失佛法聖衆是謂賢聖仁和慈心其非賢聖修行解脫是謂賢聖又舍利弗若有女人衆寶嚴身著淨被服

珍琦餘體以香熏之雜香塗之習是諸服以用五樂而自娛樂而不違捨一切智心斯極賢聖過聲聞八維務禪八寂之門勝諸羅漢常住寂靜故舍利弗為仁引喻當解是義若以水精著琉璃器復以明月珠著瓦木器何所勝乎舍利弗答曰以明月珠著瓦木器勝以琉璃著水精器其女答曰如是如是唯舍利弗若有女人五樂自娛用一切寶莊嚴其身心立一切智極為聖賢踰乎羅漢八維務禪住於寂靜也舍利弗問女曰姊豈不志立大乘其女答曰其大乘者無所住立亦不退還又問假使大乘無所住立亦不退還云何學乎其女答曰唯舍利弗其求大乘不盡無明乃至求道所以者何大乘平等其無盡者無明無盡及老病死法亦無所生亦無所滅其有生者必歸滅盡其無所生則不滅盡唯舍利弗如是了者是十二緣起無所復滅時舍利弗問女曰諸天上世人皆應為姊稽首作禮何況於今須菩提耶時舍利弗前問佛言從今已往人不可相所以者何今是女人以是莊嚴瓔珞其身辯才聖達巍巍如是其女答曰唯舍利弗非是莊嚴瓔珞文飾之辯才也又問何所辯才女答曰菩薩有八莊嚴瓔珞以是瓔珞莊嚴其身心淨如空菩薩由是成無罣礙正真辯才何謂為八修開士行不捨道心菩薩莊嚴志懷大乘不存小節建立莊嚴等心衆生無害莊嚴精進博聞無猒莊嚴如所聞法輙能奉行乃是菩薩身所莊嚴決深妙法了諸緣起莊嚴其身曉衆生根菩薩莊嚴佛所建立菩薩莊嚴菩薩開化此

則莊嚴行權方便是舍利弗菩薩所行八事莊嚴菩薩住是逮得辯才無所罣礙開化一切五趣闇蔽時舍利弗前白佛言今此女人於何佛土没來生此國于時其女化一女人端正姝妙住舍利弗前問舍利弗吾故問仁今此女人於何所土没而至此土舍利弗曰今是現女爲化像耳其化自然斯化現者無没無生其女答曰如是舍利弗一切諸法化自然相如來因是成最正覺若解諸法一切如化自然相者則無有生亦無終没斯等高士慧猶虚空不應問彼所從來生若以終没彼時世尊告舍利弗斯則菩薩名曰轉女從阿閦佛所妙樂世界没來生此欲以開化一切衆生順權方便現女人身是轉女菩薩前後勸導無央數不可計限衆生之類使發無上正眞道意時轉女菩薩以女人像進前詣佛所稽首足下口宣此言唯然世尊禮佛足已不授我決不從地起當於將來逮無上正眞之道使没女身化成男子及五百女禮佛足下各自歎曰再反稽首唯然世尊不見授決終不從起使没女像得成男子當逮無上正眞道也爾時世尊便則欣笑諸佛本法自然瑞應無央數色從佛口出青黄白黒紅紫之色周照十方無量佛土還遶三帀從頂上入於時阿難即從座起偏袒右臂右膝著地叉手白佛言何因緣笑既笑當有意佛告阿難汝寧見此轉女菩薩與五百衆稽首佛足恵猷女像阿難白佛唯然見之佛言此轉女菩薩已越諸劫數逮無上正眞之道成正覺號曰光明重王當以成佛道五百女人變爲

男子成五百菩薩常與五百菩薩衆俱逮得總持辯才無礙以若干變瓔珞嚴身亦當效斯轉女菩薩化嚴飾身開化度衆亦當法效光明重王如來光明重王如來皆當受決當逮無上正眞之道光明重王如來佛土豐熾太平五穀極賤安隱快樂人民滋茂天人充備居宅宮殿飲食自然化生猶兜術天其佛國無女人名況復有形乎諸菩薩衆皆當化生七寶蓮華自然而坐淨修梵行以是八法莊嚴其身時轉女菩薩及五百女人聞佛授決因得如是自然欣喜踊在虛空去地七仞自然其年如十二童子無有女像莫不見者從虛空下稽首佛足時佛以手悉摩其頭應時皆逮普明三昧爾時世尊告賢者阿難受是經典持諷誦讀爲他人說阿難曰諾請受宣傳又是經法名爲何等云何奉號佛言名曰順權方便品轉女菩薩所問受決當奉持之阿難復曰唯諾受命佛說如是賢者阿難轉女菩薩五百之衆一切衆會諸天民人健沓惒阿須倫聞佛所說莫不歡喜作禮而去

順權方便經卷下

音釋

輒（陟葉切專也）　琦（渠羈切瑋也）　邈（莫角切遠也）　犇（博昆切走也）

齧（五結切噬也）　篤（冬毒切厚也）　阿閦（梵語也此云無動閦初六切）

佛說樂瓔珞莊嚴方便經
亦名轉女身菩薩問答經
姚秦罽賓三藏法師曇摩耶舍譯

清刻龍藏佛說法變相圖

佛說樂瓔珞莊嚴方便經 亦名轉女身菩薩問答經

姚秦罽賓三藏法師曇摩耶舍譯

如是我聞一時佛在王舍城耆闍崛山與大比丘衆五百人俱菩薩八千衆所知識皆得諸通諸陀羅尼得無礙辯成就具足無生法忍得無所畏無量佛所種諸善根進入大乘其名曰泥泯陀羅菩薩摩訶薩持地菩薩摩訶薩地王菩薩摩訶薩持衆生菩薩摩訶薩持大會菩薩摩訶薩照意菩薩摩訶薩過意菩薩摩訶薩增意菩薩摩訶薩無邊意菩薩摩訶薩增益意菩薩摩訶薩愛見菩薩摩訶薩善見菩薩摩訶薩見適意菩薩摩訶薩見一切義菩薩摩訶薩一切吉利菩薩摩訶薩賢劫諸菩薩摩訶薩彌勒爲首在衆而坐爾時大德須菩提於晨朝時執持衣鉢來詣佛

所頂禮佛足白佛言世尊我昨夜夢見有如來坐於道場我時即禮是世尊足是佛世尊以金色右手摩於我頂説如是言須菩提汝於今日未曾聞法當得聞之世尊是何先瑞佛言須菩提是善男子善女人等得聞希有未曾聞法是其先瑞須菩提白佛言世尊我今欲往王舍大城次第乞食佛言須菩提汝知是時世尊聽已時大德須菩提即便入於王舍大城次第乞食至異長者家到已在中門所默住乞食是時家中有一女人從内而出端正第一盛色美妙極爲端嚴有大威德以諸瓔珞而自嚴飾是諸珍寶互相振觸有妙音聲既至外已語大德須菩提大德何緣中門而立須菩提言姊我乞食故在門而住女言大德須菩提汝今故有乞食想耶大德須菩提猶故未知於食想耶須菩提言姊我知食想而是身者由父母不淨之所聚集飲食長養是故不能離食而住女言大德須菩提汝今不證於無明滅乃至證生老死滅耶須菩提言姊我證滅已女言大德須菩提滅中有身食長養耶須菩提言姊滅更無法女言大德若其滅已更無有法大德須菩提云何而言身食長養須菩提言姊入滅定者除諸受想起滅定已身有長養女言大德須菩提而是滅者有生滅耶須菩提言姊而是滅者無生無滅是畢竟滅女言大德須菩提若其是滅畢竟滅者云何養身須菩提言姊世尊聲聞遊行乞食長養身故女言大德須菩提世尊説汝行無諍第一須菩提言姊如汝所言女言大德須菩提無諍者有行非行耶

須菩提言姊是無諍者無行非行女言大德須菩提何故乞食須菩提言姊我乞食者不爲長身而行乞食爲羸命故除諸受故我行乞食女言大德須菩提汝今故爲諸受牽耶須菩提言我今不爲諸受所牽以除受故我行乞食女言大德須菩提所行無諍差互不等何以故行於無諍無有受苦而是無諍非身心相應而是無諍不生樂非樂而是無諍不生諍訟大德須菩提世尊說汝行無諍第一何因緣故無諍說無諍須菩提言姊無諍者無諸境界離於欲塵女言大德須菩提而是無諍能離欲耶須菩提言姊是無諍者不能離欲女言大德須菩提何因緣故汝說無諍能離欲塵須菩提言姊以言說故名爲無諍女言大德須菩提夫無諍者寧可說耶須菩提言姊是無諍者不可言說女言大德須菩提若其無諍不可言說以何等故說名無諍須菩提言姊如來世尊爲聲聞弟子假名字說女言大德須菩提若有假名即有諍訟若有諍訟即有顛倒若有顛倒非沙門法須菩提言姊何等是沙門法女言大德須菩提無有文字無有諍訟無有顛倒是沙門法亦不分別是法非法是沙門法又不分別憶想不憶想是沙門法離一切著是沙門法非境界非不境界是沙門法非染非縛非不染縛是沙門法無心離意識是沙門法知足是沙門法少欲斷貪是沙門法離諸希望非動非發非不動發是沙門法離一切境界無所取故是沙門法離於陰魔無所染著是沙門法斷結使魔更不生故是沙門法遠離死魔無

諸動揺是沙門法思惟不親近於天魔是沙門法一切法空無有汙染是沙門法無相離一切相是沙門法無願無執著是沙門法不行三界離一切想是沙門法守護諸根是沙門法遠離諸入是沙門法善自調伏離諸戲論是沙門法寂靜無起是沙門法無所愛著亦無起發是沙門法無我我所無高無下是沙門法離觸無染是沙門法遠離世法是沙門法善知於陰解趣法性是沙門法諸界無界無所親近無所礙故是沙門法離有爲法是沙門法諸法如虛空是沙門法說是沙門法時中門所集聽法諸天有四十天子遠離塵垢得法眼淨復有五十天子向甚深法聞是女辯發於無上正真道心爾時大德須菩提生希有心作如是念而此女人其辯如是

是如來化必定無疑爾時是女知大德須菩提心心所念說如是言大德須菩提汝作是思惟而此女人是如來化必定無疑大德如是如是如汝所思何以故如來知如我亦知如以是義故如來化我若如來覺如我亦覺如以是義故如來化我若如來色如我亦色如以是義故如來化我若如來受想行識如我亦受想行識如以是義故如來化我若如來如一切衆生如若我如是如一如以是義故如來化我若如來如一切法如若我如是如一如以是義故如來化我若如來如無不如我如無不如是如常如無不如以是義故如來化我是如來如無生無滅我如亦爾無生無滅以是義故如來化我若如來如若如來化如若我如若一切衆生如若一切法如

是等如常眞不異不變不易中無所成是如如是住一切法以是義故如來化我爾時大德須菩提即復問言姊汝以佛力知於我心爲自力知女言大德須菩提若聲聞緣覺若諸菩薩若五通仙知衆生心知他人心皆以佛力知於他心何以故是等所行皆由佛力能知他心大德須菩提亦以佛力知於他心大德須菩提喻因日月大光珍寶電星等光明有眼之人由之見色大德須菩提世間如是無明所蔽有知他心皆因如來知於他心爾時大德須菩提言姊當爲我說汝云何得如是辯也女言大德須菩提若有人問如來所化汝是誰耶而是所化當云何答須菩提言姊無所答也女言大德須菩提一切諸法亦復如是皆是化相如是知已則無所答復次大德須菩提若有問汝汝是凡夫爲是學人是阿羅漢如是問已汝云何答爾時大德須菩提如是思惟我當云何答此姊也即時須菩提聞空中聲曰大德須菩提汝有所得所解趣證以是義故名阿羅漢汝答是姊爾時大德須菩提聞空中聲已即答女言姊我非凡夫非是學人非阿羅漢女言大德須菩提汝持何名須菩提言姊如如來化持於假名我亦如是持於假名女言大德須菩提汝非羅漢斷諸漏耶如來說汝行無諍第一應受於供須菩提言姊我非阿羅漢非盡諸漏非行無諍爲最第一亦非應供女言大德須菩提何故妄語須菩提言姊若我今者許阿羅漢諸漏已盡行無諍第一應受供養即是妄語我無所許是故我今非是妄語亦非實

語女言大德須菩提汝今不諍門中所集見於聖諦諸天子耶須菩提言姊若見聖諦無有能諍女言大德須菩提汝見聖諦耶時須菩提答言見巳女言大德若見聖諦不名聖諦何以故無有能見諸聖諦者女言大德須菩提非見聖諦耶須菩提言姊我不説實亦不説虛姊我不見虛何況見實爾時大德須菩提復問女言姊見聖諦者何所言説女言大德須菩提見聖諦者不見一切諸法名字見聖諦者見倒名字須菩提言姊汝何因緣説如是事女言大德須菩提若有顛倒起諸結使見聖諦巳更不復起以是故説見顛倒者見諸聖諦爾時諸天即現其身禮於大德須菩提巳説如是言大德須菩提大得利益汝從是姊聞如是辯令諸衆生大得善利聞法信解何以故非多解者無有解脱非多解者有於繫縛是何所解爾時女語大德須菩提汝不乞食欲不食耶須菩提言姊我於今日聞是法足不欲於食姊貪於飲食則生憂愁非是求法求利養讃歎非是求法求安樂身非是求法護惜心身命非是求法乃至受於讃歎善哉非是求法須菩提言姊汝今復説云何善男子善女人正求於法女言大德須菩提若受惡欲非是求法若不求眼不求於色是人求法不求耳聲不求鼻香不求舌味不求身觸不求意法是人求法復次大德須菩提若不求陰不求入不求界是人求法不求欲界色界無色界是人求法若不求想一切境界是人求法爾時大德須菩提言姊汝可悔過我今欲去女言大德須菩提猶如

地界無有悔過大德須菩提心亦如是同於地界不應悔過猶如水界無有悔過心亦如是同於水界不應悔過猶如火界風界空界無有悔過心亦如是同於空界不應悔過大德須菩提猶如橋船浮囊王道無有悔過大德須菩提心亦如是同於橋船浮囊王道不應悔過大德須菩提凡夫悔過非諸聖耶若起瞋恚則有悔過若無瞋無纏無忿無諍不起結使如是等人不應悔過大德須菩提猶如火熾是故有滅無熾則無滅如是大德須菩提若結熾然則有悔過若滅諸結則無悔過爾時須菩提復語女言姊汝何求趣能如是吼師子吼也女言大德須菩提若有所求則不能吼師子吼也大德須菩提若有所求能師子吼何以故若有所求即便是有若有所有無師子吼有身見者則有所求有見作者無師子吼大德須菩提汝向所言姊汝何所趣大德須菩提若有問汝汝何所趣漏盡無生心得解脱耶須菩提言姊若有所求無有解脱女言大德須菩提汝如是求則盡諸漏得無漏心若如是趣是趣解脱是趣法性爾時大德須菩提言姊汝趣大乘無有疑也如行相貌必定趣向無上大乘女言大德須菩提汝知大乘耶説行相貌須菩提言姊若諸聲聞不聞大乘諸行相貌不能知説姊我今請汝説大乘行所有相貌女言大德須菩提夫大乘者名無一異大德須菩提如日月宫爲速疾見天之所持故不住於空速疾而去無有滯礙爲諸衆生而作照明大德須菩提向於大乘大丈夫等亦復如是無礙無著

行六波羅蜜而無有住爲諸衆生作法光明大德須菩提如轉輪王寶輪若去四兵亦從如轉輪王行四天下人見適意生恭敬心是轉輪王無有惡心常生慈心大德須菩提向於大乘大丈夫等亦復如是隨有所行在在處處若村邑聚落國城王宮於諸衆生起平等心無有異行大德須菩提大乘者名曰大智天龍夜叉乾闥婆智慧大丈夫之所恭敬以是緣故名爲大乘是盡智無生滅故是不斷智不斷佛種故是攝取智不斷法種故是守護智不斷僧種故是廣博智教化無量諸衆生故是善持智無斷絶故是善作業智六波羅蜜故是善攝智四攝法故是善相應智親近以聖道故是善調智正念菩提心不忘失故是善安止智大悲心故是善趣智一切智故是離諸怖智降諸魔故是離闇智大慧炬故是大財智成就一切諸善根故是恭敬智諸天及世所恭敬故是無降伏智一切外道故是難解智一切聲聞緣覺人故是清淨智不信人故是慈愍智瞋害人故是能施智慳惜人故是持戒智破戒人故是忍辱智瞋恚人故是精進智懈怠人故是禪定智亂心人故是大慧智無智人故是大富智貧窮人故是安樂智苦惱人故是歡喜智聰慧人故以是事故名曰大乘爾時大德須菩提言姉善説大乘諸行相貌女言大德須菩提我若一劫若過一劫讚説大乘不得邊際大德須菩提是大乘無量諸行相貌亦復無量須菩提言姉汝呵責我大德須菩提何故乞食姉如來法王亦復乞食汝可呵責如來乞食耶

女言大德須菩提汝知如來以何方便而行乞食汝不能說須菩提言姊如來世尊以何方便而行乞食女言大德須菩提佛見成就於二十事無過患故而行乞食何等二十示現色身故如來乞食若有衆生見如來身具三十二相是諸衆生見此色相發於無上正眞道心是名如來見成就初無過患故而行乞食復次大德須菩提如來入於村邑聚落國城王宮盲者見色聾者聞聲亂得正念裸者得衣飢者得食渴者得飲無有衆生爲貪欲瞋恚愚癡所逼爾時衆生各生慈心起父母想是諸衆生見於如來入村邑聚落國城王宮發於無上正眞道心見是義故如來乞食復次大德須菩提如來入村邑聚落國城王宮天龍夜叉乾闥婆等釋梵護世欲供養故從如來行爾時諸人以佛力故見諸天龍夜叉乾闥婆釋梵護世供養於佛是諸衆生見如來身有如是事生驚怪心歎未曾有發於無上正眞道心見是義故如來乞食復次大德須菩提無量衆生以封邑錢財國位自在而生放逸憍慢貢高見如來乞食生如是念捨轉輪王位出家成道捨於憍慢從貧下賤而行乞食我等亦應調伏憍慢貢高之心如是見已發於無上正眞道心見是義故如來乞食復次大德須菩提如來行乞威德威德諸天觀見如來之身無飢渴過亦非羸瘦唯爲憐愍諸衆生故而行乞食我等亦當爲衆生故而行乞食如是見已發於無上正眞道心見是義故如來乞食復次大德須菩提有諸衆生懈怠嬾惰不往佛所然欲見如來

右遶禮拜是故如來入村邑聚落國城王宮是等衆生自然得見於佛如來旣得見已心生喜悅是等衆生得喜悅已即發無上正眞道心見是義故如來乞食復次大德須菩提若有衆生眼得見佛即得無癡乃至一念見於如來是諸衆生次第漸漸乃至涅槃爲作因緣以能發生是因緣故如來乞食見是義故如來乞食復次大德須菩提如來入於村邑聚落國城王宮閉繫衆生即得解脫是諸衆生即生是念以如來力故我得解脫是諸衆生於如來所生知恩心發於無上正眞道心見是義故如來乞食復次大德須菩提有善男子善女人聞讃歎如來所有功德心生歡喜生如是念我等云何當供佛食又家有女爲父母所護或爲兄弟姊妹所護或爲姑嫜夫主守護是等不得奉施佛食是故如來入村邑聚落國城王宮見如來已心生歡喜踊躍悅豫受於安樂施佛食已發於無上正眞道心見是義故如來乞食復次大德須菩提四護世王奉如來鉢如來手持若貧衆生欲少惠施見如來鉢滿有大富封邑欲多惠施見佛鉢未滿如是等人欲足滿佛鉢旣奉施已發於無上正眞道心見是義故如來乞食復次大德須菩提如來鉢食施一切僧而是鉢食無增無減爾時多諸天龍夜叉乾闥婆阿脩羅迦樓羅緊那羅摩睺羅伽見如來鉢有是神力發於無上正眞道心見是義故如來乞食復次大德須菩提如來鉢盛正非正食百千種味味味各別不相和同如別異器是一鉢盛亦復如是是時多諸天龍夜叉

乾闥婆阿脩羅迦樓羅緊那羅摩睺羅伽見於如來如是神力發於無上正眞道心見是義故如來乞食復次大德須菩提如來身者是一合體其內不空猶如金剛是如來身無生熟藏無大小便亦行乞食見其食食而食不入爾時威德釋梵護世見如來身眞實法性及神通力發於無上正眞道心見是義故如來乞食復次大德須菩提若有衆生若多若少若妙非妙施如來已福無邊際乃至涅槃見是義故如來乞食復次大德須菩提如來世尊常定不起亦行乞食是時多諸威德釋梵護世見於如來而行乞食於定不動是等生念必定無疑爲衆生故進行乞食非爲食也見是神力發於無上正眞道心見是義故如來乞食復次大德須菩提如來若當不行乞食若當不食或有諸人佛法出家生如是念我等亦當不行乞食亦應不食是等便當飢渴羸瘦不能得於過人智慧見是義故如來乞食復次大德須菩提善攝聖種故如來乞食見是義故如來乞食復次大德須菩提憐愍來世諸比丘故如來乞食後末世時諸不信敬婆羅門等及諸長者當說是言汝等世尊不行乞食何故汝等行乞食也若如來乞食是婆羅門諸長者等當作是念汝等世尊本行乞食何故汝等不行乞食我等應施又諸如來法應行乞讚歎乞食見是義故如來乞食復次大德須菩提若長者長者子諸大豪貴於佛法出家生於慙恥不能乞食作是念言云何我等豪族大家既出家已當於家家而行乞食如是等人隨學大德威德

如來而行乞食見是義故如來乞食復次大德須菩提如來隨於一切世行何以故隨在在處諸衆生熟是在在處如來隨行如來亦無飢渴所逼無貪無著亦無戲弄亦無惡求無所聚集大德須菩提如向所説及餘諸事如來見是無量方便而行乞食大德須菩提見此二十無過患事如來乞食女言大德須菩提能如是方便行乞食耶如是大悲如是清淨應受供耶須菩提言姊我無力也姊猶如兎猫諸野干等不能莊嚴作師子獸王作師子行作師子吼姊諸聲聞緣覺亦復如是不能示現如來威儀方便大悲是女説此如來乞食方便之時家内眷屬及諸餘家入聽法者二百八十人發於無上正真道心爾時大德須菩提又問女言姊汝之夫主今何所在女言大德須菩提我之夫主非止一耶何以故大德須菩提若有衆生喜於樂欲莊嚴方便得調伏者皆我夫主須菩提言姊樂莊嚴方便者爲何如也女言若有衆生須諸樂欲我施衆生諸所樂欲然後勸發無上道心須菩提言姊如來不聽樂一切欲女言大德須菩提如佛所説汝等比丘所有衣鉢飲食卧具病瘦醫藥若親里家或所乞家所居住處親友和尚阿闍黎所親近供養增長善根滅諸惡法比丘是我所聽須菩提言姊如是如是如汝所説女言大德須菩提以是事故如來聽樂於一切欲須菩提言姊有幾衆生以此樂欲莊嚴方便之所調伏女言大德須菩提能數三千大千世界所有色相得其邊際若數於我莊嚴方便已調衆生不得邊際

須菩提言姊與樂欲衆生爲何如也女言大德須菩提若有衆生樂向梵世我與是等一切衆生無量諸禪禪喜樂已然後勸發無上道心或有衆生樂趣向於釋提桓因與是衆生帝釋樂已然後勸發無上道心若有衆生樂向護世我與衆生護世樂已然後勸發無上道心若有衆生樂向天龍夜叉乾闥婆阿修羅迦樓羅緊那羅摩睺羅伽樂我與天樂乃至摩睺羅伽樂然後勸發無上道心若有衆生志意樂向轉輪王國我與轉輪王國樂已然後勸發無上道心若有衆生樂小國王我亦施與小國王樂然後勸發無上道心若有衆生樂向長者刹利婆羅門毗舍首陀我與長者刹利婆羅門毗舍首陀樂已然後勸發無上道心若有衆生樂向色聲香味觸樂我與色聲香味觸樂然後勸發無上道心若有衆生樂向華香末香塗香幢旛寶蓋及諸衣服我與華香末香塗香幢旛寶蓋衣服樂已然後勸發無上道心若有衆生樂向金銀瑠璃玻瓈諸珍寶等我與金銀瑠璃玻瓈珍寶等樂然後勸發無上道心若有衆生樂向鼓貝箜篌横吹簫笛歌儛音樂等樂大德須菩提我隨如是諸衆生等所有希望所求所樂一切給與然後勸發無上道心須菩提言姊是五欲者障礙聖道云何五欲調伏衆生爾時門外二長者子已爲此女樂莊嚴方便之所調伏是二長者子即語大德須菩提言大德汝今不應以自智慧分別選擇菩薩智慧大德猶如小燈一吹即滅大德須菩提學聲聞乘善男子善女人小智慧照亦復如是

起一欲想尋即滅失大德須菩提於意云何若劫燒時大火焰聚若口一吹能令滅不須菩提言善男子善女人若以百千大海之水亦不能滅況一口吹大德須菩提菩薩功德智慧照明亦復如是恒沙等劫受五欲樂亦不能滅菩薩功德智慧照明大德須菩提如貧人病醫授湯藥苦澁甜酢賤易得者是時病人身受苦故服是等藥苦澁甜酢以貧窮故堪忍飢渴得脫病患大德須菩提學聲聞乘諸善男子善女人等亦復如是行於頭陀功德威儀以正行故少欲知足諸苦行故住阿練處故好非好食故少知識故受諸苦惱然後得於無取解脫大德須菩提如是方便學聲聞乘得解脫者亦復如是如貧治病大德須菩提猶如刹利灌頂王病諸王諸良醫授王所服好色香味藥入口腹身受安樂亦獻妙味王所應食及奉一切華香末香塗香散香又作妓樂歌儛讚歎受於快樂爲令大王無愁苦故是諸良醫如是如是娱樂於王令脫病患大德須菩提亦復如是多有菩薩以樂瓔珞莊嚴方便受於一切五欲樂已然後得成無上正道大德須菩提汝當知之以是方便治於刹利灌頂王病菩薩智解亦復如是大德須菩提五欲無根亦無住處是一切智一復如是無本住處是一切智自知何者是所應作所不應作於五欲樂非樂非不樂獨無侶故是一切智亦無功德無所得故得是忍者是人自知何等是道何等非道五欲樂空一切智空是得忍人不歷五欲是人自見五欲過患而呵責之爾時大德須菩提

問長者子誰是汝親是時長者子合十指掌向女說偈

此是我父母　親友施我樂　是斷惡道主
是我無上尊　此是我大恩　是亦教化我
是勸喻我故　斷我一切苦　爲我說妙法
解了一切理　我受快安樂　亦勸我無諍
如魚爲食故　爲鉤所牽執　樂樂亦復爾
以攝取我等　如鳥爲食故　爲網羅所持
我方便亦爾　隨在於智慧　猶爲蛇所螫
以毒滅於毒　欲瞋亦復爾　亦以毒除毒
如人爲火燒　還以火炙除　結燒亦復爾
還因結解脫　我已知正法　我不用婬欲
凡夫須欲故　不欲菩提道

爾時須菩提言姊汝以樂莊嚴方便爲調誰耶善男子耶善女人耶女言大德須菩提若不以此樂莊嚴方便不能教化一切衆生大德須菩提女人之心多貪樂著非男子也大德我以樂莊嚴方便多調伏女非男子也須菩提言姊汝是女身云何調女爾時是女神力化身如三十二盛壯男子端正妙色白淨鮮潔威德第一以種種瓔珞自莊嚴已語大德須菩提以如是色身調伏女人須菩提言汝今是女爲是男耶答言大德須菩提汝是凡夫爲是學耶須菩提言善男子我非凡夫亦非是學即復答言我亦如是非男非女須菩提言若非男非女汝持何名答言大德須菩提汝非凡夫亦非是學云何持名爾時大德須菩提作如是念深智大菩薩我應當答云是羅漢爾時是善男子知大德須菩提心之所念語大德須菩提言大德汝應勇進許

是羅漢勿懼詰問須菩提言善男子我是羅漢諸漏已盡即復問言大德須菩提於去來現在爲盡何漏若過去盡過去無盡若未來未至亦無有盡現在無住亦無有盡須菩提言善男子我實不住共相酬答我今時到欲乞食而食勿令失時爾時是善男子入示現一切佛刹三昧爾時大德須菩提即見無量無邊阿僧祇諸佛刹土或見佛土日初出時或見佛土日小食時或見佛土日大食時或見佛土擊揵椎時或見僧坐或見僧食或見洗鉢或見日中或見日晡或見過晡或見日没或見初夜或見中夜或見後夜或見無日無月身光爲照爾時是善男子語大德須菩提言汝今觀之汝今觀之欲何時食汝今觀之有幾時在須菩提言善男子我今應以閻浮提時不以他方佛刹時食爾時是善男子以神力故令此日中如小食時語須菩提言大德須菩提汝觀是日爲有幾時大德須菩提以親善故如是問言善男子汝名字何今當説之答言大德須菩提用我名爲大德須菩提汝問世尊當爲汝説大德一切名非名何以故一切妄想無有實故若妄想無實假名相説須菩提言善男子一切智名亦是妄想不眞實耶答言大德須菩提亦是妄想無有實也何以故一切智名無量無邊各各佛刹各説異名須菩提言善男子是一切智其名云何答言大德須菩提或有佛土名一切智爲分别光或名徧照或復名曰示一切智或名增勇或名大光或名現在或名持地或名大降伏或名大普大德須菩提如一切智

無量名字色亦如是無量名字受想行識亦復如是無量名字諸界諸入念處正斷神足諸根諸力諸覺諸道一切助道法各各佛土無量名字大德名有何實大德須菩提以是方便當知一切名字非名一切名字妄想非實爾時大德須菩提歎王舍城諸大長者婆羅門等大得善利有是應供在此宿止復語大德須菩提言汝今能知世應供耶須菩提言善男子如我所知今當説之若有持戒修行善法善入禪定其心不亂是等名爲世應供也答言大德須菩提所説應供亦不具足須菩提言善男子汝今當説云何應供答言大德須菩提若於一切諸衆生等無大悲心不名應供大德須菩提是應供名不斷佛種法種僧種如是應供能斷一切衆生結使如是應供智慧無盡功德無盡諸辯無盡如是應供是凡夫侶非聖人伴侶是世應供衆生見者得法眼淨爾時有天恒常隨從大德須菩提未成正定聞説如是應供地時心得歡喜發於無上正眞道心既發心已五體投地語大德須菩提言我今悔過更不隨從大德行也爾時善男子即問天言汝今何故向大德須菩提而悔過也天女答言我十二年恒從大德須菩提行未曾聞説是應供地我今聞此應供地已發於無上正眞道心我作是念若在在處處聞説如是淨應供法我往其所若諸菩薩聚會演説菩薩法處我往是處爾時大德須菩提聞此天女發如是心即勸譽言天女汝得善利於佛深法發無上道心天女我今惱熱於一切智法非其器故當何

所爲天女若我未斷一切諸漏得心解脱我亦當發無上道心天女汝常如是近善知識恭敬讚歎右遶禮拜如是大善諸丈夫尊亦能説於未曾聞法聞是法已而不忘失大德須菩提語天女言我今亦復向汝悔過我本不知汝之意故勸聲聞法天女答言我爲大德須菩提説於一衆生不觀其根不應勸於聲聞乘也何以故大德須菩提求菩提道者不願於聲聞乘也大德須菩提雖爲飢渴之所逼切終不食於雜毒之食如是大德須菩提求菩薩者願不聞於聲聞乘也爾時是善男子語天女言無上正道甚難成就若小莊嚴難得正覺天女答言善男子無上正道雖難成就我如是行得不廢進是善男子問天女言汝云何行天女答言於諸衆生行平等心解脱一切諸衆生故堪任荷擔諸衆生故成熟一切諸衆生故令一切衆生解苦樂故善男子我行如是善男子言天女有取相者於一切衆生無平等心若爲我結所繫縛者不能解脱一切衆生依止陰者不能爲於一切衆生作於荷擔若有憶想諸善根者不能成熟一切衆生若有我相及他相者不能解了衆生苦樂是時天女隨所教勑得順法忍爾時天女於中門外散種種華以用供養是善男子爾時是善男子現本女形衣服莊嚴語大德須菩提大德少待我持食來爾時是女即入家中持百味食來語大德須菩提大德須菩提汝非離欲非不離欲非離於瞋非不離瞋非離於癡非不離癡非離結使非不離結使汝受此食大德須菩提汝不知苦不

斷於集不證於滅不修道者受於此食大德須菩提汝若不修於四念處不修四正勤不修四如意足不修五根不修五力不修七覺不修八聖道汝受此食大德須菩提汝不起身見得一道心受於此食大德須菩提汝滅無明證明解脫進於諸行證於無爲不行於識更無有生得於解脫不增長名色過於三界六入非入知空解脫不受於觸修無相解脫不見受故證無願解脫無有愛故知解於如取不動故知於無生知有非集知生無生知老死無去知十二緣無生無貪汝受此食大德須菩提汝不見佛不聞於法不親近僧受於此食大德若知五逆等同法性受於此食大德不此命終非餘處生受於此食大德若貪平等同無諍平等若瞋平等同無諍平等若癡平等同無諍平等受於此食大德汝不過凡夫地不成聖地受於此食大德汝不從明入明不隨生死亦不涅槃又不實語亦不妄語受於此食大德汝盡無盡不分別無盡於陰界入亦不動揺思無所依又無諍訟於諸衆生而無所礙於一切法心無繫縛受於此食大德汝所爲出家不得是法受於此食大德汝出家願不是願入涅槃受於此食若大德須菩提無諍地獄亦無諍大德須菩提不取應供受於此食大德須菩提若人於汝起應供想是人誹謗於須菩提大德汝非應供亦不畢施不任應供大德若成此法受於此食爾時大德須菩提於中門外七過動身伸於右手語是女言姉爲我善説成就是法時女歎言善哉善哉大德須菩提即授與

食授與食已說如是言大德須菩提如是應供平等受食世所難遇若憍慢故說是平等清淨受供墮於地獄爾時天女問大德須菩提言大德須菩提此女何緣說如是法汝何不答須菩提言天女汝意云何幻人能說是因非因耶天女言不也大德須菩提須菩提言如是如汝所說諸法如幻我何言答天女若諸眾生言說虛實同我平等何以故是諸言說如幻平等說於如是受食法時有百天子得法眼淨爾時是女向須菩提悔過悔過已語大德須菩提隨意善去汝持此食往至佛所我亦當往詣於佛所爾時大德須菩提持所乞食出王舍城聞是法故心生歡喜不甘於食時大德須菩提心念此食當施於誰隨施食處令不失果爾時有菩薩名不汙一切法知大德須菩提心所思念即詣大德須菩提所到已語大德須菩提言此食施我不失果報須菩提言善男子汝安住戒耶答言大德須菩提不受諸法中無持戒破戒大德須菩提我殺盜婬妄語兩舌麤語綺語貪瞋邪見爾時大德須菩提思其所說如此善男子所得言辯我今當問所說因緣須菩提言善男子何因緣故說如是語爾時不汙一切法菩薩向大德須菩提而說偈言

我道甚清淨　無上菩提道　百千億眾生
在於此道中　以此緣故說　我殺諸眾生
名為殺眾生　能淨是道者　菩提非天與
亦非釋梵與　無與自然得　以是緣我盜
大乘無與者　不依止下乘　我說是大乘
以是故我盜　知於邪婬故　智慧者求法

不用欲故欲　如是行邪行　如所有假名
爲渴仰者說　一切語妄語　以是故妄語
若有諸衆生　依止於下乘　破壞如是等
勸發於大乘　如是兩舌者　破壞諸外道
隨非道衆生　安止平坦地　若能呵責者
是無有愛語　說於麤惡語　降伏一切魔
說於麤惡語　心亦無瞋恚　健者見方便
教化衆生故　知說何因緣　隨因緣而說
是名爲綺語　知億數衆生　或說於眞實
或知於妄語　以是故綺語　演說於正法
若一切衆生　咸受人天樂　復求於出過
求望一衆生　若喜樂相應　調世者利益
智慧者施與　一切衆生樂　所演說貪者
所貪者如是　常作如是願　諸衆生作佛
正法欲滅時　勇健者攝持　捨失於身命
不捨佛正法　無所畏示現　諸衆生諍訟
及一切外道　攝持正法故　若攝取一劫
若攝一億劫　不捨正法故　然後不妄語
勇健者邪見　一切有爲邪　亦知於邪見
進入於正見　有如是法者　是安住持戒
住於無住者　慧者覺菩提

爾時大德須菩提以所乞食施善男子說如是言是善丈夫應受信施不失果報大德須菩提此日不食過於晡時從三昧起往詣佛所到已頂禮佛足先所聞法具向佛說佛告須菩提汝今知是菩薩名不須菩提言不知世尊佛告須菩提是菩薩名轉女身菩薩摩訶薩以樂莊嚴方便教化衆生如摩伽陀國十佉盧爲一佉利千佉利爲一車凡有如是千車芥子有人能數得其邊際不能數知此

轉女身菩薩摩訶薩以樂莊嚴方便於娑婆世界所化衆生令諸人天發於無上正眞道心者爾時是女與五百女人圍遶侍從出王舍城向耆闍崛山往詣佛所爾時世尊遥見是女語大德須菩提須菩提汝今見是五百女來不須菩提言見已世尊佛言此諸女等是轉女身菩薩摩訶薩以樂莊嚴方便之所成熟皆已安住無上正眞道心爾時是女與五百女圍遶侍從到佛所已頂禮佛足却住一面五百女人亦頂禮佛足却住一面爾時大德須菩提往詣女所合掌恭敬爾時大德舍利弗語大德須菩提汝今得於非聖法耶汝今住於非聖戒耶恭敬女人爾時是女語大德舍利弗大德汝今知世聖非聖耶若不能説當默然住舍利弗言姊汝能知聖及非聖耶女言大德舍利弗我能知之舍利弗言姊云何知也女言大德若不斷聖種是名爲聖若不斷佛種法種僧種是名爲聖若行悲心欲令一切非聖解脱是名爲聖大德舍利弗寧爲女人種種瓔珞而自嚴飾著瞻蔔華鬘受五欲樂不離無上正眞道心增長於聖勝阿羅漢修八解脱寂靜諸漏大德舍利弗我今説諭以瑠璃椀盛水精珠以無價寶置糞穢中舍利弗汝意云何舍利弗言姊寧無價寶置糞穢中非瑠璃椀盛水精珠如是大德舍利弗若有女人住於無上正眞道心出過諸聖非阿羅漢修八解脱住於寂靜斷諸漏勝大德舍利弗言姊汝向大乘耶女言是大乘體無向無還舍利弗言姊若是大乘無向無還向大乘者爲何所趣女言大德舍利

佛是向大乘即是趣向無明無盡乃至向於老死無盡何以故大德舍利弗無明不可盡乃至老死亦不可盡無盡即是無生法性若生是盡則無生無盡大德舍利弗緣合生法是法無諍爾時大德舍利弗白佛言世尊誰能選擇人世尊而此女人以是瓔珞而自莊嚴得成是辯女言大德舍利弗此辯非是瓔珞莊嚴舍利弗言姊是誰辯耶女言大德舍利弗菩薩莊嚴八種瓔珞若莊嚴已得於菩薩無礙之辯何等八不失菩提心瓔珞莊嚴住於究竟大悲之心瓔珞莊嚴一切衆生無有礙心瓔珞莊嚴進求多聞無有猒足瓔珞莊嚴善能觀察如所聞法瓔珞莊嚴化諸衆生亦不見於一切諸法瓔珞莊嚴善知方便分別甚深緣合生法善知一切衆生諸根瓔珞莊嚴諸佛受持善知方便瓔珞莊嚴大德舍利弗是名八種瓔珞莊嚴若有菩薩以是瓔珞自莊嚴已得無礙辯爾時大德舍利弗白佛言世尊而是女者於何命終而來生此爾時是女於舍利弗前化一女身如已無異是女即語大德舍利弗言汝問是女於何命終來生此間舍利弗言姊此女是化化無生死女言大德舍利弗如是如是如汝所說如來正覺一切諸法皆如化相若有知是一切諸法如化相者無有生死爾時佛告舍利弗是菩薩摩訶薩名轉女身從阿閦佛土來至於此爲化衆生故舍利弗是轉女身菩薩摩訶薩此娑婆界成熟無量無邊衆生住於無上正眞之道爾時轉女身菩薩以是色身五體投地説如是言世尊若不説我無上道記

及轉女身成男子身我今不起於佛足前五百女人亦五體投地發此誓願世尊我等今者於佛足前亦皆不起亦當說我無上道記爾時世尊即便微笑佛世尊法若微笑時如來口出無量種種妙色光明青黃赤白紫玻瓈色出已普照無量無邊諸佛世界上至梵世闇蔽日月還遶佛三帀入如來頂爾時大德阿難以佛力故即從座起偏袒右肩右膝著地向佛合掌白佛言世尊諸佛微笑非無因緣今何緣笑佛言阿難汝今見是轉女身菩薩及五百女五體投地禮我足不見已世尊佛言阿難此轉女身菩薩摩訶薩過無數劫當成無上正真之道號曰功德光王如來出現於世得佛道已是五百女作菩薩衆得陀羅尼得無礙辯亦得如此轉女身菩薩所說八種瓔珞莊嚴爾時是功德光王佛爲是五百菩薩說無上道記阿難功德光王佛土豐饒安隱快樂甚可愛樂人天衆多彼土衆生所受用物如兜率天阿難爾時佛刹無女人名何以故一切衆生皆悉化生於蓮華藏加趺而坐修淨梵行以如上瓔珞而自莊嚴是時轉女身菩薩及五百女聞佛說記歡喜踊躍受持快樂上昇虛空高七多羅樹即成男子其狀猶如十六童子從空而下合掌瞻佛爾時世尊伸金色右臂以摩其頂即得三昧名曰徧照爾時佛告大德阿難阿難汝受持此經讀誦通利爲他廣說阿難白佛言世尊我受持此經世尊此經何名當受持之佛言阿難此經名樂瓔珞莊嚴方便品汝受持之亦名轉女身菩薩問答爾時世尊說是法

已轉女身菩薩摩訶薩及十方來集菩薩摩訶薩大德須菩提大德舍利弗大德阿難一切大衆天龍夜叉人及非人聞世尊說已歡喜信受轉女身菩薩說樂瓔珞莊嚴方便經具足竟

佛說樂瓔珞莊嚴方便經

音釋

振直庚切觸也　姊將几切女兄也　誑居況切欺也　浮囊囊奴當切浮囊渡海具也　聾盧紅切耳病也　裸郎果切赤體也　姑嫜姑公胡切嫜諸良切姑嫜婦呼夫之母曰姑嫜　甜徒兼切甘美也　酢倉故切與醋同　螫施隻切蟲行毒也　健渠建切有力也

五經同卷

清刻龍藏佛說法變相圖

五經同卷
菩薩睒子經
佛說睒子經
佛說九色鹿經
佛說太子沐魄經
太子慕魄經

菩薩睒子經

開元錄云失譯人名附西晉

聞如是一時佛在毗羅勒國與千二百五十比丘及衆菩薩國王大臣長者居士清信士女不可稱計一時來會佛告諸比丘皆處定

意聽我前世初得菩薩道時戒行普具精進一心修集智慧行於善權功德累積不可稱計諸天龍鬼神帝王人民無能行者阿難聞佛言更正衣服長跪叉手白佛言願欲所聞佛告阿難乃往過去無數世時有菩薩名曰一切妙行慈仁惠施救濟群生常行四等心度世危難育養苦人時兜率天上教授天人常以晝夜各三時定意思惟三昧照觀十方天下人民善惡之道知有孝順父母奉事三尊恭順師長修諸功德者常以天眼徧觀五道時有迦夷國中有一長者孤無兒子夫婦兩目皆盲心願入山求無上決修清淨志信樂空閑菩薩念言此人發意所學微妙而兩目皆盲目無所覩若入山中或墮溝坑或逢毒蟲所見枉害若我壽終爲其作子供養父母終其年壽於是菩薩壽盡即下生爲盲父母家作子父母歡喜甚愛重之本發大意欲行入山以生子故便樂留世間子年十歲號曰睒子至孝仁慈奉行十善不殺不盜不婬不欺不飲酒不妄言不綺語不嫉妬不呪詛信道不疑晝夜精進奉事父母如人事天言常含笑不傷人意行則應法不望傾斜父母喜悅無復憂愁年過十歲睒自長跪白父母言本發大意欲入深山志求空寂無上至眞豈以子故而絕本願人居世間無常百變命非金石對至無期願如本意宜及時入山清淨我自尋隨與父母供養不失時節父母報言子之孝順天自知之不違本誓便共入山睒即以家中所有之物皆施國中諸貧窮者便與父母俱共入山睒至山中以蒲草爲父

母作屋施作牀褥不寒不熱恒得時宜適入山中一年衆果豐美食之香甘泉水湧出清而且涼池中蓮華五色精明栴檀雜香樹木豐茂香倍於常風雨時節不寒不熱樹葉相接以障雨露蔭覆日光其下常涼飛鳥翔集奇妙異類皆作音樂之聲以娛樂盲父母師子熊羆虎狼毒獸皆自慈心相向無復相害之意皆食噉草果無恐懼之心麞鹿熊羆雜類之獸皆來附近與睒音聲相和皆作娛樂之音睒至孝慈心履地常恐地痛天神山神皆作人形晝夜慰勞三道人一心定意無復憂愁睒常與父母取百種果蓏以飼父母恒有盈餘渴飲泉水無所乏短父母時渴欲飲睒著鹿皮之衣提瓶行取水麞鹿衆鳥亦復往飲水不相畏難時有迦夷國王入山射獵王遥見水邊有麞鹿引弓射鹿箭誤中睒胷睒被毒箭舉身皆痛便大呼言誰持一毒箭射殺三道人者王聞人聲即便下馬往到睒前睒謂王言象坐牙死犀坐其角翠爲毛故麞鹿爲皮肉故今我無角無牙無毛皮肉不可噉我今坐何等罪死耶王問睒言卿是何等人被鹿皮衣與禽獸無異睒言我是王國中人與盲父母俱來入山中學道二十餘年未曾爲虎狼毒蟲所見害今便爲王所見射殺當爾之時山中大風暴起吹折樹木百鳥悲鳴師子熊羆走獸之輩皆號呼動一山中日無精光流泉爲竭衆華萎死雷電動地時盲父母驚起自相謂言睒行取水經久不還將無爲虎狼毒蟲所害禽獸飛鳥音聲號呼不如常時風起四面樹木摧折必有災異王

時怖懅大自悔責我所作無狀我本射鹿箭誤相中耳射殺道人其罪甚重坐貪少肉重受其殃我今以一國珍寶庫藏之物宮殿妓女丘郭城邑以救子命時王便前以手挽拔睒胷箭箭深不可得出飛鳥走獸四面雲集號呼動一山中王益惶怖三百六十節節節皆動睒語王言非王之過自我宿罪所致我不惜身命但憐念我盲父母年既衰老兩目無所見一旦無我亦當終歿無所依仰以是之故用自懊惱酷毒耳當爾之時諸天龍神山神水神樹神皆爲肅動王復重言我寧入泥犁中百劫受罪使睒身活長跪向睒悔過言若子命終我當不復還國便住山中供養卿父母如卿在時勿以爲念諸天龍神皆當證知不負此誓睒聞王此誓言雖被毒箭心喜意悅雖死不恨以我盲父母累王供養道人現世罪滅得福無量王言卿語我父母處及子未死語我知之睒即指示語從此步徑去是不遠自當見一草屋我父母在其中止王徐徐往勿令我父母怖懅以善權方便解語其意爲我上謝父母無常今至當就後世不惜我命但念父母年老兩目復盲一旦無我無所依仰以此懊惱自酷毒耳死自常分宿罪所致無有得脱者今自懺悔於父母從無數劫已來所行衆惡於此罪滅福生願我與父母世世相值不相遠離願父母終保年壽勿有憂患天龍鬼神常隨護助灾害消滅所欲應意無爲自然王便將數人徑詣父母所王去之後睒便奄然而死飛鳥禽獸皆大號呼繞睒屍上以舌舐睒身血盲父母聞此

音聲益怖彷徨而住王行馳駛觸動草木肅肅有人聲父母驚言此是何人非我子行王言我是迦夷國王聞道人在山中學道故來供養道人盲父母言大王來大善勞屈威尊遠臨草野王體中安隱不宮殿夫人太子官屬人民皆安善不風雨和調五穀豐足不隣國不相侵害不王答道人言蒙道人恩皆自平安王問訊盲父母來在山中勞心勤苦樹木之間飛鳥走獸無有侵害道人者不在山中寒暑隨時現世安隱不盲父母言蒙大王厚恩常自安隱我有孝子名睒常爲我取百種果蓏泉水恒自豐饒山中風雨和調無所乏短我有草牀可坐果蓏可食睒行取水且欲來還王聞盲父母言又大傷心淚出而言我罪惡無狀入山射獵見水邊有群鹿引弓射之箭誤中道人子睒身被毒箭甚痛故來語二道人父母聞之舉身自撲如太山崩地爲震動王便扶牽父母仰天號哭自訴言我子睒天下至孝仁慈無有過者踐地常恐地痛今有何罪而王射殺之向者大風卒起吹折樹木百鳥悲鳴號呼動一山中我在山中二十餘年未曾有此灾異疑我子取水經久不還必當有故諸神皆驚肅肅而動母啼號不可復止父言且止人生無有不死無常自然不可得却且問王言睒爲射何許今爲死活王具以睒口中所言向盲父母說之聞王此言又大感絕我一旦無子俱亦當死願王牽我二人往臨睒屍上王即牽盲父母往到屍上父抱其脚母抱其頭著膝上各以一手摸捫其胷箭仰天大喚言諸天及龍神山神

樹神水神我子仁慈至孝諸神所知何能不一哀我子是善子母便以舌舐睒胷瘡願毒入我口我年已老目無所見以身代子命睒活我死死不恨也於是盲父母言若睒有至誠至孝者天地所知箭當拔出毒痛當除睒更當生於是第二忉利天王釋座即爲大動以天眼見二道人抱子號哭乃聞第四兜率天諸天宫龍宫皆儼儼而爲動釋梵四天王即從第四天上來如人伸臂頃來下住睒前以神藥灌睒口中藥入睒口箭自拔出便活如故父母驚喜見睒已死更活兩目皆開飛鳥禽獸皆作歡樂之音風息雲消日爲重光泉水涌出衆華五色樹木色榮倍於常時王大歡喜不能自勝禮天帝釋還禮父母及子睒願我國財以上道人身自留住供養現世

罪滅宿怨得除睒答王言欲報恩者王且還國安慰國人皆令奉持五戒王勿復射獵夭傷蟲獸現世身不安隱壽盡當入泥犁中人居世間恩愛暫有别離久長不得常在王宿有功德今得爲王莫以得自在故而自放恣於時國王大自悔責自今已後當如睒敎勑不敢有廢諸隨王射獵者數百人見睒已死神人持藥來下入口即活父母眼開皆踊躍發意奉持五戒終身不犯王還國中宣令國中諸有貧窮盲父母如睒比者皆當供養不得捐捨犯者令有重罪於是國中人民以睒活故上下相敎奉修五戒修行十善死得昇天無入三惡道者佛告阿難諸來會者宿命睒身我身是也時盲父者今現父王閱頭檀是也時盲母者今現我母王夫人摩耶是也

迦夷國王者阿難是也時天帝釋者彌勒是也使我疾成無上正真之道決皆是我父母育養慈恩從死得生感動天龍鬼神父母恩德重孝子所致令得爲佛并度國人皆由孝順之德佛告阿難汝廣爲一切人民說之人有父母不可不孝道不可不學濟神離苦後得無爲皆由慈孝學道所致佛說經已諸菩薩比丘比丘尼優婆塞優婆夷國王大臣人民長者居士莫不加敬稽首佛足作禮而去

菩薩睒子經

佛説睒子經

姚秦三藏法師釋聖堅譯

聞如是一時佛在毗羅勒國與千二百五十比丘及衆菩薩國王大臣長者居士清信士女不可稱計一時來會佛告諸比丘皆處定意聽我前世初得菩薩道時戒行普具精進一心修集智慧善權方便功德累積不可稱計諸天龍鬼神帝王人民無能行者阿難聞佛言更正衣服長跪叉手白佛言願欲所聞佛告阿難乃往過去無數世時有菩薩名曰一切妙行慈仁惠施救濟群生常行四等心度世危難育養苦人在兜率天上教授天人常以晝夜各三時定意思惟三昧照觀十方天下人民善惡之道知有父子孝順父母奉事三尊恭順師長修諸功德者常以天眼徧觀五道時有迦夷國中有一長者孤無兒子夫婦兩目皆盲心願入山求無上道決修清淨志信樂空閑菩薩念言此人發意欲學妙道而兩目皆盲目無所覩若入山中或墮溝坑或逢毒蟲所見危害若我壽終爲其作子供養父母終其年壽於是菩薩壽盡即便下生盲父母家爲其作子父母歡喜愛之甚重本發道意欲行入山以生子故便樂世間子年十歲號曰睒子至孝仁慈奉行十善不殺不盜不婬不欺不飲酒不妄言不綺語不嫉妬信道不疑晝夜精進奉事父母如人事天言常含笑不傷人意行則應法不望傾斜於是父母即大喜悅無復憂愁至年過十歲睒自長跪白父母言本發大意欲入深山志求空寂無上之道豈以子故而絶本願人居世

間無常百變命非金石對至無期願如本意宜本先志自隨父母俱共入山侍養之宜不失時節父母報睒言子之孝順天自知之不違本誓便當入山睒即以家中所有之物皆施國中諸貧窮者便與父母俱共入山睒子至山中以蒲草爲父母作屋施置牀褥不寒不熱恒得其宜適入山一年衆果豐美食之香甘泉水涌出清而且涼池中蓮華五色精明栴檀雜香樹木豐茂香倍於常風雨以時不寒不熱樹葉相接以障雨露蔭覆日光其下常涼飛鳥翔集皆作妓樂之音以娛樂盲父母師子熊羆虎狼毒獸皆自慈心相向無驚害之心皆飲水噉果無復驚怖之心麞鹿衆鳥皆來附近與睒音聲相和以娛樂盲父母睒至孝仁慈無有過蹈地常恐地痛天神山神皆作人形晝夜慰勞三道人一心定意無復憂愁睒常與父母取百種果蓏以食父母父母時渴欲飲睒著鹿皮衣提瓶行取水麋鹿飛鳥亦復往飲不相畏難時迦夷國王入山射獵王見水邊有麋鹿飛鳥引弓射之箭誤中睒睒被毒箭甚痛便大呼言誰持一毒箭射殺三道人王聞人聲下馬往到睒前睒謂王言象坐牙死犀坐角死翠坐毛死麋鹿坐皮死今我死無牙無角無毛無皮肉不可噉今有何罪橫見射殺王言卿是何人被鹿皮之衣與禽獸無異睒言我是王國中人與盲父母俱來學道二十餘年未曾爲虎狼毒蟲所害今便爲王箭所射殺之當爾之時山中大風暴起吹折樹木飛鳥禽獸師子熊羆虎狼毒獸皆號呼動一山中日無精光流

泉爲竭衆華萎死雷電動地時盲父母即自驚起曰是何變異睒行取水經久不還將無爲毒蟲之所害耶禽獸悲鳴音聲號呼不如常時風起四面樹木摧折必有灾異王時怖懼大自悔責我本射鹿箭誤傷中射殺道人其罪甚重坐貪少肉而受重殃我今以一國財寶宮殿妓女丘郭城邑以救子命時王便前以手拔睒胷箭箭深不可得出飛鳥禽獸四面雲集悲鳴呼喚動一山中王益怖懅支節皆動睒言非王之過我自宿罪所致我不惜身命但憐我盲父母年旣衰老目無所見一旦無我亦當終歿以此懊惱酷毒耳當爾之時諸天龍神皆爲肅動王便重言我寧入泥犁中百劫受罪使睒身活長跪向睒悔過若睒命終我當不復還國便住山中供養卿

盲父母如卿在時勿得爲念天龍鬼神皆當證知我不負此誓睒聞王此誓雖被毒箭心喜意悅雖死不恨以我父母累王供養王當罪滅得福無量王言卿語我父母處及子未絕吾欲知之睒即指示從此步徑去是不遠自當見草屋父母在其中止王徐徐往勿令我父母驚動怖懅以善方便解語其意王當爲我上白父母我無常今至當就後世我不惜身命但憐我盲父母年巳衰老目無所見一旦無我無所依仰以此懊惱自酷毒耳我死自分宿罪所致無可得脫今自懺悔從無數劫有身以來所行衆惡於此罪滅願與父母世世相值不相遠離當令父母終保年壽勿有憂患天龍鬼神常隨護助灾害消滅所欲應意無爲自然王將數人詣父母所王去

之後睒奄死矣百鳥禽獸四面雲集皆大號呼遶睒屍上舐是胷血盲父母聞此音聲益怖彷徉而住王行駛疾觸動草木肅肅有聲父母驚言此是何人非我子行王言我是迦夷國王聞盲道人在山學道故來供養盲父母言枉屈大王來相慰勞遠臨草野王當疲極體安隱不宮殿夫人太子官屬皆安善不風雨和調五穀豐不隣國人民不相侵害耶王答道人得蒙尊恩常自平安又更問訊在此山中勞大勤苦樹木之間甚難爲止自安隱不盲父母言蒙大王恩常自安隱我有孝子名字曰睒常取果蓏泉水無乏我有草蓆王可就坐果蓏可食睒行取水正爾來還王聞盲父母言又大傷心涕泣其言我罪實重入山射獵遥見水邊有諸群鹿引弓射之箭誤中睒道人子睒已被毒箭其痛甚酷今故自來語道人耳父母聞之舉身自撲如太山崩地爲大動號哭仰天自陳訴言我子睒者天下至孝無有能過蹈地常恐地痛有何罪故而射殺之向者大風卒起吹折樹木百鳥悲鳴皆大號呼動一山中我在山中二十餘年未曾有此灾異之變而我子睒取水不還恐當有故諸神皆驚肅肅而動母便涕哭不肯復止父言且止人生世間無有不死無常對至不可得却但問王睒爲射何許今爲死活王以睒語向父母説其盲父母聞王此語又大感絶一旦無子俱亦當死大王今者牽我二人往子尸上王即牽盲父母往到尸上父抱其頭母抱兩脚著膝上各以兩手捫摸睒箭仰天呼言諸天龍神山神樹神我子睒

者天下至孝是諸天龍神所知我年已老目無所見身代子死睒活不恨於是父母俱共誓言若睒至孝天地所知箭當拔出毒痛當除睒應更生於是第二忉利天帝座即為動以眼見此二盲道人抱子號呼乃聞第四兜率天上釋梵四王從天上來如人屈伸之頃來住睒前以神妙藥灌睒口中藥入睒口箭拔毒出更生如故父母聞睒已死更生兩目皆開飛鳥走獸皆大歡樂之音風息雲消日為重光流泉涌出清而且涼池中蓮華五色精明栴檀雜香樹木光榮香倍於常時王歡喜不能自勝禮天帝釋還禮父母及子睒者願以一國所有財寶俱上道人自相供養令我罪滅永無有餘睒語王言欲興福者王但還國安慰人民當令奉戒王勿射獵橫殺無辜身不安隱壽終當入泥犁之中人居世間恩愛暫有別離長久不得常在王宿有福今得為王莫憍自在以自在故造無量惡後入惡道悔之何益王答如教隨王獵者見睒死已得天神藥死而更生父母眼開神變如是悉奉五戒修行十善死得生天無入惡道佛告阿難諸來會者宿命睒者吾身是也盲父者閱頭檀王是盲母者今王夫人摩耶是也迦夷國王者阿難是天帝釋者彌勒佛是佛告阿難吾前世為子仁孝為君慈育為民奉敬自致得成為三界尊佛說經已時諸菩薩比丘比丘尼優婆塞優婆夷莫不歡喜作禮而去

佛說睒子經

佛説九色鹿經

吳月支優婆塞支謙譯

佛言昔者菩薩身爲九色鹿其毛九種色其角白如雪常在恒水邊飲食水草常與一烏爲知識時水中有溺人隨流來下或出或没得著樹木仰頭呼天山神樹神諸天龍神何不愍傷我也鹿聞人喚聲即走往水邊語溺人言汝可勿怖汝可騎我背捉我角我相負出上岸鹿大疲極溺人下地遶鹿三帀向鹿叩頭乞爲大家作奴給其使令採取水草鹿言不用卿也且各自去欲報恩者莫得道我在此間人貪我皮角必來殺我於是溺者受教而去爾時國王夫人夜夢見九色鹿意欲得其皮角即託病不起王問夫人言何以不起夫人答言昨夜夢見非常鹿其毛九種色其角白如雪我思得其皮作衣裘其角作拂柄王當爲我得之王若不得我當死矣王告夫人汝爲且起我作一國王何所不得王即便募於國中若有能得九色鹿者當與分國治賜其金鉢盛滿銀粟賜其銀鉢盛滿金粟溺人聞王募重心生惡念我說此鹿可得富貴鹿是畜生死活何在便語募人言我知有九色鹿處募人便將至王所言此人知有九色鹿處王聞大歡喜王言汝得其皮角來報之半國於是溺人面上即生癩瘡溺人言此鹿雖是畜生大有威神王宜多將人兵乃可得耳王即大出人兵往恒水邊烏在樹上遥見王人衆來疑當殺鹿即呼鹿言且起王來取汝鹿故熟卧不覺烏復言知識且起王將兵至鹿故復不覺烏便下樹居其頭上啄其

耳知識且起王兵圍汝數重鹿方驚起四顧望視無復走地便往趣王車邊傍人引弓欲射之王告莫射此鹿此鹿非常將是天神耶鹿即言莫射殺我假我須臾我有恩於國王問有何恩我曾活王國中一人即長跪重問王誰道我在此王言車邊癩面人也鹿舉頭看此人眼中淚出不能自勝大王此人本溺在水中隨流來下或出或没得著樹木仰頭呼天山神樹神諸天龍神何不愍傷我我時不惜此命自投水中負此人出本要誓不相道人無反覆不如水中浮木也王聞鹿言有慙愧色我民無義王即三敎其民奈何奈何受恩反欲殺之王即放鹿使去下國中若有驅逐此鹿者當誅汝五屬於是王便還宫鹿歸故處是時國中衆鹿皆來依附數千爲群永不見害共飲食水草不犯人菜穀從是之後風雨以時五穀豐熟民無疾病其時太平畢命化去佛告諸弟子菩薩所行雖處畜生不捨於慈人獸並度是時夫人者孫陀利是也是時烏者阿難是也是溺人者調達是也時鹿者我身是也調達與我世世有怨阿難有至意得道菩薩更勤苦行羼波羅蜜忍辱如是

佛説九色鹿經

佛説太子沐魄經

西晉三藏法師竺法護譯

聞如是一時佛在舍衛國祇樹給孤獨園佛告諸弟子昔者有王王名波羅奈王有一太子字名沐魄生有無窮之明端正好潔無有雙比父母奇之供養瞻視須其長大當爲立字然太子結舌不語十有三歲恬惔質朴志若死灰直若枯木目不視色耳不聽音狀類瘖瘂聾盲之人於是父母患而苦之王語夫人當奈之何此子將爲他國所笑夫人語王當召相師相之知當語不王即召婆羅門師使相太子婆羅門言此子非是世間人爲是熒惑耳外爲端正内懷不祥危國滅宗將至不久不可畜養宜當生埋誅而殺之今不除此子則絶國嗣王語夫人當如之何今不除之以往恐後無復立子於是夫人隨王所爲王即召國中大臣共議之一臣言當遠徙深山無人之處一臣言當没深水中一臣言但當隨師所語掘作深坑而生埋之王即隨是一臣所語即召外陣兵二千人使掘地作藏給三十歲資粮待以五僕太子衣被瓔珞寶蓋盡還太子於是夫人心用傷絶我獨無相生子薄命反值此殃事不得止涕淚哽咽不能自勝於是復送太子著正殿前五百夫人見太子端正姝好無有雙比皆言太子何以不語而當生埋五百婇女見太子端正姝好皆爲太子作禮而言太子何以不語而當生埋各各爲太子作倡妓樂太子黙然不觀不聽於是直送太子著外殿前五百大臣見太子端正姝好無有雙比前白大王太子非是

不語人且小宿留語在不久婆羅門師不可審信王語大臣此是國事非卿所知作藏以訖來迎太子王語其僕使太子載四望象車令國中人民就觀太子儻語若其語者更載來還於是太子昇車尋路國中耆舊大臣皆宛轉車前而言太子要當一語若不語者便以車輾我上過遮蚤虎賁扶避使過遂將太子到其藏所時有數千萬人皆送太子往到藏所皆塞藏戶太子復不得前遮蚤虎賁麾人使却太子適欲前飛鳥走獸復來遶藏三币復塞藏戶太子復不得前於是舉右手住而言我正欲不語而當生埋我適欲語恐入地獄我所以不語者欲安身避害濟神離苦是以不語而信狂詐之言謂我聾盲爲實瘖瘂是時人民聞太子已語有絶妙之聲世所希聞行者爲止坐者爲起皆言太子神聖乃爾皆前叩頭求恩悔過原赦我罪其僕聞之歡喜踴躍馳白大王太子已語上徹蒼天下徹黄泉飛鳥走獸皆來伏聽於太子前王聞太子語歡喜踴躍即與夫人乘四望象車往迎太子太子顧見父王下車避道四拜而起而言勞屈父王遠來見迎今日父子生相棄捐恩愛已乖骨肉已離其義甚慼不可聽觀王語太子吾無智慧信任邪師忽致於此吾之愚癡其過深矣汝爲智者當原不及共還入國舉位與汝我自避退太子答言我已曾爲國王用行有缺漏故下入地獄六萬餘歲蒸煑剥裂其痛難忍當此之時父母寧能知我地獄苦痛劇不寧能分取我身上痛不我猒地獄苦是以結舌不語十有三歲冀得免

瑕除去汙穢出於垢塵之外不與罪會除憂去累念生若寄不可選耎去道曰遠高翔遠逝自濟於世世間無常恍惚如夢室家歡喜須臾間耳歡樂暫有憂苦延長王知太子意堅志固遂聽學道於是太子棄國捐王入山求道思惟禪定壽終即生第四兜率天上畢天之壽下生世間爲迦維羅衛王作太子自致作佛佛告阿難是時太子沐魄者我身是也時父王者今閱頭檀是時母者今摩耶是時侍我五僕者今阿若拘隣等是是時婆羅門欲生埋我者今調達是也我與調達世世有怨佛說經已諸弟子天龍鬼神帝王人民皆大歡喜爲佛作禮

佛說太子沐魄經

太子慕魄經

後漢安息三藏法師安世高譯

聞如是一時佛在舍衛國祇洹阿難邠坻阿藍時佛語諸比丘我身宿命爲波羅奈國王作太子名曰慕魄始生有異顏貌端正絶無雙比自識宿命無數劫事所更善惡罪福受報壽夭好醜没此生彼所從來生皆悉知見年十三歲閉口不言王唯有此一子耳舉國人民皆重愛之當繼後嗣襲續王位然以追識宿命憶載存亡禍福故質不語至十三歲捐棄形骸志存虚無凜凜不説飢寒恬惔質朴意如枯木雖有耳目不存視聽智慮雖遠如無心志不畏汙辱亦無憎愛若盲若聾不説西東狀如矇瞶不與人同父王憂慮甚用患苦深恥隣國恐見湊嗤因呼國中諸婆羅門問之此子何故不能言語乎婆羅門相視言此子惡人也雖面目端正姝好内懷不親觀相默默欲害父母危國滅宗將至不久不可畜養既不能語當何益於王耶令王了不復生子者皆是惡子所防固也是使大王不復生子耳王宜棄捐當生埋之爾乃王身可全保國安宗然後更得生貴子耳不者甚危王信狂愚謂爲審然即用愁憂坐起不寧妓樂不御服美不甘則與長者大臣共議之云當如之何或有臣言遠棄深山無人之處或有臣言投沉深水有一臣言當如師語但作深坑傍入如室給與資粮侍以五僕生置其中從命所如空刓絶之爲王即隨此臣所言即晨遣僕故出埋之太子心内悲感傷其愚惑矜愍無量其母憐哀心爲傷絶言我無相

生子薄命乃值此殃痛斷我腸哽咽涕泣悲懷噢咿感戀靡逮事不得已俛仰放捨遣人載出當埋棄之悉取太子所有衣被瓔珞珠寶皆用送之僕使於外盡脫取其衣被珠寶持著一面因共作坑作坑未竟慕魄獨於車上深自思惟心與口語今王以下及諸人民皆共謂我爲瘖聾癡瘂不能語也吾所以不語者正欲捨世緣安身避惱濟神離苦耳今反當爲誑詐所危既沒身命陷墮彼人便默自取衣被珠寶持去作坑人輩不覺慕魄取物去時慕魄則到水邊淨自洗浴以香塗身悉取衣被瓔珞著之到坑問曰作坑何施其僕對曰國王有子名曰慕魄瘖瘂聾癡年十三歲不能言語王問婆羅門婆羅門師白言當生埋之爾乃安吉全國榮宗利後子孫以用是故我等作坑欲埋慕魄慕魄即曰我即是太子慕魄也人即驚悚衣毛爲竪馳走往趣視其車上不見慕魄還至坑所諦熟觀察聽聞言語絕有異聲光景如月世所希聞動其左右行者爲止坐者爲起飛鳥走獸皆來會聚伏太子前聽太子語慕魄又曰觀我手足察我形容云何群迷誑詐所惑以謬爲諦生相捐棄發意所陳言成文章左右惶敬已感惶露上合下同靡不順從其儀大惶征營悚慄兩兩相視面目並青咸曰太子甚神乃如是也皆前作禮叩頭求哀願赦我罪共還入宮到父王所慕魄曰今已見棄不宜復還也汝徑自往白王令知僕即奔馳白王如是其母哀傷使人問狀僕曰太子甚神開口一言眞驚恐人聞者皆擾行者滿道王則愕然

且喜且悲深怪所以王與夫人便共駿駕往迎太子國民大小莫不馳動觀瞻滿道咸曰太子類如欲見神形王未到頃慕魄心即自念當學道耳適發此意天帝釋即爲化作園觀浴池衆果樹木快樂無比慕魄即便脱去著身好衣珠寶轉作道人被服儼然王前欲到逢見慕魄在樹下坐慕魄見王來到即起迎逆王爲作禮慕魄則曰大王就坐王聞慕魄語言音聲威神光景震動天地絶無雙比即大歡喜便曉慕魄共還入國居位理政吾請避退慕魄曰不可不可我以畏猒地獄勤苦愁毒萬端吾昔曾更作此國王名曰須念以正法治國奉行諸善二十五年鞭杖不行刀兵不設牢獄無繫者惠施仁愛恩流德布救濟窮乏無所貪惜雖有此行猶犯微闕終墮地獄六萬餘歲蒸煮剥裂痛酷難忍求死不得欲生不得當爾之時父母在處雖有資財億載無數富而且貴快樂無極寧能知我在彼地獄拷治劇乎豈復能來分取我身苦痛不也我所以墮罪者何往昔作此大國王時小國王附庸諸域皆悉統屬王性慈仁其德至淳法令不嚴諸小國王皆輕慢易咸共謀議今此大王謹善輭弱威禁不攝德不堪任統御大國當共征伐廢退之耳即舉兵衆來攻大國時王須念逆以珍奇財寶皆賜遺之復以重官厚禄撫順慰喻誘而安之即皆止息各還本國如是未久復來攻伐數數非一大國群僚咸共瞋恚上白大王諸小臣國愚戇無義不慮罪釁數爲慢突造成悖逆觸犯尊上令騷擾驚怖不息當應誅討以除寇

害王曰爲民父母當務仁化恕已育物危命濟衆彼猶嬰孩愍其無識以漸誘導不忍加害也王懷弘慈普哀物命永無誅伐之心群臣不忍數爲屬城小國所見淩易忿不顧難竊私舉兵討伐諸國即大殘殺人民大王聞之甚用悲痛爲之雨淚皆爲諸國死亡人民持服猶喪其子矜愍無極諸小國王見大國王慈心矜念人民乃爾即皆降伏來歸附之其來歸附者大王則爲施設厨饍大官設饍皆須烹殺牛羊六畜以具衆味烹宰之時輙當先白王心雖慈事不獲已頷頭可之緣是得罪勤苦如是每一念之心甚懷寒衣毛爲竪身體則爲虛冷汗出我所以不語者追憶過世所更吉凶安危成敗恐復與會故結舌不語至十三歲冀以靜默免瑕脫穢出度塵勞永辭於俗不與厄會適復念欲開口不語而當爲王所見生埋恐王後時復得是殃一入地獄無有出期我意不欲令王得罪故復語耳徒欲爲道守意無爲不樂爲王也人居世間恍惚若夢室家歡娛須臾間耳計命無幾憂畏延長樂少苦多衆惱萬端是以智者以國財寶恩愛爲累衆欲爲塵使我爲王當復憍泆貪求快意令民憂煩爲天下之大患也故欲除憂棄離塵累反流索原拯濟未度生世如寄無一可怙年衰歲移老命促疾不可選輭去道日遠不貪富貴不重珍寶棄捐世榮思想大道高翔遠逝自濟於世父王曰當那可爾汝爲智者當原不及不可便爾故棄我去王心悲喜深悔所爲太子復曰何聞父子生而相棄恩愛巳乖骨肉巳離爲行巳

慾不可聽觀屈苦相迎徒益勞煩父聞子語見其志固惘然失措慚愧忸怩無辭可對王曰如汝前世作國王時奉行諸善纔有小失非所憶知而尚受罪勤苦乃爾今我治國不奉正法既無微善反是逐非憍貴自恣純行危殆罪當何貲耶便放太子聽行學道太子於是棄國捐王不慕人物一心精勤念道修德功勲累積遂至成佛佛已得道復度十方諸天人民不可稱計無央數劫不以爲勞菩薩所更勤苦如是佛言爾時太子者我身是也父王者今現我父閱頭檀是母者摩耶是爾時相師婆羅門者調達是時僕者阿若拘隣五人是也諸欲爲道者皆當承順佛教無犯經戒爲道雖苦勝在三惡道八難處也違戒犯禁後墮惡道得脱爲人當生貧苦或作奴婢願不自由奉戒行善三尊可得佛説如是諸比丘衆諸天人民莫不歡喜爲佛作禮

太子慕魄經

音釋

睒失冉切　熊羆熊胡弓切羆彼爲切並獸名　蓏郎果切草實也　飼詳吏切餧也　挽拔挽無遠切引也拔蒲撥切抽也　酷苦沃切苛虐也　彷徨彷步光切徨胡光切彷徨不安貌　麞諸良切　麋靡爲切　舐神帋切舌話也　獵良涉切逐禽也　穀古祿切　蠡落戈切

六經同卷

清刻龍藏佛説法變相圖

六經同卷

無字寶篋經

大乘離文字普光明藏經

大乘徧照光明藏無字法門經

佛説老女人經

佛説老母經

佛説老母女六英經

無字寶篋經

元魏天竺三藏法師菩提留支譯

如是我聞一時婆伽婆住王舍大城耆闍崛山中時有無量百千萬億大菩薩衆圍遶如來皆是大智善權方便勇猛精進善能通達

無字法門善能清淨是處非處慙愧解脫羅網所覆調伏諸根以慈悲牙以慙愧牙慇念衆生得大三昧以智爲首善敬智世猶如寶洲大寶之藏皆悉善知善不善法覺三世事一切成就無字辯才善達二空得勝妙地善學諸諦通達實際無邊勇健無所執著悉能通達自性上法能善思惟實以不實二種法門胎藏牙生永離生死善覺秘密善知諸相應護諸國得大名稱皆悉復得勝名勝藏得無言藏永安隱眠諸所施爲皆悉善樂姓名普聞離於三界能救三界所住衆生善覺眞如普示普賢徧示其身諸行清淨善能覺達自身他身皆得成就明利智慧所謂勝響菩薩法響菩薩勝諸分菩薩法眼菩薩千相菩薩辯聚菩薩勝思惟菩薩持地菩薩持地際

菩薩深入地際響菩薩地響菩薩具辯菩薩上積菩薩華目菩薩優鉢羅目菩薩頂髻菩薩文殊響菩薩如是等菩薩摩訶薩不可算數皆是童子皆從他方不可觀察恒河沙等世界來集一切皆住受法王職太子位處勝思惟菩薩無量釋梵之所圍遶普賢菩薩虛空藏等四大神王及有無量轉輪聖王之所圍遶得大勢至觀世自在菩薩無量梵衆之所圍遶不空見菩薩多有無量毗沙門王之所圍遶星宿王菩薩無量星宿及餘護世之所圍遶復有破疑菩薩滅一切障菩薩自身示現如來之身無量諸佛之所圍遶及舍利弗大目揵連大迦葉等一切悉是大阿羅漢眞練菩薩勝思惟菩薩無量天女之所圍遶藥王菩薩藥上菩薩無量眷屬之所圍遶所

有十方恒河沙等世界之中諸有日月自恃威德生我慢者一切皆悉來向佛所到佛所已於如來前却住一面即見自身無有光明猶如聚墨在於閻浮那提金邊此諸日月住如來前不自顯現亦復如是無心欲住亦不欲說無有威德不能顯現那羅延等無量諸天之所圍遶大神龍神得叉迦阿那婆達多等諸大龍王無量諸龍之所圍遶善音乾闥婆王有無量億乾闥婆衆之所圍遶無猒足迦樓羅王亦有七億迦樓羅衆之所圍遶來至佛所時此三千大千世界恒河沙等諸世界中所有諸菩薩各於彼處啓請其佛既請佛已四衆圍遶來至娑婆持出世間諸供養具來至佛所彼諸菩薩供養佛已各各自坐蓮華座上爾時有菩薩摩訶薩名勝思惟來至佛所即白佛言世尊世尊若當聽許我者我乃敢問如來二字爾時佛告勝思惟菩薩言聽汝所問隨汝意問如來不爲一衆生故此處成道乃爲汝等諸大龍象我出於此爾時勝思惟菩薩白佛言世尊何者一法而是菩薩所除滅者何者一法而是如來所證覺者爾時世尊讚勝思惟菩薩摩訶薩言善哉善哉梵天汝已淳熟無量善根諸佛加持問此句義善男子汝今諦聽善思念之我爲汝說爾時勝思惟菩薩禮如來足頂戴而受佛言善男子有一種法菩薩應滅所謂貪法善男子此是一法應當永滅善男子復有一法菩薩應滅所謂瞋法善男子此是一法應當永滅善男子復有一法菩薩應滅所謂癡法善男子此是一法應當永滅善男子復有一

法菩薩應滅所謂我見善男子此是一法應當永滅善男子復有一法菩薩應滅所謂懈怠善男子此是一法應當永滅善男子復有一法菩薩應滅所謂睡眠善男子此是一法應當永滅善男子復有一法菩薩應滅所謂貪愛善男子此是一法應當永滅善男子菩薩復應除滅一法所謂無明善男子此是一法應當永滅爾時勝思惟梵天白佛言世尊何者是一法而諸菩薩日夜防護爾時世尊語勝思惟菩薩言善男子所謂菩薩已所不欲勿勸他人善男子若有善男子善女人護持此法彼善男子善女人護持如來一切戒藏何以故善男子愛自命者則不殺生愛自財者不盜他物愛自妻者不侵他妻善男子是等衆生發如是意言我敬順如來正教彼善男子常當勤心防護此法以何義故善男子若有善男子善女人欲求無上正眞等覺大菩提者彼人悉是爲樂故求而無有求自身苦者世間惟有樂受樂者以是義故我說此言汝等當知已所不欲勿勸他人善男子此是一法菩薩常當日夜護之善男子如汝所問何者一法而是如來所證覺者善男子無有一法如來所覺善男子於法無覺是如來覺善男子一切法不生而如來證覺一切法不滅而如來證覺復次善男子法性離二邊而如來證覺一切法不實而如來證覺善男子如來善說業因緣如來善證業因緣一切法因緣所縛而如來善覺善男子彼因緣者猶如電光而如來所覺離因離緣如來說言無有業報既成正覺而受之也一切法廣

博嚴藏是如來所説善男子以何義故説廣博嚴藏善男子所有世間出世間智等彼從何生若彼智以眞實觀正觀察時般若波羅蜜轉爲甚深彼法爾時得名爲藏善男子我亦復説一切諸法如幻如焰是佛所覺性相一味解脱之法是佛所覺所有性相一味解脱是一切法廣博嚴藏善男子若善男子善女人復有一法是佛所覺善男子所謂諸法不去不來無因無緣無生無滅無思不思無增無減善男子若法畢竟自性法性非是自性若法譬喻所不可説若以名字亦不可説此是一法如來所覺説此廣嚴上王無字寶篋光嚴法門時乃至得住十地菩薩有微塵數眼不覩者如是等衆皆得阿耨多羅三藐三菩提心如是等衆生證阿羅漢果復過此數衆生捨地獄苦生於天中無量諸菩薩現百千萬諸三昧門何況多説而無利益爾時佛告羅睺羅言汝能受持我此所説正法義不説此語時以佛神力恒河沙等諸世界中九億菩薩從座而起即白佛言世尊我等皆能持此法門令於此間娑婆世界未來世中爲諸衆生流通不絶知是菩薩是智器者爾時四大神王白佛言世尊我等亦能受持如來所説法義令彼菩薩所求滿足若於是中是智器者爾時世尊周徧觀察一切衆巳作如是言善男子我非惟修微少善根而成正覺彼諸衆生若有能聞此正法者彼亦非修微少善根若能受持此廣博嚴上王無字寶篋法門若能聞者彼人則爲巳恭敬我尊重讚歎善男子是善男子善女人則爲兩肩荷

擔菩提彼人則得不斷辯才得善清淨諸佛世界命終之時則得現見阿彌陀佛聲聞菩薩大衆圍遶住其人前亦見我身於此耆闍崛山王頂及見此等諸菩薩衆善男子彼善男子善女人則爲已得大法寶藏而不可盡得宿命智不生惡道善男子我今説此一切世間所未曾有難信法門善男子若彼善男子善女人設有逆罪以其善能讀誦受持此勝法門若自書寫若勸人書若自讀誦勸人讀誦若能自持若勸人持善男子我説彼人不見惡道則爲一切諸佛所記彼諸菩薩皆得五眼諸根具足一切諸佛之所護念一切菩薩之所攝受令滅無量煩惱業障即得清淨善男子我此所説最後言説自我得道成正覺來未説此言佛説此已勝思惟等諸大菩薩帝釋王等諸天及四大王人天阿脩羅迦樓羅緊那羅乾闥婆等一切世間聞佛所説皆大歡喜

無字寶篋經

大乘離文字普光明藏經

唐中天竺三藏法師地婆訶羅奉　勅譯

如是我聞一時佛在王舍城耆闍崛山中與大菩薩無量百千億那由他數皆是大智精進善巧證無言法獲妙辯才是處非處不相違反善調身心具諸解脱常遊三昧不捨大悲慚愧爲身智慧爲首多所饒益如大寶洲了知諸法善不善相不著文字而有言説於眞俗門洞達無礙深明實際不住其中善能分別而無所受雖猒生死常護世間周徧十方有大名稱於眞妙藏寂然宴息雖現受身永出三界而行諸有勉濟衆生平等教誨志常賢善平等憐愍心無染著能令自他莫不清淨成就如是無量功德其名曰勝思惟菩薩法震音菩薩妙身菩薩法輞菩薩辯積菩薩持地菩薩持世菩薩大名稱菩薩具諸辯菩薩千容相菩薩功德山菩薩蓮華眼菩薩蓮華面菩薩珠髻菩薩妙音菩薩如是等菩薩摩訶薩皆如童子色相端嚴於此衆中而爲上首爾時觀自在菩薩與恒河沙等紹尊位者諸菩薩俱殊勝見菩薩與無央數天帝釋俱虛空藏菩薩與無量菩薩及無量四天王衆俱大勢至菩薩與無量億梵天衆俱徧吉祥菩薩與無量婇女俱普賢菩薩不空見菩薩星宿王菩薩離疑菩薩息諸蓋菩薩藥王菩薩藥上菩薩各與無量菩薩衆俱其中亦有無量諸佛自變其身作菩薩像尊者舍利弗摩訶目揵連摩訶迦葉如是等大阿羅漢各與無量聲聞衆俱那羅延等無量天衆乃至恒沙國土日月諸天威光照耀悉來佛

所至佛所已彼天威光不能復現猶如聚墨對閻浮金婆樓那龍王德叉迦龍王阿那婆達多龍王美音乾闥婆王無擾濁迦樓羅王各與無量諸眷屬俱來入此會十方世界如恒河沙所有菩薩咸於本土稽請如來與諸四衆同時到此各持種種出過世間殊好供事奉上於佛諸菩薩已即於會中坐蓮華座爾時勝思惟菩薩摩訶薩從座而起偏袒右肩右膝著地合掌向佛而作是言世尊我今欲請二字之義惟願如來垂哀見許佛告勝思惟菩薩言善男子欲有問者隨汝意問如來不爲一衆生故出現世間爲欲利益無量衆生而出現耳於是勝思惟菩薩即白佛言世尊何者一法是諸菩薩所應永離何者一法是諸菩薩應常護持何者一法是諸如來現所覺了佛言善哉善哉善男子汝以如來威神之力乃能問我如是深義諦聽諦聽善思念之當爲汝說善男子有一種法菩薩應離所謂欲貪善男子如是一法是諸菩薩所應永離善男子復有一法菩薩應離所謂瞋恚如是一法是諸菩薩所應永離善男子復有一法菩薩應離所謂愚癡如是一法是諸菩薩所應永離善男子復有一法菩薩應離所謂我取善男子復有一法菩薩應離所謂疑惑善男子復有一法菩薩應離所謂憍慢善男子復有一法菩薩應離所謂懈怠善男子復有一法菩薩應離所謂惛眠善男子復有一法菩薩應離所謂愛著善男子如是一法是諸菩薩所應永離善男子汝復問我何者一法是諸菩薩應常護持善男子謂諸菩

薩非已所安不加於物若諸菩薩守護此法即是能持諸佛如來一切禁戒何以故自愛身命不應殺生自重資財不應偷盜自護妻室不應侵他如是等行皆名一法善男子若有敬順如來語者於此一法常當憶念何以故無有衆生愛樂於苦凡有所作悉求安樂乃至菩薩求阿耨多羅三藐三菩提亦爲自他皆得樂故善男子以如是義我説此言非已所安不加於物如是一法是諸菩薩應常護持善男子如汝所問何者一法是諸如來現所覺了善男子無有少法是如來覺何以故如來覺者無所覺故善男子一切法無生是如來覺一切法無滅是如來覺一切法離二邊是如來覺一切法不實是如來覺善男子諸業自性是如來覺一切法從因緣生是如來覺因緣之法猶如電光是如來覺以因緣故而有諸業是如來覺善男子一切法性普光明藏是如來覺善男子何故法性名普光明藏善男子世出世智依之以生如母懷子故名爲藏若智生時反照其本如是法性爲般若波羅蜜之所攝藏是故名爲普光明藏善男子一切法如幻如焰是如來覺善男子諸法實性一味解脱是如來覺一味解脱是即名爲普光明藏善男子一相法是如來覺云何一相所謂諸法不來不去非因非緣不生不滅無取無捨不增不減善男子諸法自性本無所有不可爲喻非是文辭之所辯説如是一法是諸如來現所覺了當佛説此莊嚴王離文字普光明藏法門之時有十地菩薩所見微塵數衆生悉發阿耨多羅三藐

三菩提心復有如是微塵數衆生皆發聲聞辟支佛心復有如是微塵數衆生在地獄者皆得離苦生人天中無量菩薩得入初地無量菩薩得百千三昧無量衆生悉蒙利益無空過者爾時佛告羅睺羅言善男子我此法要汝當受持説是語時會中有九十億菩薩摩訶薩承佛威神即皆避座白佛言世尊我等誓當受持如來所説法要於此娑婆國土最後時中見有其人流通爲説爾時四天王白佛言世尊若有能持此經典者我當擁護令其志願皆得滿足所以者何能持此經是法器故爾時世尊普觀衆會而作是言諸仁者我此所説甚深方廣希有法門非諸衆生有少善根而能聽受能聽受者即爲承事供養於我亦爲荷擔無上菩提是人當得辯才無礙決定生於清淨佛土是人臨終定得親見阿彌陀佛菩薩大衆而現在前我今在此耆闍崛山諸菩薩衆所共圍遶彼臨終時亦如是見當知是人即爲已得無盡法藏當知是人得宿命智當知是人不墮惡道善男子我今説此一切世間難信之法設有衆生作五逆罪聞是經已書持讀誦爲人解説所有業障咸得消除終不受於惡趣之苦斯人即爲諸佛菩薩之所護念在在所生諸根具足蒙佛灌頂五眼清淨善男子取要言之我見是人已成佛道佛説此經已勝思惟等一切菩薩及諸聲聞天龍八部皆大歡喜信受奉行

大乘離文字普光明藏經

大乘偏照光明藏無字法門經

唐中天竺三藏法師地婆訶羅譯

如是我聞一時佛住王舍城耆闍崛山與大菩薩及比丘僧無量百千億那由他衆俱其諸菩薩一切皆得大智善權悉能通達無字法藏具樂說辯不違眞俗勇猛精進永離蓋纏調伏諸根無所執著憐愍衆生如視一子愛重實智如大寶洲慙愧爲身定慧爲首以大慈悲而爲體性知善不善實不實法照了二空住勝妙地得大名稱永安隱眠決定修行最上之法永離胎藏下劣之身示現受生守護國土諸所施爲普徧賢善離於三界能救三界其行清淨善達自他皆得具足如是功德其名曰勝思惟菩薩勝趣行菩薩妙音菩薩美音菩薩辯具菩薩辯聚菩薩珠髻菩薩千輻菩薩法輞菩薩法響菩薩蓮華面菩薩蓮華眼菩薩持地菩薩持世菩薩聲徧大地菩薩如是等菩薩摩訶薩一切皆是童子像類於此衆中而爲上首各各與已眷屬等俱爾時觀世音菩薩與無量無數灌頂受職諸菩薩衆之所圍遶得大勢菩薩與無量億大梵天衆之所圍遶勝思惟菩薩與無量菩薩及天主帝釋之所圍遶虛空藏菩薩與無量四天王衆之所圍遶衆所知識菩薩與無量婇女之所圍遶普賢菩薩離疑菩薩不空見菩薩止諸蓋菩薩無量善巧藥王菩薩藥上菩薩等各與無量菩薩大衆之所圍遶長老舍利弗摩訶目揵連摩訶迦葉等各與一切大阿羅漢之所圍遶乃至十方恒河沙等一切世界所有日月諸天子等各以威光來

至佛所以佛神力彼彼威光不能照曜猶如聚墨比閻浮金又有無量那羅延天及以水天德叉迦龍王阿那婆達多龍王等亦與眷屬之所圍遶美音乾闥婆王亦與無量乾闥婆衆之所圍遶無濁迦樓羅王與七億迦樓羅王眷屬圍遶乃至十方恒沙世界一切菩薩各請已佛與眷屬俱來至此閻娑婆世界持諸上妙出世供具供養於佛及菩薩已各禮佛足却住一面坐蓮華座瞻仰世尊爾時勝思惟菩薩摩訶薩即從座起偏袒右肩右膝著地合掌向佛而作是言世尊我爲四衆欲問如來二字之義唯願如來爲我解説令我等輩咸得利益爾時世尊告勝思惟菩薩言善男子如來豈爲一衆生故出現於世乃爲利益無量衆生出現於世善男子汝今乃能爲四衆故請問於我二字之義隨汝所問當爲汝説於是勝思惟菩薩蒙佛聽許白佛言世尊有何等法菩薩摩訶薩應當除滅及以守護復有何法如來克證及以覺知如是二義唯願爲説爾時佛讚勝思惟言善哉善哉善男子汝已成就無量福慧復爲如來加威神力乃能問我如是之義諦聽諦聽善思念之吾當爲汝分別解説善男子有一種法菩薩摩訶薩應當除滅何等一法所謂欲貪如是一法菩薩摩訶薩應當除滅善男子復有一法菩薩摩訶薩應當除滅何等一法所謂瞋恚如是一法菩薩摩訶薩應當除滅善男子復有一法菩薩摩訶薩應當除滅何等一法所謂愚癡如是一法菩薩摩訶薩應當除滅善男子復有一法菩薩摩訶薩應當除

滅何等一法所謂我執如是一法菩薩摩訶薩應當除滅善男子復有一法菩薩摩訶薩應當除滅何等一法所謂懈怠如是一法菩薩摩訶薩應當除滅善男子復有一法菩薩摩訶薩應當除滅何等一法所謂睡眠如是一法菩薩摩訶薩應當除滅善男子復有一法菩薩摩訶薩應當除滅何等一法所謂染愛如是一法菩薩摩訶薩應當除滅善男子復有一法菩薩摩訶薩應當除滅何等一法所謂疑惑如是一法菩薩摩訶薩應當除滅善男子復有一法菩薩摩訶薩應當除滅何等一法所謂無明如是一法菩薩摩訶薩應當除滅善男子如上所說如是等法菩薩摩訶薩應當除滅善男子汝問於我復有何法菩薩摩訶薩應守護者今爲汝說善男子有一種法菩薩摩訶薩常當守護何等一法所謂已所不欲勿勸他人如是一法菩薩摩訶薩常應守護何以故若菩薩摩訶薩守護此法即是守護諸佛如來一切戒藏如諸菩薩自愛命者則不應殺自愛財者則不應盜自愛妻者不應侵他自愛實語不應誑彼自愛和合不應間他自愛正直不應邪綺自愛柔輭不應惡罵自愛止足終不於他而生貪欲自愛仁恕終不於他而生瞋恚自愛正見終不教他令生邪見善男子如是菩薩發意說言我今敬順如來正教應當勤心守護此法是名菩薩摩訶薩守護一法善男子我見如是諸菩薩等欲求無上大菩提者悉爲樂故而求菩提無有爲苦求之者也善男子是故我說已所不欲勿勸他人如是等法菩薩摩

訶薩應當守護爾時勝思惟菩薩復白佛言世尊何等之法如來克證及以覺知唯願爲我開演其義佛言善男子無有一法而是如來所覺所證何以故於諸法中無覺無證此是如來所證所覺善男子一切諸法本無有法如來覺證一切諸法本無有滅如來覺證一切諸法性離二邊如來覺證一切諸法本無有實如來覺證復次善男子一切諸法皆從自業因緣力故而得生起而是因緣念念不住猶如電光如是業緣如來覺證是故我説以因緣故而諸法生以因緣故而諸法滅若離因緣則無業報如是等事如來覺知善男子如是所覺一切法性是名徧照光明之藏善男子何故法性名之爲藏以諸衆生世出世智皆依此藏而得生故如以實智觀彼法性智依彼生故名爲藏復次善男子我亦復説一切諸法如幻如焰如水中月如是等事如來覺證又善男子諸法性相一味解脱如是等事如來覺證善男子如是解脱一味法性是名徧照光明之藏復次善男子又有一法如來覺證何等一法所謂諸法不生不滅不增不減不來不去不取不捨非因非緣如是等法如來覺證復次善男子如來了知一切諸法無有自性不可爲喻無有文字之所辯説如是之法如來覺證善男子如上所説如是之法悉是如來所覺所證當佛説此徧照光明藏無字法時有微塵數諸菩薩等得住十地又有無量諸菩薩等住於諸地又有無量諸菩薩等證得百千諸大三昧又有無量塵數衆生發阿耨多羅三藐三菩提心

又有無量無邊衆生得阿羅漢果又有無量無邊衆生得脱地獄餓鬼畜生種種諸苦生人天中受勝妙樂諸在會衆悉不唐捐無有一人而空過者爾時佛告羅睺羅言善男子我此法要汝當受持時彼會中有九十億菩薩摩訶薩聞是語已承佛神力白佛言世尊我等誓於娑婆世界後時後分見有堪能爲法器者我當爲彼宣說是經唯願世尊不以爲慮爾時四天王復白佛言世尊若當來世有善男子及善女人能有受持此經典者我當擁護諸有願求皆令滿足何以故此善男子及善女人能持此經是法器故爾時世尊見九十億諸菩薩等及四天王如是請已便作是言善男子我此所說徧照光明藏無字法門我得佛來未曾演說今爲汝等而演說之善男子彼未來世諸衆生等若得聞此希有法門當知是人久已成就無量福慧當知是人則爲承事供養於我當知是人則爲荷擔佛大菩提當知是人決定當得成就辯才當知是人決定當得清淨佛土當知是人臨命終時定當得見阿彌陀佛菩薩大衆之所圍遶當知是人常見我身在靈鷲山及見此等諸菩薩衆當知是人則爲已得無盡法藏當知是人得宿命智當知是人不墮惡道復次善男子今我說是未曾有法若當來世有善男子及善女人設有已作五逆等罪聞此法門若能書持讀誦解說或勸他人書持讀誦及以解說我見是人不墮惡道其人所有諸煩惱障業障報障皆得清淨其人來世具得五眼其人則爲一切諸佛所共灌頂其人

則爲諸佛世尊及諸菩薩之所護念其人來
世在在所生具足諸根無有缺減佛說是經
已勝思惟菩薩摩訶薩等及諸比丘天龍八
部聞佛所說皆大歡喜信受奉行

大乘徧照光明藏無字法門經

佛說老女人經

吳月支優婆塞支謙譯

聞如是一時佛在墮舍羅所止處名樂音時有八百比丘菩薩萬人俱時有貧窮老女人來到佛所以頭面著地爲佛作禮白佛言願欲有所問佛言善哉當問老女人言生從何所來去至何所老從何所來去至何所病從何所來去至何所死從何所來去至何所色痛癢思想生死識從何所來去至何所眼耳鼻口身心從何所來去至何所地水火風空從何所來去至何所佛言善哉問是大快生無所從來去亦無所至老無所從來去亦無所至病無所從來去亦無所至死無所從來去亦無所至色痛癢思想生死識無所從來去亦無所至眼耳鼻口身心無所從來去亦無所至地水火風空無所從來去亦無所至諸法皆如是譬如兩木相揩火出還燒木木盡火便滅佛問老女人是火從何所來去至何所老女人言因緣合便得火因緣離散火便滅佛言諸法亦如是因緣合乃成因緣離散即滅法亦無所從來去亦無所至目見色即是意意即是色二者俱空無所有成滅亦如是譬如鼓不用一事成有皮有蘇有人持桴打鼓鼓便有聲是聲亦空當來聲亦空過去聲亦空是聲亦不從皮亦不從蘇亦不從桴從人手出合會諸物乃成鼓聲聲從空盡空萬物亦爾本淨無所有因作法法亦無所有譬如雲起陰霧便雨不從龍身出亦不從龍心出皆龍因緣所作乃致此雨諸法亦無所從來去亦無所至譬如畫師先治壁板素

便和調諸彩自在所作是畫不從壁板素出亦不從人手出隨意所作各各悉成生死亦如是各自隨所作行譬槁生泥犁天上人間亦爾有解是者不著著便有老女人聞之大歡喜言蒙佛恩得法眼雖身羸老今得開解阿難整衣服長跪白佛言是老女人何以智慧乃爾聞佛言即開解佛告阿難是老女人者是我前世發意學道時母也阿難問佛言是母何以貧窮困苦乃爾佛言往昔拘留秦佛時我欲作沙門是母慈愛不肯聽我去我憂愁不食一日用是故五百世來生世間輙貧窮今壽盡當生阿彌陀佛國供養諸佛却後六十八億劫當作佛號波揵其國名化華作佛時人所有被服飲食如忉利天上其國中人民皆壽一劫佛說經已老女人及阿難諸菩薩比丘僧諸鬼神龍天人阿須倫皆大歡喜前爲佛作禮而去

佛說老女人經

佛説老母經

失譯人名附劉宋録

聞如是一時佛在維耶羅國所止處名曰樂音時與八百比丘僧菩薩萬人俱時有貧窮老母來到佛所以頭面著地爲佛作禮白佛言願欲有所問佛言善哉善哉當問老母言人生老病死從何所來去至何所色痛癢思想行識從何所來去至何所眼耳鼻口身心從何所來去至何所地水火風空從何所來去至何所佛言善哉是問大快人生老病死無所從來去亦無所至色痛癢思想生死識無所從來去亦無所至眼耳鼻口身心無所從來去亦無所至地水火風空無所從來去亦無所至佛言諸法亦如是譬如兩木相鑽出火火還燒木木盡火便滅佛問老母言是火本從何所來滅去至何所老母報佛言因緣合會便得火因緣離散火即滅佛言諸法亦如是因緣合會乃成因緣離散即滅諸法亦無所從來去亦無所至眼見色即是意意即是色是二者俱空無所有成滅亦如是諸法譬如鼓不用一事成有人持桴打鼓鼓便有聲是鼓聲亦空當來聲亦空過去聲亦空是聲不從皮亦不從鼘亦不從桴及人手出合會諸物乃成鼓聲聲從空盡空諸所有萬物一切亦如是我人壽命亦如是本際皆淨無所有從無所有因作法法亦無所有譬如雲起陰冥便雨雨亦不從龍身出亦不從龍心出皆龍因緣所作乃致是雨諸法無所從來去亦無所至譬如畫師先治板素却後調和衆彩自在所作是畫亦不從板素彩出隨

其意所爲悉成生死亦如是各各異類地獄禽獸餓鬼天上世間亦爾有解是慧者不著著便有老母聞佛言大歡喜即自說言蒙天中天恩得法眼雖身老羸今得安隱阿難整衣服前長跪白佛言是老母聞佛言即解何因緣智慧乃爾佛言大德巍巍以是故而即解是老母者是我前世發菩薩意時母阿難白佛言佛前世時母何因困苦貧窮如是佛言乃昔拘樓秦佛時我爲菩薩道意欲作沙門母以恩愛故不聽我作沙門我憂愁不食一日以是故前後來生世間五百世世遭厄如是佛語阿難是老母壽終當生阿彌陀佛國中供養諸佛却後六十八億劫當得作佛字扶波揵其國名化作所有被服飲食如忉利天上其國中人民皆壽一劫佛說經已老

母及阿難等菩薩比丘僧諸天龍鬼神阿須倫皆大歡喜前以頭面著地爲佛作禮而去

佛說老母經

佛說老母女六英經

劉宋天竺三藏法師求那跋陀羅譯

佛爲世尊功德巍巍愍念衆生爲之傷悲時與弟子大士相追止處樂音廣有所開有一母人貧老傴僂長跪問佛五陰六衰合會我身悉爲是誰來何所從去何所歸母言世尊爲我思惟佛言善哉宜識其已諸法因縁識之者希譬如鑽火兩木相指火不從鑽亦不從燧火出其間赫赫甚輝還燒其木木盡消微亦如撾鼓其音哀摧聲不從革亦不從椎諸法如是因縁相推譬如天雨風雲電雷合會作雨不獨龍威諸法如是亦如是非譬如畫師調和彩色因素如畫無形不即皆須縁合非獨一力母人聞經歡欣傾側即得法忍身不疲極阿難披陳此何母人聞佛說法生死所從心意開解即得道眞佛語阿難聽我所言前過去佛名曰拘留秦佛爾時此母是我之親我行學道戀閉我身憂思一日之間縁是思愛五百世貧今我得佛萬福皆臻衆生無量清淨佛道過六十一劫當得作佛號薩婆國名號多化劫名禮禪時人衣服如忉利天各壽一劫無有勤苦爾時母人天龍夜叉聞佛說法皆大歡欣禮佛而去

佛說老母女六英經

音釋

篋苦協切箱篋也 勉彌典切勗也 輞文紡切 荷擔何合可切擔丁甘切 輻方六切 鷲疾僦切 癢餘兩切 [鼓桑]蘇朗切鼓匡木也 桴風無切擊鼓杖也 羸力追切瘦也 鑽則官切穿也 傴僂傴於武切僂力主切傴僂背脊俯曲也 燧音遂鑽火木也

五經同卷

清刻龍藏佛說法變相圖

五經同卷

佛說長者子制經

後漢安息三藏法師安世高譯

聞如是一時佛在羅閱祇耆闍崛山中時與五百沙門俱皆阿羅漢平旦皆被袈裟持鉢入城各匃食時城中有四姓豪貴家國中第

一所居高燥舍宅樓觀甚好垣墻周帀七重門四姓豪家字檀尼迦奈有一子字制年十六父檀尼迦奈歿故制獨與母居佛時到其家匄食時制在內第三門住遥見佛來制自念言是人何壹端正絶好乃爾好如明月珠光明如日月其色如黃金如月十五日盛滿時佛住於門外制便走入語母言我見一人來大端正絶妙天下無有輩我生巳來未曾見人如是今在門住欲乞匄制語母當匄之其母大慳貪不肯匄與制言母當用哀我故匄與是人與是人者如病者得良醫制復言與是人者名字達於天上天下是人今續在外住其母復不肯匄制數數語母不止母便恚語制言汝嬈我不止者汝令我煩亂母言是人不用是乞匄故來但欲欺調汝耳今汝小癡兒當何等知汝所索不止者會得我捶杖乃止耳佛豫知其母慳貪佛便放威神徹照七重門內制見佛光明心大歡喜制即復到母所啓語言愚人不知布施譬如盲人墮火中其人但坐無目故世間人但坐慳貪不信布施後當得其福人心念惡口言惡身行惡愚癡不信佛不信經不信比丘僧死後皆墮地獄中餓鬼畜生中人不慳貪信布施後得其福身行善口言善心念善自得其福其人家常當與智者相隨令人有智制言母不肯匄與者自持我今日飯分來我寧一日不食哀我疾持來我欲與是人恐是人棄我去是人棄我去是人難值其母復不肯與制便自往取飯分復取所著好衣持去至佛所前以頭面著佛足却住叉手白佛言持我所有

衣被飯願上佛佛默然不應制復白言今佛是天上天下人師當哀度脫我曹願爲我受之當令我得福如是者三佛便受之制即大歡喜佛語制言今諸慳貪者汝皆伏之今日汝施與佛衣被飯食使汝心中諸欲願者皆得之制大歡喜復白佛言我所可願者亦不求作第二忉利天王釋亦不求作第七天王梵亦不求世世豪貴願使我智慧光明如佛佛言大善諸所願者皆令得之第二天王釋聞制語即在佛後叉手住天王釋便於佛前語謂制言汝今日持小飯食衣被與佛便欲求作佛者不能得也十劫百劫千劫萬劫億劫汝尚未能得作佛制報天王釋言我亦不用一飯食故欲得作佛我常當持善心精進不懈求佛不止會當作佛天王釋報制言汝持四寶須彌山汝慈心念天下人民千萬劫億萬劫汝尚未能得佛也制復報天王釋言譬如匠師持斧入山索樹木會當擇取好直者會當可意乃取耳我不用一飯食衣被故求作佛也天王釋復語制言汝欲求佛者劇苦汝不如求作第七梵若第二忉利天王釋汝欲求作佛難得也制復報天王釋言汝寧見閻浮利內不天王釋言見之制言滿其中大火上至天持身投其中我會當求作佛終不止天王釋言汝滿閻浮利地內其中火是中有人民畜生及蠕動之類汝不當殺之汝口言惡心念惡死當入地獄中汝當那得作佛制復報天王釋世間人民及蠕動我持慈心皆付彌勒佛彌勒佛自當度脫之我求佛道會不止制復報天王釋言第七梵第二天

王釋所居止處會當壞敗皆當歸死無有脫不死者天王釋便叉手報制言卿持心堅乃如是念欲求佛不止者卿會得作佛制復報天王釋言汝莫持汝天上意自貢高也復有勝汝者我持善心精進不懈求佛不止會當得作佛天王釋便默然無所復語佛便語制汝前後所承事凡六萬佛汝常當願求作佛汝常持心精進承事諸佛却後二百億萬劫汝不復更地獄餓鬼畜生中却後二百億萬劫竟汝當作遮迦越王當有十億小國皆屬汝汝當領四天下當飛行汝所行當正壽盡當上生第七梵天第四兜率天天上壽盡當復下生作遮迦越王壽盡當復上生第七梵天如是上下百億萬劫竟汝當作佛字須彌迦羅當度脫天上天下人民汝生下地當照萬二千億天地上至二十八天上天地皆爲大動夜明如日出人民皆壽七千億歲汝身當長二百丈當有萬一千城城皆四百八十里城皆板著之皆刻鏤金銀瑠璃水精珊瑚硨磲碼碯七寶汝作佛時當再會說經一會時有六千億沙門皆得阿羅漢第二會說經時有四千億沙門皆得阿羅漢當爾時人民無有偷盜者男子女人皆同一心無有惡者亦無山林溪谷地皆平正人民無有疾病憂苦皆安樂所居皆自守天日三雨裁淹壓土人欲議語皆大聚會夏月則不暑冬月則不寒皆得中適汝教授精舍名爲難提陀若有男子女人持戒布施與佛辟支佛阿羅漢求作佛者皆可得佛道不可不求八方上下無有能窮極者佛智慧如是天下人不知生所

從來亦不知死趣何道佛説經已制及諸比丘僧皆前以頭面著佛足作禮而去

佛説長者子制經

佛說菩薩逝經

西晉沙門白法祖譯

佛在雞山中與諸比丘五百人皆阿羅漢平旦皆著衣持鉢入城各行求食時城中有一豪富者國中第一所居高燥舍宅樓觀甚好垣墻周帀七重門宇檀尼迦奈檀尼迦奈有子字逝年十六檀尼迦奈物故逝獨與母居佛到檀尼迦奈家求食時逝在內第三門中住遥見佛來歡喜逝即心念言是人何以端正無比好乃爾好如明月珠光明如日月其色如黃金好如月十五日盛滿時佛到住於門外逝便走入語其母言我見一人來大端正好天下無有輩我生以來未嘗見人如是今在門外住欲求食逝語其母言我當與之其母大慳貪不肯與逝語其母言夫天下人慳貪無益於身是非恒人當與之母復不應逝復語母言是人過度天下之師也與是人者如病者得善醫逝語母言當用我故與之是人名聞於天下今續在門外住其母復不肯與逝數語母母大瞋恚語逝言汝嬈我不止者令我煩亂是人不用食故來但欲調若耳若小兒當何等知若所索不止會得我捶杖乃止佛豫知母慳貪佛放威神徹照七重門內逝見佛光明心即開解逝即復到母所語其母言愚人不知布施譬如盲人墮火中其人但坐盲無目故耳世間人但坐慳貪心念惡口言惡身行惡愚人不信於佛不信於經死後皆入地獄畜生鬼神中人不慳貪身行善口言善心念善續自得其福人有智者當供養飯食佛人常當與智者相隨令人有

知逝語母言不肯與者自持我今日飯分來我今日不食自持我分與之疾持我分來我恐是人便棄我去是人難得值母復不肯與逝便自往取飯及所著細好氍衣持出至佛所前以頭面著佛足却住叉手白佛言持我所有衣被飯食願上佛佛默然不應逝復白佛言今佛是天下人之父母當度脫我曹哀爲受之當令我得其福如是者三佛便受逝衣被飯食逝大歡喜佛語逝言諸慳貪者若皆伏之若今日施佛衣被飯食使若得心中所願逝大歡喜復白佛言我心亦不願作第二忉利天王釋亦不願梵天亦不願世間豪貴願使我光明智慧如佛佛言大善若心所願皆得之天王釋聞逝言即在佛後叉手住釋於佛前語逝言若欲求作佛者甚難得十劫百劫千劫萬劫億劫尚未能得佛今汝持小飯食衣被與佛汝便欲作佛不可得也釋復語逝言若持四寶如須彌山布施復慈心念天下十萬劫百萬劫千萬劫若尚未能得佛逝報釋言譬如工師持斧入山斫樹木會當索取好直可意乃取耳逝語釋言我亦不用一飯食衣被與佛故欲得作佛也我常持善心精進思惟不懈會當得佛釋復報逝言若欲求佛勤苦不如求梵釋天也逝復報釋言若見閻浮利內不令滿其中火上至天持我身投其中會求作佛終不止釋報言若令閻浮利內滿其中火是中有人民畜生及蜎飛蠕動之類汝不當殺之汝反心念惡當入地獄中汝當那得佛逝復報言世間人民及蜎飛蠕動之類我持慈心皆付彌勒佛彌勒

佛自當度脱之我求佛道會不止逝復語釋言梵釋天王雖尊會歸無常無有脱於死者釋便叉手報逝言卿持心志堅乃爾念欲求佛不止卿會當得佛逝復報釋言若莫持天上自貢高復有勝若者逝言我持慈心精進不懈求佛者會當得作佛釋便默然無所復語佛便語逝言汝前後所供養飯食凡六萬佛汝心常願欲作佛汝常持善心供養於佛佛語逝言却後二百萬億劫汝不復更地獄畜生鬼神中佛復語逝言汝常持慈心供養佛若後當作金輪王當有十億小國王皆屬若當食四天下常當飛行所行皆正壽盡當生梵天及兜率天上天上壽盡當復下生作金輪王壽盡當復上梵天如是上下二百萬億劫竟汝當作佛號須彌迦羅度脱天上天下人民若生墮地光明當照三千須彌山上至二十八天天地皆爲大動晝夜皆明時人皆壽七千億歲若身當長二百丈當有萬二千城城皆四百八十里城門皆著刻鏤皆七寶若爲佛時當再會諸沙門説經第一會説經時六千億沙門皆得阿羅漢道第二會説經時四千億沙門皆得阿羅漢道當爾時人民無有偷盜者男子女人皆同一心人民無有作惡者諸惡道勤苦之處皆悉閉塞亦無有山林谿谷地皆平正人民無有疾病無有憂苦人民皆快樂所居皆自守天日三雨藏淹塵人民欲所議語皆相聚會夏月不大熱冬月不大寒適得其中所講授精舍名難提陀若有人布施與佛阿羅漢欲求作佛辟支佛阿羅漢皆可得佛道不可不求佛智不可

稱量十方無窮極佛智亦如是無有窮極天下人不知生從何所來亦不知死趣何道佛説經已逝及諸比丘天王釋皆爲佛作禮

佛説菩薩逝經

佛說逝童子經

西晉沙門支法度譯

聞如是一時佛在羅閱祇耆闍崛山中平旦從諸比丘被袈裟持應器入城分衛佛行向富迦羅越門富迦羅越有子年十六名曰逝時在第三門内遥見佛來身有奇相容貌端正心意安靜諸根寂寞項中光出影曜絶殊焰明熾盛若日之淨月盛滿時悉照門内逝見佛如是心中歡喜肅然而驚便趣上堂爲母說偈言

金光色百餘　此希所見聞　今來住在外
當給其所求　威儀過梵王　光顔殊諸天
哀我故來耳　願以持與之

其母聞逝言即告曰如汝所稱者其人豈貧窮何爲當乞兒耶一何惑哉今所言者殊不合義爾時佛便以神足現化放身光明徹照七重門内盡爲大明逝感佛威神復爲母說偈言

譬如人見火　端自投其中　不善向佛者
自賊亦如是　天人中獨尊　至聖無復上
是最可供養　施必得大利　今所有食分
願取用與我　欲以奉上尊　此歎難常值

其母即以所有好衣及食具與逝逝持出詣佛所以頭面著地爲佛作禮却住一面叉手白佛言今我見如來虚心恭敬注意於佛惟以加哀受已所施佛應時受之爲逝說偈言

汝以伏慳意　能善修治施　今日供養佛
所念莫不吉

逝聞佛所語即自說偈言

我不願富貴　亦弗望釋梵　但願最智慧

如佛而無上

爾時天帝釋下立逝前說偈言

纔用一布施　欲求佛者難　道常世世施
積若須彌寶　經歷千億劫　恒行慈愛心
不可以一施　得覺無上道

逝即答天帝釋說偈言

譬如大工匠　欲伐巨木者　獲不一下斧
便以斷大樹　斧斫稍以漸　可盡大山木
行業從微得　求道亦如是　明不用一施
而得成大道　我有信精進　必爲世間將

天帝釋復爲逝說偈言

不如求尊天　釋梵易可得　尠能應佛法
佛道甚難得

逝答天帝釋說偈言

設使一天下　滿中火洞然　吾以身徧投
終不捨佛意　假令一切人　皆共賊害我
願常慈心向　終不廢大道　脆哉釋梵天
彼皆爲死法　願歸一切智　勇若師子雄

天帝釋復爲逝說一偈言

快哉得善利　乃有敬在佛　專精向大道
想汝必作佛

逝答天帝釋說偈言

天王且勿疑　於斯無上道　精進吾匪懈
會於世爲佛

於是天帝釋默然時佛爲逝說偈言

汝已於往世　敬事八千佛　心常願大道
欲得安群生　後十二億劫　終不墮惡道
但多修德善　恒以興尊意　汝當百億反
作王遮迦越　亦爲四天王　每輙行正法
又當爲帝釋　未嘗遠梵行　後生兜率天

然則道德成　當居千國界　中央得作佛
名曰須彌劫　一切莫不事　千國各橫廣
四百八十里　宮墻之嚴飾　一切皆以寶
初會說法時　六十千億人　爲弟子得度
皆得阿羅漢　再會說法時　四十千億人
皆入羅漢慧　所度爲甚衆　三會說法時
所度甚衆多　離垢入淨慧　悉得無所著
是時佛剎中　無有亂惡衆　皆悉向道法
一切行忠直　疾病之憂苦　都已無是死
時人皆和睦　展轉相念安　天日三時雨
裁已淹土塵　寒暑常調適　度人若干種
族姓之男女　若欲與善意　敬愛於佛者
供養當如此　吾今敷演是　菩薩所當行
面於正覺前　即得佛慧眼　諸佛無有數
經法不可盡　若以無數敬　福報亦無量

佛說是決已迦羅越子逝天帝釋及諸比丘聞經歡喜皆前爲佛作禮而去

佛說逝童子經

佛說月光童子經（一名申日經）

西晉三藏法師竺法護譯

聞如是一時佛遊於王舍城靈鳥頂山與大比丘千人俱聖通無礙悉皆應眞漏結已解生死已斷癡冥已索慧明獨存菩薩二萬神通聖達都統三世總攝諸法權慧無方逮佛神德住無所住爾時世尊遊於王舍大城之中廣演道義開化群生天地神祇海靈鬼神帝王臣民三界衆生皆來稽首共稟神化世無佛時邪道興隆猶如冥夜炬燭爲明天下有佛群邪盡歇譬如日出火無復光國中本事外道邪見不蘭迦葉等六師佛以正眞之道訓教天下是時六師盡廢不見信奉諸異道等心懷嫉妬謀欲毀佛還望敬事於是六師召其門徒合衆弟子會於一處共集論議吾等道德高遠名著四海衆儒共宗國主所奉人民男女莫不信仰於十六大國盡世供養吾德如風民應如草靡不稽首吾等足下者今佛出世現道德神化吾等便爲捐棄不見信奉乃令我等飲食不甘坐卧不安出入行步恒懷愁憒心中鬱毒志欲發狂當作何計以毀辱之逐使出國令人不見爾乃還復吾供養耳共議此已各相謂言羅閱大城之中有勢强長者國相大臣名爲申日信奉吾等執心不二恒毀佛道以爲虛僞唯有此人勢力威强能助吾等毀辱除之於是六師即從座起將五百弟子到王舍城詣申日家申日見諸師來即下正殿迎爲作禮施好榻几美食畢盟拱手對坐諸師告曰吾等故與大衆俱來造長者欲議一事願垂聽省申日

白言唯蒙訓誨願樂受聞六師俱曰吾等此國之師功名勳著群儒稽首國主致敬大臣所奉於十六大國獨言隻步長者所知佛出於世自稱聖智幻術欺巧倒正反說競與吾等列聖並智齊威等神迷惑人民國人愚冥信奉其道疑亂天下沮敗善心更謂吾等無有道德不見信奉長者勢強帝王所欽國人信服威震四海天下望風深惟師徒終始重義記功列勳傳之來世願爲吾等毀辱除之令滅不見復吾供養豈不快哉長者啓曰敬承來告憶昔往日我之愚兄奉佛之故毀辱諸師從此已來實懷忿恚每欲規圖執事靡由令被聖教合我本心當展力効畢命盡節諸梵志曰吾向共議欲令長者於門鑿作五丈六尺深坑以炭適半細鐵爲椽薄土覆上設眾飯食以毒著中若火坑不焚毒飯足害便往請之佛自云三達之智神通無礙照見未然明禍福之源吉凶之趣實無此分而但誑惑萬姓審有此智當不受請若無此智必自受之今欲以此規圖於佛申日聞之欣然大悅讚言善哉誠如大師之所教勑此謀深密高妙實爲奇異以此圖之何憂不獲輙如聖教作火坑毒飯嚴以待之爾時不蘭迦葉五百弟子見申日訖共謀同歡喜踊躍不能自勝咸共起住同聲舉手稱讚申日善哉眞是聖明第一弟子申日重啓今自憂之必自嚴辦比令明日諸師當見長者作禮諸師各還於是申日勑外嚴駕道從前後便詣佛所下車却蓋解劒脱履拱手直進稽首足畢長跪白佛唯然世尊飢渴神化樂仰清風世事

多緣奉敬靡由今故請見稽首稟化佛告長者明爾至心向於如來申日啓曰明日欲設微食唯願世尊與諸聖衆降德屈神是時世尊愍其狂愚欲濟脫之默然受請申日内喜心自念言果如規計禮畢辭退過六師所諸師迎問爲受請不申日啓言承諸師威力已受我請果如所圖諸師及五百弟子皆大歡喜不能自勝諸梵志等並喜並言長者速還作火坑毒飯嚴以待之申日還家勑外客令中門外掘作火坑毒飯嚴以待之長者有子名曰月光厥年十六天姿挺特儀容端正博通群籍貫綜神模天文地理靡不照焉高名動世群儒師仰慈愍於世生死之苦降德普濟欲度衆生諫父申日佛爲大聖三界之尊道德清淨言教至眞三達之智慈悲喜護心過慈毋當蒙得度更興逆惡希望天福豈不惑哉昔者世尊求道之日坐於道場元吉樹下第六天魔見佛高遠三毒以滅穢冥已索慧明獨存神聖無上諸天所宗上帝親下萬神侍衛内懷嫉妬心中煩毒念其道成必當勝我飲食不甘伎樂不御即昇正殿博問群臣議設方計毀敗其道群臣啓曰菩薩神聖道力無上威震三界德服十方非是臣等所可向謀於是魔王赫威奮發震曜天地召其鬼兵興軍聚衆帶甲億萬旌旗曀日光曜蔽天宣勑士衆皆使變化奇形異類數百千種蟲頭人軀鬼魅可畏擔山負石口眼吐火圍遶菩薩齊聲蹋地牛吼唱叫震動八荒山崩地裂樹木摧折海水波蕩涌沸六源溢流浩汗高波滔天百姓驚怖巢木栖山潛龍奔踊

鷙鳥鷲翔師子懼竄金翅鳥王摩竭大魚順流低仰群臣怖悸逃走遁藏千變萬化群兇相將毒氣逆類獮漫縱横一時集惡向於世尊佛直以慈心布施之力舉手指之群惡鬼兵自然退散魔王失利頭前畫地群惡鬼兵一時辟地齊心叉手願自歸佛當于爾時如來應時即便降伏彌天之惡以爲弟子雖後得勝無有喜想以是方之火坑毒飯何足言也須彌之毒大千刹火刀劒矛刃亦不能動佛一毛也今以火坑毒飯欲毀於佛譬如蚊虻之勢欲墜太山蠅蠓之翅欲障日月徒自毁悴不如早悔首過免罪天龍鬼神世間人民梵釋魔王莫不稽顙受佛化者如來之身金剛德體衆惡盡滅萬善積著相好光明神器無踰永除五道之大冥獲無上正真之獨明處衆聖之上猶星中之有月如日初出照於朝陽廣陳道化教世群愚懷慈四等愍傷衆生施恩濟苦心過慈母佛之道德神化如此願又改悔歸命三尊爾時長者申日罪蓋所蔽心不開解告子月光假使如來之德如子所歎佛有神通照見未然當豫知我作火坑毒飯今何以故受吾之請以此推之知無遠慮月光復言佛實有三達之智六通三明大慈四等靡不貫綜常度愚惑不逆人意申日心迷執愚不捨明旦遣人請佛使者受教輙詣尊所長跪白佛長者申日啓言日時已至飯食已具唯願大衆降德自屈爾時世尊心自念言今受申日之請不與常同當放威神感動十方令于心服必就大道廣化無涯并化六師及九十六種道於時世尊放大光

明上照三十三天下徹十八地獄極佛境界皆大光明神通菩薩羅漢緣覺梵釋天王海靈地祇及諸鬼兵各將部黨億萬無數閻度申日皆來詣佛稽首足畢翼從左右佛告諸比丘携持應器當就長者申日之請諸比丘咸曰受教肅然嚴待地作金色當佛頂上七步香雲紅黃青紺紫白蓮華自然涌出夾道兩邊佛步出門告空無吉祥菩薩六十萬人在前導從或行虛空或現於地佛處中央其餘無限之衆皆隨佛後光明赫弈過日絶月晃照一切天施寶蓋華下如雪天龍飛鳥不敢歷上三界衆生無見頂者天樂皆下同時俱作毒蟲隱伏吉鳥翔鳴佛不蹈地相輪印成光明晃晃七日熾盛寶樹藥樹諸衆果樹僻倪巔峨低昂如人跪禮之形閲叉金翅魘鬼魅鬼各將營從莊嚴分部千百爲衆手執妓樂或持香華七寶瓔珞天繒幡蓋十方來會天人亦下樂器亦鳴盲視聾聽瘂言躄行怨憎和慈迷悟醉醒婦女釵釧相振作聲飛鳥走獸皆作人形百歲枯木自然葉生餓鬼飽滿地獄安寧琵琶箏笛擊鼓亂鳴佛以神德變化火坑即成七寶紫紺浴池八味正水底有金沙邊有蓮華魚鼈黿鼉池中喜踊飛鳥走獸音樂相和池邊行列絲竹衣樹樹間皆懸羅縠綈縵珊瑚寶樹水精瑠璃爲枝葉紫磨黃金爲繩連綿交錯樹間垂天瓔珞互相連結風起吹之轉相振觸妙音百種自然宣出歎佛神德至未曾有皆説無常苦空非身之聲使悲者更喜喜者更悲其七寶樹上則有群鳥孔雀鸚鵡金翅鳥王赤觜神烏鳳

凰吉鳥拘耆那羅羯鞞之鳥比數百千光色顯赫群飛樹間哀鸞百種感動人情咸來集聽走獸息食飛禽止聽形異心同歸命世尊當于爾時海靈地祇三界衆生其來會者見火坑變化爲浴池天地震動神變若此道德殊絶皆看申日申日見之心動神驚衣毛起竪慞惶怖悸精神失守心自念言咄哉迷惑我之逆惡所爲無道顧謂六師坐汝畜類沉吾湯火我今如何六師恐怖慙恥無言懼獲重禍即各逃竄於是申日與子月光夫人婇女眷屬男女外道伴黨俱出迎佛逢覩世尊洪焰輝赫晃若寶山天姿紫金巨容丈六神顏從容諸根寂定相三十二好八十種天中之天道德堂堂十力世雄天人中王佛以神德照愚冥心申日意解如迷得正狂病瘳除五情内發悲喜交集即便首罪五體投地稽首作禮唯然世尊恕我盲冥不識正眞用信惡言興毒害意欲危天尊幸賴慈化乞原罪咎垂哀接濟得免大罪願前就坐即時如來昇于正殿衆會已定申日慙怖心不自安前白佛言爲盲冥所誤信妖邪之言以爲眞諦如狂服藥病更益劇始今覩佛邪病得除所爲無道飯食之中悉皆著毒不可供養以御大聖願待須臾更嚴食具佛告長者便持飯來不須更設貪婬瞋恚愚癡邪見世之重毒吾無此毒毒已滅盡毒不害我申日下食香徹八難餓鬼得安食已行水衆會寂然申日退坐垂泣啓言唯然世尊恕我迷惑敢圖逆惡向於如來自揆罪重當應入地獄湯火痛拷長夜受苦將脱何由佛爲大慈三界之救

愍念衆生濟於塗炭昨不誠我令我罪成得無世尊不豫知也佛告申日昔定光世尊授我莂時汝却後無數阿僧祇劫當於五濁世中作佛廣度衆生如我今日當有長者申日火坑毒飯規圖害汝我乃爾時得慧明三昧時已豫知汝姓字況於昨日而當不知申日歡喜世尊乃豫知無數劫事我既覺悟會得免罪令我盡心自歸於佛所爲之非願令重罪而得微輕佛本有誓不捨愚惑即告申日善哉長者能自覺悔重罪必除吾當爲汝廣說道義令汝心解對曰唯然天中天願樂欲聞畢死善道盡心不忘即時世尊謦揚洪音出八種聲演萬億音廣說無量法言八解四諦三脫六度深道法要微妙之行解三界空諸法因緣造爲罪福觀病選藥如應說法申日情悟一旦皎然心開疑解結除懽然無想寂然入定即於座上逮得不退轉以歡喜踊躍身昇虛空去地百四十丈從空來下稽首于地嗚佛足摩佛足長跪自陳今已覺悟從佛得度欣然歎佛十力雄哉如來神力震伏十方無敢當者火坑毒飯豫自消亡佛無憂哉一切刀劒所不害傷劒戟刀刃皆化作華佛勇猛哉如來皆能降伏邪道九十六種異口同音皆歎大道佛金剛哉佛若金山晃照一切闇冥壞敗慧火獨明超度群聖之上德過虛空辯才不盡開闡法言告于大千伏諸剛強令使熟成威震三界獨而無侶離諸塵勞淨若天金雨諸法寶飽滿一切施以無盡七大之財觀心選藥先壞魔兵如應開法靡不得度九十六種邪道隱蔽當于申日歎佛

法時無限之衆其來大會皆樂法音得福得度不可稱計天地震動樂器作聲第七梵王宣聞法言琵琶磬鼓千種妓樂自然而鳴忉利天帝華散佛上歎佛聖德至未曾有當此之時莫不歡喜稽首作禮

佛說月光童子經

佛說申日兒本經（申日是長者之名兒即長者之子也）

劉宋天竺三藏法師求那跋陀羅譯

聞如是一時佛在王舍國止鷄山中時國王邊大臣長吏人民莫不敬重受教戒者佛教國王長者吏民皆令不得殺生盜竊犯他人婦女不得兩舌惡口妄言綺語不得嫉妬慳貪狐疑當信作善得善作惡得惡已所不欲莫施於人其有學餘異道不受佛教戒者國王長者吏民皆不復敬所以不敬者非正道也教人不以道德身自殺生教人殺生身自盜人財物教人盜人財物身自犯他人婦女教人犯他人婦女身自兩舌惡口妄言綺語教人兩舌惡口妄言綺語身自嫉妬慳貪狐疑教人嫉妬慳貪狐疑其國中有一四姓長者字爲申日財產甚富金銀珍寶無央數申日事餘道不事佛道不信佛經異道人皆共嫉妬佛悉會申日共議言佛今爲王及傍臣長吏人民所敬重而我等獨不爲王及邊臣長吏人民所敬重佛常自說言知去來現在之事豫知他人所言心中所念今寧可試知爲審如佛言不申日言當何以試之餘異道人教申日作飯請佛持毒藥置飯中掘門裏地令深五丈以火置中草薄覆其上令佛從上來入如佛知去來現在之事者當不受請受請爲不知去來現在之事也便可穿地作坑設飯食置毒藥其中申日言諾大佳即行請佛佛言大善申日便語異道人道人言人已無所知但當穿地作坑耳申日有一子字栴羅法年十六通世宿命學佛道能知去來現在之事語其父言佛已知餘道所議不須

試也莫用惡人言自投湯火申日不信子言便使掘坑以火置其中作飯具置毒藥佛告阿難勅諸比丘明日皆不得先佛行到飯上也悉隨佛後佛坐思惟正道諸天王皆騷動申日遣人白佛時已到願可就飯佛告阿難令諸比丘著衣持應器隨佛後諸比丘受教著衣持應器皆隨佛行諸天王及諸鬼神無央數共從佛行佛即以地作黃金乃至申日門佛適向道便放光景令申日舍中悉作金色栴羅法即語父言今佛已起向道十方皆明如日佛與諸比丘及無央數天共發來佛與諸比丘及無央數天共行如星中有月令父舍中明如是乎不須試佛也申日不用子言佛到城門足蹈門限舉城中即為大動病者即愈盲者得視聾者得聽瘖者能語被毒者毒不行狂者得正傴者得伸瞋恚者皆為歡喜箜篌樂器不鼓自鳴婦女珠環皆自作聲百鳥畜獸相和悲鳴佛到申日門五丈火坑已作浴池中生蓮華一華生千葉諸弟子所蹈華生百葉皆悉蹈華上而行申日見火已作水池中生蓮華便大懼怖持頭面著地以誠自說令為佛作飯皆以毒藥置其中願乞更炊作好飯佛言不須更炊持毒飯來食之佛就坐諸比丘皆坐佛告阿難勅諸比丘且勿得食須佛教乃食佛即呪曰天下凡有三毒一者貪婬二者瞋恚三者愚癡佛無是三毒者毒為不行至誠有經法者毒亦不行如諸比丘道正者毒亦不行佛語適竟飯食中毒皆消去佛語阿難令諸比丘皆飯毒皆已去佛及諸比丘皆飯已申日便前長跪以

頭面著佛足白佛言大無狀用惡人之言令我作惡願從佛求哀悔過佛即爲申日說經便得第一須陀洹道申日即受五戒爲優婆塞一者不殺二者不盜三者不犯他人婦女四者不兩舌五者不飲酒申日受五戒已持頭面著佛足爲禮

佛說申日兒本經

音釋

匃居太切乞請也 盲莫耕切目無童子也 劓奇逆切甚也 鏤盧候切彫刻也 嬈而沼切亂也 谿苦奚切水注谷曰谿 纔昨哉切暫也 脆此芮切物易斷也 鬱於物切抑屈也 榻吐盍切牀榻也 盥古玩切澡手也 鑿在各切穿也 挺他鼎切挺直也 綜子宋切綂也 模莫胡切法也 蟄直立切藏蟄也 巔峨巔普火切峨音俄巔峨山動貌 綈杜奚切厚繒也 悸其季切心動也

佛說德護長者經
隋天竺三藏法師那連提黎耶舍譯

清刻龍藏佛說法變相圖

佛說德護長者經卷上

隋天竺三藏法師那連提黎耶舍譯

如是我聞一時佛住王舍城耆闍崛山中與大比丘衆千二百五十人大菩薩衆五百人俱各從佛刹而來集會得無所有無作行神通得幻生神通得清淨離塵信心成就得無障礙聞生得深入一切相如幻得如影身徧現一切佛刹得如響聲能持法輪得如夢智隨順見一切佛世界得能隨順阿僧祇如來行處得無障無礙大智境界其名曰清淨辯才菩薩放光焰菩薩端嚴藏菩薩無量光菩薩雜藏菩薩不定住佛刹菩薩說佛法丈夫月菩薩陀羅尼善根成住菩薩毗盧遮那差别藏菩薩如是等五百大菩薩俱一一菩薩各有阿僧祇菩薩以爲眷屬爾時天龍夜叉

揵闥婆阿脩羅迦樓羅緊那羅摩睺羅伽比丘比丘尼優婆塞優婆夷國王大臣沙門婆羅門刹利長者居士及諸小王種種外道信心清淨者尊重恭敬讃歎如來多以上妙衣服飲食卧具湯藥種種供具供養如來佛以慈心爲欲利益諸衆生故受彼供養非爲貪故何以故一切福田中佛田最勝如來具足無量定無量慧無量解脱無量解脱知見如虚空無邊法界無邊五分法身亦復無邊能捨施者增大功德成就不可思議果報又是一切世間導師善能教導一切衆生令不捨佛法樂福德者爲作無盡福田於一切衆生行平等慈於一切智得解脱自在時諸外道遮羅迦波利婆闍迦等一切外道遠離信心但生貪欲又以不得恭敬供養尊重讃歎衣服飲食卧具湯藥而生嫉妬見佛相好端嚴多有徒衆眷屬諸外道等無如是事而生嫉妬見佛具四辯才能說諸法自無辯才而生嫉妬見佛大得利養自不得故誹謗於佛作大惡名見佛威德尊重見者悚懼如大國王自無威德故生誹謗見佛具足内外功德三十二相一切種智衆生愛樂自無此事而生誹謗見佛具足神通智慧隱顯自在變現無礙一身爲多多身爲一身力自在乃至梵世善知過去未來一切業報差别之相善知現在衆生心行如應說法貪欲多者爲說不淨觀法瞋恚多者爲說慈悲觀法愚癡多者爲說因緣觀法衆生信受遠離貪欲瞋恚愚癡諸外道等無如是事而生嫉妬爲作惡名見佛具足四無所畏大師子吼決定能說若如

是者得沙門果不如是者無沙門果諸外道等無實知見顛倒謬說故生誹謗見佛具足大慈大悲憐愍一切於諸衆生而得自在如觀掌中菴摩勒果自無此事而生誹謗見佛多得供養尊重讚歎天人欽仰不得如是具足供養心生嫉妬爲作惡名見佛如是種種功德具不可壞自不具故而生嫉妬誹謗如來彼諸外道過去福盡新福不生入於惡見曠野稠林譬如有人入大曠野迷失正道不能得出彼諸外道亦復如是離於智慧於諸惡見不能得出不信正法不供養僧失於善根生種種惡見有所言說悉皆顛倒不信業報不知十二因緣等法行惡見稠林非眞實道於諸法中如生盲人時諸外道六師眷屬及裸形外道等悉皆聚集詣論議堂而共議言瞿曇沙門昔未出時未見大沙門時此閻浮提一切人民悉歸屬我信伏我法隨我所欲瞿曇出世一切人民捨我等法不復供給衣服飲食卧具湯藥亦不恭敬尊重讚歎不受我語我等今者當設何計復更議言瞿曇沙門雖復具足福德智慧能化央伽摩他羅國一切人民悉令歸化而不能化彼之德護長者一人此王舍城唯彼長者不信瞿曇獨受我法供養恭敬尊重讚歎布施我等衣服飲食唯屬我等尼揵陀若提子末伽利拘舍梨子般浮多迦旃延刪闍耶毗羅坻子阿支羅翅舍甘婆羅富蘭那迦葉等大衆之師諸餘沙門及婆羅門初亦未曾得至彼門我等徒衆若至其家彼人能以誠心種種供養彼人今日信根成就於我等所生勝信心深徹

骨髓王舍城中國王大臣刹利婆羅門及諸餘人無有如是堅固信心沙門瞿曇及一切婆羅門諸餘外道等亦無能壞彼人信心我等於彼而得自在聞有所説必定信受令者宜應往至其家具以上事向其人説復當敎彼於七重門下各作火坑其一一坑深没七人滿中安置佉陁羅炭無烟之火以銅爲梁草土覆上瞿曇將至當以水灑并散諸華瞿曇若蹈必當陷死若不死者復以毒藥置飮食中與之令食作是事已遣請瞿曇就家飯食瞿曇若是一切智者必不受請不爲火毒之所燒害若其非者受請無疑時諸外道作是計已即共發往至王舍城到彼於德護大長者家至其家已便一向立是時長者見諸外道心大歡喜踊躍無量就彼作禮既頂禮已廣爲處處安置牀鋪勸令就坐既就坐已合掌曲躬作如是言我常思念今忽逢遇善哉善哉天念我故令諸導師諸大德等悉來集會爲作福田爾時長者見諸外道悉皆坐已次第行水安置器皿設種種食食已洗竟是時長者於大外道牀前别安小座而坐時諸外道盧竭多蜜多尼延牠等一切外道既見長者安坐已定作如是言大長者我等本於大議論堂聚集之時先有如是籌量瞿曇沙門未出之時未見大沙門時一切閻浮提十六大國央伽摩陁羅等悉皆屬我隨意自在信受我語恭敬供養尊重讚歎供給衣食卧具湯藥自彼出來唯信彼法棄捨我等不復尊重恭敬供養亦不供給衣食卧具湯藥十六大國央伽摩陁羅等悉爲瞿曇之所統

領唯汝一人是我擅越信受我語瞿曇沙門種種方便不能破壞令汝信受央伽摩陀羅等十六大國無有及汝信我語者一切國人及大王等亦信汝語是故我等生如是計共汝評章汝今信我我亦信汝所有言論義無有二莫令漏泄使外人知大長者汝今決定大須信用我等計校可於汝家七重門下一一門內作大火坑各沒七人著佉陀羅炭無烟之火以銅爲梁徧敷籧篨薄以土覆瞿曇將至以水灑上復散好華瞿曇若過必當陷死若燒不死復以毒藥安著食中作是事已遣請瞿曇彼若定是一切智者必不受請非一切智受請無疑爾時長者聞六師教心大歡喜歎言善哉此計甚善快適我願我今堪能種種備辦唯願大師莫爲憂慮大師答言若如是者今可速辦長者答言善哉如教事事順從便當造作火坑毒食躬請瞿曇我若不殺亦更無有能殺之者此計甚要必果所願說此語已歡喜踊躍覆自思惟我師所說甚善甚善時諸外道教長者已各自慶幸昔來所說今悉不違作是讚言我今教其捨離善事造作惡業捨離無貪無瞋無癡安置不忍貪瞋癡道非理之教尚能隨順善哉長者大信我語發大喜聲或歌或嘯各各辭退還其本處爾時德護長者子名曰月光年至十六形貌端正人相第一身有二十八種大丈夫相衆生見者觀無猒足已曾供養過去諸佛植諸德本於多佛所聽受正法於八億佛所淨修梵行聰慧利根勇猛堅固具足辯才質直無僞心口相應得念佛三昧於諸佛所

常得喜心於正法中常得歡喜悦樂之心心無怯弱得四辯才得不壞信於諸法中心無疑網能以上妙衣服飲食卧具湯藥供養衆僧善能説法得陀羅尼得不退轉地阿耨多羅三藐三菩提於菩提中得不可思議身心於一切衆生中得大慈不壞心常勤教化一切衆生不退一切智願能壞一切魔怨摧伏一切外道得智慧方便得深智慧能捨如雲持戒清淨忍辱如地精進堅固於一切法中心不動亂能行智慧如實而見一切諸法一切法中得法津澤以最勝信心供養諸佛於佛種種功德悉生信樂悲心清淨於一切衆生生憐愍心信念堅固如金剛山不可傾動得不忘念差别智慧能受一切法徹到彼岸智慧了知一切佛法方便之行福德善力不可沮壞住四辯才心無怯弱於父母所知恩報恩於一切佛法得最勝心常爲衆生説佛功德若見若聞諸佛神通心無猒足善能攝取諸智慧者能説一切諸佛境界一切佛法悉能講説是長者子成就如是等功德如是等無量法器廣説無量數不可盡是月光童子知父長者信受外道欲害如來即至母所白其母言母今知不父心顛倒受外道教失於本心於外道所得歡喜心深生敬信是諸外道自造三惡道業亦令父作三惡道業母今莫受父邪見語誹謗於佛何以故佛出世難以遠劫來不可值遇或一劫十劫千劫萬劫乃至不可説劫諸佛名字尚不可聞何況得見佛能清淨諸衆生心具足神通智慧了達無有障礙善能教化一切衆生所行無礙

於三解脫佛最第一於一念頃知一切法如來善住一切法中如來能知一切衆生所生之處佛眞實語爲諸衆生而作證明能除衆生身心苦惱種種怨敵於諸境界無所取著母當信佛莫信六師虛誑之語我敬母故爲報母恩奉上此語何以故母懷我身滿足十月受大苦惱生我身時半死半生絶而復穌我念此恩未曾遺忘設於無量百千萬劫亦不可報我心常願共母往見百萬億那由他佛常願共母聽諸佛法常願共母往見一切菩薩行處常願共母往見一切菩薩淨佛法處常願共母往見一切不壞清淨信處常願共母往見一切作佛事處常願共母往見一切香華衣服卧具湯藥供養佛法僧處常願共母往見一切聖人行法之處常願共母往見一切信根成就無有顚倒至涅槃處爾時其母月雲告月光言善哉善哉得聞汝說汝實大悲於父母所深生憐愍開導善事如大導師汝亦如是所說法者今悉信受我今爲自清淨心故亦願安隱諸衆生故發菩提心廣心上心無量心歡喜心生清淨心於諸法中得無疑心不顚倒心具足信心衆僧之中具有解脫解脫知見能破一切煩惱諸結應當於彼生清淨信供養恭敬佛德無量佛行無量佛境界無量所說妙法亦復無量利益衆生亦復無量如汝所說佛德無邊我今無智說佛功德月光我常信佛不生惡心汝不能具盡眞是我大善知識能爲我說佛無量德於無量千萬阿僧祇劫說佛功德無有猒足不得邊際爾時月雲爲子說偈

無量百千萬億劫　佛名難聞況得見
汝能於佛生勝信　如是信心實難得
我今信佛無量德　不可得聞況眼見
汝今來生在我家　我今見汝如導師
能使我心清淨信　不可思議諸佛法
汝今猶如我父母　亦如諸佛生我家
譬如父母將子去　得至諸佛無漏處
我等無量千萬劫　不能報汝今日恩
汝真是我善知識　世世常爲清淨道
令我安住最勝念　決定信佛無有疑
永得出於三惡趣　常得安住人天道
非唯是我善知識　亦是衆生善知識
尚欲度脫他衆生　況復眷屬親父母
能令合家諸眷屬　破壞一切諸怨結
亦復遠離三惡趣　超出住於天人道
佛出世間甚爲難　經於無量百千劫
汝今能來生我家　希有難值亦如是
汝今真是大丈夫　善能巧說微妙法
汝今真是諸佛子　於佛常生歡喜信
誰能與我難得兒　今乃來生在我家
我子月光甚希有　常能讚歎一切佛

爾時德護長者家內眷屬一千婇女聞月雲夫人及月光童子說是偈已皆大歡喜踊躍無量同聲讚言善哉善哉不可思議不可思議月光福伽羅數生我家此丈夫者尚難得聞何況得見是人隨所生處或閻浮提城邑聚落若有見聞親近供養共坐共語永離惡道何況生在家中而不利益父母親屬令離惡道爾時德護長者送外道已便出王舍城詣耆闍崛山躬往請佛遥見世尊相好莊嚴

不可思議六根寂靜得最勝陀摩他奢摩他得最勝第一陀摩他奢摩他守護諸根如調大龍如大池水清淨不濁放無量百千億那由他光焰威德嚴儀難可覩觀見者歡喜德護長者既至佛所種種軟語共相勞問白佛言願佛及僧憐愍受我明日供養佛知長者受化時至默然受請長者知已心生歡喜稽首辭退下耆闍崛山入王舍城至六師家到已作如是言沙門瞿曇及諸徒衆已受我請以是得知非一切智諸外道等聞是語已心生歡喜倍增踊躍慶賴無量喜滿身心語長者言今可還家速辦所設火坑毒食如上所說令遂所志爾時長者即便還家勑語家人營辦斯事時子月光見父興心造作惡事心生憂悴而諫父言此事不吉莫於佛所起不善業何以故諸佛難壞故一切天人龍及鬼神若於如來起惡逆者無能破壞一切刀劍不能傷毀一切猛火不能燒害設地獄火燒之不暖況人火耶如劫盡時七日並現三千大千世界滿中盛火燒至梵天及鐵圍山尚不能燒佛之一衣況欲以此微小火坑燒害如來無有是處設霹靂火如須彌山尚不能至如來行跡四威儀處況此火坑而能燒害一切世間所有大毒如大海水佛能消滅況以小毒雜置食中而能害佛設使毒藥高如雪山佛眼視之自然消滅況此毒食能有所害願父莫如小人造諸惡業作遠佛因緣一切有福德者方得親近願父莫於佛所而生惡逆瞋害之心一切衆生心性清淨莫起煩惱染濁汙心莫與外道共爲一手勿以小芥

比須彌山牛跡之水同於大海莫以蜘蛛小網欲徧虛空莫以一塵之力欲動須彌莫以斫迦羅山内一毛孔莫以一沙欲令充滿三千世界何以故佛智無量無障礙故出過一切世間礙法故佛具十力餘力不能壞故如來那羅延力一切衆生作惡不能加害故如來堅固不可沮壞如來常住住眞實際如來無取一切法中離於取著如來於三世中無所依止如來寂滅無有處所如來最寂離諸惱熱如來寂滅於一切衆得最第一如來無比過諸譬喻如來三業隨智慧行如來清淨離塵法行如來勇健破壞一切諸魔外道如來辯才具無盡力如來善調能令未調得調伏故如來善寂能令未寂得寂滅故如來智水能灑衆生諸煩惱故能令多煩惱者無煩惱故如來於一切衆生中尊得一切智冠故如來大雲能雨一切法雨不可盡故如來能滿足一切衆生心行故如來得不誑智能知衆生心行如應說法故如來能開一切衆生過去善根行故如來能滅一切衆生煩惱流故見如來者觀無猒足故佛於一切菩薩中無等等故如來能盡一切煩惱故如來能斷一切煩惱暴河故如來於一切衆生大悲滿足能覆護故衆生見者皆得安隱不空故如來善逝猶師子王於諸世間無所畏故如來於一切世間最上三世衆生不能染故一切世間勢力自在不能壞故如來上上窮盡一切法界法故如來寂滅離戲論故如來一切智一切見能知過去未來現在法故未得菩提先已預知成菩提時王舍城中有大長者

名爲德護以濁惡心欲作火坑毒食殺害如來亦知因此惡心因緣能得最上清淨勝信捨離濁心如來於作惡作善衆生皆能教化令作無上菩提因緣願父放捨一切惡念毒害罪心何以故譬如有人供養大地復有一人燒斫大地於此二人等與利益無所分別佛亦如是於供養者於打駡者以本願故皆悉爲作得道因緣是故如來爲一切衆生種善根本於一切福田最上第一若有供養佛者於三界中必定能出佛是一切衆生大善知識父今於佛生惡心者爲失自身爲燒自身趣向地獄受諸苦惱然如來身不可毀壞一切外道及諸衆生亦不能壞何以故如來已離三毒猛火於無明中已得解脱得三世智能知衆生過去現在離一切罪得一切福成就一切諸善根本是故父應深生信樂莫於如來起怨家想莫受外道愚癡所說遠離於佛莫於佛所生惡逆心莫生怨心莫於如來善知識所生惡害心墮落三塗後當悔恨爾時德護長者告月光言若如汝所說佛有無量功德是一切智知他心者我以惡心作火坑毒食何故不知而受我請爾時月光白其父言佛實一切知實一切見悉見悉知父所有惡心亦知因此惡心而得調伏佛智慧最大智慧自在覺知具足爲欲除滅父惡心故令受父請非爲食故父當念佛大莊嚴念佛大神通佛大慈悲爲欲令父惡心濁心得解脱故而來至此欲令惡攀縁者作善根故爲欲令身作解脱故得調伏故欲令闇心作明心故欲令黑心作白心故欲令濁心作淨

心故以父信受外道惡濁令大清淨故一切三界苦聚欲除去故父若不信佛具種種大神變者明當自知爾時德護長者過此夜已至明清旦遣使迎佛告言汝如我語白大沙門供具已辦當知是時爾時使人出王舍城詣耆闍崛山到佛所已白佛言世尊德護長者供食已辦願佛知時爾時佛告諸比丘著衣持鉢往於德護大長者家受彼請食時諸比丘白佛言唯然受教便各還房著衣持鉢至如來所各一面立爾時如來如大師子王奮迅從其四牙一一牙放百千億種種色光一一齒亦復如是兩手兩臂兩肩及頂肉髻各放百千億種種色光眉間白毫復放百千萬那由他種種色光舉身亦放無量百千萬那由他種種色光於胷德字復放無量千萬

那由他種種色光從其齋輪復放光明名破一切闇百千萬那由他種種光明而爲眷屬復以神力出無量光其光徧照東方盡一切佛刹如是南西北方四維上下盡一切佛刹光明徧照亦復如是爾時東方過三千大千世界微塵等佛國有世界名閻浮幢光彼土有佛名曰仁自在王多陁阿伽度阿羅呵三藐三佛陁現在説法彼有菩薩名須彌光與阿僧祇眷屬圍遶復有一萬菩薩同號須彌光皆共發引向娑婆世界所經諸國興大寶雲雨種種寶到耆闍崛山至於佛所頭面禮佛爲見佛故爲恭敬供養故爲見月光童子故爲憐愍王舍城中德護長者故來至佛所爾時南方過三千大千世界微塵等佛刹有佛國名火味佛號善住寶幢王多陁阿伽度

阿羅呵三藐三佛陀現在說法彼佛刹中有菩薩名普德光焰王復有一萬菩薩同號普德光焰王一一菩薩各與阿僧祇眷屬恭敬圍遶皆共發引向娑婆世界所經諸國放無量阿僧祇光明充滿世界爲見佛故爲恭敬供養故爲見月光童子故爲憐愍德護長者故來至佛所爾時西方過三千大千世界微塵等佛刹有佛世界名一切莊嚴佛號一切普光多陀阿伽度阿羅呵三藐三佛陀今現在說法彼佛刹中有菩薩名普焰雲王復有一萬菩薩同號普焰雲王一一菩薩各與阿僧祇菩薩以爲眷屬恭敬圍遶向娑婆世界所經諸國與雜寶華雲雨雜寶華出過一切天人供養爲見佛故爲恭敬供養故爲見月光童子故爲憐愍德護長者故來至佛所

佛說德護長者經卷上

音釋

蹈 徒到切踐也
蘧篨 蘧强魚切篨直魚切粗竹席也
嘯 私妙切吹聲也
霹靂 霹普擊切靂郎擊切霹靂雷聲之急激也
蜘蛛 蜘陟離切蛛陟輸切
臂 補致切手腕也
齌 前西切與臍同

佛說德護長者經卷下

隋天竺三藏法師那連提黎耶舍譯

爾時北方過三千大千世界微塵等佛刹有佛國土名曰焰光佛號德藏峯奮迅王如來多陀阿伽度阿羅訶三藐三佛陀現在說法彼佛世界有菩薩名盧舍那放大光明復有一萬菩薩同號盧舍那放大光明一一菩薩各與阿僧祇菩薩以爲眷屬恭敬圍遶向娑婆世界所經諸國放諸沉水清淨香焰其香普熏各過十方諸佛世界十阿僧祇倍徧滿世界出過一切天人莊嚴爲見佛故爲供養故爲見月光童子故爲慇德護長者故來至佛所爾時東北方過三千大千世界微塵等佛刹有佛世界名一切寶莊嚴佛號法自在王如來應供正徧知明行足善逝世間解無上士調御丈夫天人師佛世尊現在說法彼有菩薩名離障礙神通復有一萬菩薩同號離障礙各與阿僧祇菩薩以爲眷屬恭敬圍遶向娑婆世界所經諸國以十千萬劫清淨善根所成就聲讚歎一切諸佛興大法雲雨衆法雨至於佛所爲見佛故爲供養故爲見月光童子故爲慇德護長者故來至佛所爾時東南方過三千大千世界微塵等國土有世界名普莊嚴彼刹有佛號離障礙光焰如來應供正徧知明行足善逝世間解無上士調御丈夫天人師佛世尊現在說法彼有菩薩名普光清淨月復有一萬菩薩同號普光清淨月一一菩薩各與百千萬菩薩以爲眷屬前後圍遶向娑婆世界所經諸國放雜寶光明莊嚴色以金寶鈴網彌覆充滿一切虛

空其聲微妙如百佛聲爲見佛故爲供養故爲見月光童子故爲愍德護長者故來至佛所爾時西南方過三千大千世界微塵等國土有世界名金網覆彼世界有佛號勝行王如來應供正徧知明行足善逝世間解無上士調御丈夫天人師佛世尊今現在說法彼有菩薩名濡聲自在復有一萬菩薩同號濡聲自在各與阿僧祇菩薩以爲眷屬往娑婆世界所經諸國與寶傘蓋雲充滿虛空一一菩薩各將傘蓋一一寶蓋以眞珠爲垂露清淨分明如佛光明爲見佛故爲供養故爲見月光童子故爲愍德護長者故來至佛所爾時西北方過三千大千世界微塵等佛刹有世界名曰普入佛號無礙月如來應供正徧知明行足善逝世間解無上士調御丈夫天人師佛世尊今現在說法彼有菩薩名無量音樂聲復有一萬菩薩同號無量音樂聲與無量阿僧祇菩薩以爲眷屬恭敬圍遶向娑婆世界所經諸國一一菩薩於一一毛孔出阿僧祇音樂之聲歌誦一切佛法爲見佛故爲供養故爲見月光童子故爲愍德護長者故來至佛所爾時下方過三千大千世界微塵等佛刹有佛世界名寶蓮華善住佛號一切衆生世燈如來應供正徧知明行足善逝世間解無上士調御丈夫天人師佛世尊彼有菩薩名普雲德復有一萬菩薩同號普雲德一一菩薩各與阿僧祇菩薩以爲眷屬恭敬圍遶向娑婆世界所經諸國與寶蓮華雲雨種種無邊色華莊嚴阿僧祇佛刹爲見佛故爲供養故爲見月光童子故爲愍德護長

者故來至佛所爾時上方過三千大千世界微塵等佛剎有佛世界名雜華幢彼佛號曰雜寶奮迅王如來應供正徧知明行足善逝世間解無上士調御丈夫天人師佛世尊今現在說法彼有菩薩名見者不空復有一萬菩薩皆同一號一一菩薩各與阿僧祇菩薩以爲眷屬恭敬圍遶向娑婆世界所經諸國興栴檀味香雲雨雜味香充滿阿僧祇佛剎爲見佛故爲供養故爲見月光童子故爲愍德護長者故來至佛所如是一切方及非方無量勝身菩薩各從國土佛剎中來現大威德光明色像而來集會從耆闍崛山上至有頂及三千大千世界悉皆照曜是諸菩薩莊嚴成就菩薩行清淨光明照曜心無所住於不可思議阿僧祇佛剎能過於諸佛所淨修梵行增長願智方便智不可思議三昧常不退轉若有見聞此諸菩薩及親近者皆悉不空爾時世尊見十方諸大菩薩與阿僧祇菩薩眷屬各從佛剎來集此已即解加趺坐爲欲往到德護大長者家故應時三千大千世界六種十八相動動徧動等徧動涌徧涌等徧涌吼徧吼等徧吼覺徧覺等徧覺震徧震等徧震起徧起等徧起是時有阿僧祇蓮華從地涌出阿僧祇香阿僧祇光阿僧祇焰阿僧祇寶華鬘阿僧祇摩尼雜寶華莖阿僧祇摩尼雜寶華臺阿僧祇毗盧遮那藏阿僧祇德色不可盡爾時世尊蹋寶華上整理衣服以神通力化作百千萬億蓮華葉從地涌出種種雜色青瑠璃德藏爲莖甘露味寶爲鬚正摩尼藏寶爲華臺龍堅栴檀那香光出百

千焰如是蓮華次第行列從耆闍崛山至於德護大長者家寶華徧覆悉皆充滿復以神力一切身分普放光明徧照東方一切佛刹如是南西北方四維上下一切佛刹光明照曜亦復如是此王舍城一切宮殿一切屋舍城壁內外街陌垣墻乃至床下悉皆照曜一切人民所未曾見爾時如來與大菩薩衆大阿羅漢等前後圍遶恭敬侍立徧滿虛空躡寶蓮華從耆闍崛山下入王舍城至德護大長者家當佛下時阿耨達多龍王與無量種色龍子其數五百及無量百千龍王放無量香雲雨無量香雨侍從如來爾時四天大王侍引世尊復雨無量寶雲雨灑散道間於路兩邊皆作七寶欄楯種種莊嚴悉皆充滿如是等一切天王一切龍王一切夜叉王一切揵闥婆王阿脩羅王迦樓羅王摩睺羅伽王緊那羅王梵天大梵天不壞梵天無量千萬那由他眷屬恭敬圍遶歌頌讚歎實讚歎最實讚歎不顛倒讚歎無二讚歎勝讚歎最勝讚歎歡喜讚歎如佛法讚歎作如是等讚歎徧滿虛空復以如是等恭敬供養勝供養最勝供養阿僧祇供養出阿僧祇供養飛騰虛空隨侍如來入王舍城至長者門四大天王阿脩羅王夜叉王等亦從王舍大城步路立侍至德護大長者門爾時月光童子見佛光明及大神通乃至大地十八相動生大歡喜心意怡悅諸根快樂徧身滿足生歡喜已登七重樓上合十指掌而向父所即說偈言

佛捨加趺坐　引發欲來時　無畏如師子
今來已此至　此來那羅延　難壞兩足尊

破魔及眷屬　起彼菩提樹　此來如金剛
一切不能壞　而能壞一切　邪見諸外道
譬如大力士　能壞諸怨敵　貢高諸煩惱
慈悲能散滅　此來難破壞　摧彼自超勝
大慧大導師　能救濟一切　此來不可殺
諸火所不燒　如來已離死　衆毒不能害
此來大丈夫　能教大導師　三界最勝身
一切無能及　圓肩聰敏者　及慈悲聖衆
一切衆生類　最勝無能及　衆色相具足
八十種莊嚴　身光悉照曜　調伏淨無漏
此乘虚空來　離罪無取著　不住雜覺觀
常住眞實道　此從無盡來　能廣説諸法
不思議法輪　種種差別知　此來一切智
能覺一切法　十力大悲等　安住四辯才
此來見不空　能與衆安隱　無量億萬劫
難聞況得見　此來調伏龍　丈夫人師子
愍衆不思議　行成無量劫　此來自在者
衆生無能遮　大慈悲導師　能滿求者願
此來善知識　住法界最勝　無邊如虚空
一念覺諸法　此來離二者　到諸法彼岸
於無相地中　最上勝覺來　此來能淨施
財及法二種　宿世捨身命　憐愍衆生故
此來導師者　與一切安隱　無量劫修行
爲求菩提故　平等大智心　法中常勝修
怨親等無二　心淨無分別　如師子奮迅
神力度衆生　於諸無量刹　光明悉徧照
積劫常讚歎　如來之功德　一毛不可盡
何況一切身

爾時月光童子妹月上形容端正聞月光童子説偈讚佛身心歡喜又見如來光明晃曜

大神通力大地震動心歡喜故合十指掌向其父前復說偈言

如兒月光讚　如來諸功德　一切世間無
願父當信佛　莫信外道語　心常懷瞋妬
於十力生惡　惡覺失善心　不知佛法故
聞說不信受　爲惡失善道　對佛不能說
受彼邪見言　當墮諸惡道　嫉妬癡濁故
則失於善心　惡見三毒緣　如是貪增長
顛倒癡心故　遠離諸佛法　無量千萬劫
難得聞佛名　父應於佛所　深生清淨信
若能稱佛名　此人尚難見　何況見佛身
是故父應信　如所說導師　現無量神通
放無量焰光　此人今已來　如上之所說
那由他剎動　無量諸佛子　愍衆故來此
彼彼十方來　難壞如師子　諸天人龍等
歡喜雨衆華

爾時長者女德生見地大動及大神通大光明焰雜色分明見已歡喜踊躍無量以其衣裓盛滿雜華疾至父所合十指掌以大信心大歡喜心向父說偈

父今信外道　此心最大惡　墮在邪惡中
常不信佛法　推人入惡趣　遮閉人善道
此常不調伏　失佛功德利　佛如優曇華
設經百千劫　尚難得聞名　何況能得見
父今信外道　起二心請佛　今已得聞見
不應起惡念　亦莫生濁心　及以殺害想
常生清淨信　於佛生歡喜　佛神力難思
普覆十方界　佛子月形面　龍神夜叉等
一切咸恭敬　信心禮敬佛　以曼陀羅華
散佛及大衆　佛弟子心喜　邪衆心迷濁

佛日照外道　如日蔽螢光　此勝願大人
禮拜難見佛　見無量眷屬　圍遶釋迦尊
勝智清淨智　外道不能壞　蓋雲栴檀雲
種種雜莊嚴

爾時月光弟智堅童子已曾過去供養諸佛種諸善根於諸佛所淨修梵行時彼童子夢中見佛大神通力從耆闍崛山下欲入王舍城大地震動即便覺寤著衣整服疾至門下生大歡喜還詣父所而說偈言

我夢中見佛　於此一念間　從於耆闍崛
最大山崗下　不思議大力　菩薩衆圍遶
各從諸刹來　法界差別知　一一菩薩衆
無量衆圍遶　各各地中住　彼名不可聞
大智大菩薩　名曰離垢光　爲諸佛導師
持七寶傘蓋　彼出妙音聲　聞者皆愛樂
亦復能徧覆　十方無量刹　我見彼世尊
能破諸鬪諍　從夢覺寤已　即便至父所
父今當信佛　棄捨癡外道　彼令人心惡
應當速遠離　設有世界火　充滿十方界
不能燒佛衣　何況如來身　設有諸毒藥
充滿百千刹　不害佛弟子　何況於如來
佛於一切毒　遠離中第一　不念毒自消
何況念不滅　一切智善調　今來王舍城
不思議菩薩　俱到於彼岸　於一切三世
或聞或見形　悉能施安隱　是故父當信
此來見不空　父應當供養　佛放無量光
能除此邪闇　此光照天人　脩羅龍夜叉
及其諸眷屬　見者皆不空　一切熱地獄
悉皆得清涼　地獄中衆生　除熱心歡喜
梵天及天主　身皆放香雲　猶如雜綵蓋

莊嚴在虛空　此來心無礙　如龍勝導師
能興捨施雲　雨種種雜寶　微妙寶瓔珞
栴檀及傘蓋　徧覆於虛空　及十方世界
此來能分身　神通到彼岸　種種差別知
能讚歎諸佛　無量僧祇天　及此城勝人
聞佛大名號　悉來至佛所　象出歡喜聲
師子亦如是　放蕩諸牛王　出聲亦復然
畜生聞佛名　皆發歡喜心　父是人爲勝
云何而不信　千萬那由他　無量諸音樂
及寶瓔珞器　不鼓而自鳴　無量種畜生
於無等十力　捨離惡毒心　生歡喜淨信
能壞鬪諍魔　調伏大寂滅　忍辱到彼岸
慈心廣怜愍　悲心到彼岸　能救諸衆生
捨種種布施　能發菩提心　父當信釋迦
超過世間岸　能放十方光　衆生離八難
具彼多神力　三世不可量　遊行如師子
智慧到彼岸　智住如須彌　常放於寶光
佛子諸衆等　前後而圍遶　示現諸神通
來至王舍城　種種雜妙寶　裝校而莊嚴
天龍夜叉衆　脩羅百千億　合掌恭敬禮
釋迦牟尼尊　調伏今在門　足蹈門閫時
盲者得見色　聾者得聞聲　苦者得安樂
病者得除愈　妊身產苦者　安隱得免難
寶藏悉皆得　貧者獲富饒　清淨佛神通
一切皆歡喜　城中一切地　衆寶悉徧滿
可愛寶莊嚴　其色甚威曜　調伏巷中行
父當起迎接　廡廊重樓閣　男女皆充滿
以衣盛香華　及諸寶瓔珞　清淨歡喜心
以散釋迦牟　國王名先尼　從六萬婇女
各執諸雜寶　供養於如來　衣盛寶瓔珞

及諸妙香華　亦起歡喜心　以散於佛上
智慧人滿巷　信樂求功德　踊躍心歡喜
頂禮佛世尊　佛從巷而來　百千億衆生
合掌心歡喜　一切皆禮拜　下徧一切世
上至於有頂　十方一切刹　天人雜衆滿
種種雜類人　供養於如來　一切皆歡喜
清淨心禮佛　外道勝論師　頂禮世尊足
以上歡喜心　最勝淨信心　合掌讚歎佛
善哉佛出世　大智一切智　已到於彼岸
父應生歡喜　共往如來所　取上寶衣服
供養於如來　除於疑惑心　嫉妬諸惡見
信佛世中勝　禮拜牟尼王　父今應當知
調伏衆生者　能覆護衆生　一切罪惡心
皆悉能除滅　如是大導師　以憐愍父故
今來在門外　火坑當自滅　出種種蓮華
優鉢拘物頭　波頭分陀利　諸天及世人
龍神等眷屬　散種種雜華　充滿徧施地
此導師智幢　威光難覩見　一切智知見
達到於彼岸　知三世心業　上中下差別
父當歡喜信　難見難聞者　無量僧祇劫
爲衆修苦行　具足諸功德　永除一切罪
欲修福業者　此福田最勝　憐愍衆生故
應現處於世　不爲求衣食　及顯已智慧
但以大慈悲　憐愍父故來　知父生惡心
爲彼惡見覆　欲令得解脫　捨離殺害業
佛於諸衆生　一切皆平等　無有揀擇念
亦無怨親想　如來眞智慧　永離諸諂曲
父應生淨心　尊重而禮敬　佛寶世中勝
悉吐諸惡見　父能歡喜信　疑網畢竟除
以信如來故　不墮諸惡道　佛能淨五根

應當速禮敬　三世大導師　佛子衆圍遶
種種地中住　無障礙智行　此一切智子
遶如來照曜　如日蔽衆星　是故應敬禮
父見佛神力　火坑水盈滿　種種蓮華出
心生大歡喜　見是諸變已　顧看子月光
汝是我導師　憐愍我來生　我信外道故
心常懷毒害　我今敬信佛　悉捨諸惡見
此見我知識　難可得值遇　勸我敬信佛
轉生大歡喜　爾時天帝釋　及大自在天
此二大天王　爲佛莊嚴座　八十千億天
以衣覆寶座　令一切智坐　顯發而照曜
梵天王禮已　爲佛持寶蓋　閻浮檀眞金
雜寶而莊嚴　及餘諸天等　合掌禮於佛
散百種雜華　及赤栴檀末　長者見佛已
其心大歡喜　八千諸女人　得清淨智慧
有五百童子　及五百童女　見佛神通力
皆發菩提心　無量百千億　那由他天子
見佛神通力　得清淨智慧　長者懷憂惱
心生大慙愧　即便禮佛足　向佛而懺悔
此食雜毒藥　今欲更辦供　唯願佛世尊
留神小停住　如來妙梵聲　告德護長者
如來一切智　能却一切毒　貪瞋癡三種
及世間毒藥　如來眞實說　我已久遠離
貪瞋癡三種　及世間毒藥　離毒清淨法
實語皆遠離　貪瞋癡三種　及世間毒藥
離毒清淨僧　實語皆遠離

佛說此語時無量諸天出大聲言清淨大智已離衆毒火坑皆滅家內清淨如本無異皆是法王威神力故時德護長者即於佛所生大信心以上妙衣價直百千萬億覆佛身上

覆已白佛言世尊我本愚癡受六師教今於佛前至心懺悔由父昔世敬信外道我順父故作如是罪今因月光令我信佛我今慇懃至心懺悔更不作罪願佛救我爾時色界諸天復出大聲散天優鉢羅華波頭摩華拘物頭華分陀利華曼陀羅華摩訶曼陀羅華徧滿其地積至于膝長者白佛言世尊我子月光於千萬億劫難可值遇憐愍我故來生我家善爲我説諸佛功德於千萬劫恩難可報復以無價真珠瓔珞而散佛上爾時世尊爲德護長者深生信故以神通力出百千萬雜寶色雲彼時盧紇多輸（譯云赤馬是神名）毗挃邏莎（亦是神名）以種種雜色寶華光明照曜散於佛上阿僧祇菩薩作無量神通到於佛前爲欲教化百千萬億諸衆生故時德護長者及月光童子并德生童女等心生歡喜禮敬佛足至心懺悔作如是言嗚呼奇哉釋迦如來神通變化不可思議於百千萬劫難可得見況生淨信無量億劫佛世難值此兒月光有大智慧曾見十方無量億佛遊於一切諸佛世界稽首歸命禮拜於佛如釋迦如來見十方佛月光童子亦復如是能見十方諸佛接足敬禮於諸佛所聞法不忘爾時如來見德護長者家内眷屬男女大小及月光童子於三寶所已生正信禮拜讚歎廣種善根增益心行即便微笑如諸佛法從其面門出無量千萬種雜色光焰口四十齒及以四牙一一皆放無量千萬億光明青黄赤白紫玻瓈色其光普照東方一切佛刹如是南西北方四維上下光明徧照亦復如是光照已遶身三帀還

從頂入爾時離攀緣德菩薩從坐而起偏袒右肩右膝著地合掌向佛白言世尊如來以何因緣作是微笑諸佛不以無因緣而笑爾時世尊告離攀緣德菩薩言善哉善哉善男子汝能問佛如是因緣汝已曾於過去無量千萬億劫常問此義汝今承佛威神力故能問此義善男子汝今至心諦聽當爲汝說善男子汝今見此德護長者大兒月光童子不唯然已見佛言此童子者能令未信衆生令生淨信未調伏者能令調伏未成熟者能令成熟於其父所作善知識何以故能以導師法敎化其父安置無量千萬那由他阿僧祇衆生於佛法中令生信心必定阿耨多羅三藐三菩提又此童子我涅槃後於未來世護持我法供養如來受持佛法安置佛法讚歎佛法於當來世佛法末時於閻浮地脂那國內作大國王名曰大行能令脂那國內一切衆生信於佛法種諸善根時大行王以大信心大威德力供養我鉢於爾數年我鉢當至沙勒國從爾次第至脂那國其大行王於佛鉢所大設供養復能受持一切佛法亦大書寫大乘方廣經典無量百千億數處處安置諸佛法藏名曰法塔造作無量百千佛像及造無量百千佛塔令無量衆生於佛法中得不退轉得不退信其王以是供養因緣於不可稱不可量無邊際不可說諸佛所常得共生於一切佛剎常作轉輪聖王常值諸佛於一切佛法僧供養恭敬尊重讚歎造立塔寺一切樂具悉以奉施經半壽已棄捨五欲捨家出家淨修梵行行法供養閻浮提內一切

男女見王出家亦隨出家淨修梵行此大行王無量菩薩勝願成就大神通成就於不可數劫行菩薩行一一劫中所化衆生不可稱數不可説不可量悉皆安住於佛法中如一劫中所化衆生一切劫中亦復如是此菩薩如是安住無量無邊不可説衆生住佛法已於最後身當得作佛號離垢月不動無障礙大莊嚴如來應供正徧知明行足善逝世間解無上士調御丈夫天人師佛世尊出現於世世界名曰無障礙其佛身廣大無量光明無量光焰無量神通力無量説法無量徒衆無量轉法輪無量身相敎化無量衆生彼佛欲入涅槃時授德護長者記當得作佛號無等身如來應供正徧知明行足善逝世間解無上士調御丈夫天人師佛世尊德護長者家内眷屬見我神變發菩提心者皆於彼劫各各名號次第作佛天龍夜叉乾闥婆阿脩羅迦樓羅緊那羅摩睺羅伽人非人等見我於德護長者家現神變時發菩提心者皆於阿耨多羅三藐三菩提不退轉於十方界各各刹各各名號皆得成佛如是善男子此月光童子已於過去無量阿僧祇劫敎化德護長者此童子及德護長者於當來世常生有佛世界敎化無量衆生説此月光童子及德護長者授記因縁時無量世界地六種動大光普照雨衆天華雨衆天寶雨天瓔珞雨天寶蓋雨衆天衣雨天栴檀末香雨天沉水香雨天多伽羅香雨天優鉢羅華雨天波頭摩華諸天音樂出微妙聲及以諸天歌詠等聲如此一切皆是佛神通力亦是月光宿世善

根力爲化德護長者及眷屬故亦化天龍夜叉揵闥婆阿脩羅迦樓羅緊那羅摩睺羅伽等故爾時德護長者長者家人各得見佛種種神力亦見天龍八部與大供養向佛說偈讚歎佛曰

南無大智佛　釋師子如來　若能生信心
而得大利益　先信於外道　而造諸惡業
今信於世尊　得如是大利　見斯不思議
其誰不信佛　如是重罪人　佛力故生信
一心恭敬信　出世勝導師　無量百千劫
不墮諸惡道　長者造大罪　今得淨信心
以信心因緣　如來與授記　長者自知罪
心生大愁惱　今得信心已　得無量福德
心中除惡見　一切罪皆懺　於佛世尊所
而作清淨心　一心信佛故　以是信因緣
來世當作佛　不思議法王　初於佛生惡
而今深生信　布施因緣故　得清淨業藏
於佛生信者　一切信此人　彼人福德聚
不可得稱量

爾時長者德護頭面禮佛及一切阿羅漢一切菩薩衆已次第行百味飲食爾時世尊說此法已離攀緣德菩薩月光童子并長者德護長者內外眷屬大菩薩衆及天龍夜叉揵闥婆等一切大衆皆大歡喜作禮奉行

佛說德護長者經卷下

音釋

濡（而兗切）蹋（達合切踐也）叡（俞芮切通明也）妊（汝鴆切孕也）膝（息七切脛頭骨節也）紇（下沒切）挃（職日切）

佛說犢子經
吳月支優婆塞支謙譯
佛說乳光佛經
西晉三藏法師竺法護譯
佛說無垢賢女經
西晉三藏法師竺法護譯
佛說腹中女聽經
北涼天竺三藏法師曇無讖譯

清刻龍藏佛說法變相圖

四經同卷

佛說犢子經
佛說乳光佛經
佛說無垢賢女經
佛說腹中女聽經

佛說犢子經

吳月支優婆塞支謙譯

聞如是一時佛在舍衛國祇桓阿那邠遲阿藍精舍爾時佛遇風患當須牛乳時有婆羅門大富去城不遠時佛遣阿難言汝往到婆羅門家從乞牛乳阿難受教而往到婆羅門家婆羅門問阿難來何所求阿難言如來向者小遇風患使我來乞牛乳耳婆羅門言牛在彼間自擊取之阿難即往到牛所牸牛性常弊惡無人能近阿難即自思惟我法不應

自擘取牛乳爾時帝釋知阿難所念即來化作婆羅門像在牛邊立阿難往倩言婆羅門爲我擘取牛乳婆羅門言諾即前以右手捫摸牛乳語牛言如來遇小風患汝與乳湩令如來服之差者汝得福無量不可稱計如來者是天上天下之大師也常以慈心憂念一切蠕動之類欲令度脱一切苦惱牛言此手捫摸我乳一何快耶前兩乳取去置後兩乳用遺我子我子朝來未有所食爾時犢子在邊立住聞有佛名即語母言持我乳分盡用與佛佛者是天上天下之大師也甚難得值我自食草飲水足得活耳何以故我先身以來常飲乳食今作畜生牛身亦復飲乳世間愚癡者甚多無量我先世時坐隨惡知識敎不信佛經使我作牛作馬經十六劫而今乃得聞有佛名持我所食乳分盡用與佛滿器而去令我後世智慧聰明得道如佛阿難持乳還至佛所佛問阿難彼牛母子有何言説阿難言大可怪也牛先甚弊惡不可得近有一婆羅門爲我擘乳牛即調善子母共説佛言此牛子母先世之時不信佛經故隨牛馬中經十六劫今乃得悟聞有佛名便有慈心以乳施佛彼牛母子後身當爲彌勒佛作沙門弟子得大羅漢犢子死後當爲我懸繒旛蓋散華燒香受持經戒過二十劫後當作佛名乳光如來度脱一切佛言牛以好心善意與佛乳故度諸苦難得無量福報以是因緣佛不可不事經不可不讀道不可不學普告天上天下皆悉令知

佛説犢子經

佛說乳光佛經

西晉三藏法師竺法護譯

聞如是一時佛遊維耶離梵志摩調音樂樹下與八百比丘衆千菩薩俱國王大臣人民及諸天龍鬼神共會說經時佛世尊適小中風當得牛乳爾時維耶離國有梵志名摩耶利爲五萬弟子作師復爲國王大臣人民所敬遇豪富貪嫉不信佛法不喜布施但好異道常持羅網覆蓋屋上及其中庭欲令飛鳥不侵家中穀食之故所居處去音樂園不近不遠於是佛告賢者阿難持如來名往到梵志摩耶利家從其求索牛乳湩來阿難受教著衣持鉢到其門下梵志摩耶利適與五百上足弟子欲行入宮與王相見時即出舍值遇阿難因問言汝朝來何其早欲何所求阿難答曰佛世尊身小不安隱使我晨來索牛乳湩梵志摩耶利默然不報自思惟我若不持乳湩與阿難者諸人便當謂我慳惜適持乳與諸餘梵志便復謂我事瞿曇道進退惟宜雖爾續當指授與弊惡牛自令阿難𤛓取其乳又是瞿曇喜與我等共諍功德常欲得其勝當使是弊惡㹀牛觝殺其弟子即可折辱其道便見捐棄我可還爲衆人所敬阿難得乳若不得乳趣使諸人明我不惜爲牛所殺不能得乳我意已達於我無過梵志摩耶利時謀議是事已即告阿難牛朝已放在彼壍裏汝自往𤛓取其乳湩摩耶利勑其兒使言汝將阿難示此牛處慎莫爲𤛓取牛乳湩試知阿難能得乳不時五百弟子聞師說是悉大歡喜即復共疑怪阿難向者所說事則

相謂言寂志瞿曇常自稱譽我於天上天下最尊悉度十方老病死佛何因緣自身復病也五百梵志共説此已爾時維摩詰來欲至佛所道徑當過摩耶利梵志門前因見阿難即謂言何爲晨朝持鉢住此欲何求索阿難答言如來身小中風當須牛乳故使我來到是間維摩詰則告阿難莫作是語如來至真等正覺身若如金剛衆惡悉已斷但有諸善功德共會當有何病默然行得勿効外道誹謗如來慎莫復語無使諸天龍神得聞是聲十方菩薩阿羅漢皆得聞此言轉輪聖王法輪在前用無數德故尚得自在何況從無央數劫布施於一切人如來至真等正覺無量福合會成如來身阿難莫復使外道異學梵志得聞是不順之言何況世尊身自有病不能療愈何能救諸老病死者如來至真等正覺是法身非是未脱之身佛爲天上天下最尊無有病佛病已盡滅如來身者有無數功德衆惡悉已除其病有因緣不徒爾也阿難勿爲羞慚索穜疾行慎莫多言阿難聞此大自慚懼聞空中有聲言是阿難如長者維摩詰所言但爲如來至真等正覺出於世間在於五濁弊惡之世故以是緣示現度脱一切十方貪婬瞋恚愚癡之行故時往取乳向者維摩詰雖有是語莫復羞慚阿難爾時大自驚怪謂爲妄聽即還思惟言得無是如來威神感動所爲也於是五百梵志聞空中聲所説如是即無狐疑心皆踊躍悉發無上正真道意爾時梵志摩耶利内外親屬及聚邑中合數千人皆隨阿難往觀牛阿難到即住牛

傍自念言今我所事師作寂志者法不得手自犛取牛湩也語適竟第二忉利天帝座即爲動便從天來下化作年少梵志被服因住牛傍阿難見之心用歡喜謂言年少梵志請取牛湩即答阿難我非梵志是第二忉利天帝釋也我聞如來欲得牛湩故捨處所來到此間欲立本德故阿難言天帝位尊何能近此腥臊之牛帝釋答曰雖我之豪何如如來尊尚不猒倦建立功德何況小天我處無常皆當過去今不立德食福將盡後無所怙阿難報釋設欲爲我取牛乳者惟願用時釋應曰諾尋即持器前至牛所時牛静住不敢復動其共觀者皆驚怪之年少梵志有何等急來爲瞿曇弟子而取牛湩若儻爲是弊惡牛所觝蹋死奈何不自全爲寂志前取牛湩帝釋爾時即爲阿難犛取牛湩而説偈言

令佛小中風　汝與我乳湩　令佛服之差
得福無有量　佛尊天人師　常慈心憂念
蜎飛蠕動類　皆欲令度脱

爾時犢母即爲天帝釋而説偈言

此手捫摸我　何一快乃爾　取我兩乳湩
置於後餘者　當持遺我子　朝來未得飲
雖知有福多　作意當平等

爾時犢子即爲天帝釋而説偈言

我從無數劫　今得聞佛聲　即言持我分
盡用奉上佛　世尊一切師　甚難得再見
我食草飲水　可自足今日　我作人已來
飲乳甚大久　及在六畜中　亦爾不可數
世間愚癡者　亦甚大衆多　不知作布施
後因悔無益　我乃前世時　慳貪坐抵突

復隨惡知友　不信佛經戒　使我作牛馬
至于十六刧　今乃值有佛　如病得醫藥
持我所飲乳　盡與滿鉢去　令我後智慧
得道願如佛
時天帝釋即爲阿難取牛乳湩得滿鉢去阿難得乳意甚歡喜於是梵志從聚邑中來出觀者悉聞此牛子母所說皆共驚怪展轉相謂言此牛麤常時弊惡人不得近今日何故柔善乃爾想是阿難所感發耳瞿曇弟子尚能如此何況佛功德威神變化然而我等不信其教即時歡喜信解佛法梵志摩耶利門室大小聚邑男女合萬餘人皆悉踊躍遠塵離垢逮得法眼阿難持湩還至佛所是時世尊適爲無數千人說法阿難即前更整衣服長跪叉手而白佛言向者奉使詣梵志摩耶利家索湩牛之子母便作人語我聞其言大驚怪之佛告阿難是牛子母悉說何等而汝意疑阿難白佛此摩耶利有一牛大弊惡喜觝蹋人家中人使初不敢近主雖不得聲取湩者但今産乳是牛自産犢大且好勝於餘犢百千倍也梵志密勑兒使制不得令爲我取湩我自念言沙門法不應手自取言適竟第二忉利天帝釋即來下化作年少梵志被服因住牛邊我言倩卿聲取牛湩帝釋言諾便前取湩即告牛言今世尊小中風當用湩汝與如來湩者得福無量於是牛語答帝釋言取我兩乳置兩乳湩以遺我子犢在母邊聞世尊名心大歡喜便語母言持我乳分盡用上佛如來世尊天人所師甚難得值我作人時飲乳大久作畜生時亦復如是世間愚

癡著甚大多不知布施後世當得其福我乃前世坐隨惡友不信經道喜行抵突是故使我墮牛馬中十六劫乃得聞佛聲悉持餘乳用上如來願後智慧得道如佛牛母犢子說事如是佛告阿難實如牛子母所說佛言諦聽我之所言此牛子母乃昔宿命時曾為長者大富樂饒財寶復慳貪不肯布施不信佛經戒不知生死本常喜出錢財在外人來從舉息錢日月適至喜多債息無有道理既償錢畢復謾抵人言其未畢但坐是故墮畜生中十六劫今聞我名歡喜者何畜生之罪亦當畢是故聞佛聲便有慈心以種與佛用此因緣當得解脫佛爾時笑五色光從口出天地為大震動光照十方還繞身三帀分為兩分一分入齋中一分從頂入便不復現於是阿難即前長跪叉手白佛言佛不妄笑會當有緣佛告阿難汝所問者大善何以故此牛子母却後命盡七返生兜率天及梵天上七返生世間當為豪富家作子終不生三惡道所在常當通識宿命當供養諸佛為懸繒旛散華燒香受持經法牛母從是因緣最後當值見彌勒佛作沙門精進不久當得羅漢道犢子亦當如是上下二十劫竟當得作佛號曰乳光國土當名幢旛光明乳光如來得作佛時當度天上天下萬民及蜎飛蠕動之類其數當如恒沙數爾時國中人民皆壽七千歲被服飲食譬如北方尊上天下佛在世間教授四萬歲般泥洹後經法住止萬歲乃盡佛告阿難牛之子母以好心善意布施與如來乳種俱得度脫如畜生尚有善心何況作

人六情完具能別知好醜而不信明生所從來死所趣向復不知佛經戒不信布施後世當得其福人但坐慳貪故還自欺身心念惡口言惡身行惡愚癡之人皆由是故不得解脫佛說經已會中五百長者子悉發無上正眞道意三千八百梵志本不信佛法聞經踊躍歡喜應時得須陀洹道五百人本不信生死罪福見佛變化悉受五戒爲清信士佛說經已比丘衆長者梵志人民皆大歡喜稽首佛足而退

佛說乳光佛經

佛説無垢賢女經

西晉三藏法師竺法護譯

聞如是一時佛在羅閱祇耆闍崛山中與諸菩薩大弟子學士學女諸天人民阿須倫鬼神龍無央數共會時佛説經爾時會中有長者梵志名曰須檀有婦名裨樓延與九百七十五億婦人俱叉手聽經時裨樓懷妊是女在母胎中形體盡具亦於胎中叉手聽經賢者阿那律自以功德徹視之力見此女子於胞胎中叉手聽經即自念言想在會者目之所覩未能探察無形之事如我者也則自僥倖光色踰悅佛告阿那律汝見何等心色悅異乃如是也阿那律言我以徹視見胎中女叉手聽經是以熙怡用自慶耳佛言善哉善哉如汝所言譬如衆星比日月光寧爲等不汝於聲聞所見第一無逮汝者如來所觀等見十方飛鳥走獸地中諸蟲皆有懷妊子於胎中亦悉如汝一等聽經時阿那律及諸會者咸有疑意佛放光明徹照無極八方上下無所罣礙令無數剎人物所有譬如照鏡表裏相見阿那律等仰視虛空見飛鳥類停翼徘徊聽佛所説胞中之卵未生未孚於鳥胎中亦復舒翅布翼聽經俯視走獸四足之類輟草止水竦立聽經胞胎所懷亦於胎中屈前兩足一心聽經蟲蛇蚰蚓地生之類靜身不搖精意聽經中有懷妊子未産生者亦於胎中舉頭盤身一心聽經時阿那律承佛威神以八種音問胎中女鳥卵蟲獸胎中之子用何等故叉手舒翼屈足盤身一心聽經時女人等諸在胎者答阿那律我用一切生者

之類迷於五處不識正道是故聽經及用一切多婬怒癡生死不絶是故聽經用一切人不孝父母不供事佛及比丘僧是故聽經時阿那律聞其所説長跪白佛憶知世尊功德威神洞徹如此我寧以身陷在地獄受衆苦毒累劫無數不取羅漢所以者何諸在胞胎未見身者尚發大意念救一切我今用身以死畏故爲想識所縛譬如死人無益生者時女乃生從右脇出三千國土爲大震動有無數天止在虚空雨於天華作諸音樂則有自然千葉蓮華大如車輪莖如瑠璃女坐其上時諸天人飛鳥走獸蚑蛇蚳蛚諸懷妊者亦皆出生譬如王者征行之時羣官大小莫不隨從於是天帝即持天衣從上來下以用與女裸形可惡取此衣著忉利天子及諸王女亦皆持衣與諸衆生時女報言其有未脱欲泥洹吾等不從有所受也卿爲羅漢我志菩薩卿非我類所願不同天帝復言我以女身裸露可惡是以持衣用相與耳女復報言於大乘法無男無女我今當有自然衣來佛語天帝如是不爲莊校女身發菩薩心自致相好所現無限乃爲莊校菩薩身耳時舍利弗深怪此女變動乃爾前白佛言此女從何國來到是間乎誰當送衣佛言是女從東南方裨樓延法習佛所來刹名閻浮檀國去此十萬佛刹女從本國來欲見佛自當有衣從本國來衣便自然在空中來肅肅有聲空中有音則語女言可著此衣當得五通又女本國人盡得五通女得衣著便從華上下至佛所女一舉足天地即爲六反震動一切毋人皆

發無上平等度意飛鳥蟲獸莫不轉身即化爲人身衣天衣珠瓔服飾女以頭面稽首佛足三言南無三耶三佛長跪白佛願爲一切諸來會者廣說經法令得所願佛隨其意即爲說經是時此女及九百七十五億母人聞佛所說踊躍歡喜不復貿身便立佛前化成男子各各脫瓔珞珠寶用散佛上佛之威神令其所散自然變成珠交露帳中有七寶師子之座上有坐佛舉手讃之應時皆得阿惟越致鳥獸蟲蛇得爲人者亦復脫身珠瓔寶飾以用散佛帳中坐佛令其所散合成寶帳亦復如前等無差特則爲逹嚫俱得七住佛告女菩薩無垢賢女汝於胞胎爲衆生作唱導如來等正覺亦於五道爲一切衆生作唱導佛說經已一切衆會皆大歡喜稽首而退

佛說無垢賢女經

佛說腹中女聽經

北涼天竺三藏法師曇無讖譯

佛在羅閱祇與諸菩薩比丘僧比丘尼優婆塞優婆夷及諸天人民無央數共會聽佛說經時會中有迦羅婦懷妊在座腹中子叉手聽經佛欲使衆會見之便現大光明照迦羅婦座中衆人皆見腹中女叉手聽經如照鏡無有異佛持八種聲問腹中女言汝叉手聽經以何故耳女用佛威神即答佛言以世間人皆行十惡欲令行十善是故叉手聽經又以世間人貪婬瞋恚愚癡生死不絕是故叉手聽經復用世間人不孝順父毋不供養沙門婆羅門道人是故叉手聽經時女說是語竟便生譬如太子從右脅生地爲六反震動虛空中有無央數天自然有音樂聲雨天衆華有自然千葉蓮華大如車輪以寶作莖狀如青瑠璃女即坐蓮華上忉利天王釋持天衣從虛空中來下與女言裸形可取此衣著之女報言我不著此衣汝欲莊校我耶汝爲羅漢我爲菩薩汝非我輩不與我同類我自當有衣來佛語拘翼此不爲莊校菩薩身發心爲菩薩自致得三十二相八十種好爾乃爲莊校菩薩耳舍利弗白佛言此女爲從何國來當送衣也佛言此女從東南方佛刹來其國名清淨去此十萬佛刹女從本刹來欲見佛自當有持衣來者本國衣便自然在虛空中來肅肅有聲女見衣來便著衣當得五通又女本國人盡得五通女得衣著訖便從蓮華上下行至佛前女一舉足地爲六反震動便頭面著地爲佛作禮三言南無佛遶佛

已説便長跪白佛令座中大有諸迦羅婦願佛爲説經令得男子身佛言我亦不使汝作男子亦不使汝作女人皆自從身行得佛言有一事可疾得男子何等爲一發心爲菩薩道是爲一事又女人身當内自觀譬如機關骨節相拄但筋皮上女人常畏人譬如鵄梟蛇蚖蝦蟇不敢晝日出常畏人譬如婢使常與惡露臭處俱雖是國王女猶復畏人女人衆惡亦復如是時座中迦羅婦七十五人聞佛説經歡喜踊躍前以頭面著地爲佛作禮白佛言我願發菩薩心作男子我不得男子身終不起時七十五迦羅越從舍衛國來至佛所見諸婦皆在佛前便心念言失我曹婦已便問舍利弗此女人悉是我曹婦何爲是間舍利弗答言欲作比丘尼卿當聽不迦羅越答言若欲作比丘尼者先使我曹作比丘僧舍利弗白佛言是七十五迦羅越皆欲作比丘佛呼善男子來皆作比丘頭髮自然墮袈裟便著身手持應器皆前爲佛作禮時七十五婦各脱珠環皆以散佛上便自然虚空中化作七十五交露珠瓔帳帳中有七寶牀牀上有坐佛邊有無央數菩薩聽經七十五婦人見是變化皆大歡喜即用佛威神飛住虚空虚空中自然有華而散佛上從虚空中來下便得男子身前白佛言我願作比丘佛語彌勒菩薩將去授戒彌勒菩薩即授戒作比丘僧女自然有化華蓋七重其莖如蓮華莖即持與母言佛是天上天下度人之師母以華蓋上佛是天上天下之師蓋上之後母亦當爲天下之蓋女語母言今當發菩薩心

母答女言我始懷汝時於夢中常見佛及法比丘僧無復貪婬瞋恚愚癡心身體安隱知我腹中子爲是菩薩摩訶薩以是令我安隱爾時發菩薩心以母得華蓋便持上佛地爲六反震動佛語舍利弗四天下星宿尚可知數是女前後所度父母不可知數女言一切人謂我是女當作至誠行便化作如八歲沙彌身當佛說經及女變化時無央數人皆發無上正真道意佛說經竟皆大歡喜

佛說腹中女聽經

音釋

𤛓古候切取牛羊乳也　捫摸捫莫奔切撫也摸莫各切摩也　種竹用切乳汁也　觝都禮切觸也　儻他朗切或也　抵突抵都禮切拒抵也突陁骨切唐突也　倩七政切借使也　裨頻移切　僥倖僥古堯切倖胡耿切僥倖非分而得也　蛐蚓蛐丘玉切蚓余忽切蛐蚓曲蟺也　脇虛業切腋下也

鵄梟鵄赤脂切梟堅堯切　蝦蟇蝦胡加切蟇莫加切

佛說轉女身經
劉宋罽賓三藏法師曇摩蜜多第四譯

清刻龍藏佛說法變相圖

佛說轉女身經

劉宋罽賓三藏法師曇摩蜜多第四譯

如是我聞一時佛住王舍城耆闍崛山中與大比丘衆一千人俱菩薩八千皆是衆所知識或有他方佛土來在會者及諸天龍夜叉乾闥婆阿脩羅緊那羅摩睺羅伽等與百千眷屬俱來在會爾時世尊四衆圍遶而爲說法初語亦善中語亦善後語亦善文義巧妙具足顯說梵行之相爾時會中有婆羅門名須達多其妻淨日身懷女胎在衆中坐其所懷女雖處胎中諸根具足不雜垢穢一心合掌向佛聽法欲有所問爾時尊者阿泥盧豆已得不增減明淨天眼過於人眼見淨日身中所懷之女諸根具足不雜垢穢一心合掌向佛聽法欲有所問爾時尊者阿泥盧豆見

是事已白佛言世尊是淨日所懷之女諸根具足不雜垢穢一心合掌向佛聽法欲有所問佛告阿泥盧豆我先明見此女在胎而不說之所以者何若有衆生不信如來誠諦之言此人長夜受大苦惱爾時世尊放大光明普照三千大千世界悉令周徧復以神力令此衆會皆見此女在母胎中諸根具足不雜垢穢一心合掌向佛聽法欲有所問爾時世尊出一切衆生樂聞之音其音清淨所謂易解聲質直聲清妙聲可適耳根無過失聲能令身心生歡喜樂聲離諸煩亂如淨月聲美妙相續不斷絕聲不麤強聲善入人心能去貪欲瞋恚愚癡之聲令人歡喜信樂之聲過梵音聲如雷震聲如天樂聲如師子吼演法之聲於百千萬億阿僧祇那由他劫積集善

根果報之聲以如是等和雅音聲而告女言汝爲何事而來聽受欲有所問佛威神故女在胎中而白佛言世尊有諸衆生貪著我見虛妄分別從顛倒生無有衆生起衆生相無我計我無命無人無有長養計命人長養爲如是等諸衆生故欲有所問復有衆生貪著我見於一乘道不能解了欲爲開悟一乘道故復有衆生爲無明有愛之所覆繫不能解了明解脱法欲令解了明解脱故復有衆生爲貪欲瞋恚愚癡盲冥之所覆蔽不能進求空無相無作三解脱門欲令修證三解脱故復有衆生墮四顛倒無常計常苦謂爲樂無我見我不淨見淨欲爲解説四諦法故所謂是苦是苦集是苦滅是苦滅道復有衆生爲五蓋所覆不修五根欲令具足五根法故復

有衆生貪依六入不證六通欲爲解說六通法故復有衆生樂七識住不能曉了七菩提分欲爲解說七覺法故復有衆生行八邪道不能解了八聖道分欲爲解說聖道分故復有衆生心懷九惱不能得入九次第定欲爲解說諸禪解脫三摩提故復有衆生住十惡業不能勤修十善業道欲令滿足十善道故復有衆生墮於邪聚或不定聚於無漏法便爲非器欲令曉了正聚法故欲令衆生成熟善根而自調伏隨所願求而爲說法世尊我今爲如是等諸因緣故向佛聽法欲有所問爾時一切衆會歎未曾有而作是言如來之法甚爲希有菩提薩埵雖處胎中饒益衆生法言不廢若善男子善女人有見聞者其誰不發阿耨多羅三藐三菩提心爾時此女以佛神力猶如後邊身菩薩從母右脅忽然化生此女福慧因緣力故令其母身無諸惱患平復如故其女生已未久之間地大震動雨衆天華一切樂器不鼓自鳴陸地生華大如車輪種種莊嚴色香妙好悅可人心有百千葉黃金爲莖白銀爲葉碼碯爲鬚赤眞珠臺女在上立身形猶如二三歲兒顏貌端正甚可愛敬皆從前世善果報生爾時釋提桓因持天衣瓔珞往詣其所而語之言善女著此衣服瓔珞莫裸形立女報釋提桓因言夫爲菩薩不以衣服瓔珞而自莊嚴所以者何菩薩恒以菩提之心以爲衣服瓔珞而自莊嚴則勝一切世間天人莊嚴復次憍尸迦菩薩有十種衣服瓔珞而自莊嚴何等爲十所謂不失菩提之心不忘廢深心常以大慈爲一

切衆生而作救護大悲爲本勤行精進度諸衆生不捨成就一切衆生常以慚愧莊嚴身口意業一切物施不望其報持諸戒行頭陀功德終不違犯住忍辱力能忍難忍以正方便求勝善根其心雖住禪無量等諸三昧中終不求證非時解脱憍尸迦是名菩薩十種衣服瓔珞莊嚴於一切時常不遠離復次憍尸迦菩薩以相好嚴身勝諸瓔珞而此相好從福慧生何等福慧所謂種種布施愛重之物能捨與他於諸衆生無恚恨心常求善行不限布施令他滿足觀一切衆生皆是福田憍尸迦是名菩薩第一衣服瓔珞莊嚴若菩薩欲證聲聞辟支佛乘不名莊嚴若住慳心破戒心瞋恚心懈怠心亂想心惡慧雜諸煩惱卑小之心我不能得阿耨多羅三藐三菩提驚怖悔恨則非菩薩莊嚴所以者何遠離菩薩莊嚴法故爾時衆會聞説菩薩諸莊嚴法有萬二千諸天及人先種善根皆發阿耨多羅三藐三菩提心爾時世尊告此女言汝可受是釋提桓因衣服瓔珞女白佛言世尊我不堪受所以者何共我志同應同衣服瓔珞莊嚴而此帝釋願求小智所樂卑下猒患生死常懷怖畏欲速入涅槃恒從他邊聽受法要所有慧明惟獨照已不及他人如執草束欲渡江海不能爲人作淨福田永離諸佛清淨智眼不能曉了諸衆生根世尊我今著堅固鎧願求大乘欲饒益一切集大法船度未度者求自然智轉于法輪不於他人有所希求以如來智而自莊嚴亦令一切悉得諸佛清淨智眼世尊我從彼國來生此間欲見

如來釋迦牟尼禮拜供養聽説法耳彼佛世尊自當與我衣服瓔珞使我著之爾時衆會諸天人等皆作是念此如來處世界名何去此近遠爲在何方彼國如來復名何等今爲現在説法教不爾時世尊知此衆會心之所念告舍利弗言東南方去此世界過三十六那由他佛土有世界名淨住佛號無垢稱王如來等正覺今現在説法舍利弗此女從淨住世界没來生此間欲成就衆生亦欲禮拜供養於我聽説法教佛説是巳未久之間彼無垢稱王如來發愍念心即以神力遣諸菩薩所著衣服瓔珞莊嚴來在女前懸虛空中又出聲言善女淨住世界無垢稱王如來遣此衣服瓔珞與汝汝可著之當如此間諸菩薩等若著衣服瓔珞莊嚴即時皆得具五神通汝亦應爾其女爾時於虛空中取衣服瓔珞即便著之須臾之間衣服瓔珞出妙光明除如來光其餘梵釋護世天王日月光明悉不復現其女即時具五神通下蓮華臺行詣佛所舉足下足大地即時六種震動到佛前巳頭面禮足遶佛七帀白佛言世尊惟願如來爲諸菩薩摩訶薩説攝菩提增長之法令諸菩薩於無上道而不退轉過諸魔行速成阿耨多羅三藐三菩提爾時世尊告此女言若菩薩成就四法能攝菩提亦令增長何等爲四一者淨心二者深心三者方便四者不捨菩提之心是名爲四復有四法一者恒欲利益一切衆生二者常當慈心愍諸衆生三者當以大悲度脱衆生四者堅固精進具足一切佛法是名爲四復有四法一者分别諸

法多生信心二者遠離聲聞辟支佛心三者樂觀勝法欲具滿足一切佛法四者勤行精進必成其果是名爲四復有四法一者離於憍慢二者除自大心三者敬重尊長四者易可教誨是名爲四復有四法一者於來求者不生恚恨二者捨一切物不求其報三者已施不悔四者所有善根盡迴向菩提是名爲四復有四法一者不破戒二者不穿戒三者不雜戒四者不濁戒是名爲四復有四法一者性和能忍二者善護他意三者自護已身終不犯他四者迴向菩提是名爲四復有四法一者堅固精進二者明淨精進三者不怯弱精進四者迴向菩提是名爲四復有四法一者身強堪能二者心強堪能三者善能修習諸禪及支四者恒不忘失菩提之心是名爲四復有四法一者布施二者愛語三者利益四者同事是名爲四復有四法一者慈心徧一切處二者大悲無有猒倦三者喜心深愛敬法四者捨心離於憎愛是名爲四復有四法一者聽法無猒二者正觀思惟三者隨法能行四者迴向菩提是名爲四復有四法一者知諸行無常二者決定知陰是苦三者定知諸法而無有我四者定知涅槃是寂滅法是名爲四復有四法一者得利不喜二者失利不憂三者雖有名譽其心常等四者雖聞惡名心亦不惱是名爲四復有四法一者他毁不瞋二者稱讚不喜三者遭苦能忍四者雖樂不逸亦不輕他是名爲四復有四法一者觀因二者知果三者離二邊見四者覺緣起法是名爲四復有四法一者知内無我

二者知外無有衆生三者俱知内外無有壽命四者畢竟清淨無人是名爲四復有四法一者行空不畏二者觀無相不沒三者不分别無願四者樂觀諸法無作是名爲四復有四法一者不證苦智二者不證集智三者不證滅智四者不證道智是名爲四復有四法一者深觀菩提二者不謗正法三者身在僧數終不退轉四者於法不起諍訟是名爲四復有四法一者能令貪欲不起二者亦斷攀緣三者斷貪欲瞋恚愚癡四者及餘煩惱亦復如是是名爲四復有四法一者於諸衆生心常平等二者等觀衆生皆是福田三者佛及衆生皆悉平等四者法及衆生亦悉平等是名爲四復有四法一者不顯已身二者不下他人三者不輕未學四者於已學者愛敬如師是名爲四復有四法一者遠離無益之言二者恒求閑靜三者樂住阿蘭若處而無猒足四者勤求阿蘭若諸功德利是名爲四復有四法一者少欲二者知足三者淨物知量四者樂行頭陀不貪上妙衣服飲食是名爲四復有四法一者知已二者知他三者知時四者知義是名爲四復有四法一者樂法二者樂義三者樂諦四者樂成就衆生是名爲四復有四法一者内淨能護自心二者外淨能護衆生三者法淨行善之處四者智淨能離憍慢是名爲四復有四法一者離我所二者去我所三者除諸見四者斷愛恚是名爲四復有四法一者善權攝慧二者慧攝善權三者大悲攝一切施四者精進攝一切道品之法善女菩薩成就如是四法能攝菩提

亦令增長爾時世尊説此四法能攝菩提亦令增長之時會中有三萬二千諸天及人皆發阿耨多羅三藐三菩提心爾時尊者舍利弗問此女言汝父母爲汝作字名曰何等時女報言尊者舍利弗一切諸法本無名字雖隨分別而立名字非是眞實無定主故又尊者舍利弗菩薩摩訶薩隨其所行而立名字若得淨心名淨心者若逮深心名深心者若行方便名淨方便者若行布施名善能施者若修尸羅名淨戒者若住忍辱名有忍力者若勤精進名著精進鎧者若住諸禪名常三眛者逮得智慧名大慧者若住慈悲喜捨名大慈大悲大喜大捨者若住阿蘭若處名閑居無事者若不捨頭陀名行清淨功德者若樂集善法名喜求法者略而言之隨其以何

善根發趣大乘而得名字爾時世尊告舍利弗言當知此女著衣服瓔珞之時放大光明普照大衆是故此女名無垢光當憶持之爾時尊者舍利弗復問無垢光女言汝從淨住世界無垢稱王佛所受此女身來此間也無垢光女答言尊者舍利弗彼佛世界無有女人舍利弗言汝今何故以此女形來生此間女即答言我今不以男形女形亦不以色受想行識來生此間所以者何尊者舍利弗於意云何如來所作化人從一佛國至一佛國爲有男女陰界諸入差別相不舍利弗言不也所以者何如來所化無有差別女言尊者舍利弗如如來所化無有差別一切諸法皆悉如化若知諸法悉同化相從一佛國至一佛國不見差別舍利弗言汝於諸法見無差

別云何能成就衆生女答言尊者舍利弗若於諸法見差別者是則不能成就衆生若於諸法不見差別是則必能成就衆生舍利弗問女言汝今爲已成就幾所衆生女答言如尊者舍利弗所斷煩惱舍利弗言我所斷煩惱性無所有女言衆生之性亦無所有舍利弗言無性衆生何所成就女言煩惱無性復何所斷舍利弗言無分別故是名爲斷女言如尊者舍利弗所言若不分別彼我是亦名爲成就衆生舍利弗復問女言云何名衆生成就女答言於諸有中不起染愛是名衆生成就舍利弗又問女言汝於三乘爲以何乘成就衆生女答言尊者舍利弗譬如空中等注甘雨於上中下種子苗稼藥草樹木皆令生長其雨頗有分別相不舍利弗言其水雖能生長苗稼而無分別如是舍利弗諸佛菩薩其所說法亦無分別隨諸衆生於三乘道善根熟者而調伏之舍利弗復問女言云何調伏其義云何時女答曰言調伏者能觀邪道即是正道是名調伏所以者何凡夫顛倒不能正觀故不調伏若觀邪道平等之相不隨不願諸邪道者是則名爲畢竟調伏又舍利弗言調伏者於我無我亦名調伏所以者何無我見者於諸煩惱不愛不起是名解脫女問舍利弗言尊者得解脫耶舍利弗言我得解脫女言誰縛汝者言得解脫舍利弗言無有縛者而得解脫而其本性是解脫相是故我言得解脫耳女言若其本性無縛無解是解脫相汝何故言我得解脫舍利弗言一切諸法皆解脫相是故我言我得解脫女言

如尊者舍利弗所言若知諸法皆解脱相是則名爲究竟解脱舍利弗言如諸漏盡阿羅漢所説汝今所説等無有異女言尊者舍利弗今我亦是漏盡阿羅漢舍利弗言以何緣故而作是説女言我亦遠離一切塵垢緣覺聲聞所有道品我悉知見而不願樂唯求佛智是故我言是阿羅漢諸漏已盡舍利弗言頗有因緣而諸菩薩作羅漢耶女答言有舍利弗言以何緣有女言若有衆生先種善根應以聲聞身而得度者即現聲聞身而作是言我是阿羅漢爲衆生説證羅漢法是名菩薩作羅漢也説此法時二百比丘不受漏法心得解脱是諸比丘白佛言世尊此女辯才是佛威神爲自力耶佛言是佛威神其女亦自有辯才之力爾時無垢光女白佛言世尊今此會中諸比丘比丘尼優婆塞優婆夷願樂欲聞修何善行得離女身速成男子能發無上菩提之心惟願世尊當爲解説爾時世尊欲利益成就四部衆故告無垢光女言若女人成就一法得離女身速成男子何謂爲一所謂深心求於菩提所以者何若有女人發菩提心則是大善人心大丈夫心大仙人心非下人心永離二乘狹劣之心能破外道異論之心於三世中最是勝心能除煩惱不雜結習清淨之心若諸女人發菩提心則更不雜女人諸結縛心以不雜故永離女身得成男子所有善根亦當迴向無上菩提是名爲一復次女人成就二法能離女身速成男子何謂爲二所謂除其慢心離於欺誑不作幻惑所有善根願離女身速成男子悉以迴

向無上菩提是名爲二復次女人成就三法能離女身速成男子何謂爲三一身業清淨持身三戒二口業清淨離口四過三意業清淨離於貪恚邪見愚癡以此十善所生善根願離女身速成男子迴向菩提是名爲三復次女人成就四法得離女身速成男子何謂爲四一不恚害二不瞋恨三不隨煩惱四住忍辱力是名爲四復次女人成就五法得離女身速成男子何謂爲五一樂求善法二尊重正法三以正法而自娛樂四於說法者敬如師長五如說修行以此善根願離女身速成男子迴向菩提是名爲五復次女人成就六法得離女身速成男子何謂爲六一常念佛願成佛身二常念法欲轉法輪三常念僧欲覆護僧四常念戒欲滿諸願五常念施欲捨一切諸煩惱垢六常念天欲滿天中之天一切種智是名爲六復次女人成就七法得離女身速成男子何謂爲七一於佛得不壞信二於法得不壞信三於僧得不壞信四不事餘天唯奉敬佛五不積聚慳惜隨言能行六出言無過恒常質直七威儀具足是名爲七復次女人成就八法得離女身速成男子何謂爲八一不偏愛己男二不偏愛己女三不偏愛己夫四不專念衣服瓔珞五不貪著華飾塗香六不爲美食因緣猶如羅刹殺生食之七不以所施之物常追憶之而生歡喜八所行清淨常懷慚愧是名爲八復次女人成就九法得離女身速成男子何謂爲九所謂息九惱法憎我所愛已憎今憎當憎愛我所憎已愛今愛當愛於我已憎今憎當憎是

名爲九復次女人成就十法得離女身速成男子何謂爲十一不自大二除憍慢三敬尊長四所言必實五無嫌恨六不麤言七不難教八不貪惜九不暴惡十不調戲是名爲十復次善女若有女人能如實觀女人身過者生猒離心速離女身疾成男子女人身過者所謂欲瞋癡心并餘煩惱重於男子又此身中一百戶蟲恒爲苦患愁惱因緣是故女人煩惱偏重應當善思觀察此身便爲不淨之器臭穢充滿亦如枯井空城破村難可愛樂是故於身應生猒離又觀此身猶如婢使不得自在恒爲男女衣服飲食家業所須之所苦惱必除垢穢洟唾不淨於九月中懷子在身衆患非一及其生時受大苦痛命不自保是故女人應生猒離女人之身又復女人雖生在王宮必當屬他盡其形壽猶如婢使隨逐大家亦如弟子奉事於師又爲種種刀杖瓦石手拳打擲惡言罵辱如是等苦不得自在是故女人應於此身生猒離心又此女身常被繫閉猶如蛇鼠同在穴中不得妄出又女人法制不由身常於他邊禀受飲食衣服華香種種瓔珞嚴身之具象馬車乘是故應當猒離女身又此女身爲他所使不得自在執作甚多擣藥舂米若炒若磨大小豆麥抽氎紡氎如是種種苦役無量是故女人應患此身欲求求離如是衆苦當以此法教示餘人常念如來所言誠實讚歎出家能報佛恩當發此心願離女身速成男子於佛法中出家修道不復貪求華鬘瓔珞遊戲園林衣服飲食嚴身之具當觀自身及侍立眷屬猶如

機關木人筋牽屈伸舉下而已此身虛僞血肉所成不久壞滅此身如廁九孔流出種種不淨此身愚癡之人於中起著而恒四大所成此身諸陰猶如怨家此身虛僞中無堅實如空聚落此身無主從父母生復以行業而嚴飾之此身不淨純盛臭穢此身即是屎尿之器不久棄捐無可貪處此身歸死出息入息必當斷故此身無我如草木瓦石此身無作者從因緣生此身是衆鳥狼狗野干之食棄塚間故此身是苦聚四百四病之所困故此身恒爲風寒冷熱等分衆病之所壞散恒以藥力得存立故此身不知恩以飲食養之無止足故此身無知內無作者故此身是後邊必當死故是故女人應當如是觀察此身生猒離心修行善法修善行時若得新好華果可食之物先奉諸佛菩薩無上福田及師長父母然後自食應作是念如我今者以新華果施與尊重清淨福田願離垢穢女人之身更得新好男子之身當佛說此法時會中五百比丘尼皆發阿耨多羅三藐三菩提心而作是言我等所有善根願離女身速成男子爾時會中有七十五諸居士婦聞說此法心大歡喜即持身上所著瓔珞以散佛上佛神力故所散瓔珞即於空中當佛頂上化成七十五四柱寶臺端嚴殊妙甚可愛樂臺中悉有衆寶之座各有如來而坐其上與比丘僧菩薩大衆前後圍遶自然顯現爾時諸居士婦見此神變倍復歡喜踊躍無量前詣佛所頭面禮足右遶三帀作如是言世尊我等所有善根今悉合集同發阿耨多羅三藐三

菩提心得離女身亦迴向無上菩提世尊大悲廣說女人受身過惡悉如佛言無不實者我等今當勤修方便永離如是諸惡過咎從今已去盡其形壽奉持五戒淨修梵行以此善根共一切衆生成等正覺爾時尊者舍利弗語諸居士婦言姉妹能作如是大師子吼甚爲希有然汝等夫爲聽汝等修梵行不應當問之諸居士婦白尊者舍利弗言若我等各問其夫我從何處來生此間於此間没當生何處雖爲我夫而不能答何用問爲尊者舍利弗若問如來我等從何處没來生此間於此間没當生何處如來明見悉爲我等分別說之是故如來是我等父母是我等所尊是我等大師是我等福田是我等寶洲歸依之處今修梵行何用問其夫爲從今已去我等勤修方便更不屬夫如餘女人所以者何若人能除貪欲瞋恚愚癡諸結縛者終不更能患累其人今我身心便是我夫心修梵行不亦快乎又尊者舍利弗若非我夫而作夫想奪我命者自守其心淨修梵行無悔恨也爾時尊者舍利弗語諸居士婦言常勤方便離女人身所以者何女人之身不能得阿耨多羅三藐三菩提諸居士婦白尊者舍利弗言我等從今不復更起女人煩惱即禮佛足而作是言世尊今於佛前頭面禮足不轉女身成男子者終不起也佛言諸姉妹我常說言或有女人能爲男子勇猛之行然諸姉妹有十六法若能修行隨所願求皆得從意何等十六一戒清淨二心清淨三空清淨四無願清淨五無相清淨六無作清淨七知身業

如影八知口業如響九知意業如幻十知緣起法十一離二邊見十二善知因緣十三觀法如幻十四知法如夢十五想法如焰十六深心寂靜當佛說此十六清淨法時大地震動佛之威神七十五居士婦其夫即時來詣佛所各見其妻頂禮佛足問尊者舍利弗言今我曹妻以何緣故頂禮佛足舍利弗言此諸姊等聞佛解說離女身法心大歡喜踊躍無量即發阿耨多羅三藐三菩提心盡其形壽奉持五戒淨修梵行今於佛前頭面禮足作是誓言若我於此不轉女身成男子者終不起也又諸居士汝當放此諸姊妹等於佛法中出家修道諸居士曰如尊者言悉聽出家又尊者舍利弗我等今者於佛法中貪得出家先當度我等然後女人爾時舍利弗白佛言世尊是諸居士於佛正法欲得出家願佛聽之佛告諸居士於我法中隨意出家時諸居士白佛言願爲我等出家佛言善來比丘皆成沙門袈裟著身成就威儀爾時諸居士婦佛之威神自善根力正觀思惟得離女身變成男子佛神力故即昇虛空高七多羅樹異口同音而說偈言

諸法悉如幻　但從分別生　於第一義中
無有男女相　幻師以幻術　於四衢道中
化作男女像　兵衆共鬬戰　皆共相侵害
其事非眞實　我今觀生死　如幻無有異
如人於夢中　造作種種事　以其無眞實
覺已無所見　諦觀於我見　惟是陰入界
無有眞實體　但從顚倒生　譬如水中月
可見不可捉　法性同水月　其實無去來

亦如熱時焰　現有動摇相　或見是河池
而無有眞實　諸法皆如焰　其性無所有
但從分別生　畢竟無有我　我本爲女身
而從顛倒生　今觀男子身　皆空無所有
若有能知空　不應分別空　則於現法中
身證無罣礙　是佛境界力　復從宿福生
亦修現前法　得離女人身　若有諸女人
欲成男子身　當發菩提心　所願便成就
爾時轉女身出家菩薩從虚空中下頂禮佛足語其本夫諸居士言善知識汝曹皆當發阿耨多羅三藐三菩提心佛出世難不生諸難亦復甚難以大悲心爲諸衆生發阿耨多羅三藐三菩提心此亦復難若人能發菩提之心則爲供養去來今佛時諸比丘語轉女身諸菩薩言汝曹皆是我等大善知識能教化我等爲衆生故發阿耨多羅三藐三菩提心我等今於佛前發菩提心願未來世得成爲佛悉如世尊釋迦牟尼如來阿羅訶三藐三佛陀爾時轉女身諸菩薩等白佛言世尊願爲我等出家莫如善來比丘出家之法亦不欲於聲聞人邊而得出家爾時世尊告彌勒菩薩汝當爲此諸善男子如法出家彌勒菩薩白佛言唯然世尊當爲出家爾時無垢光女詣其母所白言菴婆當發阿耨多羅三藐三菩提心若母發心我爲已報菴婆之恩母言我已發心所以者何汝於十月在我腹中從是已來不生慳心破戒心瞋恚懈怠亂念惡慧邪見貪欲瞋恚愚癡之心常歡喜踊躍身心安樂恒於夢中見諸如來共比丘僧前後圍遶而爲説法我於是時心自念言今

我腹中所懷之子必是菩薩我於夢中見如來身心意歡樂即發阿耨多羅三藐三菩提心汝今勸我當隨汝語重更發心爾時無垢光女左手之中自然而出上妙寶蓋持至母所而白母言以此寶蓋奉上如來當發大願爲諸天世人作法寶之蓋爾時淨日夫人取其寶蓋奉上如來發是願言以此善根令我將來爲諸天世人作法寶之蓋爾時世尊告舍利弗言此無垢光女遊戲神通從無垢稱王佛國現受女身來生此間又舍利弗此女本是菩薩名無垢光已於阿耨多羅三藐三菩提而不退轉爲成就衆生故現受女身非因行業又舍利弗汝見是七十五居士婦皆成男子者不舍利弗言已見佛告舍利弗皆是此女前世父母舍利弗無垢光女長夜發願若有衆生是我父母者必當令其於阿耨多羅三藐三菩提而不退轉又舍利弗此三千大千世界所有星宿其數易知此無垢光女前世父母受其勸導修行善法於阿耨多羅三藐三菩提而不退轉者其數難知爾時無垢光女前禮佛足而作是言一切諸法無男無女此言若實令我女身化成男子發此言時三千大千世界六種震動無垢光女女形即滅變化成就相好莊嚴男子之身爾時尊者舍利弗語無垢光菩薩言仁者未得阿耨多羅三藐三菩提能作佛事乃至如此甚爲希有無垢光菩薩語尊者舍利弗誠如所言諸菩薩摩訶薩大誓莊嚴欲利益成就一切衆生甚爲希有譬如阿伽樓樹所有華葉但出阿伽樓香如是諸菩薩摩訶薩乃至發

一心之善皆爲阿耨多羅三藐三菩提恒出佛法功德之香説是法時會中萬二千衆生發阿耨多羅三藐三菩提心地大震動虛空諸天雨種種華諸天樂器不鼓自鳴咸作是言此無垢光菩薩説眞淨法若有衆生聞其法者深心信樂得大威勢離衆患難修諸善行若有女人得聞此經當知此身最是後邊所以者何此經廣説女人之身種種過患亦廣解説種種諸行得離女身清淨法故爾時世尊告阿難言汝當受持此經讀誦通利爲他解説廣令流布所以者何阿難若有女人以種種珎寶滿閻浮提施佛世尊以其善根求離女人復有女人得聞此經信解歡喜以其善根求離女身阿難當知聞此經名斯則疾矣阿難白佛言此經名何等云何受持佛言阿難此經名轉女人身亦名無垢光菩薩所問復名無過稱菩薩道教當念受持佛説是已無垢光菩薩并他方國土來會菩薩及無垢光父母長老阿難時會諸天乾闥婆阿脩羅人非人等聞佛所説皆大歡喜作禮奉行

佛説轉女身經

音釋

脅（虛業切腋下也）裸（郎果切赤體也）鎧（苦亥切鉀也）狹劣（狹胡夾切隘也劣龍輟切弱也）搗（都皓切舂也）紡（敷罔切紡績也）筋（舉欣切骨絡也）狼（魯當切）付屬　塚（知隴切墳也）

文殊師利問菩提經
姚秦三藏法師鳩摩羅什初譯
伽耶山頂經
元魏天竺三藏法師菩提留支第二譯

清刻龍藏佛說法變相圖

二經同卷
文殊師利問菩提經
伽耶山頂經

文殊師利問菩提經

姚秦三藏法師鳩摩羅什初譯

如是我聞一時佛初得道在摩伽陀國伽耶山祠與大比丘衆千人俱其先悉是結髮仙人皆阿羅漢所作已辦心得自在逮得已利盡諸有結正智解脱菩薩萬人皆從十方世界來集有天威德皆得諸忍諸陀羅尼諸深三昧具諸神通文殊師利菩薩觀世音菩薩得大勢菩薩香象菩薩勇施菩薩隨智行菩薩以爲上首如是等菩薩大衆百千萬億其

數無量并諸天龍夜叉乾闥婆阿脩羅迦樓羅緊那羅摩睺羅伽人非人等大衆圍遶爾時世尊入諸佛甚深三昧如實諦觀諸法性相而作是念我得阿耨多羅三藐三菩提得一切智慧除諸重擔度三有險道滅無明得眞明拔邪箭斷渴愛成法船擊法鼓吹法螺建法幢轉生死種示涅槃性閉塞邪道開於正路離諸惡業示于福田我今當觀誰得阿耨多羅三藐三菩提以何法得何等是阿耨多羅三藐三菩提爲以身得爲以心得若以身得身則無知無作如草木瓦石四大所造從父母生以衣服飲食卧具澡浴而得存立必歸敗壞無常磨滅而是菩提但有名字世俗故說無形無色無定無相無向無入無道過諸言說出於三界無見無聞無覺無知亦無所得亦無戲論無問無示無有文字無語言道若以心得心從衆緣生衆緣生故空如幻無處無相無性亦無所有於是中得菩提者所用法得阿耨多羅三藐三菩提是法皆空但有名字以世俗故而有言說是皆憶想分別實無所有無有根本亦無體相無受無著無染無離一相所謂無相是故於此法中無有得者無所用法亦無菩提如是通達是則名爲得阿耨多羅三藐三菩提爾時文殊師利法王子在大會中立佛右面執大寶蓋以覆佛上時文殊師利黙知世尊所念如是即白佛言世尊若菩提如是相者善男子善女人云何發心佛告文殊師利善男子善女人當隨菩提相而發其心世尊菩提相者當云何說佛告文殊師利菩提相者出於三界

過世俗法語言道斷滅諸發無發是發菩提心文殊師利是故菩薩應滅諸發發菩提心無發是發菩提心發菩提心者如如法性相如實際無分別不緣身心是發菩提心不著諸法不增不減不異不一是發菩提心如鏡中像如熱時焰如影如響如水中月應當如是發菩提心爾時會中有天子名月淨光德得阿惟越致問文殊師利法王子言菩薩緣何事故行菩薩道文殊師利言汝可於此問於世尊佛即告文殊師利汝答月淨光德天子所問菩薩行法文殊師利謂天子言汝可善聽我今當說天子當知諸菩薩道以大悲爲本緣於衆生天子言菩薩大悲以何爲本文殊師利言以直心爲本又問直心以何爲本答言於一切衆生以等心爲本又問等心以何爲本答言以無別異行爲本又問無別異行以何爲本答言以深淨心爲本又問深淨心以何爲本答言以阿耨多羅三藐三菩提心爲本又問阿耨多羅三藐三菩提心以何爲本答言以六波羅蜜爲本又問六波羅蜜以何爲本答言以方便慧爲本又問方便慧以何爲本答言以不放逸爲本又問不放逸以何爲本答言以三善行爲本又問三善行以何爲本答言以十善業道爲本又問十善業道以何爲本答言以攝六根爲本又問攝六根以何爲本答言以正憶念爲本又問正憶念以何爲本答言以正觀爲本又問正觀以何爲本答言以堅念不忘爲本天子言文殊師利菩薩有幾心能攝因能攝果文殊師利言天子諸菩薩有四心能攝因能攝果

何等爲四一者初發心二者行道心三者不退轉心四者一生補處心初發心爲行道心作因緣行道心爲不退轉心作因緣不退轉心爲一生補處心作因緣復次天子當知初發心如種穀田中行道心如穀子增長不退轉心如華果始成補處心如華果有用又初發心如車匠集材行道心如斫治材木不退轉心如安施村木一生補處心如車成運致又初發心如月新生行道心如月五日不退轉心如月十日一生補處心如月十四日如來智慧如月十五日又初發心能過聲聞地行道心能過辟支佛地不退轉心能過不定地一生補處心安住定地又初發心如學初章行道心如學第二章不退轉心如能以章爲用一生補處心如通達深經又初發心從

因生行道心從智生不退轉心從斷生補處心從果生又初發心因勢力行道心智勢力不退轉心斷勢力補處心果勢力又初發心如病者求藥行道心如分別藥不退轉心如病服藥補處心如病得瘥又初發心法王家生行道心學法王法不退轉心能具足學法王法補處心學法王法能得自在爾時大衆中有天子名定光明主不退轉於阿耨多羅三藐三菩提是定光明主天子語文殊師利法王子言何等是菩薩摩訶薩略道以是略道疾得阿耨多羅三藐三菩提文殊師利言天子菩薩摩訶薩略道有二以是略道疾得阿耨多羅三藐三菩提何等爲二一者方便二者慧攝善法名爲方便分散諸法名爲慧又方便名爲隨衆生行慧名不轉一切法相

方便名待應衆生心慧名不待一切法方便名和合諸法慧名捨離諸法方便名起因緣慧名滅因緣方便名知分别諸法慧名不分别法性方便名莊嚴佛土慧名莊嚴佛土無所分别方便名知衆生諸根利鈍慧名不得衆生方便名能至道場慧名能得一切佛法天子當知菩薩摩訶薩復有二道以是一道疾得阿耨多羅三藐三菩提何等爲二一者助道二者斷道助道者五波羅蜜斷道者般若波羅蜜復有二道何等爲二一者有繫道二者無繫道有繫道者五波羅蜜無繫道者般若波羅蜜復有二道一者有量道二者無量道有量道者取相分别無量道者不取相分别復有二道一者智道二者斷道智道者初地至七地斷道者八地至十地爾時會中

有菩薩名隨智勇行問文殊師利法王子言何謂爲菩薩義何謂爲菩薩智文殊師利言善男子義名無用智名有用何謂義名無用義是無爲無爲法於法無用非用又義者非染相非離相是義於法無用非用又義不增不減於法無用非用天子何謂爲智智是忍道道是心所用非無用是故智名有用非無用智功歸於斷是故智名有用非無用智名善知五陰十二入十八界十二因緣是處非處是故智名有用非無用復次天子諸菩薩有十智何等爲十一者因智二者果智三者義智四者方便智五者慧智六者攝智七者波羅蜜智八者大悲智九者成就衆生智十者不著一切法智復次天子諸菩薩有十發何等爲十一者身發欲令衆生身業清淨故

二者口發欲令衆生口業清淨故三者意發欲令衆生意業清淨故四者内發一切内物不貪著故五者外發欲令衆生住正行故六者智發具足佛智故七者慈發示一切功德莊嚴故八者衆生成熟發守護智慧藥故九者有爲智發具足定聚故十者無爲智發心不著三界故復次天子諸菩薩有十行何等爲十一者波羅蜜行二者攝行三者慧行四者方便行五者大悲行六者求助慧法行七者求助智法行八者心清淨行九者觀諸諦行十者一切所愛無貪著行復次天子諸菩薩有十思惟盡何等爲十一者思惟事盡二者思惟愛盡三者思惟法盡四者思惟煩惱盡五者思惟見盡六者思惟助道盡七者思惟受盡八者思惟不著盡九者思惟結使盡

十者思惟助道場行盡復次天子諸菩薩復有十治法何等爲十一者治慳貪心雨布施雨故二者治破戒心三法清淨故三者治瞋恚心修行慈忍故四者治懈怠心求佛法無猒故五者治不善覺觀心得禪定解脱自在故六者治愚癡心生助決定般若波羅蜜法故七者治諸煩惱心生助道法故八者治顛倒道心修助四諦法故九者治執著心時非時自在行故十者治我觀無我法故復次天子諸菩薩復有十善地何等爲十一者身善離身三惡故二者口善離口四惡故三者意善離心三惡故四者内善不著見身故五者外善不著一切法故六者不著助智善不貪助道法故七者不自高善思惟聖道性故八者除身善修集般若波羅蜜故九者離顛倒

善不誑一切衆生故十者不惜身命善以大悲化衆生故復次天子諸菩薩貴隨法行者能得菩提非不貴隨法行隨法行者如說能行不隨法行者但有言說不能如說修行復次天子諸菩薩復有二隨法行何等爲二一者行道二者行斷復有二隨法行何等爲二一者身自修善二者教化衆生復有二隨法行何等爲二一者行智行二者不行智行復有二隨法行何等爲二一者善知分別諸地二者不分別地非地復有二隨法行何等爲二一者知諸地過而能轉進二者善知具足從一地至一地復有二隨法行何等爲二一者善知聲聞辟支佛道二者善知佛道不退轉行爾時佛讚文殊師利法王子言善哉善哉汝能爲諸菩薩摩訶薩說本業道誠如所說說是法時十千菩薩得無生法忍文殊師利法王子等一切世間天人阿脩羅聞佛所說歡喜信受

文殊師利問菩提經

伽耶山頂經

元魏天竺三藏法師菩提留支第二譯

如是我聞一時婆伽婆住伽耶城伽耶山頂塔初得菩提與大比丘衆滿足千人俱其先悉是編髮梵志應作已作所作已辦棄捨重擔逮得已利盡諸有結正智心得解脫一切心得自在已到彼岸皆是阿羅漢諸菩薩摩訶薩無量無邊皆從十方世界來集有大威德皆得諸忍諸陀羅尼諸深三昧具諸神通其名曰文殊師利菩薩觀世音菩薩得大勢菩薩香象菩薩勇施菩薩勇修行智菩薩等而爲上首如是諸菩薩摩訶薩其數無量并諸天龍夜叉乾闥婆阿脩羅迦樓羅緊那羅摩睺羅伽人非人等大衆圍遶爾時世尊獨靜無人入於諸佛甚深三昧觀察法界而作是念我得阿耨多羅三藐三菩提得一切智慧所作已辦除諸重擔度諸有險道滅無明得真明拔諸箭斷渴愛成法船擊法鼓吹法螺建法幢轉生死種示涅槃性閉塞邪道開於正路離諸罪田示于福田我今當觀彼法誰得阿耨多羅三藐三菩提以何等智得阿耨多羅三藐三菩提何者是所證阿耨多羅三藐三菩提法爲以身得爲以心得若以身得身則無知無覺如草如木如塊如影無所識知四大所造從父母生其性無常假以衣服飲食臥具澡浴而得存立此法必歸敗壞磨滅若以心得心則如幻從衆緣生無處無相無物無所有菩提者但有名字世俗故說無聲無色無成無行無入不可見不可依去來道斷過諸言說出於三界無見無聞無覺

無著無觀離戲論無諍無示不可觀不可見無響無字離言語道如是能證菩提者以何等智證菩提者所證菩提法者如是諸法但有名字但假名說但和合名說依世俗名說無分別分別說假成無成無物離物無取不可說無著彼處無人證無所用證亦無法可證如是通達是則名爲得阿耨多羅三藐三菩提無異離異無菩提相爾時文殊師利法王子在大會中立佛右面執大寶蓋以覆佛上時文殊師利默知世尊所念如是即白佛言世尊若菩提如是相者善男子善女人云何於菩提發心住佛告文殊師利善男子善女人應如彼菩提相而發心住文殊師利言世尊菩提相者當云何知佛告文殊師利菩提相者出於三界過一切世俗名字語言過一切響無發心發滅諸發是發菩提心住是故文殊師利諸菩薩摩訶薩過一切發是發心住文殊師利無發是發菩提心住文殊師利發菩提心者無物發住是發菩提心住文殊師利發菩提心者無障礙住是發菩提心住文殊師利發菩提心者如法性住是發菩提心住文殊師利發菩提心者不執著一切法是發菩提心住文殊師利發菩提心者不破壞如實際是發菩提心住文殊師利發菩提心者不移不益不異不一是發菩提心住文殊師利發菩提心者如鏡中像如熱時焰如影如響如虛空如水中月應當如是發菩提心住爾時會中有天子名月淨光德得不退阿耨多羅三藐三菩提心問文殊師利言諸菩薩摩訶薩初觀何法故行菩薩行依何

法故行菩薩行文殊師利答言天子諸菩薩摩訶薩行以大悲爲本爲諸衆生天子又問文殊師利諸菩薩摩訶薩大悲以何爲本文殊師利答言天子諸菩薩摩訶薩大悲以直心爲本天子又問文殊師利諸菩薩摩訶薩直心以何爲本文殊師利答言天子諸菩薩摩訶薩直心以於一切衆生平等心爲本天子又問文殊師利諸菩薩摩訶薩於一切衆生平等心以何爲本文殊師利答言天子諸菩薩摩訶薩於一切衆生平等心以無異離異行爲本天子又問文殊師利諸菩薩摩訶薩無異離異行以何爲本文殊師利答言天子諸菩薩摩訶薩無異離異行以深淨心爲本天子又問文殊師利諸菩薩摩訶薩深淨心以何爲本文殊師利答言天子諸菩薩摩訶薩深淨心以阿耨多羅三藐三菩提心爲本天子又問文殊師利諸菩薩摩訶薩阿耨多羅三藐三菩提心以何爲本文殊師利答言天子諸菩薩摩訶薩阿耨多羅三藐三菩提心以六波羅蜜爲本天子又問文殊師利諸菩薩摩訶薩六波羅蜜以何爲本文殊師利答言天子諸菩薩摩訶薩六波羅蜜以方便慧爲本天子又問文殊師利諸菩薩摩訶薩方便慧以何爲本文殊師利答言天子諸菩薩摩訶薩方便慧以不放逸爲本天子又問文殊師利諸菩薩摩訶薩不放逸以何爲本文殊師利答言天子諸菩薩摩訶薩不放逸以三善行爲本天子又問文殊師利諸菩薩摩訶薩三善行以何爲本文殊師利答言天子諸菩薩摩訶薩三善行以十善業道爲

本天子又問文殊師利諸菩薩摩訶薩十善業道以何爲本文殊師利答言天子諸菩薩摩訶薩十善業道以持戒爲本天子又問文殊師利諸菩薩摩訶薩持戒以何爲本文殊師利答言天子諸菩薩摩訶薩持戒以正憶念爲本天子又問文殊師利諸菩薩摩訶薩正憶念以何爲本文殊師利答言天子諸菩薩摩訶薩正憶念以正觀爲本天子又問文殊師利諸菩薩摩訶薩正觀以何爲本文殊師利答言天子諸菩薩摩訶薩正觀以堅念不忘爲本天子又問文殊師利諸菩薩摩訶薩有幾種心能成就因能成就果文殊師利答言天子諸菩薩摩訶薩有四種心能成就因能成就果何等爲四一者初發心二者行發心三者不退發心四者一生補處發心復次天子初發心如種種子第二行發心如芽生增長第三不退發心如莖葉華果初始成就第四一生補處發心如果等有用復次天子初發心如車匠集村智第二行發心如斫治村木淨智第三不退發心如安施村木智第四一生補處發心如車成運載智復次天子初發心如月始生第二行發心如月五日第三不退發心如月十日第四一生補處發心如月十四日如來智慧如月十五日復次天子初發心能過聲聞地第二行發心能過辟支佛地第三不退發心能過不定地第四一生補處發心安住定地復次天子初發心如學初章智第二行發心如差別諸章智第三不退發心如筭數智第四一生補處發心如通達諸論智復次天子初發心從因生第

二行發心從智生第三不退發心從斷生第四一生補處發心從果生復次天子初發心因攝第二行發心智攝第三不退發心斷攝第四一生補處發心果攝復次天子初發心因生第二行發心智生第三不退發心斷生第四一生補處發心果生復次天子初發心因差別分第二行發心智差別分第三不退發心斷差別分第四一生補處發心果差別分復次天子初發心如取藥草方便第二行發心如分別藥草方便第三不退發心如病服藥方便第四一生補處發心如病得瘥方便復次天子初發心學法王家生第二行發心學法王法第三不退發心能具足學法王法第四一生補處發心學法王法能得自在爾時大衆中有天子名定光明主不退阿耨多羅三藐三菩提心時定光明主天子問文殊師利法王子言何等是諸菩薩摩訶薩畢竟略道諸菩薩摩訶薩以是略道疾得阿耨多羅三藐三菩提文殊師利答言天子諸菩薩摩訶薩略道有二種諸菩薩摩訶薩以是二道疾得阿耨多羅三藐三菩提何等爲二一者方便道二者慧道方便者知攝善法智慧者如實知諸法智又方便者觀諸衆生智慧者離諸法智又方便者知諸法相應智慧者知諸法不相應智又方便者觀因道智慧者滅因道智又方便者知諸法差別智慧者知諸法無差別智又方便者莊嚴佛土智慧者莊嚴佛土平等無差別智又方便者入衆生諸根行智慧者不見衆生智又方便者得至道場智慧者能證一切佛菩提法智復次

天子諸菩薩摩訶薩復有二種略道諸菩薩摩訶薩以是二道疾得阿耨多羅三藐三菩提何等爲二一者助道二者斷道助道者五波羅蜜斷道者般若波羅蜜復有二種略道何等爲二一者有礙道二者無礙道有礙道者五波羅蜜無礙道者般若波羅蜜復有二種略道何等爲二一者有漏道二者無漏道有漏道者五波羅蜜無漏道者般若波羅蜜復有二種略道何等爲二一者有量道二者無量道有量道者取相分別無量道者不取相分別復有二種略道何等爲二一者智道二者斷道智道者謂從初地乃至七地斷道者謂從八地乃至十地爾時會中有菩薩摩訶薩名勇修行智問文殊師利法王子言何謂菩薩摩訶薩義何謂菩薩摩訶薩智文殊

師利答言善男子義名不相應智名相應勇修行智菩薩言文殊師利何謂義名不相應何謂智名相應文殊師利言善男子義名無爲彼義無有一法共相應無有一法不共相應何以故以無變無相故義者無有一法共相應無有一法不共相應以本不成就義故是故無有一法共相應無有一法不共相應義者不移不益無有一法共相應無有一法不共相應故善男子智者名道道者心共相應非不相應善男子以是義故智名相應非不相應復次善男子智名斷相應是故善男子智名相應法非不相應法復次善男子智名善觀五陰十二入十八界十二因緣是處非處善男子以是義故智名相應非不相應復次善男子諸菩薩摩訶薩有十種智何等

爲十一者因智二者果智三者義智四者方便智五者慧智六者攝智七者波羅蜜智八者大悲智九者教化衆生智十者不著一切法智善男子是名諸菩薩摩訶薩十種智復次善男子諸菩薩摩訶薩有十種發何等爲十一者身發欲令一切衆生身業清淨故二者口發欲令一切衆生口業清淨故三者意發欲令一切衆生意業清淨故四者内發以不虚妄分别一切諸衆生故五者外發以於一切衆生平等行故六者智發以具足佛智清淨故七者清淨國土發以示一切諸佛國土功德莊嚴故八者教化衆生發以知一切煩惱病藥故九者實發以成就定聚故十者無爲智滿足心發以不著一切三界故善男子是名諸菩薩摩訶薩十種發復次善男子

諸菩薩摩訶薩有十種行何等爲十一者波羅蜜行二者攝事行三者慧行四者方便行五者大悲行六者求助慧法行七者求助智法行八者心清淨行九者觀諸諦行十者於一切愛不愛事不貪著行善男子是名諸菩薩摩訶薩十種行復次善男子諸菩薩摩訶薩有十種無盡觀何等爲十一者身無盡觀二者事無盡觀三者法無盡觀四者愛無盡觀五者見無盡觀六者助道無盡觀七者取無盡觀八者不著無盡觀九者相應無盡觀十者道場智性無盡觀善男子是名諸菩薩摩訶薩十種無盡觀復次善男子諸菩薩摩訶薩有十種對治法何等爲十一者對治慳貪心雨布施雨故二者對治破戒心身口意業三法清淨故三者對治瞋恚心修行清淨

大慈悲故四者對治懈怠心求諸佛法無疲倦故五者對治不善覺觀心得禪定解脱奮迅自在故六者對治愚癡心生助決定慧方便法故七者對治諸煩惱心生助道法故八者對治顛倒道集實諦助道生不顛倒道故九者對治不自在心法時非時得自在故十者對治有我相觀諸法無我故善男子是名諸菩薩摩訶薩十種對治法復次善男子諸菩薩摩訶薩有十種寂靜地何等為十一者身寂靜以離三種身不善業故二者口寂靜以清淨四種口業故三者心寂靜以離三種意惡行故四者内寂靜以不著自身故五者外境界寂靜以不著一切法故六者智功德寂靜以不著道故七者勝寂靜以如實觀聖地故八者未來際寂靜以彼岸慧助行故九者所行世事寂靜以不誑一切衆生故十者不惜身心寂靜以大慈悲心教化一切衆生故善男子是名諸菩薩摩訶薩十種寂靜地復次善男子諸菩薩摩訶薩如實修行得菩提非不如實修行得菩提善男子云何名為諸菩薩摩訶薩如實修行善男子如實修行者如說能行故不如實修行者但有言說不能如實修行故復次善男子諸菩薩摩訶薩復有二種如實修行何等為二一者知如實修行道二者斷如實修行道善男子是名諸菩薩摩訶薩二種如實修行復次善男子諸菩薩摩訶薩復有二種如實修行何等為二一者調伏自身如實修行二者教化衆生如實修行善男子是名諸菩薩摩訶薩二種如實修行復次善男子諸菩薩摩訶薩復有二

種如實修行何等爲二一者功用智如實修行二者無功用智如實修行善男子是名諸菩薩摩訶薩二種如實修行復次善男子諸菩薩摩訶薩復有二種如實修行何等爲二一者善知分別諸地如實修行二者善知諸地無差別方便如實修行善男子是名諸菩薩摩訶薩二種如實修行復次善男子諸菩薩摩訶薩復有二種如實修行何等爲二一者離諸地過如實修行二者善知地地轉方便如實修行善男子是名諸菩薩摩訶薩二種如實修行復次善男子諸菩薩摩訶薩復有二種如實修行何等爲二一者能說聲聞辟支佛地如實修行二者善知佛菩提不退轉方便如實修行善男子是名諸菩薩摩訶薩二種如實修行善男子諸菩薩摩訶薩有如是等無量無邊如實修行諸菩薩摩訶薩應如是學如實修行諸菩薩摩訶薩若能如是如實修行者速得阿耨多羅三藐三菩提不以爲難爾時佛讚文殊師利法王子言善哉善哉文殊師利汝今善能爲諸菩薩摩訶薩說本業道誠如汝所說說是法時十千菩薩得無生法忍文殊師利法王子等一切世間天人阿修羅等聞佛所說皆大歡喜信受奉行

伽耶山頂經

佛說象頭精舍經
隋天竺沙門毗尼多流支第三譯
大乘伽耶山頂經
唐南天竺國三藏法師菩提流志等第四譯

清刻龍藏佛說法變相圖

二經同卷
佛說象頭精舍經
大乘伽耶山頂經

佛說象頭精舍經

隋天竺沙門毗尼多流支第三譯

如是我聞一時婆伽婆住伽耶城象頭精舍爾時如來成佛未久與大比丘衆滿足千人皆是過去往昔螺髻仙人所作已辦棄捨重擔久離生死盡諸煩惱平等空慧正受智心一切覺知到於彼岸皆阿羅漢復與無量大菩薩摩訶薩衆俱爾時世尊獨坐思惟入諸三昧遍觀法界自覺成道具一切智所作已訖棄諸重擔度生死流捨離慳貪拔三毒刺

盡諸渴愛集大法船擊大法鼓吹大法螺建大法幢已斷生死演說正法閉諸惡趣開善道門求離惡土遊諸淨國我觀彼法誰修菩提誰得菩提誰欲得者過去現在及以未來誰之所證爲是身得爲心得乎若以身得是身無知猶如草木沙礫墻壁無所覺知四大和合父母所生常須飲食衣服澡浴摩拭終歸敗壞是磨滅法是菩提者但有空名而無實相無聲無色無成無見無入無知無去無來如是等法亦無繫縛能過諸法超出三界無見無聞無我我所無作者無處所無窟宅無取無著無出無入無願無住無相無貌無彼無此無示猶如幻化以十二因緣生無處所不可見離相如虛空現寂靜無聲無響無文無字亦無言說如是知者是名菩提若以心得是心無定猶如幻化皆因過去妄想業生無形無執猶如虛空菩提者無有處所非過去非未來非現在一切法空雖復言說有名無實是無爲法空無相無作非有非無非可示現無說無聞夫菩提者非過去得非未來得非現在得亦不離三世得無相非作非不作若能如是覺了三世法者即是菩提爾時文殊師利童子白佛言世尊若無相是菩提者今善男子善女人等因何而住得成菩提佛告文殊師利諸菩薩等學菩提者應如是住文殊師利白佛言世尊諸菩薩等應云何住佛告文殊師利夫菩提者超出三界越於言說離諸文字無有住處復次文殊師利菩薩摩訶薩住無所住是住菩提住無執著是住菩提住於空法是住菩提住於法性是

住菩提住一切法無有體相是住菩提住無量信是住菩提住無增減是住菩提住無異念是住菩提住如鏡像如空谷響如水中月如熱時焰文殊師利住如是等法是住菩提爾時淨光焰天子白文殊師利童子言云何修行以何等業是菩薩行文殊師利言天子於諸衆生起大慈心是菩薩行天子復白文殊師利諸菩薩等云何修行起大慈心文殊師利言天子無諂誑心是菩薩大慈天子復白文殊師利云何修行得無諂誑文殊師利言天子於一切衆生起平等心是無諂誑諸菩薩等應如是學天子復白文殊師利菩薩摩訶薩云何修行於一切衆生起平等心文殊師利言無彼無此無諸異見是平等行諸菩薩等應如是學天子復白文殊師利菩薩摩訶薩復云何修無彼無此無諸異見於一切衆生起平等行文殊師利言天子善念恭敬無彼無此無諸異見及平等法諸菩薩等應如是修天子復白文殊師利菩薩摩訶薩善念恭敬乃至無彼無此無諸異見因何而起文殊師利言天子善念恭敬因發菩提心諸菩薩等應如是學天子復白文殊師利菩提心者因何而起文殊師利言天子菩提心者從六波羅蜜起天子復白文殊師利六波羅蜜從何而起文殊師利言天子從方便智慧起天子復白文殊師利菩薩摩訶薩方便智慧從何而起文殊師利言天子方便智慧從不放逸起天子復白文殊師利不放逸者復從何起文殊師利言天子不放逸者從修三善業起天子復問修三善業因何而起文

殊師利言天子從修十善業起天子復問修十善業因何而起文殊師利言天子從善攝身口意起天子復問文殊師利此三善業復因何起文殊師利言從善思惟起天子復問善思惟者因何而起文殊師利言從善思觀行起天子復問善思觀行因何而起文殊師利言從憶持不忘起天子復問憶持不忘有幾種心以何因緣而得果報文殊師利言天子菩薩摩訶薩有四種發心從因得果何等爲四一者初發心二者係念修行三者不退四者與善同生因初發心而得係念因修係念得不退轉因不退轉與善同生復次天子初發心者猶如種子種之良田係念修行猶如苗生修行不退猶如莖幹枝葉增長與善同生猶如華果結實成熟發心係念修行不退與善同生亦復如是復次天子初發心人猶如車匠善知衆木係念修行猶如合木修行不退猶如車成與善同生猶如載用發心係念修行不退與善同生亦復如是復次天子初發心者猶如初月係念修行如五日月乃至七日月修行不退如十日月與善同生如十四日月如來智慧滿足無缺如十五日月發心係念修行不退與善同生亦復如是復次天子初發心人過聲聞地第二發心過辟支佛地第三發心過不定地第四發心得於定地復次天子如嘌啊等音悉是一切字之根本初發心者亦復如是悉是一切善之根本如學文字得少分智係念修行亦復如是得少分智猶如筭師總計無量知其分齊不退轉心亦復如是知心不退譬如有人明

解經論與善同生善心明了亦復如是復次天子初發心者係念善因第二發心係念智慧第三發心係念禪定第四發心係念於果復次天子初發心者受持善因第二發心受持智慧第三發心受持禪定第四發心受持於果復次天子初發心者善因成就第二發心智慧成就第三發心禪定成就第四發心正果成就復次天子初發心者因善入道第二發心因智入道第三發心因禪入道第四發心因果入道復次天子初發心者如醫識藥第二發心善知藥分第三發心隨病授藥第四發心令得服行復次天子因初發心生法王家第二發心學法王法第三發心修法王行第四發心滿足王位是名四種發心爾時淨光焰天子白文殊師利何等是菩薩摩訶薩速疾道菩薩行是道疾得阿耨多羅三藐三菩提文殊師利言天子速疾道有二種菩薩摩訶薩乘此二道疾得阿耨多羅三藐三菩提何等爲二一者方便道二者般若道受持方便智故能觀一切衆生受持般若故觀一切法空能斷疑執以方便智故和合諸法以般若故諸法不合方便爲因般若爲果以方便故知一切法以般若故知諸法空以方便智莊嚴佛國以般若故知諸佛國皆悉平等以方便故知諸衆生根性差別以般若故知諸衆生根性皆空以方便故得甘露味證成菩提以般若故覺諸佛法平等正道復次天子復有二行能令菩薩摩訶薩疾得阿耨多羅三藐三菩提何等爲二一者有爲二者無爲有爲者總攝五波羅蜜無爲者總攝

般若波羅蜜復有二行能令菩薩摩訶薩疾得菩提何等爲二一者有漏行二者無漏行有漏行者五波羅蜜無漏行者般若波羅蜜復有二行能令菩薩摩訶薩疾得菩提何等爲二一者住行二者不住行住行者五波羅蜜不住行者般若波羅蜜復有二行能令菩薩摩訶薩疾得菩提何等爲二一者有量二者無量有量者五波羅蜜無量者般若波羅蜜有量行者是有相法無量行者是無相法復有一行能令菩薩摩訶薩疾得菩提何等爲二一者智行二者定行以智行故從初地至七地以定行故從八地至十地爾時不怯弱智總持菩薩白文殊師利童子菩薩摩訶薩云何知義云何知智文殊師利言善男子義者無體智亦無體不怯弱智總持菩薩復問文殊師利云何義無體智亦無體文殊師利言善男子義無體者無爲無作無相無貌無來無去是名爲義智無體者非定法非不定法是名爲智如是受持義者無體非有非無智者體空非有非無無取無捨如是受持復次義者非定非非定智者名爲心道心智平等無有分別如是受持復次智者以禪爲體禪智平等無有分別以方便故觀陰入界十二因緣生死流轉善惡之相猶如幻化非有非無菩薩摩訶薩應當如是觀於諸法復次善男子菩薩摩訶薩復有十種智行何等爲十一者因智二者果智三者義智四者方便智五者般若智六者受持智七者波羅蜜智八者大悲智九者憐愍教化衆生智十者不著一切諸法智是名菩薩十種智行復次

善男子菩薩摩訶薩發十種清淨行何等爲十一者自發身業清淨行二者發一切衆生身業清淨行三者自發口業清淨行四者發一切衆生口業清淨行五者自發意業清淨行六者發一切衆生意業清淨行七者發一切衆生清淨平等行八者發一切衆生外清淨平等行九者發諸佛清淨智行十者發淨佛國土成就衆生行若有衆生遇諸疾病給施醫藥令得安樂具煩惱者以無爲智而教化之令離三界悉令滿足功德智慧無爲之道是名菩薩具足十種清淨之行復次善男子菩薩摩訶薩有十種方便何等爲十一者彼岸方便二者受持方便三者智慧方便四者方便方便五者大悲方便六者智滿足方便七者慧滿足方便八者靜念方便九者眞實行方便十者於一切衆生無諸憎愛平等方便是名菩薩十種方便復次善男子菩薩摩訶薩有十種分別身無盡何等爲十一者分別事物無盡二者分別煩惱無盡三者分別法無盡四者分別渴愛無盡五者分別諸見無盡六者分別善惡無盡七者分別造作無盡八者分別無執無著無盡九者分別和合無盡十者分別菩提智圓滿無盡是名十種分別身無盡復次善男子菩薩摩訶薩有十種調伏行何等爲十一者調伏善行二者調伏慳悋捨施如雨行三者調伏不精進行四者調伏三業行五者調伏毒心不瞋怒行六者調伏起慈愍心行七者調伏懶惰心行八者調伏勤修佛法行九者調伏不善心不行諸惡行十者調伏禪定解脱自在行復有

十種調伏行何等爲十一者調伏破愚癡無智行二者調伏方便總持般若波羅蜜行三者調伏煩惱行四者調伏生起道行五者調伏總持信實行六者調伏不墮惡道行七者調伏不善心行八者調伏時非時自在行九者調伏自身行十者調伏觀空行是名十種調伏行復次善男子菩薩摩訶薩有十種調伏地何等爲十所謂調伏遠離身三惡業口四惡業意三惡業復有十種内外觀法不起執著何等爲十一者觀身内界皆悉是空不起執著二者觀身外界亦悉是空不起執著三者觀内外諸法皆悉是空不起執著四者於一切智不起執著五者所修行道不起執著六者觀諸賢聖地不起執著七者久修清淨不起執著八者住於般若波羅蜜不起執著九者於講論法教化衆生不起執著十者觀諸衆生起大方便慈悲憐愍不起執著是名十種内外觀法不起執著復次善男子菩薩摩訶薩應如是作堅固心修菩提道若不如是堅固菩提不名菩薩云何堅固身口意等三業相應不相違背是名堅固云何不堅固身口意等三業不相應共相違背是名不堅固復次善男子菩薩摩訶薩復有二種正行堅固菩提心何等爲二一者正念菩提行二者修行禪定斷諸煩惱行是名二種正行堅固菩提心復次善男子菩薩摩訶薩復有二種正行堅固何等爲二一者自調身行二者調衆生身行善男子是名菩薩摩訶薩二種正行堅固復次善男子菩薩摩訶薩復有二種正行堅固何等爲二一者勤修習故得

一切智二者不修習故而得一切智是名菩薩摩訶薩二種正行堅固復次善男子菩薩摩訶薩復有二種正行堅固何等爲二一者住地方便正行堅固二者住地不動正行堅固是名菩薩摩訶薩二種正行堅固復次善男子菩薩摩訶薩復有二種正行堅固何等爲二一者遠離染地正行堅固二者於地地方便自行圓滿正行堅固是名菩薩摩訶薩二種正行堅固復次善男子菩薩摩訶薩復有二種正行堅固何等爲二一者於聲聞辟支佛地示現正行堅固二者於佛菩提方便不退正行堅固是名菩薩摩訶薩二種正行堅固善男子菩薩摩訶薩以如是等正行堅固無量方便當得阿耨多羅三藐三菩提爾時世尊讚文殊師利童子言善哉善哉文殊師利快説此語説此法時文殊師利無量天人阿脩羅乾闥婆等一切大衆聞佛説法信受頂禮歡喜奉行

佛説象頭精舍經

大乘伽耶山頂經

唐南天竺國三藏法師菩提流志等第四譯

如是我聞一時婆伽婆住伽耶城山頂精舍與大比丘衆一千人俱其先悉是長髮梵志皆阿羅漢諸漏已盡所作已辦捨諸重擔逮得已利盡諸有結正知解脫心得自在到於彼岸復與無量諸菩薩摩訶薩衆俱爾時世尊得成正覺其日未久寂然宴坐入于三昧觀察法界作是念言我已證菩提已得聖智慧已辦所應作已捨諸重擔已出生死曠野已捨離無明獲於智明已拔毒箭已盡渴愛已證法界已擊法鼓已吹法螺已建法幢已捨離生死眼說於法眼已閉惡道開衆善道已捨非田示諸福田我今審觀如是之法誰能現證已證當證爲身證耶爲心證乎若身證者身是頑鈍無覺無思猶如草木墻壁瓦石從於四大父母所生無常敗壞散滅之法必假塗洗衣食等緣而得存立若心證者心如幻化無相無形無所依處無所容受又菩提者隨於世間而立名字無音響無形色無成實無相狀無來無去不出不入過於三界無有處所不可見聞不可憶念離攀緣處非戲論境無所入無文字不可動摇不可安立絶於一切語言之道而言現證已證當證但唯名字虚妄分別無生無起無有體性不可取不可說不可愛著是中實無已成正覺現成正覺及當成者若能如是無證無成乃得名爲成正覺耳何以故菩提者離於一切變動相故爾時文殊師利菩薩摩訶薩知佛所念而作是言世尊若菩提如是相者諸善男

子善女人發菩提心應云何住佛言文殊師利如菩提相應如是住文殊師利菩薩言世尊何者是菩提相佛言文殊師利菩提相者獨起三界雖隨世俗而有名字遠離一切音聲言說諸菩薩衆發趣菩提從初發心則無所趣是故文殊師利諸善男子善女人應以遠離發趣之心而住菩提文殊師利若諸菩薩能發趣於無所趣者是則趣向菩提之道文殊師利趣於無自性是趣向菩提趣於無處所是趣向菩提趣於法界性是趣向菩提趣於一切法中無所執著是趣向菩提趣於實際無差別是趣向菩提趣於如鏡中像如光中影如水中月如熱時焰是趣向菩提爾時衆中有天子名淨月威光白文殊師利菩薩言大士諸菩薩摩訶薩修習何行依何處修文殊師利菩薩言天子諸菩薩摩訶薩修大悲行依於一切衆生處修淨月天子又問言菩薩大悲依何心起文殊師利菩薩言菩薩大悲依無諂誑心起又問言無諂誑心依何而起答言無諂誑心依於一切衆生平等心起又問於一切衆生平等心依何而起答言依於入非一非異法性心起又問入非一非異法性心依何而起答言依深信心起又問深信心依何而起答言依菩提心起又問菩提心依何而起答言依六波羅蜜起又問六波羅蜜依何而起答言依方便慧起又問方便慧依何而起答言依不放逸起又問不放逸依何而起答言依三種淨行起又問三種淨行依何而起答言依十善業道起又問十善業道依何而起答言依持淨戒起又問

持淨戒依何而起答言依如理思惟起又問如理思惟依何而起答言依觀察心起又問觀察心依何而起答言從憶持不忘起爾時淨月威光天子復問文殊師利菩薩言大士諸菩薩發菩提心凡有幾種於因於果而得成就文殊師利菩薩言天子諸菩薩發菩提心凡有四種於因於果而得成就何等爲四一者初發心二者解行住發心三者不退轉發心四者一生補處發心應知初發心爲解行住因解行住發心爲不退轉因不退轉發心爲一生補處因一生補處發心爲一切智因復次天子應知初發心如田中下種解行住發心如芽漸增長不退轉發心如枝葉華果次第出生一生補處發心如果實成熟復次天子第一發心如造車人先集於材第二發心如得材已各別治淨第三發心如彼匠人造車成就第四發心如以其車引重致遠復次天子第一發心猶如初月第二發心如五日夜至七夜月第三發心如十日夜月第四發心如十四日夜月應知如來所有智慧譬如明月至十五夜一切光色悉皆圓滿復次天子第一發心超聲聞地第二發心超辟支佛地第三發心超不定地第四發心住決定地復次天子第一發心譬如有人初學字母第二發心如彼學人漸解分析第三發心如學已久善知筭數第四發心如學成熟了達諸論復次天子第一發心菩薩住因第二發心菩薩住智第三發心菩薩住斷第四發心菩薩住果復次天子第一發心因所攝第二發心智所攝第三發心斷所攝第四發心

果所攝復次天子第一發心從因而起第二發心從智而起第三發心從斷而起第四發心從果而起復次天子第一發心因差別分第二發心智差別分第三發心斷差別分第四發心果差別分復次天子第一發心如採集衆藥第二發心如分辨藥性第三發心如隨病合藥第四發心如服藥除愈復次天子第一發心生法王家第二發心學法王法第三發心學得解了第四發心學得自在爾時會中有天子名決定光明白文殊師利菩薩言大士何者是菩薩摩訶薩速疾道諸菩薩摩訶薩行此道疾得阿耨多羅三藐三菩提文殊師利菩薩言天子菩薩摩訶薩速疾道有二種諸菩薩摩訶薩行此道疾得阿耨多羅三藐三菩提云何爲二一者方便道二者般若道方便道者攝諸善法般若道者了知簡擇方便道者不捨衆生般若道者能捨諸法方便道者知法和合般若道者知不和合方便道者能爲因緣般若道者能至寂滅方便道者能知諸法差別之相般若道者能知法界無差別理方便道者能具莊嚴諸佛國土般若道者能知諸佛國土平等方便道者能知衆生根行不同般若道者能知根行空無所有方便道者令諸菩薩詣於道場般若道者能令菩薩速無所覺天子菩薩摩訶薩復有二種速疾道云何爲二一者資糧道二者決擇道資糧道者謂施等五波羅蜜決擇道者謂般若波羅蜜有著道無著道有漏道無漏道皆如是說復有二種速疾道云何爲二一者有量道二者無量道有量道者謂有

相位無量道者是無相位復有二種速疾道所謂智道及以斷道智道者謂從初地至第七地斷道者從於八地至第十地爾時會中有菩薩名勇修智信白文殊師利菩薩言大士云何爲菩薩摩訶薩所知義云何爲菩薩摩訶薩所修智文殊師利菩薩言善男子義非和合智是和合勇修智信菩薩言大士以何因故義非和合智是和合文殊師利菩薩言善男子義是無爲無爲則非義非義中無有法若和合若不和合義是無變異無成實不可取不可捨皆如是説善男子智名爲道道與心和合非不和合復次善男子智唯是和合非不和合勇修智信菩薩言大士何因緣故智惟是和合非不和合文殊師利菩薩言善男子智善能觀察蘊處界善觀察緣起法善觀察處非處以是故惟和合非不和合復次善男子菩薩摩訶薩有十種智何等爲十一者因智二者果智三者義智四者方便智五者般若智六者攝智七者波羅蜜智八者大悲智九者教化衆生智十者於一切法無所著智善男子如是名爲菩薩摩訶薩十種智復次善男子菩薩摩訶薩有十種發起何等爲十一者身發起爲一切衆生淨治身業故二者口發起爲一切衆生淨治口業故三者心發起爲一切衆生淨治意業故四者内發起於一切衆生無所取著故五者外發起於一切衆生行平等行故六者智發起修習一切佛智故七者國土發起示現一切佛刹功德莊嚴故八者教化衆生發起知諸煩惱病藥故九者眞實發起能成就決定聚故

十者無爲智滿足發起於一切三界心無所著故善男子如是名爲菩薩摩訶薩十種發起復次善男子菩薩摩訶薩有十種行何等爲十一者波羅蜜行二者攝物行三者般若行四者方便行五者大悲行六者求慧資糧行七者求智資糧行八者清淨信心行九者入諸諦行十者不分別愛憎境行善男子如是名爲菩薩摩訶薩十種行復次善男子菩薩摩訶薩有十種無盡觀何等爲十一者身無盡觀二者事無盡觀三者法無盡觀四者愛無盡觀五者見無盡觀六者資糧無盡觀七者取無盡觀八者無所執著無盡觀九者相應無盡觀十者道場識自性無盡觀善男子如是名菩薩摩訶薩十種無盡觀復次善男子菩薩摩訶薩有十種調伏行何等爲十一者調伏慳嫉行捨施如雨故二者調伏破戒行三業清淨故三者調伏瞋恚行修習慈心故四者調伏懈怠行求法無倦故五者調伏不善行得禪解脫神通故六者調伏無明行生決定善巧慧資糧故七者調伏諸煩惱行圓滿一切智資糧故八者調伏顛倒行出生眞實不顚倒資糧道故九者調伏不自在行於時非時自在故十者調伏著我行觀察諸法無我故善男子如是名爲菩薩摩訶薩十種調伏行復次善男子菩薩摩訶薩有十種寂靜地何等爲十一者身寂靜地遠離三種身不善業故二者口寂靜地淨治四種口業故三者心寂靜地永捨三種意惡行故四者內寂靜地不執著自身故五者外寂靜地不執著一切諸法故六者智資糧寂靜地不

執著所行道故七者不自高寂靜地觀察聖智自性故八者究竟邊際神通寂靜地出生般若波羅蜜故九者滅戲論寂靜地不欺誑一切衆生故十者不顧戀身心寂靜地大悲教化衆生故善男子如是名爲菩薩摩訶薩十種寂靜地復次善男子諸菩薩摩訶薩如實行者能得菩提不如實行則不能得如實行者如其所說則如是行不如實行者但有言說不能信受不能修習復次善男子菩薩摩訶薩有二種如實行何等爲二一者道如實行二者斷如實行善男子菩薩摩訶薩復有二種如實行何等爲二一者自調伏如實行二者教化衆生如實行善男子菩薩摩訶薩復有二種如實行何等爲二一者有功用智如實行二者無功用智如實行善男子菩薩摩訶薩復有二種如實行何等爲二一者善建立諸地如實行二者善觀察諸地無差別如實行善男子菩薩摩訶薩復有二種如實行何等爲二一者善遠離諸地過失如實行二者善圓滿諸地功德如實行善男子菩薩摩訶薩復有二種如實行何等爲二一者善說聲聞辟支佛地如實行二者善說諸佛菩提不退轉法如實行善男子菩薩摩訶薩有如是等無量無邊如實行法若能如是如實行者當知是人不久得阿耨多羅三藐三菩提諸菩薩摩訶薩應勤修學爾時世尊讚文殊師利菩薩言善哉善哉文殊師利快說此語佛說此經已文殊師利菩薩摩訶薩勇修智信菩薩摩訶薩淨月威光天子決定光明天子及餘衆會一切世間天人阿脩羅等

皆大歡喜信受奉行

大乘伽耶山頂經

音釋

螺髻（螺落戈切髻古詣切）礫（郎擊切小石也）澡（子皓切洗也）拭（賞職切揩也）噁啊（噁烏路切啊安何切）怯（乞業切畏懦也）慳悋（慳苦閑切悋良刃切）

佛說決定總持經 西晉三藏法師竺法護譯
佛說謗佛經
元魏天竺三藏法師菩提留支譯

清刻龍藏佛說法變相圖

二經同卷
佛說決定總持經
佛說謗佛經

佛說決定總持經

西晉三藏法師竺法護譯

聞如是一時佛在羅閱祇耆闍崛山中與大比丘千二百五十菩薩八萬一切大聖神通已達皆不退轉究竟諸法已逮總持辯才微妙曉了善權方便之宜善學無數菩薩禁戒入于深要體解十二緣起合會行無所造空無相願不起不生一切諸法使入一道諸通慧海攬攝法藏其意廣普聖覺無際明識衆義分别美辭章句之趣所問則答靡不通暢

得衆生意解諸結縛心等如空無有憎愛離於衆垢寂然求安達無瑕疵成大乘場演智慧光降伏外學猶如日明消螢火爟及摩尼珠火電之暉絶去放逸棄諸顛倒所計有常斷滅之觀了知無我無壽無命無人無養寂然觀察諸所興起無央數劫行菩薩道被正德鎧化一切人六度無極修於四恩從權方便出生死道以斯開導迷惑之衆示于禍福救濟苦惱令不復造生死根栽皆得進趣至三昧門其名曰無憂首菩薩師子樂菩薩光英王菩薩梵音響如雷雨菩薩無量德寶菩薩雜華菩薩若干瓔珞莊嚴菩薩石摩王菩薩法雨菩薩蓮華首藏王菩薩壞虛猒意見菩薩大智光明菩薩辯演若干種王菩薩如是等類菩薩八萬爾時世尊與無央數百千之衆眷屬圍遶而爲説經其法名曰決總持門彼時會中有族姓子等輩十人咸共聽受聞如來宣決總持門欣然踊躍善心生焉棄捐睡眠樂處閑居修止足德專志經行夙夜精進無敢懈怠離於放逸貪欲之想如是殷勤不廢精進至于七年終竟七載其心馳騁不得須臾定息一時何況乃當逮總持門不得所願其意患猒節德閑居樂於睡眠廢於精進不復經行捨欲之事不復修學總持之門釋沙門服捨戒就賤迷惑志性求聖教短皆歸居家還習五業於時世尊爲王阿闍貰決虛妄疑已除猶豫十日寂然則演聖威因令其王不爲放逸心懷諍訟解散王結一切調戲諸所見縛竟七日已與七億人往詣佛所欲啓受法十族姓子求聖短者亦侍從王

在於大衆是時座中有一菩薩名無怯行致得總持從無數刼成就法忍逮無從生無有顛倒辯才無量入一切智正慧道力分别隨順度無極行曉無思議總持門品普見一切衆生志性根源所趣應可化者而爲説法不失其本即從座起偏露右肩右膝著地叉手白佛惟天中天此族姓子等類十人出家修道夙夜精進七歲不懈欲求總持所願不獲失其本志捨沙門服還家居業察聖教短惟願世尊演説法義以權方便如應開化令族姓子改往修來當自歸命無上大道佛告無法行菩薩斯族姓子乃往過去久遠世時謗毁佛法不肯聽受以用謗毁越佛法故由是所致不得疾獲無上大道無怯行菩薩以頌問佛曰

我聞人中尊　法王演光明　諸菩薩所行
得消除殃罪　功勲慧遠布　無能越度者
十力無等倫　聖智無罣礙　已脱於三處
則不爲放逸　惟爲説其行　使淨斯道業
今啓於無量　執懷甘露慧　當爲分别説
猶豫意結網　今質於如來　世尊惟爲決
何謂諸菩薩　修行於大乘　日日常精進
最勝行無懈　降伏魔官屬　燒盡衆塵穢
曉了一切行　顯示於衆生　惟爲分别説
道行之本業　言辭甚微妙　和顔爲人説
在於生死處　樂度終始患　諦聽所歎詠
解決衆狐疑　最勝願爲説　如應修道行
善修德清淨　本行滅生死　愍哀施安隱
以濟衆生意　捐棄周旋處　惠寶及車乘
頭目施與人　妻子亦如是　欽敬行忍辱

好於禁戒德　精進修寂顔　曉了堅固志
衆會以此德　能忍百千患　仁尊所遊步
勝通便無礙　明識所當行　知節無猶豫
滅除三垢穢　所致無能極　分别出家業
開化於五趣　安住惟爲説　如應當行道
佛告無怯行菩薩此族姓子等類十人過去
世時違犯諸佛誹謗經典何謂違犯諸佛之
法乃往過去久遠世時更歷三十二劫焰氣
世界有佛名曰光世音如來至眞等正覺明
行成爲善逝世間解無上士道法御天人師
爲佛世尊是族姓子等類十人在於彼世爲
大豪貴長者作子佛滅度後處於末學爲其
世尊興立功德五百塔寺講堂精舍以若干
種供養之具而用給足諸比丘僧一一塔寺
所有精舍百千比丘遊居其中於彼世時有

一菩薩名曰辯積逮得總持執權方便進退
隨宜開化一切而爲説法適處高座五百諸
佛教授辯才八十億天子在於虚空淨除衆
穢莊嚴校飾化作講堂豎諸幢旛供養法師
愍逮一切而爲説經七萬人衆逮不退轉成
無上正眞之道又一萬人得須陀洹果時彼
世界有國王名曰月施愛樂道法渴仰經義
以法自娯于時國王供養法師辯積菩薩與
其中宮貴人婇女五百之衆大作妓樂以寶
爲華而散其上和梅檀香用塗其體以五百
蓋而覆其上五百細妙衣服供養晝夜七日
住不敢坐奉以所安隨其所宜不失時節甚
敬法師最爲無上巍巍之尊福無過者時大
豪貴長者之子誹謗横枉辯積菩薩法師言
毁法戒不隨禁業以是罪故墮於地獄滿九

萬歲生於人間五萬世中墮在邊地夷狄之中迷惑邪見罪蓋覆蔽六百世中常當生盲瘖瘂無舌不能言語出家爲道作沙門來更七百世殷勤精修不惜身命不得總持今復來生於我之世意數數亂不能專定以是之故宿命餘殃罪蓋所蔽而今此輩諸族姓子不得總持是故賢者囑累汝等鄭重告勑聞是經典面見法師爲人頒宣咸共供養不當愁憂心懷毒害況復遥聞生惡心耶佛言族姓子假使有人皆取衆生挑其兩眼斯罪雖重尚可堪任劫數盡竟若有害意向於法師罪之劫數復過於彼假使有人皆取衆生好鬬諍者和諸别離廣令安隱若見法師一心住前是諸功德過於和合衆生鬬諍令得安隱百倍千倍萬倍億倍巨億萬億不及恱顔住菩薩前所以者何其有誹謗於法師者則謗於法謗法者則謗如來欲得供養於如來者當奉法師欲敬如來當順法師欲禮如來當禮法師所以者何諸菩薩等皆從法生從諸菩薩成一切智因一切智成佛世尊菩薩所起因興道心不以住欲在於塵勞得稽首禮由無所生則無所住淨修梵行見稽首禮不以無色三昧正受禮於無色也不以餘殃而就所生所願自在因其所願而徃生矣已得解脱一切愚冥凡夫之行欲令菩薩有餘殃者猶使虛空有其色像譬如族姓子阿耨達龍王欲見諸龍遊戲之時敎告一切諸龍眷屬皆依龍王而得安隱常脱三痛能爲無患菩薩如是捨一切樂斷三毒罪滅蓋塵勞壞衆苦惱爾乃爲安度脱衆生譬如蛟龍遊

於水中而無所畏菩薩如是遊於三界亦無所懼譬如蛟人行於深水見中所有恣意所欲而不爲水之所害也菩薩如是遊於盲冥凡夫之衆住其所行惟觀慧義不違道行不與愚人而俱同塵不爲三處所見没溺是故行者常當將護奉法安詳此爲菩薩之所修業佛時頌曰

其欲歸命佛　敬承無量聖　常供養菩薩
欽奉於導師　吾今所衣鉢　牀榻諸坐具
佛皆以此供　聽施志道者　所上佛燈火
以是燈給之　如是成正覺　諸聖中最上
飲食車乘施　斯等諸慧士　爲愚之導者
將至甘露方　一切衆生類　施天人間安
以順初發意　不能報其恩

無怯行菩薩復白佛言惟天中天寧有方便使此十人族姓子等消除罪殃得至道乎佛言設此十人一心受學佛所須宣修是法律復爲沙門勤諷誦斯總持章句可成道耳何謂總持章句

修清澄　鮮潔句　清且涼　無所受
亦無造　無所淨　遵速疾　取新生
奉精進　禮行步　勤修行　智曉了
主觀察　無所趣　去患難　遊慕使
舉輕便　普清淨　無不淨

佛告無怯行菩薩此等十人以諷誦是總持章句而於七日修恩德無所下使無色不懷瞋恚安詳不久遊無所作無瑕穢心平等捨所有離五陰釋不淨意念佛諸族姓子設能如是奉遵道教十方世界各有千佛示現其前令自見之剋心自責歸命聖尊罪殃可除

逮成道慧諸族姓子時聞佛教等順法律即捨家業出爲沙門諷誦此總持章句如聖所誨晝夜七日精進奉行竟七日已轉見十方各有千佛分別爲說消罪之業應時皆得修普智行總持之門超三十六劫生死之難逮不退轉當成無上正眞之道也佛告無怯行菩薩爾時月施國王者今現在阿彌陀佛是其辯積者阿閦如來是十長者子者今此十人族姓子是也故無怯行其有志學菩薩乘者殷勤奉修如佛所教住于正法捨置無明愼無伺求他人之短也佛告無怯行菩薩有四事行能遵修者嚴淨佛道何等爲四一曰奉行空事常有慈心無害衆生二曰菩薩愍敬同學不爲輕慢三曰爲人說法以經惠施無所希望四曰志常專一不懷供養衣食之心是爲四佛時頌曰

其志常樂　篤信空無　修治清淨　最勝之道
猶如日光　隨時宣明　已得佛道　所照過彼
未曾有人　知其瑕闕　爲大聖德　普忍一切
如是清淨　柔順之場　棄捐貢高　堪任無量
一切所有　上妙衣服　皆當以施　志佛道者
亦不從人　希望供養　是爲佛道　清淨之品
以不希冀　施無量法　恒修愍哀　念於衆生
志性常懷　恩德之義　是爲嚴淨　諸佛之道
假使樂奉　一切諸聖　若欲供養　無欲經典
常當承事　無極佛道　斯三寶者　皆由中生

佛告無怯行菩薩復有四事疾得佛道何謂爲四一曰愛樂明經好於大乘二曰遠離愛欲不習放逸三曰常濟貧匱供以所乏四曰能興法財七業施人是爲四佛時頌曰

愛樂法師　志慕大乘　遠離愛欲　修清淨行
愍傷貧厄　濟諸危難　常以七財　施不懈道

佛告無怯行菩薩復有四事疾得佛道何謂爲四一曰常行大慈哀諸羣生二曰常行大哀爲之雨淚三曰常行大喜和顏悅人視於衆生四曰常行大護救度三界生死之患是爲四佛時頌曰

常行於大慈　愍傷衆生類　念欲成就之
如母育其子　大哀遊終始　不畏諸患難
五趣如泡沫　愍之爲雨淚　和顏察衆生
以法而樂之　示以離衆苦　無痛長安隱
委靡隨五趣　方便示所宜　使度三界惱
獲致無上道

佛告無怯行菩薩若有勤求此總持者當習閑居數詣法會等行清淨著淨衣服遵修四事威儀禮節之正志不懈廢以若干種諸所供具奉養法師篤信三寶常懷恭敬謙遜卑順未曾懈猒常行精進無有諛諂邪行之業心之所念常不離佛意所遵修解無所有已無所有無所想念皆能曉了衆生性行勤自謹勑心口相應愛樂諸佛請問諮受悔過守節勸助德本威儀禮節不違道教無應不應聞非人聲不以恐怖不畏蛇蚖毒螫之蟲奉敬師長修此經典未曾懈倦佛說是經時三萬人從本已來未興道心今皆發起無上正真道意五千人遠塵離垢諸法眼淨三萬菩薩逮得無所從生法忍佛言若有菩薩聞說是經法皆得具足一切功勳無量辯才若族姓子族姓女學菩薩道皆以七寶滿于三千大千世界恒邊沙劫奉進三寶若復有人聞

此經典福尊過彼若有菩薩於百千劫奉五度無極而無大智無善權者不如聞此經典之要福尊過彼是故族姓子囑累汝等此經相付殷勤勸助隨時將護令不忘失莫使增減長存在世持諷誦讀廣分別義爲他人說假使遭厄殞殁身命故當將順於此經典勿使忘失是佛之敎佛說如是無怯行菩薩十族姓子諸大聲聞一切衆會天龍鬼神阿須輪世間人聞經歡喜作禮而去

佛說決定總持經

佛説謗佛經

元魏天竺三藏法師菩提留支譯

如是我聞一時婆伽婆住王舍城耆闍崛山中與大比丘衆千二百五十人俱菩薩八十千爾時會中有菩薩摩訶薩名離憂悲在大會坐師子座遊戲菩薩摩訶薩智光明菩薩摩訶薩梵雷音響雲聲菩薩摩訶薩善作功德寶華光明菩薩摩訶薩師子遊步雲雷音聲菩薩摩訶薩光明威德名聞菩薩摩訶薩無邊智聚思惟莊嚴菩薩摩訶薩無邊寶華名稱菩薩摩訶薩智慧光明辯才説意菩薩摩訶薩此十菩薩摩訶薩集在會坐已於七年爲陀羅尼精勤修習而不能得滿七年已則生憂愁心尚不定況陀羅尼所求不得心生疲惓既於七年離癡覆蓋恒常經行求陀羅尼而不能得捨戒還家遠離佛法作鄙劣行於佛法中心生疑惑有如是過阿闍世王在大會坐爾時世尊於先已爲阿闍世王斷除疑悔阿闍世王既除疑悔一切憂惱皆得解脱於七日中捨財大施如是大施滿七日已爲聽法故七億衆生俱到佛所彼十菩薩諸善男子於佛法中已得罪過亦在會坐爾時會中有菩薩摩訶薩名不畏行得陀羅尼阿僧祇劫法忍成就得無生忍種種辯才能知一切種智之門能説法門能知衆生深心信解而爲説法爾時不畏行菩薩摩訶薩從坐而起整服一相右膝著地合掌向佛白言大德此衆會中十善男子已於七年爲陀羅尼精勤修行所願不成捨離佛法而作俗人善哉世尊如方使説此善男子令速解知爾

時世尊告不畏行菩薩言善男子當知如是十善男子未曾得聞謗佛法門此善男子曾謗佛來是故不能速疾得通爾時不畏行菩薩摩訶薩即以偈頌問如來曰

我今問仁曰　光明之法王　若行菩薩行
惡業云何淨　無量勝智名　十力無障智
解脫無戲論　說菩薩淨行　我問無量智
我問斷惡意　我問無比尊　云何菩薩行
已脫一切縛　離煩惱破魔　知衆生心意
願說菩薩行　如華開笑面　有智行欲斷
說法斷有意　願說菩薩行　能與無量樂
善功德善行　於一切世間　作利益安樂
已於無量世　爲捨所愛物　象馬寶百頭
無量妻子捨　以忍自調伏　樂戒功德行
決定勤精進　意常不憂惱　百種苦已盡
所求事究竟　願如應說法　除斷衆生苦
願說離三垢　云何離不善　願說菩薩行
調御益衆生

爾時世尊告不畏行菩薩摩訶薩言善男子此十菩薩本曾謗佛不畏行菩薩言世尊云何謗佛佛言不畏行此十菩薩乃往過去第三十劫有佛號曰觀世自在如來應正徧知出熖世界不畏行今此會中十善男子於彼觀世自在如來入涅槃後皆作大姓大富長者造五百寺於一一寺置千比丘時有法師名曰辯積得陀羅尼坐法座上爲衆說法五千諸佛皆與辯才八萬億天守護供養辯積法師一說法時七萬衆生悉皆不退阿耨多羅三藐三菩提一萬衆生得須陀洹果善男子彼時有王名曰月得自共五百婇女相隨

俱往供養辯積法師敬重法故歌聲作樂種種寶華散彼比丘栴檀等香用塗其身以五百領好衣覆之於七日中一切樂具盡心供養如法師法而供養之當於爾時彼長者子說彼比丘毀破淨戒彼惡業報九十千年墮大地獄於五百世雖生人中受黃門身生夷人中生邪見家於六百世生盲無舌七百世中雖復出家求陀羅尼而不能得何以故以彼往世惡業障故善男子汝應善知如是法門我今已說既得聞已若見法師實破戒者不得生瞋尚不應說何況耳聞而得說耶善男子若有挑拔一切衆生眼目罪聚若以瞋心看法師者所有惡業過彼罪聚若斷一切諸衆生命所有罪聚若於法師生於惡心經迴面項所得罪聚彼前罪聚於此罪聚一百分中不等其一於千分中亦不等一於百千分阿僧祇分若歌羅分若數分中不等其一於譬喻分乃至憂波尼沙陀分中不等其一何以故若謗法師即是謗佛善男子若有希望供養佛者彼人則應供養法師若有希望供給佛者彼人則應供給法師若有希望禮拜佛者彼人則應禮拜法師何以故以從菩薩生一切智以從菩薩生諸佛故善男子菩薩何曰發菩提心既發心已不住欲樂煩惱不染不住一切非梵行事應如是知如是菩薩入無色定不生無色何以故菩薩不隨三昧力生以願力生如是菩薩解脫一切毛道凡夫愚癡人行若有能見虛空色者彼人能見菩薩煩惱善男子譬如阿那婆達多龍王龍衆數攝與一切龍體相無異龍三種過悉

皆遠離何等爲三一者熱沙不墮其頭二者不以蛇身行欲三者無有迦樓羅畏如是善男子此三龍過所不能汙菩薩摩訶薩亦復如是一切戲樂皆悉具有於三有中欲煩惱苦不能覆蔽應如是知又善男子譬如取魚衆生之類於水中行水中見物入水不死善男子菩薩摩訶薩亦復如是行於生死住凡夫行常求智行修習正法心不迷亂凡夫之事所不能汙三有之苦所不能汙是故菩薩摩訶薩常應自護勿謗法師爾時世尊而說偈言

若欲供養佛　若欲禮如來　但供養佛子
第一供養佛　我說以衣鉢　坐卧經行處
如是等應施　發菩提心者　如是供養佛
如是供養法　佛爲世間上　皆從法中生
是人孤獨智　與闇眼者明　示迷者正道
將向不死處　若一切財寶　常施一切佛
雖如是奉施　不能報佛恩　若從今已去
常供養法師　不謗不說者　則報諸佛恩

爾時不畏行菩薩摩訶薩白佛言世尊有方便門令此菩薩淨惡業不佛言有不畏行有陀羅尼此善男子若能出家專心誦此陀羅尼句惡業則淨

多軼他台邏切長音不言長者盡是短音句　阿制句　阿車婆坻句　阿那長音毗麗句　阿施黎殺詩債切句　阿訖吏帝句　阿那由系句　阿系句　阿毗阿長音離句　阿婆重音不言重者悉是輕音婆句　頭樓唐鵝磨句　由多若多長音納波囉頗閉句　尼伽地特債切句　憂伽囉系句　侇侇迷無詣切句　遮波麗句　娑遲摩細句　三摩提句　余長音知句　那耶波離舒長音池重音帝句

善男子此十善男子若能誦此陀羅尼句於七日中一切放捨不食雜食心不散亂不著諸色心不分别捨憍慢意常誦不止更無所作不與人雜行平等心常行利益心常修習五陰無常而不捨離常修念佛若如是行於十方中現見千佛爾時彼會十善男子聞佛說已即爾出家專心誦此陀羅尼句七日精進隨順攝取亦常修習念佛三昧見一千佛彼惡業障懺悔盡滅爾時即得一切智門集陀羅尼滅三十劫生死之業不退阿耨多羅三藐三菩提不畏行當知爾時供養法師月得王者今無量壽如來應供正徧知是阿閦如來應正徧知則是爾時辯積法師爾時謗說辯積法師十長者兒大姓童子即是此會十善男子彼十長者大姓童子爾時謗說辯積法師毀犯淨戒如是善男子隨諸菩薩於何等寺若善惡住乃至失命身死因緣不見其過何以故善男子菩薩具有四種淨法何者四種一者修空二者常於一切衆生不破壞心三者於諸菩薩常與利益四者說法不求資生善男子此是四法菩薩摩訶薩清淨菩提法爾時世尊為明此義以偈說曰

若能信解空　佛說第一法　如是清淨行
彼常不放逸　不破壞衆生　不說破壞語
彼人得成佛　光明照世間　此第二淨道
聞已作利益　於衆生行忍　莫作破壞行
有法善無垢　施發心菩薩　若不求恩報
第三菩提道　決定生悲心　說法不求利
如深心憐愍　第四道智淨

復次善男子修陀羅尼菩薩摩訶薩阿蘭若

行親近聞法著鮮淨衣獨住閑居四威儀中常思惟行以種種物布施法師生正信心不隨他語不生疲倦常精進行心不諛諂不離念佛心無所得善修無相如説而行以信解心請佛懺悔隨喜迴向恒常正行不越威儀不畏教誡依上尊住一切名行於此法中不疲倦修説此法時三萬衆生本未曾發菩提之心聞此法已發菩提心五千衆生遠塵離垢於諸法中得法眼淨三萬菩薩一切皆得無生法忍善男子若諸菩薩摩訶薩等聞此法門得福甚多若以七寶滿於三千大千世界於日日中布施三寶如是乃至恒河沙劫若復得聞如是法門其福爲勝若復能行五波羅蜜經一千劫惟除般若波羅蜜門若人得聞如是法門其福爲勝善男子若復有人於一千佛晨起日中日暮供養尊重讃歎如意供給若有得聞如是法門其福爲勝如是善男子應當護念如是法門我今付汝爲令擁護受持讀誦解説其義爲令書寫乃至失命身死因緣應當護念隨順修行如來説已不畏行菩薩摩訶薩及餘菩薩彼諸比丘一切衆會幷諸天人及阿脩羅乾闥婆等聞佛所説皆大歡喜

佛説謗佛經

音釋

耆闍崛（梵語也此云靈鷲闍詩遮切崛渠勿切）
攬（盧敢切撮持也）
瑕疵（瑕胡加切玷也疵疾移切黑類也）
豎（臣庾切立也）
妓（奇寄切女樂也）
瘖瘂（瘖於金切瘂烏下切瘖瘂病不能言也）
泡沫（泡匹交切水上浮漚也沫莫割切水沫也）
蛇蚖（蚖吾官切毒蛇也）
螫（施隻切蟲行毒也）

大方等大雲經

北涼天竺三藏法師曇無讖譯

清刻龍藏佛說法變相圖

大方等大雲經卷第一

北涼天竺三藏法師曇無讖譯

大雲初分大衆揵度第一

如是我聞一時佛在王舍城耆闍崛山中與大比丘僧九萬八千大迦葉等而爲上首一切皆是大阿羅漢諸漏已盡皆得自在其心調柔如香象王隨順善道心得解脫智慧無礙捨離重擔所作已辦求斷諸有所修禁戒清淨微妙心到彼岸威德巍巍有大名稱具足成就得八解脫皆於晨朝從禪定起往至佛所頭面禮佛合掌恭敬右遶三帀修敬已畢却坐一面復有比丘尼衆六萬五千摩訶波闍波提比丘尼而爲上首亦於晨朝從禪定起往至佛所頭面禮足合掌恭敬右遶三帀修敬已畢却坐一面復有菩薩摩訶薩六

萬八千一切皆是大香象王其名曰大雲密藏菩薩摩訶薩大雲得志菩薩摩訶薩大雲電光菩薩摩訶薩大雲雷震菩薩摩訶薩大雲勤藏菩薩摩訶薩大雲愛樂菩薩摩訶薩大雲歡喜菩薩摩訶薩大雲性菩薩摩訶薩大雲金剛首菩薩摩訶薩大雲寶首菩薩摩訶薩大雲吼菩薩摩訶薩大雲名稱菩薩摩訶薩大雲願華菩薩摩訶薩大雲施雨菩薩摩訶薩大雲不輕菩薩摩訶薩大雲勤行菩薩摩訶薩大雲師子吼王菩薩摩訶薩大雲滿雨心王菩薩摩訶薩大雲普光菩薩摩訶薩大雲正見菩薩摩訶薩大雲遍雨王菩薩摩訶薩大雲身通王菩薩摩訶薩大雲上妙菩薩摩訶薩大雲自在菩薩摩訶薩大雲大海菩薩摩訶薩大雲一切自在菩薩摩訶薩

大雲福田菩薩摩訶薩大雲一切施安菩薩摩訶薩大雲日光菩薩摩訶薩大雲月光菩薩摩訶薩大雲瑠璃光菩薩摩訶薩大雲無量價菩薩摩訶薩大雲常見菩薩摩訶薩大雲我見菩薩摩訶薩大雲淨見菩薩摩訶薩大雲樂見菩薩摩訶薩大雲無礙菩薩摩訶薩大雲常勝菩薩摩訶薩大雲淨光菩薩摩訶薩大雲得稱菩薩摩訶薩大雲愛命菩薩摩訶薩大雲賈主菩薩摩訶薩大雲順師菩薩摩訶薩大雲現道菩薩摩訶薩大雲護子菩薩摩訶薩大雲勝分陀利菩薩摩訶薩大雲火光菩薩摩訶薩大雲波頭摩菩薩摩訶薩大雲優鉢羅香菩薩摩訶薩大雲威德王菩薩摩訶薩大雲動搖菩薩摩訶薩大雲無所畏菩薩摩訶薩大雲多摩羅跋樹葉涼菩

薩摩訶薩大雲赤栴檀樹涼菩薩摩訶薩大
雲極深菩薩摩訶薩大雲知善師菩薩摩訶
薩大雲那羅延大喜菩薩摩訶薩大雲大牛
王菩薩摩訶薩大雲大樹王菩薩摩訶薩大
雲大法分陀利敷菩薩摩訶薩大雲執持法
光菩薩摩訶薩大雲稱王門菩薩摩訶薩大
雲金山有德王菩薩摩訶薩大雲無怖王菩
薩摩訶薩大雲大醫王菩薩摩訶薩大雲大
身王菩薩摩訶薩大雲虛空王菩薩摩訶薩
大雲修髮王菩薩摩訶薩大雲壞雲王菩薩
摩訶薩大雲壞風王菩薩摩訶薩大雲壞雨
王菩薩摩訶薩大雲俾倪王菩薩摩訶薩大
雲斷暗王菩薩摩訶薩大雲斷雹王菩薩摩
訶薩大雲迦葉菩薩摩訶薩如是等菩薩摩
訶薩亦於晨朝從禪定起往至佛所頭面作
禮合掌恭敬右遶三帀修敬已畢却坐一面
復有五萬八千梨車童子其名曰師子光梨
車法德梨車法羨梨車釋德梨車釋幢梨車
釋旛梨車師子吼梨車寶鈴聲梨車愛德梨
車名貴德梨車金剛鬚梨車佛奴梨車如來
奴梨車世尊奴梨車婆伽婆奴梨車正覺奴
梨車世尊月奴梨車大手梨車大精進梨車
恒河得梨車文殊師利梨車彌勒梨車大龍
梨車龍護梨車法護梨車廣稱梨車虛空雲
梨車恒河護梨車金華梨車電光梨車大廣
面梨車性廣梨車淨光梨車自在得梨車自
在地梨車地鬚梨車方等奴梨車金剛奴梨
車如是等梨車一切皆發阿耨多羅三藐三
菩提心守護大乘愛樂大乘其所教化悉向
大乘亦於晨朝從禪定起往至佛所頭面作

禮合掌恭敬右遶三帀修敬畢已却坐一面復有四萬四千天王其名曰愛見天王一切愛天王月髮天王日色天王長耳天王青色大王精進天王深目天王大黑天王遠慧天王虛空目天王愛德天王愛鬚天王愛稱光天王愛面光天王一切喜念天王瑠璃光天王光愛天王半月天王大聲微妙天王勇壞煩惱天王一切愛天王童子愛天王曼陀羅華天王無常天王屬昴星天王如是等諸大天王愛樂大乘廣説大乘護持大乘受持一切三昧總持惠施衆生安樂之事亦於晨朝從禪定起往至佛所頭面禮足合掌恭敬右遶三帀修敬已畢却坐一面復有三萬八千龍王其名曰蓮華龍王德叉迦龍王迦迦羅龍王悉修吉龍王愛德鬘龍王大地龍王牙

利龍王淨目龍王師子龍王螺聲龍王鼓聲龍王金光龍王金色龍王黑鬚龍王持大雨龍王大海龍王枳羅婆龍王梵龍王願愛龍王伊羅鉢龍王陀毗羅龍王恒河龍王辛頭龍王博叉龍王私陀龍王有德龍王阿耨達龍王鉢售那龍王人龍王非人龍王人頭龍王吉龍王勲律羅龍王毗舍羅龍王螺龍王黃色龍王難陀龍王憂波難陀龍王毗樓勒叉龍王提頭賴吒龍王毗樓博叉龍王毗沙門龍王半闍羅龍王摩那斯龍王如是等龍王樂欲聽受大乘經典既聞得已欲爲一切廣宣分別欲持正法守護正法爲護法故堅持禁戒荷法重擔亦於晨朝從禪定起往至佛所頭面作禮合掌恭敬右遶三帀修敬已畢却坐一面復有三萬六千夜叉神王其名

曰毗沙門鬼王虛空鬼王愛德鬼王畢施鬼王大瓔珞莊嚴鬼王一向視鬼王動大地鬼王善毛鬼王善愛家鬼王摩尼拔陁鬼王滿城鬼王蓮華光鬼王車輪臺鬼王大海勝鬼王如是等夜叉鬼王隨順阿閦如來道行爲護正法受持禁戒亦於晨朝從禪定起往至佛所頭面作禮合掌恭敬右遶三帀修敬畢已却坐一面復有四萬九千金翅鳥王其名曰力等香象金翅鳥王堅固金翅鳥王鼓聲金翅鳥王壞一切龍王力金翅鳥王火光金翅鳥王斑翅金翅鳥王輪面金翅鳥王惡性金翅鳥王壞和修吉龍王眷屬金翅鳥王壞和修吉眷屬大喜金翅鳥王實見金翅鳥王喜說大慈金翅鳥王法喜金翅鳥王金翅愛金翅鳥王如是等金翅鳥王一切無有憍慢放逸皆得愛護大乘之心守護一切諸佛正法亦於晨朝從禪定起往至佛所頭面作禮合掌恭敬右遶三帀修敬已畢却坐一面復有六萬八千乾闥婆王其名曰喜乾闥婆王自在歌乾闥婆王現在愛乾闥婆王牛王得乾闥婆王雲覆乾闥婆王命命乾闥婆王各各聲乾闥婆王如是等乾闥婆王亦於晨朝從禪定起往至佛所頭面作禮合掌恭敬右遶三帀修敬已畢却坐一面復有九萬八千緊那羅王其名曰善見緊那羅王長鼻緊那羅王引心緊那羅王妻愛緊那羅王壞煩惱緊那羅王壞怨緊那羅王魔王女愛緊那羅王壞魔眷屬緊那羅王慧藏緊那羅王深目緊那羅王淨貴德緊那羅王調根緊那羅王遠見緊那羅王如是等緊那羅王亦於晨朝

從禪定起往至佛所頭面作禮合掌恭敬右遶三帀修敬已畢却坐一面復有一萬八千羅刹王其名曰煮灰羅刹王水牛頭羅刹王黃髮羅刹王差齒羅刹王髑髏耳羅刹王貪蜜羅刹王蜜色羅刹王大咽羅刹王大飲羅刹王以髮覆身羅刹王大力羅刹王可畏色羅刹王如是等羅刹王一切皆斷羅刹之想純以大乘調伏其心亦於晨朝從禪定起往至佛所頭面作禮合掌恭敬右遶三帀修敬已畢却坐一面復有三萬八千陀那婆神王其名曰象面陀那婆王牙陀那婆王反足陀那婆王驢聲陀那婆王華耳陀那婆王寶耳陀那婆王鼠得陀那婆王貍得陀那婆王鼠狼疑陀那婆王獮猴面陀那婆王月面陀那婆王如是等陀那婆王亦於晨朝從禪定起往至佛所頭面作禮合掌恭敬右遶三帀修敬已畢却坐一面復有七萬八千鳩槃茶王其名曰象耳鳩槃茶王箕耳鳩槃茶王大肥鳩槃茶王如是等鳩槃茶王皆已捨離鳩槃茶想亦於晨朝從禪定起往至佛所頭面作禮合掌恭敬右遶三帀修敬已畢却坐一面復有三萬八千餓鬼王其名曰電光明王大施王一切羨王箭王大海濤波王如是等王悉皆愛樂大乘經典護持正法常爲衆生廣宣分別渴仰大乘飢虛大乘貪慕大乘純以大乘以自莊嚴常發誓願得戒得慧亦於晨朝從禪定起往至佛所頭面作禮合掌恭敬右遶三帀修敬已畢却坐一面復有八萬八千阿修羅王其名曰毗摩質多阿脩羅王富婁那阿脩羅王念國阿脩羅王淨恒河毗紐

阿脩羅王利安阿脩羅王烏咽阿脩羅王三角山阿脩羅王灰髮阿脩羅王大惡性阿脩羅王火光阿脩羅王如是等阿脩羅王皆悉捨離阿脩羅想其心調伏永離憍慢無有放逸亦於晨朝從禪定起往至佛所頭面作禮合掌恭敬右遶三帀脩敬已畢却坐一面復有六萬五千大神呪王其名曰寶持王無盡意王無盡財王無礙王不對王如是等大神呪王愛重大乘樂說大乘擁護大乘渴仰大乘貪慕大乘得大乘定具平等行常欲除斷所有疑心爲護正法受持淨戒亦於晨朝從禪定起往至佛所頭面作禮合掌恭敬右遶三帀修敬已畢却坐一面復有九萬九千五通仙人其名曰那羅他仙人銳浮羅仙人跋彌迦仙人善奴仙人竭伽仙人太白仙人熒惑仙人鹿角仙人鹿目仙人離慢仙人婆私吒仙人歡喜仙人五陰仙人劫初仙人大雲色衣仙人天衣仙人憍尸迦仙人頗羅墮仙人龍聲仙人有德仙人斷肉仙人施一切命仙人如是等五通仙人亦於晨朝從禪定起往至佛所頭面作禮合掌恭敬右遶三帀修敬已畢却坐一面復有天帝釋與無量無數三十三天亦於晨朝從禪定起往至佛所頭面作禮合掌恭敬右遶三帀修敬已畢却坐一面復有四天王亦於晨朝從禪定起往至佛所頭面作禮合掌恭敬右遶三帀修敬已畢却坐一面復有舍衛國主波斯匿王與諸小王莊嚴四兵是諸王等愛重大乘樂說大乘渴仰大乘爲護正法受持淨戒亦於晨朝從禪定起往至佛所頭面作禮合掌恭敬右

遶三帀修敬已畢却坐一面復有五萬三千諸大長者須達多等悉受五戒皆發阿耨多羅三藐三菩提心愛重大乘渴仰大乘貪慕大乘爲護大乘受持淨戒爲衆生故隨順菩提亦於晨朝從禪定起往至佛所頭面作禮合掌恭敬右遶三帀修敬已畢却住一面復有贍婆國主名曰月護與諸小王受持五戒一切皆發阿耨多羅三藐三菩提心亦於晨朝從禪定起往至佛所頭面作禮合掌恭敬右遶三帀修敬已畢却坐一面復有十六大國鴦伽陀國摩伽陀國迦尸國拘薩羅國跋耆國摩羅國分陀國須摩國阿摩國阿槃提國拘留國半時羅國跋嗟國首羅先那國友槃那國劒蒱闍國如是十六諸大國土其中所有一切衆生皆發阿耨多羅三藐三菩提心亦於晨朝從禪定起往至佛所頭面作禮合掌恭敬右遶三帀修敬已畢却坐一面復有末利夫人與一萬六千諸夫人等亦於晨朝從禪定起往至佛所頭面作禮合掌恭敬右遶三帀修敬已畢却坐一面復有一萬八千優婆夷毗舍佉等一切皆發阿耨多羅三藐三菩提心愛樂大乘渴仰大乘爲護正法受持淨戒爲欲集助無上道法修菩提道一切皆得不退轉心爲度衆生現受女身常樂宣說大乘經典亦於晨朝從禪定起往至佛所頭面作禮合掌恭敬右遶三帀修敬已畢却坐一面復有自在天子與無量天衆現大神變放五色光所持諸華如須彌等所謂優鉢羅波頭摩拘勿頭分陀利香華大香華微妙華大微妙華愛見華大愛見華時華常華

曼陀羅華摩訶曼陀羅華及持諸香所謂栴檀香華香馥迦香及諸妓樂復持諸華大如車輪亦於晨朝從禪定起往至佛所頭面作禮合掌恭敬右遶三帀修敬已畢却坐一面復有梵天螺髻梵等無量梵俱放五色光其光能壞耆闍崛山所有衆生貪欲黑闇持種種香雜華妓樂來至佛所王舍大城耆闍崛山迦蘭陀竹林其地縱廣足一由旬天衣遍覆間無空處所謂憍尸迦衣迦陵伽衣芻摩衣拘欽婆衣復敷七寶師子之座座高百萬八千由旬設此供已右遶如來滿三十帀脱身寶衣以覆佛上發如是言唯願世尊爲衆生故當雨法雨時虛空中復出大聲世尊一切衆生雖得聽聞常樂我淨而不能解唯願如來敷演解說復有無量鵝王師子鵝王等

持諸種種華香供具以用供養寶師子座復有無量孔雀王善目孔雀王等持諸香華微妙妓樂以供養佛復有無量拘枳羅鳥王善行王等亦於晨朝從禪定起往至佛所頭面作禮合掌恭敬右遶三帀修敬已畢却坐一面復有雪山迦蘭陀鳥王蓮華王等持諸香華亦於晨朝從禪定起往至佛所頭面作禮合掌恭敬右遶三帀修敬已畢却坐一面復有無量命命鳥王無礙王等亦於晨朝從禪定起往至佛所頭面作禮合掌恭敬右遶三帀修敬已畢却坐一面復有無量山神王須彌山神王而爲上首亦於晨朝從禪定起往至佛所頭面作禮合掌恭敬右遶三帀修敬已畢却坐一面復有香山諸藥草王忍辱王等亦於晨朝從禪定起往至佛所頭面作禮

合掌恭敬右遶三帀修敬已畢却坐一面爾時所有一切樹木常出華果一切妓樂無皷觸者自然演出微妙音聲時雪山中所有師子諸惡獸等慈心相視如毋如子復有一切蚉虻毒蟲皆得慈心亦如一子諸惡鳥等亦復如是復有四種毒蛇所謂視毒嘘毒嚙毒觸毒亦得慈心及十六種諸惡律儀亦復如是諸惡衆生悉受五戒爾時一切大衆悉共受持清淨戒行樂欲聽受大乘經典恭敬大乘擁護大乘呵責誹謗大乘經者見有受持恭敬供養爾時大雲密藏菩薩摩訶薩即從座起偏袒右肩為佛作禮長跪合掌白佛言世尊此諸大衆咸有疑心我今欲問唯願聽許佛言善哉善哉善男子我今能破此衆疑心恣汝所問大雲密藏菩薩言世尊菩薩摩訶薩云何修行得陀羅尼云何能得大海三昧云何能解諸佛密語云何得知具足法味云何得見微密之藏云何得入安隱之處亦得覩見如來常住云何能得如來寶藏不斷衆生貧窮困苦云何能解諸佛如來甚深之義云何能到諸佛如來大海彼岸云何菩薩得入諸佛如來境界云何菩薩護持諸佛所有幻法云何菩薩得如來法得已能説云何能知一切法界云何得佛日身月身彗星之身云何得盡如來邊際云何能得諸佛淨業云何逮得如來所行云何得佛甚深淨池云何得佛分陀利華云何得佛自在之力云何能得諸佛財貨云何能見如來實相云何見佛常住不變云何能得如來金色云何菩薩得佛法王云何能得金剛法身云何得佛常

身常聲云何菩薩得到如來所安之處而無安想云何見於諸佛如來常樂我淨而非惡見云何如來眞實生身眞實法身云何如來金剛之身破壞雜身云何見壞身而名爲眞見云何如來身不名爲血肉筋骨之所成立若有如是身云何爲空見如來說法時云何有所獲云何說法時俱聞無所獲法若無所有云何復得說如來眞實常云何入於涅槃若不入涅槃云何名實語戒若無淨穢云何讃持戒者佛法若無滅云何說法滅復言法滅時多有毁禁者如來佛性淨上淨畢竟淨其性如是者云何樂生死云何諸菩薩常說生死樂云何諸菩薩樂見如來性云何煩惱常云何愛煩惱云何復得入一切煩惱門云何能得修一切佛土業云何得善知煩惱之根本云何諸菩薩善能得除滅於佛所起疑常樂我淨心若無疑心者云何畏生死若畏於生死云何復樂著云何得佛道云何轉法輪云何度衆生知不斷佛性云何治魔衆使離魔境界云何度衆生生死大苦海云何說生死示導生死道云何得生死無量之大海云何求生死渴仰生死道云何貪生死悋惜不放捨云何開生死猶如分陁利云何煩惱結猶如四大海云何諸煩惱常起如發願云何而得地獄之心云何常求地獄之心云何修集地獄戒禁云何滋息地獄業行地獄之身刀劒弓箭錐鉀輪火云何能破壞衆生地獄畏云何爲地獄衆生作安樂云何注大雨能滅地獄火云何處地獄而不受其報云何爲地獄而作船導師云何爲地獄而作大良

藥云何而能得閉塞地獄道云何作慧燈壞於生死暗云何在生死煩惱毒不汙雖住無所住而不同空住能消諸煩惱猶如日照雪見於如來常樂我淨其心安住如須彌山不動不轉如帝釋幢如來實不畢竟涅槃亦說如來入於涅槃其心不壞猶如金剛云何得慚愧云何得好身云何復能得衆所愛敬身云何得不貪云何得不瞋云何能得微妙光明云何得正性云何得自在云何能得大衆眷屬云何能得不壞眷屬不退不失不貪飲食常修知足終不食肉於諸衆生常生愛心常爲世間之所恭敬得名一切大施之主得名大力得名健行大慈大悲大捨大喜大慧總持隨順世間爲安世間爲樂世間云何而得世間無上世間無勝世間無邊常行正語修行梵行行大悲行喜行聖行見空法界隨順而說見不空界說亦如是說佛法相見佛眞法得淨自在持戒之財德財法財不食之財爲貧衆生得財藏身爲諸衆生得三種定空無相願欲生淨土得隨願身雖爲衆生受此陰身不於衆生求其恩報讚歎持戒訶破戒者不爲羣邪之所沮壞雖讀外典不隨其義其所說法句義不斷雖名沙門及婆羅門終不生於沙門之想婆羅門想雖復曉了筭數呪術心初未曾有貪著想雖爲衆生現入天寺供養恭敬依止禮拜而其内心常依法界現行十惡實是梵行諸佛護念如視一子善能護持諸佛法身能轉一切諸佛法輪深見諸佛甚深法界及眞實相其所修行等諸佛行得無量身及無量行善解諸佛所有密

語除去憍慢猶如諸佛善說法界深密之義雖說憍慢無憍慢相亦不教他生於憍慢心無貪恚愚癡怖畏猶如諸佛其行無量微密無量諸法無量樂說無量性相無量眞實無量見眞見實見性見法爲諸衆生斷煩惱故而演說法常得知見諸佛世尊永度煩惱諸結大海爲度衆生故說度煩惱諸結海法自得度已度未度者自得脫已脫未脫者自得安已安未安者未涅槃者令得涅槃自見法界了了眞實或爲衆生說實不實於無量劫已壞四魔爲衆生故現處道樹方降魔衆內實知見久破諸魔爲衆生故唱言令壞以善方便轉於法輪以善方便現入涅槃云何能得諸佛神通云何得佛如來法王云何得佛微密法藏云何得佛不可思議云何能得諸佛無量無稱無數無勝無邊云何能施一切衆生甘露法味爾時世尊告大雲密藏菩薩言善哉善哉善男子汝今所問甚爲快善爲欲安樂世間衆生故發斯問一切衆生無明所盲而不能知諸佛所有眞實功德善男子汝今欲令一切衆生悉得智慧眼常眼常光永度生死煩惱大河了知諸佛菩提之行欲壞衆生無明結㲉示導無上菩提之行一切衆生常樂演說無常無我無樂無淨而今欲開常樂我淨如來畢竟入於涅槃無常無我無樂無淨而今欲開諸佛世尊不畢竟滅常住不變善男子一切衆生常於法界妄生分別而法界性實無分別汝今欲聞無分別義是故發問善男子一切衆生常爲邪毒之所塗染如來世尊爲大良醫汝意欲令如來醫

王說呪授藥療其所苦善男子如遮羅迦梵志及尼乾子諸婆羅門實非羅漢作羅漢想非聖聖想非天天想實非常樂我淨之法而作常樂我淨之想汝今欲爲如是衆生拔邪毒箭解邪縛破邪獄出邪網施法味食甘露安寢四禪塗淨戒香四等爲華慚愧爲衣故發此問善男子一切衆生不知總相不知别相相無相非相非無相非相相非無相相可知非不可知非此非彼非手非指非此彼中非作非不作非示非不示非因非不因非瞬非不瞬非知非不知非識非不識非住非不住非闇非明非相非名非輕非重非羸非力非處非不處非淨非不淨非有爲非無爲非有非無非可說非不可說非取非捨不生不退非實非虛非正非邪非畢竟非不畢竟非福田非不福田非時非不時非可淨非不可淨非作非能作非生非滅非冷非熱非陰入界非結因非業因非生非墮非長非增長非有墮落畢竟無墮非是有法永斷諸有非過去非未來非現在非實非不實非性非不性非色非受想行識非盡非不盡亦不可盡非等非無等亦無與等非地水火風一切法界實無有身實相之相畢竟眞實是名如來無量無邊不可思議諸大功德之所成就如是身者即是諸佛眞法身也其義甚深不可思議如來法界深邃幽遠不移本處宣說正法十方諸佛皆得聞知所以者何如來自在神力行故如是深語聲聞緣覺所不得聞善男子諸佛何故不爲彼說令彼得聞善男子聲聞緣覺乃至不解一字之義猶如生盲飲毒

狂人如蠶處繭如被毒箭如病瘀癃是故諸佛不爲說之善男子一切衆生常爲諸結煩惱所病諸佛如來能施法藥以妙呪術拔其毒箭除其膚翳衆生眞實不知如來常住不變如來爲然智慧法燈悉令得見常樂我淨譬如日出悉令衆生普見大地高下等相如來亦爾一切衆生不知方等亦不能得總持三昧不知佛時不知佛財不見佛身不解如來涅槃之相不知佛法滅與不滅而言如來無常無樂無我無淨有煩惱箭是雜毒食是故我爲如是等人演說諸佛常樂我淨欲除此人無明黑暗善男子善哉善哉聲聞緣覺未曾得聞是一字義汝今欲令彼得聞故故發是問諦聽諦聽善思念之吾今爲汝分別解說有大方等甘露經王開大寶藏賑給貧窮啓發諸佛功德之藏一切衆生皆有佛性其性無盡昔來隱蔽今欲顯示諸佛如來然大慧燈令諸衆生了了明見善男子吾將欲說汝便發問副汝昔來所發誓願大雲密藏菩薩摩訶薩言世尊我從昔來實無此願乃是世尊大慈愍事神通力故爲度衆生令我發問欲破衆生貧窮困苦令諸衆生意無盡故如來今說則能消滅一切衆生無明大暗得智慧寶令諸衆生明見佛性得見如來常樂我淨佛言善哉善哉善男子汝今所問其義甚深爲度衆生生死海故爲廣流布方等經故爲常法故惠施一切甘露法味除斷衆生貧窮苦故諦聽諦聽吾當爲汝分別解說令諸衆生得安樂故汝今當爲一切衆生善持是義善男子一切如來應供正遍知明行

足善逝世間解無上士調御丈夫天人師佛世尊等有一法名曰法界以此法界諸佛世尊等有常慧以常慧水淨自洗浴服甘露味并以惠施一切衆生修集一切諸佛所行汝今當服是甘露味汝既服已復當轉施我今當說汝便善聽初語亦善中語亦善後語亦善其義眞實言辭巧妙其音清淨純一無雜具足清白梵行之相善男子有大雲經總持大海三昧大海如來法印諸佛法城法界甚深常住不變不可思議常樂我淨善男子若有受持書寫讀誦解說之者則能破壞衆生煩惱斷除一切貧窮困苦若遭饑荒穀米湧貴讀誦是經則得豐穰若時炎旱天則降雨若有饑虛渴仰法食讀誦是經則得總持甘露法味若欲具足大神通者當受是經欲雨法雨潤漬枯槁當讀是經若遭大病亦當受持所以者何此經即是一切大病之良藥也此經能斷一切諸毒大陀羅尼是大三昧此經即是塗末燒香微妙淨華善男子汝今當然大智慧燈破諸衆生狂愚黑闇而諸衆生常言如來無常無我無樂無淨是磨滅法如是衆生即是飲毒被大毒箭疲癃發動狂醉失心無明所覆聲聞緣覺如羸老牛是故汝當廣宣分別如來功德以實相油潤益慧燈開發慧眼除無明暗若言如來眞實出生輸頭檀舍出家學道修習苦行壞魔兵衆坐於道場成菩提道當知是人即是謗佛寧當斷首拔出其舌不應出此虛妄之言何以故非是善解諸佛如來祕密語故若經中言沙門瞿曇當知是語即是密語善男子爲衆生故

示現神足當知即是佛之真子善男子汝則已爲得大果報授與聲聞辟支佛等吐藥下藥熏藥服藥治諸病藥何等是藥所謂大乘方等經典當知是經即是諸經轉輪聖王何以故是經典中宣説衆生實性佛性常住法藏衆生不解乃至一句一字汝今當聽聽已即當爲汝法藏汝復當觀是經境界善男子此經中有諸佛菩薩四百不可思議解脱法門善男子此經中有諸法寶藏神王三昧門善男子此經典中有諸菩薩三十六不退智慧寶藏陀羅尼門善男子此經復有諸佛菩薩二十三種入衆生音大行方便解脱法門善男子此經復有諸佛菩薩十種神足入密行藏大行光王法門此經復有諸佛菩薩十種生死行業道地得心定解脱慧願法藏法門此經復有諸佛菩薩十智不滅入思惟神通王法門此經復有諸佛菩薩十種不生思惟法藏得入神足王法門此經復有諸佛菩薩甚深十智入無畏行法王法門此經復有諸佛菩薩十種大雲見流不可思議功德藏法門此經復有諸佛菩薩入十種衆生語言修大行法方便不斷解脱法門此經復有諸佛菩薩十種神通所入生行有行行藏光王法門此經復有諸佛菩薩十種生死煩惱業行心住三昧解脱誓願法藏法門此經復有諸佛菩薩十種智住不可思議所入神足王法門此經復有諸佛菩薩十種不生不可思議通達密藏神足王法門此經復有諸佛菩薩十種智甚深入精進行法門此經復有諸佛菩薩十種大雲衆法和合神足王法門此

經復有諸佛菩薩大雲光明眼目法門此經復有諸佛菩薩十種大雲電光具足入行法門此經復有諸佛菩薩通暢大雲大乘經法門此經復有諸佛菩薩神足變現燈明法門此經復有諸佛菩薩十種法雹說神足王所入法門此經復有諸佛菩薩十金剛智入藏法門此經復有諸佛菩薩十種正行性入法門此經復有諸佛菩薩十無盡行神通王所入法門此經復有諸佛菩薩十種甚深微妙業行所入法門此經復有諸佛菩薩十種師子吼所入法門此經復有諸佛菩薩十種生和合行入世間業行護心法門此經復有諸佛菩薩十神通寶所入法門此經復有諸佛菩薩十金翅鳥神通所入法門此經復有諸佛菩薩十大施時微妙王法門此經復有諸

佛菩薩十無所畏大力神通所入法門此經復有諸佛菩薩十大海行所入法門此經復有諸佛菩薩十種至心所入法門此經復有諸佛菩薩十勇猛王大力微妙法門此經復有諸佛菩薩十種善行大神通王所入法門此經復有諸佛菩薩十三神通藏得開示法門此經復有諸佛菩薩十智寶藏法門此經復有諸佛菩薩十智境界行所入法門此經復有諸佛菩薩十正智微妙寶藏法門此經復有諸佛菩薩十種福田種子法門此經復有諸佛菩薩十種眞實神通安樂之王所入法門善男子汝觀是經不可思議功德境界亦不可思議乃是諸佛菩薩不可思議不可量法藏亦是衆生不可思議無盡寶藏復次善男子此經境界不可思議善男子此經復

有諸佛菩薩陀羅尼藏法門此經復有諸佛菩薩如來微密寶藏法門此經復有諸佛菩薩如來大海法門此經復有諸佛菩薩如來時藏法門此經復有諸佛菩薩如來世藏法門此經復有諸佛菩薩如來日藏法門此經復有諸佛菩薩如來月藏法門此經復有諸佛菩薩如來境界法門此經復有諸佛菩薩甚深法門此經復有諸佛菩薩如來無所畏法門此經復有諸佛菩薩如來勇健法門此經復有諸佛菩薩如來地法門此經復有諸佛菩薩如來法門此經復有諸佛菩薩阿梨呵法門此經復有諸佛菩薩如來聚法門善男子汝觀此經大法陀羅尼即是一切衆生無盡福藏是即諸佛不可思議解脫三昧陀羅尼門非是汝等所知境界諸佛世尊隨世故説其義甚深難可消服唯是如來之所知見我今當説如來如是甚深境界至心諦聽汝從昔來於是事中乃至未聞一字一句大雲密藏菩薩摩訶薩言實如聖教世尊我猶蚉蟻常爲一切無明所闇唯願如來開慈愍心廣及衆生宣説一句乃至一字如來法王不可思議世尊聲聞緣覺猶如老牛盲聾瘖瘂如嬰孩兒我亦如是從昔已來實未曾聞如是一句乃至一字唯願如來廣開大慈爲衆生故諸佛如來所有境界不可思議常住無變通達諸法唯願如來爲我等故及諸衆生開闡如是秘密之藏乃至一字一句之義令我等輩及諸衆生知見如來常恒不變佛言善哉善哉善男子汝今已爲善解諸佛所有密語善男子是方等經不可思議汝所發

願亦不可思議諸佛如來陀羅尼法不可思議此經境界亦不可思議甚深智光不可思議善男子如汝所言我於是經不能解了猶如老牛盲聾瘖瘂嬰孩小兒善男子汝今不應生此憂懼疑慮之心善男子若行若住若坐若卧常應繫念如是經典若遇水火盜賊諸難亦應堅持愼勿放捨所以者何是經典中有五文字其義甚深一者如來二常三樂四我五淨是名如來無上功德不可思議復次善男子假使恒河沙等十方世界滿中大火有人在中念是經者火不能燒常應供養尊重三寶勿令其心中有忘失汝今所有微妙功德已爲諸佛之所讃歎所謂能問所未曾聞一句一字甚深之義汝等不久亦復當得知見是義汝若欲知諸佛如來常恒不變應當受持如是經典讀誦書寫解說其義何以故是經所說不可思議如來常恒無有變易終不畢竟入於涅槃汝當廣爲一切衆生敷揚解說常樂我淨諸佛如來無有畢竟入涅槃者法僧常住亦無滅盡爾時毗藍大毗藍風王所受樂報如天無别放清涼風六時無變華果常有無時暫替賫持供具來至佛所頭面作禮合掌恭敬右遶三帀却坐一面爾時世尊神通力故起四黑雲甘水俱遍與三種雷謂下中上發甘露聲如天妓樂一切衆生之所樂聞爾時世尊即說呪曰

羯帝　波利羯帝　僧羯帝　波羅僧羯帝
波羅卑羅延坻　三波羅卑羅延坻　波羅
波羅　波娑羅　波娑羅　摩文闍　摩文
闍　遮羅坻　遮羅坻　波遮羅坻　波遮

羅坻　三波羅遮羅坻　比提嘻利嘻梨　薩隸醯　薩隸醯　富嚧富盧　莎訶

若有諸龍聞是神呪不降甘雨頭破七分爾時十萬億那由他阿僧祇等諸佛世界六種震動爾時衆生因是地動各各相見展轉相動乃至淨居淨居動已龍雲俱動龍雲動時降注大雨時閻浮提所有九萬八千大河七寶盈滿一切泉池具上藥味雨雖七日無所傷損衆生快樂如服甘露諸河盈滿八功德水所謂美冷輕輭清淨香潔飲時調適飲已無患一切水蟲出微妙聲時王舍城耆闍崛山七寶遍地無空缺處虛空復雨七寶所成優鉢羅華波頭摩華拘勿頭華分陁利華水性之屬悉發阿耨多羅三藐三菩提心畜生衆生貪樂大乘渴仰大乘慈心相向猶如一子皆共同心供養於佛爾時大衆天龍夜叉乾闥婆阿脩羅迦樓羅緊那羅摩睺羅伽持諸供具華香妓樂供養於佛時虛空中復雨種種香華寶衣妓樂旛蓋供養於佛善男子此經乃是無量功德之所成就是故能致如是瑞應爾時大衆作如是言世尊我今始知諸佛如來常樂我淨唯願如來慈哀矜愍受我所獻優多羅僧即歎頌曰

如來眞實常　無量德所成　我今爲常樂
是故稽首禮　諸佛捨無常　故得無邊身
無上天中天　大力難思議　如來常無變
勤進無邊身　爲衆雨法雨　猶如大雲王
佛自得安樂　爲衆說安樂　自獲諸功德
誨彼令同已　如來慧無勝　常住如虛空
爲衆作福田　常行於聖行　憐愍諸衆生

亦知其行業　開示祕密藏　清涼如初月
今宣大雲經　端嚴如滿月　定知無量衆
發起菩提心　世尊號法王　於法得自在
是故名眞我　成就無上樂　如來昇寶座
而作師子吼　宣説諸衆生　一切有佛性
譬如香山中　常生忍辱草　如來神力故
普令一切衆　見此鷲頭山　悉是七寶成
爾時大衆會　覩已甚愛樂　猶如四天王
樂住須彌山　如來大福田　其力不可量
能除衆生結　煩惱諸暗障　一切諸衆生
不退菩提心　猶如諸世尊　安樂不傾動
衆生斷惡業　成就妙善戒　修行菩提行
決定見佛性　若得聞此經　乃至一字義
即得菩提道　隨順行梵行　唯願無上尊
演説於一句　普使一切衆　咸得解其義

我等諸衆生　鈍根無智慧　如來憐愍故
願開令得解　一切諸衆生　虛乏於法食
唯願大慈哀　施之令滿足　我等得受已
復當轉施他　亦令一切衆　皆悉得充足
一切諸衆生　貧窮無福德　無常無有我
亦無歸依處　如來所成就　無上大功德
唯願大慈尊　施我及一切　如來爲法王
如海衆流導　衆生不知依　我今得依止
爲衆作依止　猶如慈父母　施衆甘露味
普使斷煩惱
世尊如來正覺不可思議憐愍衆生亦不可思議所説祕密難可圖度諸佛世尊三昧之王大船師王不可稱計不可數量如是境界非諸聲聞緣覺所知如來月王常無增減是諸功德之大猛將無量福報珍寶之聚是大

光明無上日王等視衆生同羅睺羅所成大力以施一切自無所畏復令衆生成無所畏自破無明復除衆生無明重暗世尊我亦無知無明所障不知如來常樂我淨一切衆生無明覆故妄說如來無常無我無樂無淨是故流轉三惡道中若言如來求滅涅槃當知是人必墮地獄世尊我今始知諸佛如來不畢竟滅知已則得無上大寶以佛力故復令我知諸佛實性得服無上甘露法味永斷一切諸結煩惱昔來所有狂聾瘖瘂今悉除愈

大方等大雲經卷第一

音釋

售承呪切　翅式利切金翅鳥名　紐女久切　[illegible]宅耕切撞觸也　嚙五巧切齩也　錐[illegible]錐職垂切[illegible]楚革切　㲉苦角切　療力嬌切治也　瞬舒閏切目動也　痰癊痰徒廿切癊於禁切　賑章刃切賙也　穰汝羊切豐也　漬疾智切浸也　坻都禮切　壚落胡切

大方等大雲經卷第二

北涼天竺三藏法師曇無讖譯

大雲初分三昧揵度第二

爾時大雲密藏菩薩摩訶薩言甚奇世尊如來正覺不可思議今說此經令無量衆生發阿耨多羅三藐三菩提心是經境界不可思議乃爲一切無量衆生現大神通雨諸味寶衆生聞者得遇無上甘露法雨是故如來不可思議是經境界亦不可思議一切衆生成大功德乃得值遇衆生業報不可思議世尊今日衆生所受快樂如第三禪形貌瓌瑋如天無別如來今日說此經藏即是衆生無盡之藏降大法雨所謂如來常住不變三昧總持所言雲者謂菩薩摩訶薩也震大雷者謂破煩惱諸結業等電光明者謂諸衆生皆有佛性聲者謂諸菩薩爲衆生故說有爲法無常無樂無我無淨雹者謂八聖道分能壞一切諸結煩惱又有雹者所謂此經能壞聲聞辟支佛心是即名爲雨大法雨充飽衆生飢虛渴乏所謂如來常住不變是名甘雨佛言善哉善哉善男子汝今善解如是法雨善男子若諸菩薩欲雨法雨潤益一切當受是經修行讀誦書寫供養解說其義善男子諦聽諦聽如是經典不可思議中有解脫住入寶藏神足法王四百三昧我今當說善男子比經復有諸佛菩薩深猛大海眼目三昧若有菩薩成就具足是三昧者得具菩薩多聞大海多聞寶藏於阿耨多羅三藐三菩提心無疑礙言無礙者所謂身得無礙遍生諸佛淨妙世界又無礙者得宿命智爲諸衆生轉於

五有又無礙者不貪著業而得果報又無礙者若一見佛心生歡喜則於後世得端嚴身衆所愛身無貪身無惡身大身上族身大富身眷屬不壞身不破壞身不退身不滅身所修行願念喜作業悉向阿耨多羅三藐三菩提成就慚愧破諸憍慢勤修精進慈悲喜捨空無相願以熏其心又無礙者願生他土即得往生諸邪異見所不能壞其所樂說句義無盡若天若魔梵沙門婆羅門不能惑亂令其心動雖讀外典心無貪著不貪天龍夜叉等身乾闥婆阿修羅迦樓羅緊那羅摩睺羅伽身又不貪著房舍卧具衣服飲食天魔波旬不得其便所行善法終不中忘凡所言說人所敬受其心弘曠猶如大海所有智慧亦復如是具足圓滿猶如盛月能壞黒暗如日

如燈不可捉持如虚空性不著世間如華處水於一切有心無貪著能壞法界猶如金剛持諸法界如須彌山其性清淨如瑠璃寶得如來戒慧心念明性力幻化不動不住善男子是名第一甚深解脱寶幢三昧若有菩薩具是三昧則得名爲多聞大海多聞寶藏心無疑礙乃至幻化不動不住善男子此經復有淨智甚深法門三昧若有菩薩能具足者則得名爲名聞大海多聞寶藏心無疑礙乃至幻化不動不住善男子此經復有佛根香象王解脱三昧首楞嚴三昧勇力三昧勇勝王三昧健勇三昧好香三昧正光三昧無我光三昧甚深行藏三昧行深解脱三昧行力解脱三昧一切法行三昧恒河沙等行三昧一切解脱三昧一切三昧王三昧正上三昧

大海潮三昧本解脱三昧壞魔億衆三昧住戒電光三昧火光三昧無盡意王三昧雲盡意三昧海王神足三昧大高意三昧種子三昧住大海三昧無礙三昧無礙戒三昧高解脱三昧因緣意三昧業作三昧健行王三昧大力三昧甚深瑠璃王三昧須彌山王三昧師子吼王三昧甘露味三昧莊三昧火三昧蓮華光三昧國土喜三昧一劫身三昧動大海王三昧動大地王三昧一切三昧母三昧壞一切女身三昧師子行王三昧圓王三昧細行三昧鼓聲微妙三昧增長三昧斷有三昧流三昧廣慧三昧變化三昧光明三昧壞暗三昧大海智慧三昧讚歎三昧大讚歎三昧時三昧大時三昧現在解脱三昧合散三昧分陀利華三昧輕三昧大樂三昧虛空三昧解脱身三昧斷語三昧斷聲三昧愛三昧無勝三昧一切三昧鬚三昧龍王三昧風三昧風行王三昧無邊三昧無色三昧無邊色三昧法意三昧微妙香三昧身意三昧首楞嚴三昧壞惡三昧蓮華意三昧大力翅三昧壞無明三昧菩提樹三昧寶命三昧大力命三昧日光三昧月光三昧大海門三昧一切法界三昧結使根三昧戒雨三昧戒雲三昧菴羅果三昧菴羅華三昧淨三昧水三昧螺三昧時三昧時王三昧衆三昧無身三昧界三昧善界三昧地三昧地神足三昧水等三昧青蓮華三昧甘露味三昧無繫三昧鴛鴦三昧車輪三昧轉輪聖王三昧不動三昧不輕三昧不長三昧憐愍三昧淨意三昧一切功德意三昧伊羅鉢羅三昧無疑解脱三昧

風神足王三昧無量幢三昧虛空界三昧無彗星三昧寶光三昧雹時三昧童子三昧王子三昧斷毒三昧法燈三昧國土王三昧施世界三昧法貴德三昧法力三昧上華三昧喜三昧大喜三昧知大力三昧鎮頭迦果三昧精進三昧稱三昧白鵝王三昧身光三昧無盡力三昧無盡力解脫三昧增長名三昧端正三昧能破壞三昧摩樓迦華三昧善行王三昧善光三昧寶地三昧白三昧白種三昧淨行意三昧愛光三昧虛空心三昧天冠三昧轉輪聖王冠三昧念菩薩三昧護意三昧護甚深三昧力乘三昧力乘光三昧力士三昧力士精進三昧閻浮國三昧鯌魚三昧蟒蛇三昧境界王三昧淨境界三昧使心三昧朝青三昧有德意三昧大青三昧大海色

三昧大安三昧眴三昧無眴三昧金剛意三昧世尊目三昧須彌山王三昧雪山王三昧世尊現行三昧勝三昧蓮華三昧拘勿頭華三昧月藏三昧月樂藏三昧華敷三昧地鬘三昧現在念世尊王三昧勝住三昧善住三昧善行三昧大海三昧一切入平等三昧入一切疑三昧大藥三昧大藥力三昧甘露藥王三昧大藥力三昧大藥王三昧大冷三昧大海大冷三昧無冷無熱三昧安三昧安力三昧一乘三昧三乘三昧釋彗星三昧有德三昧寶圓王三昧無定色三昧定華三昧六入眞淨三昧大界三昧能壞欲界三昧瓔珞三昧金色三昧智愛三昧智圓王三昧智子三昧分陀利華三昧日光王三昧月愛三昧光王三昧光圓王三昧淨光王三昧光藏三

昧青光三昧時光三昧斷暗三昧光潮三昧箭光三昧一切善根三昧婆羅那香象王三昧未生怨王三昧調柔三昧能壞憍慢三昧妙德三昧妙聲三昧貪味三昧圓地王三昧神通王三昧神通根三昧轉輪聖王旛三昧轉輪聖王幢三昧師子頭三昧日神通三昧法護三昧廣三昧知業神通王三昧高三昧無上三昧燈王三昧舍宅三昧多喜三昧初地三昧戒地三昧大海喜王三昧大海慈王三昧大海悲王三昧大海捨王三昧忍辱王三昧忍辱力界王三昧神通至心三昧八解脫門三昧法界畢竟三昧無界三昧無性三界大田種子三昧智池三昧海三昧海力三昧佛眼三昧佛門三昧種智行三昧佛面三昧一切親三昧一切福德王三昧虛空藏三昧虛空幻三昧佛幻三昧惡性三昧治毒三昧眠三昧覺三昧夢三昧得三昧神通王三昧無我神通三昧勝見三昧勝喜三昧隨世三昧佛面住三昧正見三昧一切微塵三昧語無礙三昧淨三昧身光三昧身燈三昧不癡三昧不狂三昧一切勝光三昧水意三昧漂三昧水沫三昧無勝三昧無勝智三昧無勝身三昧精進三昧恒河沙等勝王三昧知見圓光王王三昧斷畜生三昧願生畜生有三昧畜生神通三昧樂畜生三昧不染畜生業三昧入地獄三昧喜地獄三昧不染地獄業三昧不染地獄業行神通王三昧安樂行體三昧有德河三昧有德海三昧淨河三昧淨行功德福德三昧福德青三昧淨福德聞三昧有德夢三昧讚歎三昧有德夢得三昧

有德夢行三昧正有德三昧正有德王三昧淨增長三昧智雨三昧風同行三昧吉三昧吉莊嚴三昧吉神通三昧吉神通王三昧無戒三昧雜色三昧受戒三昧讚戒三昧戒實三昧智燈三昧得戒實三昧常戒三昧常戒入藏見三昧心三昧心王三昧常戒善三昧常樂戒三昧戒瓔珞三昧戒天冠三昧戒具足三昧戒鬘三昧戒香三昧戒華三昧戒塗末香三昧戒神通王三昧一切味三昧一切華三昧一切香醉三昧斷一切虛妄三昧受安樂三昧斷一切世法王三昧常三昧恒三昧不變三昧地三昧無刺地三昧無石沙三昧地等三昧大雲瑠璃王三昧聲鼓三昧大雲雹三昧大雲瀑水王三昧大雲水藏三昧大雲水鬘三昧大雲安水三昧大雲水疑三昧大雲智海三昧大雲勝力三昧大雲水光持王三昧大雲水潮海三昧大雲海種三昧大雲不動水三昧大雲水不動神通王三昧大雲端正王三昧大雲一味三昧大雲一乘三昧大雲安水流三昧大雲多水三昧大雲冷水三昧大雲不冷不熱神通王三昧大雲月王三昧大雲有德三昧大雲初力三昧大雲渴三昧大雲樂三昧大雲水行王三昧大雲虛空行三昧大雲水實三昧喜三昧大雲實種三昧大雲護三昧大雲水淨王三昧大雲水歸依印三昧大雲法印三昧大雲水淨光三昧大雲大水藏王三昧大雲水定三昧大雲蓮華三昧大雲水界三昧大雲水等三昧大雲夜行三昧大雲水清三昧大雲海無盡意三昧大雲放光三昧大雲藏三昧大雲

水聚三昧大雲水柱三昧大雲師子王三昧大雲樂三昧大雲淨三昧大雲貪三昧大雲幢三昧大雲甚深三昧大雲雷三昧大雲增長水三昧大雲藥王三昧大雲醉味三昧大雲師子行三昧大雲大香象王三昧大雲安樂三昧大雲風三昧大雲水行不動三昧大雲無畏三昧大雲水順三昧大雲無盡意三昧大雲漏難數三昧大雲雷大力三昧大雲水喜三昧大海水圓三昧大雲水旛三昧大雲甘露雨三昧大雲栴檀涼三昧大雲吉三昧大雲畢竟三昧大雲無終始三昧大雲羅網三昧大雲寶雨三昧大雲祕密三昧大雲彗星三昧大雲意密三昧大雲大動三昧大雲滅三昧大雲微妙音三昧大雲恒河沙等三昧大雲水健三昧大雲鵝王三昧大雲水行三昧大雲命三昧大雲王三昧大雲誑三昧大雲首楞嚴三昧大雲馬王三昧大雲栢樹三昧大雲無盡雲三昧大雲一切等三昧大雲一切雨三昧大雲一切和合三昧大雲菴羅樹果三昧大雲山埠三昧大雲堅鞕三昧大雲密行三昧大雲密實三昧大雲鵝王行三昧大雲不可思議三昧大雲入住神通王三昧善男子若有菩薩具足如是諸三昧門則得菩薩多聞大海多聞寶藏於阿耨多羅三藐三菩提心無疑礙終不墮落於三惡道不生邊地得宿命智造生死業樂於生死常得值遇佛法僧寶乃至夢中亦不捨離得端正身人所愛身無貪身無惡身大身種姓身眷屬和樂不可沮壞不退不滅不墮不没其所修行深心念慧悉皆趣向阿耨多羅三

藐三菩提得慚愧力斷除憍慢勤修精進慈悲喜捨空無相願以熏其心願生淨土即得往生衆邪異見所不能壞說法次第句義不斷雖讀外典心不貪著終不願求天身龍身夜叉身乃至轉輪王身亦不造作生死行業不求世間供養恭敬護持正法魔不得便見持法者深生恭敬所得智慧猶如大海不增不減如月盛滿除衆暗冥如日如燈不受煩惱猶如虛空煩惱不染如華處水住無所住如空無別破散諸法如眞金剛持一切法猶如雪山定知如來常不變易其智清淨如瑠璃寶行如來戒勢力大海其心慈哀憐愍衆生不動不轉如帝釋幢壞諸惡法得上妙味猶如美妙迦陀迦果隨順世法無所違逆善男子是則名爲初三昧門善男子若有成就具足如是四百三昧當知是人善護法藏爾時衆中有一天子名曰淨密與萬八千諸天子俱來至佛所頭面作禮合掌恭敬雨天華香幢旛妓樂以供養佛右遶三帀即說讚曰

如來不思議　法僧亦復然　我見三昧雨

如世覩甘露

大雲初分陀羅尼揵度第三

爾時大雲密藏菩薩白佛言世尊若有衆生未入如是方等經者當知是輩猶如盲聾此經中有三十六種不退智寶無邊心行意入陀羅尼門即是一切諸法初門唯願如來爲是等故廣宣分別佛言善哉善哉善男子諦聽諦聽善思念之今當爲汝分別解說此經中有諸佛菩薩不退寶輪藏陀羅尼門此經復有諸佛菩薩大雲不退清淨密水陀羅尼

復有諸佛菩薩大雲不退祕密光明陀羅尼復有諸佛菩薩大雲不退大雨陀羅尼復有諸佛菩薩大雲不退流水陀羅尼復有諸佛菩薩大雲不退盡意陀羅尼復有諸佛菩薩大雲不退電光陀羅尼復有諸佛菩薩大雲不退涼電陀羅尼復有諸佛菩薩大雲不退淨光陀羅尼復有諸佛菩薩大雲不退彗星意陀羅尼復有諸佛菩薩大雲密不退密藏光意陀羅尼復有諸佛菩薩大雲不退大呪意陀羅尼復有諸佛菩薩大雲不退有德意陀羅尼復有諸佛菩薩大雲不退虛空藏王陀羅尼復有諸佛菩薩大雲不退大藥王陀羅尼復有諸佛菩薩大雲不退大雨王陀羅尼復有諸佛菩薩大雲不退稱意陀羅尼復有諸佛菩薩大雲不退枳羅娑山意陀羅尼

復有諸佛菩薩大雲不退意行陀羅尼復有諸佛菩薩大雲不退上高王陀羅尼復有諸佛菩薩大雲不退潮王陀羅尼復有諸佛菩薩大雲不退鵝王目陀羅尼復有諸佛菩薩大雲不退大海智陀羅尼復有諸佛菩薩大雲不退甚深意王精進陀羅尼復有諸佛菩薩大雲不退兩種陀羅尼復有諸佛菩薩大雲不退地鬘陀羅尼復有諸佛菩薩大雲不退歡喜陀羅尼復有諸佛菩薩大雲不退世意陀羅尼復有諸佛菩薩大雲不退不動意陀羅尼復有諸佛菩薩大雲不退地陀羅尼復有諸佛菩薩大雲不退積聚陀羅尼復有諸佛菩薩大雲不退水光陀羅尼復有諸佛菩薩大雲不退無盡水藏陀羅尼復有諸佛菩薩大雲不退水性月光陀羅尼復有諸佛

菩薩大雲不退水光體陀羅尼復有諸佛菩薩大雲不退不可思意大海王陀羅尼善男子是名三十六種不退智寶無邊心行意入陀羅尼爾時衆中有一天女名曰寶鬘上昇虛空高七多羅樹雨種種華塗香末香旛蓋妓樂以供養佛說偈讚曰

如來大醫王　金剛身不壞　意等慧殊勝
戒淨慜衆生　除斷諸煩惱　猶如日破暗
今說陀羅尼　如雲降大雨

大雲初分密語揵度第四

爾時大雲密藏菩薩言世尊一切衆生無明所盲唯願如來廣開顯示諸佛密語然深智燈作大明導佛言善哉善哉善男子諦聽諦聽善思念之吾當爲汝然大法燈此經中有諸佛菩薩二十三種密語道迹入不狂行大法方便解脫門斷我我所密語所入行解脫門可畏色不可畏色不色密語所入解脫門貪求不得密語所入解脫門斷界有界無界密語門有無明無無明有無無明密語門有貪無貪者斷貪密語門有愛無愛者斷愛密語門有繫無繫者斷繫密語門有瞋無瞋者斷瞋密語門有暗大暗有光密語門有鈍無鈍有利大利密語門有破有析有壞密語門有苦有樂無有受者密語門有慈無慜密語門有施無受者有大施主密語門有罵無受者斷罵密語門有淨無淨斷一切淨密語門有等無等斷一切等密語門有放逸無放逸斷放逸不放逸密語門空不空非空非不空如來密語門常無常非常非無常如來密語門我無我非我非無我如來密語門愛無愛

非愛非無愛如來密語門善男子是名二十三種密語道迹入不狂行大法方便解脫門爾時衆中有一天子名曰衆愛與無量天子上昇虛空高七多羅樹雨諸華香旛蓋妓樂以供養佛說偈讃曰

如來深密語　二乘所不解　爲衆故宣說
悉令得安樂

大雲初分轉生有藏揵度第五

爾時大雲密藏菩薩言世尊有十神通行入有生密行藏微妙光王法門唯願如來分別廣說佛言善哉善哉善男子諦聽諦聽善思念之吾當爲汝廣宣分別此經中有諸佛菩薩十有生樂王法門復有有生求喜法門復有有生虛渴法門復有有生樂說法門復有有生安門法門復有有生願法門復有有生稱法門復有有生體王法門復有有生善王法門復有有生無善不染行藏微妙法王法門善男子是名十神通行入有生行藏微妙光王法門時大衆中有一天女名曰愛光以諸天華種種雜香旛蓋妓樂以供養佛而讃歎曰

我今稽首禮　不生於諸有　方便行諸趣
普爲一切衆　如來心自在　是故其身常
爲衆轉生死　如華無所染

大雲初分得轉生死業煩惱揵度第六

爾時大雲密藏菩薩言世尊有十生死煩惱業因得心定願藏法門唯願如來廣爲衆生分別解說佛言善哉善哉善男子諦聽諦聽善思念之吾當爲汝開示解說此經中有得生死煩惱因果實法門復有生死因樂王法

門復有生死莊嚴住心法門復有生死喜地法門復有生死期法門復有生死正見法門復有生死眴法門復有生死衣法門復有生死久住法門復有生死光明法門善男子是名十生死煩惱業因得心定願藏法門爾時衆中有龍王名曰無毒以諸雜香上妙諸華旛蓋妓樂供養於佛即說讚曰

爲諸衆生故　顯示生死義　佛無煩惱業　爲衆故處之

大雲初分智狂入揵度第七

爾時大雲密藏菩薩言世尊有十種智狂不可思議神通王所入法門唯願如來廣開分別佛言善哉善哉善男子諦聽諦聽善思念之吾當爲汝分別解說此經中有得大安隱法門無勝勝神通王法門無稱稱光所入法門無量量光所入法門菩提時法門期光法門高梯法門寬腹法門持一切衆生法門現在光法門善男子是名十種智狂不可思議神通王所入法門於是衆中有一天女名曰善鬘以種種雜華上妙諸香旛蓋妓樂以供養佛即說讚曰

佛心難思議　智身亦復然　爲化衆生故　廣開此法門

大雲初分解脱轉福德藏法門揵度第八

爾時大雲密藏菩薩言世尊有十智甚深入無畏行法王法門唯願如來廣分別說佛言善哉善哉善男子諦聽諦聽善思念之吾當爲汝分別解說有解脱一切惡法法門虛空藏法門甚深安入法門細針法門海不動法門智燈法門身口法門斷入一切煩惱法門

堅意入法門淨意無礙法門善男子是名甚深十智甚深入無畏行法王法門時大衆中有一天女名金光明以種種雜華上妙諸香旛蓋妓樂以供養佛即說讚曰

如來金色身　智寶爲瓔珞　善法之寶聚　猶須彌草木

大雲初分解脱有德轉藏揵度第九

爾時大雲密藏菩薩言世尊有十種大雲見流不可思議功德寶藏法門唯願如來分別解說佛言善哉善哉善男子諦聽諦聽善思念之吾當爲汝分別演說有樂慈藏法門樂悲藏法門樂喜藏法門樂捨藏法門實水流藏法門大海行法門如來所說法流法門時入藏法門想意實入藏法門一切大法聚法門善男子是名十種大雲見流不可思議功德寶藏法門時大衆中有一天子名智愛樂以種種雜華上妙諸香旛蓋妓樂以供養佛即說讚曰

如來無生滅　佛法難測量　衆生無明覆　廣演於法界

大雲初分轉功德行揵度第十

爾時大雲密藏菩薩言世尊有十種雨流不可思議功德藏法門唯願如來分別解說佛言善哉善哉善男子諦聽諦聽善思念之吾當爲汝廣宣分別善男子有雨因法門有雨寶王法門有雨大海王法門有雨塵法門有雨斷毒法門有雨滿安樂法門有雨體法門有雨種種正見法門有雨功德法門有雨涼藥法門善男子是名十種雨流不可思議功德藏法門時大衆中有一天子名虚空雷持

諸華香旛蓋妓樂以供養佛即說讃曰

諸佛如來說　上妙微密藏　能令一切衆
永度煩惱流　斷滅生死苦　一切永無餘
深自覺悟得　涅槃常樂俱　如來天中天
成就無量德　今說大雲經　爲衆發道心

大雲初分大雲虛空生揵度第十一

爾時大雲密藏菩薩言世尊有十種大雲得虛空定法門唯願如來善分別說佛言善哉善哉善男子諦聽諦聽善思念之吾當爲汝分別解說有善法王法門見性法門智無勝王法門無憍慢法門無盡意法門不可思議法門無礙法門甚深法門質直法門虛空相法門善男子是名十法門時大衆中有一天女名妙族生持諸香華旛蓋妓樂以供養佛即說讃曰

如來深密藏　衆生所不解　唯願爲一切
分別令淺易

大雲初分電光轉揵度第十二

爾時大雲密藏菩薩言世尊有十種大雲電光法門唯願如來廣分別說佛言善哉善哉善男子諦聽諦聽善思念之吾當爲汝分別解說有六通法門功德法門實光法門虛空精進法門藏法門戒調法門功德藏法門斷疑法門瑠璃意法門清淨法門功德甚深大海法門壞一切結法門金垢法門（梵本長三）善男子是名十法門時大衆中有一天女名曰善喜持諸華香旛蓋妓樂以供養佛而讃歎曰

如來大醫王　無身方便身　無礙如虛空
廣說大雲經

大雲初分電轉揵度第十三

爾時大雲密藏菩薩言世尊有十種實電行法門唯願如來廣開分別佛言善哉善哉善男子諦聽諦聽善思念之吾當爲汝分別解說有電光寶王法門利智慧法門智慧能壞法門智初法門智海法門法疑法門吉祥法門法鼓法門須彌山法門能壞暗法門風等行法門（梵本長一）善男子是名十法門爾時衆中有一天女名恒河神持諸香華旛蓋妓樂以供養佛而讚歎曰

無畏無我心　無貪愍衆生　以大方便故
而爲一切世　如來功德力　故令我得知
無上無邊身　不可得思議　我聞是經已
永斷諸煩惱

大雲初分神通揵度第十四

爾時大雲密藏菩薩言世尊有十種大雲電光幻法門唯願如來廣分別說佛言善哉善哉善男子諦聽諦聽善思念之吾當爲汝分別解說善男子有調幻法門調藏法門樂法法門求法法門燒結法門生一切法法門斷諸諍訟法門能消煩惱法門上高法門念無盡法門度一切衆生法門（梵本長一）善男子是名十法門時大衆中有一天女名曰大喜持諸華香旛蓋妓樂以供養佛以偈讚曰

如來大神通　其身無動轉　爲衆斷生死
故說大雲經

大雲初分實電揵度第十五

爾時大雲密藏菩薩言世尊有十種入神通法門唯願如來分別解說佛言善哉善哉善男子諦聽諦聽善思念之今當爲汝分別解說善男子有實電法門電等法門電莊嚴王

法門雹燈法門雹藥法門雹同法門雹無盡意法門雹上法門雹上容法門雹甚深法門善男子是名十種法門爾時衆中有一天女名曰嚴飾自喜持諸香華旛蓋妓樂以供養佛即說讚曰

世尊天雹王　天中天泆雨　知諸煩惱業
而能求斷之　凡夫結無邊　輪轉受生死
菩薩無煩惱　故不至諸趣

大雲初分金剛智揵度第十六

爾時大雲密藏菩薩言世尊有十智金剛行大智法門唯願如來廣分別說佛言善哉善哉善男子諦聽諦聽善思念之吾當爲汝分別解說有神通寶聚法門喜王法門神通平等法門白鵝聲法門虛空無礙法門藥王法門法旛法門甚深大海法門不動法門無邊光法門不可思議法門無量劫法門（梵本長二）善男子是名十法門時大衆中有一天女名深智愛持諸香華旛蓋妓樂以供養佛即說讚曰

如來無上王　無生亦無滅　爲諸衆生故
示現於生滅　眞實常不變　爲衆說無我
其身如金剛　不可得沮壞

大雲初分無盡揵度第十七

爾時大雲密藏菩薩言世尊有十無盡行入神通法門唯願如來廣分別說佛言善哉善哉善男子諦聽諦聽善思念之吾當爲汝分別解說有甘露意入法門安實法門樂法門喜法門甚深精進法門意行法門無盡樂法門常喜樂法門善男子是名十法門（梵本少二）爾時衆中有一天女名大寶輪持諸香華旛蓋

妓樂以供養佛即說讚曰

如來無貧富　其身無觸礙　憐愍一切故

樂說大乘經

大雲初分正行揵度第十八

爾時大雲密藏菩薩言世尊有十正道法門唯願如來廣分別說佛言善哉善哉善男子諦聽諦聽善思念之吾當爲汝分別宣說有深廣行法門健行法門現力法門揵勝法門一切天入法門入一切時法門不染一切時法門一切道喜法門斷一切惡道法門大海常潮法門大海神通法門（梵本長一）善男子是名十法門爾時衆中有一天女名曰善得持諸香華旛蓋妓樂以供養佛即說讚曰

如來無上尊　修習於正道　雖成堅固藏

其心初無怯　慈愍於衆生　及爲我等故

今於此寶座　宣說如是經

大雲初分師子吼揵度第十九

爾時大雲密藏菩薩言世尊有十種甚深師子吼行法門唯願如來分別解說佛言善哉善哉善男子諦聽諦聽善思念之吾當爲汝分別解說有一切味吼法門一切味喜法門時神通王法門蓮華法門喜地法門大喜地法門四威儀法門聖行法門淨法門一切法體法門善男子是名十法門時大衆中有一天女名微妙聲持諸香華旛蓋妓樂以供養佛而說讚曰

無上智微妙　猶如大海水　其力難思議

故能師子吼　爲諸衆生故　生於憐愍心

今說方等經　其意無所畏

大雲初分師子吼神通揵度第二十

爾時大雲密藏菩薩言世尊有十師子吼神通法門唯願如來分別解説佛言善哉善哉善男子諦聽諦聽善思念之吾當爲汝分別解説有光法門法蜂法門法鼓法門法寶法門法藏法門法力法門法動法門三币法門大地法門難近法門一切瓔珞法門梵本長一善男子是名十法門時大衆中有一天子名師子吼持諸香華旛蓋妓樂以供養佛而説讚曰

如來無因喻　無勝無有邊　爲諸衆生故
方便師子吼

大雲初分善方便揵度第二十一

爾時大雲密藏菩薩言世尊有十入世間方便法門唯願如來廣分別説佛言善哉善哉善男子諦聽諦聽善思念之吾當爲汝分別解説有生王入法門畢竟多方便入法門信心入法門師子神通法門世界非世界法門時入法門善不善法門能調惡人法門有德王入法門得一切恭敬法門下業行法門梵本長一善男子是名十法門是時衆中有一天子名婆羅呵迦持諸華香旛蓋妓樂以供養佛而説讚曰

如來方便入涅槃　其身不動亦不滅
所入禪定不可議　衆生不解謂永滅

大雲初分神通揵度第二十二

爾時大雲密藏菩薩言世尊有十神通寶藏入法門唯願如來分別解説佛言善哉善哉善男子諦聽諦聽善思念之吾當爲汝分別解説有法周羅法門大神通法門寶香藏法門師子吼入聚法門破法相法門梅檀涼法

門無相法門無語法門蓮華法門稱法門善男子是名十法門是時衆中有一天子名增長有德持諸華香旛蓋妓樂以供養佛即說讚曰

三千大千界　佛於法自在　法身不可見　爲衆現相好

大雲初分金翅鳥揵度第二十三

爾時大雲密藏菩薩言世尊有十金翅鳥神通所入法門唯願如來分別解說佛言善哉善哉善男子諦聽諦聽善思念之吾當爲汝分別宣示有能壞婆修吉龍王力神通王法門自在力入法門喜入法門開勇入法門大海時入法門能壞大山法門能壞風力法門長見法門能壞一切毒法門得寶嘴法門善男子是名十法門是時衆中有一天子名深淨行持諸華香旛蓋妓樂以供養佛即說讚曰

如來大法王　慧眼逾千日　定根金剛手　能壞諸煩惱

大雲初分大捨揵度第二十四

爾時大雲密藏菩薩言世尊有十大捨時微妙神通王法門唯願如來分別解說佛言善哉善哉善男子諦聽諦聽善思念之吾當爲汝分別解說有無礙力甚深法門戒住法門戒廣王法門戒界王法門實乳流法門功德流微妙法門慈力流法門忍辱流法門喜刀流法門捨力流法門善男子是名十法門是時衆中有一天子名寶貴德持諸華香旛幢妓樂以供養佛即說讚曰

禮佛無量力　常住不壞身　爲諸衆生故

說種種法界

大雲初分無畏揵度第二十五

爾時大雲密藏菩薩言世尊有十無所畏大神通所入法門唯願如來分別解說佛言善哉善哉善男子諦聽諦聽善思念之吾當爲汝分別解說有無所畏力神通法門不希樂根法門寶聚法門十有德法門淨浣法門淨光行法門淨寶光法門喜入法門淨等法門電光法門善男子是名十法門是時衆中有一天子名寶彗星持諸華香旛蓋妓樂以供養佛即說讚曰

如來祕密藏　甚深如大海　爲諸衆生故
淨行於法界

大雲初分入行揵度第二十六

爾時大雲密藏菩薩言世尊有十入行法門唯願如來分別解說佛言善哉善哉善男子諦聽諦聽善思念之吾當爲汝分別解說有入藏法門正行法門正實法門吉稱法門稱法門常喜法門日鬘法門悲力法門忍辱法門常淨法門善男子是名十法門是時衆中有一天子名寶正光持諸華香旛蓋妓樂以供養佛即說讚曰

如來智慧海　甚深難可測　普爲衆生故
今說大雲經

大雲初分至心揵度第二十七

爾時大雲密藏菩薩言世尊有十種至心所入法門唯願如來分別解說佛言善哉善哉善男子諦聽諦聽善思念之吾當爲汝分別解說有住善界法門大海智法門智潮法門神通行法門虛空神通法門無熱法門初成

法門隨行法門施喜法門善至心法門善男子是名十法門是時衆中有一天子名波頭摩智持諸華香旛蓋妓樂以供養佛即說讚曰

如來無見頂　無勝無有上　今放大光明
廣爲諸衆生

大雲初分勇力揵度第二十八

爾時大雲密藏菩薩言世尊有十勇王大力微妙法門唯願如來分別解說佛言善哉善哉善男子諦聽諦聽善思念之吾當爲汝分別宣說有健勝因行法門首楞嚴法門勇健神通法門健力法門健歸法門衆生具足法門智堅健行法門壞懶惰法門廣力法門健調光法門健意法門（梵本長一）善男子是名十法門是時衆中有一天子名曰勇武持諸華香旛幢妓樂以供養佛即說讚曰

眷屬不可壞　猶如金剛寶　摧伏魔官屬
爲衆說是經

大雲初分善揵度第二十九

爾時大雲密藏菩薩言世尊有十種善行大神通王所入法門唯願如來分別解說佛言善哉善哉善男子諦聽諦聽善思念之吾當爲汝分別說之有善寶調法門善聚法門善堂法門善行法門善意法門善德法門善淨法門善調光法門一切善行瓔珞法門（梵本少一）善男子是名十法門是時衆中有一天女名曰善護持諸香華旛蓋妓樂以供養佛即說讚曰

成就於善相　安坐善妙牀　廣爲諸衆生
敷演無上法

大雲初分神通揵度第三十

爾時大雲密藏菩薩言世尊有十三神通藏得開示法門唯願如來分別解說佛言善哉善哉善男子諦聽諦聽善思念之吾當爲汝分別宣示有樂神通窟法門喜神通窟法門大喜神通窟法門行神通窟法門師子神通窟法門等神通窟法門示神通窟法門悲神通窟法門捨神通窟法門（梵本少四）善男子是名十三法門是時衆中有一天女名大海意持諸華香旛蓋妓樂以供養佛即說讚曰

菩提樹常住　弟子樂依止　安根不動搖
故得生定芽　獲果常不變　是故稽首禮

大雲初分智揵度第三十一

爾時大雲密藏菩薩言世尊有十智初行法門唯願如來分別說之佛言善哉善哉善男子諦聽諦聽善思念之吾當爲汝分別解說有法增長法門喜食法門無盡意法門貪神通法門施舟法門不樂世間法門莊嚴地法門莊嚴界法門樂調法門住持法門善男子是名十法門是時衆中有一天女名須曼那華持諸華香旛蓋妓樂以供養佛即說讚曰

如來戒無上　智慧無上上　憐愍衆生故
廣說大雲經

大雲初分智寶藏揵度第三十二

爾時大雲密藏菩薩言世尊有十智寶藏法門唯願如來分別解說佛言善哉善哉善男子諦聽諦聽善思念之吾當爲汝分別宣示有善持寶藏法門法持法門恭敬法門心持法門調王法門正精進法門大海寶藏法門樂吉法門智果法門大吉法門成就功德法

門端正法門持戒精進法門(梵本長三)善男子是名十法門是時衆中有一天女字蓮華鬘持諸華香旛蓋妓樂以供養佛即說讚曰

如來大智海　我今至心禮　深定祕密藏
大悲故宣說　如來既自獲　常樂我淨等
亦復令衆生　同已之所得

大雲初分施揵度第三十三

爾時大雲密藏菩薩言世尊有十正智微妙寶藏唯願如來分別解說佛言善哉善哉善男子諦聽諦聽善思念之吾當爲汝分別解說有寶藏法門淨藏法門淨樂法門施樂法門施目法門深藏法門深法莊嚴法門正見法門愍一切衆生法門(梵本少一)善男子是名十法門是時衆中有一天女字法寶樂持諸華香旛蓋妓樂以供養佛即說讚曰

如來大施主　莊嚴大施聚　施一切衆生
不觀田非田

大雲初分福田揵度第三十四

爾時大雲密藏菩薩言世尊有十種福田種子法門唯願如來分別解說佛言善哉善哉善男子諦聽諦聽善思念之吾當爲汝分別解說有寶行勝法門寶流雨法門寶行聚法門寶功德聚法門寶正意法門寶目法門寶意法門寶光法門寶燈法門寶電法門無盡意法門寶住法門一切寶田法門(梵本長三)善男子是名十法門是時衆中有一天子名曰寶雨持諸香華旛蓋妓樂以供養佛即說讚曰

諸佛等正覺　是世之福田　大慈悲憐愍
一切諸衆生　能了田非田　故名阿梨呵

大雲初分正法揵度第三十五

爾時大雲密藏菩薩言世尊有十種眞實神通安樂樂王所入法門唯願如來分別解説佛言善哉善哉善男子諦聽諦聽善思念之吾當爲汝分別解説有不動法門住根法門不動樂法門深住法門不可思議法門不可思議聚解脱法門樂意法門不可思議住法門如來智印法門一切大海無盡意法門善男子是名十法門是時衆中有一天子名曰大光持諸香華旛蓋妓樂以供養佛即説讃曰

諸佛婆伽婆　所説微妙法　所爲諸衆生
悉皆難思議

大方等大雲經卷第二

音釋

璝瑋 璝古回切瑋禹鬼切　鯌 倉各切　蟒 莫朗切　眴 輸閏切　彗 徐醉切　鞕 魚孟切與硬同　沮 在呂切止也　枳 諸市切

大方等大雲經卷第三

北涼天竺三藏法師曇無讖譯

大雲初分如來涅槃揵度第三十六

於是衆中有大梵王名曰健行持諸供具供養於佛合掌恭敬右遶三帀上昇虛空高七多羅樹白佛言世尊大乘經典凡有幾種三昧總持所修行道祕密之藏樂說無礙如來境界國土世間復有幾種如來大慈憐愍一切故我今日敢生此問願二足尊哀矜宣說說已我當頂戴受持時有天子名無盡意在大衆中承佛威神即爲梵天而說偈言

善哉大梵王　問佛眞實義　佛當如實荅
廣度諸衆生　應當至心聽　恭敬而尊重
一一方等經　恒沙義難解　如來大法王
廣開闡法界　佛得總持河　非二乘所解

大梵大乘義非唯一種乃至萬種假使有人智如阿難所得壽命如恒河沙不能受持知其義理復使是人其舌辯利數如恒沙說亦不盡何以故是大乘經其義深邃不可思議不可稱量境界難知過去未來現在諸佛說其句義猶不可盡梵天譬如醫師爲療病故所說藥方亦不能盡諸佛世尊亦復如是梵天譬如女人唯有一子欲令長大漸令服酥諸佛世尊亦復如是梵天已爲衆生興發此問我當至心聽受其義爾時大雲密藏菩薩白佛言世尊此經中說四百三昧其義甚深難可得解唯願如來分別解說佛言善哉善哉善男子如汝所問欲療衆生雜惡穢垢令得忍辱正信之心正精進心念心定心欲令未來薄福之人生福德故故發此問善男子

若有國土城邑聚落四部之衆受持讀誦書寫解説如是經者時旱則雨雨過則止善男子隨有國土其中衆生受持讀誦書寫解説聽此經者當知是人得金剛身何以故是經典中有神咒故爲衆生故三世諸佛悉共宣説

郁究隸　牟究隸　頭氐　比頭氐　陀尼羯氐　陀那賴氐　陀那僧喀兮

若有四衆讀誦此呪則爲諸佛之所稱讃若有國土欲祈雨者六齋之日其王應當淨自洗浴供養三寶尊重讃歎稱龍王名善男子四大之性可令變易讀持此呪天不降雨無有是處汝先所問四百三昧義至心諦聽當爲汝説善男子此經中有諸佛菩薩甚深淨水大海三昧非諸聲聞緣覺所知故名甚深能斷一切生死渴乏故名淨水邊不可得故名大海諸佛世尊同平等故故名三昧若有菩薩具是三昧則得常樂我淨之身得多聞海多聞寶藏於菩提心無有動轉不退佛慧常住之身無有變易心無疑礙不離法雨常遇三寶值善知識成就一切真正福德善男子汝當受持如是三昧持已則得具足成就無量功德復次善男子復有甚深淨水大海所入三昧無有三昧而能宣説是三昧相故名甚深洗濯生死故名爲水無能得底故曰大海得不動身常樂我淨故名爲入入畢竟故故名三昧善男子若有菩薩具是三昧則能變爲諸天形像見事梵者即作梵像爲破梵事而心不著見事自在天作自在像見事八臂作八臂像見事韋馱作韋馱像見事天

毋作天毋像見事鬼者即作鬼像雖示如是種種形像爲壞彼見心實無著見有屠者即現屠像爲欲化彼令不殺生酒家乃至旃陀羅像亦復如是見有博弈戲笑之處悉現其像爲斷貧窮現畜妻息奴婢僕從而其内心常修梵行雖服寶飾心常清淨示現服食甘美衆饍内常法喜以自充潤入諸婬舍爲化欲惡諸不善者博士卜筮鳥鷲之身乃至一切畜生雜類亦復現入一切形殘身不具足爲欲宣說身過患故乃至九十五種邪道隨示其像破彼見故示現自身四百四病爲治衆生内外病故讀誦外書解種種語言示現奴婢僕從男女老少之像及示生老病死等像爲欲調伏諸衆生故能解一切鳥獸等語現作香華藥草果蓏或示王身王子大臣長者身像或示沙門婆羅門像帝釋天王轉輪聖王日月等像所以示現四大天王爲欲擁護四天下故示現諸佛自在神通終不畢竟入於涅槃變作衆色不壞色性雖得往生諸佛淨土終不分别國土之相獲得諸佛甚深三昧而於法界無所分别爲人天主心無憍慢雖說夢事不見夢相外現魔事實無魔業行於世間世法不汙猶如蓮華處汙不染善男子如是之果名爲成就甚深大海所入三昧爾時衆中有婆羅門名曰善德白佛言世尊如來之法甚深祕密爲諸衆生分别演說而是薄福鈍根愚癡提婆達多不聽不受不知恩分純與六羣弊惡比丘同其所行增長地獄出佛身血破壞衆僧生於釋種增長憍慢實非人類强名爲人察其行迹畜生無别

復從無量阿僧祇世常於如來生惡逆心其有施者無有果報自所修善亦不成就如尼乾子等無差別尼乾子說無受無施提婆達多亦復如是真是魔黨非佛眷屬何以故常於如來起害心故雖名沙門無沙門義猶如袈裟裹覆利刀實是禿人名爲無命所有徒衆亦復如是實非世尊作世尊想世尊如來若是一切智者何故聽此弊惡之人出家剃髮受具足戒如來所說普令衆生生於善根是人何故獨不得生如來慈哀常以樂說爲諸衆生廣宣正法聞者蒙潤善根開敷提婆達多何故不得預斯利益如來性淨身淨心淨眷屬應淨何故衆中而有此輩爾時大雲密藏菩薩承佛神力語善德言善哉善哉大婆羅門一切聲聞辟支佛等於是事中都不能問汝今乃能諮問是義至心諦聽我當承佛威神道力爲汝廣說汝不應言提婆達多不知恩分是人知恩非不知也雖與六羣同其所行不名爲惡提婆達多不可思議所修業行皆同如來如來業行即是提婆達多業行一切衆生不能開顯如來世尊真實功德提婆達多能開示人令阿僧祇無量衆生安住善根如來業行非地獄種云何而言提婆達多是地獄人汝言同於六羣所行汝今當知六羣比丘實非弊惡所行之法亦同佛行大婆羅門如來身血實無有出提婆達多亦不能出若言樹影有出血者無有是處如來之身亦復如是若言出血當知即是善權方便不可思議大婆羅門釋迦如來種姓清淨如紺瑠璃所有弟子無有毁禁我亦不見如

來弟子有破戒者如來所說無上正法實令聞者生於善根非不生也如來大衆成就持戒悉入佛境徒衆眷屬如栴檀林純以栴檀而爲圍遶不可沮壞如金剛山亦不見有能沮壞者有怖畏者則可破壞如來弟子求無憂怖若無憂憂怖云何可壞不可破壞如師子羣如來法王如師子王純以師子而爲眷屬如是眷屬難可測度非是聲聞緣覺境界不可毀滅如灰覆火如來無上一切智入若聽剃髮受具戒者終無毀禁一切衆生皆入如來所知境界是故如來名一切智提婆達多具足如是不名壞僧大婆羅門假使千萬無量諸魔亦不能壞若言弊惡提婆達多壞衆僧者當知即是善方便也云何而言行同畜生提婆達多眞實生於釋迦如來淨種姓中不生畜生若言釋種作諸惡者無有是處提婆達多所行惡行爲欲顯示釋迦如來功德力故釋種中生名禿人者亦無是處提婆達多善能護持解脫淨戒云何而言尼乾子耶有惡欲者乃名惡人提婆達多心無惡欲云何而言惡比丘耶修行如來善方便者提婆達多即其人也大婆羅門若有人言提婆達多集地獄業當知即是菩薩業也菩薩業者即是神通爲化衆生故在地獄當知實亦不處地獄譬如二人道路共行後各别去一東一西若言是人故和合者亦無是處若言如來提婆達多相遠離者亦無是處大婆羅門有人殺生造作惡業法應無量百千世中地獄受果有人修善法應無量百千世中天上受報有修善者地獄受果行惡之人天上受

報此乃諸佛如來境界非諸聲聞縁覺所知如來成就無量微妙眞實功德云何而言提婆達多實無量世中於如來所生惡逆心提婆達多實無害心何以故是人眞實決定了知善惡報故生一念惡無量世中地獄受報以是義故知提婆達多終不造惡如來已於無量世中求斷諸惡云何衆生能於如來起惡心耶若言提婆達多是地獄人云何得與如來法王同一種姓地獄衆生得與如來同眷屬者亦無是處若言提婆達多無量世中造作諸惡應無量世地獄受報云何得與如來一處若與如來同一處者當知是人非是弊惡若提婆達多眞實惡人云何得與如來和合如彼二人東西路乖理無和合提婆達多隨順佛語聞東則東不違聖旨云何當名地獄人耶若令至東故違西去則不得名非地獄人若言提婆達多地獄人者是無惡人所以者何地者名人獄者名天往來人天名地獄人復次地者名常獄名無相提婆達多亦常無相故名地獄復次地名爲樂獄者名斷樂斷生死故名地獄復次地者名善方便獄名能說說善方便故名地獄大婆羅門如來世尊有善方便復能宣說不名地獄云何得名提婆達多爲地獄人提婆達多所有境界實非聲聞縁覺所知大婆羅門如來世尊常所稱讚黄頭大士即是提婆達多比丘六羣比丘亦大菩薩提婆達多與共同行云何得名地獄人耶如栴檀樹栴檀圍遶如香象蹵蹋非驢所堪還是香象之所能忍大婆羅門如來世尊大香象王亦復如是所說深義

非是二乘之所能知還是香象諸大菩薩乃能受持提婆達多成就如是無量功德汝應懺悔恭敬供養尊重讚歎大婆羅門若比丘比丘尼優婆塞優婆夷能知提婆達多功德了了不疑當知是人眞佛弟子得佛功德二分之一得佛一目得佛半身大婆羅門提婆達多所有功德一切衆生所不能知如來功德所有境界一切衆生亦不能知復不能見如來法身大婆羅門提婆達多眞實能知如來所有微妙功德聲聞緣覺實所不知唯有提婆達多了了不疑亦能示現如來所現無量神通能示衆生如來所行知佛如來所有國土提婆達多是大丈夫如來所遊在在處處提婆達多亦隨逐行以是義故名大丈夫諸佛如來境界甚深祕密之言不可思議唯有提婆達多比丘能得了知如來今者當開密語仁可善聽爾時大衆異口同音而讚頌曰

假使魔波旬　其數無有量　盡其神通力
不能壞衆僧　如來無上尊　大慈憐愍心
爲諸衆生故　示現業果報

爾時世尊讚歎大雲密藏菩薩摩訶薩言善哉善哉汝今快說提婆達多眞實功德一切聲聞辟支佛等不能解了大乘方等功德勢力汝將欲壞一切衆生所有疑心是故開顯提婆達多菩薩功德復次善男子此經復有諸佛菩薩深進大海水潮三昧若有菩薩成就具足是三昧者須彌山王高大堅鞕能以口吹令其碎破猶如微塵入葶藶檜而葶藶檜亦不增長四大天王亦不驚怖不破不壞

不自覺知所安之處三十三天亦復如是善男子是名菩薩成就具足深進大海水潮三昧復次善男子若有菩薩成就具足是三昧者以四大海水入一毛孔不嬈黿鼉龜龍魚鼈水性之屬壽命如常無有損夭諸龍王阿修羅乾闥婆不自覺知所至之處能以三千大千世界安置右掌斷取大地如陶家輪擲置他方恒沙界外其中衆生都不覺有往來之想取彼世界安置此土亦復如是爾時善德以諸香華旛蓋妓樂供養於佛合掌恭敬白佛言世尊大慈憐愍一切如羅睺羅今欲啓請唯願聽許爾時世尊默然不答是時衆中有梨車童子名曰一切衆生樂見語善德言如來默然已不相許我今當答隨疑致問婆羅門言梨車我曾從他聞如是義若能供養如來舍利如芥子許福報應得忉利天主梨車是大雲經其義甚深如來密語難可得解非諸聲聞緣覺所知何況我等邊地之人我今欲得如來舍利如芥子許恭敬禮拜冀處忉利爲彼天主我從昔來常有此願爾時梨車即説偈言

假使恒河中　駛流生蓮華　拘枳羅鳥白
舍利乃可得　假使龜生毛　任作僧伽梨
冬日能消水　舍利乃可得　假使蚕子脚
堪任作橋梁　能度一切衆　舍利乃可得
假使水中蛭　忽然生白齒　大如香象牙
舍利乃可得　假使兔生角　堪任作梯隥
高至淨居天　舍利乃可得　假使鼠蟲等
緣於兔角梯　在上而食月　舍利乃可得
假使蠅能飲　鍾石淳好酒　迷荒而耽醉

舍利乃可得　假使驢口骨　形如頻婆果
善能歌詠舞　舍利乃可得　假使烏角鵄
同共一樹棲　飲食不相離　舍利乃可得
假使赫刺葉　周遍覆三千　大千世界上
舍利乃可得　假使小舟船　能載須彌山
度於大海水　舍利乃可得　假使小鳥雀
觜銜大香山　移置於他處　舍利乃可得
時婆羅門即說偈頌答梨車言
善哉梨車子　能知深方便　今當至心聽
我說佛功德　佛境難思議　所得已畢竟
諸佛常無變　是故無生處　諸佛色平等
是名佛法界　如來非作法　亦復非有生
如來金剛身　不可得破壞　以是故舍利
眞實不可得　如來無舍利　乃至如芥子
無有血肉骨　云何有舍利　如來爲衆生

現受方便身　諸佛身常住　法界亦復然
隨應諸衆生　方便爲說法　亦隨其所宜
而現種種身　若佛有慈愍　普及諸衆生
何故不見爲　分身施舍利
爾時衆中有一天女名曰淨光復以香華旛
蓋妓樂供養於佛合掌恭敬白佛言世尊如
是二賢成就甚深微妙智慧能開如來祕密
之藏從何處來唯願演說佛言善哉善哉天
女汝爲衆生故問是義諦聽諦聽吾當說之
如是二人是佛眞子如香象王是大丈夫爲
衆生故樂處生死知恩報恩我所護念善能
護持諸佛種性爲佛重任熾然法燈天女過
去無量億那由他阿僧祇劫爾時有佛號同
性燈如來應供正遍知明行足善逝世間解
無上士調御丈夫天人師佛世尊時閻浮提

多有衆生無量無邊不可筭數悉皆成就安隱快樂無諸飢渴苦惱等患其地廣博清淨嚴事縱廣六萬八千由旬多有諸城七萬八千一一大城七寶所作其城四壁有九萬却敵爾時大城名曰寶聚即是今之王舍城也時寶聚城有八萬千億人同性燈佛出生彼城彼城所有無量衆生悉發阿耨多羅三藐三菩提心成就神通人中象王天女爾時如來在大衆中作師子吼宣說如是大雲經典時彼城中有王名曰大精進龍王王有夫人名曰護法有一大臣名法林聚爾時國王與其夫人及其大臣往彼佛所供養恭敬合掌作禮右遶三帀却坐一面爾時同性燈佛知大精進龍王心中所念放大光明名無所畏王遇此光心得法喜爾時大臣承佛神力白佛言世尊如來舍利爲可得不爾時世尊默然不答天女爾時大王爲正法故即共大臣翻覆往反論講舍利時佛聞已即讚歎言善哉善哉彼佛衆中有大弟子字摩訶男心生善欲而作是念善哉大王善解如來甚深法界時佛即爲時會大衆說王所解深法妙義大衆聞已皆生驚疑時佛即告諸大衆言此王功德不可思議深不可測非是汝等所能得解爾時大王聞佛稱讚已之功德心大歡喜即起供養右遶千帀以摘寶華用散佛上而復讚歎即發願言未來當有釋迦如來興出於世以大方便示法滅時我當於中出家修道受持淨戒具大勢力見有破戒行惡比丘我當驅擯至於邊方無佛法處爲正法故不惜身命爾時大臣復作是願釋迦如來以

大方便現涅槃已我當於中作大國王護持如來無上正法見惡比丘唱令驅出有持法者恭敬供養是時夫人復作是願釋迦如來出現之時令我勢力能伏邪見時摩訶男復作是願使我爾時爲彼如來作大弟子得大神通於佛功德能師子吼天女如是四人今於我世爲法重任不但今日方於未來復當護持我之正法是時天女即白佛言我今未知如是四人斯爲是誰唯願如來説其名字佛言善哉天女至心諦聽諦聽吾當爲汝分別解説爾時大臣即今善德婆羅門是是婆羅門於我滅後百二十年王閻浮提字阿叔迦住於波梨弗羅城中姓九耶氏得轉輪王所有福德二分之一於閻浮提得大自在護持正法大師子吼爲法流布大得舍利供養恭敬尊重讚歎見惡比丘治令修善天女復言唯願解説爾時佛告天女且待須臾我今先當説汝因緣是時天女聞是説已即生慚愧低頭伏地佛即讚言善哉善哉夫慚愧者即是衆生善法衣服天女時王夫人即汝身是汝於彼佛暫得一聞大涅槃經以是因緣今得天身值我出世復聞深義捨是天形即以女身當王國土得轉輪王所統領處四分之一得大自在受持五戒作優婆夷教化所屬城邑聚落男女大小受持五戒守護正法摧伏外道諸邪異見汝於爾時實是菩薩爲化衆生現受女身是時王者即今一切衆生樂見梨車子是深達正法甚深之義能開如來微密法藏護持佛法無所虧損時摩訶男者即今大雲密藏菩薩是得我眞身二分之

一知恩報恩護持正法能答深義無所滯礙天女我今此衆雖有上智大迦葉等不能宣辯甚深之義如大雲密藏菩薩摩訶薩也爾時衆中有一天子字曰奇杖與千天子即起向佛以諸華香旛蓋妓樂供養於佛合掌恭敬以偈讚佛

大海可度量　須彌可稱知　如來法境界
難可得思量

説是法時無數千人發阿耨多羅三藐三菩提心爾時如來告善德言善哉善哉大婆羅門汝今善發歡喜之心得無上果大婆羅門從是南去度三十萬恒河沙等世界彼有世界名須曼那有佛世尊號淨光祕密如來應供正遍知明行足善逝世間解無上士調御丈夫天人師佛世尊常住在世爲化衆生轉正法輪彼從南去復度五十萬恒河沙等世界彼有世界名法喜寶佛號法藏如來應供正遍知明行足善逝世間解無上士調御丈夫天人師佛世尊常住在世爲化衆生轉正法輪彼從南去復過六十萬恒河沙世界彼有世界名一切池佛號師子吼神足王如來應供正遍知明行足善逝世間解無上士調御丈夫天人師佛世尊常住在世爲化衆生轉正法輪從彼南去復過三十六萬恒河沙等世界彼有世界名曰華旛佛號高須彌十號具足乃至轉正法輪從彼南去復過八十萬恒河沙等世界彼有世界名曰寶手佛號法護十號具足乃至轉正法輪大婆羅門如是諸佛世界嚴淨其土無有山陵埠阜石沙穢惡其地柔輭如迦陵伽衣世無五濁亦無

女身二乘之人乃至無有二乘之名女人名字純諸菩薩摩訶薩等甘樂大乘護持大乘樂說大乘大婆羅門若有善男子善女人受持如是諸佛名號墮三惡道者無有是處必定當得阿耨多羅三藐三菩提大婆羅門以是義故我涅槃後是經當於南方國土廣行流布正法欲滅餘四十年當至北方北方有王名曰安樂見有受持書寫經卷讀誦說者隨時給施四事無乏爾時北方當有八萬四千衆生受持是經卷善男子若有人聞如是經已放捨遠離無有是處若有善男子善女人頂戴受持諸佛名號若中兵毒水火盜賊無有是處除其宿業復次婆羅門若內四部若外衆生爲供養故爲怖畏故爲壞法故奉持如是諸佛名號終不墮於三惡道中若至三惡無有是處爾時善德復作是言世尊若有衆生聞是經名尚得如是無量善利況有受持讀誦書寫解說之者若得聞彼諸佛名號則爲已得無上大寶阿耨多羅三藐三菩提已在其手諸佛如來已到其舍其地金剛其身亦爾心堅不動不可移轉世尊我今亦當恭敬供養如是之人佛言善哉善哉大婆羅門汝今善知善解如來功德之力若有衆生聞彼佛名敬信不疑無諸怖畏所謂王怖人怖鬼怖無諸疾病常爲諸佛學道弟子八部鬼神及其眷屬之所守護諸佛所念爾時衆中有乾闥婆王名曰喜見從坐而起往至佛所合掌恭敬白佛言世尊如來滅後何等衆生能受持是經廣令流布何等衆生不能受持令法毀滅爾時如來默然不答時大迦

葉語喜見言善男子如來眞實無有涅槃法無滅盡云何而言如來滅後誰受是經喜見王言大德一切衆生狂愚無智唯願大德宣說如來所以不滅一切衆生癡暗所覆願然法燈令得開明我於未來亦當廣爲一切衆生開發是義唯願大德哀愍故說大迦葉言善男子如來法身不名肉身佛身金剛非破壞身成就具足無量功德方便之身不名食身如是之身云何言滅喜見王言大德我今定知如來世尊方便涅槃非畢竟滅爾時迦葉讃喜見言善哉善哉實如所說善男子大海可量如來功德不可稱知喜見王言如來何時當畢竟滅大迦葉言假使一切所有衆生乃至蚑蟻悉得阿耨多羅三藐三菩提入於涅槃如來爾時乃當涅槃喜見王言大德如來成就如是無量無邊功德一切衆生何故不發阿耨多羅三藐三菩提心苦哉苦哉衆生薄福不知如來常住不變金剛之身非雜食身大德如是之身唯佛能知非諸聲聞緣覺所及迦葉復言善男子一切衆生悉有佛性得菩提心說是法時二萬二千天子發阿耨多羅三藐三菩提心異口同音而說偈言

如來不涅槃　眞法無有滅　爲諸衆生故
示現有滅度　如來常不滅　爲衆方便說
如來不思議　法僧亦復然

大雲初分增長揵度第三十七之一

爾時南方有諸天子其數無量從黒山中來至佛所以諸香華旛蓋妓樂供養於佛頭面作禮右遶三帀白佛言世尊如來今日說是

經典南方世界無量無邊恒河沙等諸佛世尊亦說是經世尊如是經典名字何等善男子如是經典凡有三名一名大雲二名大般涅槃三名無想大雲密藏菩薩所問故名大雲如來常住無有畢竟入涅槃者一切衆生悉有佛性故得名爲大般涅槃受持讀誦如是經典斷一切想故名無想善男子有人親近無量恒河沙諸佛世尊於諸佛所受持淨戒供養恭敬尊重讚歎成大功德然後乃得聞是經典雖得聞受不能廣說若於不可計不可數恒河沙等諸佛世尊受持淨戒乃至成大功德聞已則能分别廣說善男子正法欲滅是經當於閻浮提中具足流布佛涅槃後初四十年亦當流布正法垂滅餘四十年復當流布行惡之時謗方等時惡王治時我諸弟子毀禁戒時遭值荒亂世人輕時四部弟子不修身不修戒不修心不修慧無明狂癡習放逸時凡所造作同畜生行不隨和尚師長教時違反上座耆宿長老當爾之時我諸弟子於是經中不能信受輕笑譏訶互相呰懱云何邪見說爲方等剃頭之人名爲沙門云何反讀邪見經書實非佛語爲利養故說爲佛語公於衆中唱如是言如此經者眞是邪見非佛所說慎勿讀誦書寫受持爾時大衆即共答言大德莫作是語此經相義實是佛說我今爲經當相供給我此弟子爲供養故素無信心受持誦說是名滅法復次天子未來之世法欲滅時我四部衆薄福少智不知猒足退失善根貧於法財無心親近佛法僧寶爲衣食故剃頭染衣其心麤獷如禿

居士畜養奴婢金銀珍寶錢財珂貝瑠璃玻瓈貯聚穀米牛馬畜生田宅屋舍雜色卧具食肉嗜味背捨諸佛成就十六不善律儀親近國王大臣長者受使鄰國通致信命受人供養反生惡心成就一切非沙門法非婆羅門法天子如是惡世惡比丘時爾時我當有一弟子持戒清淨少欲知足如大迦葉善能教化閻浮提内我弟子中習行惡者爲説正語不惜身命廣開如來深密秘藏讃歎持戒行頭陀者成就具足波羅提木叉稱美知足糞掃衣服廣爲惡人説如是言諸大德世尊不聽受畜一切不淨之物貪味食肉如來常讃持淨戒者呵責毀禁大德汝今若不受我語者我有大力勢能相降伏我此弟子福德力故咸令一切信伏無違何以故是人已曾親近無量諸佛世尊廣修慈悲貪樂大乘護正法故爾時常有五萬八千諸善鬼神隨從侍衛爲欲守護佛正法故天子復言世尊我等未來亦當護是持法比丘佛言善哉善哉天子如汝所説法欲滅時當勤守護天子當爾之時我亦能以威神道力摧伏惡魔治惡比丘爾時十方無量諸佛亦同讃歎我此弟子爾時一切南方天子復以華香供養世尊白佛言世尊如是弟子何時當出在何國土名字何等佛言善男子我涅槃後千二百年南天竺地有大國王名娑多婆呵那法垂欲滅餘四十年是人爾時當於中出講宣大乘方等經典拯拔興起垂滅之法廣令是經流布於世教人具足執持讀誦書寫解説聽受其義爾時若有不能如是受持解説是經典

者當知是人非我弟子魔之眷屬爾時樂見乾闥婆王白佛言世尊唯願矜哀解說未來持法弟子如迦葉者成就大慈具足淨戒種姓眷屬無可譏呵佛言善男子諦聽諦聽當爲汝說我此弟子守護正法持佛種性一切衆生所樂見者善男子是南天竺有小國土名須賴吒其土有河名善方便其河有村名曰華鬘華鬘村中有婆羅門産一童子即是今之一切衆生樂見梨車後時復名衆生樂見是大菩薩大香象王常爲一切恭敬供養尊重讚歎其年二十出家修道多有徒衆修持淨戒稱詠諸佛大乘經典爲護正法不惜身命其諸弟子亦復如是若有比丘比丘尼優婆塞優婆夷聞是比丘所說正法必定當得阿耨多羅三藐三菩提爾時國王大臣長者及一切人爲此經故供養恭敬是持法者是經力故令彼國王得大勢力所有國土無能侵陵我此弟子魔不得便爾時若有受持讀誦書寫是經則得名爲大菩薩也名爲福田在淨僧數乾闥婆王當於爾時我諸弟子多有信受如是經典得解脫者亦復不少善男子若有人能成就四事則能受持如是經典一者得聞深進大海水潮三昧二者得聞南方佛名三者親近於善知識四者至心信佛法僧爾時若有不能信受是經典者是魔眷屬若有信者是佛弟子善男子未來之世有信心者名爲親近諸佛世尊何以故如是經典諸佛封印所謂印者一切衆生悉有佛性如來常住無有變易善男子若有人能信是經者當知是人眞佛弟子有能恭敬是持

法者是人當爲未來諸佛徒衆眷屬何以故無量諸佛已於是人生希有心故所以者何是持法比丘不可思議已於過去同性燈佛發大誓願未來之世釋迦如來法垂欲滅我當於中出家修道爲護正法不惜身命時王精進龍王者即今樂見梨車是樂見梨車即是未來護法比丘善男子汝善觀察我此弟子未來功德若有人能恭敬供養我此弟子當知是人即爲十方三世諸佛之所恭敬若未來世比丘比丘尼優婆塞優婆夷信受如是持法比丘所可演說即是信受十方諸佛所有言說若有比丘比丘尼優婆塞優婆夷愛敬如是持法比丘不惜身命即爲十方三世諸佛之所愛念增長壽命若未來世比丘比丘尼優婆塞優婆夷恭敬供養是持法者專心繫念聽其所說不求其短當爲十方三世諸佛之所推覔護念守持如羅睺羅護念禁戒善男子未來之世薄福衆生比丘比丘尼優婆塞優婆夷當作是言咄哉咄哉如是衆生樂見比丘實非比丘作比丘像遠離諸佛所說經典自說所造名大雲經遠離諸佛所制禁戒自爲衆生更制禁戒諸大德各各諦聽若言貯畜金銀珍寶名爲破戒不貯畜者名爲持戒如來何處當作此說此非佛語說爲佛語我當云何不惜身命恭敬供養如是惡人宣說惡語以爲佛語唱說惡戒以爲佛戒諸大德我實不能信受如是惡比丘言若有供養如是人者唐捐其功終無果報爾時諸人聞是語已所有信心各各壞滅若有信受是惡語者當知是人從暗入暗若不信

受是人則得從明入明善男子若有隨順是惡語者是魔眷屬若不隨順眞我弟子善男子是大雲經其義幽隱難可解了若未來世有四部衆福德純厚得菩提心勤修行者作如是言善哉比丘眞佛弟子善住大地是大菩薩勇猛大士非下人也下劣之人不能如是迴轉大海諸大德汝等可來當共供養如是比丘諸大德我今見是持法比丘即是過世無量功德之果報也隨是比丘所住之處當知其地及其衆生功德成滿安樂無患若得覩見是比丘者當知是人已得天眼法眼具足我爲是人不惜身命若聞其言寧捨身命終不忘失我今寧爲如是一人不惜身命終不能爲非法徒黨百千萬人捨於身命善男子如是惡法興出之時我此弟子當於是中護持我法善男子未來之世法欲滅時若有比丘比丘尼優婆塞優婆夷爲護法故不惜身命是則名爲熾然慧燈度脱衆生修行一切諸佛所行得法翅羽翼破魔境界身得自在心得自在不可思議爲諸衆生之所愛敬善男子法欲滅時是持法者一日一夜六時唱令告諸衆生汝等當共受持正法諸惡比丘聞是語已心不甘樂不甘樂故便作是言大德如是邪法誰當信受默然者善若不默然當奪汝命是持法者復作是言我寧捨命終不默然諸惡比丘尋共害是持法比丘善男子如是之人是我最後持法弟子當知爾時我法則滅若言爾時我弟子中更有如是護持法者無有是處乾闥婆王言是持法者捨是身已更得何身佛言善男子捨是身

已當得佛身無邊之身乾闥婆王言唯願世尊爲諸衆生說是比丘云何捨身而得佛身佛言善男子善哉善哉聽我說此持法弟子功德之事過此賢劫千佛滅後具滿六萬一千劫中空過無佛爾時當有無量億那由他諸辟支佛在世教化過是劫已有七佛出是七如來般涅槃已此國爾時轉名喜光是喜光國當有佛出號智聚光如來應供正遍知明行足善逝世間解無上士調御丈夫天人師佛世尊是佛世界所有人民顏貌端正信心成就若有人能於我法中没命教令護持悉當生於彼佛世界而爲彼佛作大弟子大弟子者即是菩薩摩訶薩也眞大丈夫大香象王彼國人民一切無有貪欲恚癡皆悉成就清淨信心智聚光佛壽十五中劫爲諸弟子開三乘教雖開三乘多說菩薩一乘之行爾時雖有魔王魔子悉發阿耨多羅三藐三菩提心一切衆生悉得大慈大悲之心皆得遠離三惡道苦無有八難世界常淨猶如北方鬱單越土天魔波旬不得其便永斷邪見彼佛如來入涅槃已法住千億然後滅盡說是語時一切大衆諸天龍神乾闥婆阿修羅迦樓羅緊那羅摩睺羅伽持諸華香微妙妓樂供養於佛大迦葉等諸大弟子歡喜讚歎恭敬作禮諸大菩薩復持妙華大如須彌供養於佛悉共發願願我未來生彼佛世

大方等大雲經卷第三

音釋

矜居陵切憐也　氐都禮切　嗒託合切　博弈博作各切弈羊益切博弈圍棋也　蓏郎果切蔓實曰蓏　諮津私切訪問也　蹵蹋蹵七六切躡也蹋徒合切踐也　靳居觀切固也　葶藶葶音亭藶音歷葶藶藥名　檜苦外切糠也　黿鼉黿愚袁切鼉徒何切　鼈并列切　蛭職日切馬蟥也　鵄赤脂切怪鳥也　掬居六切手捧也　擯必刃切斥逐也　獷古猛切

大方等大雲經卷第四

北涼天竺三藏法師曇無讖譯

大雲初分增長揵度第三十七之二

爾時大雲密藏菩薩白佛言世尊唯願如來爲未來世薄福德衆生演説如是深進大海水潮三昧佛言善男子汝今不應作如是言何以故佛出世難此大雲經聞者亦難若有書寫受持讀誦一句一字亦復難得云何偏爲未來之人吾當普爲三世衆生廣開分别善男子我以未來薄福衆生罪根深重是故唱言此經當於未來流布善男子未來之世若能於此大雲經中信心不疑讀誦一偈如是之人甚爲難得世尊如來何故作如是言善男子我亦不獨爲未來説何故而生如是疑心若有能聽如來所説一偈一句不生疑心於三世中亦復難得何以故三世衆生難得三昧陁羅尼門知恩報恩未來衆生不知恩分不能報恩不知恩故信心難得信難得故是故我言爲未來世説此經典若能讀誦受持是經一偈一句是人難得未來衆生薄福罪重是故復言爲未來世説此經典大雲密藏菩薩言世尊若有菩薩安住如是深進大海水潮三昧成就無量無邊功德非是聲聞緣覺所知佛言善哉善哉善男子住是三昧諸菩薩等深不可測譬如大海衆流所歸不可量數善男子如是大海猶可量數而諸菩薩不可量數何以故安住如是深三昧故復次善男子若有菩薩住是三昧能以足指一毛舉此恒河沙等三千大千諸大世界高至上方無量世界令諸衆生無有怖畏往返

之想而令他方一切悉見爲化度故乃至十方亦復如是世尊如是三昧乃爲無量無邊功德之所成就是故佛說普爲三世善男子善哉善哉實如所言善男子譬如大海總攝一切諸河泉流此大雲經亦復如是總攝一切無量經典復次善男子若諸經典有如是等無著三昧當知彼經已爲攝在此經典中一切聲聞辟支佛等所得三昧比此三昧不可爲喻何以故聲聞緣覺無常無我無樂無淨無著三昧廣開如來常樂我淨無有變易是故此二不得相喻善男子若聞如來常不變易信心清淨當知是人得阿耨多羅三藐三菩提心修菩提道善男子若男若女欲得常住無有變易應當受持讀誦書寫演說是經若能如是受持演說是經典者當知是人不久當得阿耨多羅三藐三菩提若有人聞如來常住無有變易心生疑怖當知是人不見如來眞實之相眞實相者所謂如來常恒不變湛然安住是故聞者不應疑怖應當受持廣爲人說如是說者當知佛法常住無滅善男子如一切衆跡入象跡中一切三昧亦復如是入此經中善男子如閻浮提一切山河叢林樹木及四天下山河樹木日月星宿悉皆入於三千大千世界之中一切凡夫聲聞緣覺諸佛菩薩所有功德禪定三昧亦復如是皆悉入此大雲經中若有衆生能於一念念諸如來常住不變當知即得阿耨多羅三藐三菩提善男子譬如秋月無諸雲霧虛空清淨日初出時光明端嚴人所愛樂除破一切幽暗黒冥是大雲經亦復如是演出如

來常恒不變猛盛之日處在清淨密語虛空破除衆生無常無我無樂無淨一切暗障端嚴愛樂者喻於如來終不畢竟入於涅槃復次善男子譬如有人身輕行疾喻四風王壽命滿足無數千年飛行周遊十方世界遍已還到本所住處如是行處滿中七寶并以已身供養三寶復滿無數千年之中善男子如是福德可數量不不也世尊善男子如是福德不比有人一念之中念如來常法僧不滅善男子若復有人爲利養故爲恐怖故爲親近故演說如來常恒不變一字一句所得福德比前功德百分不及一分千分百千萬分乃至筭數譬喻所不能及善男子譬如藥樹若有衆生取枝取莖取葉取華取果取皮是樹亦不生念取枝莫取莖取莖莫取葉取葉莫取華取華莫取果取果莫取皮亦令一切衆病除愈隨上中下衆生所用若以合水若以合酥若末若丸若塗若服悉能愈病是大雲經亦復如是不觀衆生若舉一偈若半偈一名一義一句半句信受二字言如來常亦不觀察衆生有修深進大海水潮三昧大慈大悲及不修行悉能令斷三惡道病如來亦不觀察衆生取一偈不取半偈取半偈不取名取名不取義取義不取句取句不取半句取半句乃至二字皆悉能令四部之衆離三惡道善男子未來之人不修身不修戒不修心不修慧輕笑賤慢爲求過失及以利養少多讀誦書寫聽受亦得遠離無量惡業求斷貪欲恚癡等病善男子如日出時能消氷雪是大雲經亦復如是說如來常能消一切無

常氷雪復次善男子譬如虚空猛風起時吹衆生身入諸毛孔能令熱病一切除愈身得清涼虚空者喻大雲經猛風起者喻如來常風入毛孔者喻諸衆生悉有佛性除熱病者喻斷聲聞辟支佛心復次善男子若有人能讀誦受持如是經典終不爲於須陀洹果護持禁戒終不爲向斯陀含得斯陀含向阿那含得阿那含向阿羅漢得阿羅漢護持禁戒若爲向佛取無上果是則名爲眞持禁戒非爲三十二相八十種好護持禁戒若爲如來不可思議乃名護戒如來非爲住心修習無量三昧亦復不爲住心修習與諸佛等亦復不爲住心修習無量因果不爲住心修習諸佛無量功德如來住於無所住者是爲實相若期如來無上印者不名護戒若言如來爲是印故名護戒者汝於此中愼勿生疑如來無相故名爲護戒若言如來爲於相故名護戒者亦勿生疑如來無種好故名爲護戒若言如來爲種好故名持戒者亦勿生疑如來非神通因緣故名爲護戒如來非密藏故名爲護戒如來非無上福田故名爲護戒如來非爲如來藏故名爲護戒如來爲斷一切衆生生老病死衆苦逼切名爲護戒爲欲安樂諸衆生故名爲護戒爲斷衆生生死縛故名爲護戒爲令衆生專向無上菩提道故名爲護戒爲諸衆生得阿耨多羅三藐三菩提故名爲護戒欲令衆生轉法輪故名爲護戒爲令衆生一切皆得聖僧名故名爲護戒爲令衆生不斷如來聖種性故名爲護戒爲令衆生一切不斷法僧種故名爲護戒爲令衆生

一切悉得三昧禪定智慧解脱故名爲護戒爲令衆生悉得淨戒具足無鈌故名爲護戒如來無戒故名護戒斷一切戒故名護戒如來非有此戒故名護戒非無此戒故名護戒爾時大雲密藏菩薩摩訶薩白佛言世尊若言如來不護戒者其義云何若復有言菩薩住是深進大海水潮三昧不護戒者其義云何如來非爲無上印故名護戒者義復云何佛言善男子菩薩摩訶薩自從住是三昧已來初不曾住有爲法中具足成就一切佛法何以故如是三昧悉已攝取一切佛法故善男子如大寶聚有青瑠璃其色清淨人見之者不生疑心菩薩摩訶薩從得住是三昧已來即見佛性了了無疑何以故見了了故若有疑者無有是處如來境界不可思議善男子菩薩住是三昧已成就具足諸佛功德世尊菩薩摩訶薩住是三昧得畢竟不善男子汝不應言如是菩薩得畢竟不何以故若一切衆生得是三昧悉成阿耨多羅三藐三菩提盡畢竟已然後乃當問是菩薩得畢竟不世尊如是三昧甚爲希有若諸衆生不得聞受甚可憐愍若得聞者當知是人得大饒益佛言善哉善哉若有聞是三昧名者當知是人人中之上譬如族姓端正王子威猛勇健心無慳悋持戒清淨無可譏訶人所樂見眷屬敬念統領國土人民歸順菩薩摩訶薩住是三昧亦復如是皆悉成就諸佛功德善男子如旃陀羅終不作王若作王者無有是處何以故諸上族等所嗤笑故若有衆生不能受持讀誦書寫如是三昧欲得成就諸佛所

有微妙功德亦無是處何以故當爲一切諸菩薩等所嗤笑故善男子汝今觀是安住三昧諸菩薩等能知如來常恒不變若有不能住是三昧則不能知如來常恒無有變易菩薩摩訶薩爲衆生故受持讀誦如是三昧則得具足檀波羅蜜何以故如是菩薩見有求索頭目髓腦肢節手足國城妻子奴婢僕從象馬七珍則能隨彼種種給施尚以身施况復外寶施時歡喜施已無悔於阿耨多羅三藐三菩提若得不得心無疑慮終不爲報而行布施若言爲報行布施者無有是處不爲貪故而行布施爲憐愍故而行惠施爲如來常故爲護法故爲欲具足檀波羅蜜演說如來常恒不變故行惠施復次善男子菩薩摩訶薩住是三昧已則能少知一切衆生悉有佛性如來常恒無有變易住是三昧菩薩摩訶薩常作是觀我今此身空無所有已得無上大利益事我今以此肢節手足頭目髓腦肌皮血肉布施於人未來當得阿耨多羅三藐三菩提世尊菩薩摩訶薩住是三昧云何而作如是觀身善男子是菩薩摩訶薩不見是身去來坐卧猶如空瓶是故菩薩觀身空寂血肉骨髓名爲空身住是三昧諸菩薩等得非血肉骨髓之身成就法身不名食身世尊如來法身不名食身其義云何法身無像不可覩見云何而得教化衆生如來常於諸經中說如鳥飛空無有足跡如來法身亦復如是無有去來無轉無説不可破壞佛言善男子勿作是語如來常所化衆生身是名化身世尊其義云何世尊如佛所説住是三昧

則得法身云何復言是變化身如來法身若爲教化作雜食身云何此身非虛妄耶眞法身者云何復作雜食之身若作雜食身是義不然佛言止止勿作是語住是三昧菩薩摩訶薩若有化身是名幻身世尊何故顛倒以此非身而名爲身其無物者名之爲幻若是幻身云何而得不誑衆生佛言善男子莫作是觀住是三昧菩薩摩訶薩無有住身雖無住身如藥樹王如草木瓦礫我身亦爾何以故我身無我無有我所無命無語無心無實無陰界入猶如藥樹能除衆生一切病苦我身亦爾除滅衆生無量病苦何以故身如幻故復次善男子譬如藥樹終不生念取葉莫取枝善薩摩訶薩亦復如是終不生念取手莫取足何以故是三昧力故亦能除斷一切

衆生貪欲瞋恚愚癡等病住是三昧菩薩摩訶薩無內身無外身無內外身無死生身得甘露身甘露身故能斷衆生貪欲瞋恚愚癡等病復次善男子住是三昧菩薩摩訶薩作變化身爲斷一切諸惡鳥獸及三惡道猶如藥樹若有人言諸惡鳥獸遇菩薩身到三惡道無有是處若言捨身轉至人天見諸佛者斯有是處復次善男子若言四衆住是三昧則得親近無量諸佛亦有是處復次善男子比丘比丘尼優婆塞優婆夷若欲修習是三昧者先當思惟如來常恒無有變易佛法不滅無有畢竟入涅槃者復作是念一切衆生種種所須我當給施若脚若手若頭若目爲正法故悉捨所有捨時歡樂捨已無悔何以故我此身者猶如藥樹若能作是一念思惟

當知不久得是三昧復次善男子譬如駿馬駿尾纖長於十五日布薩之時在大海中悲鳴三唱誰欲度海誰欲度海若有諸人乘其背者及捉駿尾頸項首脚悉得到於大海彼岸是大雲經亦復如是若有人能受持讀誦解說書寫乃至一句一字二字一切皆度三惡彼岸永得解脫復次善男子比丘比丘尼優婆塞優婆夷若有得聞是三昧名生生常得轉輪聖王帝釋梵王終無退轉常得親近佛法聖衆於菩提心堅固不動不捨大乘方等經典世尊云何菩薩摩訶薩住是三昧於一切法所見眞正佛言善男子若有成就是三昧者見於如來無常無樂無我無淨畢竟涅槃則不得名所見眞正若見如來常樂我淨終不畢竟入於涅槃如是乃名所見眞正

世尊如佛所說若見如是常樂我淨其義云何善男子常樂我淨即是如來眞實之性世尊若如是者一切凡夫亦得成就如是實性何以故凡夫之人亦復計於常樂我淨善男子汝今不應作是說我言具是三昧菩薩乃能見於常樂我淨不說凡夫所計顛倒常樂我淨世尊如佛所說若見諸法無常無樂無我無淨是人則見上道下道得須陁洹果乃至得阿耨多羅三藐三菩提若見諸法常樂我淨則不能得須陁洹果乃至阿耨多羅三藐三菩提云何世尊言菩薩成就是三昧已則得見於常樂我淨又如佛言眞解脫者猶如虛空如是解脫即是涅槃云何如來說言涅槃常樂我淨一切衆生亦如虛空水月夢幻芭蕉雲電空無性相不得暫住猶如畫水

隨晝隨合無覺無知無常無樂無我無淨見如是相則名眞見眞見者得須陀洹果乃至阿耨多羅三藐三菩提云何如來說言菩薩成就是三昧乃得見於常樂我淨如佛先說諸佛如來觀一切法無常無樂無我無淨無有壽命士夫衆生空無所有是名諸法眞實之性今者復言見一切法常樂我淨是義云何善男子止止莫作是言善男子若有菩薩成就具足是三昧已則不復與諸法和合不和合故得名護戒修習三昧菩薩摩訶薩不見諸法斷常之相不見斷故不生喜恱不見常故不生憂慼爲知法印不爲護戒亦不得名修習三昧如來不著護戒毀戒常無常覺不覺作不作淨不淨空不空戒非戒知非知名非名取非取怖非怖畏非畏因非因滅非滅菩提非菩提解脫非解脫涅槃非涅槃一切諸法無有怖畏爲解脫故護持禁戒修習三昧一切諸法無有退滅菩薩知已其心甘樂修是三昧爲諸衆生說佛如來常恒不變正法不滅是故護戒修習三昧復次善男子若有欲得如是三昧應當修習常想我想命想人想習此想已則得成就具是三昧若言不得無有是處世尊如來或說無常無樂無我無淨或時復說常樂我淨其義云何善男子世俗之道謬見諸法常樂我淨是故我說無常無樂無我無淨世尊出世之法煩復得有常樂我淨不善男子若有菩薩住是三昧欲說我時先說五事何等爲五一者穀子二者樹子三者肥味四者伏藏五者蛇蜕皮善男子如穀子者芽時莖時葉時華時名爲無

常若收果實衆生受用則名爲常菩薩摩訶薩若未成就是三昧者無常無樂無我無淨若已成就則得名爲常樂我淨未能度脫一切衆生名無常無樂無我無淨若能度脫則得名爲常樂我淨不能破壞一切邪見名無常無樂無我無淨若能破壞則得名爲常樂我淨不能永斷諸煩惱故名無常無樂無我無淨若能永斷是則名爲常樂我淨善男子是名穀子復次善男子如菴羅樹未得果時名無常無樂無我無淨若得果實衆生受用是則名爲常樂我淨菩薩摩訶薩未得成就是三昧者無常無樂無我無淨若成就已則得名爲常樂我淨未能度脫諸衆生故名無常無樂無我無淨若能度脫則得名爲常樂我淨不能破壞一切邪見名無常無樂無我無淨若能破壞則得名爲常樂我淨不能永斷諸煩惱故名無常無樂無我無淨若能永斷則得名爲常樂我淨善男子是名樹子復次善男子如胡麻子未成油時不能消除衆生病苦名無常無樂無我無淨若成油已能除衆生所有病苦是故得名常樂我淨菩薩摩訶薩未得成就是三昧者無常無樂無我無淨若成就已則得名爲常樂我淨未能度脫諸衆生故名無常無樂無我無淨若能度脫則得名爲常樂我淨不能破壞一切邪見名無常無樂無我無淨若能破壞是則名爲常樂我淨不能永斷諸煩惱故名無常無樂無我無淨若能永斷是則名爲常樂我淨善男子是名肥味復次善男子如有寶藏隱伏地中不能潤益一切衆生故名無常無樂無

我無淨若出地已衆生受用爲大利益是則名爲常樂我淨菩薩摩訶薩若未成就是三昧者名無常無樂無我無淨若成就已則得名爲常樂我淨未能度脫諸衆生故名無常無樂無我無淨若能度脫則得名爲常樂我淨若不能壞一切邪見名無常無樂無我無淨若能破壞是則名爲常樂我淨不能永斷諸煩惱故名無常無樂無我無淨若能永斷則得名爲常樂我淨善男子是名寶藏復次善男子如蛇蜕皮未蜕皮時名無常無樂無我無淨若蜕皮已則得名爲常樂我淨菩薩摩訶薩未得成就是三昧者名無常無樂無我無淨若成就已則得名爲常樂我淨未能度脫一切衆生名無常無樂無我無淨若能度脫則得名爲常樂我淨若不能壞一切邪見名無常無樂無我無淨若能破壞則得名爲常樂我淨不能永斷諸煩惱故名無常無樂無我無淨若能永斷則得名爲常樂我淨又斷衆生於諸佛所起四種疑心常樂我淨善男子是名蛇蜕皮善男子菩薩摩訶薩住是三昧以此五事演說如來常樂我淨能說我人壽命衆生士夫能如是見名爲正見世尊如來所說如是五事是義不然何以故如來常於諸經中說諸法無常如何五事因亦無常果亦無常若使菩薩住是三昧如五事者亦應無常以是義故一切諸法無非無常世尊有因必有果有果必有因一切衆生及諸菩薩亦復如是有生必有死有死必有生若如是者常亦無常無常亦常以是義故一切諸法悉有二性常與無常不應定言世法

無常出世法常如來實語云何出是虛妄之言善男子汝今何故如蠶自裹善男子若有人言端正之人猶如滿月香象姝白猶如雪山人實非月象非雪山少有相似故引爲喻善男子世間五事亦復如是有少常故故以爲喻諸佛如來實不可喻猶引喻爲喻世尊若如來常者何故復於餘經中說猶如燈滅解脫亦爾世尊如來若常云何得滅如其滅者云何言常如來若言亦常亦滅如是之言非虛妄耶又如佛言一切諸法猶如水月諸法若常云何復言猶如水月善男子我說有爲如水中月是故我說餘法有常餘法無常若有衆生未得解脫未斷煩惱未斷名相未斷衆生相不得法相未得修習如是三昧是名無常若有衆生已得解脫永斷煩惱名相衆生相得於法相修習三昧是名爲常是故我說餘法有常餘法無常世尊若爾者如來何故說佛涅槃猶如燈滅如燈滅者爲喻身滅爲喻結滅如炷不離燈燈不離炷衆生亦爾身不離結結不離身云何言滅佛言善哉善哉善男子若如是見名爲正見善男子身有二種一者煩惱身二者法身煩惱身滅猶如煩惱滅是故我說餘法無常法身無滅猶如虛空是故我說餘法是常斷煩惱器名爲解脫得解脫已無常身者諸佛世尊則是斷見若煩惱器常不滅者諸佛世尊則是常見諸佛世尊定無有此斷常二見諸佛世尊已於無量阿僧祇劫斷此二見如來若有衆生相者則應無常如來已於無量劫中斷衆生相若言如來有衆生相無有是處善男子譬

如大王出入遊巡若在外時内則不見内雖不見不得言無外亦如是菩薩摩訶薩住是三昧無常已斷爲衆生故受無常身若言如來身無常者無有是處是故我說常與無常說我無我說衆生非衆生說人非人說命非命說士夫非士夫如來常說有爲之法皆是無常終不言常若言常者無有是處復次善男子菩薩摩訶薩住是三昧則得斷除世見命見聲聞緣覺見無有貪愛無取無求常不變易成就安住得無所畏無有憍慢垢不能汙是故我說常樂我淨善男子我說聲聞辟支佛乘一切世人之所不解雖世人不解終不得言慧者亦爾世間之人雖見如來無常無樂無我無淨亦不得言有智慧者同於彼見薄福鈍根行邪道者作如是言如來無常永滅涅槃若言如來永滅度者當知是人不離三塗善男子譬如湛汪其水渾濁中有寶珠人所不見有人唱言此濁水中有大寶珠衆人聞已競共求覓或得瓦石沙礫草木然無有能得眞寶者以不得故便言虛妄復更有人善知方便以無價珠置之濁水水即爲清衆人因是悉見眞寶善男子聲聞緣覺不解如是三昧力故說言如來無常無樂無我無淨空無所有不知如來常恒不變輪轉生死菩薩摩訶薩住是三昧善解如來所有密語是故以此無價寶珠喻於三昧善男子若男若女欲見如來常恒不變應當修習如是三昧菩薩摩訶薩住是三昧則見如來常恒不變解脱亦爾善男子譬如樹蔭行路之人因之憩息住是三昧諸菩薩等亦復如是爲

諸衆生而作陰覆善男子若有人言如來無常求涅槃者是魔弟子若不如是眞我弟子若言如來畢竟入涅槃當知是人汙辱我法若有信受如是語者甚可悲傷說是語時於會四面出大光明其光金色遍照三千大千世界悉蔽日月梵天之明唯不能障佛之光明其餘光明黤黮不現大小須彌草木叢林二國中間幽暗之處無不大明地獄衆生遇斯光已苦痛休息身得安樂爾時一切大衆之前即時出生六萬億華其華微妙色香具足千葉成滿四寶爲莖一一蓮華出微妙香遍滿三千大千世界其中所有天龍鬼神乾闥婆阿修羅迦樓羅緊那羅摩睺羅伽釋梵魔天沙門婆羅門一切衆生聞香氣已皆得愛法心樂大乘樂欲聽法斷諸煩惱是華茂盛成就如是功德微妙之香爾時大雲密藏菩薩摩訶薩在大會中見是神變即從座起合掌恭敬白佛言世尊是何相貌誰之德力是大衆中有是妙華出無量香於是淨光天女語大雲密藏菩薩言善男子一切諸法皆悉無相云何問言是何相貌諸法如夢何故顛倒如狂所問大雲密藏言善哉善哉天女我非不見諸法如夢爲欲斷彼著相故問天女言大德何故見於著相而生此問天女是故我先言爲衆生欲令度脫是故而問大德若不自斷我見我疑云何而能度脫衆生若不自斷我見我疑欲爲衆生除斷見疑無有是處佛言善哉善哉善男子實如天女之所宣說菩薩摩訶薩住是三昧唯見無相善男子若男若女欲見無相應當精勤修是三昧

菩薩摩訶薩住是三昧能於三千大千世界現種種身世尊云何菩薩住是三昧能於三千大千世界現種種身善男子若有幻師若幻弟子於大衆中能作種種若男若女若大若小若生若死若去若來若舍若林若象若馬若斷若折若破若壞若續若絶大衆見已不生驚怪何以故了知幻故菩薩摩訶薩亦復如是住是三昧修習正道於此三千大千世界化種種身爲度衆生故住是三昧諸菩薩等見是化已不生驚怪無有疑心隨順於義無有違逆何以故定知即是三昧力故復次善男子菩薩摩訶薩住是三昧能於三千大千世界隨諸衆生種種所行處處現身或閻浮提現處母胎一切衆生實見菩薩處在母胎而是菩薩實不在胎或閻浮提現出母胎衆生亦見菩薩出胎而是菩薩實不出胎或閻浮提現初剃髮造制周羅一切衆生皆見如是而於菩薩實無是相或閻浮提現詣學堂習諸技藝書疏筭計一切衆生皆見菩薩始初習學而是菩薩已於過去無量劫中悉修學已或閻浮提現行如人師子白鵝一切衆生皆見菩薩現行如人師子白鵝而是菩薩都無此相或閻浮提示有妻子五欲相樂一切衆生皆見是相而是菩薩已於昔劫久遠離之唯以法樂而自娛樂或閻浮提示大小便一切衆生亦見是相而此菩薩得眞法身非雜食身云何而有大小便利咀嚼楊枝著衣洗手履踐革屣執持傘蓋身服瓔珞飲食飢渴生老病死行檀波羅蜜得轉輪王奴婢僕從男女大小或作人天頭陀苦行現

爲比丘福利衆生現須陀洹果斯陀含果阿那含果阿羅漢果破壞衆僧聽法説法食噉毒飯犯四重禁作五逆罪作聲聞像辟支佛像出家學道菩提樹下轉正法輪現大神足入於涅槃或作釋梵天魔波旬流轉諸有猶如車輪亦復如是善男子菩薩摩訶薩雖作如是隨順世間種種諸行爲欲度脱終不生於衆生之相常修法相何以故是三昧力故菩薩摩訶薩無有著處不著聲聞不著緣覺爲欲憐愍一切世間度衆生故在在處處隨其所樂而現其身是故菩薩修習無相見於無相若人能見如是無相是名正見淨光天女亦修無相諸佛世尊住是三昧故不可思議世尊是淨光天女成就具足甚深智慧若無相境界不可思議其修習者亦不可思議

爾時世尊熙怡微笑從其面門出無量光其光五色遍照無量無邊世界上至梵世一切周遍遶身三帀還從口入爾時大地六種震動莊嚴清淨如鬱單越三千大千世界亦復如是一切衆生佛神力故悉得覩見爾時大雲密藏菩薩復從座起整衣服合掌恭敬白佛言世尊何因緣故放是光明佛言善男子汝向所疑我今欲答是故放是瑞相光明善男子於此西方有一世界名曰安樂其土有佛號無量壽今現在世常爲衆生講宣正法告一菩薩汝善男子娑婆世界釋迦牟尼佛爲諸少福鈍根衆生説大雲經汝可往彼至心聽受是彼菩薩欲來至此故先現瑞善男子汝觀彼土諸菩薩身滿足五萬六千由旬世尊彼來菩薩字號何等復以何緣而來此

土將非爲度衆生故來唯願如來爲諸衆生分別解說善男子彼土菩薩欲聞淨光受記莂事并欲供養如是三昧是故而來善男子是菩薩名無邊光通達方便善能教導世尊唯願如來說是天女在何佛所發阿耨多羅三藐三菩提心何時當得轉此女身善男子汝今不應問轉女身是天女者常於無量阿僧祇劫爲衆生故現受女身當知乃是方便之身非實女身云何當言何時當得轉此女身善男子菩薩摩訶薩住是三昧其身自在能作種種隨宜方便雖受女像心無貪著欲結不汙世尊唯願如來爲諸衆生說是天女未來之事善男子汝今諦聽我當說之以方便故我涅槃已七百年後是南天竺有一小國名曰無明彼國有河名曰黑暗南岸有城名曰熟穀其城有王名曰等乘其王夫人產育一女名曰增長其形端嚴人所愛敬護持禁戒精進不倦其王國土以生此女穀米豐熟快樂無極人民熾盛無有衰耗病苦憂惱恐怖禍難成就具足一切吉事隣比諸王咸來歸屬有爲之法無常遷代其王未免忽然崩亡爾時諸臣即奉此女以繼王嗣女既承正威伏天下閻浮提中所有國土悉來承奉無拒違者女王自在摧伏邪見爲欲供養佛舍利故遍閻浮提起七寶塔齎持雜綵上妙旛蓋栴檀妙香周遍供養見有護法持淨戒者供養恭敬見有破戒毀正法者呵責毀辱令滅無餘具足修習十波羅蜜受持五戒拯濟貧窮教導無量一切衆生說大雲經以調其心若聞大乘方等經者恭敬供養尊重讚

歎滿二十年受持讀誦書寫解說是大雲經然後壽盡是時乃當轉此女身爲衆生故示大神通爲欲供養無量壽佛故故生彼界世尊是女王者未來當得阿耨多羅三藐三菩提不耶善男子如是女王未來之世過無量劫當得作佛號淨寶增長如來應正遍知明行足善逝世間解無上士調御丈夫天人師佛世尊此娑婆世界爾時轉名淨潔浣濯有城名曰清淨妙香其城純以七寶莊嚴最勝無上猶忉利宮其城凡有九萬億人土地平正無有荊棘土砂礫石其土人民不生邪見愛重大乘無有聲聞緣覺之名一切純是菩薩大士修習慈悲喜捨之心成就忍辱壽命無量善男子若有衆生得聞彼佛如來名號不墮三惡轉生人天說是經已無量衆生得阿毗跋致

大方等大雲經卷第四

音釋

嗤赤脂切笑也　騣子紅切馬鬣也　姝春朱切美好也　黤黮黤烏感切黮丁感切黤黮昏黑也　咀嚼咀慈呂切嚼在藥切咀嚼含莖也

如來莊嚴智慧光明入一切佛境界經

元魏三藏法師曇摩流支譯

清刻龍藏佛說法變相圖

如來莊嚴智慧光明入一切佛境界經卷上

元魏三藏法師曇摩流支譯

如是我聞一時婆伽婆住王舍城鷲頭山中第四重上法界藏殿與大比丘衆二萬五千人俱皆是阿羅漢諸漏已盡無復煩惱心得自在善得心解脫善得慧解脫心善調伏人中大龍應作者作所作已辦離諸重擔逮得已利盡諸有結善得正智心解脫一切心得自在到第一彼岸復有阿若拘隣等八大聲聞而爲上首復有菩薩摩訶薩七十二億那由他其名曰文殊師利法王子菩薩摩訶薩善財功德菩薩摩訶薩佛勝德菩薩摩訶薩藥王菩薩摩訶薩藥上菩薩摩訶薩等皆住不退地轉大法輪善能諮問大方廣寶積法門位階十地究竟法雲智慧高大如須彌山

善修習空無相無願心不生相一切皆得大甚深法智慧光明皆悉成就佛威儀行此諸菩薩摩訶薩衆皆是諸佛神力所加從於他方百千萬億那由他諸佛世界而來集會皆得成就諸神通業皆悉安住法性實際爾時世尊作如是念我今轉於無上法輪欲令諸菩薩摩訶薩速疾生於大智慧力又復欲令恒河沙等諸世界中有大威德大神通力菩薩來集時佛世尊復作是念我爲說大方廣法門欲現瑞相放大光明何以故欲令一切諸來菩薩摩訶薩等皆悉諮問我所說法爾時世尊念已即放大光明雲普照十方阿僧祇不可思議三千大千微塵數等世界即時十方一一世界十十不可數佛國土百千萬億那由他微塵數等菩薩摩訶薩俱來雲集

一一菩薩各以菩薩神通力故所有一切不可思議最勝供養供養諸佛彼諸菩薩一一各以本願力故在如來前昇蓮華座至心觀佛瞻仰而坐即時法界藏殿上有大寶蓮華藏高座從地涌出縱廣億那由他阿僧祇由旬其華形相上下相稱以一切光明摩尼寶爲體電光摩尼寶爲周帀欄楯不可思議光明摩尼寶爲竿不可思議摩尼寶以爲眷屬過諸譬喻光明摩尼寶以爲垂瓔自在王摩尼寶以爲羅網種種摩尼寶以爲間錯懸諸無量寶蓋幢旛彼大寶蓮華藏高座周帀俱放十阿僧祇百千萬億那由他光明是光爾時遍照十方無量世界即時十方於一一方有十億不可說佛國土百千萬億那由他微塵數等天龍夜叉乾闥婆阿修羅迦樓羅緊

那羅摩睺羅伽四大天王釋提桓因梵天王等皆來集會彼諸天等各各皆乘寶殿樓閣一一皆有不可思議阿僧祇天女作百千萬億那由他種種妓樂娛樂而來到於佛所復有諸天龍等各各皆乘華殿樓閣來詣佛所復有諸天龍等各各皆乘優羅伽娑羅栴檀香殿樓閣來詣佛所復有諸天龍等各各皆乘眞珠寶殿樓閣來詣佛所復有諸天龍等各各皆乘種種綵殿樓閣來詣佛所復有諸天龍等各各皆乘金剛光明摩尼寶殿樓閣來詣佛所復有諸天龍等各各皆乘閻浮那提金寶殿樓閣來詣佛所復有諸天龍等各各皆乘集一切光明摩尼寶殿樓閣來詣佛所復有諸天龍等各各皆乘自在王摩尼寶珠殿樓閣來詣佛所復有諸天龍等各各皆乘如意寶珠殿樓閣來詣佛所復有諸天龍等各各皆乘帝釋王頸下瓔珞摩尼寶珠殿樓閣來詣佛所復有諸天龍等各各皆乘持清淨大海普放千光明大摩尼寶珠殿樓閣來詣佛所如是等輩各各皆有不可思議阿僧祇天女作百千萬億那由他種種妓樂娛樂而來到於佛所到已俱作過一切世間不可思議不可稱不可量不可數種種妓樂供養如來彼諸天等以本願力隨座所須自然具足却坐一面至心觀佛瞻仰而住爾時三千大千世界大地即成閻浮提金種種摩尼寶樹莊嚴世界種種天華樹種種衣服樹種種優羅伽娑羅栴檀樹種種香樹莊嚴世界雷光摩尼寶以爲羅網遍覆三千大千世界建大寶幢懸諸旛蓋彼諸樹中一一皆有百

千萬億那由他阿僧祇天女皆現半身兩手俱持百千萬億諸寶瓔珞供養而住爾時彼大寶蓮華藏大師子座中出妙音聲而說偈言

我依佛力生　本願今成就　願人王來坐
奉戴兩足尊　我此身唯寶　華淨衆所樂
寶成由佛力　願尊滿我願　坐師子華藏
嚴世界及我　說法多衆聞　還得師子座
我身千光明　照無量世界　願尊坐我上
生我歡喜心　於此說法處　已坐八億佛
願尊今速坐　攝受利益我

爾時世尊從本座起即昇大寶蓮華藏大師子座結加趺坐觀察一切菩薩摩訶薩衆欲爲菩薩說勝妙法即便現相即時一切菩薩摩訶薩衆作是思惟文殊師利法王子應爲我等諮問如來應正遍知不生不滅法門以我等輩從久遠來已曾聞此勝妙法門爾時文殊師利法王子見如來相知諸菩薩摩訶薩衆心思惟已即白佛言世尊何等法門名不生不滅即說偈言

佛說無生滅　彼釋何等相　何法不生滅
願說喻相應　菩薩爲智慧　承諸佛神力
無量世界來　願說勝妙法

爾時佛告文殊師利法王子言善哉善哉文殊師利汝能問佛此甚深義文殊師利汝爲安隱無量衆生能與無量衆生種種快樂復能憐愍無量衆生廣能利益無量衆生與無量衆生人天之樂爲諸菩薩摩訶薩等究竟佛地文殊師利汝於此義莫驚怖畏文殊師利我爲汝說不生不滅法當依智解文殊師

利不生不滅法者即是如來應正遍知文殊師利譬如大地大毗瑠璃所成形相猶如三十三天所住之處彼大地中見三十三天釋提桓因并善法堂影現分明及見天王釋提桓因天中所有五欲境界戲樂等事一切皆見爾時諸天唱告一切男子女人童男童女作如是言汝等可來觀此天王釋提桓因善法之堂及天王所有五欲境界戲樂之具復作是言諸善男子善女人等汝當布施持戒種諸善根皆當得此善法堂處及以天中五欲境界戲樂之具當作天王并得果報及神通力如釋提桓因隨其所有五欲境界畢竟成就必得受用文殊師利爾時彼諸善男子善女人童男童女等於彼大毗瑠璃地中見三十三天釋提桓因善法之堂及五欲境界戲樂之具影現分明即各散華合掌供養作如是言如彼釋提桓因身并善法堂及彼天中五欲境界我亦應得文殊師利而彼衆生皆悉不知三十三天善法之堂釋提桓因及五欲境界如是等事一切皆依大瑠璃地中而現何以故大毗瑠璃地清淨故一切影像悉現其中文殊師利而彼衆生爲求天王帝釋身故所有修行布施持戒種諸善根皆悉迴向三十三天文殊師利而大毗瑠璃地中實無有彼三十三天善法之堂釋提桓因及以五欲境界等事以大毗瑠璃寶地清淨鏡像現故彼三十三天善法之堂釋提桓因五欲境界以不實故不生不滅以大毗瑠璃寶地清淨鏡像現故文殊師利如是如是一切衆生依清淨心如實修行見如來身文殊師

利一切衆生依如來加力故見如來身而如來身不實不生不滅非有物非無物非可見非不可見非可觀非不可覩非有心非無心非可思議非不可思議非有非無文殊師利一切衆生依於如來清淨法身鏡像力故得見如來清淨法身奉施寶衣散華燒香合掌供養而作是言我亦應得如來應正遍知清淨法身文殊師利而彼一切衆生爲求如來清淨法身布施持戒種諸善根以此善根求如來智迴向阿耨多羅三藐三菩提時文殊師利如彼大瑠璃地鏡像中三十三天帝釋王身不動不生心不戲論不分別不分別無分別不思無思不思議無念寂滅寂靜不生不滅不可見不可聞不可齅不可味不可觸無諸相不可覺不可知如是文殊師利如來應正遍知清淨法身亦復如是不動不生心不戲論不分別不分別無分別不思無思不思議無念寂滅寂靜不生不滅不可見不可聞不可齅不可味不可觸無諸相不可覺不可知文殊師利如來法身不生不滅不去不來以此爲體如鏡中像世間所見隨諸衆生種種信力如來示現種種異身隨彼衆生感有長短如來現身命有修促隨彼衆生於大菩提有能信力如來現身隨彼衆生聞法能信受如來現身隨彼衆生信心能知三乘之法如來現身隨彼衆生得解脫力如來現身文殊師利譬如虛空有大妙法鼓依三十三天功德力生離善法堂在虛空中過一切諸天眼識境界不可見不可觀文殊師利彼大妙法鼓於何時出聲文殊師利以彼諸天耽

著五欲境界常不捨離增長放逸不入善法堂聞法思義釋提桓因亦耽著五欲境界常不捨離增長放逸不入善法堂不昇高座爲天說法爾時彼大妙法鼓不可見不可觀過眼境界住虛空中出妙法聲彼妙法聲遍聞三十三天而作是言諸天當知一切色聲香味觸法皆悉無常莫行放逸天報速退諸天當知一切行苦一切行空一切行無我是故諸天莫行放逸若退天報生餘苦處諸天當共議法樂法喜法味法順法念法諸天若不欲捨天報五欲境界應正修行文殊師利彼法鼓聲不可見無色不分別無分別過眼境界不生不滅離音聲語言離心意意識文殊師利爾時三十三天聞妙鼓聲即入善法堂議法樂法喜法味法順法念法如說修行於彼天退生餘勝處釋提桓因亦入善法堂昇法高座爲諸天說法文殊師利若阿修羅共彼諸天鬪戰之時三十三天力弱退散爾時法鼓於虛空中出如是聲阿修羅聞甚大驚怖退入大海文殊師利彼大法鼓無形相無作者不可見不可觀無無實不可思議無心無相無色無聲無體無二過眼境界文殊師利三十三天依本行業彼大妙鼓空中出聲令彼諸天遠離一切諸障憂惱無染寂靜文殊師利如彼空中大法鼓身不可見不可觀無無實不可思議無心無相無色無聲無物無二過眼境界依本行業法鼓出聲令三十三天遠離一切諸障憂惱無染寂靜文殊師利如三十三天心放逸時彼妙法鼓出大音聲令三十三天遠離一切諸障憂惱無染寂

靜文殊師利如是如來應正遍知清淨法身一切世間所不能見無無實不可思議無心無相無色無體無二過眼境界文殊師利如彼衆生依本業行隨心能信得聞法聲而彼法聲能令衆生遠離一切諸障憂惱無染寂靜文殊師利彼清淨法身無説無體而諸衆生依善根業力聞妙法聲謂如來説法謂世間有佛文殊師利一切衆生聞如來聲能得一切樂具已信者令得正解聞聲正解是如來身初發心菩薩及一切凡夫衆生聞如來説法觀察如來增長一切善根文殊師利如來應正遍知清淨法身不生不滅應如是知文殊師利譬如初夏依諸衆生本業力故大地所有種子穀草叢林藥木出生增長爲與衆生資生樂具上虛空中生如是風如是風者能生大雲生大雲者能澍大雨澍大雨者充滿大地滿大地者能令一切諸種滋茂爾時一切閻浮提人皆大歡喜生大踊躍而作是言此是大雲此是大雨文殊師利於虛空中天不雨時閻浮提人作如是言無雲無雨文殊師利隨何時中普與大雲遍澍大雨時諸衆生咸作是言希有大雲希有大雨普澍大雨充滿大地文殊師利而彼虛空無雲無雨文殊師利依因於風彼虛空中能生大雲能生大雨文殊師利依因於風彼虛空中無雲無雨何以故以依衆生本業力故文殊師利如彼水聚於虛空中風因緣住依風而雨而世間人稱言雲雨何以故以依衆生本業力故於虛空中澍大雨聚充滿大地文殊師利彼虛空中無雲無雨文殊師利彼大雲雨

自性不生不滅離心意意識離去來相文殊師利如是諸菩薩摩訶薩依過去善根修諸善行聞佛說法得無障礙道一切衆生一切聲聞辟支佛等種諸善根求涅槃道世間衆生便謂如來應正遍知出現於世如來說法皆是眞語如語不異語而諸天人稱言如來文殊師利以依衆生善根力故法身出聲而諸天人作如是言如來說法文殊師利實無如來何以故如來法身無相離相無處離處不實不生不滅文殊師利而彼如來樂說辯才爲天人說法無有窮盡隨所應聞皆令開解文殊師利始發心菩薩及以一切毛道凡夫依於衆生本業力故應見如來入涅槃者如來即便入於涅槃不可得見而彼衆生起如是心便謂如來畢竟涅槃文殊師利如來應正遍知不生不死不起不滅文殊師利如來應正遍知無始世來證於常住大般涅槃文殊師利如彼大雲不實不生不滅虛妄故有而諸衆生念想假名雲雨如是文殊師利如來不實不生不滅本來不生而諸衆生隨其心相聞如來應正遍知現有說法文殊師利譬如大自在梵天王於十百千萬三千大千諸世界中自在無礙下觀一切諸天宮殿乃至觀於四天王等爾時彼大自在梵天王於彼十百千萬三千大千諸世界中爲自在主觀於一切諸天宮殿文殊師利時宮殿中一切諸天各各捨於五欲境界一切妓樂捨諸欲念生大恭敬心合掌供養大梵天王瞻仰而住文殊師利而彼大自在梵天王於彼一切諸宮殿中暫時而現爾時諸天爲生梵

世所有善根迴向梵天文殊師利彼大自在梵天王十百千萬三千大千諸世界主不退梵天住持梵宫依自在願住持力故一切衆生善根力故應化梵天日日觀察一切天宫下至四天王天各各捨於五欲境界一切妓樂捨諸欲念生大恭敬心合掌供養大梵天王瞻仰而住而彼大自在梵天王於一切諸宫殿中暫時現身於本處不動彼時諸天爲生梵世所有善根迴向梵天文殊師利而於彼處無實梵天文殊師利彼梵天空彼梵天無不實無名字無音聲無住處無體不思議無相離心意意識不生不滅文殊師利彼大梵天依本願善根住持力故依彼諸天善根住持力故於彼一切諸宫殿中暫時現身文殊師利而彼諸天不知梵天身空無不實無名字無音聲無住處無體不思議無相離心意意識不生不滅如是文殊師利如來應正遍知空無不實無名字無音聲無住處無體不思議無相離心意意識不生不滅亦復如是文殊師利如來應正遍知依彼菩薩本願行力住持初發心菩薩住一切聲聞辟支佛乘依一切毛道凡夫善根力故如來應現百千萬相好莊嚴之身如鏡中像本處不動文殊師利初發心菩薩一切聲聞辟支佛及毛道凡夫不知如來應正遍知空無不實不可觀無名字無音聲無住處無體不思議無相離心意意識不生不滅文殊師利而如來百千萬億種種相好莊嚴之身具足如來一切種種諸威儀行隨諸衆生種種信故出大妙聲爲衆生説法能令衆生遠離一切諸障憂

惱無染寂靜而如來一切平等捨心 無分別無異心文殊師利以是義故言不生不滅者是名如來爾時世尊而說偈言

如來常不生　諸法亦復然　世間無實法
愚癡妄取相　無漏善法中　無如及如來
依彼善法力　現世如鏡像

文殊師利譬如日光初出先照最大山王次照斫迦婆羅山摩訶斫迦婆羅山次照餘大山次照餘黑山次照高原堆阜後照深谷卑下之處文殊師利而彼日光不分別無分別不思惟何以故文殊師利彼日光明無心意意識不生不滅無相離相無念離念無戲論無障礙離障礙不住此岸不住彼岸不高不下不縛不脫不知非不知無煩惱非無煩惱非實非不實不在此岸不在彼岸不在陸地不在水中不在兩岸不住中流無覺離覺無色非無色文殊師利依於大地有高下中日光隨地有高下中文殊師利如來應正遍知亦復如是不分別無分別不思惟文殊師利何以故如來應正遍知離心意意識不生不滅無相離相無念離念無戲論離戲論無熱惱離熱惱不住此岸不住彼岸不高不下不縛不脫不知非不知無煩惱非無煩惱非實語者非不實語者不在此岸不在彼岸不在陸地不在水中不在兩岸不在中流非一切知者非無一切知者非覺者非無覺者非行者非無行者非修習者非無修習者非念者非無念者非有心者非無心者離心者非離心者無意者非無意者非害者非無害者無名者非無名者非色者非無色者非說者非

無說者非假名者非無假名者非可見者非不可見者體性如是非不如是非說道者非無說道者非證果者非無證果者非分別者非無分別者非離分別者非無離分別者文殊師利依彼無邊法界衆生上中下性如來放大智日光輪普照衆生亦復如是初照一切諸菩薩等清淨直心大乘山王次復照於住辟支佛乘次復照於住聲聞乘次復照於隨所能信善行衆生次復照於乃至住邪聚衆生皆爲如來一切智日光輪所照爲畢竟利益一切衆生爲生未來一切善根爲令增長一切善根文殊師利如來於彼一切事中平等捨心無分別無異心文殊師利諸佛如來智日光輪無如是心我爲此衆生說於妙法而不爲彼衆生說法文殊師利諸佛如來無有如是分別之心此衆生信上法此衆生信中法此衆生信下法此衆生信正法此衆生信邪法文殊師利諸佛如來無如是心此衆生信上法爲說大乘此衆生信中法爲說緣覺乘此衆生信下法爲說聲聞乘此衆生信正行爲說清淨心法乃至此衆生信邪行隨所應聞而爲說法文殊師利諸佛如來智日光輪無有如是分別之心何以故諸佛如來智日光輪遠離一切分別異分別及諸戲論文殊師利依諸衆生種種善根諸佛如來智日光輪種種別異文殊師利譬如大海中有如意寶珠懸置高幢上隨何等何等衆生念須何等何等事如是如是聞彼摩尼寶珠出聲而彼摩尼寶珠不分別無分別不思惟無心離心離心意意識文殊師利如來亦復

如是不分別無分別不思惟無心離心離心意意識不可測量離諸測量不得離得貪不能轉瞋不能轉癡不能轉不實不妄語非常非不常非照非不照非明非不明非覺者非不覺者不生不滅不思議不可思議無體離體不可取不可捨不可戲論不可說離諸言說不喜離喜無生不可數離諸數量不去無去去寂絕一切諸趣離一切言說不可見不可觀不可取非虛空非不虛空非可見非可說非和合非離和合非作非造非示非染非可清淨非名非色非相非無相非業非業報非過去非未來非現在非有煩惱非無煩惱非諍非不諍非聲離一切聲無言無相離一切相非內非外亦非中間文殊師利而如來寶珠清淨直心懸大慈悲高幢之上隨何等何等衆生信何等何等衆生行聞如是如是說法聲文殊師利如來於一切事平等捨心無分別無異心文殊師利譬如響聲從他而出衆生得聞而彼響聲非過去非未來非現在非內非外非二中間可得非生非滅非斷非常非知非不知非覺非不覺非明非不明非縛非脫非毀非不毀非念非不念非處非不處非住非不住非地界非水界非火界非風界非有爲非無爲非戲論非不戲論非聲非不聲非見非不見非字非言非離言語非稱量離稱量非相離相非寂靜非離寂靜非長非短非心非不心非觀非不觀非可見相非不可見相非空非不空自體空非可念非不可念離可念非可覺非不可覺離心意意識一切處平等無分別離異分別過三世文

殊師利而彼響聲隨種種衆生種種言音聞種種響文殊師利如來應正遍知說法音聲亦復如是非過去非未來非現在非內非外非二中間可得非生非滅非斷非常非知非不知非覺非不覺非明非不明非縛非脫非毀非不毀非念非不念非處非不處非住非不住非地界非水界非火界非風界非有爲非無爲非戲論非不戲論非聲非不聲非見非不見非字非言非離言語非稱量離稱量非相離相非寂靜非離寂靜非長非短非心非不心非觀非不觀非可見相非不可見相非空非不空自體空非可念非不可念離可念非可覺非不可覺離心意意識一切處平等無分別離異分別過三世文殊師利隨種種衆生種種信種種解聞於如來應正遍知

如是如是說法音聲文殊師利譬如大地住持萬物生長一切穀麥果蓏草木樹林建立成就文殊師利而彼大地不分別無異分別一切處平等無分別無異分別心無心離心意意識文殊師利如來應正遍知亦復如是依於如來應正遍知住持一切衆生生長一切善根建立成就一切聲聞辟支佛菩薩及諸外道種種異見尼揵子等從於邪見乃至邪定聚衆生所有諸善根彼諸善根皆是如來應正遍知之所住持皆依如來應正遍知而得生長建立成就文殊師利而如來應正遍知離一切分別無分別異分別念離一切心意意識不可觀離諸觀不可見離諸見不可思惟離諸思惟不可念離諸念心平等無平等捨一切處無分別離異分別文殊師利

譬如虛空一切處平等無分別異分別不生不滅非過去非未來非現在不可見不可戲論無色不可示不可表不可觸不可護不可量離思量不可譬喻離諸譬喻無住處不可取離眼識道離心意意識無相無字無聲無念無取無捨不可轉不可換離言語道一切處住一切處入文殊師利如諸衆生以依地有高下中故而言虛空有高下中而彼虛空無高下中文殊師利如來應正遍知亦復如是於一切處平等無分別異分別不生不滅非過去非未來非現在不可見不可戲論無色不可示不可表不可觸不可護不可量離思量不可譬喻離諸譬喻無住處不可取離眼識道離心意意識無相無字無聲無念無取無捨不可轉不可換離言語道一切處住一切處入文殊師利依衆生心有高下中故見如來有高下中而實如來無高下中文殊師利如來無如是心此衆生有下信心我示下形色此衆生有中信心我示中形色此衆生有上信心我示上形色文殊師利如來說法亦復如是文殊師利如來無如是心此衆生有下信心我爲說聲聞法此衆生有中信心我爲說辟支佛法此衆生有上信心我爲說大乘法文殊師利如來無如是心此衆生信布施故我爲說檀波羅蜜此衆生信持戒故我爲說尸波羅蜜此衆生信忍辱故我爲說羼提波羅蜜此衆生信精進故我爲說毗梨耶波羅蜜此衆生信禪定故我爲說禪波羅蜜此衆生信智慧故我爲說般若波羅蜜

如來莊嚴智慧光明入一切佛境界經卷上

音釋

鷲疾救切　欄楯楯食尹切欄檻也　頸居郢切頭莖也　齅許救切以鼻檻氣也　澍之戍切霔澍也

如來莊嚴智慧光明入一切佛境界經卷下

元魏三藏法師曇摩流支譯

文殊師利如來者名爲法身文殊師利如來不生無生文殊師利如來無名無色無言說無心意意識文殊師利如來無分別離分別文殊師利言如來者名爲空不可盡相盡際實際空平等一切法際不二際常不可知處際文殊師利如來應正遍知一切處無分別離異分別非下非中非上如是文殊師利一切法無分別離分別非下非中非上何以故一切法不可得故文殊師利言一切法不可得者是一切法平等言一切法平等者是平等住言平等住者即是不動言不動者是一切法無依止言一切法無依止者彼無心定住言無心定住者即是無生言無生者即是不生若如是見彼心心數法畢竟不顛倒若畢竟心不顛倒者彼行者能得如實若能如實得者彼不起戲論若不起戲論者彼不行一切法若不戲不行者彼不在生死若不在生死者彼不能動若不能動者彼法不能相違若彼法不能相違者彼隨順一切法彼隨順一切法者彼法性中不能動若法性中不能動者彼得自性法若得自性法者彼無所得何以故依因緣生一切法故若依因緣生一切法者彼常不生若常不生者彼常不可得若常不可得者彼得實際法若得實際法者彼不共一切法住若不共一切法住者彼不共住若不共住者彼非有非無若非有非無者彼得法中住若得法中住者彼得修行正念法若得修行正念法者彼無一法非是

佛法何以故以覺一切法空故文殊師利覺一切法空者名爲菩提菩提者名覺一切法空空者即是菩提如是空無相無願無作無行無依無生無取無處覺如是法者名爲菩提菩提者名爲修行正念文殊師利言修行正念者不取不捨即名正念不觀不異名爲行不著不縛不脫名爲行不去不來名爲行文殊師利正念行者彼處無行無利無果無證何以故文殊師利心自性清淨故彼心客塵煩惱染而自性清淨心不染而彼自性清淨心即體無染不染者彼處無對治法故以何法對治能滅此煩惱何以故彼清淨非淨即是本淨若本淨者即是不生若不生者彼即不染若不染者彼不離染法若離染法者彼滅一切染以何等法滅一切染彼不生若不生者是菩提菩提者名爲平等平等者名爲眞如眞如者名爲不異不異者名爲如實性一切有爲無爲法文殊師利眞如者彼處非有爲非無爲無二法若非有爲非無爲無二法者是眞如文殊師利言眞如者彼實際言實際者彼不異不異者彼未來眞如言未來眞如者即是不異言不異者彼即眞如言即眞如者彼非常不眞如言非常不眞如者彼不染不淨言不染不淨者彼不生不滅言不生不滅者彼涅槃平等言涅槃平等者彼不在世間不在涅槃言不在世間不在涅槃者彼非過去非未來非現在言非過去非未來非現在者彼非下非中非上言非下非中非上者即是如來言如來者名爲實語言實語者名爲眞如言眞如者名爲如實言如實

者名爲我言我者即是不二不二義者即是菩提菩提者名爲覺覺者入三解脱門智智者入三世平等一切法智言義者於一切法無差别義義者無名無言不可説言智者覺了一切法名爲智識知一切法名爲智言義者知衆生及識智了義即是法法者即是義義智識智了義智法智法住智法體智彼依法轉所轉義自轉平等不二義平等不二義即是平等平等者即是義所言義識智平等者即是入不二法門智名爲了義非不了義言平等者即是平等即是空言空者即是幻我平等言我平等者即是法平等言法平等者即是離平等離平等者即是覺平等覺平等者即是菩提文殊師利著色者即是著眼著眼者即是著自性著見者即是著自我著

自身者即是著自性空智者不正念觀者即是著法光明觀法不著著懈怠垢者著證智堅固精進如實知法名爲著著五蓋菩提分名爲著不著無障解脱智一切法自性清淨因緣而有又菩薩摩訶薩如實知染淨因而不住染淨因中者起我起見是名染因入一切法無我是名淨因見我我所是名染因内寂靜外不行是名淨因欲瞋恨害覺觀是名染因不淨慈悲喜捨入十二因緣忍爲淨因四顛倒是染因四念處是淨因五蓋是染因五根是淨因六入是染因六念是淨因七非淨法是染因七覺分是淨因八邪法是染因八正法是淨因九惱事是染因九次第定是淨因十不善業道是染因十善業道是淨因略説一切不善念是染因一切善念是淨因

所言染因淨因彼一切法自性空無我無人無命無壽者無我所無使者如幻無相內寂靜內寂靜者即是寂滅寂滅者即是自性清淨自性清淨者即是不可得不可得者即是無處無處者即是實實者即是虛空何以故文殊師利無有一法若生若滅文殊師利白佛言世尊若法如是云何如來得菩提佛告文殊師利言文殊師利無根無住如來如是得菩提文殊師利言世尊何者是根何者是住佛告文殊師利身見名爲根不實分別名爲住彼菩提平等如來知一切法平等是故說如來無根無住得菩提文殊師利言菩提者名爲淨亦名寂靜何者爲淨何者寂靜文殊師利我我所眼空何以故自性空故如是耳鼻舌身意我我所空何以故自性空故是

故知眼空不著色是故說淨如是知耳空不著聲是寂靜知鼻空不著香是寂靜知舌空不著味是寂靜知身空不著觸是寂靜知意空不著法是寂靜文殊師利菩提自性清淨以自性清淨故自性清淨者所言自性清淨彼不染如虛空平等如虛空自性同虛空譬如虛空本來自性清淨文殊師利言菩提者不取不捨云何不取云何不捨言不取者不取一切法是故言不取言不捨者不捨一切法是故言不捨文殊師利如來度大漂流是故不取不捨而彼眞如不見彼此岸如來知一切法離彼此岸故言如來文殊師利菩提無相無觀何者不觀文殊師利不見眼識名爲無相不見色名爲無觀不見耳識名爲無相不聞聲名爲無觀不見鼻識名爲無相不

聞香名爲無觀不見舌識名爲無相不知味名爲無觀不見身識名爲無相不知觸名爲無觀不見意識名爲無相不知法名爲無觀文殊師利是諸聖人境界所謂三界境界文殊師利言菩提者非過去非未來非現在三世平等三世清淨文殊師利何者是三世智所謂過去法心不行未來法識不去現在法念不住是故如來不住心意意識以不住不分別無分別以不分別無分別故不見未來法現在法無戲論文殊師利菩提無身無爲何者是無身何者是無爲文殊師利無身者所謂非眼識知非耳鼻舌身意識知文殊師利若非心意意識知彼無爲言無爲者不生不住不滅是故言三世清淨無爲如無爲知有爲亦如是何以故所言一切法體者即是無體無體者彼處無二言文殊師利言菩提者名爲無差別足迹何者無差別何者足迹文殊師利無相名無差別眞如名足迹無住名無差別法名足迹無異名無差別實際名足迹不可得名無差別不動名足迹空名無差別無相名足迹無覺名無差別無願名足迹不求名無差別無衆生名足迹衆生體名無差別虛空名足迹不見名無差別不生名足迹不滅名無差別無爲名足迹無行名無差別菩提名足迹寂靜名無差別涅槃名足迹不起名無差別覺名足迹文殊師利菩提者不可以身得不可以心得何以故文殊師利身者頑癡無覺無心譬如草木墻壁土塊影像心者如幻空無所有不實不作文殊師利身心如實覺名爲菩提依世間名字非第

一義何以故文殊師利菩提非身非心非法非實非不實非諦非不諦不可如是說文殊師利不可以一切法說菩提何以故文殊師利菩提無住處可說文殊師利譬如虛空無住處可說無爲無生無滅菩提亦如是無住無爲無生無滅可說文殊師利譬如一切世間之法若求其實不可得說文殊師利菩提亦如是以一切法說菩提實亦不可得何以故文殊師利實法中無名字章句可得何以故不生不滅故文殊師利言菩提者名不可取不可依文殊師利向者不可取何者不可依文殊師利如實知眼不可取不見色名爲不可依如實知耳不可取不聞聲名爲不可依如實知鼻不可取不聞香名爲不可依如實知舌不可取不知味名爲不可依如實知身不可取不覺觸名爲不可依如實知意不可取不見諸法名爲不可依文殊師利如是如來不取不依名證菩提如是證菩提不取眼不見色是故不住眼識不取耳不聞聲是故不住耳識不取鼻不聞香是故不住鼻識不取舌不知味是故不住舌識不取身不覺觸是故不住身識不取意不知法是故不住意識文殊師利如來不住心意意識是故得名如來應正遍知文殊師利衆生有四種心住法依彼四種心住法何等爲四所謂衆生依色心住如是受想行等是爲衆生依四種心住文殊師利此四種心住法如來如實知不生不滅是故名爲佛文殊師利言菩提者名爲空文殊師利如彼一切法空不異菩提空菩提空即一切法空如彼一切法空如來

如實知名爲覺者文殊師利非空空智文殊師利空者即菩提菩提即是空文殊師利空中無空亦無菩提亦無二以何等法爲空何等法爲菩提而説二名何以故文殊師利一切無二無相無差別無名無相離心意意識不生不滅不行無行不集無字無聲文殊師利言空者名取戲論文殊師利而第一法中無法可得名爲空文殊師利如説虛空虛空而無虛空可名名爲虛空文殊師利空亦如是説名空空而無法可説名之爲空如是入一切法是名入一切法門文殊師利一切法無名而依名説文殊師利如名非此處不離此處如是法名説何等法彼法非此處不離此處如是文殊師利如來如實知一切法本來不生不起不滅無相離心意意識無字無聲文殊師利言菩提者如虛空平等虛空非平非下非高菩提亦非平非下非高何以故文殊師利法無實有文殊師利若法無實有云何説平等非下非高文殊師利如來如是覺一切法平等非高非下如是覺已無有少法不平等不高不下如彼法住如是如如實智知文殊師利何者是如實智文殊師利如實知一切法者一切法無本來不生不滅法本不生生已還滅彼諸法無作者無取者而生無作者無取者而滅文殊師利諸法依因緣生無因緣滅無實道者是故如來爲斷道者説法文殊師利言菩提者名爲如實足迹文殊師利何者是如實足迹文殊師利言如實足迹者即是菩提如菩提色亦如是不離如如是不離如受想行識如菩提地界如不

離如水火風亦不離如如菩提如是眼界色界眼識界不離如文殊師利如菩提耳界聲界耳識界不離如文殊師利鼻界香界鼻識界不離如舌界味界舌識界不離如身界觸界身識界不離如意界法界意識界不離如文殊師利一切法假名法者謂五陰十二入十八界彼法如來如實覺非顛倒覺如彼法住本際中際後際如來如實知本際中際後際如彼法本際不生未來際不去現在際不住如實知如彼法足迹如一法一切法亦如是如一切法一法亦如是文殊師利而一多不可得文殊師利入一切法阿門無阿門文殊師利何者阿門何者無阿門文殊師利言阿者初發一切善根法無阿者不見一切法言阿者心不住能令住言無阿者無相三昧解脫門言阿者稱數觀諸法相言無阿者名爲過量何者是過量謂無識業言阿者觀有爲法言無阿者觀無爲法文殊師利言菩提者是無漏無取法文殊師利何者是無漏是無取文殊師利言無漏者謂離四漏何者爲四謂欲漏有漏無明漏見漏以不取彼四種漏故是故名爲遠離諸漏文殊師利何者無取謂離四取何等爲四謂欲取見取我取戒取以此諸漏衆生爲無明所闇愛水所潤迭共相因虛妄取著文殊師利如來如實知我根本以我清淨如實知一切衆生清淨所言我清淨一切衆生清淨此二無二無差別義即是無生無滅文殊師利無生無滅何等法處心意意識所不能知文殊師利何等法上無心意意識彼法中無分別分別何等法而

生不正念是故菩薩生於正念生正念者不起無明不起無明者不起十二有支不起十二有支者彼是不生不生者即是位位者即是了義了義者即是第一義第一義者即是無我義無我義者即是不可說義不可說義者即是因緣義因緣義者即是法義法義者即是如義如義是故言見因緣者即是見法見法者即是見如來所言見者雖見諸法而無所見文殊師利言有所見者謂見心見觀如來不見心若不見心不見觀彼是見實文殊師利彼諸法如是平等如來如彼法平等而知文殊師利言菩提者名爲淨無垢無點文殊師利何者爲淨何者無垢何者無點文殊師利空名爲淨無相名無垢無願名無點文殊師利無生名爲淨無行名無垢無起名無點

文殊師利自性名爲淨善根淨名無垢光明圓滿名無點無戲論名爲淨離戲論名無垢寂滅一切戲論名無點如名爲淨法界名無垢實際名無點虛空名爲淨無礙名無垢不見名無點內清淨名爲淨外不行名無垢內外不見名無點陰聚名爲淨法界自體名無垢十二入無去名無點過去盡智名爲淨未來無生智名無垢現在住法界智名無點文殊師利略言淨無垢無點入一平等法足迹中所謂寂靜足迹言寂靜足迹者即是寂滅寂滅者即是淨淨者即是聖文殊師利如虛空菩提亦如是如菩提法亦如是如法法體亦如是如法體衆生亦如是如衆生國土亦如是如國土涅槃亦如是文殊師利如來說一切法平等如涅槃以畢竟究竟無所治法

離諸所治法以本來清淨本來無垢本來無點文殊師利如來如是如實覺一切法觀察一切衆生性即生清淨無垢無點奮迅大慈悲心文殊師利云何菩薩行菩薩行文殊師利若菩薩不生心不爲諸法盡不爲諸法生非不爲諸法不生見諸法本來盡見諸法不盡而不生慢心言我如是知而不壞諸法本來不生文殊師利菩薩如是行菩薩行復次文殊師利菩薩不見過去心盡行菩薩行不見未來心未到行菩薩行不見現在心有行菩薩行而不著過去未來現在心中如是行菩薩行文殊師利布施菩薩如來無二無差別如是行名行菩薩行持戒菩薩如來無二無差別如是行名爲行菩薩行忍辱菩薩如來無二無差別如是行名行菩薩行精進菩薩如來無二無差別如是行名行菩薩行禪定菩薩如來無二無差別如是行名行菩薩行般若菩薩如來無二無差別如是行名行菩薩行文殊師利菩薩不見色空不見色不空如是行名行菩薩行何以故色空色性如是文殊師利菩薩如是不行受想行識不離受想行識如是行名爲行菩薩行何以故以不見心意意識文殊師利無有一法若知若離若修若證文殊師利言盡者彼法常盡非不盡本來盡若法本盡彼法不可盡以不可盡是故說盡何以故以如實盡故若如實盡彼法不盡一法若不盡一法彼法無爲若法無爲彼無爲法不生不滅是名如來若如來出世及不出世法性法體法住法位法界如實法界如實住法智不生不滅依彼智故知

無爲法文殊師利若入如是等諸法位者知諸漏法不生不滅文殊師利言諸漏盡者此依世間名字假言而說而彼眞如法身無有法生亦無法滅爾時文殊師利法王子菩薩摩訶薩即從座起偏袒右肩右膝著地合掌向佛即以妙偈讃歎如來而說頌曰

無色無形相　無根無住處　不生不滅故
敬禮無所觀　不住亦不去　不取亦不捨
遠離六入故　敬禮無所觀　出過於三界
等同於虛空　諸欲不染故　敬禮無所觀
於諸威儀中　去來及睡寤　常在寂靜故
敬禮無所觀　去來悉平等　以住於平等
不壞平等故　敬禮無所觀　入諸無相定
見諸法寂靜　常入平等故　敬禮無所觀
諸佛虛空相　虛空亦無相　離諸因果故
敬禮無所觀　虛空無中邊　諸佛身亦然
心同虛空故　敬禮無所觀　佛常在世間
而不染世法　不分別世間　敬禮無所觀
諸法猶如幻　而幻不可得　離諸幻法故
敬禮無所觀

爾時世尊告文殊師利言善哉善哉文殊師利快說此法文殊師利如是如是諸佛如來不應以色見不應以法見不應以相見不應以好見不應以法性見文殊師利諸佛如來非可獨見非可衆見文殊師利諸佛如來無有人見無有人聞無有人現在供養無有人未來供養文殊師利諸佛如來不說諸法一不說諸法多文殊師利諸佛如來不證菩提諸佛如來不依一法得名亦非多法得名文殊師利諸佛如來不見諸法不聞諸法不念

諸法不知諸法不覺諸法文殊師利諸佛如來不說一法不示諸法文殊師利諸佛如來現在不說諸法不示諸法文殊師利諸佛如來不飲不食文殊師利諸佛如來無有法證文殊師利諸佛如來不斷染法不證淨法文殊師利諸佛如來不見諸法不聞諸法不齅諸法不知諸法何以故以一切法本清淨故文殊師利若有人以三千大千世界微塵數等衆生令置辟支佛地於此法門不生信心若復有菩薩信此法門此菩薩功德尚多於前何況有人於此法門若自書寫令他書寫福多於彼無量無邊文殊師利若三千大千世界所有衆生若卵生若胎生若濕生若化生若有色若無色若有想若無想若一足若二足若三足若四足若多足若無足彼諸衆

生假使一時皆得人身發菩提心悉爲菩薩一一菩薩各以飲食衣服牀榻卧具病瘦湯藥種種資生一切樂具奉施供養恒河沙阿僧祇佛國土微塵數等諸佛如來及諸菩薩諸聲聞僧如是乃至恒河沙阿僧祇劫彼諸如來菩薩聲聞入涅槃後造七寶塔高一由旬衆寶欄楯周帀圍繞摩尼寶鬘以爲間錯豎寶幢旛蓋自在摩尼寶王羅網彌覆其上所得功德不可稱計若復有菩薩以畢竟深淨心信此如來莊嚴智慧光明入一切佛境界經信此法門入此法門不疑此法門於此法門生清淨心乃至爲他演說一偈此菩薩所得功德甚多無量阿僧祇以此功德比前功德百分不及一歌羅千分不及一百千分不及一百千萬分不及一百千萬億分不及

一數分不及一乃至筭數譬喻所不能及何以故以能成就證佛智故文殊師利若有在家菩薩以飲食衣服牀榻卧具病瘦湯藥種種資生一切樂具奉施供養恒河沙等阿僧祇諸佛如來及諸菩薩諸聲聞僧如是乃至恒河沙等阿僧祇劫所得功德不可稱計若復有出家菩薩持戒心清淨乃至施與畜生衆生乃至一口飲食所得功德甚多無量阿僧祇以此功德比前功德百分不及一歌羅千分不及一百千萬分不及一百千萬億分不及一歌羅少分不及一乃至筭數譬喻所不能及文殊師利假使三千大千世界微塵數等出家菩薩持戒心清淨一一菩薩各以飲食衣服牀榻卧具病瘦湯藥種種資生一切樂具奉施供養十方世界恒河沙等阿僧祇諸佛如來及諸菩薩諸聲聞僧如是乃至恒河沙等阿僧祇劫所得功德不可稱計若復有菩薩持戒心清淨若在家若出家聞此法門生信不疑若自書寫教他書寫所得功德甚多無量阿僧祇以此功德比前菩薩檀施功德百分不及一歌羅千分不及一百千萬分不及一數分不及一乃至筭數譬喻所不能及文殊師利若有菩薩摩訶薩以滿三千大千世界七寶奉施供養諸佛如來如是乃至三千大千世界微塵數劫所得功德不可稱計若復有菩薩爲餘菩薩於此法門中乃至說一四句偈所得功德甚多無量阿僧祇以此功德比前功德百分不及一歌羅千分不及一百千萬分不及一百千萬億分不及一數分不及一歌羅少分不及一筭數分

不及一乃至筭數譬喻所不能及文殊師利置滿三千大千世界七寶於三千大千世界微塵數劫以用布施所得功德文殊師利若復有恒河沙等諸菩薩一一菩薩恒河沙等阿僧祇佛國土閻浮檀金以爲世界一切諸樹天衣纏裹集一切光明王摩尼寶羅網以覆其上自在王摩尼寶以爲樓閣電光明摩尼寶以爲欄楯如意寶珠滿彼世界竪立一切諸寶幢旛蓋於日日中奉施供養恒河沙等阿僧祇諸佛如來如是布施乃至恒河沙等阿僧祇劫所得功德不可稱計若復有菩薩依此法門爲餘菩薩於此法門中乃至說一四句偈所得功德甚多無量阿僧祇以此功德比前功德百分不及一歌羅千分不及一百千萬分不及一百千萬億分不及一數

分不及一歌羅少分不及一僧企耶分不及一數分不及一憂波尼沙陀分不及一乃至筭數譬喻所不能及文殊師利假使三界中所有衆生彼諸衆生於地獄畜生餓鬼中所有在家菩薩拔出爾許地獄畜生餓鬼衆生置辟支佛地所得功德不可稱計若復有出家菩薩乃至施與畜生一口飲食所得功德勝前功德無量無邊阿僧祇文殊師利若復有十千國土不可數億那由他百千萬億那由他微塵數等出家菩薩一一菩薩十方世界於一一方見十億不可說百千萬億那由他微塵數等諸佛如來一一如來及諸菩薩諸聲聞僧以飲食衣服卧具牀榻病瘦湯藥種種資生一切樂具滿千億那由他百千萬億那由他不可說微塵世界自在王摩尼珠

於一一日中施一一如來并諸菩薩及聲聞僧如是乃至十億那由他百千萬億那由他佛國土微塵數不可說刧所得功德不可稱計若復有菩薩信此法門乃至施與一畜生衆生乃至一口飲食所得功德甚多無量阿僧祇以此功德比前功德百分不及一歌羅千分不及一百千分不及一百千萬分不及一百千萬億分不及一僧企耶分不及一歌羅少分不及一數分不及一乃至筭數譬喻所不能及何以故以能信此法門不退轉菩薩印故文殊師利若有菩薩教化十方一切世界所有衆生置信行中若復有菩薩化一衆生置義行中所得功德勝前功德無量無邊若復有菩薩教化十方一切世界所有衆生置義行中若復有菩薩化一衆生置法行

中所得功德勝前功德無量無邊文殊師利若復有菩薩教化十方一切世界所有衆生置法行中若復有餘菩薩化一衆生置八人中所得功德勝前功德無量阿僧祇文殊師利若復有菩薩教化十方一切世界所有衆生置八人中若復有菩薩化一衆生令得須陀洹果所得功德勝前功德無量阿僧祇文殊師利若復有菩薩教化十方一切世界所有衆生令得須陀洹果若復有菩薩化一衆生令得斯陀含果所得功德勝前功德無量阿僧祇文殊師利若復有菩薩教化十方一切世界所有衆生令得斯陀含果復有菩薩化一衆生令得阿那含果所得功德勝前功德無量阿僧祇文殊師利若復有菩薩教化十方一切世界所有衆生令得阿那含果若

復有菩薩化一衆生令得阿羅漢果所得功德勝前功德乃至無量阿僧祇文殊師利若復有菩薩教化十方一切世界所有衆生令得阿羅漢果若復有菩薩化一衆生令得辟支佛道所得功德勝前功德乃至無量阿僧祇文殊師利若復有菩薩教化十方一切世界所有衆生令得辟支佛道若復有菩薩化一衆生令發菩提心所得功德乃至無量無邊阿僧祇文殊師利若復有菩薩教化十方一切世界所有衆生令發菩提心若復有菩薩化一衆生令得不退地所得功德勝前功德乃至無量阿僧祇文殊師利若復有菩薩教化十方一切世界所有衆生令得不退轉地若復有菩薩信此法門若自書寫教他書寫廣爲人說所得功德勝前功德乃至無量阿僧祇如是乃至百千萬億那由他分不及其一爾時世尊而說偈言

菩薩能住持　十億佛妙法　若人聞此經
功德勝於彼　爲禮諸佛足　神通遊十方
以華香塗香　供養十億佛　若有聞此經
爲人須臾說　功德勝於彼　其數無有量
若聞佛法身　爲第二人說　鈍聞生利智
速證無上道　爲佛天人中　造立諸妙塔
滿足無量億　上至於有頂　周帀遍十方
塔中豎幢旛　金鈴七寶蓋　如是供養佛
菩薩聞此經　若能自書寫　若教他書寫
其福勝於彼　若人持此經　遠離於慳妬
彼功德無量　速成大菩提　此經顯法身
如空現衆像　無量諸佛說　是故應護持

佛說此經已文殊師利法王子及無量阿僧

祇不可說不可說諸菩薩摩訶薩及諸聲聞衆一切世間天人阿修羅等聞佛所說歡喜奉行

如來莊嚴智慧光明入一切佛境界經卷下

音釋

塊（苦潰切土墣也）迭（徒結切更互也）奮迅（奮方問切迅息晉切）寤（五故切寐覺也）竪（臣庾切立也）鈍（徒困切不利也）